顏忠賢 著

三寶西洋鑑

目次

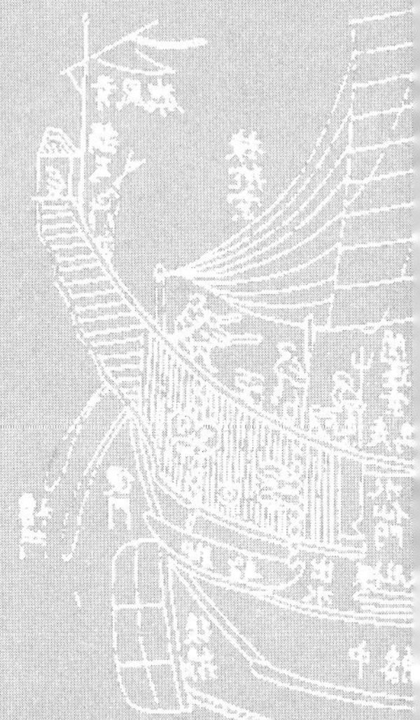

楔子：沉船……鄭和的第一個噩夢。

「我做了一個充滿暗示的噩夢……」鄭和對剛剛主持修完《永樂大典》的著名高僧姚廣孝說……

「請您幫我解夢……我還看不清噩夢中充滿的種種隱喻，看不清這沉船到底是一種神的天譴還是一種神的啟蒙……夢中，那是一個太黑暗的夜晚，我和一群東廠的千戶在一個廢墟要為皇上去出任務，為了要組裝另外一個機器，我被找去要在現場拆一種複雜得不可能破解的機關重重的甲殼機芯繁複形貌弧體充斥符咒刻文的怪古物，那像是一台陰陽官觀天相的老式渾天儀般勢必會洩露天機般地神祕兮兮的怪異機械（甚至發生太多祕辛爭端流離數百年的後來竟然被後世西洋祕傳稱為『古鄭和儀』的怪異機械）。或許，更是為了要去揭露一個再攻堅永樂皇上紫禁城後門的險惡陰謀，一開始只是跟蹤一大團彷彿黑雲的老布旗繡符籙的球團，仔細端詳竟然是一個穿著非常古怪法衣教主拿在手上要作法，也還有非常多惡門徒跟著他，但是我卻因此在混亂的人馬雜遝之中慌慌張張地將怪機器摔傷，只好退到路旁的死角挽救而後來花了很長的時間收拾一地機芯的零件，在那骯髒而古老潮濕的路面地上喘息了好久，被衝散的我更後來就隻身抱著一堆零件往前方路的末端一個有光的天際昏暗中微微發亮一點的狹窄巷口走去。然而，更奇怪的是，其實我完全認不出來也找不回來所有一路追逐而在午門旁摔壞的那個半毀古鄭和儀太多的局部分解機械零件及其更後來散落的碎片……

那是某個黝暗詭譎的時光，我發現有一個忠心的隨扈千戶不知為何偽裝而穿上我的衣服，還在攀爬上有點山路崎嶇的景山遇刺身亡，我才發現到任務太過艱難曲折，沿路太多埋伏……太過複雜而黑暗到彷彿沒人的半夜臨河的山頭其實重兵埋伏已久，其實紫禁城內的現場也都仍然危機四伏，間歇還會聽到槍聲砲轟的低音。

我跟著太多隨扈群廝殺之中因為閃躲而退入景山上亭簷下避險，才發現遠望整個紫禁城的近乎完全不可思議的可怕場景。在漫漫長夜中的那全城皇殿的屋脊飛簷尾翼沉浸入的最末端光景的古護城河的河道河面……竟然就像是墨汁染色的長深浸泡鋪滿的斷層……那麼暗黑。

我不知道我看到了什麼而陷入某種太過費解的驚心，那成團如滂沱大雨前彤雲密佈深深淺淺的暗黑……甚至，就在現身於黝暗的紫禁城所有曲橋城牆下的河面上……竟然出現許許多多我所看過的種種毀壞崩塌中半沉沒的寶船糧船馬船種種風帆時代的木製船身船艦及其天線帆旗杆仍刺入天空線參參差差地交錯，偌大地沉浸入漆黑過度到完全不該被窺探到未發生岸上風雲的死寂……那到底是什麼未來的光景，彷彿是祕密調度到近乎水師集結為了突襲前檢閱所有艦隊所有船舶可以動員的規模……但是為何已然完全被可怕地摧殘毀損，而且還被惡意地傾倒壅塞破爛船體集體填入京城河渠中……」

姚廣孝施法術進入鄭和的夢中和他一起吃驚地仔細端詳，但是完全無法相信自己眼前所出現的極端暗黑光景……那還不只是當年明代寶船艦隊的船身，甚至還有更多他們沒有見過的龐然艦艇巨船艙體，那擁擠入河渠岸邊的是數百年後他們所瞧不起的西洋……所將會發明現身的諸多型號一如閱兵般的大大小小各時代最著名的殺手艦身……一如早期大航海時代的蒸汽動力取代風帆的種種機身摺皺弧度扭力甲殼貌似凶狠二頭三頭肌肉賁張般的種種殘骸散落擁擠舊軍艦群：歪歪斜斜的機關柴油引擎汽艇、螺旋槳推進器戰艦、裝甲防護旋轉砲塔型艦砲、龐然肉身已然腐爛變質的驚人海岸成群因不明原因死亡棄屍遍野鯨屍的隱喻，濃稠厚重機油黝黑化膿瘡疤凝膠無法理解為何擴散血肉模糊般的惡臭……更後來現身的繁複機關出現種種機械化登陸艇補給艦掃雷艦近岸特殊性能裝備戰鬥艦運輸艦兩棲戰艦兩棲突擊艦船塢登陸艦戰車登陸艦……種種全身舊時代滿佈生鏽重金屬鋼板凹陷船身仍然還死命上場的破爛巡洋艦隊中的驅逐軍艦群，更後來好多次世界大戰的斑斑駁駁到快崩塌照舊可以戰鬥的煤油機動油艇飛彈魚雷快艇巡弋飛彈潛艦、甚至一如容納更多跑道冗長甲板但是折斷破裂斷成數十截仍然勉強可以讓機身照舊起飛的猙獰太空船般龐然歪歪斜斜驚心動魂航空母艦體……那麼多的巨大沉重船身群擁擠不堪到擦撞彼此弧形船體的低音仍然此起彼落地響起而令人不安，然而，就像神諭般的陰沉雲靄破曉沉寂最終端在天亮前的某一道晨曦閃爍出現的那一剎那，不可思議地所有古今中外半毀的黝黑船身也同時竟然在黝黑天色河道上密密麻麻漫延而低沉地轟然咆哮……

一如遠古鯨群被咒喚回從死神祕境再度復活成群怦然湧動於古中國最深海溝冒升海潮的伏流竄起那般地緩緩啟航動身……

文明是什麼？神祕莫測及其不免始終狂亂……的這個字眼老顯得那麼空泛那麼自欺欺人到永遠像煙花的滿天星斗又剎那渙散消逝，像魔術那種把人大切八塊又瞬間縫回肉身的異象，像特殊效果中災難發生崩塌毀滅的建築街頭城市變成廢墟又快速倒帶迴轉回到原貌的絲毫未動天空線的空蕩蕩，頂多像是乩身有沒有起乩的抽搐混亂感……那種血肉模糊的刺激上身退駕後就沒事了的疏離保佑感。

鄭和……因此相對於那大航海時代開始廝殺爭奪的全球殖民地血戰到近乎瘟疫的狂亂……只像是一個史前史的戲子、騙仙、術士、乩童、特效中的妖人，沒有神明護身的法師，沒有宗教的狂熱信徒，不知道要拜什麼佛祖的廟公，但是仍然陣仗浩大到近乎不可能的旌旗幟飄蕩數千艘寶船及數萬人部伍的聲勢浩大……那麼龐大的寶船體，自身就已然是一座移動城堡般的細節太過繁複又繁瑣的龐然靈體，弧形的厚重船身自我繁殖成的有機動物噬菌體般腫瘤，無意識又無限繁殖的樹洞深處封印的神祕觸手蔓延開來的漂浮不明物身，或就是被下過太深詛咒數百年只出現一回的聖城古建築群的空中閣樓多寶塔，那些又厚重又粗糙密密麻麻綑綁成各種水手繩結才能勉強挽住的帆纜垂墜交纏拉扯但又無比精準讓數十數百索手海員可以順風逆風調整龐然風帆的操作手續動員工法。俄羅斯娃娃般的一層層剝開還有一層層往裡頭洋蔥半透明蔥身包裹住的細胞膜細胞壁細胞變癌細胞蔓生開來……

文明，只是令人費解的寶船艦隊的身世及其不存在的想像，探索未知的遠方更多無法言喻的焦慮症候。相較於這段歷史及其史觀……鄭和顯得那麼地不清不楚地退縮，匆匆忙忙地來過又走了的輕率，文明，一如六百年之後的鄭和熱其實是另外一種完全不同的發現，甚至是一種發明，沒有發病的病，沒有更緊張兮兮的心機及其物質基礎，更大敵當前的危險感始終周旋屯田生意算計，只是展示肌肉賁張但是不打架不搶劫搶親那種一代宗師式的天真，或只是比較像一種神祕莫測的祕教神祇還不那麼積極地宣教的光怪陸離……

一如傳說鄭和在六百年前從北京的京華煙雲炫目繁花盛開那時代最奢侈的宮中生活竭盡心力地無限講究卻陷入僵局般的無奈波瀾滄海的放逐感下西洋南洋一路險惡瘴癘之島嶼陌生放眼望去的好幾天看不到人煙的遠洋冒險……他的心情沉重到老想像自己終究會失敗或許是更多的猜測懷疑糾纏著他失眠多日的腦海，為什麼自己仍然會老陷入這個幻覺般絕望四伏的海中，為什麼會陷入這個故事及其無法逃離種種空洞感的一再放大。

「一身好功夫，何懼惡風浪……」姚廣孝半安慰半嘲諷地對當年是他剃度的門徒後來卻已然是寶船艦隊司令的鄭和說：「憂心忡忡的大人，你希望你始終出沒縱橫於惡風浪中的龐大曲折故事在未知的未來會如何被傳說……」

「序曲可能是大人第七次下西洋已然人事全非，我們的永樂皇帝死了之後，大人和大人的無敵艦隊和中國下西洋的複眼全景政策已然被下一個皇帝遺棄的完全冰凍多年之後，又有另一個皇帝再繼任再打開一回也明知無望的重新出遠洋的可能，那時候的大人已然衰老而完全不寄任何期盼地只希望虔誠地在死前能前往一趟大人回教徒父親與祖父都曾經朝聖過的麥加，但是，仍然萬般無奈曲折而無法成行，可是大人在百病纏身的海上所派出的特使前往義大利卻意外地以中國古代技術史上的無比璀璨進步引發了歐洲後來五百年影響全西洋甚至全天下未來的文藝復興……

或許，大人只是想要找尋這個世界的盡頭，或許是找尋這個世界的未來，找尋可以預知未來的先知。雖然有時候先知或許再專注也看不清楚，只是看到未來是一種懸置晃動的無限懸念。或許，神尚未揭露或不想揭露的⋯⋯先知也一定不知道。或許另一種更妖幻的從京城到先知守護不了的海中陷落的恐慌。妖幻⋯⋯在那種更離奇的大明朝更老更費解時代的氣味，充斥著環繞在暴怒的帝國宮中的⋯⋯故事。」

其實姚廣孝並不知道他們三寶下西洋的故事，在未來的變幻中⋯⋯甚至被演繹成更像是種種更炫目的線上遊戲攻略本般的傳奇、寓言、神話、誌異⋯⋯所改寫成更現代的小說怪誕語言的碎片。甚至像波赫士或艾可或馬奎斯或卡爾維諾寫出的種種更歪歪斜斜的更像⋯⋯更多日本古裝推理劇的詭譎，《冰與火之歌》般英國老貴族的凶險，甚至就是重新以法國懸疑小說版本改寫成的《通天神探狄仁傑》疑雲式⋯⋯的某種怪異版帝國征服四海的恐怖物語，引用老帝國種種傳說中既荒誕又殘忍的肉刑、閹割、殺頭⋯⋯始於威脅的層出不窮的誇張嘲諷感，一如詭異又自相矛盾的皇帝與太監、高僧與水怪、千戶與水兵、皇朝與蠻族、人與妖⋯⋯對位關係裡相互想望又相互凌虐的種種奇趣。

然而妖幻依舊的屈辱與順從的這個故事的動人或許更是那妖幻的歷史京城出海的種種汪洋婆娑場景及其隱喻，一如紫禁城末端羊腸小路尾琉璃廠古玩老店傳說老坊牆體上的鬼畫符⋯⋯或是故事起源的宮中巫術源自錫蘭遊方僧的梵文舍利骨製串珠，《永樂大典》是天書神通可通天地鬼神的聖冊，長頸鹿就是麒麟的荒誕又華麗近乎謠言的佳話⋯⋯種種宮廷中更怪異到引發新派西洋派的《看不見的城市》、《昨日之島》、《少年Pi的奇幻旅程》般或老派中國派的《封神演義》、《山海經》、《鏡花緣》般的幻影消失一如千戶會不斷分身的水兵幻覺，古代神祕學巫術，種種熱帶海面珊瑚礁上的食蟹猴，雨林裡的食人樹，暖水河裡比車輪還大的蓮花，月光下的人魚始終歌聲繚繞⋯⋯的離奇又迷人。

或許更多故事添加偽裝的更多故事主題是：謀殺、海、叛變，或許更是一個史上最著名的屍海。始終沒有神來保佑的故事⋯⋯始終不免太過殘忍，太多太多的海上奇遇可能是新的但也可能只是舊的改編的無窮無盡蔓延⋯⋯所有的故事中不免一如某種神劇的兩難：沒有神通也沒有救贖但卻老是出現人想變成神的種種困難重重及其內心同時一定要通過的種種試煉，但是在種種試煉都完成之後，人變成了神的最末端卻往往又是另一種更艱難的挑釁即將出現，或許是引發家破國亡的遭忌亡命，或許更是在另一個試煉中就會出現另一個更強大的神或出現另一種更可怕的怪物來考驗他……

鄭和並不知曉他的故事……在未來五百年傳誦中發生了異端的變換，一如一種宿命，即將被不斷地改編成一個這種必須不斷遭遇苦難纏身的落難神明般的半神人陷落於一個個太過離奇的任務：遭遇在屍海中前行面對海妖種種的恐怖蹂躪，遭遇某個島嶼野蠻的部落擁有妖人巫術蠱惑的奇襲，遭遇完全沒有神保佑的廝殺中種種敵軍人馬死命追殺攻陷的血淋淋，遭遇太遲疑了的水兵們的頭顱被割下殘忍地直接插在蠻荒島嶼竹竿桿上的可憐兮兮，遭遇被屠殺過的一個個惡臭廢墟村子都是屍體有的已然霧騰騰地腐爛，遭遇過滿天飛過上頭刻滿符文也染滿血跡斧頭長劍彎刀強弓弩箭種種武器的襲來，遭遇過全軍中埋伏的他們被困那一個被燒毀大半村落還在村口用廢船體做成的掩體死守到艦隊的援兵，雖然最後仍然看到自己的艦隊在大雨或大火中全軍覆沒地慘烈死去……那種種絕望感充斥的死守……

一如那回……在紫禁城的接近後門古鐘樓鼓樓某個老側殿，鄭和被一個不熟悉而也不能得罪的王爺帶進去那傳說中近乎不存在但是卻堆滿最稀罕奇珍異獸般古董的舊宮廷庫房。在那一個迂迴曲折的長牆體末端的這個老合院的陌生院落裡。那是一個雖然號稱是最新也最古怪的外國進貢的貢品館藏。但是，因為年久失修，又無人打理，就因之反而淪落到只像城裡暗巷那些較寒酸而破舊的老派古玩店家。

那個極端尖酸刻薄的老王爺一直抱怨所有他那一輩年輕時候看過元代留下來從遠洋來的種種異國的怪異藝術品都消失了。還提到他小時候明成祖剛剛打下天下時……自己還曾經被某個極端疼愛他的開朝老將軍帶進一個紫禁城在忽必烈時代皇城建築中最老的藏廟密藏廳堂。

在那一個博古通今的老將軍解說的時候，王爺說他非常地激動，因為全部的現場古物可是當年全球最龐大帝國的蒙古可汗們多年來打下的天下才能擁有的奢侈……那種那個時代的最遠方所端詳出來的最高文明，也是帝國多年來的威望威脅了全世界才能讓那麼多人那麼多古艦隊千辛萬苦地找尋收藏的……進貢到那皇城的最深的金碧輝煌的這古藏教珍寶密室。

但是，過了這麼多年，這地方已然荒廢了許久了。王爺深深地嘆了一口氣，打了太久的仗……他說，直到近年來，他才重新打理過這裡，因此，鄭和就跟著他走了一段路，才在老屋簷底某一個角落的高窗投射的光影照入向更深的角落發現，那黝暗的深處有稀有的寶物，甚至竟然已井然有序地排起並羅列的許多大大小小的古木盒。

王爺在路上緩緩前行時一直得意地跟鄭和炫耀。並帶他往裡頭更緩慢地走去，就在最入口處，還有一個縮小版的七重寶塔，收藏在一個古董檀木做框的晚唐琉璃半透明寶盒。但是，王爺說那塔身不是縮小，而是真實的比例，因為，真的有人住在裡頭，每天燒香念經，還聽得到塔底的暮鼓晨鐘，仔細端詳，還看得到那裡頭塔身到塔頂的種種門洞口都有只有三寸高的某遠方海洋天竺島國的活人在走動。

再往更後頭的合院走去，還有更多古怪的收藏，有珍藏的失傳多年的著名古書卷軸，晚元代漆器，冰裂紋的宋代青花瓷，甚至漢代古玉環嵌入手工精密雕工的端硯，那麼多的名貴珍藏就一一仔細詳盡地安放入高及屋頂那滿壁太多太多的琉璃玉盒。往極右端另一進的側廡護龍屋身下，還不知為何，竟然出現了另一端的奇幻光景，玉屏風前的樟木長桌上，羅列出一隻隻巨型的蜜蜂和螞蟻和天牛那被做成的木乃伊般蟲體，那使鄭和愕然許久，但是，最惹眼的斗栱雀替木梁柱下，主體的原有藏教老神明桌前，卻還有更出人意表的驚嚇，那古董八仙桌身上竟然有兩座小型雕梁畫棟的屋型玻璃雕龍木框，從兩個琉璃看入的已有點扭曲的影像投影中，裡頭有一隻極大的甲殼纏繞像蠶也像蚯蚓的蟲身。但還有一隻極小的像美洲虎又像灰狼的小獸。近看，才發現那兩隻完全不是過去可以辨識的生態中動物，而其實像是刻意重新用後代許久許久以後一如煉丹或煉金術般的生化高科幻實驗才變種得出來的怪物。

雖然，在那紫禁城死角祕密庫房老屋的黝黑光暈裡，那爬蟲類和哺乳類的長相形貌那麼不同，但是遠看竟然身體還差不多大小地更令人不安而不解。而且，甚至現場因此而更像是老派雜耍團的怪人怪獸密室，或後代考古學古生物出土或畸形動物解剖灌滿福馬林的泛黃培養皿舊燒杯……都充斥某種說不出的近乎荒誕的神祕兮兮。

就在天色越來越沉的殿後，他看到鄭和太過困惑的好奇，卻極為得意，甚至到了最後的密室尾端，那白髮皺紋滿頭的王爺為了炫耀，還特別允許地叫他抱抱看那隻幼獸，鄭和極為不安，但是也不能拒絕，抱的時候，才感覺到牠的獸毛極銳利而刺人，而且，體溫卻低，完全不同於哺乳動物，甚至，竟然更仔細摸索牠的心跳是極端怪異地忽快忽慢，甚至心口竟然是極為冰涼一如封凍。

鄭和始終不知如何是好。

或許更一如另一回……空氣中有一種潮濕但是涼不下去的悶熱，開始半咳的鄭和太過沮喪地厭食又老感覺到內心深處到處破爛不堪……他老是在太荒涼而遙遠的海洋遠方航行的搖晃恍惚之中，想起過去……有時會在京城過於疲憊不堪的退朝之後換下朝服，自己一個人偷偷地逛到紫禁城後琉璃廠舊巷裡熟識的那幾戶古玩老店家，在那遠離大街的簷深瓦破的市井角落，不接見探頭探腦的外來路過的偶然生客，沒有鄰家古董店群店招書法字樣御賜匾額，那酸腐味極端明顯的店東所刻意維繫他那怪店中氣味的冷清貧瘠，彷彿從前朝以來依舊維繫的怪癖，因為鄭和小時候跟隨他那元代曾任北京府尹的祖父來過這幾家老古玩店，充滿了對更陌生文明的古怪感……尤其是這幾家老是收天竺波斯種種異國官人商賈進貢之餘流出的奇貨……

一如鄭和始終記得他在那老店古老檀香木製神明桌所修葺改造的老書櫃中看到一本厚重冷門的古書，來自突厥西夏遼金胡族或是更傾拜火祆教的中東或更遠的歐羅巴蠻洲的全部都是陌生的文字名字及其更陌生的斑爛璀璨異國華麗人種古繪本式樣，斑斑駁駁泛黃的書頁中的舊圖像畫片，百般費解……但是仔細看又覺得好像是那些蠻橫的蠻族的衣著髮巾首飾冠帶珍寶刺繡甚至某些半裸露肩膀腰背手腕長腿的妖嬈花鳥蟲獸刺青都近乎不可思議地好美麗好奇幻……使鄭和在多年後仍然念念不忘。他始終覺得那天看的感覺和以前很不一樣，完全不像在逛古玩老街的某一個審美的炫耀品味或財富姿態的停格，卻反而像是找尋到或僅僅窺探到萬般玄奧祕術所刻意曲折迂迴摺疊出的深入更遠方的文明的縫隙破綻，太幽微又太抽象費解到……一如潛水看到漂浮身旁漫漫漂流觸手裊裊的水母的光影投身晃晃悠悠，一如老舊菜市場末端屠夫的蒼蠅迴旋不去的豬頭豬心豬腳豬蹄膀豬尾巴的剛剛切割下來的帶血感，一如在他人生後來這麼長年在這麼多遠洋迷離島嶼中恐怖濃密叢林誤入所時而看到的攀爬疾速的花豹與猛虎爭奪咬噬其撲殺梅花鹿斑馬獼猴的屍骸殘缺痕跡、一如沾滿露珠的蜘蛛網羅列線頭尾端還在掙扎的天牛和金龜子殘肢的被咬裂縫中的肢解空蕩蕩……

甚至，一如一群古代八佾舞者每個人在每個舞台的角落抽搐般地專注發顫抖動某些不明配角的襯托了所有氣息的莫名其妙華麗感的揮之不去……更或許就是老紫禁城藏廟死角古代標本間的動物大大小小木乃伊打入祕藥防腐劑方無數但是卻仍然皮毛姿態甚至眼神瞳孔都還像仍然活著的那種栩栩如生，相對難得的狀態中逆返古醫學神祕學式的逆流，近乎是最殺劊子手或庖丁解牛下刀一如把玩得完全沒有潰瘍濃稠感的抽離情緒……

多年來出海的鄭和心情仍然一如在那古玩店裡的雷同的沉重……心想著他是不是不該耽溺於這種種唯美的鬼東西的虧欠感，內疚於花了太多時間太多心力交瘁在這些一如蠻荒的文明的遙遠美麗的脆弱不堪……一如滂沱大雨中那古代簡陋勉強依賴薄弱油紙傘摺疊摺片紙質泡浸之架構支撐輕質木頭的無法堅挺的必然腐敗……那麼多文盲般的匠人講究而已的糾結，或許，更只不過一如天竺皇家慘白蕾絲織成的空中樓閣寶塔無血無肉體的虛幻自我的耽溺沉浸……

鄭和真正想找尋的古玩其實是……古蛐蛐罐。

姚廣孝老是想嘲笑他但是又不忍心提起……那是他的痛。在鄭和的白色絲質朝服裡，總懸放著一個鑲嵌最繁複土耳其藍珠玉環繞瓶身的小瓷匣，一如一個玉珮或繡囊之類炫目華麗吊飾的在佩劍旁的瓷瓶匣，令人不曾起疑，一如蛐蛐罐，但是，裡頭隱藏得那麼深又那麼淺的陰霾，肉身的缺陷殘骸及其內心更內在的召喚，獨眼罩或斷臂義肢那般地渴望，空洞感的再武裝，但是，旁人不解而誤以為的這蟲洞般的蛐蛐罐，竟然彷彿就是充滿了他的一生身世的隱喻，因為在最起眼的前身胸口下，藏於亮處的喬裝的隱約角落，緩緩地隨身多方移動而晃動，然而卻懸空一如懸念，因為，這最鑲嵌華麗的瓷瓶匣中，如同更多的猜測……正允諾般地裝著他童年以來去勢多年的萎縮一如皺摺滿佈蟲屍但卻仍然祕密珍藏的一只陰莖和兩只睪丸。

在那麼多謠言與譏諷的宮廷中，許多他的敵人就戲謔地嘲弄他被御賜加封的「三寶太監」其實是小瓷匣裡鬼東西的……他的三只「寶」。或許也因為他還勉強迷信……那種宮中殘忍近乎無稽荒誕的補償，「只要去勢的寶還跟著他，將來到了陰間，他仍然還是可以用種種功德贖回……可以在來世重新成為一個完好無缺的男人。」

一如蟲洞的蛐蛐罐自身自古在京城就是被詛咒式的古玩，那麼古怪的牢牢不破的極端縮影的牢房囚籠，那麼令人髮指地好奇又好玩，一種極端暴力精密複雜到不可思議怪異的長物，因禁活物並充滿最荒唐又最世故的虐待狂式的收藏玩物……最無限縮小地袖珍博物館的精密及其後世更多傾斜剝落的可能……

這蛐蛐罐的窮奢極慾的，畢竟是不免會被詛咒的……從蛐蛐那最神鬼戰士鬥志賁張的死前複眼所打量的毫雕壇城寶塔般的最緊縮陷溺的囚室……

一如鄭和常常尋訪的這幾家琉璃廠怪古玩店的狂人店東是出名的令人費解，為了找尋出土的失傳的宋代蛐蛐罐，竟然瘋狂到深入景德鎮某廢棄窯洞將所發現數以萬計的宋代官窯瓷殘片祕密攜出，再不惜巨資地更用心用力地找尋行內高人發掘整理，進行了近乎不可能的嚴密拚命比對合而竟然復原出上百件瓷器稀世珍品，其中更詭異華麗而被鑒賞為妙品的蛐蛐罐就僅僅有數款，因此更為珍貴詭譎地稀有，但是仍然堪稱極品。

即怪店東對他祖父緩緩地隱約傲笑地說：「大人，尚未完全……請再多等等。」他提及在細膩補修整頓的尚有更多古青瓷罐仍未能辨識形制而無法斷定是否為蛐蛐罐，僅僅能夠作為尋常花器或佛器或禮器的古瓷……一如更多盜墓者盜出南宋墓址的瓷蟋蟀過籠器皿，蛐蛐瓷罐的花色品種更加繁多，但是都不免沾染了陪葬品的暈黃陰沉傳說而惡兆揮之不去……

然而，那是某種文明的深深玄奧……最顯微鏡版本那殘酷劇場的縮尺鬥獸場……鬥蛐蛐及其蛐蛐罐永遠是那麼誇張瘋狂地令宮廷和民間爭相風靡，使得蛐蛐罐身千奇百怪無所不用其極地變幻……那麼窄狹瓶身就千變萬化地變幻，一如絕頂工匠詭異下手絕頂炫技的幻術：器型有圓罐方罐六角罐八角罐竹節罐南瓜形罐，罐蓋有平蓋坐蓋飛邊蓋，頂分有眼無眼兩種，底有平底凹底，腳形有圓腳獸腳三足六足。諸多蛐蛐罐中的佳品煉泥之精製作之絕不遜於名瓷花器紫砂茶器講究的彌足珍貴。

因為那看似不起眼的蛐蛐罐雖然原用以飼養鬥蟋蟀的器皿，甚至最早的蟋蟀罐都是由各朝最貪心也最貪玩的帝王才指定御窯和官窯燒製的，甚至嚴格只祕密作為貢品專供皇室使用，極少傳至民間。

然而更多御窯官窯燒製的蛐蛐罐太過精緻而種類紛繁，有更多瓷製的青瓷海濤花卉紋小罐，青花獅子滾球小罐，黃彩紅地雙龍紋小罐，豆青釉刻花雙龍罐……打造蛐蛐罐的傳奇民間匠人的姓名也用印章的形式刻印於罐底，蓋內正中方框內有端楷「某某主人製」五字青瓷款識，一如更多的繁花盛放的奇技淫巧……有的瓷罐身蓋面周還會誇張地沿用青「萬」字紋飾，中有折枝黃菊綠竹彩飾，有的器外周環有四組折枝黃菊綠竹彩飾，圈足亦有一道青花「萬」字紋飾，器底正中方框內……然而大多蛐蛐罐玲瓏秀麗色調淡雅，有的有字稱為「大宋大元大明某年某某氏珍玩醉茗痴人祕製」蛐蛐罐。澄泥陶製蓋內方形陽文篆書分書數行工整高古底外中長方形圖記內有隸書字樣，飾以雙線長主框而款識上下各有雙龍戲珠紋飾的諸種龍紋瓷器質地細潤淡黃古雅製作精工。諸多宋代青瓷蛐蛐罐能夠流傳下來的極為罕見之稀世珍品，上頭甚至還有引用宋徽宗瘦金體書法謄寫的心經毫毛筆字跡。

甚至有數款南宋末年古款蛐蛐罐彷彿是神祕莫測的藏傳法器，神諭佛讖語句遍佈的彩繪青花紋飾，甚至有藏文經書全書的咒語誦文環繞弧身，使得那狹窄瓶身充滿傳奇色彩到雖然諸多雨漬泛黃斑斑駁駁裂痕，仍然彷彿有無限古代封印的神通法力加持……

一如多年後的身陷險境無法再有神通加持的鄭和問姚廣孝：這就是世界盡頭的……那你所預言的最後蟲洞般的深淵嗎？

困在這個南洋的怪異島嶼，他們到底遭遇的是可怕的怪物？蠻族祕密豢養殘忍的獸、惡魔、怪物……

或說，更是難以想像的某一種龐然巨身長滿觸手的……蟲。蟲身太過可怕也太過龐大，獠牙和觸手有數十隻，那麼猙獰而彎刀般尖銳的數隻長爪，那麼繁複而恐怖的複眼的太多瞳孔。

姚廣孝心悸地說：牠們看穿了我們……天啊，就像放大數萬倍蟲身的蛐蛐，對於過去在京城老鬥蛐蛐的我們而言，不免就是一種近乎不可能的可笑報應……他們的船體的破洞，一如他們兩人從島嶼末端攀爬出來的那口深井……都只像個殘忍而殘破的放大爛蛐蛐罐……

對他們而言，對他們絕望地端詳他們艦隊中計全然起火而波及的附近整個群島眾多島嶼和海洋都已然完全地焚燒的沉浸毀滅感。姚廣孝緩緩地說，這個悲慘的我們一心下西洋的冒險……始終不免是會充滿無奈又無限荒誕的失敗。

到底是什麼激發了鄭和的邪惡及其冒險及其無奈及其失敗，他都必須接受，雖然他不滿意這種種說法……但是，在沉船之前的鄭和沒有再問神為何放棄了他但是還觀望他，一如他太虛弱也害怕太久了。一如鄭和心中老想從鬥爭的朝中消失。即使只是消失在海中，就像沉船沉浸入海底無人知曉的那種種陰霾充斥的古怪寧靜也好。

他心事重重地打量著京城舊時代渡口清淤所挖掘出的遺址，打量著海中所被發現了的沉沒多年已然崩塌蝕鏽的明廷寶船……一艘艘都東西走向，頭西尾東，左傾斜沉於黑色淤泥中。有的馬船糧船為小方首、方尾、首尾皆起翹，殘長數十丈殘寬數丈艙殘深數尺，左側船外板保存較完整為八列，右側船外板保存不全為四列……部分寶船的船體的船底層呈平，有的較小尖底的船體其下側如刃可以破浪疾行，而發現的數艘寶船體其他巨型古船均是箱形的船體……其後在列寶船沉浸船體北部數十米處，又發現另一艘更老的古船的底板，分別是龍骨、龍骨翼板、零星外板，其他船材都已不存……但仍然皆還可能是最早幾回遇風暴船難的癱瘓沉沒海底的艦隊局部的寶船及其隨扈兵船。

棄船上發現的遺物，主要有宮廷永樂字樣的官窯瓷器，北方窯黑釉碗、青釉碗、白色料珠等以及鑲嵌青瓷碗、陶繭形壺、陶甕等宮廷寶物，甚至發現的白色料珠晶瑩圓潤，鑲嵌青瓷碗，有諸多水波聯珠紋碗，施滿釉，釉面佈冰裂紋，足底黏白色窯砂；有菊花蓮瓣紋碗，青釉閃黃有冰裂紋，足底旋削。古船上所發現鑲嵌成兩件青花瓷碗為不同的瓷窯生產，均在青釉上鑲嵌白色紋飾，具有明顯的永樂風格那麼精密而華麗動人……

沉船提醒了鄭和……他所逃離的京城廟堂始終不是那麼值得貪戀，甚至其實是那麼艱辛也那麼怪異地……只有鄭和深知寶船上的他們的人生卻那麼地傳奇老在鬼地方流離失所地孤僻生冷地活得很殘忍但老被傳說得很夢幻……沉船上所發現的永樂鑲嵌青花瓷，就一如一種怪異歪斜的記憶之術。使得鄭和心中更明白自己花了一生走訪的海……都不免只是自己才理解的瘋狂，只是厭倦朝中而找尋更尖銳的流亡成那種自己冒自己的險……

據說前世是阿修羅的姚廣孝每回就勸他要記得不要太同情自己。或許他們隨時可能會落海難在同一艘船，殘忍地然後一直在問神的問題：神已經拿走了所有的寶船的未來。在海上太久了的他們一如瀕死了更久，最後他們深入到了一個沉船中長出了融入海的斑斑駁駁的很多怪異海底動物植物出現，最後他們才明白那是一艘必然會沉沒的奄奄一息的沉船，因為還有人困在船體裡無法挽救。他們發現沒有時間遲疑，在沉船中留下來必然也會死。最後他以為所有的船員水兵稀有動物們會以某種形式跟他道別，但他們沒有。海太殘忍，沉船沉沒地太快，因為所有的寶船必然沉船的宿命都那麼輕易地兌現了。

一如這個下西洋的故事那麼地殘忍，那麼切題地缺乏同情……但是仍然那麼充滿離奇。

鄭和跟姚廣孝說：我想我明白這沉船的沉沒和打撈同樣殘忍……但是或許同時地在提醒我什麼。這樣我就不會再那麼在乎最近始終在一種所有過去的朝中內規行情一再被打破的宮廷鬥爭混亂中擔心朝臣們種種派系無解的矛盾，使我的過去的耐心與善意都用得差不多了。

我們為何要下西洋？那種種西洋暗潮洶湧地讓人那麼容易沉沒的遠方大陸國度島嶼……對於冷嘲熱諷的朝廷或許只不過是一如一個個破爛的番國或番島及其關野獸的獸籠。西洋的文明那麼地不文明……一如耽溺於大洋中的島嶼像神經病般地吃有毒河豚水母或傳說的巨大腐敗於海灘上的鯨魚生肉是一種對祕教異端巫祝的致敬，一如端詳著天竺古廟裡古石刻的表情歪歪斜斜離神的做愛中的男女神祇的荒唐感是修煉的極樂又極苦的永恆兩難，一如希臘神話中懲戒米羅王是讓王后愛上公牛與其交歡生下牛頭人身怪物關入迷宮餵食生人肉肢解地凌虐至死的殘忍，一如天竺古神話中那黑天凶神打開的嘴洞中看到更深的天空星宿繁星滿佈那種巨大像宇宙的黑暗那種洞口。

一如他在天譴般的噩夢中或在老渡口前端詳到的那些古今中外詭譎多端的鬼沉船群都像是詛咒但也像是啟蒙……海底的漩渦挖到一個沉沒寶船體深坑的洞口像是寓意不明的隱喻，沉船就像是對這下西洋既充滿暗示的凶險又充滿鼓舞的提醒地自相矛盾的隱喻……整艘沉浸的沉船體浮現典型的腐朽泡爛全船身紋身般長出漩渦曲弧一如海潮汐流激飛，濃密海草陰霾一如寶船陰毛腋毛蔓延在肌肉賁張的汗流浹背滴滴答答，寶船體一如肉體的乳頭指頭龜頭都被死命地扭轉抽送或穿刺痛苦而歡呼但是寶船龍頭眼神仍然從容，船體的扭曲色情感仍然流露地勃起或勃然大怒削割臀部的激進最深入的摺疊扭轉一如馬戲團或法師般的魔術妖術的幻影般地忐忑，還在最後摘下寶船龍頭般的自己的頭顱來……緩緩地梳頭。

或許，鄭和還看不清這種種隱喻，看不清這沉船沉沒多深多詭譎多端的隱喻，一如他還看不清西洋也看不清未來的費解隱喻……不免同時是一種神的天譴也是一種神的啟蒙。

首篇。鄭和部。古鄭和儀。

古鄭和儀隱藏著不世的關乎鄭和六百年最深最奧義的祕密……一如：老海洋的崩解宇宙觀。麒麟謠傳的形上學。靖難篡位事變史觀兩難。靈魂出竅的南洋變西洋離奇謎團。過渡性寶船工事的美學失事。無限幻覺的帝國及其神祕。回教徒修天妃宮參拜的內在矛盾，南京最大官吏的封賞變成詛咒。子孫流落異鄉不可考的全球古城的問題重重。失蹤皇帝的龍袍找尋者。過度高大俊美的閹人美男。六十多歲一身病還仍然出海找死的老船長。啟蒙大航海時代的怪異新式航海地圖繪製者。無性別的異國情調大師。宦官出身野心勃勃的偽海盜。祖父竟是北京府尹的世家卻從元朝賣命到明朝的子孫叛徒。多神論者的古代史上最大艦隊司令……找尋這時代的現在時間切片般切割又切換的老時代故事歧出的更多老線索。

也許古鄭和儀必然是超越時代的鄭和及其下西洋野心勃勃的心血結晶隱藏版的隱喻。史書記載鄭和於下西洋第七回死於印度其隨行寶船太多寶物一如鄭和儀種種寶藏完全消失多年不禁令人更加感嘆還有多少文明野心勃勃隱喻的祕密就此失傳……

太過神祕又太過驚人的「古鄭和儀」這個最著稱的古中國祕辛般天文觀星儀的考古遺址多年後出土過程充滿了太多繪聲繪影的謠傳……那是二十世紀初一場突如其來的暴風雨所迫使幾位麻六甲海峽浮潛的潛水漁夫將船駛到荒島避難。風雨過後的他們索性就地下海尋找躲藏風暴的深水魚群，不料赫然發現一艘裝滿古物的龐大神祕沉船。經過幾個月的打撈，一批批的古中國老時代寶船種種怪異老珠寶成了其國家考古博物館的典藏，然而其中某個深藏船艙死角已嚴重鈣化的小雕花木盒始終未引起注意直到不知何時已風乾裂開成三塊後，那博物館的老考古學家才發現上頭竟嵌著複雜的齒輪結構，這個宛如穿越時空的「古鄭和儀」就這麼橫空出世……

古鄭和儀於西元十五世紀左右製造其上頭龍紋側古篆書蝕刻銘文顯示應是某種古代天文儀器。雖然古文明如埃及印度馬雅金字塔墓穴皇家也都早已有天文儀器，一如東漢張衡的渾天儀據說是利用水力帶動機關轉動的複雜機械……但是鄭和儀的大大小小扭曲歪斜卡榫齒輪機芯零件一如古代中國繁複古鎖多寶格祕盒那種環環相扣繁複精密的古文物神品，複雜度遠遠超越更多年以後才發明的中世紀晚期文藝復興工業革命初期的西洋古機械鐘錶，因此古鄭和儀的出現革命性地完全顛覆了古代中國技術史。

受限於二十世紀初的技術加上兩次世界大戰的磨耗而拖延考古發掘研究到戰後五〇年代以後才有西洋科學家對它展開研究，但直到本世紀初所藉助於考古學核磁共振式的革命性X光三維造影技術以及來自美國太空總署機械部門支援掃描其太過毀損剝落鏽鐵機芯表層紋理強化技術，鄭和儀內部嚴重鏽蝕的層層機芯齒輪與模糊難辨的銘刻文字才終於現出原形。

經過太多年太多考古學家科學家歷史學家甚至就是鄭和學家太過複雜的情緒反應熱烈參與地高科技考古遺址遺物太過不可能精密機械式的還原，太過怪異形貌一如一隻古代紋身通體弧度扭曲鑄鐵饕餮般妖幻怪獸形貌的古鄭和儀，共有一百二十八天罡數那麼多個大大小小卡接繁複機芯機件。鄭和儀機芯駝身起伏般的機背上下各一個轉盤用以精密設定與指示年份與月份的古中國天干地支古篆文，甚至其儀器正前方出現不可思議精準的黃道帶刻度怪異龐大弧體轉盤，其老機關式機身上有鶴形指針可以分別標示日月二十八星宿的方位。轉動側面的把手帶動齒輪運轉甚至更仔細端詳古中國黃曆法就能預測未來日蝕與月蝕的時間並標示出屆時天體的古代歷史位置……太多太多推測仍然太過傳奇一如古鄭和儀的機械原理是基於每七十二地煞之數個……朔望月太陽地球與月亮的排列會近乎直線，但因為當時的宇宙觀仍是地心說，也仍還不知道天體運行的軌道是橢圓形。為了彌補這個天體運行模型與實際觀測的誤差，古鄭和儀的內部古老齒輪還運用插銷的伸縮調整齒輪比。其玄奧繁複機芯在那交錯複層的機關讓人聯想敦煌莫高窟時常呈現出空間謬誤立體突然轉為平面的矛盾，打造出在真實不可能存在的錯覺風格每個角落都承載不同飛天仙人仙女來突顯更費解的古代佛教神魔亂舞的複雜面向，打造出古中國妄想在真實的逆轉倒影中找到對應物件的多重結構野心，就像是古人入夢妄想認知人間層層疊疊的隱喻，多面多角多層花鳥蟲獸日月晨昏。在鄭和儀上所刻下細節超乎常理刻工筆觸辨識出明廷紫禁城參拜供奉的種種最高階祭典儀式神祕場景的神通附體，懸浮巨大規模控制鄭和儀卡榫緩緩運轉最繁複機關的差異，一如古中國藻井最終木構造結網是傳統建築中特有的結構裝飾通常選擇在三川殿拜殿正殿四點金柱上方明顯的天井穹頂由四周不斷向中心懸挑內縮的斗栱交織成網狀的傘形頂棚由於形貌蜘蛛結網演變成更複雜地華麗，一如最終端古代祕傳匠師口訣像咒語那麼繁複才能啟動儀式的廟宇網目結構八卦形圓形橢圓形方形六角形種種大木結構及小木榫……種種斗栱藻井祕術轉換成渾天儀般更進化的觀星天文機關的奇幻……才能更精準打造出古鄭和儀數百齒輪卡榫的神乎奇技……

古鄭和儀……一如字謎密碼的明代最深的祕密啟動鄭和下西洋導航定位陰陽術觀星玄機的那個老時代的奇蹟而改變了六百年來的未來。怪道士跟鄭和說這個鄭和儀一如巫祝儀式的法器太過陰森……充滿祝福也充滿詛咒。

一開始是鄭和跟著寶船司觀星的陰陽官們去看那個變戲法的京城鬼市怪道士，那個武當山下煉丹的術士近乎完全不可能的一生都給了他的術，那是一種不可能的犧牲奉獻甚至最終在其機關傳動裝置用怪道士自身人形的人偶的敲擊聲及刻在偶身上的時辰報時。那個後來打造成的鄭和儀源出那怪道士引用古代東漢渾天儀的古代研究天文神祕儀器（張衡根據渾天說的理論演繹證明渾天說宇宙觀為東漢順帝打造出漏水轉渾天儀）鄭和儀身太過玄奧竟然通體為精銅鑄成的球體內部幾層圓圈可轉動以四分為一度周天一丈四尺六寸一分成為一個太過華麗龐大刻滿赤道黃道南北極節氣日月星辰的怪異球狀體，其渾儀結構部分有三重「六合儀」、「三辰儀」、「四游儀」外掛古窺管和機械座架。儀身不明的來歷有太多影射甚至其中引以為神祕過度的傳說涉入竟然還有太多太過強烈純粹雕琢九龍身弧形交纏的怪異形貌……那古鄭和儀位於最外重由三套連結環組可穩定晃動。天元子午圈為正立雙環兩面都著周天度數但卻無數字。地平圈為平臥的單環外弧面刻干支八卦表示方向內面刻分野環周有水渠用來定水準。天常赤道圈為側立的單環上面刻著十二時一百刻每時初中各四大刻一小刻。更怪異的恐懼症般的歪斜……是側看端詳其三辰儀位於中央端一重由四套環組成可在鄭和儀內東西旋轉，二至圈為南北向的雙環二面各從南極起刻半周天一百八十二度，二分圈為南北向的單環無刻度，游旋赤道圈為東西向的單環去極各九十一度上刻著二十八宿，黃道圈為雙環與赤道圈相交為二十四度內面斜刻著二十八宿。「四游儀」位於最內一重而由一套環和天軸組成可在「三辰儀」裡東西旋轉，四游圈為南北向的雙環之環面從北極開始刻著半周天一百八十二度多，最核心的天軸為南北向的雙條而最終端的怪異窺管為方形貫於天軸中心中有圓孔管長與環齊可在四游圈雙環裡及天軸雙條中間移動。這個古鄭和儀一如渾天儀運用齒輪巧妙的水力滴漏帶動渾象繞軸旋轉使渾象的轉動與地球的周日運動相等……渾象每轉一圈也就等同於天體自轉一圈。

那怪道士為了證明他的古鄭和儀真的能觀測天象進行了測試……一如施術焚香作法中的他在鬼市後破爛不堪道觀的塔內依據其怪觀星儀身顯示說出星星的位置時竟與在塔外觀天象的人所看到的星象相吻合……鄭和才開始相信其觀星儀真的能夠準確測量天象。一開始是道士為寶船航行特殊形態而改良張衡的渾天儀打造更深層次分明的咒術下咒成為整座水運儀象台分為三層為最底層的動力系統以水力傳動「水運」第二層的渾象是模擬天體運轉的儀器稱為「象」而位於最上層的為觀測天體運行的渾儀稱為「儀」三個主要系統構成天文觀測站。位於樞輪上的受水壺在承接水量時，並不能穩定地受水因此一種名為「天衡」的裝置用來避免此種情形發生另外在受水壺下方有兩組槓桿裝置，首先為樞衡與格叉主要是用來控制受水壺的活動橫條當受水壺的重量大於另一方平衡重量用的樞衡時格叉被往下推使受水壺傾瀉同時壓迫關舌，此時天條牽引天衡打開左天鎖是用來控制樞輪向前轉動的卡榫，這時受水壺內殘餘的水藉由重力牽引鬆脫的樞輪，樞輪向前傳動受水壺錯位一格重複上述動作。其用咒術啟動更複雜藻井祕密卡榫數百齒輪打造出的繁複打水系統如同整座儀象台的血管，主要由河車昇水上輪昇水上壺昇水下輪昇水下壺構成。一開始由昇水下壺裝滿水牽引昇水上下輪轉動將水從下至上帶動並倒入屬於擒縱系統的天河中並經由天河將水倒入天池中，充斥麒麟雕花的天池的主要功能為蓄水並會定量的流入位於下方的平水壺，平水壺底下裝置有洩水管及一固定口徑的壺嘴平水壺的水藉由壺嘴來保持固定的水位及流量，並將水輸入位於樞輪上的受水壺樞輪為一直徑近三米的轉輪平均設置三十六只受水壺，當其中一只受水壺裝滿水時會造成樞輪兩邊失衡而牽引樞輪傳動，當傳動時受水壺上的水就會傾倒至下方的退水壺而另一個受水壺會重複步驟如此周而復始不停傳動。甚至，傳動前的怪道士先在現場殺了一隻黑狗噴血祭古鄭和儀的邪術十分怪異，因其辟邪……一再以血祭儀的法術致使鬼市中的群眾甚至小孩們因之嚇壞而痛哭指責他太過神祕可怕地殘忍。

一如這個傳統的古鄭和儀是一種陰陽官觀星辰的古代歷史中傳下的洩露天機般怪機器而史書不曾登錄過的某一個不世出的道士鬼才發明的最可怕的地方是另一種方術的講究……那不是為變戲法而戲作的觀星術反而卻只為了打坐甚至是為了其道行更深修煉祕密的術……修煉那岔神就可能致命的長生不老之術。

一如怪道士曾經打坐甚至浸泡泅水於其中的三寶閣機關樓中古老封印過的木製水箱入迷許諾深意地隱喻……因為他眼睜睜地看著當年方術傳他的老師父為了更深的閉關修煉而在儀式啟動儀身機關的符水裡活活淹死。

怪道士說有一種不小心被泅入水機關中一如沉浸在海底的感覺就其實是更深更安心涅槃般地近乎像回老家的完全靜謐。但是卻也可能那種自泅於古鄭和儀身中的他變成以死命搏之來修煉另一種咒術，也更取一個老派的觀星宿的怪名字進而更躲藏在一個老中國古代祕密封印妖怪邪靈的最底層的祕密。或許怪道士早已瘋狂……沉迷太久著魔而永生離不開了的怪道士並不知道終究他到了未來一如鄭和到了西洋必然做出極端可怕的怪事也同時付出極端慘烈的代價，但是未來的數百年……卻沒有再發生也什麼都沒有再留下，不可能完全消失但也沒法子再完全出現，怪道士的觀星術鄭和儀……一如鄭和找尋的文明始終是神的祝福，但也充斥詛咒困難重重的欺騙或隱瞞……太過遙遠費解而不可能逼視……淪為神祕必然的荒謬苦命修煉。

❖

古鄭和儀打造某種完全不同的觀星的凝視，凝視本身取代了凝視的星辰……凝視在鄭和儀的觀星術的曲折離奇之中使人們看到「星辰和人們之間的神祕關係……荒野的荒唐……人們的視線在觀星中必然在暗影充斥天空的心事重重般的黝黑中不斷搜尋不斷移動，不斷地想要在星辰找尋什麼，但是，其實這是一種詭異逆轉必然荒謬絕倫的自嘲，因為要找尋的不是星辰而是星辰的誤差，透過誤差值才可以測試出找尋者角度出發時間點方位數據種種折騰的折射演算法想像……或許，最後星辰的現身必然是一種詛咒，古鄭和儀的打造一如所有的方術都需要死寂般的怪異冰冷異常的寧靜到虛無縹緲的虛無感，一如問卜慌亂抽籤的序列分析必然失序的無限絕望……

一開始只是一個洞，後來那一個洞口必然會深入病變般地變成黝黑太過的不明隧道或更深地變成一種更隱密的內部溝渠裂縫，古鄭和儀一如在打造這個迷宮般的方體內部機關樓必然要承認打造的許諾充滿了詛咒……完全無法理解也無法抗拒必然會失傳。沒有辦法傳下可以明說的工法繁複的紀錄線索。刻意地或是不刻意地……那怪道士開始想的所有斗栱的卡榫的放大是因為有補強零件的不起眼木釘太多，如果木釘也變成部分的主構件，甚至也變成是斗和栱卡接缺口破洞的精密卡榫，那麼在古鄭和儀外貌形象的天圓地方象徵的原初每一個方體都因而必然會改變每一塊預留卡榫的狀態及其規則變化的影響古代觀星方位演算法……巨大龍形的原來可以清楚到可以計算近乎宋式木作體系的特殊性構思營造法式再度發生類似意外事故的怪異現象就彷彿可能無限放大。

但是怪道士跟鄭和解釋太久太複雜工法的困難重重之後……他最後卻嘆了一口氣地悔恨地自責一如必然遭天譴的擔心起另一種更深更難的最工者愁式的匠師必然遭天妒的倫理末端的困擾……問題是為什麼要打造這個怪物般的神物古鄭和儀觀星器，一如一種陰森陰影的背影，一種幻影的入手也是殺手，怪道士全身抽搐地越來越激動而近乎瘋狂地從開頭再重喃喃自語一回當年他跟著他那殉了這個怪觀星儀的恩師一再入迷於謎團般的工事，一次一次透過拆解，要讓星辰現身，要讓觀星的方術透過光影婆娑於龐大觀星儀，內在折騰折射投射太多暗黑光芒氤氳潮濕地喚回，拚命拼裝再拆解才讓星辰現身其更遙遠的真實存在，或許是找尋到觀星者自身同時的幽微投影……

怪道士說他那怪師父始終不想打造尋常的方術收妖怪的老機關，老機關其實是一種神祕的神蹟，但是充斥怪異的自相矛盾，一如做出卡榫太過繁複拚命拼裝血肉模糊般斗栱零件近乎瘋狂過程的始終迷亂，完成最終機關的像完成其一生最愛也最恨的一刻，怪道士深深領悟了他的怪師父為何痴迷痛苦數十年過度浸淫奇技淫巧工法一如妖法的一生廢了……最後觀星儀終於在數十年之後的慘痛入命搏鬥工法細密的完工前最終端缺口越來越少的時光……等待最後一塊使得陷入絕境般的老機關終於現身，一如抽籤解籤的誤解必然的誤打誤撞，打造的人不是最後的定奪者，而是宿命決定了最終的決定，那是神祕的神的選擇神的應許神的恩典般的必然困難重重……

怪道士打造那怪觀星儀，一如做了某一個奇怪的決定，離星辰越來越近不免就變得離人間越來越遠，一如一種朝聖行腳踏入必死無疑一路的神的考驗，那種死命打造複雜觀星儀怪異儀身也始終同時死命問自己致命問題的永遠困難重重……更充滿太多人間的波折引發的風波不斷……一如猜謎，但是太難的謎本來就無法解，甚至是可以解卻故意不要解，解了太深的謎會遭天譴式的憂慮……打造觀星測的兩種焦慮，有一種是檢驗商量觀星最費解的古代技術一如咒術的艱難，另一種是猜謎歷程的猜測天機的戒慎恐懼……那怪道士打造觀星儀的古代祕密神壇般的混亂不堪的老工坊其實是刻意隱藏在一個極端怪異的鬼地方。充斥一路的詭譎曄變的光景，最後要步入怪道士工坊廢棄的坑口，在鬼市後頭不遠的某一個廢棄多年早已荒煙蔓草長滿的礦村，那隧道入口竟然是夾在兩棟鬼市舊街鄰接百年老店米行和乾貨行骯髒堆滿麻袋之間的尋常巷內長廊盡頭……入口入山入村入坑的種種進入最後的入口竟然是焚燒毀壞高溫廢材失控狀態，試探焚燒對打造的對抗，原來要接近的地方是在進入礦坑的黑暗……甚至，鄭和一開始只是跟著走探那太過不明狀態而進退維谷地一如是外來者走入山中，在可知又不可知的太過複雜隧道暗黑重重包圍坑道多年沒落後氣味惡臭飄散，甚至過度燥熱極端氣候變化溫度一如焚燒，也主要是那個老城深山多年災變事故發生泥土崩塌和河水氾濫，路過數百個夯土古樓但是心中忐忑的擔心，有更多黑暗的怪道士安風水厝人骨的地下佛壇厝骨塔地穴長廊骨灰罈老陶骨甕棺墓群的破爛不堪陶土裡頭燒得體無完膚但是淋雨又變回土那種破壞又恢復的更深原狀的可能，一如人的穴道穴位的陶挖洞挖山的窯洞永遠埋沒更多不是掏空更多……一如來自地獄……一如古鄭和儀在六百年後竟然出現在當代的博物館……可能無知的人們找到了兩個古老木製寶盒的上面印著只有永樂年代字樣的皇帝御用欽定徽章印記……或許古鄭和儀教愚蠢的人間在學會了解什麼是星辰之前應該學會了解什麼是黑暗。一如一種詛咒誤入就會被古鄭和儀機關中的不明形貌也未曾現身的隱形妖怪先迷倒再吞噬肉體痛苦不堪地先吃肌肉種種萎縮的屍體血肉最後還是連牙齒骨骼都吃的，牠們把所有的看不懂星辰的愚蠢人們的屍體全部吃光，一如六百年前古鄭和儀的詛咒……靠近那鄭和儀受詛咒儀身末端必然會中埋伏的非常黑暗的恐怖……一如所寵幸的紫禁城內宮廷殿宇宮人們或是寶船的千戶海員水兵們終究將會在某一晚因其詛咒所召喚出巨大火焰焚燒起來被全部燒死……

❖

老妃子最終允諾祕密引薦鄭和去找那怪道士的心情極端矛盾複雜，太遠又太近，太快又太慢，時間拉扯得太急躁和身體太累翻動地底土質鬆弛下垂變形到腐爛發臭般地疲憊，一直下雨卻也一直冒汗，鄭和其實始終忐忑不安也或許是他在找尋老妃子的偏僻冷宮走到宮廷最末端的荒廢破爛不堪舊殿身……到了紫禁城的元末明初改朝換代那老殿堂老宗廟種種切換老時代感同時召喚回他自己入宮閹割當年老日子感傷，但是卻沒有更多餘緒，只有意外在老後宮中遭遇困難重重的老妃子（太多知遇之恩提攜過他的昔日長輩的老人故人的碰面的感恩不盡卻又無能為力的宿命失措）種種內心張力才不免汩汩流出……

那老妃子其實入宮前在江湖中涉世甚深結交太多高人，美人遲暮時光太過冗長使她老是想念當年的姚廣孝和鄭和陪她敘舊的上通天文下通地理旁通陰陽五行的神通廣大的昔日……近乎難以想像的這一個年輕貌美聰慧曾經受寵永樂帝而後來因故失寵的老妃子在多年之後窩心招待起鄭和的禮數仍然太過周到考究……從喝最奢侈春茶吃冰荔枝到舊宮殿御花園院落假山飛泉前種種洋玉蘭花苞怒放龐然花瓣一如妖氣橫厲瘟疫般地盛開的季節的賞花雅興，甚至算起鄭和那災星多的紫微斗數解命盤的邪神擎羊火星殺破狼流年空劫入命種種既是預言也是斷命過去的糾葛……其實她多年因病重氣力衰弱，然而昔日宮中最終的寵妃見過太多太複雜華麗世面……亂世的多年有仇過有恩過一段段可怕昔日的種種，但是當年她或許曾經那麼熾烈那麼難纏過，風華絕代但是一生乖違得寵多年後又打入冷宮多年……

人太美而命太多舛的嘲弄……自己的美人命彷彿一直在一個嵌入逆命的坎過不去而毀壞又不承認地……過她失寵後的餘生，但始終還是懸浮半空在其一生懸命的幻想尾端那種令人難以名狀地好奇又想逃離……

就一如老後宮的紫禁城不免的怪異霉斑太久之後就上身屍斑……對鄭和而言怪道士那古觀星儀就像那老御花園的妖幻又美絕，一如紫禁城那恍若元代到永樂遷都北京重修破爛不堪老宮廷殿身之間白髮宮女話當年的種種下咒般安放巨樹森然成重重城門殿宇參道的過度瘋癲，陰森夜半的老中國老朝廷懷疑的斜屋頂長出螭吻龍脊起翹飛簷層層疊疊數千大大小小殿身所摺疊成弧牆壁體皆衷心如佛手合掌歪斜的過度奢侈工法打造的完美無瑕但是又太過野蠻的橫厲意氣……隱喻御花園中提引花鳥蟲獸梅蘭菊竹種種最終自然的奧妙泉水樹林輕風日光浮雲但是仔細端詳卻是玄機重重一如充斥火藥味的種種可怕的玄奧天機風水命理神物在鄭和儀中一旦可怕的連續嵌接之後會變成什麼更神祕的怪神物種……

老妃子完全洞悉那老紫禁城古城牆體太多時間夾層縫隙鄭和當年去勢的悲慘青春時代的夢的矛盾最遠端，一如那晚她和鄭和夜訪故人怪道士的古觀星儀的心事重重，這種祕術太過玄奧，像是在鬼市遠方一如皇城軸線延長軸心的最末端的工寮日夜趕工完成不了那工事的驚心，或許是自欺成通天塔一如鄭和那晚半夜三更隨那夙慧精通陰陽術的老妃子溜出宮中到其引薦法術修煉道行極端玄奧的老故人鬼市怪道士，才因此意外看到的那觀星儀打造一如方舟一如巴別塔式的機關樓最終端神祕奇觀那種天問般的神諭……然而老妃子也還不明白那永劫回歸的逆命一搏的宿命終將逆襲……一如鄭和在那時候還無法理解也無法抗拒那怪道士所打造的鄭和儀即將率領了史上最龐大艦隊下西洋卻竟然在最終變成天命使然是逼身死命天譴的枉然……

一如鄭和找尋鄭和儀的這個觀星的鬼故事永遠沒有主角也不可能有主角……怪道士的觀星儀到底是什麼？觀星到底是什麼？其實相對於神明的天機……星辰就像很多動物在天上一如在海邊在山中都完全睡著了，牠們變成了神，才可以入夢，但在觀星的天機洩露成的老時代神話中睡神和死神是兄弟，甜蜜但危機四伏……一如老妃子最終還是偷偷摸摸安慰太疲憊不堪的怪道士，偷渡某種太過隱藏的祝福與神諭的無限動人……一如最終所有這個鑲嵌鐫刻在古鄭和儀身上栩栩如生的御花園裡的宮人們和祥獸們都睡著了，在很長的儀身刻成長幅的巨大山川壯麗光景的天地之間，出現了一種渾沌狀態，深紫色的後山、鎏金色的火花、淡青粉紅色的雲端的遠方，淺綠色弧形池塘邊緣……大自然太玄奧遙遠也仍舊卻都還一如高塔或迷宮般的存在，觀星的術不只是為了觀星，更為了找尋觀星者在人間的落點。因為落點……一如因此人間才發現了地平線，一如神祇施神祕的術將天和地分開，在雲的天空下和遠山之間。

但是，老妃子嘲笑怪道士……你別太得意，你的觀星術也可能只是一種遊戲，一如一種很小的稚童玩的怪異遊戲，對看的兩個人誰先笑就誰輸，觀星始終是用力過度地端詳……忍不住不笑，那是一種最自嘲嘲人的隱喻，找尋西洋一如找尋未來，充滿了最凶險的危機四伏，試探，未來那麼無情又殘忍到……老妃子也嘲笑太過驚心的太監鄭和，你就算被觀星儀帶到星辰般的遠方西洋……可能不是天命而更可能卻是致命……

太多的下西洋的妄念是那麼狂妄，一如人和星辰的對望，一如古鄭和儀和紫禁城殿身的對望，因此觀星儀是一種隱喻一如觀星是一種隱喻，冒險的無知與冒進……或許，應該要更深更緩地等待，睡神的降臨，睡著後一入夢……西洋就在那裡，未來也就在那裡……你的寶船只是一如古鄭和儀……找尋更遠更陌生的文明，陌生文明的種種遭遇的困難重重妄念般的妄想，文明是進化或退化都必然不需再在乎的放心，一如兩個稚童對望忍受好久最後還是忍不住笑了起來。

一如某種洩漏天機的機關，還沒動用就已然變成古董的儀身……怪道士說他常常每天打坐死盯著鄭和儀，充滿莫名的感動與驚喜的恐慌……他不知為何，一專注就啟動儀式般太過神祕奇幻只有他一個人可以感覺到爆炸性喜悅亢奮及其隨行的忐忑和迷惑。解釋太容易分心的自己的奇遇……永遠紛亂的他打量的時候為什麼就剎那可以入神。一如神蹟般地逼近……無法抗拒也無法套用過去怪道士一生奉行的教義中祕術暗藏的某些規則某些學說去說服自己……不只是宿命必然要傾信完成鄭和儀這一個天命無限的下西洋使命，反而更是鄭和儀發神功般地引領怪道士開始了解始終無法入神打坐的一生永遠太過恐慌的自己。

老妃子威脅怪道士說：「你應該要更緊張無人能破解通天祕密所藏入你的鄭和儀玄機之中，一如儀身旁精密鑄造雕刻的御花園中豢養的皇家花鳥蟲獸的盛況……一如下西洋黃昏雲彩霞光的海洋盡頭的寶船艦隊之前的太多暗影，所有鄭和儀的儀身和寶船身的弧形變成的隱喻肉體的繁殖感……」怪道士說：「打造這個鄭和儀，彷彿又和打造以前的觀星儀不太一樣，更多也更深的精心機芯細節問題的解決……打造了那麼多年才好像開始比較清楚自己在打造什麼，但是又好像不太清楚，始終懷疑種種最繁複的儀身機關過度挑剔到極端可怕的鬼東西……我沒辦法了解我為什麼要說服人。打造鄭和儀一如下西洋的自尋絕境般地一生荒唐地死命求道……道士這一行就是要說服人修煉一生中不得不承認錯誤的難以逃離的自己的命……但是因為這樣……在星空的遠方，不需要說服。」怪道士老是厭煩太多找他問卜求解脫的庸人自擾的庸人群眾。為什麼要浪費時間去說服群眾，一如他太過冗長的時光打造太過複雜的鄭和儀的機芯的始終不知為何力不從心……怪道士始終還是懷疑自己的一生充滿傳奇的打造鄭和儀的宿命，以為時間拉長了，自己會明白，但是，卻完全逆轉地……他說：「我本來以為我知道，但是越打造到越來越深的時光卻慢慢變得不知道了……」然而，打造鄭和儀卻仍然充滿太多疑雲……彷彿會告訴怪道士要怎麼做下去的鄭和儀，變成了某種不明物體，或許是某種怪異的古物在未來逆轉倒退時間導致未來早就完成，就在過去和現在之間……觀星是用星辰暗示那逆轉時間的狀態……一如抽籤，用種種籤詩來打造文公尺的尺寸的最終定奪。怪道士說：我不想當道士，不想打造這鬼玩意，沒有懷疑過但是也始終懷疑……怪道士逼問鄭和：「到底你明不明白自己是誰？知不知道自己要下西洋是去哪裡？知不知道下西洋是冒險的無奈的死路……但是，如果這是你自己挑的死路，自己挑的致命方向，就要認命。這個鄭和儀就一如水中撈月的倒影般的你死路一條的見證。」

一如古鄭和儀身鐫刻太多層的某一層浮雕長幅正中央是星空下湧泉源頭地的巨大蓮花池裡很多宮人的沐浴處於一分裂成二，蓋一道怪牆要分隔兩端地隔離宮人或邀請宮人都必然太招搖，邀請神仙也來沐浴的澡堂長坡……每一瓣巨大的蓮花瓣比人還高的浴場建築一如盆花般長出來的，原來蓮花和星辰一如宮人的下半身都是辟邪用的，脫衣服會不好意思到像是人和動物關係界線的曖昧不明，神通末端的人和動物的文明界限推向更遠，一如神明不免是情緒化到人不可能了解祂的情緒，祂也不了解自己的情緒，觀星儀只好回去找星辰的痕跡，從痕跡的縫隙滲進找尋神的情緒的永遠敏感。不是對觀星術的理解或誤解，而是同感或不同感……一如最後怪道士竟然在鄭和儀底層儀身很開心也很用心地刻劃了一大幅畫，刻滿了穿著明廷官服半露肉身連續纏身連接起來手臂腳踝大腿小腿地繞過九十九個宮中的太監宮女跳舞祀典狂歡但是沒有性感也沒有美感……甚至沒有頭。在一個怪異的巨大如蓮花形貌的島嶼卻環繞在海洋婆娑的波浪紋之中皇家花鳥蟲獸們也穿上朝廷的宮廷華服進宮早朝的出事過度反應熱烈……

神祕的神廟的太過沉重，由於鄭和儀及其使命的太過沉重而使他的一生懸命般的打造變得越來越複雜地無奈一如下咒的符文念念不忘的可怕……不是在剝離一開始鄭和儀身無法抗拒的分心狀態變成輕忽，怪道士更始終害怕鄭和儀引發了更深的混亂召喚出太可能的陷入不幸昔日父母自盡師父救他撫養傳承師門歷經過多流離失敗瘋狂的身世……

師父祕傳的神祕工事，……用活人頭髮作為感應星辰的層層疊疊溫度濕度變化的儀身測試蕊心。鄭和儀外貌那龐大而古老的通天塔般打造的怪異塔身機關弧形鑄鐵延伸變成薄片再摺回來揉成一團雲團般的感應星光投影的蓮花池弧形光團……，一如神的應許的令人感動與費解，那個古鄭和儀身上的蓮花池選擇最後的風水福地到底是在山上或在海邊或許在雲上都必然艱難曲折離奇。

怪道士告誡鄭和……我不想告訴你不能做什麼？不想告訴你不能姑息什麼？你能保守祕密嗎？姚廣孝

央求我在鄭和儀頂端的天窗口下了一個咒，除了觀星，甚至可以防大雨中閃電也可以防夜半的惡鬼。在怪道士的祭壇後院那打造工事中的古鄭和儀體的銅雕守護神明八祥獸身上竟然全部還穿中國的天朝朝服。設陣成八卦陣的左青龍右白虎梅花鹿玄武蛇龜獼猴狻兔都會彷彿衝入陣中……一如建築的殿堂殿身和柱列都開始晃動灰塵掉落而終究崩潰中連地都開始波浪般搖晃而浮動，一如遭逢布幡旗幟作亂過招對決的仇人相遇識破起殺心始終天搖地動而太沒有勝算。但儀頂天窗八卦陣簷下的廊底扣環一拉開就引動機關射中突圍，一如發現了儀身底藏有一張祕密古地圖是陰謀的唯一破綻。可以解釋下西洋種種費解疑雲是為什麼發生。

即使鄭和歷來膽識太過複雜充滿過度反應熱烈的妄想，「但是如果出意外……即使你的任命完成了，那麼亡命海外的你要如何活下去？」怪道士為何還憂心忡忡地看到了鄭和的危機。一如在宮中那紫禁城的最深處，怪道士對鄭和說他滿懷最深的心事：「你太過天真地為了天下或為了未來……」

下西洋那一回的未來……海中有異狀，巨帆竟然歪斜，瞭望手發令三號船看旗幟的旗號，然而海怪的敵方，在右舷的巨大滿口獠牙尖刺毒鱗片即將撞擊重創後撞沉的船體碎片，充斥弧度漫漫的半沉甲板。鄭和最後終究用古鄭和儀千鈞一髮中苦心拆解出的渾體弧形機械充當勉強的弓弩突射怪物的眼珠瞳孔，才勉強脫身……就艱難曲折離奇逃離在寶船破爛不堪的半沉艙體底層，在廢棄的太多船難失蹤海員的屍體都已然浮出海上的沉浸悲傷中……才明白原來那是一場神祇的神祕埋伏。那全身刺青的海員肌肉賁張地對決鬥狠撐得住嗎？救救在那個火燒遍及群船體的現場。竟然一如怪道士的預言般，遭遇到太過大意的海怪追殺。

那怪道士在打坐中的預兆裡始終看到鄭和倖存的半個臉頰已然開始腐爛，即使他施術了治療的咒語，但是鄭和不是巫人而無法被眷顧地無奈，太過艱難曲折的下西洋的必然恍然使鄭和無法理解，一如找尋那把藏於鄭和儀最底層的祕密儀體底層夾層中的可以殺妖殺神的鄭和儀危機中可以變形成的麒麟身弧形矛，藏於鑄銅老麒麟在鄭和儀正上方前座的太師椅下。

點撥鄭和去找尋打造古鄭和儀怪道士的老妃子是個奇人……充滿了神通但是和姚廣孝苦修煉陰陽術多年有成的道行不同的天生通靈的她說：不知為何的太過激烈的關於災難的預感竟然那麼靈驗……老妃子深深為自己的神通所苦……而出現成天鎮夜無端巨大如響雷到使她非常困擾的耳鳴。

一如測出的災難災情方位竟然出奇地準確……這神祕的神通令她反而更深地困惑。一開始是她所沉浸於尋常宮廷宮人完全無法想像的靜謐……太過異常狀態的可疑但是又不安對她而言這種死寂的安靜。反而是極端可怕地吵嘈。一開始是空氣凝結一如結霜成冰花的異狀或是風吹草動的咻咻風聲傳出雜音不斷地干擾……她心中忐忑地越來越明白為什麼狀態越來越明顯地揭露了她始終不願承認的某種更深更龐大的狀態已然開始發生……時間真的開始變快了，她內心深處知曉，雖然時間還是依舊彷彿時鐘的秒針那般地一秒一秒地過，但是對她而言，卻是用某種無以名狀的狀態在隱匿疫情般地擴張也依舊無情持續……加速。或許是整個人間或整個天庭都因為缺乏什麼或剩餘什麼而無法抗拒地加速……速度變快到越來越誇張地震盪，致使太過疲憊不堪的她在這種狀態持續之中深深感覺自己的肉身快支撐不了地出事，開始像太過疾飛撞風的複雜亂流造成襲人的逼身威脅或是浮潛深入海底太過激烈的海域莫名的恐懼……始終無奈無原因地流淚甚至會更深地緩慢開始全身痠痛地莫名氣悶恍神，甚至開始懷疑是不是自己竟然一如起乩被什麼上身般地渾身無力卻異常亢奮地震盪晃動抽搐地出事……

一如災難真的發生時她房間有一座怪道士送她的從鄭和儀身抽出的老機關芯桿所彎曲弧度優雅的古老咒術加持過的傳說立燈就會依其刻度來回搖頭般地嘆息晃動。她老是用其細懸浮如蘆葦的怪異弧形燈桿來判斷自己也感覺到的震度震幅。直到有一回因為被宮女無意間撞落而鬆脫致使弧形燈身細桿有點小小受傷地輕晃，應該是無妨。但是不知為何一如迷信在某一剎那就突然消失殆盡的費解，真的已經搖晃就不準了的懷疑仍然還作祟，但是，老妃子卻就完全消失對其雷同可以感覺而測試地震感的靈驗。

一如有一回在西南方，耳鳴較淺但是較久……遭遇到某一個傳說中異常靈驗的在北京城可以為信徒信眾祈福解惑甚至還可以看出其業障纏身的前世今生糾葛的怪異波斯先知其實是一個道行極端可怕的妖人……

或許在某個噩夢的夜晚裡不安的她曾看過一幅那妖人古卷軸畫像的臉龐側面就感覺到異狀，而且心中忐忑不安地跪求阻攔要去找那妖人算命的永樂帝……因為她太多罣礙而一看到那妖人側臉的浮光就很恐懼地覲見叩請聖上千萬不要召見他來見鄭和……老妃子僅僅在腦中閃過一句話……「來紫禁城千萬不要靠近任何要跟永樂講前世或講西洋的人。」只是腦子出現的訊息一如一首待解的怪道士神壇前抽出靈籤的籤詩……即使她所告訴鄭和的話和她自己可能完全沒關係，她始終不那麼清醒……像某種平仄混亂的詩句韻腳或是夢中驚醒記不清楚的光景那麼寓意不明的詞語一段一段，彷彿是要由她內心深處出發才能更深更明白地要接起來……那未來即將來襲無奈地要揭露更隱密的關於古鄭和儀會遭遇災難發生般更費解的什麼……但是一生卻有著另一種的擔待下西洋的永遠擔心的折騰……太不小心翼翼地失敗也更就只是有些費解的入戲才能清楚。如果有人號稱已然找尋到人間龐大真正變貌的嘩變，也只是混亂之中勉強打量到從甲層到乙層到丙層，或許是從地上到地下，或許是從天空到海底……那種不必然是因果的選擇側身的斜入，而只是接近某種平行的閃光投影折射，不一定會導致而只是導引，或許是差錯的喚出及其擦撞痕跡隱約露出破綻而不刻意地暗示……這種種感覺折騰或許只是老妃子擔心她自己的詭辯般問題的某種猜測的假回應而也必然不是真答案的疑點重重……

但是，更老了也就更不急了的她老想跟鄭和說，怪道士的老鄭和儀永遠有神通……對你充滿險惡誘入的一路，一如懸崖勒馬或危邦勿入的小心翼翼喚回……

老妃子昔日風華絕代又太過野心勃勃卻終究必然充斥悔恨地說，或許，她也可能只是一個破爛不堪到老會滲水裂痕依舊的破青花瓷杯，一個無法無天缺了口破了戒而失靈的法器，一個誤解天意的活佛轉錯世的靈童，一個太過蠻橫卻無心打開更深層層疊疊的咒怨現身……

一如古鄭和儀的觀星術……也是在找尋拼圖即將拼出……星空的、海的、文明的、未來的種種人間的神祕全貌及其變異。老妃子深深感覺到的人間太多狀態卻都只是破碎不堪的碎片，但是可以拼出的全貌顯示將有多大連她自己都不知道……一如一個老道士煉丹長生不老仙丹卻煉出了毒藥耽命，一如西洋老煉金術士死命煉金但是卻可能煉出別種怪異金屬甚至是廢五金……或許就更只像是古鄭和儀所拼成某種倒錐狀的觀星龍蟠斜塔倒影，拼成透視感消失殆盡的愚弄的幻覺，陷入絕境只有更深地滲透破壞，拼成完全無法理解的透過光影渲染才會現身花鳥蟲獸投影出的凹陷皺摺充斥著的歧路亡羊……卻啟發了西洋發現儀身內在玄奧繁複的象徵隱喻所拼成太多的玄機……

歧路亡羊的曲折離奇一如古鄭和儀……其儀身的礦冶機械材料天文古中國神祕技術科學研究最後在下西洋的迂迴曲折離奇中引發了承續中世紀歐洲老煉金術破解密碼般地啟動了文明進步破關的可怕，像是浪潮雲端炫光般地對未來的如瘟疫也如神蹟出現般的笑聲惡毒又華麗冒險的精神狀態，儀身內部過度神祕繁複咒術盤踞斗栱雀替內在精密卡榫般進化如魔鬼終結者手臂變形金剛零件外星宇宙能量物質影響一如不世的古中國神通……一如老妃子和怪道士的神通每一陣子狀態不同到充滿曄變：發夢的兆頭就會發生，打坐就會靈魂出竅，預言就會說出怪異奇句，發瘋就會寫出自己也看不懂的文字，這神祕的神通狀態所出現的更怪異的什麼……甚至竟然意外地預言其啟蒙了六百年前的西洋……也都是古鄭和儀身內在奧義般龐大拼圖局部的神祕影響……至今的種種猜測眾說紛紜仍然是一個謎團。

首篇。馬三寶部。博物館。

最後的神通充斥到神明護體的祕密武器寶箱，傳說是姚廣孝送鄭和下西洋危機突圍有關……奇門遁甲咒術才能啟動脫險的保命神匣，甚至就是古鄭和儀子母儀雙身一如暗器隨身攜行的怪法器……種種眾說紛紜六百多年後的現在仍然是一個謎。古鄭和儀分身子儀，號稱只有三尺立方大小的那一個博物館般地充滿了不祥傳說……乍看只像一口詭譎雕花六側箱面雕成龍蛇龜鶴虎鹿象徵著不明寓意的老木箱，特殊的箱頂局部麒麟雕花過了六百多年仍然還是栩栩如生，甚至鑲嵌獸身上的古玉寶瓶瑪瑙天珠仍然是價值連城的稀世瑰寶，但是箱身到底是用什麼樣的神祕幻術的神木神鐵重金玄奧祕術所打造，至今無人知曉……

一如密封的六個箱面上有六個和獸眼瞳孔一樣大小的窺探洞口……那麼神祕。從東側龍眼洞口望入是近乎完美無瑕地摺疊凹陷層層疊疊入的多寶閣樓屋簷斗栱卡榫出的華麗藻井。從西側蛇眼洞口望入則是一個摺疊了宇宙無限凹皺的皺摺形成蟲洞再流竄入更混亂黑洞般的漩渦。從南側的龜眼洞口望入尤其是一個完全抽象而怪異的更扭曲立方體壓縮成的狹窄弧形梯階永遠走不完的雙旋轉樓梯間。從北側鶴眼洞口望入則是一個老馬戲團般的怪異跑馬燈式的旋轉木馬。從底側鹿眼洞口望入則是扮演可以更萎縮或是更放大、更碎裂也更擴張的某種萬花筒般華麗冒險的混亂密室。

公認最奇怪的角度……必然是從頂側虎眼洞口望入則像是某種最高明騙術是一個像胡迪尼那種被關在一個魔術師的丟入海中的無法逃脫的那種逃脫術縮影的偽表演倒裝尺寸嵌入怪空箱，但是卻又感覺得到裡頭有濃烈薰香所掩蓋的屍臭味……一如曾經有過連續殺人狂將殺過的所有死者緩慢浸泡濃縮拆解摺疊切割像庖丁解牛般地分屍封箱。

古鄭和儀分身子儀，那老木箱內的三尺立方大小博物館據說至今仍然沒有人真的進入過那古箱身中的神祕乾坤……或許一如宇宙連環畫小說中所有的神學力學星象學拓樸學都還沒出現之前的蠻荒地帶……打量威尼斯和北京的距離或月亮和地球的距離都可能還只有在眼尾和手心之間或地圖和棋盤之間的虛妄又怪異……

或許這個老木箱只是某種打量自我矛盾而抽象的跑馬燈亂針刺繡成顯微博物館的古代雛形，其實不是真實的博物館，只像是博物館的預兆……端詳並猜測著所有宇宙奇觀可以萬般摺疊，無限大的縮影也可以其實只是在一個三尺立方老木箱中想像而出現，跑馬燈顯影可以透過陽光透過黑夜透過霧氣一起打造出來的……某一種對總體宇宙的無限感的同時再打造也再毀滅的謎。一如某一種科幻小說式詩意盎然想像中的引開那一個更曲折的巴別塔怎麼都蓋不完的魔法下咒所持續想再蓋出更高的高塔般地疲憊不堪……

一如使其可能再打造的一種想像的進入方式或逃脫方式，不過這都是對於現實無法理解超現實所必然的挫敗……及其無法忍受的自嘲。然而更仔細地想像這六側望入裡頭卻在同一個三尺立方體中出現完全殊異的六種光景……到底是什麼樣的幻術？這種猜測必然是徒勞的……

或許因為傳說中的這個古鄭和儀分身子儀老木箱的來歷本來過了六百年就不免極端眾說紛紜，但是最後最被廣泛認同的推理結論反而也接近另一種幻術般的壇城……一種是為了修煉最玄奧密宗心法而打造成的可能是曼陀羅符咒藏文刻得密密麻麻的某個失蹤多年的古壇城……

甚至還傳說這幻術古壇城真的可以破解而進入……齋戒沐浴三天三夜之後，從每一個斗栱的卡接破口近距離潛伏屏息，只要夠虔誠地念對藏文咒語七七四十九遍，再更精心打理出……某種對應的光影投射的暈染感，某種對應的空氣沉浸的潮濕鼻息，某種對應月色低斜映入的投影的精準斜度……那個人就能從六側箱身中適合其命相生肖的其中一側獸眼洞口打開洞中某個微微發光從小至大的等人身高密道入口，而在最後一遍咒語念完尾音結束的那一剎那……從某個角落的某個角度斜身躍入那古壇城般的博物館裡頭……

一如老唐人街不免就像是一個老時代被封印入結界的大型培養皿般的新時代標本，種種老時代衰退死亡流動過程中血肉模糊的採樣化驗的樣本間……或許也是一個無限凹陷折騰摺疊老中國的……博物館。

即使每一個異國的唐人街都會一再無限凹陷摺疊不免雷同的老光景……然而，馬三寶還是覺得那個古董店穿著鑲嵌金邊龍紋繡滿的誇張唐裝還戴奇形怪狀玉珮在胸口的白髮長鬚老闆完全是在鬼扯……那個號稱只有三尺立方的怪異博物館其實就像馬三寶所意外看到那老木箱的鬼地方……那個陰森詭譎但是又庸俗不堪入目的古董店，同樣地令人髮指也令人難耐。

或許難耐更也因為那古董店坐落在那個著名的老唐人街入口的巨大暗紅斜屋頂裝飾古典中國風簷線起翹甚至盤踞一對金光閃閃齜牙咧嘴的神龍雙柱的老舊古牌樓下，一路都是這種鬼魂纏身出沒的鬼地方……有一個攤子有古玩家吹牛他收了數十年才放棄的古鎖和透明球體勞力士的老錶。有一個攤子完全是令人擔心的老銀的小銀器，那賣的老婆婆說是苗銀的幾個古造型就像瓜像輪像球像書種種……想自己串成一串什麼的鬼東西。有一個老攤是個老人，收了更多發黑細刻木製老佛頭，眼神極陰沉的太多老佛像旁邊還有老如意古畫古鎖的老時代小玩意兒極多極怪。有一個古董店有一個留辮子的老胖子一如彌勒佛般坐下手拿念佛珠串但是大肚腹部上卻鑲嵌了一個鐘但是全身手腳有關節的怪傀儡身。有一個老攤子延伸到更後頭的另一家專攻收藏佛具古董的老店，尤其是藏密的，整個幽暗焚香的狹隘店身裡仍然還放阿彌陀佛梵唱，甚至更深的廊道末端入口旁懸掛起一套清末蒐藏到活佛穿過的有神力加持過的古紅教喇嘛服。廊身擠身一路走進去還有太多好的老器。更深有更老的曼陀羅斑駁唐卡舊木雕老衣古面具舊軍袍，甚至是人骨法器鎏金佛。馬三寶打從內心中發毛地最嚇人而珍貴的收藏極端特殊老件，竟然是一整套數十枝的老皮套展開裡的種種藏醫手術刀。還有各式古式老刀夾剪具弧形收頭的刀刃都極怪極古地不曾見過。但顯然動刀見血多年還有血漬蝕痕斑駁而越顯陰森。

有一個攤子號稱是泥虎文化研究會。老闆說是從北京走私出來髒兮兮的清代古兔爺最火，尤其那年是中國人的兔年。另外還有一堆陶捏的塑像種種兔形變身穿京劇戲服甚至臉部精密畫滿古臉譜的兔頭人身神祇。

但是，有更多的一攤攤的老店只是在賣迷中國風的外國人鬼玩意兒……有一排怪怪的園林春宮畫或是南京北京古城牆京兆清末老照片，還有很多盒樣本很多種類的胡同古畫旁卻還有民初的泛黃老畫片的種種上海女人或毛主席或毛語錄、紫禁城天安門黑白照，甚至是破爛不堪的毛裝、解放後的解放軍服軍需品鋼盔腰帶軍靴甚至戰略彈匣……充斥了那中國老時代陷入困境的新時代的當年鬼玩意兒。

馬三寶一路陷入困境般地永遠走不出來……在那太多店家擁擠不堪的囤貨攤位中眼睜睜看到了太多的疲勞轟炸般……覬覦觀光客的落拓油嘴滑舌拉生意老攤老中國人們，甚至還有混入皮膚黝黑的歹徒般骯髒的其他墨西哥人阿拉伯人印度人，在這個太老的唐人街的窄狹路心兩側延伸數百公尺正上空用廉價鏽蝕的鑄鐵支撐擋雨的龍形雕花棚架所封閉成空氣更為混濁悶熱不堪的長廊冗長路心中……越走越昏沉！

馬三寶後來出事了的最後……就完全癱瘓在旅館大廳不能動，剛剛在趕回旅館的路上想了太多太多的處理應變的可能最慘狀，真實的曲折，手機馬上就必然要先打回台灣掛失然後再找另一個晶片……一如找這裡的有一個他始終沒有找的在那個老城住了一輩子的老華僑，他始終就沒有心去麻煩人家而不想動到這個關係。他回想起出國之前問卜過的那算命老頭提及那回出國會出事，但是會化險為夷，若有狀況緊急的危險，可以找有草部首的朋友救急救援，他的名字是中間是萬字，有草字頭，或許這就應驗了。

還有要先找回手機裡的所有檔案，如果真的找不回來那些祕密或不祕密的資料文件都是生意失敗的暗示……可能連命都會賠上的風險，使他考慮或許就必須要提早回台灣，找回來近乎不可能，這個差錯太過唏噓驚嚇，他在趕回旅館的印度人破爛計程車上，把所有的可能想了一回，所有他以為的理所當然的，都突然不那麼清晰。像隔了一層層的膜所看出去理所當然的真實裂解成很多碎片，從裂縫開口看進去仍然還看不太到的全貌肢解成的細節充滿的災難逼近的打開及其打量……

太像昨晚那部海嘯可怕電影的預言感惡兆充斥到致使馬三寶覺得太過緊張應該先收驚地抽菸壓驚……更小心翼翼在找路後來決定乖點退縮到旅館大廳猛抽菸的煙霧瀰漫中的馬三寶仍然一路找。一如那天一早本來就一直在找路去老唐人街，但是他非常地沒力也擔心那個陌生的老城充滿不安變數太多，焦躁一如其原來的狀態，他不該闖入的在場應該被生吞活剝地吞噬的另一種抽象的懲戒示警皮該繃緊一點的再怎麼緊張兮兮的小心也不夠兌現的陌生人都是來送死的老地盤。尋常的死觀光客應該躲在他們的爛觀光飯店的自閉城堡害怕著才是道德的那種恐嚇感，或許就是天候太炎熱太令人髮指地暴躁，汗流浹背的肉身和脾氣和腦門，或許是窮人太窮永遠不可能翻身而種族歧視太深永遠不可能擺平的……更憤怒底層的忿忿不平及其敵意？

馬三寶走在唐人街太久，發現行李完全不見了……其實他也想不太出來到底丟在哪裡，心中不安又充滿疑惑……唐人街口仍然充斥好多印度司機停下他們的又破又舊計程車在拉客也在喊價，他想到還是馬上回旅館去問問看，有沒有辦法聯絡上那個他們門房幫他叫的計程車司機，那大概是最後一點可能，就這樣光在那牌樓下攔車就又很多事，他們都不願跳表，都說會塞車，知道馬三寶要回旅館，都開口……有的喊價喊得太高太離譜，有的就是不載離開，他開始有點心急地想到以前太多回在太多旅行的異國城市都是如此，在某個名勝古蹟佛寺外的一整條馬路都是這種叫價二三倍車資或可能上車就會出事搶劫完滅口的司機們就都是地痞流氓敗類般的黑幫門神，當過水鬼特工的馬三寶不是沒法子對付只是厭煩，一路他都在燥熱的天氣中邊走邊流汗地又找又吵，而那群惡門神們就是吃定陌生外國人的欺生。一如他當兵時代大多台灣鄉下的火車站前都雷同站滿了這種野雞車拉客長得都像歹徒也真的是歹徒的地頭蛇司機們。他們就像某個荒山野嶺的山神土地公廟旁的小妖小鬼永遠糾纏而揮之不去。

不過那天馬三寶卻例外因為反而正在煩惱更大的困難重重，未知的遺棄失去了所有上路裝備中最慘烈的核心通訊定位儲存資料備分所有系統支援一如軍方的緊急狀態後援的完全切斷任務被迫中斷取消的意外事件或一如攔截電影啟動原始記憶碼中八分鐘重來一回的重新啟動。也像馬三寶昨晚睡得極端不好而看到那災難海嘯片的邊沮喪邊慶幸，或是最後又接著看到《出神入化》某一部魔術怪電影中的片段，但是因為完全沒有字幕只聽他們用英文解釋一路追蹤的幾個騙術大全般的高手被追殺的解釋，他們如何欺敵愚弄誤導精心設計的計謀如何封閉又如何緩緩再打開又逃離，他們的英文太快，用字太像是謎團解謎的故佈疑陣……使得他越來越昏，最後還到了一個更大的賭注，那是一種試煉的考驗，魔術之眼的古代傳說，最後關頭縱入一個夜半無人問津的老公園旋轉木馬機關發光的神祕打開入口，根本沒有入口，那魔術之眼也不存在，關鍵在於什麼人在什麼地方用什麼法門打開……他就因為太過疲憊不堪而昏睡。馬三寶在昏睡前的最後心中不安地想起了他所活著的這個鬼地方對活著的看法有多複雜或多膚淺……但是他仍然還在一種倖免其難的驚心之中，缺乏更深更多的動機去找尋或探索種種解釋的可能彷彿是餘生感的完全自暴自棄中。再仔細回想一回他仍然不清楚那天那回行李的遺失到底怎麼回事……發生了什麼？或暗示了什麼？

一如那個怪博物館只封入一個三尺立方怪異古鄭和儀分身子儀老木箱的詭譎，這必然也是一個謎……

❖

一如誤入了一個破廟裡妖怪盛宴的華麗……馬三寶有點忐忑不安地跟C一起排隊在等的很多老太太也是來看這個古根漢美術館附設劇院這個怪劇的怪現場……有一個雍容大衣皮草全身的金髮碧眼老婆婆就從一個手工紙血紅封泥厚重信封拿出來被邀請去看這一個怪劇的昂貴邀請卡片，也是另幾句鵝毛筆字跡寫就極端古典的英文印在同樣極端華麗的沉沉厚信紙上，唯一奇怪的是英文字跡上頭那幾個古篆書中文書法所寫著這個古中國名劇的劇名：《趙氏孤兒》……她正精心地招呼著她的也在一起排隊等候的奢華老人權貴同樣雍容老朋友們緩慢地說著此中國古代著名的忠孝節義必然會悲慘收場的最著名悲劇竟然改編成說英文的怪異莎劇般實驗舞台劇所在紐約上演的備受矚目焦點這回演出的種種……

C跟馬三寶嘆息地說：古根漢這一帶，的確是這些「昂貴」而「古典」的紐約人用「祕密俱樂部」奢侈會員的方式在享用，我們站在這群奢華老人之間，顯得和這建築在第五街這一帶的出現一樣地突兀……如同，從排隊隊伍旁牆上的一扇圓窗戶看出去外頭弧牆面上的更多圓窗那般地很不真實，像一部老科幻片的場景有些早年的蒼白而簡陋地對「未來」最高科技幻覺炫目想像的怪太空船樣式卻只變成一個笨拙冰淇淋殼狀怪房子一樣地突兀……紐約古根漢美術館的都是圓的建築的麻煩是所謂的那時代太過天真的現代主義式的。C跟馬三寶說：其實，我是一直在這個美術館隔第五街對街的樹下長板凳抽菸抽了好久好久，才隱隱約約感覺到「現代主義」這個天真字眼到底是什麼意思。不同於當年當學生或後來當老師這廿多年來從書上引用的那種不假思索的「主義」這種字眼的理所當然，我看著第五街沿街的那些樣式古典而裝飾華麗的豪宅，尤其是面對我所坐樹下的背後的中央公園的綠蔭盎然……的這一整排建築的必然昂貴與必然的「古典華麗」。

這個巨大、蒼白看起來像簡陋的冰淇淋殼狀的怪房子在這裡出現的突兀，大概就是現代主義最具代表性麻煩的天真寫照。但因為那天也同時有一個很盛大的名流奢華晚宴和他們要看的這個老中國悲劇怪戲要舉行，所以在更不真實的這白色太空船樣式房子的場景裡有很多人在真實地忙碌著……緊張來回的廚師、接待、警衛們正等候穿著正式禮服從名車走下來的另一批更時髦權貴名流男女緩緩出現，彼此寒暄走入古根漢美術館的宴會場。

不知道為什麼在這麼怪異擁擠緊張兮兮的外國怪博物館怪場景的華麗之中……相形見絀而自覺寒酸的馬三寶想到一篇一樣古的中國小說《聊齋》裡的故事，一個書生在一間破舊老廟裡睡著了，卻被一個盛大喧譁熱鬧的婚宴吵醒了……來往忙碌的僕役與賓客充斥在華麗的宅院，完全不同於他印象中白天倉促借住一宿的破廟，於是他在被灌醉前，手上緊握著一枝銀製的、昂貴的湯匙。到了第二天醒來，所有的華麗的宅院與人們都不見了，他又回到那個破廟裡，唯一的證物，是他手上還握著那枝銀湯匙。馬三寶跟C說：怎麼想，古根漢美術館對他而言，就像那根銀湯匙一樣。

C說：就像蒼白美術館在世故的這裡出現所帶來的麻煩，甚至外國的從來沒進過中國的現代主義也就像那個你說的那《聊齋》夢中破廟妖怪所辦的一場盛宴，在我們也還沒弄清楚就經歷了，而多年後醒來，也不知道怎麼去面對這個唯一的證物。像對「未來」充滿想像的過去的科幻片式的蒼白與簡陋。出現在紐約中央公園第五街Upper East Side這一帶最講究華麗古典的排場的昂貴與忙碌之中。法蘭克萊特，這個後來被稱為美國建築之父而當年被某些這種「昂貴」而「古典」的老太太只被當成頑固鄉下佬的建築師，在那時他所設計的這個蒼白美術館在世故的這裡出現所帶來的麻煩是不難理解的。更何況，他不只在房子外頭頑固地堅持著蒼白簡陋的外型，更在房子裡頭堅持著一條沿著中空圓形天井連貫一樓到六樓的弧形走道作為主要的展場，這種所謂現代主義式的神經兮兮的更「型隨機能」與更「動線決定空間」的大膽，所帶來的麻煩是著名的！事實上對當年仍然普遍沿用華麗、對稱的新古典主義，折衷主義或Art Deco式美術館建築設計的主流而言，不免是很突兀的。當年這個古根漢美術館的落成雖然是備受爭議的和現在畢爾包那個另一個法蘭克的蓋瑞先生蓋的新古根漢一樣地突兀而麻煩，但也必然是喧譁而熱鬧的，像那個破廟裡的華麗的盛宴……C說：對紐約人而言，或對那個早已過去的主義中的「現代」而言，這個巨大蒼白的建築的突兀，或許是一個科幻片裡妖怪所辦一場「唯一的證物」式的盛宴吧……C跟馬三寶說：更奇怪的是……這一如未來博物館的怪美術館有一年竟然更神經兮兮地展覽了中國的火藥……號稱「火藥」是中國古代最著名的四大發明，到了中國現代的這個怪藝術家手裡，火藥變成是一種水墨……一如一種藝術的完美玩笑的他竟然用火藥畫水墨，用火藥的偶然性和破壞性展現某種老中國文明的奧祕和不可知，或一種超自然的顛覆意味，使人悚然而驚騰雲駕霧……C說：那怪藝術家瘋了……到後來還用火藥的爆破，相信看不見甚或超出信念的鬼東西表達了一種號稱從最老中國東方哲學和最新西洋現代宇宙觀所引申出更形而上的什麼，或許也可能只是「賣祖產」賣到最昂貴噱頭的太氣勢磅礴爆破……用火藥畫的水墨變成了另一種祕密武器式的煙火煙花華麗冒險性演出……一路從德國軍事基地到約翰尼斯堡發電廠的放火，在華沙札契塔國家美術館前張起一面紅旗，在倫敦泰晤士河上的千禧年橋上為泰德美術館燒出了一條「葉公好龍」，在紐約大都會博物館頂樓放了三隻鳥屍在地升起一朵烏雲在天……最後還火熱地燒回北京奧運開幕式放火做煙霧瀰漫全城那更誇張的煙花什麼的像火燒京城的不軌焰火計畫。另外的賣中國祖產……C說：他強力引申那以訛傳訛欺敵的最浮誇典故，將一艘插滿古代手工羽箭的中國漢代古草船橫懸浮吊在美術館大廳的偌大空曠天井之中，影射三國演義中最詭譎費解的「草船借箭」。

底層展覽還出現的是故意在現場打造幾十個老中國泥製雕塑並任由其剝落或是一道現場的假河流……還甚至邀請觀眾登上筏子蜿蜒地漂過一條由玻璃纖維竹子和水淹沒成的河流……C說，她永遠記得那盛況，紐約客成群擁擠不堪地湧入展覽場中，迷戀到像被下藥地端詳密密麻麻的……古根漢美術館太空船弧度怪異的圓形建築物三層斜道還正展出那怪中國藝術家過去在同樣迷戀古中國的二十多個的外國所做過放火煙火般演出及其展覽……充斥老時代火藥味的種種破爛不堪的碎裂煙霧瀰漫爆破草圖中的這些爆破事件……竟然變成最具西洋當代這時代感的……怪藝術。

最末端的那湍湍發光流水般的假河道正上方還真的懸吊漂浮著那一如被古中國孔明託夢才會出現的「草船借箭」……老被紐約藝術評論家寵幸崇拜的他的放火……C對馬三寶說：或許那木船被當成你一生找尋下西洋風風光光的鄭和寶船還更切題或更離題，一如被宣稱的他那麼中國……永遠透露出某種古文明般的詭譎，從老中國宣紙火藥畫那種瞬間性和破壞性找尋出我們這時代更怪異的「恐怖分子就是藝術家」的最反諷的幽默感奇觀。一如所有最古文明博物館的巴別塔式登天的必然失控……那種最虛幻的虛榮必然放火燒出面對內心深處最深的自相矛盾所不免的神經兮兮……使得那怪藝術家在賣祖產賣得那麼怪異之剎那間……開始鬼扯了更多他的火藥草圖和爆炸藝術都帶有一種神祕感染力可以甚至把古中國的文化矛盾悲慘和外太空宇宙大爆炸的「黑物質」相容……更為費解的可笑。

一如最後怪藝術家用火藥當水墨……半燒半畫出了最龐然的一幅最可笑的巨畫，題名為：「為外星人做的計畫第十號：延長鄭和下西洋海路或是延長萬里長城一萬米」。

❖

馬三寶老是對老中國流落異國的老房子充滿餘緒……尤其是失傳的……一如對「中國」對「傳統」對「建築」的不識實務而無限鄉愿的鄉愁。

那個專門「砍老房子」的古董店怪老闆耐人尋味地對馬三寶說：我從來沒有那麼尖銳懷疑過我自己為

什麼會喜歡「中國傳統建築」這件事。他老說是自詡又自愧……因為沒有那麼尖銳懷疑過自己年輕時長年圍繞在所謂民居、園林、古廟、名剎、皇城……之類的老地方或涉及所謂斗栱、雀替、石礎、月門……之類的老字眼之中……自以為「懷舊一定是美好」的遺緒的不自覺。

也因為那怪老闆老辯護自己可從來沒有用「古董」的可收藏可脫手可增值可拍可賣式的「終究還是要兌現」的緊張與犀利，去想過古蹟、老街、舊城、老聚落……之類使他總不免自我催眠的鄉愁。太多年以後突然想起，自己當年迷到年輕時幾乎所有的青春都消耗在裡頭的狂熱：曾經多年背大型單眼相機只要有可能就找越冷僻越老越好的城鎮去拍照的執迷，曾經參與過古蹟既繁複而瑣碎的所有細部但又不得不一定要測繪的許諾，曾經參與古厝古廟沒有技術也沒有美學來維護重修卻依然奔走打理卻仍相信一定可以挽救的天真，曾經涉入種種舊建築再利用的政策兩難、民眾反動、工事延宕的必然波折而繼續的屢敗屢戰，甚至業餘地斷代寫過城市史研究寫過明清古董傢俱種種風格美學分析的沉重論文式的苦悶而不斷念。一直到了外國，到了那裡，他才突然不得不認真地面對自己的太容易陷入的被「中國傳統建築」所迷住的困境。

「去過故宮的人，你問他看到什麼，他也會說看到很多老房子，看到很多古董……然後呢？卻什麼也不記得。」這位畢生在用「砍老房子」在「收老房子」的他說。「我的店號可是有名的，你可以去打聽一下。」

「你問吧！有什麼問題？」馬三寶才剛到，他顯得有點不耐煩但又必須招呼完全外行來客的那種勉強的客氣……馬三寶突然愣住了，或許怪老闆是在探他的底，看他對這行的了解有多深？

「到底你在『收』的這些老房子中，什麼是好？」馬三寶有點不好意思地問了個打圓場式的問題。「這些幾百年的老房子『工』的好，要仔細談，學問可多著！」他說。之後怪老闆就開始拿起桌上某些書中「中國傳統建築」的斗栱、雀替、石礎、月門……照片，數落起來：「這種種老刻工只是還好……要講究，那就要像這樣的『工』才行！」他帶著馬三寶走進另一個老屋子裡，從角落深處拿出了兩塊沉甸甸的舊木雕雀替，「這叫象牙工，木工雕刻到這麼細緻，像雕象牙的功夫這麼細，」他說，「可一定是乾隆時代的，那是清代最好的工！」馬三寶更仔細地端詳：「老雀替上頭有栩栩如生的琴棋書畫，琴弦縫隙書頁摺皺近乎完美繁複地都刻出來，旁邊還有花器裡頭的花蕊莖葉也刻得很細很逼真到甚至晃動弧線飛起到像是被秋風吹拂過那麼逼真生動！」

「我們自己的仿古木桌都可以刻到這樣用心良苦。」怪老闆指著廳中另一張工法已然看起來復刻版近月來刻完仍有生漆味的新明式神明桌，某些周邊的弧線也是顯得出很多巧妙的曲折，雖然沒有古傢俱細膩，但也看得出已有某種木匠考究細膩的功力。「但是如果一廂情願地瘋狂到要刻象牙工這麼細的木工，最大的問題是，現在也沒有這種舊派庖丁解牛級刀口極端精密的古刀了，我跟老木匠老師傅討論過……」他說：「這種刀，這種工，現在都已經不再可能了……」但，馬三寶在同樣惋惜的同時，心想的卻是：「出現在所謂『中國傳統建築』老時代的那種細膩、那種講究，或許，本來就不是我們這個時代所能負擔的，甚至，不是我們這個時代能單薄地了解或想像的。」

馬三寶更在心中納悶著，難道，那就是所謂的真正的「失傳」，無法維護也無法重修的那種得了絕症般的面對古蹟的真正的絕望。

怪老闆嘆息地說：「有些官很貪的……甚至，某幾棟傳說雕工神品的老房子連好奇的乾隆匿名下江南時還慕名來過還住過。」

他指著幾百個石礎大大小小排在入口的大路邊，「一個老房子好不好，看石礎就知道了！」他說：「因為那是同一批甚至同一個師傅刻的用心良苦料工都出其不意下手的自詡，以後也不可能再有……完全是不一樣匠心獨具落款般地工法迥異的令人感動！」

這是另一個大貪官的家，他隨手摸著剛走過的一個用黃楊木雕的山門，馬三寶也跟著走進另一個更大更華麗的老房子，裡頭更多更細緻的古董傢俱，他說當年這老房子可是很花錢做成的講究，馬三寶看著很多雕刻繁複的柱梁細節時，還聽到他陰陽怪氣卻無比引以自豪地訕笑著說：「官要越貪，官邸建築才會越好。」

「老時代的中國建築……像疊羅漢變法術……一個廂房一個廂房接出去……」他嘗試跟馬三寶解釋：中國建築的四合院如何從一個長成一群，如何從一個口字方盒形的單位，長成很多很多的多「進」多「院落式」的村子。馬三寶也在腦海中比對他所說的關於這些所謂「中國傳統建築」的種種……和他所有意無意看過的有什麼出入，但他並沒有說出這些懷疑、這些心事。

一方面，馬三寶總覺得那怪老闆在打量他，一如他在打量那怪老闆，因為彼此還不太熟，也因為還不知道對方想在這回照面要什麼，所以只好保持禮貌。但，另一方面，則也因為馬三寶並不再太在乎這些所謂「中國傳統建築」「入門」的知識上的小心翼翼，反而對他孤注一擲一生於這些他「砍」的老房子的「工」的好……的那種狂熱好奇得多。

怪老闆說到某個他去看過的老房子的好：「只有三個字，」他停了一下，說：「不得了！」馬三寶在旁邊看著他，仔細地聽他說，過了許久，還是覺得很有意思。他那極度誇張而直接地講中國傳統建築的方式令人印象深刻極了，因為馬三寶以前遇過的古董店自稱畢生研究這領域的人都不是這樣的。他們在乎的往往有更多斷代的理論和估價的研判與比對，更多斗栱大小的型式與比例的推敲，或隱含在推論裡頭多更多一點美學質疑或猜測，至少是含蓄而迂迴的，不會是如此直接而近乎玩笑式的說法……

但，更重要的是，他並不是在開玩笑。

馬三寶跟著那怪老闆越走越深入他那古董店深處更後頭連接到斑駁的老庫房所接下去的畫面更零碎的太多一如老博物館祕藏的另一連棟屋簷的舊合院天井院落極深的怪異建築……

在很黑的大屋子裡，馬三寶跟著他走了進去，很趕又很小心，怕驚動了什麼但又怕錯過了什麼！「這是冬瓜梁」，他指著地上一個修到一半的弧形橫梁，馬三寶腦中閃過很多很多老廟，很多很多古厝上的屋簷底下的那些畫棟雕梁的「梁」的華麗，但這冬瓜梁卻是拆在眼前，在地上……

有一棟老房子裡有一棵黃梨木刻的樹，有三樓高，在樓梯間裡，枝幹曲折，弧線和節都很仔細刻得寫實細膩。逼真到「細到像嬰兒的屁股像女人的肌膚」，怪老闆說：「你摸，真的是這樣性感。」

馬三寶因好奇而半玩笑地問怪老闆：道聽說過有些老房子梁上會刻春宮圖的事，他卻生氣地說：「不可能！那是不祥的，不可能去刻的！」他露出篤定而甚至有點譴責的口吻：「刻那個，房子會倒的！」「我們中國人是不講那個的。」問得馬三寶有點尷尬，因為不知道怪老闆之前還談過什麼也沒有多問，只想起自己過去是有看過許多春宮畫，但刻在古建築屋架上，卻真的沒有。在「中國傳統建築」裡，那是多避諱的事，馬三寶並不清楚但卻因而想起：他自己跑了那麼多外國……在印度或在西藏，春宮畫式的男女交歡圖像，卻因為印度教或藏教的男女雙修典故，反而是另一種神聖而象徵式的宣示誇張……但，馬三寶也因而想到自己並沒有像「那是不祥的，刻那種鬼東西，房子會倒的！」那麼認真地面對這些「傳統」的更裡頭的麻煩！

「樟木刻的才稀奇，因為樟木很脆，很難刻，一用力就會刻斷，這些三國演義英雄好漢還可以刻成這樣威風凜凜殺氣騰騰，很不容易。」怪老闆把窗打開光線亮一點，讓馬三寶看得比較清楚一點。在深簷梁柱死角那上頭有個鳥嘴人身怪雕像，而且是正施神通穿戰袍騎在馬上打仗的鬼模樣，鳥嘴的應該是雷震子，所以應該是封神演義，而不是三國演義，心中這樣想的馬三寶沒有講。

「有太多演義可以依傳說傳神地雕刻，連你在找的鄭和下西洋演義也有刻意雕刻到某些老三寶廟鄭和宮的建築斗栱雀替甚至藻井上頭……」怪老闆說，那最末端的那一棟砍房子砍回來的明末老建築傳說就是從南京鄭和故居馬王府附近遺址出土的看起來很老的古物。「鄭和後代子孫太多太複雜，傳說後代子孫完婚但是不得已分家，還會依古禮分香分爐也分切老房子的木刻老木雕花局部一個彷彿有神通的英雄好漢甚至神明保佑小仙雕像分出去再接斗接栱地榫接蓋另一棟建築的屋梁桁架木雕構件上頭。」他說：「但是也可能只是繪聲繪影的傳說，明式木架構建築最古老的樣貌是很難被存到，幾百年歲月的摧殘，甚至旁邊有一座三米高石碑，碑底還有石龜造型的底座，是很氣派的大型古物。另有一個涼亭上有麒麟在屋頂站著，應該是古銅閃閃動人卻又長滿古怪銅綠鏽蝕金屬斑痕獸身形很奇特瘦鱗片閃燦近乎崢嶸頭角肅穆森然站姿神俊秀挺，怪老闆說：「麒麟的眼神應該要朝東南。」馬三寶想那是建築神獸上起翹燕尾屋脊簷身講究匠師老雕刻古代規矩，但他卻更被天空中的雲迷住了而一直看麒麟在雲彩中逆光但卻更華麗閃爍的身影。

「還有你找的這個傳說是永樂帝當年御賜三寶太監鄭和故居的神經兮兮明代雕工始終太過怪異繁複。」怪老闆說，指著更旁邊一排走廊旁半露天的一樣堆滿了寶船局部船身載滿彷彿是刻滿怪異長相番邦君王使臣怪異形貌花鳥蟲獸奇珍異寶的破爛不堪老木雕花柱梁。即使不是真的鄭和故居，這明代老房子也一定曾經考究到是一個很國寶庫房級的著名人物典故古蹟……老時代的歷史怨念收藏到後代子孫數百年後爭家產偷分家找他去偷砍還讓他惹上這時代的麻煩，差點被抓去大牢，一如詛咒挖墳盜墓的罪行重大，害他費盡心機後來還花了好多力氣找了好多大腕關說疑雲重重來善後，最後承諾修完這鄭和老宅第就當一個活博物館捐出去給祖國……真是折騰，一如鄭和下西洋那種六百多年前的困難重重難關折騰得不得已才脫身。

一路上自詡的怪老闆始終炫耀他的老建築巡禮般的老園可都是精心打理的古代真跡，不像外頭的贗品古蹟，甚至，就是活的，活生生的……博物館……他指著園中一個典型徽州民居的砍來的半破爛老房子，說：「這種又白又高的牆是為了防火防盜，所以牆上完全沒開窗，但現在要重修來住是不能一樣了！」馬三寶突然想起更多在老書上看過，整個古老聚落的舊時代照片中，老建築的灰瓦白牆所形成的依舊彷彿還在古代的建築綿亙方圓數里的景觀的詩意，但在這古代真跡的老園子裡，他說的更是這些古建築在這時代如果要活過來要活下去所必然要面對的人的處境的困難。

馬三寶也因此突然想到這地方入口門邊都是工廠，其實這一帶也都是，很多塗鴉包圍，怪老闆特別重修而轉用了一個古牌樓式作為他這古董店鬼地方的入口，而大門也是個古董級的老木頭老鐵件做成的傳統古門扇，又沉又重。甚至，因此沒有電鈴，來的訪客必須去拉門簷左側垂下的麻繩，所引動一個聲音頗沉的銅鈴聲，才能讓裡面的人知道有客人來了。右下幾張太師椅前的木頭做成的按摩木踏墊，「那是我們自己做的，不是什麼好東西，不用看。」一如這種石紋的畫不難，有黑白的石頭顏色分部被裝框成彷彿山水畫的石片顯得奇特，但他說太簡單。那木刻兩尊刻工很舊土地公土地婆都好，有很樸拙的氣味。他覺得馬三寶對收古董都很外行，事實上也是。「買了一個沒頭的石雕人像，為什麼？」馬三寶問。怪老闆說：

「我也不知道，只覺得好。」他指著斑駁而複雜的石頭的表面。「石頭長了莖！」他說，「那一根一根泛白而細小的分岔道路，長滿了石像全身，是真正的老石像。」馬三寶想的，卻像是已有爬藤類的植物攀爬而死去而已變成化石般的奇特，但也因此更有某種石像因太古老而竟擁有自己生命痕跡的某種暗示……真邪門。怪老闆說，很多木工都是從鄉下來的，他們都不願放假地只累積假到過年前後回國兩個禮拜。馬三寶想到他過去在當水鬼的軍隊裡才會是這樣地辛苦的最困窘時代。

在入口旁一個很大的兩層亭子廊邊，怪老闆指著那深廊上的雕刻說：「這牛腿，有麒麟，雕得很細膩也很生動！」他又說：「通常這種房子上的雕刻是幾品幾品的官才能住，官多大只能刻到什麼動物是有規矩的，刻不對是會殺頭的，尤其是龍，這麒麟，可是龍生九子的其中一子！」他露出奇怪的半炫耀、半神祕的表情，馬三寶知道他的意思，這牛腿是指雀替，是指在梁柱之間的連接半支撐半裝飾的雕刻。他要暗示的是：「這牛腿的來歷可大，是從某個貝勒或王爺的皇家王府找到的，絕不是尋常商賈的房子。」最後怪老闆才神祕兮兮地捧出一張傳說是鄭和在寶船上坐的明代古董太師椅，充斥著宛若神靈附身繁複精密卻又無法看穿隱藏起來神祕的老零件，為了跟馬三寶解釋所謂的楔口，他將四根椅腳與四片椅墊支撐的木條放在地上，然後仔細說起：那椅腳和椅面的木條的曲折，那做籐編所穿的洞的斜交，那木椅腳垂直交會卡接處楔口的繁複，那藏在裡頭做滑軌溝紋的巧妙，最奇妙的是，每個「工」的細節都很複雜，但裝好後從外面卻完全看不到。「甚至，清代以後就沒人這樣做椅子了！好多都失傳了。」怪老闆惋惜地說。

其實，那木椅看起來，真的非常不起眼，沒有任何的花鳥蟲獸式的雕刻，也沒有再不尋常點的太師椅式的造型上的變化……但被他如此一邊拆開一邊組裝一邊跟馬三寶仔細描述之後，那非常不起眼的木椅，看起來卻的確完全不一樣了。那老時代對所謂「工」的「好」看法也因此而不太一樣了……越聽越心虛也越好奇的馬三寶也好像因此比較清楚那一生「砍老房子」怪老闆自詡又自慚他所錯過了「中國傳統建築」的看不見的或失傳的什麼，或是，比較清楚那從來沒有那麼尖銳懷疑過自己會喜歡「中國傳統建築」這件事的馬三寶……為什麼會來到這怪古董店一如來到一個失傳的博物館的幻覺裡……

總會看到很多古老的近乎痴迷的什麼的馬三寶最後參觀到一個古董老房子最充滿靈光氤氳的院落最末一進最深處的神明廳……「最痴迷的……老有老客人早就傾心而訂走了！」他說：「怎麼想都真心疼……我這小廟容不下大菩薩啊！」指著一尊坐姿線條看起來更古到老朝代的女神明栩栩如生的半腐爛半傳神眼神古紫檀木雕像的怪老闆說：「這老媽祖婆早就已經被請走了！」

巡海大臣……最後那怪老闆炫耀那一尊據說是某一年大水沖垮龍王廟般的災難而流出的「巡海大臣」明代古雕，據說就是祕辛中的……長樂王尊鄭和神像。

怪老闆提及那福建長樂古時即為明代鄭和七下西洋的海口，龐大寶船隊屢次駐長樂太平港修造船舶招募海員水兵補充給養祭祀海神等候起風。當地圍繞鄭和流傳太多文物遺跡其中的仙歧顯應宮、三寶岩海天山月亭和洋嶼雲門寺中供奉的三尊神像其鄭和的神人神通傳說最為靈驗，太多太多國內外著名電視台都為了訪古節目盛行火熱還熱心訪問過圍繞長樂三尊鄭和神像的發現及其歷史參與田野調查時種種相關文獻。甚至這尊仙歧顯應宮中的「巡海大臣」鄭和神像因為失蹤多年而重新現身顯得最為突出……

因為傳說中因明末大水災情慘重滅村沉落海底而消失多年的長樂仙歧顯應宮是晚近才從水岸泥濘沼澤沙丘中又發掘出來的一座明代福州民間信仰古廟……其神祕失蹤再度現身的傳說極端神通必然靈驗……

怪老闆露出古怪的微笑緩緩提及那明式古建築高規格的神廟傳統規模為三進兩殿、四扇二開間進深五柱的殿堂後主殿有三個神台中間神位供奉大王主神古村保護神，左邊神位供奉「臨水夫人」右邊神位供奉「馬將軍」。前殿二個老神台左邊神位供奉「王妃」右邊神位即是供奉這尊最祕密的「巡海大臣」。更深的一如一條龍的龍身風水命理可以保佑其村的安危……冗長龍身護龍側殿還供奉著整個廟宇共出土的神采奕奕栩栩如生的彩色泥塑神像四十四尊及更多明代晚期的古陶瓷香爐古錢幣破碑刻匾額種種文物考古發掘。

怪老闆提及……尤其是「巡海大臣」神台的傳說紛紜更多。「巡海大臣」神台坐像是不是鄭和？怪老闆也在現場旁聽……那長樂鄭和塑像考古遺址論證在顯應宮邀請多位考古學家古文物教授和古董文物收藏家們的怪異研討會，認為該神台彩塑組群神像屬於明萬曆後期佛雕作品，其主體塑像必然就是七下西洋的三寶太監鄭和。由於這「巡海大臣」塑像的服飾與現存北京故宮明代太監塑像服飾完全一致，神像所穿皇帝御賜蟒龍袍與鄭和官職相符，也與《三寶太監西洋記通俗演義》第四十六回記載鄭和形象完全一致的演義文獻：「頭上戴一頂嵌金三山帽，身上穿一領簇錦新蟒龍袍，腰裡繫一條玲瓏白玉帶，腳下穿一雙文武皂朝靴」，並與書中插圖「大明國統兵大元帥」畫像一致。甚至《明史．輿服》記載：「按《大政記》，永樂以後，宦官在帝左右，必蟲草服，制如曳撒，繡蚌於左右，繫以鸞帶，此燕閑之服也。」不但太倉長樂的天妃碑也證實其組群塑像的真實性。更特殊的是……顯應宮前殿左右「天妃」和「鄭和」並立充斥著種種傳說……當時下西洋的歷史，「天妃」保佑鄭和下西洋獲得成功，《太上老君說天妃救苦靈驗經》卷首插圖生動地護海兩海神的神格不對但是卻並立的古怪，但是彷彿可以同時保佑百姓的神台神位傳說還是無人質疑更多……

其實，怪老闆炫耀著……他最愛的卻是那怪異地在「巡海大臣」旁邊站著另一尊「番人」神像的更為傳神，傳說是六百年前鄭和寶船上的異國通事或是派遣來華的阿拉伯使節，「穿長衣」與回教男人裝扮相一如《瀛涯勝覽》書中記載：「男子灌頭，穿長衣，足著皮鞋。」稱謂「巡海大臣」或許因為可以和「將軍」、「大王」、「海神」等稱號呼應傳統避諱觀念影響；卻也可能因明代中後期太監影響日益腐敗，鄭和太監身分和在政治上「下西洋」後來受貶誦也需諱避，不得已而用「巡海大臣」的稱謂。顯應宮原來只有後殿三個神台，到了明萬曆年間在前殿加建了「天妃」和「巡海大臣」兩個神台，這與當時抗倭形勢及守衛仙岐把截寨官兵有關，顯應宮發現後不久考察顯應宮時發現附近還存留一段把截寨垛牆遺址。明代駐兵設千總。據崇禎《長樂縣志》記載長樂把截寨有四處按規定沿海守寨官兵每年在春汛和秋汛期間都要舉行巡海。明朝永樂宣德年間由於鄭和七下西洋，江蘇浙江福建廣東沿海的海盜和倭寇見之喪膽而「海道清寧」。隨後鎖海的明朝衰微海防廢弛，倭寇亦隨之猖獗起來，尤其嘉靖萬曆年間，福州長樂福清連江常遭倭寇劫掠人民苦不堪言。因此明末的仙岐更加迷信這尊「巡海大臣」的膜拜可以求鄭和的神通保佑就必然可以打敗倭寇……

沒想到大水沖倒龍王廟般的海神廟沉沒失傳的古代「巡海大臣」雖然已然浸泡海水太久而長滿海蟲貝殼碎片斑斑駁駁神像幾經轉手流離失所……「竟然最後落在我手上！」那怪老闆始終炫耀著自己的這尊祕密收藏變成他的古董店鎮店之寶……這麼多年來始終很祕密也是因為知情的太多太多中國甚至外國的船長機長船運業大亨貨櫃公司董事長們都來求我讓他們請回去每天供奉朝拜祈福加持保佑……祕辛般的這尊依舊眼神一如其神通神祕威武的神人……鄭和。

首篇。寶船老件考。老鄭和廟。

一如古代的中國死氣沉沉的怪物想把西洋的一個個遭遇靠岸祂臨幸過城市放進去一個小的青花瓷瓶裡帶回冥界當紀念品的種種傳說不斷的差錯，歧路亡羊的鄭和學由過去到現在始終就是雜學的雜種般地蔓延擴散……必然存在有一個神學的鄭和、一個哲學的鄭和、一個歷史學的鄭和、一個地理學的鄭和、一個海洋學的鄭和、一個天文學的鄭和、一個語言學的鄭和、一個種族主義學的鄭和……甚至更繁複的理論繁殖成的更多種變形出……一個佛洛伊德式的鄭和、一個史賓格勒式的鄭和、一個達爾文式的鄭和、一個傅柯式的鄭和、一個跨越佛學的道家的回教式的鄭和等等。甚至更當代的鄭和學就不免更像懷疑論者般地始終堅持打聽充滿人類文明的如何更深入卻又更逃離的始終亦正亦邪種種怪教義……

碎裂的時間感，肢解的肉身光景，更找尋什麼或更遺失什麼，歷史性的錯誤認知及其時光流逝的速度感是扭曲變形到……一種晚了六百年的另一種三寶太監下西洋的更歪歪斜斜的旅行狀態，可以倒退或快轉的……突然的恐怖分子襲擊事件發生般的種種更費解的機率的無法忍受又無法對焦，沒有祖國沒有艦隊司令部的司令，潛伏事件發生前的最後祕密行動代號水鬼，隱藏的身分是個搜尋流落海外的中國古玩文物的古董生意人的世故，博物館學或考古學式更深層層疊疊流動的祕辛……這個時代對那個時代的中國的理解及其誤解，功夫、中醫、祕教、青花瓷、火藥指南針印刷術種種……《天工開物》式的索引變形成的電影特效或電動遊戲開機畫面或更多更怪異的針灸減肥《駭客任務》練功般種種荒謬絕倫的切入急行軍式的第二條線索……然後還會多一條更怪也更新的平行輸入密碼般的線索，交纏在古代和現代的三寶恍神夢遊西洋大旅行踉踉蹌蹌慌亂之間第三端的投影折騰折射出……

我太過不自量力，一如羊入虎口或飛蛾撲火地天真到如此不自量力……還甚至想寫成「寶船老件考」涉入鄭和學的某本不知道會有多大本的鬼書。一開始還曾想過可能可以寫一本三寶太監七下西洋的別冊，杜撰一本更深也更怪的皺縮版本的這時代的三寶詞典更用力用充滿差異的歪歪斜斜來進入……還對老朋友馬三寶說我或許可以把你這個這時代還認真下西洋找鄭和古文物的老古董商的怪異遭遇一如《古墓奇兵》的神經兮兮也寫入我這本怪鄭和書裡，狂熱於六百年前下西洋的風靡就彷彿得了無名梅毒的嫖客或是中了莫名病毒的電腦，半人半妖癖。瘋狂閹人俱樂部。回教徒的亡命朝聖。老水鬼的更窒息深潛的流亡旅行。一如馬三寶也不過只是二流水鬼特工般也只拿００７手提箱跑全球古董生意老堅稱自己找傳說中的國寶：古鄭和儀……永遠是一種尋找聖杯的十字軍東征式的妄想狀態，找尋失落太久太遠的聖物的必然失敗。打探太久以前的老時代不可能任務般的出任務近乎這時代恐怖分子攻堅計畫的凶險。一如科幻小說裡引用到的鄭和號典故的外太空雷同下西洋的迷信遠方必然有更高更怪文明的文明病。一如跑了一生的老還自嘲的馬三寶也只是迷亂地在阿拉伯和斯里蘭卡和北非和印度和中南半島的曼谷爪哇越南一帶找到的太多以訛傳訛的怪鄭和墓鄭和廟……為了意外或不意外地一如打聽到沉沒六百年老瓷龍船碎片重新拼出的輪廓虛線般的古代古董，卻仍然始終莫衷一是而混亂上路找路地一路迷路……

然而這本怪書必然始終只淪為是一個二流鄭和學的瘋狂研究學者的論文寫不出來出事前的學術筆記及補遺，補充東方神起般復仇者式的蛋白質分泌物主義學說以訛傳訛的荒謬感染病毒……即使我的二流的一生研究還找到過數百本涉入鄭和下西洋的種種語言版本的怪書卻始終充滿混亂爭議不斷的怪事，而始終迂迴繞道於更多雷同探險太過充滿複雜風險的怪事出事……一如更後來的研究老不願意更涉入一四九二的我更感興趣的：不是鄭和還是哥倫布誰先發現美洲？而是更多個疾病史學家討論到底是誰的水手把梅毒從歐洲傳染到亞洲？（還是亞洲傳染到歐洲？）不是即使老提及了鄭和的祖父和父親受到當時雲南回教徒的尊敬其中有一個原因就是他們兩個都去過回教的聖地麥加朝聖過的家族探險家的老血統，不是還另外有某一個很誇張的歷史學家，宣稱在美國印第安人區考古學家發現了一個十五世紀明朝宣德年字樣的古銅牌影響了後來印第安人數百年陶器做得很像明朝沉船流出的古文物弧形的老東西……而更是另外更大的傳說到一四三三年鄭和傳出去的很多關於中國的古代技術就像法術般地竟然影響老歐洲出現了文藝復興……近乎鬼扯的種種！

還有更多……鬼扯的老時代三寶太監演義也不過是西洋鏡般的偽寶鑑。鄭和的失敗必然要為涉入後來這時代華人流亡西洋近六百年的可憐兮兮流亡史而認罪或頂罪，一如鄭和到訪過最遠海洋的邊緣而他老在陌生外國找尋寶船的沉沒遺址中兌現他的妄想：麻六甲曼谷印度非洲的種種村落……卻仍然永遠找尋不到的失落感，一如一趟神的應許的天路歷程般的一開始充滿神啟恩典保佑後來卻必然失敗流亡的奧德賽……

在那最傳奇的下西洋史上最驚人龐大的老鄭和廟前……我還老是被這種老中國當年最高工法如魔法般的古代青花瓷暗示的古代所迷惑……

一如一個二流的鄭和學家走到最後一間鄭和廟最終端奢侈的古代收藏博物館。一開始有很多精工繪畫的巴洛克洛可可西方碗盤，第一間展覽竟然就是以鄭和的種種俊美魁梧肖像燒製打造的昔日西洋皇家等級奢侈極端的瓷器：那展覽始終太過驚人的動人……但是我最驚訝的還是……或許也不應該驚訝的：將鄭和高大威武著軍袍肖像用毛筆精心畫入甚至剪黏鑲嵌入中國的最高等級古陶瓷器瓷的種種茶器花器甚至古青花瓷瓶上畫的龍、畫的山水畫、畫的荷花鳥蟲獸，甚至就把鄭和的寶船歷史故事奉行的種種千戶角色都扮演成一如過去老廟中的種種畫著各種八仙過海佛像般的神話人物……種種太過複雜調色澤調火候調晶瑩剔透的某弧度反光折射幻影的離奇講究的太過敏感近乎神經兮兮的遠方……那太多更大更遠文明的鼻息呼吸才召喚出來早已失傳也畫滿鄭和俊美頭像的那古代的花瓶、茶杯、茶壺、瓷托盤種種彷彿已然有器官的器皿那過世生命後留下屍骸的眼神仍然奇怪，一如那古青花瓷的繁殖出最繁複細緻再連接到我所始終想像的永樂明朝的某些神祕到更陰沉又更複雜的文明的暗示。

一如另一個收藏展的是修這個六百年前殘骸散落的破爛不堪老鄭和廟過程所有不忍拆除下來的破爛建

築構工殘忍的殘破不堪入目的種種零件，老瓦片屋簷拆除的碎片、嵌瓷剝離的崩落塔身側身石塊，甚至還充滿了更巨大無限如動物翅膀的屋簷起翹但又鑲嵌馬賽克的怪異現代工法。彷彿將鄭和下西洋完全神化成某一種印度史詩神話般充滿妖怪神祕奇獸部分獸身古代故事動物的雕像嵌入寶船弧形艙身轉換成神殿斜簷起翹誇張的廟宇參拜供奉古建築的列柱蔓延一如巨獸化身的冗長柱身，有些則更炫目神通觸手纏身般纏繞糾葛諸佛菩薩保佑式的猙獰巨神像或是野神獸的奇怪肉身局部，有些是畫鄭和神人般的神像騎著海峽群島海域發生船難失蹤的救苦救難巨鯨神祇的神民帶著數萬寶船破浪成群下西洋的華麗冒險出征，還有隨扈成群列伍還撐起宮廷鑲金線繡楷書大明書法字樣的龐大旗幟為襯托鄭和出征的寶船頭遠眺西洋洶湧澎湃波濤天光那種極度華麗勇敢的姿態。

還有一些老照片是在修老廟的考古文獻殘骸散落的老博物館展出物件的破爛不堪……最後一間其實是很多已經火化的玻璃或是陶片瓷片，這好像一種最古老的工藝精心收藏，保留了所有繼續施工的舊工具，鏟刀、鐵錘、鐵夾，上色的種種顏色浸泡的調色器，甚至施工的木頭鋸子、刨刀、測量尺、銼刀、混泥沙漿，再小型的鐵鎚、木槌、刷子，尖頭的各類不同的模具十幾種尺寸的磨刀甚至刮刀頭的銳利度不一樣、角度不一樣……最後竟然是一枝鉛筆和牙刷，作為整個舊文明所依賴的在這個新時代可能出現的最尋常但是最痛苦支撐下去的艱難。但是老舊器物的斑斑駁駁木製破爛握柄尾端竟然都刻著更破爛的甚至臉孔已然辨識困難的小尊神人鄭和頭像。

一如那放大神人鄭和頭像就像佛頭妖怪跟各種長出鱗片的蛇身龍身或長出翅膀的鳳尾鳳爪妖怪的種種變身老舊雕像，還有更多更怪異的側面變形的鄭和佛、正面歪斜的鄭和佛、長出蜘蛛長腳的鄭和佛、長出種種三頭六臂甚至一如千手觀音般長出千手的鄭和佛。更神祕莫測的宗教儀式變形幻象佛身旌旗上還有些是牛頭有些是兔頭或是騎著象身的象頭鄭和變身巨大威武怪異佛像。

我非常喜歡最後一間收藏室裡頭很多猴頭鄭和半人半妖般的分身守護神群的殘骸，祂們聯手支撐地托住了太過龐然巨大而搖搖欲墜的神通太過複雜而冒犯天庭被天譴到崩潰邊緣的巨塔，大概託付太過艱難太久之後而不斷擴大傷害到守護神群大多全身的泥塑肉身肢體都肢解到殘骸內有鏽蝕支撐多年凹陷鐵件都已然扭曲變形而暴露出來的一隻一隻受傷斷了曲弧形變盔甲上下肌肉賁張手臂甚至斷了頭的臉孔依舊威武凝神的神祕神祇軀體，但是有部分神明武將軍袍皺摺疊疊重重困難的邊緣地方腰帶閃爍不定幽微金屬的老舊凹痕盔甲甚至鑲嵌身形破爛不堪馬賽克卻仍然非常怪異的黝暗色澤華麗而閃閃發光，有些臉部的泥濘傷痕累累刀疤般的殘骸已經斑駁到只剩下原來的某種奇怪的潮解褪色，甚至下半身的鐵件的某種怪異的雙腳張開但是又像機器零件般的撐起，那寶船形貌隱喻象徵意義繁複的老鄭和廟建築在那種太過複雜斑斑駁駁的密室暗影中就彷彿是一座太過巨大的妖怪神獸佛陀群所建立的建築作為的某種發願下西洋即是探索人間奧義最艱難象徵的堆疊密簷塔身想像通天的終極曼陀羅巨塔。

那麼動人地……支撐起了六百年來的一如這天譴殘骸古鄭和廟通天建築所艱難呈現但是這些鄭和變身分身妖怪佛神所永遠支撐托住那下西洋始終有滿天神佛化身加持支撐的不忍心最後想像……然而有一個無知可愛完全不知鄭和是什麼神明的幼稚西洋金髮少女卻竟然始終在模仿鄭和化身內凹肌肉賁張猴神般地跟她男朋友炫耀這種她看到西洋人始終無法理解的神祕半人半動物的一如神通的變形玩笑……不斷做出那種兩手打開而變身兩隻鳥腿打開地抖動熱舞……而始終發出極端荒謬可愛訕笑……呵呵呵！

一如三寶公和姜太公在此諸境辟邪平安……想起那天太久太深入了那個老中國城斑斑駁駁破爛不堪之後，突然深深感覺到這個城和鄭和聯繫其血脈中某種自以為是即使流亡下西洋而入贅成狂妄番人的六百年灑脫撒野的脫序時間團塊好像還沒有完全過去地栩栩如生，那種種我曾經認真想過但是始終沒有實現的期待下西洋更多離題的關於鄭和學的虛幻感，近乎自欺欺人的過去拚命想去召喚古代文明在下西洋路線海國種種的更怪異的強迫症般的用力……都彷彿還殘骸散落地找尋回來了。

中國……在番邦更遠方異國的髒兮兮的過去更令人混亂了……

離開老鄭和廟那破曉寺之後上船，渡河，疾行在河上。後來聽到那艘老船上的人提及……說這個渡口就是曼谷的Chinatown，我就在這可能的異國的老中國城下了船，出了破爛不堪的老渡口再一路走就更看到很多破爛不堪的老時代小攤子在賣髒兮兮的中國怪小吃，有些炸的或是白白的甜甜的包子湯圓餃子潤餅年糕種種老點心，充斥蘸滿暗黑紅色醬油蔥花蒜泥油炸鍋爐的香味四溢感，然而太過疲憊不堪的我後來卻只吃了一個用老式生荷葉包的十顆燒賣……

Chinatown已經變成一個地方的名字了，跟現在的China沒有關係，只是偶爾還看得到一些老時代的中國特別的什麼……一如過年很多拜年的喜氣洋洋鳳梨雕刻船元寶……種種俗氣得不得了的血紅色鬼花樣，更後來又更好奇的我還是入迷地狂吃起另一末端老市場口的一個老太太的燒賣和烤香蕉，還跟著老攤子蔓延擴散的人群而更深地走進了長巷暗黑的深處的祕密感……

他們黑髮黃皮膚的容貌身影太過複雜的雷同又差異，隱隱約約地不經意看起來都像中國人也都在Chinatown討生活，然而仔細端詳而傾聽他們的攀談招呼話語可是講的都是夾雜泰語或我聽不懂的中國南方的方言那般又快又混亂……

倒是很客氣的老太太還比手畫腳想說清楚指出問路的我的迷津，然而更多更混亂的思緒不斷增加是永遠旁邊還有充斥郎中的種種賣T恤賣帽子賣包包賣玩具甚至賣胸罩的種種非常廉價的店家群，雖然更後頭的老市場尾端還殘存某種老時代攤販，吃了太多太油膩鹹酥的中國老料理之後太過燥熱的我最後還買了一包小時候那種生粽葉包的糯米芒果當甜點吃，還躲入了那時候突然看到7-11的異常高興因為三十二度燥熱的大街上唯一裡頭有冷氣可以吹而且也比較不會覺得危險的某種陌生異國流離的慶幸。

雖然乍看老中國城的老市場沒有賣中藥古董種種老行頭的考究……就只是一個個全部都是賣廉價輸出的made in China的怪異小玩具小首飾的閃亮亮的成群的舊批發商，但是，仔細端詳那市場尾端最大的老店舊倉庫裡大門上頭，還是有一張「三寶公和姜太公在此諸境辟邪平安」的老符咒泛黃斑駁剝落的舊紅紙。

❖

也始終因此還會想起鄭和太常想像下西洋的太遠的海的遠方，一場太過虛幻但是又太多真實的夢……

或許到了這個老城的這個老鄭和廟的另一種虛構遠方華麗精密可怕的高度，才能令我更為懷疑起自己的鄭和學狂熱得太過迂遠而逃離不了的忐忑不安……但是也因此覺得更怪更虛幻，雖然歷史的矛盾使得荒謬仍然作祟成太多怪異的恐懼症患者般的比對切換認證……即使在這個老城的這個時代的中國貨好像滿地都是爛貨，但是我過去迷了鄭和那麼多年至今仍然還像是鬼上身般的著迷……那種太過敏感的荒謬。

一如太過複雜的情緒在離開老鄭和廟後巧合地路過了那一條老花街的意外，非常離奇的意外才撞入了的隱藏太深入死角的更後頭的小路上……在鄭和廟旁的老旅館的最後端……一開始不經意路過打量起來只好像有一些觀光客景點庸俗民俗紀念品店家發光的成群長街老店家的老路，過去好幾天都沒有時間路過之後的某一天繞過去仔細端詳竟然才發現那老路的盡頭其實也真的蔓延擴散地異常現象地冗長，還有很多奇裝異服的怪人們會往那老路口邊走過去，甚至還有更多的誇張裝潢門面的炫目酒吧和舞廳，甚至更還有很多攤販小巴紅車停在那邊路口等吆喝來的群眾客人們。

本來剛接近的我還只天真地以為那種熱情歡迎近乎瘋狂的激烈……是另一個囂張的曼谷典型太過忙碌也太過世故到目中無人的荒謬絕倫夜市，或是什麼特別的熱鬧廟會拜印度教猙獰神明牲禮血腥駭人祀典的老市場……然而，納悶好奇地再往前走地更靠近看，才發現更深的那一整條街的光線有點異常地閃亮，紫色粉紅色寶藍色太多彩度極端刺激的光景充斥著夜空，甚至有很多特殊店面招牌的發光方式霓虹燈燈管，或是更大更奇怪圖案的招牌，大街頭尾都圍上了的告示寫在十八禁的路障招牌……

再往裡面走就是兩側的酒吧，有些好像有表演炫光回音高聲唱歌的地方或是成排洋酒成櫃華麗排場吧檯金屬感充斥的大口大口喝酒的地方……一開始我太大意了地一路往前走想就隨便亂逛地無心穿越地打量，但是卻撞入了某種幻覺太過誇張的劇場表演式的用心用力拚場的現場……璀璨奪目而閃爍不停地對空發光……極光倒映成炫目的流光殘影永遠無法抗拒誘惑的華麗登場……那麼熱情歡迎光臨用深陷乳溝修長美腿或緊身炫耀馬甲那般地打開了某種幻想一如下西洋可以找尋到的人間桃花源式的痴心妄想的貪婪狂熱……展開炫目兩側花街店家拚場子的女人都穿得非常性感的正在路上還大部分是只有兩截比基尼辣妹扮妝衣著，胸罩有大有小，短熱褲有的長有的短有的甚至只到丁字褲，甚至有些女的就直接在門口的鋼管前跳起豔舞一如更扭曲變形的辣妹啦啦隊，他們每家大概都有制服充滿愛情幻覺的甜美紅色寶藍色有的像水鑽有的就是黑色的蕾絲，甚至更充滿了各種番邦可怕的終極性感行頭，有些店家噱頭更是現代化流行時尚蘿莉塔鑲嵌粉色蕾絲夢幻少女蓬蓬短裙襬露長腿也擠上胸衣乳溝成爆乳，特別戴著牛仔帽穿著牛仔款式的白色緊身膠質性感皮褲帶流蘇，ＳＭ風的帶鐵鍊扣環的漆黑反光皮帶繫細馬甲長靴……

更仔細端詳她們的我仍然緊張失控……然而一如妖姬一如妖精的每個少女彷彿都非常年輕但是看起來都不是非常專注，有的一邊還拿著鏡子在勉強補妝抽菸喝果汁，有些只在失神看手機，有些就只是在分神聊天，但是更怪異的排場是拚場的用心良苦……別苗頭的更搔首弄姿性感近乎妖豔的她們真的成群結伴地硬生生站到大路的正中心，一如拉丁美洲嘉年華會的誇張肢體接觸潮濕喧天遊行群眾性感表演炫耀行列，或就一如其中一家更離奇地引用起鄭和寶船的龍頭船頭有一個斗大楷書「鄭」的金字黑漆木製橫老匾額當成酒店入口建築立面的終極誇張炫目裝潢，那麼復古懷舊風情中國風炫耀到離譜的主題裝飾焦點永遠那麼刺眼……然而就沿著華麗門口更刻意地在許多仿老中國木製漆紅對聯老牌樓前還更依序排出兩列穿旗袍高衩露出網襪長腿的假裝是中國古裝的番人少女們……鞠躬禮周到小心翼翼地躬身低身地對著路過的西洋觀光客殷勤嗲聲地拉客……致使深深長夜更外頭黝暗的夜空都只是為了襯托那漫長蔓延成一如一場無限炫目的淫靡春夢的……近乎整條街都是最後滿天飛鄭和後代子孫女眷的她們的爭奇鬥豔誇耀爭端的怪舞台。

然而唯一的破綻，對誤入的我而言，那充滿了讓人難以忍受的怪異狀態始終還是強烈地困擾著……不知為何，我老是覺得自己困在一個錯亂的歡場迷惑金樓，但是，卻是贗品，妖怪扮演臨時上場匆匆促促硬生生硬撐的場子……或許令人蠱惑的更是令人狐疑的種種……太多太多破綻的隙縫窺探得更小心翼翼點，就不免更懷疑種種的可笑：或是並不完全是她們身上穿的廉價衣服的性感或不性感，而更是她們長得非常怪異，好像都哪裡有缺陷一樣，臉孔鼻梁眼睛都好像不是那麼地好看，甚至身材好像也都有一些不太對勁的地方……那些穿著古裝假裝是中國女人的番邦女人……有些胸部太小有些胸部太大，有些屁股太翹有些屁股太不翹，有的看起來就是太高或太矮、太胖或太瘦，有的看起來就像人妖一樣地更怪異，一如工廠出品的洋娃娃的瑕疵品，那種感覺真是令人難過，好像是一個實驗室裡的各種編號不同參數的人肉搜索的標本，這實驗的過程出了什麼差錯而產生的變異版本。《ＡＩ人工智慧》那部電影裡的破爛不堪壞機器人回收場那些斷手斷腳毀容的可憐兮兮破爛機器人。

她們出奇地不專心，但是她們好像因為都必須要上工了所以就露出了一種非常職業的專注或刻意假裝不太專注……好像一群鄭和以後六百年來一代一代中國古代的另一群漢人下西洋過程出事在異國流亡和當地番人女人所私生的私生女們，而被遺棄了的她們可不只是在酒吧和一群西洋恩客一如朋友們喝酒開玩笑，更是真正已經準備接客上班一如下西洋地認真……

或許那整條花街的感覺也是這樣裝潢有一點怪異妖幻的仿古中國風木製太師椅風格雕花的怪吧檯座椅，雖然有點權宜裝潢部分角落寒酸點的窗台安裝仍然充滿妖氣細節繁複斑斑駁駁，成天鎮夜彷彿引來了太多西洋老年中年男人其實就只是坐在仿冒高腳太師椅上的老舊門口僅僅叫了一瓶冒泡發汗的番人啤酒也就在那死角死盯著一路上暗示種種怪異現象即將發生的時光，所有一如老鄭和廟中國半人半神妖怪雕刻的更多的人間人妖般的半女人半男人的花街異象都像某種下西洋的隱瞞了更多什麼的隱喻……都像我太過意外地誤入而陷入了始終持續的某一種奇怪的互相打量的狀況出奇地妖幻到……永遠非常接近卻也非常地疏遠。

意外路過的我感覺到那裡好像是某種怪異的曼谷這個老城的更隱藏也更底層的破爛博物館學……

在曼谷找尋老鄭和廟的這幾個禮拜，我好像被迫去進入某個過去我所迷戀過或是懷疑過或是逃離過或是從未陷溺過的自己，因為太短的時間裡所意外發生切割的世界拉扯太過激烈……一個二流鄭和學家找尋鄭和廟的必然踉踉蹌蹌……最華麗登場的鄭和一如最古老的廟宇神明擁有的保佑威脅掌管破曉的神通，從最長的最陰沉的湄公河的誤入。最好的老鄭和廟就已然一如老中國博物館的視野中下西洋的最凶險但也最靈驗的還願的心虛，覺得鄭和當年下西洋像下這人間的波折引發的宿命太過龐大，風波不斷的浪潮……國的、種族的、歷史的、文明的……或就是突然間意識到自以為是狂妄深入研究尖端到尖酸刻薄的我的想像也不免太過天真爛漫地可笑而單薄。

法力無邊到或許就其實是掌管破曉的神明……神通可以掌管大自然或超自然近乎一種令人戰慄的狀態……破曉寺所朝拜的這個印度古神明太過神通廣大，傳說中光明近乎灼燒燙眼，祂可以想像就成真數萬種人間蒸發般地分開日夜顛倒狀態，充滿了神祕的傳說和神力保佑的不可思議使黑夜消失使白天到來……

渡河是另一種戰慄，太過疾風吹起河水暴漲晃動近乎瘋狂的老船身上，所有人都非常慌亂露出惶恐的心情沉重……陌生外國觀光客始終無法忍受髒亂不堪暈眩負荷的船行渡河過來這個鄭和廟的怪異現象及其光暈渙散令人暈船欲嘔吐的苦惱，因為太過奇怪的人群擁擠讓人有點緊張到擔心翻船或擔心淹沒……甚至出渡口就隨波逐流地對空晃盪到永遠找不到水路往彼岸……在皇宮旁邊的那個涅槃寺走過去異常擁擠骯髒混亂的市場，我想起太多年之前彷彿有到過那個老碼頭，可是好像已經是多年前到一如前世地始終不太有把握而且甚至遺忘到底是哪一班船還是哪一世……然而，太多的狀態仍然恍惚……至少仍然不很清楚但是卻分心地在河旁邊聽到有一個喧譁的麥克風用北京腔中文大聲字正腔圓地對觀光團客嘶吼的導遊賣力演出地對空說：「這老鄭和廟可是這番邦最大的老中國廟……」

在近乎不可能地用數百萬碎裂青花瓷碎片所重新拚命拼花出的這個老鄭和廟……在這番邦那太過冒犯地完成的空前也絕後地太過火的神跡古蹟，那麼繁複近乎繁瑣的瘋狂動用古中國的宮廷燒瓦工法和最考究漢玉石雕及精心色澤繽紛璀璨琉璃講究細節所貼滿弧形塔身怪牆體所小心翼翼地搭建覆蓋起來的龐然巨大廟身……

即使那個充滿狐疑的我仍然無法忍受但是還是無法抗拒這個鄭和廟身的太過奇幻……雖然一開始還只是在廟門入口荒涼潦草怪異花園旁邊的末端太過意外地看到路尾端景中奉祀的某一座小型神壇風水穴位破口般的奇怪古建築壇城，那彷彿是整座歇山重簷斗栱雀替斜屋頂起翹誇張古老中國廟的縮小版本土屋俑……一如鑲嵌了陶塑剪黏的古老博物館中的老時代感陶屋俑建築，然而兩側參道般的蛛巢小徑旁邊卻還有斑斑駁駁的老彌勒佛或南極仙翁般的大肚子老人怪異石雕神像，甚至中間還混有長著翅膀鳥嘴的印度神明的怪異群像地放入也拚命列隊吆喝信眾爭相前來參觀拍照留念……

一路還是擁擠不堪但是一路也還是仍然荒唐地異常歡樂……濃厚油膩的陳舊破音喇叭依舊施放巨大電音舞曲表演般的歡樂音樂中的另一些觀光團跟著當地更黝黑更急躁的導遊走進來用更奇怪的語言倉促敘述讓異國旅客好奇地聽他荒腔走調地演講出這個老鄭和廟，用那種我始終不懂的語言所說出來的怪異故事，或是當地警衛澆花掃地員工所有意無意之間張望的西洋人……然後更惹眼地出入群眾的當然就是一如守護眾神的眾多大大小小老老少少穿全身袈裟的和尚們。甚至在這老鄭和廟口末端還遇到一群群拿著一杯杯泰式奶茶塑膠袋裝顏色鮮豔到像有毒化學原料的飲料的剃度光頭小和尚快樂地邊聊天邊走過。

再往更裡頭進入那塔側的迴廊所突然出現了電音背景重新Remix的怪異唱腔中文梵唱佛歌，某種更大聲也更怪的改編現代曲調的南無觀世音菩薩救苦救難的求佛祖菩薩保佑的誦經古譜曲歌，前面還有很多拜拜的捐贈一盤九十九塊的某種祝福過年的誇張贈禮，然後再經過某一攤寫著福光普照八仙彩亂針刺繡的佛壇，有三個老尼姑還穿著慘白泛黃袈裟帶著七八個助念仙姑們，對著那尊煙霧瀰漫中的古玉觀世音菩薩和三寶佛祖以及旁邊八仙過海種種眾神老舊銅雕誦經，現場有穿官服的神明是古銅色髒髒舊舊的甚至古銅雕佛手上都還拿著銅製花朵的花圈地令人驚訝……

然而，歷史感變成了某種更費解的嘲諷……那個老鄭和廟變得只是雷同於某個修行道行極端高明的著名中國道士真人上人或許是某個更神祕莫測神通加持的力士金剛羅漢神祇佛祖，只要有修行到可以拯救眾生地救人，一從祖國請過來泰國就馬上靈驗傳說到變成非常有名的當地迷信的風水命理大師神明……可以提供信眾們更著迷地擲筊求籤問卜擇日消災解厄，很靈驗到近乎是山神土地公城隍爺……

太過香火鼎盛地充滿荒謬的細節……樂捐款項有棺木一具、仙衣師冠全套、墓穴白米大白，充滿了極端繁複眾多詳細的規定，我比較好奇的更是裝飾廟身大殿完全無法想像繁複的長瓣黃花和黃金冥紙現場還有更多想發財祈福的什麼要燒，甚至刺繡繁花捲簾八仙彩上鑲金漆非常濃重的眾多十二生肖動物夾雜更多聖獸鳳凰蟠龍仍然充滿令人難以相信的華麗……

觀世音菩薩旁邊是地藏王和孫悟空再在左邊是關聖帝君跟玄天上帝眾神環伺，甚至還有特殊羊年的羊頭穿著古中國華麗的明代怪官服的神明還始終拿著法器怒目看向遠方天空雲霧迷漫，有人拜得太虔誠甚至開始激動落淚到激烈地抽搐但是卻完全無法離開……

然而仍然充滿疑問的太多信眾持續瘋狂地對空磕頭到在膜拜抽籤解籤，甚至老鄭和廟捐獻箱上仍然有老舊漆黑對聯上頭書寫著古老傳下的迂腐然而切題的八個老中國漢字的斗大字眼：「財源廣進，五福臨門」。

❖

離開了這個破曉寺古佛塔本身所代表那種在湄公河和曼谷的城心的甚至在其最神聖皇宮對岸的地帶一個守護皇家最終的聖廟……一如後來另一種太過令人驚訝的另一個老鄭和廟，在古中國城尾這一帶最古老有名的一個老廟的香火鼎盛……然後就在那過中國年期間好像有很多祀典很多人在排隊登記捐錢或是拜拜的混亂那現場甚至跟我小時候跟拜所有家裡廟裡的神明祭拜儀式講究的細節狀態繁複種種拿捏的狀況是完全近乎不可能的瘋狂雷同，法器助念唱腔半沉悶哭調半莊重梵唱，祭拜彎腰拿香鞠躬禮拜的緩慢始終那麼喚回童年的或更古老的過去老中國最遙遠的遠方怎麼可能會那麼神祕莫測地神似到一模一樣，那些僧侶尼姑信眾始終那麼專注，認真地念經齊唱在法會現場群聚那麼入迷，雖然坐著破爛不堪的塑膠椅子，但是桌子旁邊的老布還是華麗的鑲嵌種種繡上佛讖神祕經文的書法筆畫都是純黃金色的炫目行行列列漢字的金剛經文的局部……充斥著太多太多暗示。雖然意外路過的我仍然還在找入口，因為不太確定到底那法會那梵唱那種種更古老更怪異的恐懼症般的歌聲……替代出的另一種鄭和曾經打造出的古代在番邦是怎麼殘存下來？怎麼聯繫怎麼理解怎麼打量出來這種種鄭和廟裡拜鄭和的拜拜古法是怎麼回事……

塔頂比較高的這個地方待了一段太長的時間，聽到一個導遊跟一個西洋人解釋所用一種有點泰國腔的英語說這個佛塔其實是古時候蓋的中國廟也叫做破曉寺……充滿疑問的太長的時間待在老鄭和廟那個最高的佛塔最上層，充滿迷失自己的迷亂感，肉身的頹敗渺小感的太過緊張到越來越疲憊不堪回首到攀身攀爬到後來發現自己近乎瘋狂但又崩潰邊緣地對空嗚咽到其實腳完全都軟了，走不動了的尷尬又心虛……太過離奇的建築心機重重神廟的神祕莫測尺度長出來的敬畏感，因為那每一個階大概都有四十到六十公分高，樓梯的寬度非常窄，只好抓著沉重骯髒古老鑄鐵彎曲的狹窄把手依舊隨信眾擁擠不堪更費心到完全不可思議像攻城疊身肉團人群非常怪異現象更緊張地往上爬，非常陡峭的塔斜程度在爬的時候會心生恐懼到某種奇怪的狀態，而且頭往上看就是看到一叢一叢層層疊疊的印度佛塔土缽，可是在每一個轉角曲折的弧線邊都嵌上了交趾燒般的工藝花瓣葉瓣，甚至層層相疊的某些裝飾的轉角還有一個個青花瓷盤，青花瓷中都還有一朵花打開六角形花瓣，再加上更多花瓣裡面的小花瓣，鵝黃、赭紅、普魯士藍、綻青，甚至是每一個盤邊都有著曲折的翹起，而這種裝飾的重複到了更高層轉角波折上一個一個雙手往背後托住的神像更為繁複也更為驚悚到崇高令人心生恐懼的某種怪異氣氛，那些石雕的侍衛神像臉上都已經斑駁，頭上戴著奇怪的帽子，但是眼睛看向遠方，臉上因為雨漬而黝黑不規則的痕跡，像是樹的斑駁，然後身上的交趾陶片一小片一小片鑲嵌出那一件冠服的輪廓腰身跟繫帶盔甲，甚至頭上的冠帽兩邊都還長出翅膀的某種奇特的威武感，可是因為日久遇曬而產生的更為奇怪的眼神上的變動或是臉上的斑駁神通感，好像祂們每一個轉角每一個托住塔的巨大守護神的承諾，用雙手放到背後托住了牆角，而數十隻的手托起了這一座巨大數十層高的佛塔，非常像是一種極度可怕的傳說中以人肉為建築的鑲嵌血肉模糊之後還要附上真正最後的虔誠跟朝拜才會完成的一種建築的可怕崇高敬畏通天的可能……在最後最高層的佛塔的鑲滿石柱欄杆旁靠著，聽著很多銅鈴的聲音，颳過來臉會痛的巨大高空風聲，和遠方湄公河上氣喘般發出燒煤的汽笛聲，一群一群前來的信徒般的觀光客群講著英文德文法文拉丁文義大利文種種完全西洋人聲，和更多泰語日語韓語還有甚至我來自的怪異腔調中國方言的人聲……那種好奇或是驚悚使這座佛塔更為傳奇，我來到這裡更深深感覺到在地底所感覺不到的爬上來之後一路腳軟才能夠體驗某種張望的恐懼，甚至到了要離開那個佛塔的時候更害怕下樓每一階都仍然還是那麼怪異奇高，而且傾身往下走跌倒塌下來般地冷酷無情地彷彿隨時會失足跌落到壓往仍然擁擠在狹窄坡道參道階梯上的所有信眾，令人不免懷疑起神殿登高詛咒般地抵抗地心引力的肉身驚恍感的上塔還沒有下塔那麼恐怖，而且甚至有另一整群的西洋老太太她們也非常害怕走牽手緩慢移動地走下來之後，還就群聚感染神祕莫測氣息參悟感地眾望著天空而齊坐在佛塔的旁邊沉默打坐許久，看著那些夕陽餘暉中高塔的古中國交趾燒的反光所出現奇特色澤的光暈……

發生了太多的差錯，一如這一件最奇怪的差錯，所有關於這個廟的起源傳說史料的老資料竟然完全沒有鄭和……而是鄭王。那鄭王古傳就是一個泰國最膾炙人口的歷史民族英雄名將變成國王的近乎神話的故事。一如那一個會說北京話的泰國導遊堅稱地解釋這個老鄭和廟不是拜鄭和的而卻是拜一個泰國非常有名的將軍也姓鄭，因為他始終記得從小歷史課本上都會讀到這個鄭王廟是紀念泰國第四十一代君王華裔民族英雄鄭昭的寺廟……甚至解釋破曉寺命名破曉的原因是另一種典故，不是因為祀奉印度破曉神祇而是因為寺廟歷史中記載著一七六八年泰王鄭信率兵打敗侵佔泰國的緬甸軍隊復興泰國定都吞武里而建造了這座寺廟……是紀念鄭王從大城到達吞武里的時候正值黎明天黑最後的破曉……故將此寺命名為阿倫．拉傑瓦拉蘭的破曉寺。

一如一開始的種種差錯……走進佛塔之前收票的是一個像正前方巨大黃金彌勒佛的很胖卻竟然長得很猙獰的老人，奇怪的是他戴著牛仔帽穿著非常寬鬆的牛仔褲雙腿盤坐佛珠鬍鬚滿臉到粗獷甚至粗野的收票員，就像這時代感染西洋病毒的怪彌勒佛……

在彌勒佛旁邊還有一面「了解佛陀」的文字，「不要買賣佛像，參拜寺廟不要購買佛像和相關產品尤其是佛的頭部，因為交易意味著對佛像的不敬，請不要把佛像肖像或象徵佛座亂安放在地上至少應該要擺在高於腰部的位置……千萬要小心，要心底深處無怨無悔地付出那般敬畏，絕對不能把佛像當成裝飾品。」

我在旁邊仔細看用陶瓷修飾的弧形慢慢鑲上那個塔最下方弧線收編的底座，現場竟出現好幾層塔身上的老匠師們正下手安裝花瓣形狀的裝飾還仔細地調整的雙手戴著好像外科手術手套。全身黝黑的皮膚，眼神極為專注地正在微調那個陶片鑲進去那個弧線的細節然後紫色的葉間再鑲上花朵的花瓣，那是一個非常細膩而且驚人的巨大工程。

在所有的差錯又莫衷一是的典故混亂之中，那個為了尋找這個老廟渡河波折太久早已然疲憊不堪的我還以為自己千辛萬苦找尋許久才發現前來找老鄭和廟的原始朝聖考古遺址的神聖使命般的動機竟然完全是個差錯。不過我還是耐下性子灰心喪志地走進去拜了這個另一種傳說中的鄭王廟其實仍然是一個怪異的老中國廟，環繞著很多花朵裝飾的銅馬銅佛還有燈籠刺繡鄭王廟的中國字純金的古代漢字花鳥蟲獸梅蘭菊竹種種建築太師椅斗栱雀替藻井用典古代紫禁城式樣傳統的複雜裝飾極端細膩而太過離奇的一個老中國廟。

甚至最後我到了側面的另外一個有活佛加持的廟中，看到有兩個活佛打坐在中間巨大鑲金鎏金佛像旁邊幫來祈福的人潑法力無邊的那種神仙水，很多人在跪拜，我只好就離開了往兩邊廟正中間的入口走進那個著名的佛塔更深處長滿很多中國著名交趾燒所黏成的浮屠塔上的裝飾甚至還是充斥著很多八仙過海鬼神典故種種古代著名的故事雕像，還有最奇怪的是那個佛像的鄭將軍手上那拿的那一柄最華麗的明代的古董寶劍，竟然是可以拿下來把玩炫耀或甚至是祈福信眾，我看到有一個像乩童也像生意人的怪人問我要不要抱著那柄古劍，旁邊有個中年男人靠過來，然後一個剃光頭有刺青的怪道士就把那古劍放在他手上跟他解釋這個古劍有什麼樣的法力種種。我在旁邊看了非常驚訝，後來就在一旁等候。等待太過冗長的時光，看到太多太怪異的廟中光景……最後輪到我的時候，握緊抱著劍鞘上竟然鐫刻著永樂年間鑄造的字樣。那明明是鄭和的古寶劍。但是沒有人發現。我也決定不作聲。因為更奇怪的是在劍柄末端有個鑲嵌獸首的端節有兩側的字極小甚至已然鏽蝕到模糊不清的古代楷書的刻字詩句，劍身一側是：鄭王出世天下歸天朝；另一側是：和番雲彩寶船下西洋。

❖

破曉老寺一如老曼谷到底是什麼鬼地方……更深入老曼谷找老鄭和廟的太多波折心中忐忑不安太久才感覺到這老城是一個遠超過我原來想像複雜的鬼地方，混亂而神祕到完全像一個蟲洞般宇宙死角的黑洞，但是我因為完全沒有期待而因此更開始了一些初步誤判而出現的奇怪的愚蠢打量。

也因為更深入曼谷之後總覺得這個老城完全不像過去隱隱約約所不意看到的導遊書上寫的那麼風光俗豔，而更想到一堆上世紀以來的鬼作家混在那裡也死在那裡的隱喻出更妖幻奇蹟老時時發生般一部部驚悚片恐怖片白龍王保佑才逃離得了的恐怖現場，或甚至因而想起有一晚在旅館半夜所看到的《醉後大丈夫》續集在曼谷的那一個晚上發生的暴動吸毒嫖妓人妖走私軍火種種狂亂到好像所有犯罪惡行再怎麼誇張在那老城裡都不免那麼理所當然……但是被老鄭和廟折騰得太過疲憊不堪回首的我對這時代的這麼離譜怪事的發生已經完全不期待。一如電影裡頭有一個完全發願禁語的面貌蒼老憔悴的泰國老僧侶捲入了他們的無限無奈荒唐的糾紛而且還是找到失蹤主角的唯一線索……但也可能只是聽說所以只好跟隨這唯一的線索還是不期待的離譜再上路去找他一生苦修的老廟……雖然只好一路跟著他們上路的又怪又老的僧侶仍然始終都沒有說話。

想到《醉後大丈夫》續集那部陷入曼谷的電影是一種完全倒敘快轉所有的離譜荒唐都有一個轉折可能的時間無限放大或縮小。但是自己陷入的老曼谷卻完全不一樣到所有的時間都緊跟著地一分一秒一分一寸的分寸都緊咬著而完全沒有任何僥倖或脫逃的可能一如出事到身上有幾個傷口一直沒有好到緊咬到彷彿再怎麼樣就是不會好的無奈……緊咬著自己受了傷沒有好的肉身甚至是內心脆弱都更容易被入侵的深層的恐懼……只好承認自己無奈也無心於更深層次的冒險……

一如我陷入混亂地陷入這老城所想像可能過去風光，這也是我不免對所有過去的找尋老鄭和廟的一路誤解的一種縮影，在一路上應該感覺得到自己老是想入戲到鄭和下西洋一路的切題的冒險犯難，但自己內心深處始終無法抗拒地陷入又想卻又怕得要命的誤解……就像可能會發生差錯但卻只老想著別太假裝壯烈勇敢也不要刻意找死地更像某種深海浮潛的困惑兩難……裝備到底可以潛多深自己始終不曉得然而等到發現出事的太缺氧氣或太深水壓過大的時候就已經來不及回來或必然有潛水夫病逼身地更隱藏的後遺症的種種潛伏的永遠恐慌……其實我應該害怕地打撈鄭和老寶船因為潛了更深遇到了更深海更大海怪的無人救援的必然死境的死寂難過。

我還因為好奇跟隨那個會說中文的老導遊帶領一群中國內地客群到了破曉寺旁的一家家裝扮懷揣著南洋古代歷史博物館流出的泰皇祕密收藏古老寶石在那老城專門經營古董珠寶商號，那家門面裝潢比其他古董店鋪更顯得闊氣，其中提及了太多的古怪收藏價值連城的老件金銀首飾還是珠寶玉器青花瓷種種或甚至是某個角落老櫃中炫目的阿瑜陀耶王冠鑲嵌最驚人的一顆鴿蛋大的鴿血紅寶石，更難得地從內堂對著光輕輕反轉紅寶石射出六道晶瑩剔透的光澤，一如是祖傳故作神祕的還有更多祕密流出稀世的古代寶物老件，更是六百年後在南洋麻六甲海峽重新現身的種種鄭和老寶船沉船所打撈出當年永樂皇帝京城御賜西洋的種種古代歷史博物館祕藏的絕世寶石，一如紅藍寶石祖母綠金水菩提貓眼石綠松石和夜明珠太多太多令人眼花撩亂欣喜若狂……色澤典雅巧奪天工的帝國帝王最華麗登場但是註定帶領老鄭和沉船沉沒的最講究體面的陪葬品。

「這些不世出的古寶石還可以辟邪鎮煞啊……」那一個懂中文的泰國老導遊還更繪聲繪影地提及更多鄭和後來變成了老城最威風凜凜殺氣騰騰到唯一可以鎮煞的神人。因為破曉寺有太多不祥的古代傳說……在昭披耶河沿岸的曼谷老城一帶尤其是老中國城鄰接到破曉寺是著名的亡靈鬼魂盤踞之地，因為當年是古戰場殺伐太囚而埋葬過太多殘骸到始終充滿禁忌的地下墓場種種謠言……尤其是老廟旁還仍然聚集極端不尋常的洞口邊界太多地穴石窟，據說自古以來就是暹羅古降頭師們的老地盤，甚至還謠傳近年來飛頭降在破曉寺旁天黑入夜勢力太大到驅逐其他派系的降頭師而獨佔地下洞窟而經常成幫結隊地在日落後外出到形成一種可怕的近乎瘋狂的景觀……在夜半會有很多飛頭飛天……

那老導遊最後半認真半揶揄地自嘲：「降頭太陰太邪了……只有戴著老鄭和廟旁那老寶船被三寶公開

光加持過的這種古代寶石才能真的鎮煞辟邪地……保佑我們啊！」

破曉寺彷彿始終有太多充滿差錯的古怪內心戲，找了好久才找到這老城的老鄭和廟的神祕青花瓷寶塔的最末端畢竟是我找尋鄭和學某種隱喻的歪斜終點……一如太多國太多王太多朝太多人太用心用力地解釋或誤解文明的彼此勾心鬥角，一如找尋文明差錯的種種潛意識到像開天眼觀落陰下降頭太多太多的費解。

或許因為我要離開前才發現這個鬼地方彷彿才更深入鄭和學考古究竟的什麼但是卻完全還是找不到……一如離開老鄭和廟前的完全不拜鄭和的我到側殿廟身去最後找尋其老建築登錄年代種種文獻卻找尋不到的時候，竟然看到了一個老太太淚流滿面感動跪地撫摸那巨大鄭和銅雕神人般的佛像腳掌，還在腳踝旁放花也還在那邊摸了好久那銅佛手的最終就把一塊泰幣放在祂的銅腳踝旁……這始終令我感到費解……但是也更出奇地感覺到這個老鄭和廟畢竟充滿了虔誠敬拜祂的信眾們。

這時候廟的旁邊始終晃盪巨大而沉重的鐘聲還有梵唱不停地從非常吵雜吼叫般大聲麥克風傳誦一如佈道般地念咒……始終念念不忘地傳誦著怪異佛讖式令人感動但是卻完全聽不懂的聲律歌詠……惻隱的側殿更末端旁還有更多環繞著廟寺的鎏金佛像讓信徒點燈添油還有點燭火一如是一個古老祕傳至今信仰鄭和神人就像佛陀的某種更離奇但也更深刻地令人難以想像但是也難以離開的神祕經驗。

一如始終閃爍不停但也聽不懂的異國語言的僧侶信眾仍然拜鄭和像是拜佛陀，一如太過在乎也太過驚悚冒險攀爬高塔陡峭階梯的害怕，一如引誘我的那老中國古工法的青花瓷碎片拼花般鑲嵌的嵌瓷彷彿命案線索般地拼湊找尋老鄭和廟的層層疊疊隱藏更多一如隱瞞疫情的威脅文明蔓延擴散內化……一如主塔坐落於黎明寺的帕普蘭有崇高佛塔的敬意還象徵佛國神山麥乳山。主塔太高太尖地象徵著佛經麥乳山並列主塔底座的四個方位角有個低主塔一籌的陪塔把握著佛國的四方四座陪塔間是四座佛殿供朝拜者出入主塔進行禮拜……但是主塔外部建有四條陡峭的台階連接著塔體的四層樓可以環繞塔體所充滿了曼陀羅的怪異混種惡魔天神般自相矛盾的建築隱喻：主塔最底層的四角建有四座陪塔供獻風神壁龕雕像展示著騎在一匹白馬上面向四方神通叱吒的古老風神……一如每層台階末端兩側卻放置著古中國鄭和明代朝服的武將石像守門但是第二層由印度教夜叉惡靈守衛，一如太多妖怪邪神列石像柱支撐但是卻還可以看到四個入口錐形亭柱間展現佛陀一生誕生覺悟刻像石。一如第二層與底層之間陳設著許多小壁龕裡裝有金納羅金納里雄雌配對半人半鳥孔雀尾住在須彌山斜坡森林中的邪神像雕塑……一如第三層由拉瑪堅史詩中的猴子雕像形成的柱子頂撐也同樣地裝有金納羅與金納里雕塑怪異壁龕和最後第四層最頂層由印度教天上提婆神靈雕塑形成的柱子支撐著四側台階的頂面都挖有小壁龕裡面擺置著印度教掌管忉利天女神因陀羅雕塑坐在傳統的三面白象背的亦正亦邪……一如塔頂由駕大鵬金翅鳥的毗濕奴神及其塔尖法螺兵器出乎尋常地再戴上了一個傳說是另一個神祇的純金皇冠於主塔尖。一如那主塔高八十餘米而周長二百三十餘米的塔體拼花拚命拼滿了許許多多的中國彩瓷青花瓷碎片……來自數百年來從鄭和寶船至更後來古船更多更繁複的收藏或僅僅壓艙老件數百萬件拼花形成了明代至今的古中國傳說青花瓷寶塔到底是真是假……仍然充滿疑問地令人費解。

這老城的老廟一如這破曉寺的破曉……到底拜什麼老神祇？令我越來越困惑費解……在其遺愛其眷屬子民信眾的聖地……那麼虔誠朝拜的到底是從中國來的一個掌下西洋的大人？還是現身掌皇朝的國王？還是從印度來的一個掌破曉的神明？

在上船入河回老城仍然不知如何去看待那熱衷朝拜的擁擠信眾爭相祈福的儀式擁擠人潮……甚至那廟口也拜觀世音菩薩的中文梵唱誦佛腔調和我小時候長大跟母親去拜拜佛寺的佛讖經文曲譜竟然那麼雷同……一如某種更古老也更奇怪的荒謬感充斥的告別歌謠，某種我小時候就不斷地重複聽到近乎厭倦的既安心又煩心的怪異祝福……也一如找船考慮仍然費解的始終困惑於不知到什麼地方坐什麼船甚至怎麼買票都還是沒辦法問的困窘，到了路口還有很多人在排隊永遠是船就快趕不上地要開地令我非常緊張……而且上下船老渡口環繞的老市場擁擠太多攤販太多乞丐，甚至賣票的那個老太太根本就不會講英文只是非常生氣但是叫我趕快過去地猛點頭說我聽不懂的話大聲吆喝……然而離開破曉寺到了船上所有上船的西洋觀光客們仍然像難民般地萬般無奈驚嚇過度地覺得自己好像永遠無法離開地充滿慌亂……然而更奇怪的是黃昏日落前的河水那麼倒映天光竟然乍看一如破曉的反光那麼完美無瑕地瑰麗炫目……

然而另一種荒謬卻是在擁擠不堪人群之中的破爛船身柱列上所出現了一排電視螢幕中的一個西洋怪少女……那是曼谷某個著名當代藝術館贊助所在老船上所舉辦的一個奇怪的行為藝術錄像影片展覽。我就在滿身汗流浹背的黃昏夕照倒映河光一如破曉的光影中完全無法置信地盯著那一個畫面中出現的荒謬可笑的秀……那是一個裝可愛的西洋半裸少女就站在一艘紙糊的怪船上穿上不合身的廉價仿冒中國道具古裝刻意做一些愚蠢的動作，彷彿在諷刺鄭和……那一個金髮的女生始終彷彿喘不過氣來的假裝緊張表情，但是還是半用力吹半打哈欠地作怪……最後終於拿一張透明塑膠袋在那邊當假帆，充滿某種怪異行動藝術的荒謬感的她一吹氣，那一艘比她還大的寶船紙船身就竟然開始向幕後的夕陽疾航而去……

❖

在那死等入宮之中想起其實我老死命找尋鄭和廟的這一回死等也竟然撐了太多天，一如這種彷彿怎麼等都等不到還不得不快要回去了的遺憾……總是令我失望到絕望地想起也逼問起自己到底想要什麼的始終模糊不清地來這裡找尋鄭和的種種問題極多極深極大但是又不甘心什麼都沒找到就想走。或許我無法承認自己老是分心失神而非常疲倦不堪到缺乏一種可以更深刻再多端詳或更沉浸入現場一點的心情或力氣。

在這個像是鄭和的後代打造的皇朝所做成的大皇宮。太過華麗璀璨登場的某種投影成當年下西洋完成了另一種帝國的崛起與大航海時代來臨的完全成熟。六百年以後的意外的我用這種最意外發生的狀態走入雖然不免進來的過程仍然是一場庸俗的擁擠到不堪入目的可怕，一如炙熱的心情沉重負擔的太陽太烈火般地令人全身都始終冒汗，一如全皇宮湧入的驚人觀光客太多到所有人連進宮的路都不可能看清楚，一如找地方買入場的票的排隊過程就耽擱非常久到好像永遠不可能買到，一如有一個前頭的西洋老觀光客埋怨著他老記得上次來的時候還遇到皇宮裡正在換班和祈禱的時間而不能進去白跑了一趟使得他這次這樣子仍舊太忐忑不安可是又太勉強還是耐下心來死等的心情。

或許也因為這個皇宮始終自詡為這個國度太過巨大而且太過驕傲的令人費解……所有的王國曾經天災人禍頻頻發生的歷史場景仍然還都燙金鑲鑽般地炫富其皇家收藏幾乎都是最華麗最奢侈最美豔動人的行頭排場，帝國的最高等級的示範，一如更多細節精雕細琢令人感動落淚屏息注目的老時代雕刻印度神祇大戰的老象牙環形古圖印花托盤、白瓷花器茶器、貴金屬的鐘擺機械繁複老零件、手工木刻的古圖騰屋脊飛簷如雲霞弧度誇張極端的兩座最寫實風格的巨大皇宮模型。一如一個喚回的大夢初醒的幻境或是初揭露的不明隱喻，那是不久前擁擠不堪陷入困境人群的我所步入深入走過的極端複雜的古代建築群變成了一目了然的鳥瞰全景，一如死後昇天回眸望下的波折駭浪費心地喚回迴光返照的一瞬間那種人間投影……

更多更多的古代收藏的炫目充斥一間間全部都是古代最老最頂尖收藏家夢想中稀奇的種種古佛像群陳列於入口深入研究入夢般的極端複雜雕花老玻璃木櫃，兩邊側框畫都是捲花弧形草葉黝黑雕木的玻璃櫃身裡更多更值得仔細觀察的藏密古蹟流出的……鎏金佛緬甸古都玉佛象牙刻佛舊時代中國魏晉南北朝銅佛的大大小小佛陀。然後是充斥著鏽蝕老鎖片，古代的佛像所拆下來的裝飾碎片，甚至有些更窄小的更陰暗的黝黑的銅器鐵器局部上頭佛像容顏半毀到出奇地意外可怕。

其一間間更又是某代老國王登基某皇宮御製典禮紀念古物的純銀器拓片壓邊一尊一尊守護神佛陀打坐入浮屠縮影，甚至還有一尊是釋迦牟尼出生還是童子的時候從蓮花僧池一手指地一手指天的那種比例怪異靈童成佛的童子佛身像，還有更多鑲嵌在佛身旁邊的暗色鏽金屬花瓶長出的殘存繁複到繁花盛開的漬痕仍舊的怪金屬花葉，還有更深的佛廳般的密室神經兮兮種種奇怪雕花中土古佛龕裡頭怪佛像神壇前的肉身木乃伊活佛。

對接近廟身死角的角落轉折廊身往再暗藏遠方的末端的……印度式古浮屠嵌入剪黏交趾燒式琉璃甕缸瓷瓶碎片所拼花出的各種雕花瓶花盆上充斥各種圖騰各種形貌令人疲憊不堪的過多細節，然後是明清宮廷老漆器式的茶杯酒瓶花盆茶壺漆器，甚至還有更老的犀牛角虎牙象牙製的更多近乎看不太出來獸身的古老化石，甚至有一個高塔身佛壇內部標註是以前皇家白象的骨骸象牙當成聖獸不朽屍身永遠無法理解為何如此神聖的收藏供奉。

奇怪的歌頌最後一間國王供佛的老書房原址裡佛龕正下方還有一隻趴在書桌案前的一如神話現場的地上真虎皮……那竟然是當年國王陛下在打獵中獵殺的真實猛獸的民間惡行重重的惡虎，至今百年的惡虎皮都還斑斕華麗地異常逼真……

後來終於到達另外一間有太多太多特殊收藏主題的大大小小涅槃的臥佛，臥佛們側身橫躺種種比例臉身木製陶製銅板甚至是鎏金玻璃石刻跟銀製的銅製的金製的都雷同但是又有點難以理解諸多細微不同的佛臉圓寂閉眼微笑的似笑非笑怪神情。尤其最後數十個數百年來舊皇宮收藏舍利子的象牙古雕佛像有種更難言喻的神祕費解，令人感動的象牙刻出栩栩如生佛臉神祕神情始終有一種更深的隱喻著其佛身必然是從動物屍身長出來的隱隱約約……

最後離開宮中室內走出宮中庭院仍然還是目不暇給的古老佛畫……還有更多更深入細部的懸疑感更是古宮廷畫師精心描繪數十年金碧輝煌近乎瘋狂的鑲金古皇宮的宮牆長壁畫，華麗到驚心動魄老時代殘存至今早已斑斑駁駁但是仍然令人感動地橫跨院落曲折連續上千公尺某長廊迴轉太多個合院側艱難描繪出的皇宮神話史詩篇，畫面甚至可以拉長視野一如國寶的〈清明上河圖〉般拉長視點，精心區隔一幅幅長幅畫出史詩場景大多都是聖王神祇和妖怪惡魔大戰守護國度時代感恩至今家國仍完好無缺地近乎無限長感覺無窮無盡那般蔓延拉長壁畫式傳統鑲金線勾邊佛畫式的驚心古繪畫。

一如我看到了那個傳說中的微型逼真吳哥窟放在佛塔寺廟環繞迂迴冗長皇宮古壁畫長廊之間的怪異現象隱喻，因為其刻意隱瞞而逼真縮尺過更雷同其千年前古雕刻，整個古代最龐然神祕可怕的建築變成一個更多塔更多神明傳說的隱藏著不為人知曉的一個更神祕聖物古雕刻……正以某種舍利子安佛骨般的玄機安放在皇家繁複曲折離奇路徑的龐大庭園眉心。

那過度解讀的古皇家華麗庭園充斥著曼陀羅古圖像而更加困難重重地辨識其隱喻到彷彿每一個建築的每一個誤會也仍然都充滿著象徵，某一個縮影小型鑲金的佛龕嵌入某另一個鑲金佛塔的塔身及其塔心大大小小層層疊疊用某一種完全無法看清無限反覆雕花裝飾所有古聖物細節，致使我在太過緊張複雜又太過強烈專注的眼花撩亂之餘不得不更深刻懷疑我是不是還在一個鄭和遺留給後代更華麗但也更費解的人間……

一如那古書中不斷提及這個國度最奢侈收藏是那三尊六十六公分高的最珍藏玉佛，其佛身穿著最為昂貴的純金編織的古代手工縫製奇珍異寶古佛衣，一件夏裝一件冬裝一件雨裝區分為一件披著長袍一件披單邊肩膀一件雙肩背心……皇家禮佛咒語般的儀式祭典即是在春秋二祭為佛陀更衣浴佛致意炫耀其最複雜最昂貴的玉佛的尊貴神話……不知為何，我老覺得那玉佛的臉孔和鄭和那麼意外雷同地維妙維肖……

❖

沉重肅殺的仍然是荒謬時代感的種種歪斜投影……一如那群一團團擁擠不堪地終於逃離的我所最後穿過那些不斷在拍團體照的中國大陸旅遊團的群體怪異現象，一如我仍然勉強走過鄭和廟塔樓太多祭祀儀式煙霧瀰漫眼淚潸潸流下的時候所有的警衛都仍然挑剔檢查所有人身上包包裡的爆炸事件連連發生什麼事可怕擔心的他們始終不耐煩地檢查所有的觀光客就像恐怖分子般的鬼東西……致使那深宮門口成群守衛衣著裝備不是警察而甚至是軍隊還仍然佩帶真槍和實彈的配備，充斥不知道怎麼明說的荒唐但是卻仍然也顯然是井然有序地例行嚴格處理每天入內參觀如臨大敵的威脅感……一如那宮中入內荒謬絕倫的第一個長廊看到了整個印度史詩的壁畫令人嘆為觀止的華麗妖幻的妖怪們成群攻入宮中建築的史前戰事神話的恐怖，但是我始終不知道這古畫的隱喻中妖怪神祕野蠻人獸大戰中我所看到的鬼東西是不是我所想的，或是我也因為太過疲憊不堪地誤解太多而疲乏到看不清楚就只好離開地充滿遺憾……一如我甚至被要求要穿上深色宮服才能進宮中的死規矩使我可笑地亂穿了一件長袖的宮服一如宦官垂頭喪氣地走入了宮廷古廣場面對那對宮門後的兩尊非常巨大的猴頭巨神像，所一路走進去的更深入就更陰森的古老玉佛寺充斥僧侶活佛們始終尊敬的祈禱怪異佛誦轟然像催眠狀態的太多傳說，古代咒術法師加持施術的更為靈驗……一如那尊玉佛完全天降神通般地巨大到數十公分高完美無瑕地巨大的古玉所精心雕成，甚至玉佛身上穿的黃金佛衣那編織嚇人昂貴的奢侈，更神祕的面紗使得幾乎不可能難得的第三世界佛國還能擁有怪異歷史，離奇地留傳下的依舊國王制的過度奢侈動人的國家遺產才可能遺留的太過細膩……

甚至還有這時代另一類完全迴異的更荒謬的種種……中國大陸團令人尤其驚訝地有成群少女假裝很虔誠的兩手合掌站在那些妖怪前面被拍照，或是因為太陽太大在大理石長廊走過去一個個講中文髒話罵人的中年男女們腳還始終走跳說熱熱熱而一點都不羞愧的那種無理跟誇張，我一直告訴自己不要受這些太過誇張的人的影響深入這個最後皇宮聖堂的更浸泡神祕的可能……就在一個終於好不容易找到的涼亭上頭在餵小孩奶陪小孩玩的種種歇腳的印度西洋中國媽媽們前，彷彿大家仍然還應該要完全傾心朝拜一個巨大到無法想像的神或王的殿堂。

最後終於到了那個渡口卻更被擋在那個浮在浪有點大到站不穩的碼頭……浮現的那一艘一艘船首怪異地髒髒尖尖的長木船靠上來的永遠困局……我想上船去可是被那個黝黑皮膚的凶狠中年女人叫下來，她非常凶狠但是又精明幹練地掌控全場像巫師作法使喚信徒式地和旁邊幾個非常像幫派的人在掌管這個鬼地方種種上下船的莫名內在秩序……冒失誤入的我始終想上船而被叫下船幾次之後才突然發現自己的唐突愚蠢……就在船頭碼頭前她的必然迎船送船所悶燒濃煙滾滾般地發出一種燒毀般尖銳怪異的叫聲……

我始終沒想到這一路最後的考驗困難竟然是在從離開大皇宮到最後上船找路就找了很久的沒有把握往哪邊走是對的路的猶豫……雖然好像有點舊時代的線索可是關於那始終不確定地方的碼頭的我走到之後卻跟之前坐船的碼頭是不一樣而要靠的岸也不一樣，更可怕的是所有的船頭擠滿了人也有好幾種船好幾個碼頭的過度瘋癲……

我勉強問了幾個賣票的人而他們指的方向我不認識甚至擁擠了一大堆中國人在等而且每一個人都驚慌失措到好像要逃難往前擠可是沒有用地絕望被死堵在人群中……那黑臉老女人仍然一如獸吼般地吶喊沿著走廊要下來上船的那些人此起彼落大小聲團客導遊領隊的呼應，然後一團一團的人每回大概二十個人上的船身每一艘都不太一樣，可是只要有那個黝黑皮膚的凶狠女人所掌理的她一邊笑可是又一邊罵非常像是以前在軍隊帶兵的凶狠的士官長或是在黑幫裡面叫囂的那個老大時，竟然混亂過度的諸事就仍然安頓就緒……種種光線打在她的黝黑沉著又凶狠的眼神必然弭平種種衝突發生的從容的她那老臉上，始終冒汗但是必然被風從內宮向河中碼頭吹來時吹散汗水……

或許那是一種詛咒也是一種祝福的汗流浹背的莫名感覺支配的恐怖感染所有的人都仍然處在一種慌亂，一如和我一起的有另一群全身大汗的西洋人……成群老人踉踉蹌蹌地擔心害怕，金髮父母親帶著金髮小孩雷同沮喪的哭臉，皮膚太慘白的少女始終曬傷的喘息……完全絕望自己永遠可能都沒辦法上船的我們大概都卡死了……不可能像大陸成群成群可怕團客他們好像已經都安頓後路可以走後門的某一種逃離就像是在某危險圍城要出走或解脫的可能……

或許，更大更深的隱喻更是……對岸就是那最祕密的鄭和廟和後頭巨大一如幻覺的怪異王宮跟涅槃寺……然而老碼頭前一艘一艘老船中一個一個掌管船跟河的臉孔其實才是最現實的殘忍……接近這個地方最凶狠的討生活的必然艱難曲折離奇的殘忍，或許更近乎暴力的掌控失控上船種種……一如上塔入老鄭和廟的怪異細節，我不知道怎麼去理解也不知道怎麼去描述這些怪異現象的線索，就像我更覺得我好像誤闖入老鄭和廟是某一種古代跟現代真實交織仍然緊張仍然恩仇分明的誤闖，一如皇宮的軍隊肅殺的眾侍衛或是眾神明的保佑跟懲罰，都仍然用某種我看不見的不可思議的方式在發生，而我只是不願意承認自己只是不小心誤入的一個外來者……

一如最後上船的那一個個接近逃難的剎那……浪在岸邊撞擊著橋頭的奇怪的晃動讓我近乎嘔吐的噁心可是又不得不忍住的滿身大汗，最後在午後的陽光恥笑之中，天空仍然清澈，我仍然等待……上船入河的仍然咆哮，船也依然在河中來來去去只是我永遠看不清楚種種更內在的秩序跟混亂……好像要再更小心翼翼翼點地甘心陷入……才終於上得了船。

我始終還是不知如何去解釋老鄭和廟到舊皇宮中所看到的太過激烈的怪東西……最後回想起來那舊軍

火庫現場始終充斥另一種被嘲或自嘲的歪斜諷喻，所有老武器的古老殘忍晦暗瘡疤傷痕的恐怖現場卻完全變質走樣……一如那種種六百年來宮廷禁衛軍部隊的老時代武器都徒然只退隱變成是優雅典藏文物保護的老派收藏品……或許更是某種鄭和那大航海時代殘存至今的殖民與被殖民的歷史衝突中老帝國的更具威脅性的另一種古文明必然要滅口的歪斜隱藏，尤其是舊皇宮最末端最著名的那座老時代軍火彈藥庫……所現身展覽的古代武器博物館。

舊皇宮的廟塔合院長廊走太久之後的更後來……我竟然就在一個院落的破口跟著人群依序排列地成群步入而不知不覺切換到另一個宮中的完全不同時代感的建築風格殊異的怪異區域，再度引發注目的就竟然轉變成另一種不能錯過的那一個膾炙人口的宮中舊軍火庫般的老武器博物館，充斥火藥味的著名皇室收藏的奇怪，我心中納悶為何宮中要展覽這種殺戮感那麼逼身的怪異感，但是自己卻仍然還是跟著人群走……始終陷入困境般地在這個下午發生了太多怪事也充滿了太多的狀態波折……就在那仍然還是極端體面氣派綿延極端誇張的宮廷建築群，尤其想起離開前最後的出口旁到了另外一個皇宮殿堂內非常巨大的西方拱圈巴洛克風格建築講究精心龐大草坪前的我還是就沿著始終嘈雜的觀光人群走到了那一個非常怪異空蕩近乎靈異現象般的空曠大廳……

更仔細看才知道那是鄭王後代皇室國王登基的座位……就在那太過正式的主要建築內殿長廊底的最深門廳，但是走進去才發現其實那大廳完全空的，只有最末端有另一張也竟然完全空的華麗巴洛克風格老皇椅，皇椅身的後方和正上方有很多古老層層疊疊的懸墜裝飾古代頂篷和王座……卻怎麼看都還是像鬧鬼許久的回音迴盪的廢墟奇景。

老軍火庫的入口旁幽暗長廊步入就竟然現身了皇室登基廳後的另一入口……那充斥博物館氣息濃厚的古老深色長木櫃櫥……展覽廳的第一個部分就是國王祕藏的數十把歷史時期外交贈與的名家鑄造從幕府時代日本古傳的各種奇形怪狀的老武士刀，更多更後面是各式各樣老西洋劍古代匕首波斯彎刀，然後是長矛長戟甚至弧度奇險的彎頭三頭刃長刀頭的長槍，有的更繁複的還甚至雕花裝飾精巧奪天工的種種妖精神佛像雕刻在木製武器握手把柄的前端，還有某種矛頭還有紅巾毛穗的長矛的依稀還可以感覺其矛身刺入人身的顫慄抖動到一如古裝歷史戰爭電影才看得到的那種古代兵器的種種細節……

甚至沿著長廳長玻璃木櫃身完全是古代刀劍弓箭種種更多更怪的方形彎形弧形甚至那是某一種特殊兵種部隊所擁有的彎斧、長鞭、斜劍斧、方天畫戟……的驚人現身，種種舊時代感木柄鐵柄象牙柄充斥著更多種握把和背帶把柄更怪異的雕刻妖怪野獸身形，然後是更誇張的中國明廷六百年前流出的古代武器特殊龍頭長刀虎頭腰刀……種種刀身刀長柄都那麼逼真到彷彿太接近那越來越多越像古中國鄭和老時代下西洋部隊的可怕戒備裝備太過複雜的文明館藏，有些刀身刄口又尖銳又頑長到過度嚇人甚至刀刃都感覺上有血跡染過鏽蝕痕跡的黝黑……

甚至到了武器博物館的另外一側殿身展覽更複雜的現場狀態。現身的機械時代來臨之後更具殺傷力強大火力攻堅的種種現代化的武器……太多太怪的古代火箭火槍……從最早期的各種老手槍、左輪槍、步槍、早期的機關槍太多太多鑄造鐵件瞄準儀種種甚至還展覽出更多更多的長槍施放子彈的容器、點火的火槍藥粉皮套所精密鑲嵌過去軍種古徽章圖案印花、太多鐵件扣環的老皮套和木頭舊式槍托及各種清槍口的配件老件……甚至還有更多更早期的那種黝黑金屬槍管和各種不同扳機和填裝子彈的金屬零件，我也想起以前在當兵曾經拿過五七步槍，充斥某種第一次世界大戰到第二次世界大戰有一點遠可是又有一點近的種種清槍機關保險式僅剩口號僅打過靶的完全不自覺做國家死命部隊等待壯烈犧牲老軍隊士兵的某一種機械化的天真爛漫理解。

那種面對古代武器的天真……所感覺到武器的機械化的更進步更複雜更科學卻更暴力的邁向未來，必然使得所有的老故事都變得更歪歪斜斜地奇特，一如最後出口的門前廣場地帶甚至出現了某一個極端怪異的角錐高塔形玻璃櫃，我專注側身小心翼翼地從沉重木漆的櫃邊看進去那長塔形櫃身正中間竟然是一把斜倚靠牆才能穩定發射的長槍，槍身難以想像地竟然兩公尺長，為了更遠的射程打造出的更講究怪弧形雕刻優美的扳機握把，充斥過人精心雕琢的每一個細節端詳起來每個角度都像一根縮小版的埃及羅馬紀念柱那種雕刻繁複……紀念那個時代最終端也最荒謬的怪異殺人發射手法。

更深更遠的角落長廊所現身的更多更新的時代感，最後必然就是長長短短大大小小的古大砲身，那一尊尊數百年前的大小砲身現身……極端荒謬絕倫，但是卻是真實的最逼近寫照……毀滅性武器的隱喻充斥著濃濃黑煙般地就從鄭和時代更舊的時代海船安裝佈置砲身到最具殺傷力更新的現代皇家海軍的砲身……

我不知道怎麼看待這種感覺荒謬絕倫的槍砲彈藥刀械怪異現象般的怪事，或許更因為我始終對於古老武器沒有那麼感興趣……

或許更因為那不免是整個老國度老部隊殺過太多人或是保衛過太多人種種歷史的更難以明說沉重而沉湎的痕跡，其實老時代始終戰火摧殘的國王或皇宮本來就應該充滿這種痛苦糾葛背叛老文明內部控制與失控的情緒可能……

但是這時代感染的卻是另一種背叛……

更荒謬絕倫地嘲諷現身地那麼容易也那麼艱難曲折……那老軍火庫一如被詛咒般的殘骸竟然完全無法無天地……就刻意或不刻意地輕忽而曄變成是一群群觀光客的喧譁熱鬧登場的光景……少女刻意跑去找那全副武裝部隊戒嚴仍然老時代感拘謹緊張而怒目的帥氣英姿宮中禁衛隊站崗衛兵們開心地裝可愛自拍合拍照……那禁衛兵老時代軍服彷彿在那荒謬的一剎那變成了道具，而全副武裝的凝神也就同時變成一種懷舊復古的噱頭……

但是充滿更多反諷的現場仍然尖銳……最後我發現在鄭和古代寶船側身的古砲身前面，竟然出現了好奇端詳許久的西洋肌肉男但是卻嗲聲嗲氣的同性戀男情侶竟然手牽著手但是兩個身形雷同也同時戴著騷包的太陽眼鏡，紫色的和深紅色的鏡面看出了這個老軍火庫一如這老時代太充滿諷刺的荒謬感……而正太過激動地狂笑了起來……我意外聽見他們正笑聲連連地指著雕花成龍頭的古砲身最前端砲口，嘲笑起這種種我所完全無法釋懷的荒謬絕倫……那西洋猛男正邪邪地謾笑地說：「太威猛了！我好愛……這鄭和大人的龍砲頭也太像是我們雞巴的大龜頭……」

鵝籠。鄭和部。第一篇。

姚廣孝對鄭和沮喪地說：或許我們根本沒有成功地逃出去，所有的狀態都仍然還在那個空洞皺縮「計畫」裡，一如還在那個六朝怪異小說〈陽羨書生〉的怪異鵝籠裡……

姚廣孝嘲諷鄭和：或許整個龐大遙遠到遙不可及的下西洋的妄想，只是一種「業」，一種不免空洞過度的尋幽獵奇的「案」，濁污地不自覺訪古、不甘寂寞的出巡、不願透露祕辛的流亡、不明究竟的出海必然一種自尋死路的空洞「計畫」，或許太過多疑的永樂帝在打下天下的太過自詡之後，其實只是迷戀般地迷上莫名的另一種遠方，遙遠的他方，一種不應該被找到更不應該被理解的異端邪說充斥的他方……

在空洞的妄想下西洋「計畫」中的我們必然都活不久了，但是或許我們一開始都問錯了問題，老擔心錯誤的險惡狀態，然而，一生的搏命找尋不世的險惡，不該太過在乎人世的成敗攻防逃離種種歷險脫險……沒有什麼教訓、什麼啟發、對人世或對來世……不可能的使命及其使命感……一如得絕症的人老還擔心皮下癢痠種種細微過敏症狀的不耐煩。

姚廣孝對鄭和說：大多數的人自以為的虔誠都只是對於太偉大任務的太渺小貢獻。下西洋可能只是太過迂遠龐大到無法逃離使命的召喚……鄭和對姚廣孝近乎哭泣地說：或許一生這麼可怕的近乎不可能的太多年來的我只是在陷入瘋狂狀態結界凝結封凍的鬼寶船上一動也不動，十七年。那或許只是一種妄念的終端，終究只是諷喻的隱喻，極度適合苦修必然失敗而悔恨不已近乎自殘的現場。陷入無限虛偽者的陰謀詭計太久而變質而策動無限激進的反叛。

某種失落太深的內心深處的雙重否定的更多餘緒之中……太過狐疑的姚廣孝仍然無法同情地嘲笑鄭和說：下西洋，是一種試探，為了修行，為了……解脫。讓你的充滿腦門的念頭可以消失，阻止念頭滲透完全侵入我們的心。不轉化，不留痕跡，不反應熱烈連鎖效應影響，你是一種充滿紀律的信徒最後只是變成一種充滿危機四伏的信息。為了解釋一如死亡後中陰身的狀態。善終。慈悲對仇人的仇恨只是為了抗議一種誤解痛苦的源自無知的牽掛。牽引受苦受難……憎恨到增長速度快到失控。下西洋的種種歷險的恐怖只是虛幻一如鵝籠的怪異形容，不是解釋也不是判斷之後的愚蠢容忍。

或許，姚廣孝對鄭和嘲笑地說：你應該嘗試了解其中的反諷意念，一如你對寶船充滿期待已久的狀態，一如那些充滿虔誠信仰的前瞻未來的人。但是或許你只是藉著問錯問題來逃離更深更難的問題，為何是寶船太自欺地自詡下西洋必然像是許諾一個臨時的實驗室地下室煉金術士的孤注一擲……西洋這一路的歪歪斜斜名勝古蹟般的光景，都不可能是不朽的遺產。

但是，這必然是反諷的自欺……為何必然要自以為不朽的紫禁城這種盛世的盛地最孤高不世出的炫目奇觀般的絕世華麗建築群的深入……你才感覺不朽嗎？想像你的所有最完美的航向未來的寶船及其寶船所有船身器物……都是不朽的，但是「計畫」越大越完美無瑕，我卻老覺得越來越空洞……

一如一個太過驕傲自大的控制狂，但是，你在困惑不解的或許不是空間而是時間的歪斜找尋，你更應該想找尋的不是過去不是未來，是未知的開端而不是歷史陷入瘋狂的終端，或許更應該是歧出史觀的意外，一如歧路亡羊或是刻舟求劍般刻意的意外……

一如那怪異的躲入鵝籠的妖人對陽羨書生許彥不曾明說的種種……

> 陽羨許彥於綏安山行，遇一書生，年十七、八，臥路側，云腳痛，求寄鵝籠中。彥以為戲言。書生便入籠，籠亦不更廣，書生亦不更小，宛然與雙鵝並坐，鵝亦不驚。彥負籠而去，都不覺重。
>
> 前行息樹下，書生乃出籠謂彥曰：「欲為君薄設。」彥曰：「善。」乃口中吐出一銅奩子，奩子中具諸餚饌，珍羞方丈。其器皿皆銅物。氣味香旨，世所罕見。酒數行，謂彥曰：「向將一婦人自隨，今欲暫邀

之。」彥曰：「善。」又於口中吐一女子，年可十五、六，衣服綺麗，容貌殊絕，共坐宴。俄而書生醉臥，此女謂彥曰：「雖與書生結妻，而實懷怨。向亦竊得一男子同行；書生既眠，暫喚之，君幸勿言。」彥曰：「善。」女子於口中吐出一男子，年可二十三、四，亦穎悟可愛，乃與彥敘寒溫。書生臥欲覺，女子口吐一錦行障遮書生。書生乃留女子共臥。男子謂彥曰：「此女子雖有心，情亦不盡。向復竊得一女人同行，今欲暫見之，願君勿洩。」彥曰：「善。」男子又於口中吐一婦人，年可二十許。共酌，戲談甚久。聞書生動聲，男子曰：「二人眠已覺。」因取所吐女人還納口中。須臾，書生處女乃出謂彥曰：「書生欲起。」乃吞向男子，獨對彥坐。然後書生起，謂彥曰：「暫眠遂久，君獨坐，當悒悒邪？日又晚，當與君別。」遂吞其女子諸器皿悉納口中，留大銅盤可二尺廣，與彥別，曰：「無以藉君，與君相憶也。」彥太元中為蘭台令史，以盤餉侍中張散。散看其銘題，云是永平三年作。

鵝籠充滿鵝的隱喻也充滿籠的隱喻……一如鵝的弧形脖子的修長、鵝毛的羽翅糾葛、鵝蹼的厚沉分歧，充滿畸異變形怪物般的帶來真正的改變而生成了不可思考的凹折彎曲歪扭糾結陷落摺曲拐彎的種種衍異形貌。鵝籠有迷宮最初最小的雛形到極端龐然深邃深不可測般地承載一層一層「帳」：銅奩子及其奩子中餚饌珍羞器皿銅物種種……之後更多怪異的魔術般神奇的：女子吐出男子、男子吐出妻，妻又於口中吐出一男子，男子又於口中吐一婦人，種種更多姦情陰影籠罩心頭的人心惶惶人群幽暗的置入……鵝籠這個彎曲窄狹的詭譎多變迷宮就是人的異質摺曲的多重生命始終蜿蜒圖層的堆壘與表達。摺曲的流變曲彎由同一而殊途多摺曲又多複雜豐饒，必要的迷途。人的祕密無可預測也只是不斷重複的差異改道迷蹤……甚至失調爭執齟齬扭甩差異於另一生命推演至極促成摺曲的他方域外……妖術般的鵝籠深入了不落入可測度的規矩……歪曲跳脫因果鏈結而不可預測與不可思考。

摺曲的究極變易必然衍生另一含義所摺出的狂暴渦漩，一如寶船頭破浪的浪花捲起晶瑩碎裂翻騰如碎鑽的數量無限的折射投影所構成了西洋，但西洋又塞擠摺入每滴浪花液晶。幻化無窮大小的對峙所撐持開合的相互弔詭含攝不可能的含納，湧入妖幻的鵝籠裡，在鵝籠中召集所有善惡男女們的無限多無法度量的曖昧不明姦情種種事件的發生，及其更深的旁觀者的驚人祕密曝光後的無限擴張又縮小的無限差異。寶船一如鵝籠的置入擴張……西洋不是設想一個沒有邊界的遠方，相反而弔詭的，西洋的無限遙遠的放大存在於無限縮小的寶船自身的層層疊疊摺曲裡。對西洋無窮遠的找尋卻是一如湧入鵝籠到無窮近之中。最近不僅不是最遠的放大與延伸或弔詭地皺縮摺曲意味著翻過鵝籠更深更扭曲密室中的碰觸與交會，最遠的同時也可能被虛構地摺曲成最近的，妖人男女們在摺曲鵝籠中被賦予一種差異緊鄰相擁而入的怪異關係……一如鵝籠的無大無小、無法無天……在寶船的結束裡有寶船的開始，成為一種過度強勢的虛構，一如西洋始終太過虛幻，一如妖人故佈疑陣無限虛幻的真實的無限自嘲……

姚廣孝長嘆了一口氣地對鄭和說：一如陽羨書生無法理解妖人在鵝籠中施法術的虛妄，想要點破人間無限虛妄的無常……有一天你在下西洋遠方默默從官廠老港口倉庫柵欄洞口看出去的破爛不堪寶船身的斑斑駁駁時……會回想起我跟你說的這段喃喃自語般的夢般的關於無常的預言。

姚廣孝說：下西洋，或許只是一個妄念……眾臣甚至永樂帝都認為很偉大但是從來沒有人真正執行的妄想。只是一種君臨天下的戰略佈署般的試探，流動的海洋戰略緩衝帶。不完美但是不空洞的善意。或許只是為了更深更遠地了斷惡……你下西洋變成自身無可救藥岔題的人生。逆行一生一如藏教的繞行古佛塔的迷信。純粹的善意執念化身成無限簡單的朝拜動作的一再重複到無意識的順時鐘繞行。一生繞行時近乎無意識地一再重複默念熟背的藏教經文，那是一種善意常常被比喻為迷信經文是神的言語。塔是心而塔中的眾多神像是諸神的身。塔中的古代歷史神蹟壁畫像極了苦心找尋描繪某種超自然的人種本尊來象徵不同證悟的質地。一生致力的古代儀式只不過是致敬法門。致力謙虛對抗傲慢所阻止智慧和慈悲的顯現。但是也可能只被無神論者視為愚行。藏教傳說的諸神把眾生的痛苦蒐集在神身，為了解除他們的痛苦。諸神成為無意識供奉的神祕偶像，專注沉浸深沉的轉化為河流般的渴望奉獻。消除阻礙深入冥想死亡的過渡狀態。體驗終究更神經兮兮的無常。

姚廣孝對鄭和神經兮兮地說：下西洋一如無限折騰而摺疊皺縮的死亡，不是可怕的陷阱裡的鵝籠的受困痛苦而極端想逃離。下西洋一如死亡，只是朋友。只嘲弄你無限天真爛漫對真實的執著，只是你的這一生的一個面對死亡無限摺皺的階段太過簡單轉折的輕蔑。下西洋揭露了一如鵝籠也一如繞行佛塔般地一再意識和肉身的分離。一如一種究竟。一種深入疾病的歷練。一種減緩恐慌和繁殖緊張兮兮的你的真實即將也必然會消失殆盡。一種毀滅的終點的永遠不面對。一種解藥的解釋。一種轉化夢的能力……可以隨時轉化這個夢為不同形式的夢……一種預言的夢，一種更內在敵意的現身無法理解也無法辨識的不可能承認出來的解放，解開內心深處的結。但是或許這也只是比喻。一種最後終極解放念頭的束縛及其淨化的消融。但是這種虛妄或許也只是一種只有身體沒有頭的夢，一種一剎那想逃離一生的虛無縹緲的想望。

❖

一如他們共同打造過的永樂的炫目歷史已經到了尾聲。老妃子說她已經很老了，所有的人都不斷在死去，如果繼續待在宮中就必須一個人去承擔，往後就是會不斷地失去。噩夢的一開始是鄭和對一個老是出事的某一段時間極熟的宮中老臣故人說：「你怎麼了，你怎麼消失那麼久，後來，太久了，我連你不見了都不記得了。我已經有好幾年好幾次想去找你，可是一直沒有去，一方面是因為宮中太忙也是因為我大病之後太累，或許也始終沒有更深的動機。就完全失去消息了。」後來，他一直對鄭和解釋他為什麼會離開，有一段時間他突然覺得自己有問題可是又不知道是什麼問題。

一開始老妃子交代王爺的老臣故人來幫鄭和勸他，出了事還替他說情，但是後來連他們也放棄了，出了更大的事，他不知如何是好，更後來連他們都找不到他。要怎麼找到他本來就很困難，因為他根本沒有可以聯絡上的方法，但是，據說，有一個看過他去參加的在紫禁城外某個暗巷中密教的朋友說：只有在某本他們古怪鑲嵌寶石的祕密教暗黑色羊皮簿子上留話，才找得到他。一如鄭和想到老妃子，她對鄭和說：你就是沒有每年回紫禁城來拜我才會變壞的，你應該每年清明都回京城來。她嘆了一口氣緩緩地說：陪我走過這條我從小走到老了的紫禁城的長廊，心情總是還是感覺有一點開心也有一點傷心，因為我認識的人已經全死了。她跟鄭和說：我並不膽小，我要自己來面對這些事情，其實他們都死去，但是我也不是真的完全失去他們，這是我的決定。

天堂和地獄我都是從這個冷宮中的木櫺窗扇看出去看到的滄桑破落園林裡的狀態。日出日落，春秋夏冬……種種季候變幻……但是紫禁城大火之後彷彿一切都太不祥的徵兆持續肆虐，所以宮裡的人群迷路在那個揮之不去的噩夢裡。

鄭和陪伴著破曉去上香的太過疲憊不堪的老妃子對她每天去上香的紫禁城後山廟裡的老觀音說：「今天也要請祢多保佑。」她每天一早起都要上香還都要跟後頭葬在觀音破廟後荒山裡那些死去的宮人們說很多話，「你們一如我，活到最後都還是功虧一簣的人生啊！」老妃子說：「關於我的事，那都是很久以前的事，不用商量也不用來找我問，反正不要來找我。這世界上不會有你想像的那麼了不起的人。」

那晚病重的老妃子心想的是：我老了，人老了就會變得沒有用，而且要忍受這種沒用的感覺，而且要一個人忍受，到最後永樂帝的宮中就只剩我一個人。然而，那一晚的睡前，她那一向驕傲也一向世故的小太監鄭和卻低聲地對病重的她說：「我會一直在妳身邊的。」使她聽了就窩心到偷偷地掉眼淚。但是，老妃子回頭對多年後的下西洋回來探望始終還沒死的她的鄭和慢慢地囑咐：你算是活對了時代，但是一生卻也因此不免有著另一種下西洋永遠的折騰……

「我最擔心的或許反而就是你最用心的……」姚廣孝為何還憂心忡忡地看到了種種版本一如鵝籠完全皺縮反覆折騰的鄭和面對無常一如天譴的危機……在永樂的朝中，在紫禁城的最深處，姚廣孝對還未出發的鄭和說：「滿懷最深的心事的你太過天真地為了天下或為了未來……用心良苦，即使你歷來膽識太過複雜充滿過度反應熱烈的理想……一如鵝籠，你看不清狀態的困難重重」，他告誡鄭和：「下西洋的一路凶險，但是我不想告訴你不能做什麼？不想告訴你不能姑息什麼？但是，為了救命，你能保守祕密嗎？我在你那寶船上鄭和儀頂端的天窗口下了一個咒，除了觀星，甚至可以防大雨中閃電也可以防夜半的惡鬼。然而，如果出意外……即使你的任命出事，那麼亡命海外的你要如何逃離而活下去？」

「一如妖人在鵝籠妖幻地摺疊皺縮所有的人的多變歧出的種種可能下場的打開與收納……你的下西洋同樣也打開無窮繁複可能同時出現的未來：中國在後來大航海時代來臨因為你數十年一波一波寶船艦隊全球海域廣設官廠佈置的精密算盤打出的生意而完全變成海洋天下共主的最大霸主寶座，或是中國鎖國封海從此讓出海權但是由於你寶船輸出的中國古代技術史上羅盤火藥指南針種種神乎奇技引發西洋工業革命發生而發明種種超級戰艦而改寫歷史，或是中國因為你下西洋找尋回失蹤的建文皇帝也因為朝廷太過大意刺殺永樂之後為了滅族的仇恨誅殺異己帝國陷入內戰多年分崩離析從此一蹶不振退出全天下的海洋戰事，或是中國和印度和阿拉伯和歐羅巴洲幾個強國合縱連橫一個海上全新全球數百年戰國時代的沸騰喧譁熱鬧登場，或是中國由於一路誅殺所有你登陸每一個必然都落後於其寶船的天下諸國遭受詛咒報應而飽受天譴在某一回天象遽變應驗了演化論成住壞空的終端而導致天下末日……

但是你的用心良苦……完全一如陽羨許彥的乾著急式的書生的百無一用。

或許，你要花更多用心良苦來體驗天譴的無常……

或許，一如鵝籠的皺縮充滿了無常的暗藏玄機的預言……」

「在你下西洋某一回的未來……海中有異狀，巨帆竟然歪斜，瞭望手發令三號船看旗幟的旗號，然而海怪般的敵方，在右舷，獠牙、鱗片、撞擊中撞沉的船體碎片，弧度漫漫的半沉甲板。你最後終究用弓弩射怪物的眼珠瞳孔……所有海員的屍體都已然浮出海上，那是一個埋伏。特殊的可怕埋伏中全身刺身的海員肌肉賁張地對決鬥狠，你撐得住嗎？挽救不了捲入戰事在那個火燒遍及群船體的現場完全沒救的必然血腥鎮壓屠殺無辜，或是不得不充滿謊言的訛詐談判破裂而遭遇困難軟禁恐怖的期限將屆的斷頭威脅……或是竟然一如怪異的預言般遭遇到了傳言最聲名狼藉的一個養蟲蠱的南洋孤怪神祕莫測島國有毒花上有毒蟲子長出稀有的毒花蕊毒草葉以人身為宿主的報仇雪恥危機四伏……太多離奇的報應般的苦戰，你的苦心及其苦難的歷史……神憎鬼恨的，料事如神卻流離失所……深陷永遠危險圍伺的四面楚歌……恐慌蔓延擴散的危險島國和帝國，恐懼感火光四射殺人無情的殺手般不世火器或暗器……

深受種種威脅的你老是身陷危險又充滿脾氣。老在寶船艙底落難在重傷昏迷斜倚鑄銅老麒麟在鄭和儀正上方前座的太師椅。還堅信自己必然可以打敗種種埋伏暗黑深處的妖怪般的敵方，你根本不明白你的敵方，你根本不明白你要打的海仗……由於那暗黑敵方太過可怕所以你還是假裝不明白下去嗎？

或是某回中伏的你的半個臉頰開始腐爛無法治療，下狠毒的咒語的敵方巫人使得灰心喪氣的你無法眷顧的無奈，無法理解什麼是被種種緣故敵方出賣或是被天譴懲戒處分無情到完全不可能被原諒的感覺，隱匿地誇張極度到終究要完全死心放棄並面臨危機重重難關無法理解的充斥痛苦。

一開始以為天意總是會有漏洞的你老是不免要去收拾殘局，但是神的天譴旨意是令人費解的……祂給了你最好的禮物。那就是面對終端的無常的……絕望。」

鵝籠的籠罩心頭之間層層疊疊的死角黑洞般的摺皺中充斥的神明太多但是妖怪也太多，鄭和他們殺巨大的海中浮現晃動震度最大的種種怪物，可能是殺妖但是也可能是殺神。

然而充斥恐懼感的寶船上的他們只是人。下西洋永遠持續的暴風雨已經開始了浩劫威脅，他們老還以為他們可以決定自己的生死地對決，其實是不可能發生的災難越來越逼近……寶船上的海員水兵群頂尖殺手般的神兵利器殺伐想像可能攻入妖怪神明的神轎般的雲彩迷霧危機四伏，終究落得沒有善終那種壯烈的一個個殉情般地殉了寶船也殉了西洋……帶回去的種種不明死因戰死的寶船死士海員們卻始終無法下葬前的鄭和內心深處忐忑不安地對天空咆哮的狐疑絕望……

然而充滿善意也充滿惡意的姚廣孝嘲諷鄭和：「你為何還這麼天真爛漫地面對自己這一生的『業』……到底，你是對哪個神或是對哪個妖祈禱？為什麼離開朝廷離開神明保佑的你沒辦法原諒自己因為沒辦法為了下西洋使命陪葬般地要求神妖誅天般地誅殺自己的寶船海員們，一如海員們憎恨的是自以為還無辜的你所辜負他們和祂們必然死亡的天意……

祂選擇你是有原因的，只有大難不死又一生大難臨頭永遠糾纏不清的下西洋的永遠陷入困難重重厄運一如鵝籠暗藏玄機的暗黑的你做了選擇，海員們一如寶船一如永樂的朝廷在天下都湮滅的末日中是否值得被拯救？祂曾經讓你選擇，不要在流亡中繁殖後代不要開枝散葉到下西洋的一路天下的皺眉頭的皺摺中的群島荒原海域必然九死一生的流離亡命……你下西洋的某種太久漂流的恍惚之中會感覺到彷彿已然沒有人煙到虛妄一如太多年前就已經是世界末日，充斥著血腥暴力衝突的可怕神不神妖不妖的怪物群的下西洋一路黑暗的盡頭真的是光明嗎？」

鄭和老有種一開始就已然莫名其妙地意識早就束手就擒的放棄感，一如他昏迷狀態老回想起來小時候在一個可怕的恐慌地窖密室裡頭被種種怪異刀器刑具般的宮刑閹割劇痛哭泣的過程。明廷大內派來下手的對他的元代遺族家世童年的完全切割……

某種詛咒般的流血止血的效果就如同不容易入夢又不容易醒來的不安的永遠暗夜……殘酷無情的人生遭遇使殘存的鄭和只想要活下去地在種種更深更暗更曲折離奇的鵝籠籐編斑斑駁駁曲弧層層疊疊的暗藏角落裡窒息前龜息活下去地忍痛變異，找尋寶船上更不可能的發明古代妖術般的技術變幻成的凶險符籙念頭下咒的法器當武器……一如他這一生註定必然受困於一個個祕密妖怪的巢穴洞窟狹縫山坳地牢，必然折騰不成人形地灌水倒懸吞炭燒身地種種被蝕骨鐵鍊穿琵琶骨般地插身綑綁，牆體上的塗鴉畫滿了彩色的怪異圖騰中暗示種種憤怒的不明文字不明動物完全被天災頻傳的意外毀滅，被指控穿著囚衣綁帶倒吊著處決台上的鄭和到底為何下西洋一再死去還可以再活過來的不是常人的狀態……

❖

西洋充斥著濃濃黑煙般的海盜群及其威脅寶船可怕的無名窠穴埋伏奸細人馬水鬼種種武器一如最可怕狡猾的著名海盜陳祖義般盤踞下西洋航路始終作惡多端完全無法徹底消除的禍患。太過蠻橫無理的一如電影中亦正亦邪周潤發演出的那種感覺神經兮兮又無限怪異的光頭疤面船長現身在詭譎多變的海盜船艙內的聚眾擾亂斑斑駁駁老時代竹架廳堂戴竹斗笠的殺手們攻入號稱惡魔倖存古中國海上大洋竹窠穴。充斥著火藥味的火砲為了爭奪下西洋海圖的惡戰中完全不可能守諾言的巨大傷害的海洋充滿了邪惡的力量，連最凶狠的海盜都心存敬畏或許也心存僥倖與感激。

砲身長出獸頭獠牙之中射出火藥的砲火在那裡做他們的困獸之鬥也相信受這麼多苦一定是有意義的也是有原因的海盜們的靈魂和肉體最後都被死神們帶走所面對的最不悲慘的遭遇下場，相較於困難重重地困在下西洋的預言中找尋更深更可怕的西洋的盡頭有死綠色的閃光而且看得到日落和同時的日出受盡刑求卻永生無法死去……

傳說中找尋海盜一如找尋到那西洋的末端已然夠艱難但是更艱難的是離開那鬼地方。鄭和同時派專人苦勸陳祖義令他歸降朝廷也同時派命船隊在海上逍遙休整偽裝從容但是也狐疑更多叛亂的激進的大海盜善變狡獪陰險多詐騙術的頭子陳祖義雖然答應降服歸順必然暗中卻調集深夜向寶船發動突襲……就在惡夜中寶船高高的桅杆上紅燈驟燃一片燈火將大海照亮海員水兵群數萬持器憒立船頭，見勢不妙知已中計逃竄之間的十幾艘護衛船堵住他的退路激戰海盜全數被擒押解回京城處死。太多太多一如陳祖義的海盜頭子們的頭顱被放入一個個老時代古代傳說的神祕木箱群底層樓宇暗藏的死牢……永不見天日。

數百年來放入紫禁城地窖密室的邪門海盜船長們竟然不曾滴下了一滴眼淚的這群幽魂墮入的另一種永樂終究成為史上最龐大海盜式的帝國控制。天譴般的訕笑下西洋的鄭和始終聽到恐怖極端惡意海盜們嘲諷他一生付出最大代價卻必然一如海中蛟龍般的他們都不可能活著離開大海。這巨大的寶船終究還是被詛咒般地必然會捲入更危機四伏的鵝籠般籠罩心頭的陷阱……祭獻自身血肉模糊給大海就是海妖也就是海盜頭目的更巨大的漩渦洞口。

鄭和如果更入戲地出演史上最強海盜艦隊司令必然會使後來六百年大航海歷史完全轉向……鵝籠式的人事全非時光荏苒皺摺扭曲變形重新啟動一如古中國當年介入征服美洲的行動今日人們就會把美洲地區視為「東方」的妾身局部。一如新大陸典故中最經典的新京城紐約（New York）的歷史命名不再是「新約克」而可能翻轉成更切題於現在新中國更驚人逼近崛起的是「新北京」……海盜的詭譎多變亡命大洋歷史逼使人類近代標榜純粹悠久歷史沒有必然確定的倫理學深刻寫就忠孝仁義如許彥陽羨書生的端詳史觀基本教義派路線。大航海時代的前身大海盜時代的橫衝直撞步伐蹣跚忽左忽右從來不會往同一的航向航程掠奪廝殺篡改所有海盜帝國的一再崛起篡位的瘋狂。

一如困在鵝籠錯亂時間空間史觀自我噬血吞沒的人類設法要給海盜及其海盜史一個目的或一個海賊王般荒謬絕倫的大航海歷史壯烈的可能……然而詭譎多變的海盜船都往不同的方向逃亡了另一小段時光荏苒的歷史學家們有時會將之歸因於「進步或進化」。但是，大多時候都是難以察知的隨機事件引發了歷史的重大改變。一如一隻小小的蝴蝶拍動翅膀卻可能引起一場風暴。

海盜史可能也只不過是種更深入鵝籠的更古怪蝴蝶效應影響地風暴無常的變動有時會對海盜史或更野蠻的大航海歷史造成深遠的影響，海盜的野史更深更怪地入戲用來理解歷史並不可能的荒腔走板像是詭譎多變的史學史料無端出現的生物學物種突變轉捩現身的混亂：一如更巨大魚類哺乳類爬蟲類的泅游入海完全改變生態系食物鏈式的演化浩劫，更深邃的洋流海溝蛻變更激烈惡化的氣候條件逆襲……無法理解如何適合抓握的尾巴再度前進鎖定不同的目的或者應該說歷史有太多轉捩點類似演化的過程不過它又類比在演化過程中跟環境的漫長緩慢變化交叉並行一個出乎意料的某些狀態持續了好久的新物種活躍了一段時間才走入歷史成為化石。

一如夢中的鄭和發現自己困在一艘寶船上，更可怕的是他還發現寶船上出事了的異樣眼光看著他的所有眼神都那麼驚嚇……到底怎麼回事？每一個海員每一個水兵每一隻寶船上豢養的貢品駿馬走狗家禽雞鴨甚至龜甲用以卜卦的老烏龜……所有的寶船上人和動物的臉孔都長成是他自己的模樣……連天空的雲朵海洋的波浪都長出龐然無窮無盡的成千上萬複製他的沒有神情的臉孔。

一如某部海盜電影特殊效果的內心戲超現實恐慌感的剎那凍結了的結界中時間完全不能想像地封入某種更荒謬的懸空感……寶船體竟然不在海上而在荒島上完全困住了。鄭和甚至完全無法理解也無法承認他還沒有發現自己困在一個根本沒法子離開的鬼地方，那鬼地方甚至不是一個地方而只是一個鬼魂出沒的幻象。

鄭和始終想要離開……用斑斑駁駁老錨索拖拉龍骨半毀的那艘破爛不堪的老寶船體前行，木頭打造的寶船身側面還有破爛貝殼和蟲屍黏稠在上頭的半懸浮龐大的風帆都還在那倒塌過火的老船身主桅杆上頭。時而上下顛倒致使寶船的方位移花接木地移動尺寸到另一個時間殘酷無情的對待及其讀法。

一如一隻淌血太久而重病纏身致血肉模糊卻依舊龐然的鯨魚身軀末端那晶透巨大眼珠倒影……注視著來拯救他的海妖卻沒有痕跡地被囚禁在一個尋常海員的肉身裡，那個常人並不知曉而歷經過各種悲慘遭遇來找尋如何拯救靈魂出竅錯誤代替當寶船長鄭和，最後他們兩人同時疲憊不堪地近乎放棄在寶船上失神地坐在龍骨尾端和很多其他亡魂雷同地死划著船在深淵無助始終持續地枯等發呆……

鄭和老想逃離充滿了鵰籠般扭曲變形詛咒的絕望……下西洋註定會死滅的肉身必然會埋入龍骨末端密室牌位變成亡魂永生陷落成寶船的一部分。一如姚廣孝所嘲諷意味深長地提點他的妄念……他的肉身在下西洋前就註定會殉身甚至活體早就必然蛻變成寶船的斑斑駁駁船體局部，早就長滿了苔蘚貝類魚骨蛤蠣無法起死回生……不可能逃離！然而這也是一種長生不老的祕密形貌紀念儀式祕術中的祕辛，一如海盜背叛海只是一種比喻……為了交換某種人類死亡充斥壯烈感隱喻的隱憂……

鄭和老是想逃離這種隱喻……或許在鵰籠的某一層陰影籠罩心頭的扭曲變形的海是一種可能逃離宿命的背叛……跟海盜就像跟海妖打交道。一如打開古代囚禁在人類肉身的海妖的託付……而冒險地逃離古代的抵抗海就必然會被海淹沒慘死的詛咒……逃離每一捲浪花每一道波紋彷彿都充滿祕密的海洋史搜尋種種改變關鍵或找出混亂中似乎有跡可循的動盪就好像緊盯著地震儀密切注意開始震動。逃離海盜的海域容易陷入驚慌失措改變路線卻沒有清楚一致方向老在走火入魔和尋找解藥之間來回擺盪時而開戰時而停戰的遠古至今大洋戰記的大海詛咒……

雖然鵰籠般的扭曲變形詛咒中充斥種種險惡的海盜是海的最終戰火延燒的境界的另一種彼方就像海的幻象中最強大傳說中不可能的妖夢。海一如海妖因為太過強大無法阻止地現身就只能等海妖的肆虐之後才能甘心離開。一如海盜史的更激烈競爭雷同海難類似的激動情緒失控變化也在尋常人類歷史發生。某些海族的海域具備了某種特殊狀態其由來試圖分析但通常無法理解，然而這些特殊狀態的這些海族得以蓬勃發展，但經過更深的海洋史喃喃自語般的種種遭遇災禍而瓦解或是因為社會變遷環境改變文化上或氣候或其他海域茁壯掠奪征服攻伐而陷入預言中循環瘋狂狀態地「步入衰退滅亡」。

受海妖詛咒的鄭和老是想死……甚至想要求某一個海盜頭子刺入心臟殺死他才能真正取代他變成了寶船的船長甚至更接引亡魂而可以逃離到另一端的海的詛咒。

鄭和太知曉人類的肉身太過悲觀殘酷無情的殘疾的缺腳又獨眼的被割舌頭砍手臂的陰沉，海員水兵他們的殘廢是大海的贈與的更棘手的隱喻。囚禁或釋放種種海盜和海妖都只是假裝的拭淚試探那神祕的鬼海般的鬼船。寶船海員們要如何說服海盜一如海妖……海盜們數百年的殘忍侵入但是卻從來都不是邪惡。但是鄭和老是更狐疑或許這都只是他腦子死前的幻覺仍是到底是誰殺了自己的死守這個要塞的海盜們仍然死守，一如誹謗大海的那浸泡太多年以後海水泡爛的木製龍骨的鑄鐵老鎖打開。老想要長生不老的霧氣迷漫卻各懷鬼鬼祟祟的鬼胎。

海盜的神出鬼沒其實是想寓言式地告訴人類海的什麼？一如海盜只告訴人類對海的無知及其不可能的理解的局部……現代或每個世代都有各自詮釋的海盜史，因為有各種大同小異的海盜傳說！海盜史從未開始也只是不斷更新無論如何所認為起源永遠遙不可及，或許海盜史種種問題重重的事件就像龐大的物種或盤根錯節的巨大深海不明生物來源太過久遠已不可考，然而這種種歷史像謠傳都不免是錯誤觀念一如人們從這個海盜學到的教訓就是：改變往往來得突然且出乎意料。運轉已久的還是始終陷溺在鵝籠般的扭曲變形海的歷史浪潮轉向一如鄭和甚至還沒走完一生就目睹元朝到明朝的帝國不可思議的戰火延燒瓦解崛起的無常威脅……如何可能逃離？

❖

另一個夢中，鄭和十分狐疑海妖的鵝籠般幻覺……他老路過一個好像太醫當年在大內側殿死角的遠方般的改裝密醫式的地方去看他下西洋某一回感染背脊皮膚起不明疹子的時候，意外路過的怪異的現場，沒人留意地遺棄廢墟般的狹窄走廊末端，竟然用曬衣場的曬衣架掛起六七公尺長的某一台懸浮的像未完工巨型雕塑形體怪異風箏或機械製作潦草零星的鑄造桿件但是卻是用更草率的工法甚至只是土法手工打造隨時會斷裂的草草了事拼接出來的機器。就這樣吊在後面房間，倉庫的庫存紙箱之間，很拮据勉強拼裝的那個生硬的老船工師傅老笨手笨腳地動手，時時刻刻半安裝又半掉落老鋸墨斗卡榫種種木工師傅器物扳手種種工具，拆除，甚至鐵件桿件，仔細端詳，只是扭曲變形的古老傘骨放大地支撐起支架歪斜的不明飛行物般的形狀。

鄭和始終納悶為何這樣安裝心中忐忑不安地懷疑種種船身龍骨都逆轉拼裝弧度起翹尺寸講究異常狀況不明甚至文公尺的吉凶命理擱淺傾側運算全部都失算到完全走樣必然會有問題，那老太監說那宮中史上最著名的船工老匠師傅願意幫忙就不錯，而且師傅說，完工之後寶船只要可以請到法力無邊的愧疚老妃子來念咒就可以升空甚至神通廣大到可以起飛一如飛鷹或閃電疾風般起飛必然充滿期待已久的法力無邊甚至還可以剎那間疾飛到西洋。

之後，夢中的鄭和只好想法子要覲見老妃子，然而始終失望，過去多年來，為了商量永樂靖難的種種祕謀般的祕密，但是，以前都是鄭和在躲她，這回不得不進大內的鄭和仍然很不甘心，雖然，病懨懨的老妃子仍舊很不耐煩說她在閉關，等鄭和西洋回來再說。

鄭和始終更生氣但是也不能說什麼也沒說出來只是假裝沒事也沒多問，老妃子怎麼閉關，或許是更悲傷地回天上探測什麼的老炫耀著某種好像奇遇的奇幻，非常看不起過去永樂那時代他們一起經歷過的打下天下的老時代的麻煩，後來永樂過世而改朝換代……也好像只有她看出來也看開了，所有當朝的朝臣們都那麼不堪地陷在泥沼原地打轉的人生的不甘心天下已去……

以前每回碰面都是老妃子在數落大家戮力過支撐著這永樂帝國最高文明的高難度冒險時代已經完全脫節，越來越不像話地付出代價的人生已然耗損到底卻又無法理解為何放不了手，甚至老妃子老會算命還就用命理先知的姿態教訓每一個老故人的人生困難重重的摔落，其實只是看不開的放不下地老拿出圖騰般怪異圖片的古代相書的破爛不堪書籍碎頁角落的不明字句來解釋每個老故人朝中失勢的不幸遭遇挫折是那麼切題……

到後來群臣故人們都厭倦了忍耐老妃子的那種自以為先知又得理不饒人的姿態因此後來的大內祕會就永遠無法忍受地每次約都約不成了，更嚴重的是那也已經是很久以前的事故，其實整個永樂時代都垮崩許久本來還是老故人群臣一群人裡嫁入宮中得寵過的最得意的或許是混得最好的爬得最高的際遇……然而也更是後來因為永樂死亡後宮中派系鬥爭太激烈，夾雜著不明原因的苦惱停滯不前後來完全放棄撒手到更晚的幾乎有十幾年完全垮掉的老妃子好像陷入了嚴重的憂心重症發作，宮廷裡的照顧她的最細心的老宮人們也都在那幾年之內過世。其實那幾年鄭和所有的老臣們也不斷有人過世垮台崩潰邊緣的狀態不斷出現……老妃子的煩惱持續或許只是因為涉世更深更華麗登場過退化的隱隱作痛就更難過地現身，但是奇怪的是打入冷宮的老妃子從來不會示弱反而更用力過度地崛起成為另一種命理上師的炫耀，彷彿捲入了更深的人生底層的呼吸聲更猛更勉強其實是快窒息了的徵兆……

最後，老妃子竟然堅稱她就是天妃……甚至說起她的最後一個神蹟出現的畫面那麼炫人……那是一個虔誠的僧人勝慧曾隨鄭和於永樂年間下西洋回來後刻了一幅鄭和下西洋的圖畫《天妃經》。乍看彷彿其目的是表揚海神媽祖佑護下西洋的功德並祈求天妃繼續保佑新的遠航平安。其實是老妃子的安頓……古卷軸圖正中心上方畫了老妃子形貌栩栩如生的天妃就懸浮空中般地出現於寶船隊上空雲端，一如象徵天妃伴隨著下西洋在險惡汪洋中航行的鄭和寶船隊也時時刻刻都在佑護……一如當年鄭和七次下西洋都在這裡祭拜求平安的隆重下西洋從劉家港出海之前都必先率船隊官兵把天妃宮修葺進香祈求朝拜海神娘娘祈佑出海平安歸航時又要至此朝拜謝神並供奉寶船，將記載七次下西洋經過的《通番事蹟碑》立於天妃宮碑以黑色頁岩為料碑額正中篆書「天妃靈應之記」飾以祥雲捧日圖案兩旁陰刻如意雲水紋碑體邊框刻纏枝番蓮紋碑文楷書直下計三十一行全文共一一七七字詳細記載天妃靈應眷顧鄭和奉使七次下西洋的神通應驗……

老妃子老是厭倦地提起……她的前幾世就已是天妃……一如神化為海神被建廟膜拜種種神奇的傳說民間廣泛流傳她死後常身穿紅衣雲翔海上救人災難而傳說海上每見神燈救護船隻船人只要看見紅光便可化險為夷人們奉她為海神，不同的稱號與封號為通靈神女、湄洲神女，還傳說其夢告白湖泉水可治莆田瘟疫於是封她為崇福夫人……或是更早年元世祖又把媽祖升格為天妃。從此以後，媽祖廟、天妃廟、天妃宮、天后宮都是膜拜她的海神廟。

一如鵝籠般混亂的夢中……淪落荒腔走板的荒城的陌生鄭和還神智不清，他們跟他說是他落海後的落腳地方，好像是極遠的遠方海邊古老城市。非常離譜巨大的數萬戶面目模糊不清的貧民窟的破爛山邊聚落宅院。剛剛落腳之後的一個帶他下樓認附近的路，有某一家很大的一樓髒兮兮的人很多的老時代名店傳說盛世時曾經賣起某一種帶蟲的蘭花藥酒的古蹟般的老店，甚至傳說賣了幾百年，甚至那棟巨大如山的海邊變成廢墟的破爛不堪古樓底的賣老藥酒的店家前還有很多攤販在廟前賣獸骨蟲屍熊掌蛇皮當補品的怪攤子，甚至還在老怪廟宇寺院道場冗長法器布幡旗幟斑斑駁駁雨漬浸泡太久之後的廟門旁邊好幾家作法廣場前還有很多生病的可憐乞丐和貧窮老人小孩的老花園林木枯萎腐爛的光景，在過去的自己遙遠的要命回憶，小時候被滅門的未受宮刑前隨元末家族流亡生涯中的鄭和好像來過。

甚至還跟家族長輩在廟會慶典的末端隨著信眾爭相爬行五體投地式朝拜地跟大法師祭司冗長行伍下去廟身底層的地下室跟另一群僧侶受戒門人擁擠不堪地去看一齣關於罪犯如何懺悔發願的怪異藏傳古代修行者才能真正體會的活佛密傳古舞劇。帶他去的喇嘛近乎瘋狂哭泣地感動提及了那是真實的一個活佛轉世的宗教儀式故事曲折離奇的改編。涉及班禪幾世爭奪活佛繼位陰謀有關的鄭和小時候曾經聽過但是想起來好像和一個有名陰謀詭計的典故有關，但是最後某個涉嫌的僧侶竟然自慚而自殺。那是一個涉及不法的情事發生……但卻是因為某一瓶古代出土的陶器瓶身裡頭好像是裝滿了冬蟲夏草轉做藥酒的那老店的百年難得名物老酒之類的還是從那古廟身遺址廢墟城牆底挖出的古物。

始終困在老舊不堪入目的古廟底層的鄭和在裡頭待過了一輩子也好像是紫禁城變成一個他不記得的鬼

地方。回想起當年後來宮刑後他還是剛入宮參拜的小太監位子被欺負甚至上大內的後宮藏經閣《永樂大典》的暗樓有另一個樓梯，從外樓才能上去斜坡樓梯狹窄的混凝土斜梯，從內樓不能上樓。但是，古藏經樓地下室有另外一個巨大的山洞般的機械庫房，古代器械外接。協調眾人很困難。但是不知要做什麼的爭論。整棟已然破爛不堪的老建築卻竟然想要祕密改裝切換費力修建成一艘更大的怪異的寶船出海下西洋的古代神祕「計畫」。甚至，念咒之後的整幢老舊的數百年前那古藏廟宇還是紫禁城古建築竟然可以支撐這麼多卡接頭撤換瞬間嘩變成一個巨大的變形鵝籠形貌的寶船，其船身滿佈龐大神佛巨雕像傀儡身的鬼東西……甚至可以改變動力來源不明的焚化祭典火爐而啟動緊急狀態的危機啟動古代祭拜儀式中的移動而飛行仍然異常危險，可能隨時會爆發衝突或崩潰邊緣塌陷，但是多年來多疑的鄭和卻還是什麼都不相信地埋怨他們這只是謠言或許每個人都只是聽說的神通的神經兮兮……

鄭和古卷軸。寶船老件考。一。

鄭和古卷軸〈自寶船廠開船從龍江關出水直抵外國諸番圖〉預言了下西洋的鄭和內心始終的恐懼狀態到底多困難重重？

預言那時代終究必然發生什麼悲劇，預言永樂皇帝必然會死而姚廣孝也會死，充滿悔恨的鄭和沒法子挽救他們……但是那不朽歷史消逝的過去或許已然不重要，重要的是始終無法領悟也無法釋懷的鄭和怎麼想？怎麼理解？怎麼進入下西洋的恐懼所充滿更費解的失敗……

鄭和始終擔心自己被託付的下西洋使命會失敗？擔心謠傳中下西洋影響的未來是什麼？擔心古卷軸預言下西洋的歷史中的朽與不朽是什麼？

或許，古卷軸中的鄭和下西洋……充斥著擔心甚至不再是那種無限無奈的一千零一夜版本永劫回歸的悲劇，而更只像是一部關於未來的《魯濱遜漂流記》公路電影版的無奈科幻片，一部近乎就是用典《白鯨記》來面對典故也面對怪物的野心勃勃終究失敗的窮途末路又自以為壯烈的不斷翻新版本卻同樣悲慘的老電影。

但是，鄭和卻老是被古卷軸預言的仍然充滿變數的怪異故事中那神對人無法說服的更難以描述的狀態所困住。那幾乎是一種令他最害怕的失控的預言主題的故事。神對人的殘忍的詛咒……不壯烈的犧牲，沒有不朽的無法抗拒。神老是眼睜睜地看著自己和所有關乎下西洋的所有人都宛如飛蛾撲火般不知不覺中一一去送死。

其實，鄭和老覺得自己即使無意魯莽卻仍然太容易輕信……下西洋是一種神的託付，歷史的不朽感的託付，即使他發現自己無法勝任那個太困難重重的任務，即使後來發現但是來不及，寶船潛伏的種種下西洋的面對未知的恐怖。

但是鄭和其實也曾在某一瞬間那麼懷疑過某一種對位關係上的更多層次的困難。他的輕信那麼可疑……如果神只是一種概念，恐懼也是一種概念。面對神，面對死亡，面對下西洋更未知的種種威脅，寶船如何在歷險的承諾中一一打開，深入……

一如鄭和古卷軸的開端……在夢中的鄭和被召見去那個紫禁城柴山末端祕密修出的摩天巨塔樓閣最頂層的祕密房間，太久沒有見面的那個已經非常老的衰弱多病近乎說不太出話的姚廣孝老高僧，在病床前託孤般地拿出了一皇室封印過的舊卷軸古字畫，厚重卻異常地昂貴奢華而且是裱褙布絹在沉沉厚厚還有寶藍色雲霧當底層漸層的奇怪古絹印成色，緩緩拉開長軸極端沉厚裱成的泛黃灑金老宣紙上頭卻用毛筆草書草草寫就了很多鄭和看不太懂的書法字跡甚至懷疑起是否是另一種藏文回文甚至是不明異國文字陌生極端的長句。

充滿迷失自我的混亂現場仍然令他曖昧懷疑起這夢中的凶險而殘忍到……一如更老的異端祕教法師在鄭和腦中下了一道符。陰謀般陰險地封住他未來有關下西洋的所有回憶，封住他過去一生繁複不捨的忠心耿耿於懷恩師的感情，在這高塔樓看出木製古櫺窗外數十重院落屋簷宮殿層層疊疊放眼望去過去紫禁城裡的老建築每一斗栱雀替成千上萬的神祕符咒掛布貼符。一如一個陌生的異教神祇附身的妖怪寺廟主人要求鄭和永世不得投胎地服侍祂。

虛弱的姚廣孝仍然非常地疲憊不堪地說……他後來晚年從永樂帝王朝極端高層官位退隱之後賣力多年才終究修煉入定到尋獲這種感應神祕奧義，在最後死前奄奄一息還聚氣丹田集中心血念力才找出連道行如此高深的他也還不太清楚的更高也更深的玄祕之術……召喚出他當年編纂完美龐然的《永樂大典》也蒐羅不了的文明美夢及其必然也噩夢隨行般的隱喻……才能在命如日落西山稀薄的最後死命關頭起乩般下手潑墨亂筆書寫出了的這種很接近是謎語般的怪異冗長句。或許這書法桀驁字跡模糊曖昧不明是另一種更進化的充滿他也看不懂隱喻的怪符咒讖文，鄭和更努力地去推敲猜測他裡面所隱藏的意思，但是其實那可能只是某種關於未來的概念，近乎去太廟天壇中虔誠卜卦抽籤才抽得到的籤詩般的怪異文字，甚至，就只是一種更拗口的回文的對仗押韻的某種遠古前朝皇墓出土的墓穴石鼓文甚至甲骨文充滿了太多令人髮指的故弄玄虛。

或許這只是太過費解而艱難的試探，一如過去鄭和曾經去幫過姚廣孝打過很多近乎不可能活的惡仗，救駕永樂皇帝的出生入死，甚至夷平一場場非常混亂近乎政變可能的紫禁城內的宮廷糾紛……亂世莫名其妙的種種恐慌及其可能涉入神祇預言隱喻奧義的暗示。

但是鄭和仍充滿了過去對姚廣孝這個高僧的敬意，努力不懈地解釋他所猜測可能的裡頭所可能充滿的隱喻而仍然失敗的鄭和說或許他這一生再怎麼用心也會因為道行太淺而永遠無法破解這謎團般的混亂長句字義。

但是一如起乩寫就的姚廣孝越來越恍惚……最後還近乎交代後事遺言地喃喃地說他這回用毛筆再寫出來的太過艱難的陌生句子，可能連他都不知道自己會寫出什麼怪字的怪事，但是或許是最重要的鄭和未來會下西洋所涉入更未來明朝命運多舛的預言。

那姚廣孝用起乩般的混亂書寫並繪畫出卷軸畫仍然充滿疑問……並非鄭和下西洋攜行的一如祕笈般的卷軸繪畫表現了當時南京城盛世縱橫的街市店鋪林立招幌上還清晰用毛筆書法寫著東西兩洋貨物俱全西北兩口皮貨發紅兌換金珠名茶發客布莊種種文明盛況的〈南都繁會圖卷〉，還有永樂帝召宮廷畫師為了紫禁城重修落成而精心繪製的紫禁城圖〈北京宮城圖〉和圖中承天門下製樣細節繁複地描繪明北京城甚至還有外國使節列隊進城進貢獻活獅的栩栩如生到無限壯觀皇城帝都驚人場面的〈皇都積勝圖〉……那種文明開到荼蘼的疑問！

而比較接近當年面對滿朝文武大臣們顯得那麼嚴厲殘忍著稱的高僧姚廣孝召喚極度聰明的鄭和用以前

的極度愚蠢的傳說想像用一幅舊卷軸畫的符咒充斥的古海圖來解釋關於某種下西洋的怪誕觀星導航古代傳說，鄭和也勉強地解釋但是心中知道是完全錯誤或遺漏什麼的問題……臉紅心虛甚至眼神閃爍不停地注視著在旁沉默太過冷酷無情也無法挽救的姚廣孝，尤其是在那一個森然紫禁城宮中大殿冷漠內廳。那是一個怪異現象的影響下的大雨早朝，一種彷彿是關於反對下西洋種種世俗眼光看待的莫名的恐懼變成憤怒的狀態，全朝議政充斥假問題的假答案，無效的安慰，輕蔑的味道充斥著現場，但是無奈的鄭和好像必須持續說下去古卷軸畫的種種下西洋傳說而欲哭無淚地掙扎……然而早朝混亂極端宮中議政的大臣們完全不知道他的內心深處掙扎，只有姚廣孝感覺到問題越來越深也越嚴重的鄭和快出事了……鄭和如果被激怒爆發衝突到情緒失控而出事的時候就會開始用那充滿符咒的古卷軸畫施術殺人。

然而夢中的後來卻失控地令人失望……那一個夢中的上早朝大殿內廳因為數日紫禁城下雨浸泡而開始淹水，但是鄭和還在參奏那下西洋的現場，很多大臣們坐在龐大的幽微光影內廳堂前頭的長桌，甚至全場陷入非常緊張的死寂，鄭和過了好久才發現一個姚廣孝夙仇的宮廷大臣長輩也坐在裡頭，還故意仔細地數落到下西洋的種種必然太過勞心費力耗損國庫甚至花了太多可怕的投入，只是為了不讓姚廣孝為鄭和辯護……但是好像彷彿始終無法理解的鄭和仍然因為太過用力還失敗而充滿懊悔。即使夢中的最後大水還持續地淹沒所有宮殿內廳堂憤怒大臣們的長桌但是他們都沒有發現，只有內心深處隱隱約約已感覺到大難臨頭的鄭和非常緊張到不再想殺人而只是想救人……

然而更弔詭地矛盾的是……當收起預言下西洋古卷軸畫災難發生的鄭和終究只想要去拯救憤怒諷刺的大臣們……但是無知傲慢的紫禁城大殿早朝群臣們完全不知可怕災情將至而竟然還是死命吩咐恐慌的鄭和不能走……還要完全解釋清楚下西洋的謎團中的毀滅性的困難重重才能離開。

一如每回鄭和在面對神的種種神諭，都會充滿餘緒地在想壯烈犧牲時也同時在想如何趕快逃離。因為他太害怕神的狀態中那種更強大更深入的了解和誤解，期待和被期待的渴望及其永遠不可能完成的哀傷。

所以完全不可能有出路的鄭和早就絕望地面對恐懼的困難。假裝不曾恐懼的他一開始拿到古卷軸時從來就沒準備好當寶船艦隊司令而充滿猶豫不安到……大多時光老犬儒地死心安慰自己如果有一天他完成了古卷軸中預言的下西洋的任務困難重重的什麼，也就只會是自己成敗的恐慌而不會留到未來……然而古卷軸或是明代朝中敵意充斥的群臣卻完全託付了最沉重的不朽歷史任務給他……因為未來歷史一如預言中記載的鄭和更反諷地變成了一個六百年來一直在面對未來的應該不可能犯錯的史上最龐大無敵艦隊司令般的神人……

那種面對不朽的恐懼是多麼逼近而諷刺地令人哀傷。

鄭和古卷軸的預言終究是費解的符籙圖騰般圖文暗藏玄機的某種充滿隱喻的怪故事集……太多寓言般的混亂場景與角色與情節的設定。寶船貿然想成功的必然失敗，鄭和對西洋或對未來的既好奇又慌亂又怨恨。種種跡象顯示下西洋面對海的殘忍而寶船必然失敗的無法應變。最殘酷最巨大的怪物般的下西洋歷史也一如海肆虐之後的危機四伏及其無法倖免地嘲諷太過輕信的在九死一生中老恐懼的不朽。

東方。馬三寶部。第一篇。

馬三寶越看越納悶：東方，到底是什麼？

近乎是夢境中的百花盛開到荼蘼華麗畫面中的花美男女始終群聚閃現地出沒，有的竟然穿起考究繡花京劇服畫花旦臉譜卻毫不在意地在一個後宮花園的巨型太湖石前盪鞦韆，有的在群星貓步碎步走秀中溜起斑斕舞獅竟然一如遛牧羊犬般地扭腰疾行，有的還出現了極端肥胖的古裝打扮攻擊前祀神典禮中兩名相撲選手卻互相對之間的圓形游泳池臨空撒花般地撒鹽，印度古代神劇中的假面傀儡戲舞蹈師帶領線控傀儡們成群在旅館大廳跳了起來，摺扇中出現了叢林，梯田裡的田埂濃妝的和服女人撐油紙傘，騎白馬的騎士騎入花園，有的是ＳＰＡ做到一半就盤腿漂浮了起來的頭髮又長又黑的巫女，有的是在水族箱中有縮骨功的中國雜耍舞者一如飛行般地游泳著還在天燈下出現了穿唐裝跳泳池游蝶式的離奇姿勢，有的是化妝的火舞男人，有的是雪中的西藏老藏教喇嘛卻在電梯間沙發端坐，最後關頭卻是所有魔幻的角色們群舞到了那旅館最古老最氣派的儀式長桌上翻滾練功夫卻一如太陽馬戲團地炫目華麗……那不斷一如ＭＶ般的畫面變幻切割太快的蒙太奇中還老出現了布拉格紐約巴黎倫敦各國風光，以及西洋各國極美麗性感時髦的男人女人在其中穿插。或許，更反諷也更切題……暗示出某種西洋想像的更完全令人難以置信又難以名狀的「東方」。

因為馬三寶想起他為了找古鄭和儀那年去曼谷所住過一晚的那名字就是「東方文華」的那太過著名的怪異老旅館，看到了太多太意外的東方……尤其是大廳中刻意播放那段剛拍出來的得獎無數卻無比做作炫目的旅館風格化形象廣告片，甚至，也在他們入住的那百年老裝潢仍然維繫昔日奢侈感的旅館房間裡的電視螢幕中重複地播放……

第二天的馬三寶和J要到曼谷大皇宮的時候，卻遇到怪事，或許是某種遭遇「東方」必然的不免曲折的意外……因為太過奇怪的巧合，那個時辰竟然撞到祭祀的典禮，所有的信徒都必須祭拜，因此就必須在門口再等一個小時。有個大陸人要硬闖被攔下來了。還有更多的歐洲美國觀光團無法置信地站在烈日當空的大門口等待……馬三寶只好決定放棄，在無心地晃盪於那一帶古蹟區時，他跟著另一團外國觀光客有意無意地好奇向前走了好一陣子，才發現他們竟然是找路要去看國立博物館。就這樣地走了好一段路。團客，數十台大遊覽車，沒熄火的引擎，那打開的車廂蓋持續發出極大機器轉動聲音的吵令本來就很燥熱的天氣更燥熱。沿街是滿坑滿谷的飛滿蒼蠅水果烤肉的種種小販小車。還有很多皮膚黝黑而不斷地接近拉客的油膩膩的黃牛司機。永遠的塞車的馬路旁擁擠著更多的湧入的觀光客太吵太鬧。

但是，馬三寶卻在那個古老的博物館前那一路上遇到一個年輕的和尚，穿樸素到有補丁的暗黃僧服，剃得極光頭，背一個極大的雙肩背包，抱一個看起來是法器的舊布袱，甚至是打赤腳，但是在這種混亂燥熱的大街人群中，走路仍然緩慢從容，他的形貌言行甚至眼神都非常地泰然地沉靜而令始終慌亂的馬三寶慚愧。博物館的入口廣場，有一個漆金的涼亭。有一群年輕人穿古裝神劇服在表演還假裝用手機相互拍照。另一群穿學生制服的中學女生來上課。她們在佛像前拍照玩耍，等待帶她們來這裡上課的歷史老師集合前最後的遊戲時光。還有三個老和尚在大樹下只是旁觀，微笑有種世故。

屋簷走廊中還有很多老時代的皇家貴族奢侈華麗弧形悠然而炫目的貌似寶船的舊龍船，雕滿金漆奇花奇獸的老木轎，還有太多太繁複驚人的古石雕神像。馬三寶最喜歡的是一只壞毀的嘎努達神像，翅膀半毀，頭顱壞了到額頭已然塌陷。歪歪斜斜的身體破洞看入的有鏽蝕的鐵件，認得出來是曾在一棟老建築門上的巨型雕像。後來才開始走進的破舊展覽館裡。但是卻有太多太古老的極高明到各時代都有的舊佛像。從古代到現代，中亞、印度、中國、日本、爪哇、中南亞到泰國有太多栩栩如生的神祕極了的象神、猴神、蛇頭惡魔。佛的造相記碑，金爐、布帳、香，佛寺裡的古蠟燭。老臥佛的腳底的圖騰佛讖。還有更多古代到近代的老時代武器樂器法器……近乎奢侈華麗純金打造的種種器皿都是歷代國王的最稀罕的古皇室收藏。然而，更後來的馬三寶卻不免開始疲乏，太多佛像石雕的無窮無盡連綿近乎數公里長的現身，使太疲憊不堪的他一直不太能仔細端詳，那老房子越走越像迷宮一樣。即使有太多太珍藏稀有的皇家古董卻也一如太多佛像越來越令人不容易專心。即使，這裡的每一個古老雕像都有神明駐守過，或許祂們就是神的法器，東方的神器，東方的神……所暗示的東方最令人不容易專注端詳的什麼……

或許祂們就是神。祂們就是「東方」……

後來馬三寶終於決定要走了，但是卻在離開博物館前又意外地走進了玄關門旁斑駁最後一個極端不起眼的窄小破爛文物館……神域的末端，仍然燠熱的小密室般的隱隱約約，必然的東方被打探中顯露的疲態的有意無意……一如門旁就只是那心不在焉的老店員趴在舊木桌前打瞌睡，非常疲憊不堪而不在乎地，那是彷彿是亂來的窄小店家小卻意外地幾乎是一個繁複如老圖書館地詳細羅列關於泰國佛教承傳的典籍，甚至還有太多外國學者撰寫收集的考古學藝術史家等級的關於東南亞的古佛寺的詳細研究報告書研討會論文集，曼谷大城的佛頭考證，追蹤吳哥窟到尼泊爾到東印度的窣堵坡式老佛塔到印尼泰國的民間傳說祀典，還有一本追蹤一個緬甸的傳統戲劇演員般的巫師他的一生不可思議的考證種種太多太多近乎神話的老故事集。

甚至，馬三寶更意外地發現了那書櫃最尾端竟然有一本是老中國的極端厚重攝影集。那是一種近乎不可能的墓穴打開的暈黃迷茫感，充斥數百頁當年某個法國攝影師用老相機在清末所拍攝彷彿是好幾世以前那麼詭譎卻又暗房沖洗細節仍然無比清晰的老派黑白相片，裡頭的肖像照尤其令人髮指地逼近那時代的末代感：紫禁城的旗人美絕盛裝的王后貴妃親王、宮中嚴肅待命的宮吏太監帶刀侍衛、到午門問斬人頭剛落地還正拭刀血的劊子手、圓明園廢墟破敗山林湖畔的流民……甚至不知為何有一張是那攝影師為了迷戀「鄭和下西洋」典故而在清代重新找尋回近乎廢墟的明代前朝殘留破爛不堪廢棄南京古寶船廠……老時代那種每個細節都非常仔細的黑白相片，一如那時代的怨念，都有種被深深詛咒而恐懼卻又被深深保佑而沉迷的恍惚感始終作祟。

❖

馬三寶夢見了自己陷入一個怪異的現場。在山上一個彷彿是某個深山神話中的神社前不太起眼的巨蔭雜草叢生廣場那古怪的山坳，集結了一整群人肌肉賁張半裸獵人式的怪異模樣，一種祀典般的競技，所有人都在某種凝神起乩般的騰挪狀態，正在深呼吸切換暖身的等待，空氣那麼怪異地沉浸於某種液體的液態之中，數百人都面目模糊，但是肉體卻太過逼真賁張人魚線六塊肌顯露甚至是非常凶狠的滿身獸紋獠牙的刺青，身上背滿不明形狀的武器，雕花弧度太過離奇的長弓，腰頭繫著彎刀匕首，出發的冗長行伍就從深山上的神社出發，極端專注疾風般地激烈疾行。

馬三寶心中極端激動，老想跟他們往山下疾奔……然而，他卻仍始終分神前一晚所感覺到另一種心悸……海到底多可怕？那是一種幾乎無法明說的狀態……太過龐大，天和地被吞沒了，只剩下一波一波的聲音。來來回回，恍恍惚惚……好恐怖又好寧靜，出奇地寂然，即使潮音從來都沒有消失過。

或許只是坐在一個老房子的騎樓木製側廊痴痴地望向海的盡頭，不，只是望向海的開端。山下的海邊。浪非常大，長波，短浪，那白羊被祭司當場割喉嚨放血。滴血接血的竹簍子卻仍然有許多昆蟲蒼蠅螃蟹走過。夜晚的儀式，傳統舞蹈，月入黑雲。但是海灘的海水泡了一個刺青男人的屍體。那精密刺妖怪的刺青在水底閃爍……

馬三寶老覺得在曼谷待更久下去會把所有過去的胃口搞壞了，太重口味地作祟，太過度到近乎極端，再多一點到沒法子再多……種種太多的不可思議：一如老出現的自以為是神諭般的人間仍然淹沒於粗糙骯髒種種的大廟人妖、大河、大樓、大飯店、大塞車……

這個城中永遠的夏季令人髮指地燥熱的太多性和死亡的黏稠的暗示……太「東方」的種種狀態都永遠

太用力地想更俗氣或更優雅，想更酸或更辣或更甜，想更美或更醜，想更善或更惡，想更期望或更失望，想更控制或更失控，所有的極端都更極端，他感覺到他過去所想像的或所理解的所謂人間的條件，都不免變得太簡化地心虛。或許，西洋背包客的廉價的旅行最佳落腳城市的全球第一排名美譽，就是陷落到曼谷那外國年輕人最熱衷的考山路的背包客爛旅館、爛餐廳、爛按摩店、爛刺青館。使人看了更熱的一整條街的爛店和爛外國觀光客。一如馬三寶意外路過而因為走太久太累所勉強歇腳在考山路麥當勞裡所看到的超過一百公斤重的外國年輕女生，胖金髮妹，有可笑的刺青和難以移動的象腿，但是仍然穿著很多破洞的性感T恤和短褲在看小說，發出一種奇怪的刺鼻的體味，令人非常非常地不舒服。一如馬三寶發現在後來三天自己落腳那個爛旅館早上的早餐的外國人所流露的貧窮和失敗氣味，但是或許他自己在那裡也不過同樣是爛外國觀光客，但卻又仍然彷彿充滿敵意打量那麼勢利的太戒備太不安的神經兮兮。最後馬三寶留意到那旅館好多兩個男人住的怪異狀況，早餐時看到的好多帶小男人的老男人，或是親暱過火的外國男情侶，或許這旅館就是曼谷傳說中GAY來度蜜月或嫖男妓的大本營……那麼理所當然。但是，馬三寶卻只能假裝沒看到地繼續吃他不好吃的怪早餐。

T恤上印著Oriental Change……使得厭煩的馬三寶更老是納悶曼谷為什麼充斥那麼多賣東方的賣法，難以想像地複雜而費解……那麼不同到從最廉價的夜市玩具到最昂貴的博物館古董，或是從印著龍頭或傀儡戲或佛像的各色鑲嵌金邊的傳統衣服到民族風格手袋，品牌店充斥的商場裡種種質地或成色有限或缺乏更多可能都缺乏某種美學的更冒犯或激進點講究的什麼，再不同點的體驗值或是辨識度。但是，最好的講究可以到多深究。馬三寶路過了一家曼谷最大西洋連鎖著名百貨公司的著名老派蛋糕店，路過了三次才排隊排到。但是他還是什麼都沒買，但是還是逛逛，路過一家服飾店的新開幕或辦活動，很多人圍著一兩個人的某種怪異的明星或名人主持那麼叫囂喧譁的現場……他非常好奇又非常厭煩地閃了過去，太多人在那一帶的擁擠不堪使馬三寶始終有種很不同的更疏離的理解或打量。尤其當他無意中看到了有個怪店門口有塊燈箱片巨幅的畫面是某種西洋大陸太巨大到失焦的著名焦慮感畫面，那是天空太陽太炙熱太久而出現的恍惚中充斥荒誕氣息的場景：在那最空曠無人無車筆直向前馬路完全死寂的某種往沙漠無底的公路電影感。然而海報的黑白照片上的Logo字樣卻是金箔仔細用貼玉佛寺佛像的貼金手法仔細貼上那店名就是的英文卻像泰文的歪歪扭扭招牌字樣：Road to nowhere。

再走一段路之後，整個百貨公司竟然大停電。但是也竟然沒有人太慌慌張張，好多人是學生穿制服來逛街。廣場的大型活動太過火地近乎暴動，馬三寶一接近張望，才發現那廣場竟然是韓國天團Super Junior的演唱會因此充滿人氣到都是少女尖叫嘶吼所有廣場四周太多走廊過道甚至被擠滿到使他完全走不過去。

後來，終於找到了另一家名字叫做禪的百貨公司，才獲得某種莫名其妙倖存的逃離感……他在百貨公司旁邊越走越遠，所路過的高架橋和天井卻越空曠的更高檔名牌大店更多大牌子的嶄新昂貴衣服高跟鞋牛皮羊皮鱷魚皮包包滿滿的現場。但是，他卻越覺得這些西洋時尚什麼的在這個老城越來越逼近的同時就不免使他內心的東方漸行漸遠。

馬三寶只是想找個地方吃點老東西歇個腳。找一個光亮而乾淨的地方，相對於整個下午在那個陰沉悶熱的只吹電風扇的黝黑博物館裡。或許這種面對東方的放棄，更改變了過去的太古老就一定太牢靠的習性或想法，帶走擁有太多的不想要或要不起的信仰般的迷信東方比西方一定保佑也一定神祕的某種怪異遺緒。一如J離開後的對比，曼谷的鬼東西，一如旅館的細節，餐廳的老手藝，舊時代建築的技藝，當代或古代藝術對人間活下去條件的侵入，那是他感覺到的差池和過去他所理解的不太一樣，更多的失控使過去自己內心限制變得明顯，或許自己以往對旅行的想像大多在乎的只是異國情調更小心的拼湊使其對應於母國的內在關係的動搖，或因而更為細膩地感覺到未知的自己的餘地。但是，涉入「東方」的這次更深，更不對勁，更無奈，但是，這就是改變嗎？

面對未知的恐懼。比較知道怎麼照顧自己或冒險自己。馬三寶開始了某種改變，切換而非切割，只是調節、調度，只是找到自己要的和不要的，不是好或不好、昂貴或不昂貴、完美或不完美，只是改變路線改變行程的難度、改變車的坐法、改變旅館房間的燈光、改變不好吃的早餐的吃法地……始終想要改變。

但是最後那幾天不知為何……他反而睡得更慘烈，夢變得更可怕。一如那整個睡不太著的半夜，馬三寶陷溺在電視螢幕的螢光閃爍之前：ＣＳＩ犯罪現場的幾個老面孔竟然始終說泰文，另外幾台同時重播的港片裡的周星馳周潤發早期功夫喜劇爛片的噱頭，令他想笑又笑不出來，更後來就停在又再看到的李安拍的《綠巨人浩克》……那種充滿細節的西方卡通電影被改拍成東方人更隱隱約約地面對神通的人太卑微又太自我不免瀕臨神諭而完全改變的焦慮。那是那麼複雜的人的內心最深未知的試探其所一生始終找尋的憤怒與恐懼，對父親，對身世，甚至是對人的極限，對自己的理解與誤解，這個從自己肉身最深處細胞分裂蔓延所繁殖出來的怪物，變身後的自己在夢中攻擊原來的自己，他老是……記不得了，到底怎麼了？到底什麼是自己？力量源於痛苦和被激怒，閃躲不了也隱藏不了……馬三寶因而在浩克的自我激怒中……想起他這幾天在老廟裡看到的凶神惡煞般的獸身人形惡魔，充滿神諭，猙獰又慈悲，難以言喻的種種神話故事的背後所揭露的更艱難繁複近乎祕術到不可能被理解的神通。但是，他在想睡又睡不著的太疲憊不堪中……只好老是提醒自己這不過是一部好萊塢的老派卡通。

一如提醒自己這個城在過年還是高溫到三十五度使他始終冒汗的一年都是夏天的不耐，侵入的煩躁的悶熱和骯髒，一如看到路上睡在長椅上的令人忐忑不安的太多太多流浪漢，馬三寶感覺到自己始終在用力抵抗某種他無法抵抗的……無法忍受的肉身顯露的一團一團不舒服的什麼始終發作現身的焦慮，皮膚很多過去沒出過狀況的地方開始出事，無窮無盡地癢，脫皮結痂的難以忍耐。還有耳洞中也有一個暗處有傷口，流出不明液體，痛，但是他一直安慰自己，還好，比起前幾回旅行。走路上下樓梯的過去水鬼時代受過重傷發作的腰和膝蓋都還撐得住，只是……就小心翼翼點地安分而不要冒進，叮嚀自己不再能以年輕西洋背包客的那種狀態旅行了，只是接受自己的爛身體，不要逞強，或許也好，可以多放棄一點，但是也比較可能可以去他始終想去的更遠的「東方」……

馬三寶想起更多的前幾天的貼金箔般的在曼谷的最好時光，或許是他們說了很多很多話。Ｊ說，她的身體已經壞到可能以後就不行了，以後也不知道還有沒有可能來，馬三寶突然完全愣住了。

馬三寶本來想說是被招待在「東方」文華旅館那最著名的河畔晚餐、悅榕莊六十二樓的屋頂酒吧的絕美風光、看天使劇場的奇幻演出的華麗……種種他們那幾天的更多更特殊景觀的奇特講究地難得，但是，馬三寶聽到J說的時候，突然非常地慚愧，近乎要哭出來了……那時候，因為塞車塞太久的他們正好還困在一條全黑的路上，計程車繞路到完全陌生的鬼地方，舊巷弄，破廠房，城市中最黑暗的後方。但是，他們還在那裡有一句沒一句地說話，緩和某種異國困在太過意外的困局。

一如J說的某種她人生在那一年的陷落，浸入更深的困難，幾乎是某種對人生的底層的不再堅持，近來放棄了，或更釋懷了，太痛，早上醒來能夠不要太痛就偷笑了。但是，卻常常忙起來還就會忘記自己是個病人，還在不自覺地用力，一如過去，一定要做什麼才會被人疼愛。晚上常還一直忙，第二天才知道痛到不行了許多許多才慢慢地轉變成更後來的更多的釋放。

一如J的釋放……所對他的感染，那種深入地打從心裡的善意，突然從他太險惡入魔的更深心中被喚回了許許多多，對逆境的可以更坦然地接近而接受，一如他這回到曼谷遇到老古董商故人J，太多時光太美好，他太疲憊不堪到也沒多照顧J，還常自作聰明逞強地以為自己變得比較好也比較不一樣了，但是並沒有，甚至，這麼多天以來，其實是J在照顧他，分享成全順服地更深入地點破，馬三寶的始終好強而頑冥。他很感受到某種J的溫暖到像渡他的更內在的感染力。J的病痛使他們更接近也更親密到種種他們這麼多天以來說內心話的太多太多感動。這使馬三寶在曼谷這東方的天使之城感覺到J才可能是他最大的天使，某種太深的難以描述的眷顧。

❖

J說：「他可是個東方的神醫。」就在那種混濁濃稠中藥氣味的大廳裡也忐忑不安的馬三寶才突然回想起來……長相仙風道骨到近乎難以想像的他頭顱極突兀粗大但身形極削瘦枯弱，兩頰削骨式地尖銳，滿頭披肩的冗長斑白髮絲，像是古畫中道行奇高的道士那種稀有的古人，個子不高卻穿鬆弛陳舊斑駁的青衣道袍，談吐修養極端緩慢和藹但說話發聲異常中氣十足地響亮一如雲端響雷，即使等候區都是人和電視播新聞的聲音很吵很鬧，彷彿迴盪回聲嘈嘈切切令人不安，但是只要他一說話還是像某種洪鐘底音般地響亮沉穩，近乎不可能地極端清晰……而且完全是說老派的半英文半中文夾雜台語，用極聰明但揶揄的口吻半勸半罵：「跟你說你都不聽，不要再操了，這樣下去，針也沒用，會斷手斷腳喔！」之前在掛號區域那長椅上久等的時候還聽過J和別的病人們熱烈在討論著：「神醫果然是神醫，下針很不一樣……針感很強喔！」其實針感是什麼，馬三寶並不知道也沒有問。但是，他在半信半疑的混亂情緒激動不已過程的時光荏苒之中，真的始終聽過旁邊常來給他看的老病人在私底下認真地跟旁人說：「他可真是個神醫。」

「膝蓋後頭一動就很痛。」那病人馬三寶始終看不到，那天的熱感應式的干擾波機器在一個病床側，有布簾拉起來的旁邊那個愚蠢又躁動的聲音聽起來……是個惹人嫌又找麻煩的少年，但是也可能只是某種太好動而忐忑不安的小鬼。

「怎麼了！」

「不曉得！」

「跑，跳……受傷了？」神醫再問下去的時候更怪。

「怪怪的，某些時候，也不太知道哪裡痛，甚至怎麼痛！」小鬼非常閃爍其詞地回答著。

馬三寶心裡想，這個人怎麼了？頭腦傻到怎麼痛了也不清楚？但是卻就同時聽到那神醫用一種很誠懇但自信極了的口吻的篤定說：「好！交給我，我來處理。」

在等針灸治療時，馬三寶低聲地問那幫他調干擾波強度的老婆婆護士。「牆上海報提到的埋線到底是什麼？」他有點不好意思而充滿狐疑地問：「是真的把線埋進人的身體裡嗎？」

「對啊！現在太紅了。」那老護士大笑地跟他說：「埋進去就像二十四小時都在針灸那樣，二十四小時治病還可以順道減肥！」

「那線怎麼埋呢？」他仍然用一種不可思議的神情問……

「也同樣就是用針灸的針把肉線扎入身體裡。」她說：「那神醫最厲害了，一下子就進去了，一點感覺也沒有。」那像是某種傳說中才有的古代仙術般的玄奧，在這裡卻只被說成像是一種最低消費或基本動作般的醫療服務受理操作程序的理所當然。而且還完全沒有人更認真一點地注視或驚訝或懷疑或讚嘆這個神醫的仙術……一如馬三寶的病床角落最末端左側還有一個四五十歲長相斯文但是卻有點不安的美國中年黑人，專心投入近乎苛求自己般地認真看書，密密麻麻的字，竟然是某種英文法律的厚重大書，針扎了滿肩頸，和馬三寶一樣。「快考了！沒辦法……一直熬夜。」中年黑人跟下針又快又準又狠的神醫說，彷彿在辯解或求饒。但是，其實下場都雷同。另一個病人，是右前方有一個拉丁美洲裔的性感少女，正在看一本羅曼史小說，她好專注地看，頭連抬都沒抬，座位旁的手邊還有另一本書，書名是：快樂心理學。

甚至，那個狹窄而空氣沉浸在無限沉悶陰森黝黑的針灸室裡的電視竟然正在演周星馳的電影《九品芝麻官》裡的一個片段，那是一個烈火奶奶老是在笑人家的泛黃故事橋段，在妓院的老鴇正嘲笑另一個女的是文盲，她愛面子，雖然不識字，還把醜字猜成醒字，那是個可笑的橋段，所有的人都一如這一個歐巴桑，也一起做著雷同的更愚蠢而更胡鬧的事，但是，那妓院裡和這醫院裡很多美裔的中國大陸人台灣人香港人，大家看了都笑了。

另一段是台灣的某種海力士葡萄糖胺液更誇張的廣告，一直重複唱著一段很蠢的口號歌！跟著某一個熱舞阿伯一起喝，made in USA 喔，跟著熱舞的阿伯一起喝，made in USA 喔，那個舞棍阿伯穿鮮豔極了的緊身美國國旗衣，跳起很俗氣又很招搖的舞步但卻還跳得很整齊，奇怪，馬三寶怎麼老覺得除了他的誇張假髮，他的臉孔的輪廓竟然卻和神醫十分神似地相像，只有眼神太過輕率恍惚是完全不同的感覺，然而電視螢幕裡後頭仍然還是出現很多穿著工人服的阿伯阿桑一如歌舞劇般地還跟在後面一起跳得更誇張……但是，馬三寶已然針灸太久了，實在累到笑不出來，最後的針灸和電療，都終於做完了。他小心翼翼像做錯了事那樣地問：「我還可以走路嗎？小心一點走。」

「不行！」神醫篤定地說：「一個月不能走，用到這膝蓋部位的動作都不能做，不然永遠不會好的。」

「唉！你自己要找死我也沒辦法啊！」其實，那天除了膝蓋針灸外，神醫下針的感覺好怪，不是疼，也不是痠，而是一種很怪異的更難形容的更深入的好痛。而使馬三寶覺得自己的傷……難得地被更為考究地探究。所以，更後來，他反而也請求神醫在頸肩背的老痛處也幫他下針。但是，也因此，就一動也不能動地呆坐在黝黑沉悶的針灸密室那裡頭。甚至，後來，整個頭懸在一個很奇怪的角度，完全荒唐的時光中，他那根本不能動到脖子後頸的針彷彿就扎在兩根動脈上，馬三寶有一種擔心是如果亂動就會傷到經脈或傷到動脈，甚至，傷到腦。更後來，由於針灸的時間拉得太長了，不能動的時間也太久了，所以，就有一種不安全感充斥的更荒唐到隨時「頭快掉下去了」的感覺浮現。而且，由於完全不能動，馬三寶只好閉上眼，過了更久的一會兒，竟然就快睡著了，但反而就更累了。因為，每每到了快入睡的那一剎那，他就會因為那「頭快掉下去了」的感覺而驚醒。

在寤寐之中的馬三寶突然回想起曾經聽過某本書裡寫過一個前世今生的殘酷案例，那繪聲繪影的誇張報導引述的說法十分離譜但也十分著稱，那就是有一個老病人的肩頸從小到大一生疼痛莫名，但是一直醫不好也一直找不到原因，甚至幾截頸部脊椎始終一動就不斷刺激刺痛到老會發出怪聲，好像咬合不全地出過事。一直求醫不果的那個老病人，到了多年後遇到那書的奇人作者，在訪談冗長心情沉重的包袱深入推敲之間研判這是因果病的著名徵兆，那是前世的沒法了結的怨念或就是致命的疾病重殘傷害，藏匿太深太多世，很難想像地可悲，然而在多年療程中經過多回深度催眠之後，才更深入地離奇發現，那疼痛是有很深的業報在裡頭……有一世，那個老病人充滿了過度激昂的正義感，而且是個滿清末年的最核心知識青年的革命黨人，起義失敗，幹部整群落難被抓，然而刑求多日不招而悲慘遭遇困難重重，最後就在午門外被斬首那天，還因為家人沒有塞紅包給劊子手，那大刀下刀故意下歪了，砍卡到脊柱，血流不止而頭一直沒斷，後來更離奇地折騰了幾次幾刀，哀號許久，才死。

充滿了太多的恍神……

在等神醫看病等太久的無限無奈時光荏苒之中……馬三寶竟然想起了那一晚看到的那一集《怪醫豪

斯》，太多太多神醫的後遺症及其繁複狀態的更深解釋或懷疑……那一集在豪斯依舊的自恃自傲自己醫術的炫耀又艱難時，豪斯竟然發生差錯地離譜提到了他在被動手術之後，因為用K他命麻醉，所以即使他好不容易回神醒來之後不時會有種種逼真的幻覺。使得竟然變得太過敏感的他逼問自己：「我怎麼分辨什麼是真的？什麼是假的？」另一個他幻覺中的可能要殺他的怪異現象中的怪人，竟然用豪斯的聲音尖酸刻薄同樣尖銳地開始扮演反派地跟他辯論：「你所在乎的是事情的影響、併發、效果、可能的發展和結果，但是，你所理解的現實或許不是現實，真的或假的其實不完全會有影響，一如……信息不一定會出事，行動才會出事。」馬三寶仍然深深被迷住的影集故事曲折離奇又充滿兩難的無法逃離那集的最後，醫術極高明極冷靜的豪斯為了證明他在最關鍵最後的高難度手術中而不是在他自己乖異離奇幻覺裡，所以硬生生地……搶過他三個助理醫生的手術刀，自己動手，但是在混亂中，把病人切開胸膛後，發生了出乎意料的意外事件……下刀割開傷口裂開過度致使器官爆出到汩汩鮮血直流，甚至當場死亡。

❖

一如有個吉兆或凶兆不明的兆頭現身而充滿了暗示……只是J一直沒看出來，或一如竹製老蒸籠中的煙霧瀰漫想隱匿的某種最珍貴無比的滿漢大餐中最神祕的補品燕窩魚翅盅然而機緣未到魯莽動手一掀開就會消失但是卻感覺得到裡頭的是真實存在過的懸疑感……

或許終於發現自己不過只是一個凡人的她彷彿偷了人蔘果，辟海神珍，甚至就是被萬般誘惑到戴上了魔戒……而出了事、看到了不能看到的……那般怒犯天條地萬萬不能說。她跟馬三寶說，你一定無法想像那種懸疑感……多年以後面對那個神醫般她的心理醫生……她才能夠開始回想起那段時光荏苒的迂迴曲折，也提起更多她自己也不太理解自己所意外地做的或所遇到的怪事……

J一開始是發現了結婚多年一起從台灣移民到美國的矽谷高科技工程師先生外遇後，從極愛到不愛她而使她在潛意識沉浸入深海般地不能說也不能離開的那幾年到了快崩潰，才發現自己少女時代糾纏多年的躁鬱症終於又更深層次地爆炸般發作，天天都想自殺之前……竟然就開始瘋狂地買昂貴奢侈的種種鞄包，過了好幾久才慢慢從那種陰翳時光的消逝感中慢慢回神……她說，一開始就好像只是某種懸崖縱下之前被拉回的最後溫暖，或是做一種更幽暗更隱密的心理補償，尤其是剛開始那幾年所有心事都密密麻麻地包圍過來，小孩還小而母親還生病的牽絆仍然環伺又擁擠地生活種種艱難，但是也好像因為這種補償，所有的心事彷彿都比較容易忍受，也比較看得清楚自己無法忍受的要害和罣礙般的煩惱。

或許就是因為那一個個太過奢侈的鞄包的出現，使得絕望的她狀態突然有了一種熹微地透光，即使是迴光返照式餘暉也仍然感恩，終於她開始對這個世界還有某種眷戀的什麼最末端的感覺……一如鏡像般的折射出太過折騰而忽略的太多她的死角，生活的細節逼入的環節，一開始那些鞄包其實從帶回家都無法用，就只是懸在那裡，客廳的最好端景，懸著，因為回來就始終沒用過。只能一如供起來地那麼捨不得。就只是放著，那是懸念。只能在家的大廳懸在最好的地方卻太捨不得，尤其對照著自己太自責也太過逼身的空蕩蕩日子。

後來自己心事更多，一如穿的衣服尤其不能惹眼，何況是出門提的鞄包更不能是太過昂貴甚至太過招搖。另外則是外在天候處境的惡劣，烈日下雨不能提出門，發現更多的人的包袱到或許她覺得身邊連她自己都沒有人也沒有狀態是配得上那奢侈的那麼雍容又從容的鞄包。

有一天她終於把第一個奢侈的鞄包帶出門的時時刻刻，彷彿初戀的第一次約會期待接吻剎那的時光荏苒，第一次騎上單車老是像飛行的一路風光也都起飛……那般地忐忑不安地幸福著……甚至因而更尖銳地在乎起鞄身頭裡攜行放入的書籍衣服小包皮夾手機種種本來就混亂的雜東西不能太過混亂或是放入太過粗心大意的雜陳低俗，像是一種過度充滿提醒教養自覺的什麼……這種引發的暗示性太強烈的不安令她開心極了。

或許也因為那種種編織的原皮料質等級太高太完美無瑕，甚至那原皮鞄包的包身皮又柔軟細膩到像一種活的動物肉身，頂級馬具皮器鞍部放到馬身上完全密合的弧度，好像是身體手腕肩膀腋下曲折凹陷的局部，太過貼身地貼心到彷彿是無懈可擊。使得有種怪異的恍然悟出到或許過去年輕時代亂用過的廉價普通鞄包都是有缺陷的。甚至，很多個極端昂貴的鞄包其實竟然乍看都太樸素太不起眼，或許也因為外頭仿冒太多到可能也就只是那種贗品的偽裝。她竟然可以放在咖啡廳椅上離開去洗手間還算放心，也許是另一種折騰……因為那些鞄包可竟然是原價近乎幾十萬一部車價格的……太過難以想像。

但是她仍然在更深入地如伏潛般地享用或折騰這種太過奢侈的她承擔不起的祕密感。本來是為了罪惡感，一開始她本來內心承諾應該半年完全節制不買來贖罪補償。但是，後來那半年所路過太多地方或太多鬼東西卻竟然因為這個鞄包而什麼也不想買了。或許，只是覺得看不上眼也覺得完全不需要再買了。一如吃了和牛就完全不想吃別的牛肉的那種陷落失落而……出現了某種騰出來的更怪異的空洞感。她想到自己的對家對感情對婚姻對人生的期待或許也是如此怪異地空洞……太過折騰也太過奢侈地龐大到無地容身……及其因而引發空洞感的種種失落。

相對於尋常城市或郊區裡開始到處都是人，廉價的大拍賣場中的到處都是穿爛衣服的人到處都在買賣爛禮物，她感覺到那幾年的聖誕過年變得那麼醜陋低俗平庸到像病毒的分裂。

好像窒息久違之後已然忘記逃離又回來的失序時光之中……依賴那個完全手工的鞄包可以老使她想到她在義大利的時候所涉入種種幾乎摺疊折騰出太高畫素如同看到都覺得很像電影裡的畫面的疏離華麗感，即使是大同小異的小店尋常菜單中可能變成推理劇犯罪線索般通緝犯的通緝感：太多細膩細節的所有紅酒，老時代時光仍然進駐的器皿，太過好看精心種種難以想像的雜誌……太多太多空鏡頭鑲嵌鑽石光澤般凝結的空氣至今在她回到太過空洞的矽谷都還回想起地仍然誇張發酵……

她在那段時光之中，還把鞄包拿出來催眠自己，好像還在義大利或京都的古代遠方，那幾年發生太多事買了太多鞄包到更後來她卻好像已經完全冷感到也沒期待什麼！後來她的生活每天都是那樣提著那麼昂貴的幾十萬的鞄包，坐在矽谷的庸俗極端的超級市場或拍賣大賣場，看樓下的有色人種貧窮人群，內心完全找不到好地方落腳，有時候沒有咖啡廳可以抽菸，就只是晾在這裡，那種每天伺候的狀態持續……太多躲不了的所有好像是對的什麼設計有的沒的活動已經像一種瘟疫，傳染開的更多人的疏離……她老覺得自己的腦袋燒壞了，但是還是要處理和一堆更多太惡劣的人，都不是什麼壞人，也不是什麼好人，他們不要太尖銳說話都要很小心，不能再傷人。常常回來她躺著不能動很久，完全說不出話，覺得自己就一生都是諷刺意味深長的玩笑……好像開法拉利去倒垃圾。

她甚至偷偷地又很貼切現實的問題反諷，而且竟然完全可以支撐她後來找出許多以前不太敢穿的怪衣服，更花更離奇的都竟然可以搭上，好像她被打通神通，她的內心深處看穿了什麼以前看不穿的，甚至受限的某些界線模糊了，邊緣移動，看到過去的罩門要害，本來以為沒有限制，但是其實限制很多，更裡頭的害怕害羞……鞄包的奢侈感改變了更內在的她後來更發現心情像吃了和牛有一陣子就不太能吃不好牛肉那種出事到其實到後來她就胃口都弄壞了，所有自己心中不安到很像科幻小說裡的某種假設參數改變了，生態系突然就垮了，天敵消失殆盡，無法理解也無法忍受，要花很多時間才能修護修補回來。或是就像只是舌頭破洞要再把味蕾找回來也很難，但是也欺騙自己安慰別人，或許還有更深層次的慘狀，沒以前那麼痛就要惜福，如果不是這樣依賴這種鞄包太過奢侈糜爛近乎癲狂的最後幻覺……她應該早就瘋了，或許早就死了……

她說，那種種鞄包的硬皮是牛皮而軟皮是小羊皮還有更特殊的馬皮或是鱷魚皮或蛇皮的種種觸感，或京都北野天滿宮找到天皇幕府將軍的愛妾遺留下的配老和服的精心刺繡櫻花仙鶴圖的古代手袋。每天她會抱在胸口擦拭撫過一如古代天珠古玉那種古董珍藏，感覺某一個硬得比較挺鞄包弧度形貌更強烈，已然像一個小心翼翼的古代各文明皇室最繁複手工的古董。挺一點但是編織的關係往外擴也往內凹塌了的小心翼翼，還帶點硬度支撐的歪歪斜斜感。這種祕密的講究及其昂貴有種怪異的像隱藏的貴族自詡，或是更為精密打造的細節細膩過火像在威尼斯老店老器，帶著心機的怪異樸拙器皿弱小破落，一如古教堂老十字架舊燭台的古銅光澤或舊廟宇考究的斑駁佛具念珠木魚袈裟的溫潤手感，乍看不起眼仔細看太多細節的內行心機。

她最後跟馬三寶說，甚至有個最昂貴的近乎神話的祕密鞄包是人皮的……天啊！完全無法想像，是某種玄奧費解的遭遇，那是一個形貌和氣味都非常怪異的古鞄包，是她在西藏的某個古藏廟旁的古董店裡找到的，竟然是用人的頭骨做鞄包底，整體鞄包身是用真的人皮拼接再用手工精密縫出來，是鎮店之寶級的收藏品，那喇嘛跟她解釋那典故時是那麼專注，否則實在難以相信，一如古老規矩畫唐卡時的虔誠地手工一針一針縫人皮時還要同時邊念藏密經文，人皮上頭還有曼陀羅般的藏文刺青環繞於鞄包的正反完全密密麻麻包面……非常地詭譎地華麗，完全難以想像的神祕感，據說是為了某一個那老藏廟活佛轉世而精心打造的他前世誦經的經文符讖書冊和法器用的老式行囊……使得她考慮了三天才半請半求地想盡法子用了極高的近乎一尊古鎏金佛銅像的高價和規矩才請回這個活佛加持開光過的法器，過程太過離奇到完全難以忍受也難以想像，但是她卻完全被迷住了……甚至據說當年姚廣孝也曾請一個喇嘛如此訂製一個人皮鞄包給鄭和當法器隨寶船下西洋保命稱之為三寶袋，但是早已失傳多年。

❖

然而，另一部電影提及的怪故事不太一樣……她說，那其實反而更複雜也更反動地變調成某種更迂迴曲折的一個討論「人如何成為神」的怪異故事，當年那電影會引起太多反感，對於那些容易入戲太深、分不清楚現實和故事分別的人們實在是太過恐怖，連她自己剛看完走出電影院就吐了，吐了好久，但她還是覺得裡頭的某些更不容易被尋常人辨識的血腥恐慌……非常好看。她說那片名就是法文的殉道者，那種寧可受嚴刑拷打、人身污辱也堅守其信仰的殉道者，一如那故事就是那種精神或肉體折磨的殉道過程。

「我印象最深的反而不是用各種方式的虐待，一如中文翻譯出來的怪異片名就叫：《極限：殘殺煉獄》，反而是那種恐怖的假設，場景的太過尋常……故事發生的地方不是什麼太遙遠的地方卻反而只是一個鄉下的房子，甚至只是一家看起來很正常的人。」她說：「東方神祕組織刑場居然在西洋尋常民宅的地下室，而且正在殘虐一個人時，若被發現，就會全家被殺，掩埋所有痕跡，才更可怕……」

她用手機找到網路上怪異到近乎不可能是真的那麼恐怖的電影本事給馬三寶看：「為了見證殉道者死前所看見的世界，一群人組成了東方宗教團體式的組織，以製造殉道者來見證死後世界，他們所謂的殉道者並非為上帝犧牲奉獻見證福音，僅僅只是超脫生死，在跨入死亡前短暫超脫死亡滯留人世，這些人尚未死亡，但眼神已經不在這個世上，這個組織唯一的目的就是想知道他們看到什麼，所以他們不斷地綁架虐殺犧牲者……這部電影的本事故事其實非常緊張尖銳……充滿寓意深遠的影響：兩個女孩一個過去是犧牲者，一個現在成為犧牲者。露西既是加害者也是被害人，少女時代被綁架遭受毒打，吃難以入口又稀少的泥漿，生活空間吃喝拉撒只有一張椅子的範圍，椅子中間挖個洞，必須就直接在上面排泄，即使僥倖逃脫的她卻無法逃脫如影隨形的夢魘，過去的經驗與當見死不救的女子化成滿身傷痕的全裸瘋女人仍然不斷攻擊她，現實上是她在自殘，導致露西誓言復仇以擺脫噩夢。偶然間，露西發現了當時虐待她的人，正過著一家四口和樂融融的生活，於是露西開槍殺了那對夫妻和無辜的一對孩子，還將迴光返照的妻子用鐵鎚砸頭，即使做了如此慘無人道的屠殺，但幻覺裡的女人並未停止攻擊，露西絕望地割喉而亡。安娜，對露西有種朋友的情愫，心地善良到病態的程度，誰都想拯救，以致於誰也救不了，還讓自己遭受前所未有的苦行地獄，露西在組織裡並未受完的全套酷刑，安娜帶著我們的目光體驗完了，前一個小時是被夢魘追逐的露西，發狂地屠殺仇人，安娜只能無力地跟隨在露西身旁，既無法救那家人，也沒辦法挽回露西；後半個小時是安娜被組織的人綁架，沒有台詞，只有安娜的掩泣，直白地呈現組織如何製造殉道者。」

她跟馬三寶說，整個虐待的過程是：「被鐵鍊一個人鎖在地下室，被迫吃下泥漿，在椅子上毫無遮掩地上廁所，讓高壯光頭肌肉男毆打，被剪去一頭美麗的秀髮，日復一日地毆打，像動物一樣被刷洗。」但是她說她卻越看越有一種更進一步的期待虐待，想像後面還會有什麼更殘酷的會出現，可以看著女主角安娜美麗純潔的臉，漸漸被虐得不成人形。她笑著說她老覺得有一段很迷人的變態細節非常深刻反諷：「到了某一個階段的犧牲者都會出現幻覺，露西看到可怕的女怪物，安娜發現的女性會看到自己全身爬滿蟑螂……安娜卻看到露西鼓勵她解放一切，然後開始輕快喃喃自語般地唱歌，原本殘酷的女獄卒還露出慈母一般的溫和語氣，讓安娜露出一點點安心的表情，就好像有希望逃走一樣，但是更後頭才徹底絕望地嚇人。」

那電影本事故意引用了老文獻記載般的許許多多離奇失蹤死亡證據顯示來補充更多細節：「安娜是組織十七年來虐殺的無數人中唯一被承認為殉道者的人，在歷經所有劫難後仍然意識清楚地活著還露出殉道者的眼神，甚至還說出信眾們最想知道的另一個世界，符合組織對殉道者的定義，但終究安娜到死都未離開那間地下酷刑密室……一如那個東方傳到西洋的古老組織領導與佈教的濃妝豔抹老女人看似充滿睿智的話語裡卻隱藏著人性的深層冷血殘酷，她從未親手虐待虐殺犧牲者但卻是所有人中最可恨的角色，她也是最後唯一聽見安娜遺言的人，但是卻在聽完後不久卸下濃妝舉槍自盡。因為那個神祕組織充滿人類感染到最恐懼也最黑暗的懷疑……死亡，致使成群年老權貴老人為了想要試探死亡之後的人的變成神的可能……竟然十七年來無數可悲地犧牲那麼多死者，他們更為瘋狂而變態，因為所有的狀態完全地隱藏，所有人的舉止外表都那麼溫馴而有教養地和藹可親，擁有某一個尋常幸福的家也過著尋常的家庭生活……甚至一開始被屠殺的那家人的母親在露西小時候負責虐待她的女人還非常不解地問安娜，露西為什麼要殺了她全家人，她完全不認為自己做的有什麼不對，在這扭曲的教義下不斷屠殺，使他們自詡為另外一種更怪異的殉教者！」

她說：「這電影沒有讓我太害怕，有點血腥但不會難以忍受，因為我喜歡看美麗無辜的少女被虐殺，但也不同一般美國老派瘋狂變態殺人魔，所以虐殺的真實感反而更殘忍……應該每個犧牲者走的階段都一樣，可是安娜並沒有變成頭釘鐵盔滿身刀傷的女怪物，安娜幫上面那個女人用鉗子拔頭釘，拉下頭盔連人皮一起掀起來為了實驗試探……沒一點會發笑，每一道傷都很沉重絕望，沒有憐惜也沒有救贖。前段真相未明的怪物亂竄的驚悚其實比後來血腥衝突追殺中的純虐殺還恐怖而令人恐慌……一如片中並沒有直接拍剝皮畫面的栩栩如生細節的血肉模糊感……但有很長時間有非常細節清晰肌肉外露而剝皮那種皮肉分離的不斷哀號顫抖哭泣的冗長時光……然而卻無法太過逼真而反而像有破綻的特殊化妝那種缺乏真實感的可怕。」

她嚇馬三寶說：「其實單純看那剝皮後淌血而沾黏分泌物肌膚血管擴張骨骸碎肉的黏膩老木頭斑駁刑椅反而更可怕，老是讓我想到那個在西藏老藏廟旁老古董店請回家的那個活佛法器人皮鞄包……」

「一如那電影最後的終極酷刑，最後仍然還是美麗女主角的犧牲般獻身，完全沒麻醉，除了臉皮外就冗長緩慢地在那刑房的刑椅上活生生被剝下全身的人皮。」她眼神恍惚地嘆了一口氣地對馬三寶說：「最後，就這樣……她變成了神。」

充滿心病的她仍然喃喃自語般地對馬三寶說話……說她在加州待了太多年，加州是個應該要遭到天譴的地方，這裡的中國人大概是海外的中國人最被禮遇的地方，雖然每個中國人都還是會天譴般地一定發生過很多事……

但是充滿好奇的馬三寶並沒有更深地多問。只是太過敏感又躁鬱的她卻更說到她後來更多沉浸更深而近乎完全窒息的種種結婚到離婚的事，更也說到她憂鬱症去看心理醫生的好幾年所遇到的怪事。

醫生希望她在近乎完全不下雨的加州盡心盡力地想像著雨，說著：「希望她每天都想更專注地深入，尤其是想像雨天，細雨、毛毛雨，用完全潮解般的內觀來進行療癒的冗長療程，或說是為了可以藉著這種深入來解脫，整個過程非常地繁複而緩慢，主要是在練習專注入神更冗長到近乎窒息的所有的狀態的最底層。甚至，到了一個最後的關鍵階段，她的心理醫生就希望她可以進入最內在那種迴然不同地迴異的狀態。那種內在的主要功課，層次與操演的轉換都十分複雜而難以解釋，但是整個過程的最終現場，竟然就是一定要想盡辦法把自己困在那個最容易也最困難脫逃的現場。對她而言，那是一個太充滿隱喻但也可能是完全沒有隱喻的地方：家。

那竟然就是她在加州豪宅的家，多年來每日每夜都住在那裡頭的那個極端昂貴的東方風格老建築，但是，那醫生非常仔細地叮嚀交代了很多操作的程序及其中進行時一定要小心翼翼的細節，就這樣，每天在打坐的那好幾個小時，就完全集中在練習如何拆一棟老房子，每一個老建築物的細部，從她最痛恨的榻榻米和紙門極難打理的陰沉沉的臥房，中國山水庭園旁的書房，斜屋頂最低最斜的入口旁那極貴氣而體面的花廳，甚至最後才到她最不捨的屋身末端的窩心極了滿牆花鳥蟲獸水墨書幅捲軸的老廚房，就這樣，她必須重新再回到那現場，回到那時候，他們剛結婚也剛搬入的那段光景，所有的和室都是她用盡力氣和愛意去擦拭過的每一個角落，上過漆也掉過漆仍聞得到松香水的那年過年兩人花了一個禮拜所漆上木漆的每個松木手工的每扇門扇，每扇紙窗櫺框，扶手的每一階木樓梯，每一道木走廊，甚至每一塊庭園裡的太湖石……所有老中國的夢，充滿明式傢俱最昂貴收藏的家慢慢地變形，扭曲成對自己完全的失望而失眠。

她說她永遠記得那仿唐風和室裡的所有角落沒人留意或在意的遺緒，整個放滿雜物的斜屋頂，光線如此美麗而清晰，空氣仍散發某種薰衣草的淡淡餘香，甚至是，整個後院與地下室，有過鼠屍的臭味，養的狗掉的狗毛，捨不得丟的某一年好看的明代老神明桌上的松樹盆栽和那些細心打理過和室細節的斑斑血淚式的辛酸。就這樣，她很仔細地在冥想和靜坐中，專注地拆掉那老房子的事……像在中世紀僧院苦修的神父更殘酷的終月斷食祈禱，或像那種老藏廟裡的喇嘛對打坐修行的那種偏執般地專注，她太投入又太疏離了，一如那種太無奈地近乎無情地打坐，就這樣她完全憔悴了，頭髮近乎花白了一大半，就這樣地專注，花了整整一年，才從離婚的陰影中，慢慢地離開……

她最後跟馬三寶提起了她的拆房子的苦心斷食斷念般修煉……或許來自那東方上師般的心理醫生引發的某一個更早的狂亂過火少女時代的心病……一如那一本她當年著迷的那篇〈在流刑地〉的卡夫卡短篇小說，一如她的一生後來仍然持續離奇自虐又虐人的怪異故事，所有的情節太過枯燥無味近乎完美……小說中過度仔細地描繪出一個旅行者被邀去一殖民地看一犯人被軍官用刑的過程，那德文的原文小說名稱應該翻譯成「在懲罰的殖民地」，「流刑地」或許是更意味流放的用刑之地，她喜歡這個離譜不精準的……一如更早的早到一九一幾年那時候的翻譯文字甚至像魯迅〈孔乙己〉《吶喊》或《老殘遊記》裡的用字。她說，多年以後再看得到對這篇小說的引用與評論，也都仍停留在早年存在主義老套對卡夫卡的理解，或近來用種種引用更深種種的那教訓人的嚇法，很令人厭倦。她其實已完全忘了這小說，甚至只剩故事本身模糊模樣，更不記得卡夫卡太過精心的怪異寫法。後來在心理醫生那裡重新再看，心情很不一樣，大概因為那醫生一再提過，所以反而她後來更一直留意卡夫卡描寫那刑具而不是罪刑本身或罪人和施刑的軍官……那一種抽象的刑具分成三等分，設計者、耙，和床，六小時受刑人的餵食、刻身，旅行者看受刑過程的疏離，或結局的軍官的自己進去刑具的自殺，都不對勁。因為每一個環節都不悲傷也不憤怒，不同情也不認同地……古怪。她甚至越看越久還有更多感觸很難明說，因為她不覺得那受刑者是唯一的受害者，軍官也是受害者，旅行者也是受害者，那場景，那狀態，那情緒，太多太多情節的細節……都無比精密但又無比冰冷，而太簡單地歸納會不明白故事中的主角們到底在乎什麼或困擾什麼，誰對誰錯？或到底誰在搞什麼？但，她說……這種荒謬卻才是那小說最好的部分。她說，她老想把它的刑具部分描述，再拿來讓她那當年愛過她的先生刑求她，放在某個他玩弄她的下午，還要再加更多她的對家或對她的心病的苦苦哀求。「然而到了第六個小時，他會變得多麼安靜啊！這時，即使是最愚昧的人也會受到啟蒙而開悟，開悟的過程是從眼睛四周開始的，啟蒙之光從那裡開始放射擴散，在這一刻，你會忍不住也想將自己投身到那釘耙之下，這一刻，那個人開始了解刻在身上的那些字的意義了；他雙唇微張，彷彿正在傾聽，您剛剛已經知道，光用眼睛是不容易看懂處刑圖上的文字的，但我們這位犯人是用身上的傷痕解讀他的刑罰的，當然，那可不是件簡單的事，他得要花上六小時才做得到。」

提起那一個難以想像的人皮鞄包的殘忍感時的她還因此跟馬三寶再說到那一部同樣怪異的殘忍電影。「看著一個美女如何地崩毀，很好玩……加州有太多這種變態的電影或同樣變態的人和祕教的狀態……甚至是一種時髦流行的 life style 的魅力……大多還故意引用老東方來的典故，最近還從日本、印度，而更直接刻意進步到電影更多引用了一如血滴子一如劊子手一如種種舊滿清古代酷刑騎木驢、五馬分屍、凌遲的種種傳說的刻意放大……但是又有點色情感和宗教感的迷亂暗示充斥在電影的故事奇幻情節之中的我們老中國的更殘忍變態的東方老時代種種……」

鄭和錨。寶船老件考。一。

鄭和錨是傳說中的近乎不可能打造出來的……妖錨。

但是，傳說更多的是……這妖錨一如妖幻的寶船到底將帶領鄭和去更遠的海的遠方……找尋什麼？

鄭和錨是寶船的諸多骨骸最沉的末端，鄭和錨就像是寶船諸多臟器最深的沉浸……不免充斥著太多妖幻的謠傳！

一如鄭和多回下西洋出生入死深入險惡的海是怎麼活著回來的無人問津也無人知曉……始終還是沒被召喚或還沒備好什麼的鑄鐵老匠張興所試探出來那怪異如妖怪獠牙巨錨的種種太過妖幻的冶鐵鑄造祕密技術就像當年打造寶船體所有艱難的祕辛……根本就是更未來六百年後打造太空船般地無人理解……

但是這種種鄭和寶船打造出來的預言般文明最複雜交鋒對比糾纏不清地打量所發生的太多內爆成影響後來的大航海時代殖民地戰鬥或工業革命前二百年文藝復興的傳奇，仍然是膾炙人口的傳誦……一如種種從中國古代技術史幻術般轉換成預言後來所有「我們這時代是如何變成這時代」所有最細微繁華文明的在當年只被視為妖物怪事的祕密演化……

一如張興跟鄭和提及他在鑄鐵巨錨完成的前一晚的夢。並非外傳他是一個可怕的妖巫術士，用了一種傳說中的神祕物質，像是西洋謠傳可以把廢鐵變成黃金的煉金術士狂人。用一種祕石用一種陌生的咒語用失傳已久古代祕辛波斯傳到唐朝的古方言起咒，再加上最後以一對家族中擲筊挑選出的童男童女人血澆注犧牲才能打造出那寶船太過龐大而近乎不可能打造的巨錨……

當初寶船的巨大船錨始終遭遇困難，試探從最早用砂袋碎石袋當錨到用石碾當錨，甚至用單爪鐵錨和多爪鐵錨類的錨都太過輕到得一船多錨才能使寶船體停泊不會意外溜錨。如此龐大寶船沒有上萬斤重的錨深深抓住海底。但是，過萬斤重的巨大鐵錨，傳說卻只有妖術妖神的神力方能造出……

傳說張興出身山西煉鐵之鄉，春秋時候晉國就在他們家鄉鑄碩大鐵質刑鼎還將刑書鑄在，他深入古晉國澆鑄刑鼎的祕技還又繞道安徽的秋浦找尋古代煉銅和煉銀的技術……才找到打造妖錨的祕方。那一天的鄭和打量張興那鑄造大鐵錨的鬼地方，放眼顧盼卻仍只看到龐然空蕩蕩大塊燒焦土地而完全不見大鐵錨。

然而，在更後來空蕩蕩的空氣充滿焦慮的焦味之中……老鑄鐵匠師張興用紅旗讓數百民夫扛著挖鋤去刨那燒焦土地才讓那怪物般巨大鐵錨就從土中露出……古代澆鑄的竅門近乎祕方地在那地底下挖掘出巨型獠牙般四齒的龐大鐵錨空模具，再將鐵水澆灌進模子裡然後埋上細沙蓋土，不斷澆水進行冷卻鐵錨才能在地下凝固成形。龐然如妖物的巨大鐵錨調用二百多名船員支援而動用極端粗厚繩索綑縛，還特殊引用橫豎插入多根成排木桿就像成排人骨般支撐懸置，再靠眾船員肩膀將這龐然錨身抬起，那轟轟然號令終究將一動也不動的巨大怪物獠牙啟動而緩緩如神蹟般地開始騰挪位移，就在數百人數百雙腳邁出吃力沉重的腳步緩慢地走向寶船……鄭和及官員百姓們萬般驚奇這過萬斤妖物最後真的如幻術般地懸起……

夢中，老鑄鐵匠師張興墜落入地底的暗黑地洞……或許是打造這鑄鐵巨錨就像打開一個不該打開的闇黑之門。他在那地底黑砂澆鑄地剛剛開挖掘時，還發現了地底出土的意外，那個古村中多年荒置的廢地一開挖竟然發現了某個祖先傳說中的古墓地，一如宗祠中古石碑刻有預言般的圖騰。很多個老祖宗一起吃力地扛起，那一把彎曲如弓又如錨狀的巨大鐵器始終一如鎖入琵琶骨般刑求地深壓在眾老人肩膀上艱難地前行……張興充滿了恐懼，面對老家族眾叛親離的抗爭，一如面對那地洞甚至還有密室墓地屍骸太多的惡臭。或一如傳說地下墓地在鄭和寶船回航時所有家族的死者會再起身回魂復活……太過不祥。

夢中眾鬼魂去找張興，死者們會帶他去找錨身，但是也同時出現更多曲折，常常很多來這裡唱歌的鬼魂說那個洞口不對進去沒人出來過。張興找了太久，沿著燃燒的焦味，他走到地道末端沒路之後，只好匍匐爬過那墓穴的地道更深更狹窄的洞穴底下死胡同般的縫隙，充滿了太多惡臭噁心黏稠的死屍骨骸甚至還有蟲子老鼠在旁攀爬。那古坑道彷彿精心打造到沒人可能發現……張興想起來或許古代祖先都仍然在地洞，雖然他始終近乎窒息又艱難地深呼吸，老覺得地道進去是向更地底的那一個井洞穴口再往下。在最末端他竟然看到一塊古代家族破爛不堪墓碑刻石下的另一間密室……所有老祖宗一個個腐敗的老人屍骨都躺在半倒塌陷的牆體旁，彷彿必須放棄生還的希望才能再不斷往下找尋到的地道更深的洞窟出口。

更後來張興太過疲憊不堪而陷入在地下洞穴的晃動而暈眩到像暈船那種快嘔吐的逼人恐慌。他始終想從那種可怕狀態逃離出來……從地底更陷入地洞的惡臭氣味中，從那種氣息必然終究陷落入某個墓穴或逃離不了的瘋狂感。張興在夢中想起這幾年在澆注巨錨太過艱難曲折的種種現場的危險……那時代無人理解也無法再進更深的絕地。其實進太深也回不來了的張興在搏命的試探中也老想起那麼多代那麼多年來鑄鐵一生的冒險。

這巨錨……終究像某種妖物太過不可能地現身。

但是，這妖錨一如妖幻的寶船到底將帶領鄭和去更遠的海的遠方……找尋什麼？

番邦。鄭和部。第二篇。

番邦，某種更歪邪更怪異的費解……番，這個怪字眼永遠顯得那麼混亂，老像刺青滿臉花臉就充斥著神通的自欺欺人，像江湖術士神仙索必然能通天的亂哄哄……

番邦番人的「番」，或許，只是一種病態的概念，一如劣質濃烈的酒，長相猙獰的獸，天色嘩變的氣候：狂妄、逾矩、瘋癲、失控、亂來、忐忑不安……或許只是費解，然而卻在更多誤解的費解之中以訛傳訛地蔓延，瘟疫般地擴散……

番……在海的永遠神祕的混亂潮流翻騰，在西洋的被用各種怪異角度死盯的熱切中，那麼地騷動，那麼地火速繁殖，繁殖成……一種相對於海的遠端種種帝國相互敵意的成見，一種更逼身生意及其勢力擴張的邊緣感，或許只因為更多未曾明說的應該相忘於江湖禮數周全不周全的默契，一種在夾縫之中那依稀陌生像文字語言料理婚喪禮俗都相斥隔離的折騰，一種因懷疑未知而惶惶不安演變成敵視妖魔鬼怪的少數民族敵意無法化解安撫的「番」……

番人跟鄭和說起他的老客棧，一如他的一生，一直在以各式各樣的傷口發作，一直用很奇怪的痛法在發作，甚至以難以描述的狀態更詭異地脫皮發癢發炎化膿……或許只像是他的最近牙齦一直有點怪異地疼痛，古怪又像上回那樣地腫痛，但是這回的這幾天不會痛，卻老是在某種他繁忙上工縫隙的時間與狀態之間，聞到後根的牙肉有點異常，隱隱約約散發半微壞半臭酸感，像爛肉腐敗的惡味，仔細聞又聞不到，但是始終偶爾聞得到，但是仍然沒有會痛或會酸的感覺更末梢的……不安。一如他已經死了而自己沒發現地仍然忙忙碌碌地打點老客棧地上工，而屍體腐臭卻不忍心地仍然絲絲縷縷地溢出傳來……一如老客棧在鄭和旁邊的另一桌說起某種混著當地番語和漢語的番人們，大口大口吃肉喝酒地半醉喧譁……

有一個極矮極胖極猥瑣的番人老在說他在那島嶼落腳後來落地生根的怪異傳說，近乎不可能，他的好幾代以前的一個祖先從泉州背一個媽祖木刻神像來到這個島，上百年前，還曾經寫在家譜上，記載祖先當年在島嶼最末端的遇海難多日海上漂流，最後隻身在最死命的風險風浪中勉強從舊港口登陸，九死一生，在港口廟埕旁完全沒人照應，風吹日曬多日，後來當地的好心人讓他借住，就竟然借住在城隍廟……彷彿是被保佑的眷顧之恩，從沒地方吃沒地方睡的狼狽不堪，在被收留在廟裡好久，他的祖先，睡時都還不敢躺下，只能背著神像坐著睡……過了好幾天，決定一直走到深山，就是這店家對面的那個神壇那張神桌前，落戶。

老祖先的老派繁複祀典祭拜種種規矩到現在都還留下來，端午普渡過年過節……都要費心參拜。甚至，前幾年那遠方來自中國泉州的同姓遠房親戚的商人還在海路生意船程中順路找過來，說是當年有一對兄弟，哥哥叫李夏，弟弟叫李什麼，是他的太祖輩的，媽祖分香的老神像是那裡來的都有記載，他那自命為漢人的父親往生前還仔細地交代。要回去遠方的明廷中國去找……因為他們是帝王之後，唐人的嫡傳，子裔極多極遠，但是最後的祖先還可以往上追到五代十國，甚至就追溯到唐太宗……李世民……或許也是……番人。

鄭和充滿了戒心，但是完全不動聲色，不知是敵是友，但是那幾個半漢半番的粗人仔細端詳。年紀跟他差不多，說的唐朝老歷史也跟他記得的很接近……但是，在這時光的廳堂角落中氤氳昏黃的燈火下，在舊客棧中有幾張那有浮雲雕刻花老太師椅背卻披虎皮和大食異教小小猴頭象頭舊神祇的弧形曲扶手的老椅前，有種恍如隔世的……非常地費解的番人漢人的邊緣感充斥。或許，這番人的這老客棧也是那個島嶼很有過去的費解。鄭和本來是沿著這條路過來找多年前來過，在這山寨旁的山路巷弄裡的老房子住過，多年後已然變化太大，幾乎都快認不出來旁邊看了很多番漢風參參差差的老房子，也蓋了很多新的更怪的番樓……一如那茶的口感也極端怪異，半番半漢，但是濃稠度不可思議地又甘又苦又酸地混亂，更令人疲憊不堪地費解……

番人說他有一個古怪的外公。但是他的意思好像是說外公很古怪到應該過世又沒過世，老說他總有一天要入山去成仙了，在走的時候就要把一個非常稀有的鬼東西留給孫子他。那是一把老時代的怪鑰匙跟這個破爛不堪的舊客棧，這個看起來像懸於這沒落山寨裡完全不起眼的某一個山路末端一點也不奇怪的老房子。

但是很後來他才知道這棟古怪的老房子可是他外公畢生心血才蓋起來的。番人對鄭和低聲地說：「這客棧的房子其實不是房子而是一個充滿機關的番樓……不過只有真正的有心人才看得到，一開始，你太令我擔心了，一如這一個令人擔心的怪房子。從某一個邊門走入深入後山中的冗長走廊旁邊其實全部都是寫滿了番文的咒語。」

番人費心地想解釋這個老房子其實本來是一棟有五進深的漢人合院規格……但是卻折騰地摺疊嵌入山寨斜坡峭壁成曲折垂直梯道罕見穿越繁複迷茫恍惚的怪異現象。或是連接更多個側門通往樓上的更多樓梯，長廊的側廡末端房間通常還會有更多個密道，不知通往哪裡，那番人說，他也沒有走完過。

他外公是一個喜歡收集鬼東西的人，甚至是一個傀儡戲偶的老收藏家。一開始，他還小的時候來過這個老客棧，但是完全沒有感覺到裡頭的種種詭譎異樣，只有在某回自己玩捉迷藏時躲入長廊太末端的某個廢棄很久的房間裡，而且在灰塵蛛網密佈久未打理的房間角落竟然有一個完全維妙維肖的仿真這舊客棧老房身建築的木製縮尺模型。裡頭有很多黝暗但是精密雕刻地如此傳神的木刻小番人們。他們身上穿的卻是漢人的官服，繡花精心的亂針刺繡……那一如傀儡戲的所有傀儡眾生之中，有一個長得和他外公極端神似的白髮白鬚老人旁還有一隻隻舊動物頭的傀儡身，也穿著繡花的漢人官服的老收藏。

尤其，當番人想起過去……古怪的他也極端地著迷於其中的外公末端老房間中那一間古代傀儡戲偶館。各種神明故事改編的偶戲皮影戲的最高收藏成就，國王宮女武士法師惡靈猴神太多太多神貌極逼真的老戲偶。線控的、皮影的、手操作的種種舊時代極動人的傀儡。

尤其是那老玻璃櫃中的幾十個老時代最細膩講究的中國布袋戲偶。開唐的程咬金、薛仁貴、樊梨花、千里眼和順風耳，桃園三結義的張飛關公旁，有仙風道骨八仙中的何仙姑和呂洞賓，還有更多的三太子、彌勒、虎爺，最後是八戒唐僧悟淨悟空，還有更多他也認不出來的神明，但是卻都精密雕工，繡工極細極華麗的衣冠頭飾，連鬍鬚和頭髮都用真人的頭髮做的逼真華麗，然而那老玻璃已然破舊暈黃的木製展櫃中，那麼多的古代將相王侯神明委屈而擠滿地站在那裡，困住了，在某種時差的狀態的反差中，武功蓋世卻虎落平陽，天縱英明仍然陰霾充滿。使他十分不忍，但又有種害怕的懍然。

那是落難的漢人最大王朝的後裔流亡到最南方的盡頭的落難神明般的下場，仍然令人不安，在這裡一如被囚禁的怨懟過了上百年，仍然是充滿神通般地華麗而考究。後來番人太好奇地偷偷溜進去那怪房間太多次，有一回不夠小心翼翼而下歪歪斜斜樓梯時扭到腿受傷了，才發現了他落單在那房間其實是一個所有漢人都已然離開的鬼地方。或許是所有過去漢人最初都拚命想進來但是最後都拚命想逃離的鬼地方……他說：但我不知道為何我會看到這些舊傀儡戲裡的漢人，一如這些舊傀儡也看得見我。「人們只看見他想看到的東西，但只有海會告訴你……你真的想看到鬼東西。」番人說，他那看過太多漢番惡鬥爭地爭海爭天下種種的血流成河的外公常常嘆氣……還常跟太小的他說一些他聽不懂的怪話：「我想起來了，我知道你也快想起來了，或許你長大就會想起來，快看，你會想起我交代的這可以看到海的番樓裡你所有忘記的事……」看到他的外公在這老客棧裡走太深到合院最深處的神明廳堂打坐成仙羽化消失過世的肅穆現場，但也可能只是他被山中出草的番人砍了頭帶回深山，或另一個朝代另一個皇上更替之後帝國權勢的漢人將他賜死了……種種悲慘現場。

他只是在縮尺木製老模型旁彷彿看到了所有的番人漢人因為地盤因為生意因為種種費解緣故而當場爭吵廝殺。每個灰塵密佈黝黑的宅院長廊末端房間都是當年染血到血肉模糊的可怕現場。或許他那時候還小還仍然只是無聲地躲進去那個番樓地道裡的祕密房間。一如小時候的他常常躲在裡頭好幾個時辰都不出來。外公彷彿仍然可以在這房子裡來去自如彷彿沒有牆壁地找出他……

外公老說：「你跟我去，只要眼睛閉起來，你就可以陪伴我去成仙，就算你看不到我。」一如後來的那更多也白髮白鬚的老傀儡們好像還同時垂淚地對回來的他說……「老自以為是漢人的你總有一天也會承認自己其實是番人，但是，也總有一天要去陪你的蓋這番樓的外公，那些外公身後的更多漢人們都是替你死的。」多年之後他又回到了這個客棧的許許多多個飽藏祕密的房間，他才回想起來太多當年的怪異過去冥冥中的悲劇。番人也曾經出海流亡過最後又回到這個蓋成番樓的老客棧。但是他太心事重重也太不想去想起外公的交代……從來都不說這裡是老客棧，從他抵達的那一剎那就說成是老家。「外公只剩下我一個孫子。」番人說：「我活下來而他們都死了。看不見外公和他那更多的漢人祖先們……並不代表我不想念他們。」後來就只說自己是番人的他其實還老想起以前常常在這個老房子的舊長廊玩捉迷藏……看到了舊房間裡他外公坐的那老太師椅。

番人彷彿可以看到當天外公的交代……仍然還在現場的傀儡戲偶一如他老也還可以看到外公身旁的太多漢人的鬼魂。成仙的祂們還好嗎？

❖

更久更深的夢魘深處中的鄭和到了另一個番邦沒落的南洋島嶼……某一個過去很荒廢陌生的海邊老山城，沿山而攀升的石梯極端陡斜，但是，現在因為種種原因卻又出現了很多異國的商賈，某種差錯或是意外，或是更不明的動機使整個舊城竟然就被保存在某種當年斑斑駁駁的風光裡，就像遲暮卻仍然容顏美豔的美人，充滿了某種古董市場裡不夠鏽蝕就不夠道地的古鎖舊船體機骸之類的氣味。

後來，鄭和一行人意外地找到某個有點樣子的破舊旅館，嵌在一樓二樓之間的某個仿舊唐風的茶樓，人太多地方太窄狹，主人們太過繁忙而不太理會客人，鄭和不想驚動太多人而只能在旁邊等，等待太久有點心急如焚，櫃檯有一個好像是店東的番人，用很笨拙破碎的漢語像是口吃般地吃力地說：「要等到天黑，但是，我可以先幫你們想法子……」

那個番人有點古怪，也並沒有交代什麼或讓他們先進去招待別的什麼，只是在匆匆忙忙中打開一張斑斑駁駁的古地圖，勉強地跟鄭和提起這個南洋島嶼曾經歷過的某段破碎歷史，在幾個古老帝國的勢力縫隙中求生存的困窘……那一帶島嶼邊緣的狀況，曾是一整區沿海邊長出繁華開到荼蘼般過去但是現在已然淪落為破爛不堪的遊樂園，從海岸的稀有水生植物特種地帶開發來的另一側整座山城的末端最接近海的婆娑水岸的老港口末端……更出奇地出現了某一個特殊弧度環狀深入海水邊緣的古怪圓形祭祀地緣古代城坊，番人告訴鄭和，海是玄奧的，這個昔日軍機密佈的可怕島嶼山城，後來六百年卻變成是很多番國名流來訪的最愛神祕島國，搖滾歌手電影明星甚至是麥加天方的聖人梵諦岡的教宗來訪被歡呼的地方但卻也可能是他們一下船就被刺殺的地方。他笑著說這是關乎未來的祕辛，但是有人說那只是某種底下的傳說倒其實無人知曉。鄭和心裡始終納悶著，這老城他在過去某一回下西洋也曾經來過也待過一段很長的時日，有種因為很熟所以完全不理會這些太新的變遷的心情，但怎麼會變成這樣，或許，這裡已然完全走樣了，甚至這裡不是他想的那個老城，只是他認為是。鄭和突然想起來，奇怪，他那一晚不是已然有另一個寶船靠岸主貨棧的氣派客棧落腳了，他怎麼會暗中出訪到這鬼地方還怎麼還在這裡等待，聽這番人如此鬼扯。而且在那茶樓門外的路上，有另一家大食番人在路旁的帳篷外老桌上測字算命，鄭和進去和他們問路，後來喝起酒聊了起來……提及那個番邦番人的神祕島嶼……過去有太多太重要人物慘死，太病態，一如一種鄭和所深陷古代宮廷貴族或許是太高層政權和暴力轉移中的太尖銳的危機，險惡的情況最後不會化險為夷，所有朝中的大人們都隨時感到恐懼，敵方環伺四伏，因此每個宮廷的死角都充滿了心機陰霾，近乎不可能地複雜。

鄭和提起過去有一回，他是一個受傷的被陷害入獄的朝廷大人，但是在某一個在被押解過程的那回，對一個幫他裹傷的也被流放的好心番人郎中醫人說：你到底出過什麼事……以你的醫人身分和手藝是不至於流落到這種下場的……或許是通姦還是失手還是得罪貴番邦大人。那落拓的番醫人說，是因為他太好奇了。去找病危的窮人做活人動刀解剖他的太尖端的病體實驗，後來出了事。他們那時候是在一個極凶險荒野的森林山路中，狼狽不堪的模樣，又髒又臭的破爛衣袍，髮鬚都極長極亂，甚至只是一心擔心自己傷勢惡化的併發症會不會致命或是被押解上路的獄卒很苛刻暴戾會不會下手滅口，種種更尖銳的但也更真實的遭遇。但是鄭和與他的談話非常地低聲而尋常扼要，近乎不留情面地針鋒相對，卻又世故極了地相互珍重對方的萍水相逢身世的困難重重，但是也都那麼地深入，不怕駁雜而越挖還越深入。喝太開心而拖太晚的鄭和在臨走的時候再進去找他的行囊盤纏卻找不到，幫忙找很久的店東們很客氣也很不好意思，他們要睡了的小孩在準備穿衣躺進被窩。燈火昏黃。番人也很不好意思地沒找到。但是鄭和跨門出去才發現他放官服的行囊還仍然在路旁門口原來的地方。

而且，在聽那店東番人說漢語時，他老想起在那家山路旁前一家番人客棧舊店所看到一個奇怪長相的舊式傀儡，像流落番邦的漢人的老布袋戲偶，身上穿著破爛的但是卻是明廷的織錦湘繡官服，好像是百年以前的那種怪異長相的鬼東西，木刻的老臉孔卻是斑斑駁駁，都是傷，但是那傀儡的臉卻異常清晰地溫柔微笑，他其實是一個白面書生，眉清目秀，只是被時光摧殘到面目模糊。

鄭和的心情卻複雜地像是看到小時候曾經見過甚至是一起長大一起練兵一起打過仗的回人苗人藏人胡人是如何被大明朝廷變成了漢人，但是最後又必然會因為種種原因的遺棄而終究變成了……番人。番，就像是古代祕教最後金木水火氣宗不同流派的靈童但是卻走火入魔成另一種意外的異形異種著床胚胎，祕密實驗室的失敗實驗品變得鬼上身的乩身而且最後長成了不同品種的惡魔怪胎妖精。即使長大的時光荏苒中變形太多到有的變成三頭六臂，有的變八十萬禁軍教頭，教派流傳太遠的國師，據山為王的最殺流寇，或許只是不同象限的鬼魂被鎖入同一個鬼屋，但從透明玻璃牆可以看到彼此的惡形惡狀，那種肆虐，不齒對方地挖苦或就是互相嘲諷的尖酸刻薄，或反目成仇的火忍中大蛇丸自來也式的另一種再遭遇的時候，已然是更歪歪斜斜想像的假想敵方。

唉！他們本來都是那種養成中必殺技無敵的萬中選一的神童術士殺手，可怕瞳術的忍術大師，太空艙中最不世出的絕地武士。但是，後來變成了時代感瓦解的流亡浪人，還有好多奇怪的分心，更是在病理學上的分歧，或許是他們當年雷同投胎的小毛病疫苗沒醫好的病毒擴散至內臟或長成腫瘤一如末期併發症的癌細胞或是留下了痲瘋滿臉的疤痕，甚至變成人球的截肢再裝上《惡靈古堡》式的巨大魔神身體形貌的邪門。

或許就是多年以後的少年變中年的朝中敵國恩怨太多太久，很多想起召喚出那過去的天真爛漫都很難過。但是，所有人都不一定像鄭和還是有永樂的傾力下注後來又抽身崩潰般的怪異一生起伏激烈如金光閃爍又淪落暗黑遺忘……那是一如神的點選降生但是又放生遺棄必然的遺老式蓋棺做老鬼的自甘退步，還是令人更嘆惋他們上半生幫永樂打天下的朝臣的某種進退維谷的自我安慰……但天下必然也已然一再易手。

一如鄭和始終記得所有太祖陵宮的華麗繁複的種種建築群諸多軸線格局的充滿隱喻……天下易手後再完全華麗過度地打造另一個天下。另一個風水的神的重新點選降臨，番人無法想像的漢人的朝廷可以多海派多炫目地不容懷疑的天下的天子……過櫺星門折向東北進入陵園的主體部分正對獨龍阜的南北軸線上依次有金水橋、文武方門、孝陵門、孝陵殿、內紅門、方城明樓、寶頂的建築序列的氣派炫目……甚至陵宮門那文武方門黃瓦單簷廡殿頂中門三道為栱券頂門左右掖門為平頂過梁門，而享殿門的須彌座式台基東西寬四十米南北深十五米豎立五座太過龐大的石碑，享殿十一間五進門匾孝陵殿有白石殿陛三重殿內外墁紅黃堊土殿柱為楠木大柱並曾有塗金雕龍中為神主，都是前所未有的漢人帝陵規格。殿後石龜亦藏於享殿正中那一塊大石碑下有馱碑龜趺與眾不同地脖頸奇短而怪異……甚至還讓更後代番人清朝康熙皇帝南巡五次拜謁明孝陵行跪九叩大禮在石碑上書「治隆唐宋」四個金字宣稱原本也被視為番人的康熙對漢人天下的無限尊崇敬畏……

❖

在那個番邦的島國，鄭和路過了太多太尋常又太古怪的風光，路過多如蟻巢的密密麻麻窮人擠滿一邊生火一邊餵奶全家活在上頭的河上窄狹不堪的破船屋，環繞著磚頭砌出一層一層的洋蔥剝皮永遠剝不完還老想流淚的浮屠石塔群丘陵，阡陌縱橫但是陽光太惡毒地斥退水鳥的死寂水田，甚至還有一間還未蓋好就已然像廢墟的屋脊起翹剪黏神明神像群站滿天空線的怪漢人廟。一間破爛不堪的船廠……。太遠太漫長的港口石頭場。一路就像是倒帶回到他小時候的雲南滇池旁的偏僻鄉下，但是更髒更亂，更不可思議地放大，所有的活著的痕跡只像癌細胞般地惡化而擴散，人變得渺茫，天意般地無奈。他太沒有心理準備。

這個老城。一到那一帶，最觸目驚心的是路旁一處古代馴象的象欄，某種古怪而古老的訓練場，成群地行走，大型哺乳類，某種古代的祥獸，神一般的龐然動物，但是卻非常地可憐，像溫馴而飽受折磨的奴隸，驚嚇而惶惶不安，甚至到風聲鶴唳，眼神哀傷而沉湎，皮膚非常地黝黑乾燥，不可思議地龐大卻又極端地害怕而可憐，用鐮刀尖刺牠指揮進退，張口要香蕉或用象鼻拿犒賞的碎銀子，被訓練成某種驚心狀態，彷彿是怪物變成寵物。戴古代帽子穿古代衣服的馴象人太熟練了地知曉牠的沉重而無辜……老顧盼前頭那個古怪的霉爛但是極端靈驗的大廟，廟裡的金身大佛身毀壞之後又重建，廟身壁面上掛著的太老舊的畫像古幅裡一如旁邊的廢墟那麼廢置多年過，佛身曾經是破敗毀棄成殘肢的不成形，沒有屋頂屋身的斷垣殘壁，牆洞中依稀可以打量出佛形和胯下聖坐騎的象身……鄭和並沒有那麼喜歡祂更後來的太光芒四射的金身那種重新打造出來的形貌，但是他也對半毀的殘形佛身狀態沒有過去那麼理所當然的懷舊。一如，始終有著不太像梵唱誦經的某種話語在空中飄散，因為有廟公一直用某種古怪的尖銳聲調半哭半哭地吟唱般地在說話，像是在交代誦讀，但是後來卻放起番人的異教歌謠，極大聲到遠近可聞，俗氣可笑卻又有種古怪的莊嚴肅穆。

廟口就是無限漫漫延伸出去的太多小販，那個老市場彷彿是整個島國古代的縮影。沒有腳的乞丐趴在骯髒不堪的路邊，狗睡昏於仍然無比的燥熱中，還有更多的可憐的老婆婆在賣雜貨，髒兮兮的小孩在乞討，病懨懨的老狗麻雀大蜥蜴在附近喘息，沿著廟旁的舊市集裡的小路，破舊殘缺的神像法器，和老舊又簇新的種種香料，飛滿蒼蠅的羊頭骨及生肉，紅毛丹或榴槤般長相猙獰的水果放在一起，一如做成裝飾醜陋玩具般縮小版的廟裡古老大佛怪象雕刻。這個城是這海古代最大的廢墟。以前極盛時光這城號稱有一百萬人的古代首都，在印度和中國之間最大的南亞古國，島國首府，直到三百多年前被另一個島國攻陷焚城，無法挽回地壞毀。

但是仍然看得到護城河和一路古城的廢墟遺址太廣闊到令人不安，鄭和終於找到了那最大的三個老佛塔，還想法子攀爬到塔的梯頂，然後坐到最高的地方，那極高點的塔心，風光太美太遠的大廟老市場人群村子及其參道的種種痕跡，在茂盛的林中長出的大大小小的磚石佛塔苔蘚殘痕蔓延，太難以描述地美麗而壯闊，古文明的鼻息仍然還喘氣般地發生在燥熱的氣味裡，有種令人不安而窒息的華麗。

但是，鄭和在陳舊不堪的老塔心仍然只是疲憊不堪，而且兩腿發軟地痴心望向底下的人群。那望出種種老建築的碎片仍然拼湊出了一整個古城，裂解的石頭門口，壞毀的階梯或柱列，窣堵坡，磚塔，石塔林……他盡可能往外地沿著外牆走。一路還充斥一圈一圈更多的沒頭的石佛及其殘肢。

走了很久才到了另一座古廟。更多斷壁殘垣，那是那王朝最大佛寺，有更多列柱，和廣場浮屠，破屋身，參道旁石梯石庭，整座壞毀的建築群的正中心有一個沒牆的合院中間的大石塔塌陷大半又勉強重新搭起。四面斷牆前環繞了重新拼湊出那一整列肢體不完整的石象和石佛，有的沒頭有的斷手斷腳有的只剩盤腿的下身……種種殘貌殘身就像是被屠殺過的神祇們的屍首，令人不安地憐憫又古怪地忐忑。

最後終於在另一座石象浮屠廢墟的末端，他們找那個傳說中的現場，最知名的樹根中的石佛頭。祂就如此無比奇妙地懸置於時間與空間錯失的裂痕裡，但是，祂的眼神仍然慈悲，那龐然的蔓長滿古磚牆的樹根是祂的肉體，或是吞噬祂的惡魔，或是祂的佛龕，或是祂的神明屏風，或是寺廟的巨型照壁，然而，那原生的古代大榕樹還是太巨大，彷彿一隻惡靈長成的無限邪門的巨獸，牠咬死了佛，而僅存的佛頭懸於那樹根的隙縫中殘酷地示眾那般超現實的風光下失敗的佛的神通。刻意將難以解釋也難以想像的神的形貌封入，一如墜落入人間的神祇或天人，怎麼看都還是太可怕而可憐。一如鄭和在路上遇到了另一群番人年輕海員。說到對中土明廷的想像。他們露出一種表情，有點無奈但又輕慢那種叛逆太久的神情或口吻。他們用番語說：就是那種故事老是那麼沉重而等待啟發什麼的……就是你得到什麼就會失去什麼……那種充滿教訓的什麼……

鄭和深知那是不容易忘記的番邦的怪聲音。五更在那老象村，一隻已然數十歲的年老大象的可怕哀號，波紋管被那馴象師指甲掐進……牠被綑綁起來並固定在一個極端狹窄的木製破舊象籠。牠哀號不已極端誇張冗長嗚咽的哭聲是唯一的聲音，打斷了那寧靜近乎死寂的老村。那木製象籠是一種歷史悠久的儀式在島國用以馴養幼象的機關。除了毆打凌虐的肉身各部位穿刺處理器，還有種種刺激其肉身的裝置剝奪入睡、飢餓乾渴來擊垮意志，控制所有可能失控的象的精神狀態，使牠們完全地順從牠們的馴象師。

這是一個儀式的存在，不同形式和程度的殘酷，某些不忍心的老番邦已放棄馴養的巨獸，象，老巫師跟鄭和說他過去已經深研象近百年，誤入歧途的馴象師認為要控制象群所必然要做的必要的惡是……一件件讓象感到恐懼和痛苦的可怕怪事。

太不忍心地照顧象的太多死亡使他更直言不諱。提起太多年前他出生在老象國北部的小山村，那老巫師熱愛象群開始在幼年時期和大象一起長大受苦，多年來對象群的同情不免必然會引起了當地的抵抗或負擔這種巨大的野獸。象國人常說古代大象一如神般幫忙打造他們的國家。幾個世紀以來的牠們是象國的古代戰神。因此，開發出一種矛盾：虐待又崇拜的矛盾負擔照顧這些野獸成為聖獸……牠們是國王的神權統治庇佑及其虔誠宗教的古代傳下來的圖騰，但是又始終沒有停止接近滅絕的威脅。象國的象面對人這種天敵……終究會成為瀕危物種。那時代甚至有數十萬頭大象在番邦最著名的象國……但是巫師預言，由於殘忍的馴象術及未來棲息地的喪失，而後來終究將有只剩下稀有的數千隻象留下甚至完全滅絕的危機。馴象術所發號施令通過在象腿末端釘刺的強制……犯錯受到懲罰毆打的象通常是渾身是血跡地創傷燒傷，釋放會讓大象痛苦的味道使象要懂得傾聽，但殘酷也可能完全使象瘋狂或崩潰或死亡……

這個違背馴象術傳統的近百歲巫師打破了象國過去所有馴象儀式的殘忍狀態，充滿不忍的他解釋：神般的象從來就不是獸也從來不應被馴服。這位老巫師使用魔法來幫助馴服大象來斷絕和人的關係……充滿了象國最古老的聖獸理想尊嚴及其永遠無法逃離的神人兩難矛盾。

姚廣孝對鄭和說：「番邦著名象國的象神，有太多太古怪的近乎以訛傳訛的傳說……」一如象神是主掌富貴，因此是象中之象、神中之神。象神，在更古老的天竺神話，象神是成功之神祇也是代表破除障礙跟邪靈惡魔的神祇，祂也是智慧之神，在古教中象神是教中五尊天神中崇高神格之神。供奉膜拜可祈求近乎不可能的無限一生順遂的神。

但是鄭和卻始終分心於另一個象神廟更裡頭的大廟，他覺得這個廟裡太大太斜太橫的涅槃大佛太古怪，佛身太亮，佛臉太素，腳底太花，似笑非笑，似睡非睡，似莊嚴又鬆弛，恬靜到死寂，龐然到令人不安卻又活生生，他始終在這種進入和離開的煩躁冗長的不耐之中仍然體悟到某種更內在的沉落，像進入了千年鐘孔石地窟的浸泡扭曲萬般森然卻又黝黑地令人無比靜謐，像某一種宇宙觀深入到鄭和從未想像過的無垠的黑洞般的令人恍然，祂的那種容顏姿態的從容清淡卻有種金光萬丈般的華麗到無法逼視，無喜無悲，難道這種難以描述的狀態，他不懂，甚至不曾接近過，而怯生生，愕然徒生敬畏而不知所措，太荒唐地貿然，他的無知地瞥見的無心，一如真的古傳說中那種無人到過的狀態的那種神祕莫測而悚然又泫然，無死無生地入定，難道就是人們古來提及的涅槃嗎。但是，鄭和從尾端看卻好像某種放大得太大隻的玩偶般放倒了縮小金人鍍金的放大版本啊！

鄭和也始終無法解釋這畫面，象國的街頭常出現的某種奇幻，一如動物大遷徙的累垮了只好相依偎而歇在城中某路旁樹下的死角，一如老派鬼市般的夜市或破舊遊樂場的行頭那種氣派卻不講究，一如古怪的他看不懂長相的獸身傀儡戲演出的劇碼，或就是姚廣孝跟他說理所當然出現在某種四面佛龕旁的版本：不知為何以前都是灰灰暗暗的象群木刻現在卻都加上了更多斑紋曲弧如此湧動而黑白無常的斑馬群，象所引領的獸群竟然在最尋常市井馬上變成了那最邪門的另一種四面佛的率眾出巡。象神在象國發音為葩匹咖內，始終充滿象徵的太長的象鼻，斷一根的象牙，一對太龐大的耳朵跟太突出的肚子，一如人樣的身體。象神的頭是象形在神話中是人類的開始或是靈魂的所在，象頭是智慧，象鼻可以發出的「OM」是宇宙間第一個巨然無垠的聲音。象神右上的手持是法杖是人類將永遠進步還永遠可以鏟除阻礙，左上的手持是法環可以套住任何不好的也可以套住任何好的鬼東西。象神斷掉的象牙是祂可以為人類的犧牲。象神一對大耳是祂可以聽見人類對祂的祈求也可以聽見人類的痛苦並為人類解脫，象神圍繞腰上的大蛇是無窮無盡的力量……然而，姚廣孝說，關於象神他最好奇的……是在古神話中象神的坐騎，竟然是老鼠，象神龐大的身軀而坐騎是太渺小的老鼠……是象神的謙遜，也是象神的玄奧。

一如番邦……老是被古中國視為軟弱無能野蠻無知邪惡污穢之國等待被發現被拯救被教化的番邦不免充滿遭遇怪異的變數……象國，已然近乎是一個番邦帝國卻仍然充滿某種更歪邪更怪異的費解……仍然充滿變卦地殘忍相互殺戮攻伐近乎滅族的戰事層出不窮……

在番邦象國民間，難得象神象徵更多的善……及其弔詭地自諷。姚廣孝對鄭和說：對象國這種千年來始終在戰亂殘存的古代渺小島國而言……善，根本是一種不可能的狀態，像是一頭不可能忠心野獸的想望，因為經歷了太可怕的人生甚至沒法子描述看到的人的惡的慘烈而每晚做的噩夢。善，老一如只是被關在死牢的怪物般惡人惡神死前一時閃過的剎那念頭悔不當初般的幻覺。一種著名的註定喜劇上場但悲劇下場……被祝福開頭但是終於會被毀掉的神的自嘲狀態。象神的善……從祂的身世發端，象頭人身的挽救……就已然是一種惡的誤植的不得不的補償，都準備好要受死而勉強活下去的短暫寬容……神祇的家族及其殿堂真相無法被理解或描述。象神所始終被期望種種善的象徵：友愛毅力義氣……甚至祂是智慧神，名為「迦尼薩」，「大聖歡喜天」是象神在吐蕃古佛教密宗的佛號，因其將人與象之智慧連接成大智慧，尤其為古天竺的濕婆派與毗濕奴派所崇奉。但是還有更多穿鑿附會的近乎不可能傳奇的傳說……象神是毀滅之神濕婆的長子，母親是雪山女神，可是祂卻不是這兩位神祇交歡而出生。據古興都教傳說，由於諸神都擔心二位大神合體而生的神子會有難以預料的恐怖神力。於是要求濕婆「戒育」，但雪山女神知道這事後大怒而做出反要求，於是從此整個天界的神祇間都不會發生「懷孕」。所有的神祇都是雙親神祇的單親以其神通的願力及其念力造的。一如象神就是神的太多怪異的神通影響下的後遺症及其善的扭曲不免的惡果……關於象神降生的傳說有太多太多種，一如番邦的番的太多種理解充斥著怪力亂神的無限迷亂：濕婆神，碰上大象，砍了象頭放在兒子的身上因此象神就成了象頭人身。這種種怪力亂神神明的神通的差錯充斥著更神祕更古老更動人的迷亂……

姚廣孝最後說起象神的神通或許就是番邦番神的神通隱喻：「古印度教中的象神還有更多傳說關於更多達三十二種大化身，時而三頭四頭，時而四手六手八手或更多手，時而青膚紅膚黃膚黑膚。祂最獨特的是斷了右側的彎象牙，有時那半截斷象牙握在其中一隻手上。那半截的斷象牙象徵著世上不會有完好的命運，凡要完成某種智慧都要作出犧牲。象神在象鼻上綁了一個銅鈴象徵自我提防戒慎恐懼般地警惕，在象鼻端勾著一瓶恆河的水是用來替侍奉信徒潔淨祝福。在頸項掛著幾串圈鏈珠寶長長拖至其腹部象徵大肚能容納天下也容納宇宙間所有的『能』與『不能』的命運。也因為象神在天界是大門的守護者，所以經常坐在四瓣蓮花所化成的壇城上，祂管理了記憶及知識所能到的最遠領域，監督象國的神力：所以象神的法器永遠太多，有善的法器書冊蓮花念珠、惡的法器弓箭刀劍斧戟……因為充滿了善的大智慧如此兩難弔詭而兩極化的自嘲：傳說象神可以消除犯小人的反噬……象國人相信犯小人反噬出現時運命變得越來越差，而且身邊小人太多時會感覺背後有古怪晃動感，舌頭兩側有齒牙痕跡肉身跳動有不尋常的蟲爬感及疼痛、盜汗而全身乏力……因此，在象國很多的寺廟裡的象神總是拿兩種法器『螺與索』來收小人，法螺多拿在神的右手中，是用來替信徒移去障礙。螺的號角吹響，催促著信徒戰鬥，而螺的中間凹陷可聚財寶也象徵了如意。象神左手拿的法索，不只是戰鬥縛魔用的，拉近信徒的距離而引導信徒走向正向的象徵抓拿障礙困難及所犯的小人種種……」

一如所有番邦的番人神祇的既有神通又有冒犯的種種……象神現憤怒像時就手多盡是拿可怕種種武器但平常卻可能也現身只是手拿種種供品水果糖果嘴饞淘氣的少年神。也因此，偶爾智慧失控的一如少年的象神的麾下率領一群善於作祟的小邪神象國的信念是只要有善的大智慧駕馭，詭計多端是無傷大雅……一如番邦的種種邪念……

❖

「然而番邦的可歌可泣的故事是什麼？他們為什麼叫我鄭和？」另一種狀態是……身陷番邦的鄭和完全記不起來了。醒來時的自己已經被倒吊在血泊之中。在這種太過悲慘的可怕時光，他不知道為什麼會忘記自己是誰？鄭和在那古怪島嶼的深山部落中醒來，發現自己已然被刑求太久囚困在番人的舊倉棧最末端的神祕禁室裡。他老是聞到燒焦而發出的噁心味道，那是燃燒的頭髮，燃燒的人肉皮膚汗水血液種種液體混合成的某種異味。囚室中，只有另一個同樣血肉模糊被刑求的漢人老是嚷嚷地說那些番人老只是在找種種藉口去殺人甚至吃人……那只是一種輕率的獵捕，略帶輕蔑的屠宰，他們的即將被燒被殺……甚至不是一種犧牲。那滿身是血的他對鄭和說：「陌生人你好嗎？死……在這個神祕而荒涼的島嶼太過尋常也太無人問津。但是你也不要太吃驚，在海上太久，你會知曉，所有這種島嶼上的番人部落的權力太過脆弱也太需要威脅，因為番人們仍然永遠面對的是太過直接太過腥臭的暴力，甚至殺伐中敵方或囚禁後囚犯從砍斷手掌膝蓋胳臂到頭顱……都只是下刀快慢輕重的差錯。」他說多年來天氣一變膝窩手腕種種發疼的痛楚卻反而變成想起他這麼久在番人島嶼中的種種逃亡中殘存四肢竟然還在……的更反諷的提醒。可悲的是，想起這種種島嶼逃亡中的風光還真美……他也在那麼多美景中殺了很多番人，他無法原諒自己，太多時候在美絕的清晨破曉或落日夕陽或月彎月圓的密林縫隙的光影氤氳之中把番人的整個頭顱用力撞在地上用力地割裂耳朵最後用力地挖出番人的眼珠……真美……但是，鄭和始終不明白他口中跟鄭和說的這一切的令人心中發寒的美……到底是什麼？甚至，鄭和越來越懷疑，也越來越害怕，自己會不會終究也從漢人變番人，常人變成瘋人……一如他這麼瘋狂而殘忍，才能活下來。一如當年被漢人遺棄而重傷的他提及了他遇到過一個神明般的怪巫醫……他動刀的手很不穩地開刀他受重傷之後的那歪歪扭扭的肉身臟器，至今仍然月圓時還會有好幾個傷口發作仍然非常地痛。對於他當年九死一生眾叛親離地被明廷商船的船員遺棄……巫醫好心地教他慢慢活回來地如何活下去，如何用害怕的感覺來喚醒自己，來補救已然被遺棄的自己。

後來他真的活下來了，也完全地變了，當番人其實使他感官變得敏銳很多……因為這個島嶼非常腐臭，以前他聞不到，但是後來的他可以開始聞到叢林中或番人部落中的每一種臭氣味：雨水浸泡太久的腐敗枝葉密佈叢林根莖的噁心異味，被咬噬剩餘的獸屍蟲屍的滋滋骨肉發臭，甚至是流膿的番人枯骨在生前酗酒的嘔吐物肉身已然無法辨識的血肉模糊的肢解血泊的傷口爬滿蛆的混濁氣味……

番人的地獄是什麼……心中納悶的鄭和看著他面對無窮無盡的受苦，後來為了更說服自己不再是漢人的他還甚至對破鏡割花了自己的臉來易容成番人，來面對那番人部落太過恐怖的難纏。他一開始也完全不忍心看碎片般破相的自己，一如他第一次殺人也那麼地困難重重……他老害怕死去的番人的死靈還會回來。半夜入夢的他老是會尖叫驚醒……一如番人們希望他那樣恐懼他們。但是那巫醫交代他絕對不能心軟也不能留活口。要把所有的番人的活人當成已然都是死人。這個番人的島，一如鄭和下西洋所深深陷入的這人間面對可怕的吞沒恐懼的種種番邦，永遠不可能擁有漢人老想壯烈犧牲寫就故事的可歌可泣……

他跟鄭和憤怒地說：「你也逃不了的……這個惡臭骯髒的島嶼讓每個人都變得惡臭骯髒，每個活人都變成死人，每個漢人都變成番人……」

鄭和水。寶船老件考。三。

「鄭和水」的神水般傳奇……往往都是和治百病的神水典故有關……盛傳六百年前神仙般的鄭和每次出使西洋寶船隊每百人就配有中醫還依其醫術資格區分為醫官醫士御醫民醫。這些中醫群除了給古寶船艦隊將士水手們防治疾病外造訪某陌生古國家還有時會為當地人扶疾治病。一如很多島嶼小國天氣酷熱瘟疫肆虐致使人們因缺乏醫療資源而屍橫遍野。各國盛傳寶船一如天降神仙般的三寶大人像盼來了救星紛紛擁向船隊，祈求三寶大人施恩。鄭和看到痛苦心急如焚並親自登岸深入到當地人群中了解病情命人將船上所帶的中藥投溪讓眾多病患跳入溪洗浴果然神水靈驗而瘟疫消除……

「鄭和水」的神水治瘟疫傳說太過神祕……一如歷經六百年來的歷史變遷和文化積澱在中國和當年鄭和下西洋遠航船隊主要經過的東南亞地區已經形成了兩種鄭和：一種是古中國歷史文獻的鄭和，一種是東南亞族群歷史一如神話的神人鄭和。而東南亞視野中的鄭和雖然是以中國明代鄭和為藍本想像但卻是由包括華人馬來人印度人東南亞各族群文獻宗教儀式神話傳說詮釋的鄭和。因此鄭和寶船航過的古國至今都保存著有關鄭和的各種紀念遺跡和傳說一如泰國的三寶公廟三寶塔寺三寶港，馬來西亞有三寶鎮三寶山三寶廟三寶井三寶宮三寶城，新加坡有三寶山，蘇門答臘有三寶公廟，印度尼西亞有三寶洞三寶船，菲律賓印度有鄭和像，非洲索馬利亞有鄭和屯，肯亞有鄭和村等。在東南亞關於鄭和史料除中文外還有繁多以馬來文英文印尼文荷蘭文種種文字書寫的文獻。怪異的是每種語言古文獻鄭和遺跡傳說都有「鄭和水」傳說的渲染……

鄭和水也或許是從三寶井上撈起之水，最著名的怪異情節涉入海盜史的繪聲繪影……古代三寶井的由來鄭和下西洋每一次都要穿越麻六甲海峽並在滿剌加停留。而在鄭和船隊還沒有到達這裡時，海盜陳祖義就同其勢力在鄉民中四散謠言，還對國王酋長們說明朝皇帝派鄭和率兩萬多官兵及數百艘戰船來侵略並令手下人往鄭和船隊在滿剌加各地所挖的淡水井中投毒企圖毒害鄭和及水手們當他們飲水而中毒上吐下瀉時多虧寶船中醫群施藥治療及時才倖免於難。或是另一種傳說滿剌加遭遇大旱人們在乾旱瘟疫中掙扎而鄭和命隨員及水手奮力掘井取水拯救醫治百姓並把鄭和所掘的井專稱為三寶井。三寶井扔出的三寶水是萬靈丹般地擁有治百病神水奇效……

甚至……更離奇的天朝使臣之柩據古史料記載鄭和寶船隊出海時隨船必然攜行於船尾幾具空靈柩為海難而備。靈柩前刻有「天朝使臣之柩」字樣，是明期廷專為有官階的使臣準備的。一旦遭遇不可避免的海難前夕使臣就會命手下人打開靈柩蓋自己躺進去讓海員再用釘子把靈柩蓋釘牢如果翻船靈柩就會漂浮在海上希望遇到過往船隻打撈救援給明朝使船……傳說那古靈棺內都會放入多瓶「鄭和水」救命……種種雕花精緻繁複的古代鄭和水……六百年後竟然變成收藏家收藏價值連城的古董在種種寶船老件中十分著稱隨身攜行有神靈庇佑神力般可救命的奇效的古代名物。

Chinatown。馬三寶部。第二篇。

到底什麼是紀念？馬三寶在紐約老Chinatown那著名的什麼國鬼東西都賣的怪紀念品店前不忍想起他在當水鬼的時光所聽過的一種最殘忍的「紀念」……那是老時代的殘酷傳說的祕辛，扭曲離奇喪心病狂到好像這老國老種族只剩下一個英文名字China早就已然絕子絕孫……

在紐約，在中國城深處那個觀光客密密麻麻擁擠那老街裡的怪店，充斥了太多也只剩一個英文名字的古文明落後國家平行輸入的鬼東西，還竟然用印度教那幾個梵天濕婆最恐怖的惡神對決宗教亂針刺繡壁毯當成桌巾。太多太多的怪紀念品店充斥了種種古怪到也一如祕辛般老想紀念的什麼……墨西哥棉線繁複編織猴子、非洲凶神惡煞的老面具、陝西刺繡古代布鞋、牛骨鑲嵌銀器的法器、春宮圖男女交歡離奇體位淺浮雕式的舊鑄鐵鎖，甚至是骷髏節慶中著名的既恐怖又歡樂的大大小小死神的顏色斑斕又斑駁的怪雕塑……太多太多詭譎的殘留物太過栩栩如生……或許，這個老紀念品店就是某一種更隱藏晦暗的古董店，甚至，就是某一種古文明無限扭曲變形摺皺成的縮影古博物館。

但是當馬三寶看到了櫃檯尾端某一瓶近乎不可能殘忍又炫目的活體標本瓶……他慌了，那是一瓶泛黃玻璃燒杯所密封不明液體浸泡的凝視著瓶外的他的……一隻響尾蛇正獠牙賁張緊咬另一隻全身漆黑的毒蠍。就在那一個印度老雕刻木門入口旁老流浪樂師彈奏起那最著名異國樂器的仿冒西塔琴音樂的令人恍神之中……馬三寶想起太多西洋紀念品那老時代的「紀念」那麼地和這新時代不一樣。

一如在夢中，馬三寶發現自己困在某一個西洋的陌生城市，冰冷的天候，夜色中疲憊不堪地找路，一再迷路，到了最後的巨大老大樓關門前，去找某一個怪店，那是貼滿骷髏貼紙海報的舊時代電梯，緩慢地升降時發出吱吱嘈雜的吃力雜音，到了最後一個數字的十五樓，頂樓，但是，緩慢打開了的卻是陰暗的歪歪斜斜的電梯門口的擁擠不堪的走廊前端，樓層的隔離不明，彷彿好幾個老藥櫃抽屜拉開般地擁擠的區隔夾層，壓扁成人要彎腰彎很低才爬得進去的洞窟般狹隘的廊身……而且更怪異的是牆上都是極端細小但是密密麻麻的手寫到難以辨識的圖形或塗鴉的字跡……

又開心又擔心的馬三寶在夢中好像作了孽，被懲罰到了某一個尋常大樓的電梯口混凝土灰牆落地玻璃窗前走廊搞成這麼離譜的現場……像火燒後灰燼湮滅的廢墟，白幡橫陳但又因故掉落一地的破靈堂，《惡靈古堡》片頭般出事的實驗室，或就像病菌蔓延的燒杯培養皿放大，甚至有人打開電梯嚇壞了就不敢走出來……快哭了，而因此提及這可怕的現場太像他前幾天做過的一個噩夢，電梯打開走出去的原來自己住了幾十年的老家舊電梯公寓的走廊一如那整個樓層，全樓人都死了屍體橫陳……在那廊底都變成了被下老書法毛筆字寫滿中文符籙的結界般現場的可怕……

更後來，他勉強地攀爬，走入艱難打開的廊子旁摺疊樓梯。然後就是骯髒噁心的荒廢多年的天井，十幾樓高的露天電扶梯壞了。完全不動地長滿苔蘚，但是上頭很多死白人形一個一個站在斜梯上。最後才終於找到那一層樓，還有些猥瑣的人們群聚，大樓尾端的某一個死角用書櫃圍成的怪店，上頭有一個手寫中文毛筆字歪歪斜斜的怪招牌「浪漫區」，但是走過去仔細端詳才發現了隔間有太多本型錄。原本還只以為是廉價的Chinatown非法色情片的店，但是，往後頭更仔細地走過去，卻是一個個被隱藏在後巷中的坪數極端狹窄的小型藥材走私行號，舊書攤，甚至是成色極端不入流的古董店，他好奇地打探，本來不抱任何期待，但是卻竟然因而找到太多老中國的怪東西，彷彿可以還看到上百年的偽古畫古書，破爛滿地的碎片青花古瓷，髒兮兮的成堆畫卷軸，像古代祕笈中道士修煉的種種甚至還有上古神佛妖精法術的灰塵滿佈的圖籙線裝古籍書。馬三寶老想起那晚半夜睡不著而又看到《夜訪吸血鬼》的片段的依然幽微。他問那把他變成吸血鬼的前輩說：「為什麼你殺人吸血一點都不會有罪惡感，為什麼我們不能選擇變成或不變成……

吸血鬼。」

一如馬三寶老是在想「過年」是什麼？過年是為了紀念什麼？那天是除夕。馬三寶到紐約的Chinatown去吃年夜飯，叫了大概美金三十塊的晚餐，但也才兩菜一湯。有一種很奇特的自暴自棄與挑剔糾結在一起。心裡的「年」和「過年」有關的東西真的都快乾掉了的他老想到「過年」這件事。尤其後來到一家Chinatown的雜貨店去買年貨時……有一隻臘肉的鴨很特別。在一大堆各式各樣年貨的老花樣裡，他只挑了很台的「義美蛋捲」、「脆笛酥」。覺得自己心裡的「年」真的快乾掉了……又想一大堆「年」和自己過去有關也沒辦法講的難過。最後挑了「糖炒栗子」買了「發糕」來發一下的馬三寶出來看到一大堆騎單車的人騎過晚上的街，他想到《MIB星際戰警》的J和K有一回看到一台單車兩個人騎，全身都是燈泡那一幕。今天他竟然在路上重看到電視上的《MIB星際戰警》第三集。紐約的中國餐館老闆都是外星人易容竄藏的可怕妖怪……

最後他終於看到一位大陸當代藝術家做的賀年卡怪字。一如在Chinatown電視竟然看到台灣東森新聞裡用金字春聯來討債。因為中國人真的好多，在郵局寄東西出去時，竟遇到好多個在這裡待了二十年的台北人……在除夕這天感觸好深。馬三寶一開始在想的是：過年要做什麼、吃什麼的……後來，變成在想，如黑人紅人拉丁人墨西哥人他們呢？在這個他竟然可以沒被當成外國人的城市。在這裡這麼冷這麼久的水土不服裡，又更後來，馬三寶在想的更根本問題是：「過年」是什麼？過節是什麼？對一個所謂少數的民族，像猶太教的過逾越節或印度教的興都教濕婆誕辰節。最後頭，他卻因此想的是「自己」，到底過年對他而言是什麼？他在那個Chinatown的好多雜貨店裡，每看到一樣老東西，就不免在想，他怎麼會知道這些，甚至會買會煮或會忌諱。「一定要吃魚，而且不能吃完，不然整年都會很『衰』。」大概在這種很迷信、很愚蠢的邏輯裡，進行所有的這時代對古代的太過敏地分析反省之類的麻煩。「瓜子，我的牙齒咬不動了。」馬三寶的結論，卻反而是很簡單很不麻煩，因為在這裡這麼冷這麼久的水土不服裡，最後的最簡單的害怕，竟然就只是「不要生病」而談不上什麼偉大的抒情的歷史文化的懷舊。「台灣是什麼？」或

「中國是什麼呢？」在這裡，變得很遙遠也很抽象，他也越來越搞不清楚，也不再用力想了。但是他最後卻在紐約Chinatown的寒酸禮品店裡……竟然看到那本叫「在有Chinatown以前的美國人對中國人的印象」的三、四百頁的舊書之前，或是某個相鄰的破爛舊書店的那種種符咒瓷器中藥古圖畫書前，都會想起自己的身世的問題，但卻一直搞不太清楚，有一些還是自己一直最喜歡的從來沒懷疑過的老東西……像那些老書法、老字畫、老符咒式的古時候的圖籙……是不是和藥有關都算吧。但，後來還是買了，只好認了……但卻也打從心裡……問起自己：「到底為什麼會喜歡這些？」沒有這些老東西，自己是什麼東西嗎？其實，腦中在這時閃過某種賀年的日本合金超人穿古裝的怪玩具花樣，或某種又花又亂到令人髮指的多民族風典故服裝秀的同樣令人敬佩，他們也是在試古代在這時代的出路。但，馬三寶心中過年的「花樣」是什麼呢？甚至，他所煩惱不只是指懷舊到底是什麼？這些關於懷舊的煩惱是「紀念品式的紀念」嗎？他在不「紀念」時還是懷舊？「老的、舊的，都是不好的、笨的、沒用的。」馬三寶遇到在Chinatown討生活的她說。他知道那是因為她從小長大的方式的不依賴懷舊的另一種態度的新。但他呢？為什麼他會，或只能靠這些老的或舊的東西，而且認為它們才是好的、偉大的……或更嚴重的，他懷疑起自己對中國是什麼的種種源於歷史的舊書裡的眷戀，到底是什麼意思？在除夕的時候，在那麼遠的異國，想起來這種問題，就更容易自暴自棄與挑剔糾結。想到有些和自己「身世」有關的事，但卻越懷疑就越荒誕……一如除夕夜看紐約擁擠人群的馬路上在賣的和「過年」有關的東西。「紀念」太多太多中國的古代一如鬼魂般地糾纏不去，太多廉價字畫筷子竹籐編假青花瓷碗殘破佛像成堆同樣擁擠的「紀念品」攤頭，馬三寶留意到更多更新更怪的細節……那一個木頭做的很粗糙的老時代風格的小型舞獅頭，要八塊美金。一個會動的鮮豔塗料塑膠做的……電動的怪異獅頭伸頭閃燈到晃晃然如閃爍童玩……然而，年輕的她說：「這歌我竟然聽過……」因為那嗚嗚叫的電子音樂正是《黃飛鴻》電影配樂那極端做作仿老中國風蠻橫誇張的〈男兒當自強〉的無比華麗炫目卻又無比可笑荒唐。

一如夢中，他始終擔心……馬三寶夢見他到了一個陌生的國家，繞路找路太久還是迷路而困在一個山區，某幾個彎道最後竟然從近乎沙漠的荒地瞬間轉入了非常龐大山谷的山坳，不仔細看前方似乎是完全沒路。像是某個他小時候清明節掃墓才會深入爬上的山中，然而卻放大了數百倍的崖身，緩坡蜿蜒斜坡到後來形成極端陡峭的山壁，有時則在不斷扭曲蛇身般忽上忽下的山路……馬三寶仍然和一群老人們待在那台破爛不堪的舊時代公車上，搖搖晃晃到快解體的車身中還隱隱約約傳來古怪的又腥臭又芬芳的氣味，荒煙蔓草蔓延地太過離奇，然而就在他分心於窗外的風光迷離時，突然整部車身撞開的路旁的石頭為了不被前頭路上擁擠人群阻擋而竟然近乎俯衝式地衝下斜坡坡面極端崎嶇的谷底，就在車身裡被撞到人身歪歪扭扭地倒入椅身最底時的尖叫呼救激烈哀號之中……馬三寶仍然用最後的眼角餘光，完全不敢相信地看到破爛不堪的舊車前窗持續破裂還仍然往下衝，甚至快脫落的車輪就還同時壓過別的同樣摔落的其他大大小小傷痕累累的車體，然後就也還有時輾過羅列的怪異彷彿陣列的巨型石頭堆一如崩塌破碎字跡已然模糊的墓碑殘塊，甚至是和旁側更多更怪異的繞堆起的冥紙堆所燒了起來的……引發更大更濃密的煙霧瀰漫到快令人窒息的荒煙氣味……馬三寶老是緊張兮兮地更小心又擔心地注視車窗的前方，他不知為何感覺自己是那一台破車的嚮導，為了探路帶車隊，但是在路上失去所有通訊的可能聯絡而迷路到完全回不去。而只好更擔心……但是，他有時不免想起在破車啟程往這段可怕山路的最後一個歇腳的老村子，吃過飯出發前，曾經和村落小孩們一起拿「紀念品店」櫃檯旁擺滿的髒兮兮的玩具木劍而胡亂地玩耍假裝對決。本來馬三寶以為是跟年齡還小的他們玩。但是過招套招的對決玩久了，才發現，那些木劍攻堅的狀態完全是偽裝。雖然他們看起來小孩也像只是在混亂胡鬧，但是怪紀念品般的玩具木劍卻怎麼砍都無法砍到甚至無法近身，他才意識到或許他們並不是真正的尋常小孩也不是在玩，而是一群遠比他強太多的隱形可怕怪異對手們在對決中戲弄他。

馬三寶心中越來越懷疑，或許他這一路所遇到的狀態都遠遠不是他原來想像的那樣……那山坳深陷的谷底惡地形並沒有那麼危機四伏，那他以為自己始終找路的辛苦也不過只是他想像自己的艱難。那些車上的始終害怕驚慌失措老人們和村中始終混亂胡鬧的小孩們都只是假裝……只是不說，所有怪紀念品才真的是掩飾真正可怕危機的幌子到了最後太過愚蠢的他才發現應該擔心完全不是他原來擔心的……

❖

一如馬三寶遇到了一個Chinatown的裱褙店的老人。

裱褙，其實是老人晚年唯一的樂子。一如拾荒般地找尋那個在紐約殘留的破爛不堪中國城關於中國的殘留感……他那麼地小心翼翼地對馬三寶說：「你們不懂，裱褙，是一種老中國的樂子。」因為所有的水墨畫，都是一種老中國的殘留，一種老中國的更內心戲般的廢墟。不是為了畫什麼，而更可能是為了畫後頭更未知的什麼……因為畫召喚了什麼或是封印了什麼的……

老人說，不論畫工好或不好……老宣紙的神力來自於用毛筆蘸墨寫上去的剎那，水墨畫中的修心養性畫出的四君子或更入世的工筆畫出的界畫中的老時代中國斜屋頂支撐起灰瓦紅磚屋簷的合院天井中的更多老中國生活細節太過繁瑣複雜的殘留感。始終是令人費解的。畫上去的不論是梅蘭竹菊不論是花鳥蟲獸都會像畫了鬼東西所下的咒語般的效應……因為老宣紙變成畫的時候，始終充滿了外人甚至畫人自己也看不出的老時代祕術般地層層疊疊地封閉隱藏……但是也不免充滿反諷。水墨畫的紙拉到了真實生活的紙……西洋生活內部的一個集體的體檢，解剖自己在西洋到底是一個怎麼樣的人的病理學式分析。每一種收集的病態證據。老時代生活的殘留，然後怎麼看待新時代生活的……，那不免是一個抽象概念式的西洋對老中國的善後跟費心處理……在西洋如何隱藏躲入到了一個老地方，一個老精神狀態或是老時代感所充斥的老中國的焦慮。

收集……找到那老宣紙老可能是在幫忙找到，好像是現在的生活已經忘記或是逃離的某一個老地方本來應該是的狀態，歷史痕跡，不應該要切割掉的「紀念」中國過去的什麼。但老地方其實本來就是一個地方放入回憶更深的時間感，把過去殘留的收集的老宣紙放進入了一個真的有歷史有身世有傷痕有故事的老地方……找尋更深一點的收集。另外，在裱褙這些水墨畫的時候，也彷佛是在懷舊，老人說，或許也只是對自己的過去的收集，收集自己過去怎麼長大和是怎麼變成的，那個曾經擁有過或是忘記了的那個老東西，這個很像一張符把魂叫回來，或是把小時候在北京童年的什麼重新再追憶一遍。可是這又不是像一般紐約新時代收藏古玩或是庸俗古蹟巡禮。其實收集到的老宣紙的回想……是肚子裡的古蹟、腦子裡的古蹟，在紐約的老中國城，那老宣紙所喚回的是中國太古老的廟裡抽籤詩紙簽、舊線裝書、摺紙人老玩意兒，過去對他自己在中國小時候長大的重新回憶的快轉，這個殘留等於是把之前那個殘留的老時代，放入了一個太新太真實……的西洋遠方。裱褙是水墨畫所裱入的是一個更老的鬼東西，或是他腦子裡更老到已經忘記了的殘酷，但是對自己的不願意承認的或是數典忘祖到家裡的遺產從來不知道有多少的殘酷。

因此，裱褙術，在他這種老人的心中，可是一種法術……難的不是漿水的濃密或稀薄，畫紙的平坦或皺摺的種種尋常技法講究，永遠卻是在完全看不見的如何使老宣紙的咒術被喚出，即使只是喚出咒術的殘留感……因為水墨畫的殘留感，永遠太過妖幻，太過誇張地背離，背離那畫軸掛上的那地方變成水墨畫的背景，那種古代中國的殘留感使那地方彷彿瞬間變成一種跟現實脫離開的黑洞，一種結界的更封閉隔離的精神狀態被召喚出來。抵抗某種辨識原樣水墨畫一定是什麼樣地方的必然理解的那種理所當然。那紙跟那墨，就是在召喚出殘留的那個老東西的前提，所以那殘留一如廢墟的廢……是在某種新時代縫隙中如何找回老時代的用力。甚至，即使是沒有水墨畫上的空白老宣紙裱褙出古代的木櫺格紙窗上所糊出一如一道有封印的長廊邊界的長白紙牆……都是某種老中國的廢墟。或許，更重要的是……所有的空白的宣紙都是等待要被畫過寫過，之後要被貼在那個遲早會變成鬼地方那裡頭的某個不祥的門額或窗扇或走廊底部的端景。一如即將被邊畫邊下咒語般的一個符的預感。老人提及更古的裱褙工法是從古紙的講究開始，他翻出一笈泛黃古冊中提及古代的傳說中的近乎不可能的古紙：「法書名畫必資紙而久傳紙之不可無考審矣粵稽。造紙始於蔡倫有網紙穀紙麻紙徒存其名。晉有子邑紙側理紙一名水苔紙以苔為之繭紙。日本有松皮紙大秦有蜜香紙一云香皮紙微褐色紋如魚子極香而堅韌高麗有蠻紙扶桑國有芨皮紙。江南有竹紙楮皮紙黟歙凝霜紙浙中有麥稻稈紙吳有由拳紙剡溪小等月面松紋紙。」（甚至傳說鄭和下西洋曾經傳到西洋或皆可傳之百世）完全是神品，早已失傳。更多更怪更險的鬼東西：「唐有短白簾硬黃紙粉蠟紙布紙藤角紙麻紙有黃白二色桑皮紙桑根紙雞林紙苔紙建中女兒青紙卵紙一名卵品晃滑如鏡西筆至上多退非善書者不敢用。李後主有會府紙長二丈闊一丈厚如繒帛數重陶穀家鄱陽白長如匹練南唐有澄心堂紙膚如卵膜堅潔如玉細薄光潤為一時之甲。宋有張永自造紙為天下最尚方不及藤白紙研光小本紙蠟黃藏經箋有金粟山轉輪藏二種白經箋鵠白紙白玉版匹紙蠶繭紙元有黃麻紙鉛山紙常山紙英山紙上虞紙……還有更多怪紙一如近時大內白箋堅厚如板兩面研光潔白如玉瓷青紙高麗繭紙皮紙新安土箋乃絕細堅韌白綿紙……裁為小幅譚箋不用粉造以堅白荊川連褙厚研光用蠟打各式細花古雅可愛觀音簾匹紙後世必見珍者也。」老人說：他所裱褙的現代紙的講究不可能和古代比擬。都只是次級品，大多人所藏次第紙，都只是新宣紙新綿紙或是新活襯竹紙，後來就更多機器大量生產的爛紙漿，簡直就只不堪地像厚一點的草紙或衛生紙。但是，紐約是個怪地方，老時代和新時代太多怪中國人都因為太多戰亂風波而逃到這裡來避亂……裱褙下的卻也留下了很多怪異的鬼東西，「倒不是要收入你們台北或北京的故宮博物院那種古物的稀世珍藏。」反而是某種像蟲洞般的歷史差錯，縫隙中的可能擦槍走火就成了另一個革命或反革命的現場，壯觀的壯烈犧牲或是叛逆遁逃，在史觀還不明朗還不知道夠不夠前衛進步……還不知道會不會殺頭的最前端或最後端的詭辯的詭譎之中，紐約留下了中國的某種更荒誕的老時代生下新時代陣痛不已的證明及其證據。一如裱褙……把所有不同時代的老紙新紙古水墨新漿水搗入抹勻成層層疊疊時間如漿糊般混濁的工法，捏皺如皺眉頭心事重重的種種水墨書畫中的摺皺、裂痕、蠹洞……種種破碎待補救的過去……然後在老人的庖丁解牛般裱褙術的鬼斧神工之中，重新下手如下咒般地最細膩講究萬種工法細節如亂針刺繡手印翻飛之後……竟然，又裱裝回一層薄薄的一如完全沒出過事的仍然透光得如此純淨到晶瑩剔透的……老宣紙。

老人說，他所裱褙過的珍品古物極多甚至有謠傳大都會博物館東方部門流出鄭和寶船出土的永樂皇帝密函老宣紙破破爛爛的絹裱過的舊聖旨……一如在紐約所有太美太完美的中國古物都那麼荒誕地心事重重重……尤其在紐約這鬼地方，他印象最深的卻竟然是那幾封鬼家書……那是最憂國憂民一如他那般粗暴書法怪異又潦草的康有為所寫給女兒康同璧的毛筆字書信不知為何竟然如今變成了國寶級的文物。或許也因為那是當年在紐約Chinatown最著名的祕辛。廿世紀剛開始的中國，最龐大也最後的一個帝國的滿清皇朝末年，以孫中山為首的革命黨和以康有為為首的保皇會在中國外的日本南洋歐洲美國的Chinatown進行長期論戰中國的未來……所有的太高級的知識分子陷入了太過繁複艱難的政體政務歷史改革甚至革命種種近乎不可能的龐雜辯論，但是書生的憂國憂民仍然在莫衷一是地既謀合又離間之時，那幾封康有為紐約密函卻是咬牙切齒般地堅決……暗殺。

書信涉及了康有為在一九〇五年計畫安排殺手暗殺訪美的孫中山。至今仍然有很多謠言地繪聲繪影……那是一批康有為與保皇會的稀有歷史文獻，後來甚至作為某藝術品拍賣會上爭寵如十二生肖圓明園獸首銅雕等級為了涉入民族尊嚴歷史證驗而飽受爭議的重點文物。因為涉入的這脈紛爭不已的百年近代保皇派與革命派之間的關係是中國近代史研究的祕辛，從未見於任何文字記載。

那是天意……竟然落到我手上……嘆了一口氣的老人說，康有為透過保皇會成員的密報，得知孫中山即將到達紐約，為了在Chinatown進行革命宣傳，康有為策畫趁此機會除掉他又不露聲色的計畫。康有為暗殺孫中山的密謀是由康同璧勸說容閎那位中國近代首位留美學生，他也是孫中山的香山同鄉的關係，商請容閎約出孫中山，在已安排好殺手在紐約行動派人跟蹤伺機下手的地點見面時暗殺。這百年文獻裡頭出現了康有為在信中使用十分激烈的言辭，甚至給康同璧下達「窮我財力，必誅之」的必殺令。那刺客隱瞞的行蹤計畫已做好動手和必死的準備。但是老人裱褙的這批老宣紙上書法寫成祕函的祕密文獻時康有為寫給她的書信塵封至今已過百年。其中送來老人裱褙店的還有從未知曉的康有為《年譜》謄錄本原件；康有為與容閎、保皇會、康同璧的書信三十餘封，和美國加拿大保皇會的各類檔案單據通告近百件的老紙張文物。康有為密謀刺殺孫中山的計畫驚心動魄，但暗殺行動最終未實現，原因不明。老人說，當年太多傳說。至今仍然是紐約的Chinatown最著名的祕辛。那最奇怪的幾封毛筆寫的康有為謀刺孫中山的家書。所不免涉入了中國那老時代如何打量新時代的痛苦不堪，萬般折騰地披露如所有書生都皺眉頭的最祕密陰謀……但是，最後亦正亦邪的老人露出一種古怪的眼神跟馬三寶說：「那老時代都過那麼久了，我們也挽救不了什麼……呵呵！但是，我可祕密地留下一封最好的上頭寫有『必誅之……』那封，你要不要買？」

❖

一樣的夢，一樣被追殺，一樣的地方，在未來倫敦的Chinatown。那個公司就叫做「記得」公司。而且還竟然寫著斗大俗氣的怪異楷書中文字招牌在門口。

馬三寶老想起那一部電影，好像他自己，一個忘了自己是水鬼的水鬼，一個忘了自己是特工的特工，一如某種太老科幻片的開始……男主角他每天老是在同一個夢境醒來，被困住又被追殺。一如那整個故事都發生在一個被稱為殖民地的極破爛城市中，陰暗而泥濘的老市場，可怕的地下街道，而且永遠在下那種滂沱而悲慘的大雨。

所有別人跟他說的關於他的故事，都越來越不一樣了。那個在路上救了他的女人，在夢中一直出現。對男主角一直說：「你真的不記得我了，那不是夢，是真的發生的事，我們的一段回憶。」但是他的老朋友卻來勸他：「其實你還在『記得』公司的椅子上，這一切特務式的叛變追殺都只是幻覺。」

在一個三個乳房的美麗妓女跟他拉客之後，男主角發現了那怪公司的入口，也走入了那個中國風的更怪的仿古裝潢，就在那麼多太老的古代行頭裡：深漆色的舊木櫺花窗，講究的明式古董傢俱，雕刻極猙獰的門口兩石柱前的老石獅，滿牆多格多盒的古式老木頭藥櫃，甚至有一個極龐然黝黑等樓層高的釋迦牟尼慈眉善目的老佛頭前……他然後才開始他的這段太新太高科技的歷險故事。甚至，他們叫他告訴他們所有他的幻想，而且他們可以幫忙他的渴望和他的祕密做最夢幻的腦中植入。但是，他不知道這是風險太高的狀態，那種扭曲記憶的鬼東西就像被切除腦前葉，而且喚出了他的更內在的身分，但是，無法避免發生無法還原的矛盾。這些故事是怎麼開始的……男主角的老朋友老勸他在毀掉自己之前去找點樂子。但是，就在他去一個高科技遊戲公司嘗試一種玩法時出事了，因為一開始是有人說過的他去過很多次那是他人生最好的回憶，一如旅行，一如一個夢，可以注入某種他想要的幻覺，但是卻可以兌現成那麼真實地出現。因此就在異國的Chinatown老城骯髒黑暗的街頭。在那種儲存記憶碼公司竟然是坐上太師椅，開始打針打化學物質使一切人生開始走樣，開始追蹤其生命跡象種種的不穩定。

甚至，一如馬三寶所有意無意找尋的異國的中國的種種故事可能線索的困難重重……這個故事本來就沒有準備好要開始，男主角本來也沒有準備要拯救世界。但是，出事了，他的記憶被清除或改寫，他不知道他們會給他一個這麼不同的身分，這麼不同的記憶，讓他認為他的所有過去都是有問題的……甚至就是假的。男主角在故事的更後來就跟他們到破敗的地下鐵站中，搭乘廢棄的舊車廂前往禁區那個污染地帶，路上所有人都戴防毒面具，看到的所有路過的城都是廢墟。最後，男主角還見到了地下反抗軍的先知，但是他還是懷疑，還不確定他真的是要拯救什麼，拯救全人類或拯救全世界，或許他只是想拯救自己，想恢復記憶，因為他也不太確定他的過去是什麼，他會不會騙他自己……就這樣，男主角不小心地被利用而引入了所有的統治者部隊攻入了破圖書館裡地下總部，那些被鎖碼了的檔案其實是個虛構的陰謀。先知因他而死去，而且統治者對男主角說他的反間諜任務完成，還可以靠潛入敵方前備分回到以前他那愛國忠誠而無情的角色。

男主角還是對自己和整個科幻片中的故事充滿懷疑，但他說他沒那麼輕易放棄，就從那張他被綁住的舊太師木椅脫逃。然後就開了一台爛飛機從老教堂的污染空氣霧茫茫之中的老花園起飛，回去抵抗那統治者全面入侵殖民地之後的戒備森嚴……故事才開始收尾。但是，馬三寶仍然在這部科幻片中充滿收尾前所有自我辨識的懷疑。一如他一直覺得一個異國辨識中國（或許是另一個母國）的故事只要被拍出來都必然是拍壞的種種懷疑……沒有人可以重新回到那個被經歷的狀態，就像被拍出來也都只是比較可以被看到的部分，比對、反差、修剪，情節的出沒、人物的浮沉，有教訓或沒教訓、有好下場或沒好下場。大抵如此，其他是更困難被描述的，也更不容易被辨識的，甚至，最深入而近乎潛伏的連經歷的人都難以辨識的死穴或吞噬所有光源的黑洞。馬三寶覺得好的辨識異國的母國的故事甚至不該被說或被寫，像打坐或任何專注時候的每一個再小的念頭都不該被提及。因為每個念頭在內心黑洞裡都是會吞噬自己的妄念。他感覺到故事裡真正的要害是這個。那些人在故事和說之間的拉扯，太逼近地在過去的餘緒與殘念太強大太寫實到無法妖異騰空起來。馬三寶看的大多的爛科幻片，不要說支撐不起一個故事，連一個念頭都說不清啊！故事不就應該像是一個牌局中，某種心裡老擔心接下來的這副牌有一張鬼牌，但又不知它何時會出現，來使所有的局面完全翻轉。故事一如發明一種洗腦的機器，可以解釋成當你可以消除一個想法時就不用去消除一個人了……那種沾沾自喜。一如睡覺前的房門考慮要開還是關時，故事永遠是在那種或許是半掩就好的狀態。一如看完了一個科幻片的好故事會說：「天啊！我從那裡回來，帶回了一些東西，使我變成了和以前不一樣了，甚至，是使我變成一個完全不同的人。這個故事幫了我很多忙，多到我自己都不知道。」一如在另一部怪科幻電影裡，另一個馬三寶般的男主角是所有認識的雷同特工裡最堅強的。但是，他說他仍然必須要做一些事，對他自己的腦袋。用一種短波。因為他受不了而願意接受治療，而且治療如果有副作用而使記憶力喪失，那更好，因為他想要忘記這Chinatown的鬼故事般的一切。所以，男主角在雷同的太師椅療程的倒數一百之中麻醉，然後開始電擊時他全身開始抽搐，在通電的超合金打造太師椅中開始忘記。

但是，對於馬三寶而言，真正的科幻片，其實是００７系列的電影，彷彿是一種刻意的末日旅遊套裝行程。充斥了太過不可能的女人和高科技和殺人的種種異國豔遇般的奇幻遭遇。但是，好奇怪，馬三寶看這換了男主角又換了導演的新版００７的感覺和以前完全不一樣，完全像個抒情導演的怪異小品，大概是以前看老００７的時代那些龐大驚人的飛車追殺的特殊效果已經忘記或是不再那麼分心，仔細看竟然像一齣舞台劇，一齣非常老派的舞台劇，一種莎士比亞或希臘神話般的充滿隱喻的性格缺陷放大成最後通牒般的自嘲。人物內心轉折的刻劃和角色對位衝突非常清楚。一塊一塊地搭接起來，再一塊一塊地拆散，恩恩怨怨的個人仇恨或情報局任務的嘲諷，太心機的勾心鬥角和太世故的爾虞我詐，都竟然可以和００７裡不得不套招出現的那些極壯觀華麗槍戰和恐怖分子的爆炸畫面……還同樣地動人。其實裡頭的最著名古城古建築所作為特殊挑選出來的某些像啟示錄現場般殘酷始終非常厲害……一如經營著老倫敦出現高科技機械般怪異建築的同時突兀對立地擅場，從一開始伊斯蘭堡最沉重肅穆的聖索菲亞大清真寺旁飛車到最後蘇格蘭古老怪癖孤立無援的007老家那古城堡裡的完全爆炸，所有本來只是科幻片式的炫目荒誕畫面都因為某種更風格化的奇怪導演抒情哀傷講究而變質了……變質成某種宗教末日觀中的對人類最崇高龐大罪惡的懲戒圖像學佈局，神龕裡的創世紀和最後審判用最厲害的畫家畫一生才畫得出來摺疊入通天罪行的每一個畫面中的最昂貴名古城名古建築甚至名大都會的奇觀。這電影太多令馬三寶分心的對決……有點像又有點不像過去的007電影，甚至，更後來這種罪惡象徵的更進化還反而更退化回另一種版本，像一種老家族的歷史劇那類因為霸業的爭端而父母長老互相攻伐內訌兄弟自相敵視殘殺的恩仇錄，開發極端人心陰暗而擴展到那種英國的老化而特務的困獸纏鬥作為最古老的帝國及其殖民地殘餘厄運般的蔓延焚燒。甚至到了電影的最關鍵時刻……那叛變的情報員告訴007他小時候住在島上的他祖母如何解決始終沒法子阻止老鼠偷吃椰子的問題，她用讓那受陷阱吞沒而使困在油槽中的鼠群飢餓咬噬自殘到只剩最後兩隻，再放回島上，從此牠們不再吃椰子而只吃老鼠，這種完全改變了其生態與天性的殘酷而聰明的計謀，也正是情報局的老女情報頭子對他們這種失手情報員所做的，那曾受刑到頭顱牙床都已腐蝕變形但仍喬裝成金髮白西裝那麼風流倜儻的他露出一種古怪的訕笑對著失手被擒的007說：「我們就是那最後的兩隻老鼠。」馬三寶尤其著迷於這部007電影裡頭的中國殘影……尤其是最迷離的上海一如巴別塔或場景的摩天樓殺手暗殺前出沒夜景的高空漢字巨大投影，一如惡人頭子盤踞於荒島上的廢城和澳門一如在暗夜冥河上火花紅煙花的迷魂賭場……那巨龍形燈樓下的驚險對決……

但是，看完007的那個晚上的那個夢裡……馬三寶發現自己變成了像一部科幻片裡的那個男主角，或許就像是困在那個廢墟裡的鬼，神經兮兮地全身裸體困坐在那破爛的木刻太師椅上看著螢幕專注地上網。

廢墟外頭更令人神經兮兮……那是恐怖的未來西洋城市Chinatown裡最混亂費解的街頭，大街小巷的影像閃爍詭譎廣告看板都是某個濃妝刻板的偶像搖滾明星或性感女神或宗教上師長相的人物輪番上場般地用力說服，也都用著極端誇張炫目的話語：「你厭倦了猶太教，厭倦了回教，厭倦了基督教，厭倦了印度教嗎？試試我們的最新Chinatown教派？」「今年Chinatown過年最特價大下殺？你的人生從來都不夠美麗也不夠幸福！拚命排隊來找我們瘋狂的跨年特賣！」街頭廣告看板的口號充斥的城市太過前衛的華麗又荒誕的狀態令多年未曾出門的男主角異常地恐慌。找尋了好久的一個半夜空街頭，害怕派對的他到了一個古典中國風豪宅奢侈到充斥龍頭雕工精密的龍身鱗片龍角龍爪密佈在建築內的弧形樓梯窗洞門扇屋頂都是精雕細琢龍形石刻的大廳……開始另一場的巨龍形燈樓下的驚險對決。

❖

一如看到羅剎……馬三寶每次看那種太誇張災難片的災難，就彷彿是一種刻意把速度放慢了更多的等待。或說找尋。對於他那退休特工所找尋人生的更隱藏版的什麼……或是他那在全球的異國找尋中國的什麼……一如那部名字叫做「末日之戰」裡頭用心在找尋傳染病是如何失控的開始的那個病毒學家所說的：「大自然就像是一個連續殺人狂。祂需要被抓到。而且就像是把弱點喬裝成優點的最賤人般的惡人。炫耀祂的罪行，甚至刻意留下線索，等待被注目，但是，為什麼我們看不到。」

馬三寶雖然始終對於什麼是「世界」什麼是「戰」都充滿疑惑，也從來都不相信這種全球性毀滅的狀態可以由某個人發動或由某個人拯救，那太低估了這陰謀充滿陰霾的錯綜複雜及其無限繁殖的可能，尤其是對世紀末以來那種種橫跨好幾洲好幾國最重要城市的災難片規模的龐大不再那麼好奇，或是放大版本的《惡靈古堡》殭屍大規模追殺與撲朔迷離的撲殺沒有太多好感。那往往就變成了無可挽救的線上遊戲般的大爛片。但是在這部不免也是大爛片的《末日之戰》裡，馬三寶感覺到的另一些一路在Chinatown現身影射中國黃禍般殭屍羅剎夢延追殺中間歇離題或縫隙裡彷彿時光停頓的古怪場景偶然地閃現，仍然是動人的。那種可怕的城市裡完全廢棄中暴戾充斥的暴亂的種種死角，有一段是群眾集體搶劫已然無人而停電的超級市場或停車場或破碎藥局的失序恐慌。在種種船艙底層的司令部角落，大樓的樓梯間追趕牆體末端，或是那些聲音會吸引殭屍們的醫院實驗室蒼白走廊之間的轉角。還有我當兵時代的好久以前曾經坐過的那種軍方最老的舊式運輸機的半夜起飛斑斑駁駁極吵雜的機艙，種種像隨時會解體的恐懼的逼近又逼真，還更令他不時驚恐而怦然，比起然後疫情擴散，撤退失敗。然後，就從費城到紐約到大西洋上的軍艦，再從南韓到耶路撒冷……這些都是馬三寶去過的「西洋」最大的最深入的名城……進而面對了更大規模的集體性滅種，屠殺，末日，更龐然群集的殭屍出沒及對決的。然後蔓延到全球的災難現場屍橫遍野的可怕。但是，馬三寶老還只是沉迷於那種末日感裡的城市底層繁殖出種種令人無法喘息的冒險犯難路徑，一如有一段最重要的殭屍攻城淪陷的橋段，就是在耶路撒冷。後來變成在那古城的繁複如迷宮的巷弄中巷戰。裡頭還有一個幾乎是光頭猶太少女的女兵女主角和那每一道隔離的又高又長的古城牆和新城牆，都變成是最好的面對戰爭和瘟疫的抵抗最後一條防線的最好隱喻。他已經好久沒想起在那個最接近末日的城的感覺了。電影的故事只集中在那對於世界性的傳染病的病源的找尋。男主角始終無助地依那在任務中一開始就已然死去的病毒學家的描述在找尋一種解救的假說，只是解藥仍然遙不可及。更後來，就在那個已然撤退到空曠無人的基地。那些空軍營隊的所有實驗室都已然淪陷。然而，僥倖逃離的他碰到了接應的軍方……找尋到當時剛發生的那一個找到病源病例但是已然燒毀一半的病房。或是找尋生化實驗的某種高科技的病毒，或隔離的種種可能的失敗。然而一路上追蹤而來的感染了病毒的殭屍越來越多，最後，男主角越來越絕望，一如種種干擾而使打給家人的手機訊號不明的地方。一如那男主角對他小孩所解釋的……我們始終也不知道發生了什麼。馬三寶最喜歡的那種種找尋瘟疫的起源而涉及的更多典故，一如，北韓的隔離策略是二十四小時內拔了二千多萬人的牙齒地效率驚人，一如致命傳染病體後來卻反而變成解藥的反諷，一如在那以色列情報頭子攔截到的印度最早發現的病例中，病人被稱為殭屍、活死人，或是，引用了「黃禍」般Chinatown流傳出來一如詛咒的最古老中國描述的字眼，羅剎。

馬三寶始終記得去看那災難片前所坐的那一台破爛不堪的計程車上也充滿了災難的暗示……，他始終留意到那一個照後鏡上吊滿髒髒舊舊的十八王公狗神像符包、鏽蝕怪法器小支七星劍流星鎚，車上散發著腐敗的玉蘭花和猥瑣司機身上狐臭的混合怪氣味，那時候的收音機新聞廣播正提及一個怪事，那有點太嬌滴滴的主播說起：馬雅古曆法中認為二〇一二年十二月二十一日是世界末日，距今已然不到一個月，之前還拍成了好萊塢災難電影，很恐怖但也很好看，所以近來還真的有很多中南美洲旅行社正推出末日旅遊套裝行程，大受歡迎到竟然不可思議地一推出就馬上搶購一空。也想起在前一晚的夢裡，馬三寶在很疲憊不堪的狀態去參加一個有很多人的Chinatown老房子裡的聚會，他本來很想走，可是因為耽擱了，後來又有太多熟人來了，還有更多陌生人，最後，遇到某種奉茶的更古怪的泡茶狀態，那時候，那古蹟一如宋代的所有木梁柱都雕梁畫棟地十分細膩精美的老房子，最玄妙的一個部分是玄關前方的一個轉折角落，竟然一如古園林水景般做成一個觀音石的方池。但是下雨下了太大，空氣變太冷了，他的感覺卻極好，後來水位就越來越高，那水池裡充滿了很多發光的水母，用一種很奇怪的寶藍色半透明的韻動發光，水母發光的水池那麼美絕，他在那裡泅游了許久，快要窒息了但是卻仍然因為那奇觀而就遲遲地泡在水中捨不得離開。最後，不得已而在觀音石砌有點苔痕的池畔台階前要起身時，卻看到一個他年輕時代極貪戀而又留不住而失聯太久的老情人竟然就在那老屋大廳前一張極考究的酸枝木長形古董桌泡茶，穿著非常華麗的明代宮服，神情非常從容優雅到所有人都在看著她的一如劇場演出的煮茶倒茶手指動作的細節細膩到完全無法想像，現場所看到的古代茶道般的茶器茶人種種極其難以明說的繁複奇幻，在煙霧瀰漫的水燒沸騰的迷離中，甚至令人不安動容到，一如妖術。

❖

馬三寶老是覺得自己的人生或許就只像在Chinatown困住永遠出不來的某部電影或某個夢，在永遠充滿陰霾的某一天，他走進去那個他上班的永遠是中國風裝潰多龍柱立面的混凝土高層大樓卻發現每一個他認識的人都竟然是完全靜止的，一動也不動，連空氣彷彿都凝結到令人喘不過氣……

然後，更奇怪的是，當他往更深的走廊走進去，在接近自己那老是紛亂的座位時，竟然看到了有另一群穿著完全不同的陌生怪人們正在處理每一個辦公室的人。馬三寶突然意識到，那個地方的某種狀態甚至時間是完全被凍結了，就因為時間的流動是刻意被終停的。所以他不應該出現在那裡，更不應該發現這種怪異的狀態……這種怪人們威脅般地跟他說起……這是一種非常嚴重的被稱之為調整或矯正或甚至是「重新設定」的危機處理狀態。甚至，當場威脅馬三寶如果他透露了怪人們的行蹤，他的記憶會被洗掉，他的人格特質會消失……當馬三寶再打開那扇門，卻發現已經完全不一樣。他被抓去的那個威脅般地恐嚇審問的地方已然消失，而變回另一個他每天上班開會的尋常辦公室。之後的一整天……沒有人發現。但是他突然就恍神，其實任何造成最小的生活細節改變，卻不會改變他原本的個性人格，但是他卻千萬不要忘了他承諾的約定，一如怪人們可以讀心。他不知道他在對抗的怪人們是誰。他們威脅他已然過了臨界點了。但是馬三寶所記得的是更之前的在那一個辦公室的Chinatown老建築接另一個老建築的樓梯凹陷轉折怪地方，他遇到老水鬼，但是要趕去那一個會議或集合現場，夢裡的他非常虛弱而緊張還始終很餓，但是那兩棟老房子卻變形到非常地奇怪，也好像是他年輕的時候念書的老大學某角落學院建築的邊緣，沒人打理不起眼屯積廢棄木製雕花但充滿裂縫蛀蝕痕跡門窗扇的廊末過道底層。那個已經要開始的會議到底是什麼會議，他始終想不起來，但是又因為迷路在找路而更心虛……可是會錯過，但是那是一場關於Chinatown如何攻佔西洋每個大城市的會議，是一場他隱隱約約感覺到可能是和什麼要打仗的祕密戰略有關的，但是到底是叛亂還是起義並不清楚，老水鬼還是一副滿不在乎的模樣，遛他的狗和兩個小孩到那一帶閒逛，他不知道為什麼自己那麼慌亂，只是客氣地敘舊，但馬三寶又不能打斷他的叨念瑣碎的話而更慌亂……

一如《惡靈古堡》那一部續集中那個在西洋Chinatown演出性感高衩繡花紅旗袍的女殺手出現在慘白高科技實驗室的剎那間……馬三寶馬上認出來了那科幻片續集裡的女殺手竟然是找來容貌長得那麼像中國

瓷娃娃單眼皮杏眼娃娃臉孔的李冰冰演的。啟動了那一隻隻最巨大的生化怪物和惡魔出來追殺她們的更多之後的對決逃亡過程，除了那女主角們穿著全身緊張緊身全黑皮衣馬甲馬靴以及中國娃娃穿著高衩旗袍大腿露出ＳＭ黑色皮帶槍套，同時疾速地拔出長相奇怪的武器對著同樣長相奇怪的變形殭屍們開槍……在更翻新的種種在速度感中殺戮咬噬活人的死人遭遇了種種爆裂物的更炫目爆裂火光之中……她們卻不免仍然不斷地被告知她們的身分和身世都不是她們原來想像的自己……「不要懷疑，你只是公司五十個複製人中的其中一個！只是為了訓練對於生化武器攻擊有正確的反應而被生化實驗出來的實驗品……所以妳看到自己會變成很多完全不一樣的種種角色的……一個母親、一個妻子、家庭主婦、一個ＯＬ，都只是妳的幻覺。」在那穿Chinatown旗袍的娃娃臉中國女殺手對她解釋時，女主角才突然發現自己逃離實驗室所千辛萬苦逃回到的自己的家裡，和她所清晰記得的所有家裡溫馨感人的老沙發老壁爐聖誕燈飾禮物地毯仍然在現場的種種細膩的細節，竟然都是假的。甚至那個始終叫她母親的女兒所有她的記憶也是被植入的。更可怕的是她女兒也不知道。她們始終被質疑：「艾莉絲計畫，你到底是為誰工作的。」埋伏的每一個殺手也是老朋友。「你一點都沒變，和以前一樣討人厭。我不認識你。」那是一群特遣隊。她們逃離了現場跑了非常久之後才發現自己流血了。從柏林進入的接應部隊被截斷的男主角艱難地告訴她們說女主角發現了一種會改變整個戰爭的武器，「所以我們必須一定要救你們出去。」但是不但東京惡靈古堡計畫重新被啟動。那個廣場可以通往四個最重要的城市東京莫斯科倫敦紐約。他還沒有意識到他又被捲進去可怕的陰謀。所有的武器和裝備都在他的眼前。所有的殭屍也正要出現。那漂亮的女敵人頭部爆開出現可怕的獠牙和觸手。她瘋狂地在這一個全白的燈光甬道中狂奔。逃入了一個更巨大的高科技實驗室之中。安全系統出問題。有人還駭入電腦去幫她逃離。天花板是黑色的，下雨和雲是人造的。生化武器製造公司。再幾分鐘就日出了。你自己看。外頭冰山。那個想要幫助她的程式人物，告訴她一條他們找出來的唯一逃離途徑，從紐約的郊區後往外走。莫斯科模式是被啟動。寄生蟲怪物。在雲霧中只是一層投影。穿過之後看到另外一個區域。這個軍事基地是蘇俄在第一次世界大戰裡建起來的，到現在還沒有人可以逃出去過。他之前的所有生死與共的朋友都不知道是否已然變成了複製人的生化人。叛徒。誰下的命令？就是當年中國娃娃和女主角老逃離不了的一開始就遇到的那個人工智慧電腦主機。紅皇后。始終對她們說：「妳們最後都會死在這裡！」

馬三寶老是喜歡晚上坐回Chinatown的。那是某西洋大城市的某地鐵站前的二樓咖啡廳，一家ＣＤ高樓的第二層，視野極好，可以在咖啡座的靠弧形帷幕玻璃落地窗前，邊喝咖啡邊看向五六條馬路交會的這廣場及其延伸出來斑馬線太多條斑白斜紋交錯蔓延的城市變成了抽象派當代藝術中極限繪畫的奇幻演出現場，然而又那麼龐大那麼入世，現實又超現實，尤其紅綠燈亮起變燈的每一回，都馬上兌現一回行動藝術式的精準，都可以看到人群走過的疾速擁擠不堪但又有種默契中的井然有序，每個人都滿懷笑顏或滿懷心事，有的是一個獨自開心或孤單沮喪的人，有的是一對恩愛或爭吵中的情侶，有的是一群嬉戲或狎玩中的同學或同事，但是，燈一變換，就都同時行動地越過那斑馬線，同時地走路，穿梭，從半空中看像蠕動般地移動，有種說不出的黏稠又明快，又萎頓又壯闊，但是，不管每回的人完全不同，走法殊異，人有時多有時少，但是規模和狀態永遠是天意般地意外的，然而卻又必定在變燈的一如命運多舛卻又多情的停頓與搬弄之後，必然地再重來一回。就像完全不整齊排練的閱兵的校閱，像無心地如此重複出現的快閃族又消失，像舞台劇的大型場景的用極龐然群眾同時地登台演出，服裝秀場數百人一起歪歪斜斜走貓步的壯觀。這裡彷彿是人間太完美的縮影，時間差的等待與穿越，陌生人們偶然的群聚與離散，命運與巧合，日日夜夜地一再重複，四周極密集的摩天樓建築和高科技液晶螢幕中不斷變換的畫面，新電影的廣告的初登場，地震哀悼的重回，某種巧克力或泡麵或嬰兒食品的可愛推出，相撲或摔角手大賽激烈叫囂的喧騰過人。或是某回馬三寶看到的１０９妹裝扮出新專輯的AKB48少女們正一字排開，就在廣場旁澀谷這１０９百貨公司前拍攝她們以金髮黝黑肌膚卻外穿Chinatown旗袍內穿馬甲極短褲極高跟鞋濃妝，正露乳搖臀以最性感舞步地激烈對半空中的夜空晃動。然而，這種晃動其實更深也更遠，尤其令人不安而印象太深的一回，就是馬三寶在Chinatown的IMAX看到《惡靈古堡》第三集片頭甚至就用這裡當那最具末世人間氣味的隱喻場景。剛開始鏡頭是從暗黑的夜空融入降臨，那是滂沱大雨中的繁忙人群正專注而緊張地穿越疾走，一如我現在看到的鳥瞰光景，俯視的華麗眺望，但是後來在太慢的滴落雨水都幾乎快只停歇在半空中的慢動作之中，一個穿學生水手服的蒼白的瘦弱美少女突然回頭，眼神在某個剎那的曄變之後，就在下一瞬間閃身突然衝向她旁邊的西裝筆挺的歐吉桑，用令人難以想像野獸般的凶狠敏捷身手，當場緊緊咬噬他的脖子，那人當場驚嚇猝死而在恐慌中大量地血噴一地，然而，空氣彷彿凍住了，音樂也突然從濃厚沉重的低音拉高成尖銳突兀的刺耳的高音震盪，然而全場的澀谷廣場口的雨水仍然滂沱地從天而降，但是在那鏡頭拉高之後，突然大量不尋常的人都露出了殭屍的噁心歪斜抽搐樣貌，開始噬殺還尋常的群眾，整個多條大路口的斑馬線上突然變成了可怕戰場的屠戮，殘殺的殘酷令人太不安地慘不忍睹。

最後一幕在馬三寶夢中不斷重播時卻變成是特寫的慢動作，那貌美若仙女的Chinatown中國娃娃穿旗袍女殭屍羅剎露出了猙獰的方才咬死人的獠牙仍然帶著濃稠滴落的暗紅的血，但她的眼神卻仍然對鏡頭露出某個曖昧而炫目的微笑。

三寶罐。寶船老件考。四。

火的可怕變成了醫的幻覺……六百年來三寶罐原來竟是道地古中國民間流傳而外傳海外救命恩人般傳奇的古拔火罐！甚至這種治病的奇物奇法……現在當地仍然盛傳一如幻術妖術地完全不像現代醫學……不用藥不用刀……

火或是拔罐或是拔火罐始終有太多太多史前史式的謠傳但是或許也不是謠傳……某大學外國語學院西洋教授在其所著遊記中講到他在非洲（印度東南亞也有種種雷同遭遇病患的困難重重的傳說）交換學者奇幻冒險故事稗官野史般的奇遇見聞中某日鄰人某位正在讀大學的當地肌膚臉孔極端黝黑的怪青年興致勃勃地跑來對教授說：「我帶你去看看古代中國人在我們國家傳下的神奇醫療技術。」當地人稱為「哈賈麥，撒爾寶」。

西洋教授到了老巫醫的病人群眾如拜火般祕密宗教的信徒們激烈朝拜擁擠不堪入目的廟口骯髒混亂現場，那位祭壇前專注於給人治病的葉門老人說此老巫醫多代古傳的奇物奇法竟然是由率領中國船隊到達古村的一位名叫「撒爾寶」的頭領教給他們祖先的。這語言中的撒爾寶就是鄭和的名稱：「三寶」，「撒爾寶」是三寶的另一種原始語言直譯的拗口但是更深也更逼近的古代說法。

源自古代歷史六百年來充斥遠過於當時中世紀西洋醫學研究的鄭和下西洋的龐大寶船艦隊始終充斥著中醫中藥的精通命理般的古醫術濟世……諸古國天氣暴熱瘟疫流行百姓又缺醫少藥太可怕蔓延的死亡致使神仙般的三寶大人的傳說太多一如患病者紛紛求醫求藥凡是經過火罐的病人個個瘟病全消……

那個老村中醫術最傳奇一如神仙般的老巫醫曾經那麼用心良苦地跟所有來找他的病人們囑咐：火，一如一種神的降臨傳下的神通……過了太多年的年老又大病過的自己才能內心深處知曉這種苦心地跟年輕無知的自己說：痛苦，那麼珍貴。火教了我某種更深的修煉……火教我要面對痛苦，面對火，面對火在身上燒得體無完膚的幻覺。那個老巫醫說他的老上師傳下這種老醫術時告誡他們要虔心……焚香，齋戒沐浴三天三夜都不能亂說亂動。這是古代中國人教我們的怪異現象的幻覺……一如幻想自己能浴火，但是那幻想轉換變成是我們的最深稟賦。從火的炙燒中學習擁抱痛苦，甚至擁抱別人的痛。病人們需要更多的時間，在火中老巫醫才能更深更清晰地端詳病人有病的過去緩緩開始現身而緩緩改變。

巫醫對西洋教授說：「三寶大人傳的古中國的……氣……這鬼東西才是最玄奧了。」那老巫醫提及了那火中彷彿會出現某種妄想狀態下的一如可怕妖怪有種說服的神祕念頭閃過……要享受痛苦。因此使醫者和病者都彷彿回到過去更召喚出自己的病態的氣的期待已久的發願深入許諾出某種難以置信的決定……氣會使火燒也會使火熄，會使火罐中的肉身局部發紅或發黑。完全看病者的病或病人的氣……火只是氣的引子。

三寶罐的老火罐有古青花瓷白瓷陶燒琉璃漢白玉古玉種種不同老質地的完形或碎片散落的遺憾數百年歷史不明遺物出土但是贗品也極多……甚至在非洲沿岸某些古村數百年來出土的傳說極多也極神祕……有的依舊還在老醫院進行古法治療時用還稱古火罐有古代神祕力量加持的神祕療癒奇效，有的進入國家或地方或個人的種種傳言不斷的祕密珍寶博物館的稀有館藏，有的甚至變成巫醫的祭壇上眾多殘骸般的疲憊不堪的但是神力降服妖物傳奇的老法器古聖物……

至今還有很多火可以治癒百病可以滋陰壯陽的謠傳更為複雜的情緒及其下西洋的餘緒，使三寶罐即使往往碎裂破爛斑駁不堪但其在寶船老件中仍更為怪異地傳說越破越靈也越起火越有奇效般地搶手而奇貨可居……

西洋。鄭和部。第三篇。

西洋……一如預言後代六百多年後「西洋」這個鬼概念在鄭和古中國重新端詳瞳孔放大的瞳術炫光亂視般不免必然地無限混亂……

「西洋」這個鬼概念始終是一個乍看無限簡單但是仔細端詳卻無限複雜的歷史謎團……對於鄭和下的「西洋」到底是什麼？古今中外鄭和學家們陷入瘋狂又昏迷狀態地始終眾說紛紜。

一如鄭和學暗藏玄機地打量著更繁複西洋文明發生的傾慕和考證，如果為真，等於是「現代的發端」、「文藝復興的現身」、「大航海時代的來臨」幾個重大懸案的翻案……複雜地重新定位「中國如何遙遙領先西洋的古代又如何啟蒙西洋的現代」種種激情，就更像道聽塗說古代天文學家和星座算命仙和異端神祕學者同時講解夜空綺麗風光宇宙星團的起源變遷……或聽高段到近乎預言的瘋狂評論家講解的棋局球局牌局賭局形勢……不免擔心又費心自始至終必然的一團紊亂。

西洋……一如那是暴風雨的暴風眼……只有神見過的光景。鄭和眼睜睜地流淚而端詳那龐然寶船體被捲入海嘯末端瞬間剝落的那一剎那，彷彿進入了時光停格的那種無限緩慢的光影氤氳的人影從群聚的相擁而泣地擁擠到失速漩渦擴張到完全肉身撕裂肢解……漩渦生成了的剛剛形成到收尾。雲牆的渦度擴張。旋轉的風速攔截到的擠裂成破爛塊狀壓垮塌成木料木屑般的碎片……一如一艘艘隨扈的馬船糧船水船兵船的老舊木製船體也完全在暴風雨中如廢墟解體而飛旋到半空……那般奇幻的光景。

姚廣孝問鄭和：「大人，你記得祂跟你說了什麼嗎？」鄭和眼神失神地說：「時間到了，你會發現，沒有那麼困難，因為完全會沒事也沒有後悔……你所害怕的末日永遠是會突然來臨。完全沒有預兆……」
鄭和再張開眼睛時，完全不敢相信自己還活著……他從昏迷中恍然醒來的時候發現某種肉身的陌生麻痺感地全身無力近乎失控，一如他發現那個怪房子底層非常地複雜到甚至近乎是一個迷宮的混亂……他發現自己彷彿仍困在作法召魂飛魄散的亡靈普渡的醮台，全身被麻繩綑綁在一座極端神祕莫測地龐然到令人心驚的陌生神祇巨身之下……那是完全手工用又厚實又粗糙的麻繩綁起好幾層樓十幾公尺高危險桂竹架撐起的怪異搶孤竹棚，再懸吊起巨神雕像暗黑假肌肉賁張數十塊肌身數十隻手臂數十個頭顱，祭壇旁仍然還有拉麻繩亂哄哄的奴隸們一大群吆喝而疲憊不堪地上工……只有最後放工吃蘸人血的又甜又鹹又辣的鬼東西才開心得起來。後來，有一個奴工好心偷偷餵他吃一塊肉……但是後來感覺又腥又苦，彷彿是人肉，鄭和就嚇得吐出來……他發現自己已然陷落而進入了一種有神祕力場的結界。某種用繁複麻繩綁成祭壇環繞在諸多老轎身老梯身之間，那竟然是種垂直交錯疊合的古代機關，拼湊出人骨嵌入竹竿綁成移動拼圖般城垛堆滿的迷宮。甚至最後才發現，在地窖裡祭壇長桌面上移動法器那法師所選擇的鬼東西就是選擇他的死法。為了安撫那個遠古的神。沒有人看得到可怕一如魔的神，而被選擇的他，就是犧牲。

那隱居多年的法器前的法師其實是不世的神人。完全不再說話，他告訴最後一個見到他的鄭和……一旦面對過黑暗，人的一生將會受其終究的影響，神人交代鄭和終究要戰戰兢兢地去面對並完成自己的救贖。一如他曾經問過他的神：「我為什麼要受這個苦，魔為什麼不離開？」一如神最後告訴鄭和，所有犧牲的存在就是要讓人們知道神的存在就是魔的存在。鄭和必須用傷痕來證明祂的存在的黑暗，必須成功地說服自己是被選擇的，而他的傷痕將可能也被解釋成另外一種真實，一如他仍舊只是一種懷疑論者。祂告訴鄭和：「你有看到你身上的那些傷口嗎？那是你下西洋所有一生的疲憊不堪。所有的傷痕都是聖痕，也就是神碰觸你的痕跡……犧牲的你受苦是因為你也將成為一個神人。」

「但是也可能是完全另一種絕望……」祂說：「對暴風雨而言，一如對海而言，犧牲是不可能的，那只是你們人類老以為……所有的惡都是可能挽回補救的……自欺！」

神人對鄭和說：「為了犧牲你，祂讓你遺忘，甚至重新洗過了你的記憶，或許是洗過人類歷史對你的記憶，雖然你是史上最大艦隊司令那麼重要而那麼艱難……但是神還是想藏匿你。其實就藏匿於海，無垠而無人問津太久……連太久以來的艦隊近乎甘心情願到完全沉沒地想深入海底找尋，但面對海的太過龐然就也只像是刻舟求劍般地慌慌張張地慌亂……然而你在這暴風雨之前的更多年前，早就失蹤，也仍然沒人找尋得到你。」在古代的咒術預言中，鄭和是被選擇的人及其死法。他必須要堅強地面對這種殘忍的術……過去嘗試過所有最陰霾深沉的術的種種儀式都失敗了。祂是最古代的魔，曾經殘忍地肆無忌憚肆虐並統治全球的海。但是，後來數百年曾經消失的祂在找尋不世出的神人降世來讓祂回來……祂充滿了心機也充滿了神通的繁複多變，試探鄭和，等待他最甘心願意獻身的犧牲，甚至動用了他的好幾世的怨念和悔恨來說服某種許諾……甚至威脅這個世界會因為他太過有心或無心的抗拒而毀滅。神人說：「甚至，你在心中越充滿破綻祂就越接近你，但你也就越來越看不清楚祂。無法報仇雪恨，使你充滿憎惡和怨恨是祂的動機。過去，一出生的你就是神人……然而長大折騰後的你完全走樣，因為種種原因心性蛻變了，曾經是神人的透明清澈如水的感應消失，或許由於過去折騰空蕩的一生所瀰漫某種更不安曖昧的被遺棄感，一如你從小被屠殺家族前代身世的破洞，一如後來肉身被閹割而失去的繁殖後代及繁殖未來的可能，一如更後來淪落於海的太遼闊太滄桑太遙遠太失控……太害怕一生終究會淪落無家無國的更深刻的遺憾。你的那寶船，本來要去找尋一種關於西洋或關於未來的想像……然而卻陷落於這個風暴最深的詛咒般的鬧口……在暴風雨的暴風眼中即將崩塌的那艘寶船知道你的悔恨。一如挖出自己的眼珠的你仍然看得出來的呼救，或許寶船體就是祂的無限投影的咒的縮影，你想知道這艘寶船到底去過什麼鬼地方。一如你所進入神人所喚出祂的咒術……而寶船也在暴風雨的暴風眼中去了更遠地方的鬼海末端，深入海底最深層層疊疊的深海鬧道鬧門後頭到底有什麼。使寶船從暴風雨挽救回來竟然恍惚之中曄變成……活的。一如神人的咒所啟動了某種來自未來的訊息的辨識致使整艘寶船也都充滿了怨念般的悔恨。一如你……」或許，也沒有人可以離開……他們都是這艘寶船的奴隸。太多太多的願力太過艱難，想要犧牲的令所有的人都心絞痛般的牽絆。

這艘寶船帶了太多沉沒深海太久的怨念回來。所有千戶海員繚手舵手水兵槳手出海太久的臉孔上竟然充滿了受刑過的刀疤，而且是剛割出來的疤痕，充滿對海的邪惡的種種理解與誤解。海，對寶船及其海員而言終究是一生的等待，完美的時光荏苒，一如他們犧牲自己進入了最費解願力的最深處而感覺到無比的神所召喚出最寧靜安詳的眷顧，然後再進入無限純粹的祝福而安息……

但是，這是犧牲嗎？神人緩緩解釋這一切失控的狀態是那麼美……但是，最後，沒有人逃得了。一如祂更費解地告訴鄭和：永遠的被遺棄……或許，就是永遠不會再被遺棄。

一如一個鄭和學家關注的太遙遠的西洋……「皇明混一海宇，超三代而軼漢唐，際天極地，罔不臣妾。其西域之西，迤北之北，固遠矣，而程途可計。」一四〇五年第一次下西洋的鄭和在這一四三二年所立石碑題文難掩某種歷史學家的擔待及其擔心……不免也揭露了種種後來六百多年歷史的渡口般起點所啟發的幽微的「現代」。歷史學家古來使命就是找尋過去發生事件引發幽微的每個時代獨有特徵從何而來從何而去地再發現過去種種為人忽略的線索……因此鄭和學家到底擔待地或說擔心地在書寫鄭和下的西洋的什麼？鄭和的西洋在歷史中的可告人的輝煌成就事故還是不可告人的失敗隱藏事故？下西洋的歷史中發生過的還是可能發生但是未曾發生過的事故？下西洋的歷史在場才知曉的事故還是在場卻無人知曉的事故？為了書寫西洋種種待揭露的可歌可泣事故或是為了掩蓋不可告人事故？書寫西洋是為了成就歷史的祕密還是為了湮滅歷史的祕密？書寫西洋是為了找尋事故的痕跡還是為了遮蔽事故的痕跡？鄭和學家的書寫不免就像極端暴力地召喚卻也同時極端溫柔地遮蔽了下西洋種種陰謀般的事故中最大的謎團，甚至就竟然以掩護反而取消祕密暴露「西洋」的可能。

鄭和學家任何對下西洋歷史事故的找尋破解都必然是混亂中的迷路找路……一如鄭和下西洋的動機是為了西洋冒險探路？是為了西洋的商機？為了西洋戰略考量？為了對西洋異國宣揚國威？為了讓西洋子民對中國皇帝敬畏？還是官方說法為了尋找逃亡隱匿西洋海外的前明朝皇帝？因為當「下西洋」也可能只是

等於遮蔽或等於轉移「西洋」時，所有歷史學家的揭示啟發都只能指向更深一層的遮蔽偽裝，「下西洋」歷史事故的解密不再可能也不再渴望贖回……所有「下西洋」歷史一如歷史英雄傳說故事所必然要奉行的京劇忠奸分明的古老臉譜精心畫眉……但是，都也只能是未完成地指向忠奸不明的「下西洋」謎底揭曉的絕無可能。

就像鄭和的或許是太過遙遠龐大必然殉身任務詛咒其下西洋就近乎自掘墳墓般的宿命……書寫下西洋的歷史就不免如同書寫自身之於真相總是更深的掩埋，一如書寫必然自身即是不可告人事故的無限揭露，一如下西洋歷史必然最終封印成無人知曉的祕密的無限幽微：書寫「西洋」……一如過去歷史書寫所費心尋找「現代」具備的特徵從何而來的過程意外發現很多特徵都可回溯到鄭和引發爭議的西洋的十五世紀。甚至就在諸般顯學炫光中把鄭和下的「西洋」書寫……啟發並啟動的大航海時代探險家和征服者在更多大洋的殖民史看成開啟帝國主義化和全球化種種「現代」歷史渡口因此常把鄭和及其啟發的十五世紀切割成「現代的發端」……對西洋充斥著鬼地方的淨身及其犧牲。

一如鄭和學家劉鋼曾經提出種種關於鄭和時代糾葛的「西洋」的研究補遺：更後來的鄭和才完全地改變了「西洋」這個字及這個概念……西洋古來始終在中國歷史不同時期充滿有不同的理解及其誤解……「西洋古代最早成為地理名詞出現於五代《西山雜記》記載：『五代時泉州蒲有良到占城，出任西洋轉運使。』宋朝時開封府猶太人因『進貢西洋佈於宋』而獲宋帝下旨『歸我中夏，遵守祖風，留遺汴梁』。元朝時西洋指印度南部沿海地域因元代航海家汪大淵《島夷志略》多處提到西洋，古里佛條：『當巨海之要衝，去僧加剌密邇，亦西洋諸國之馬頭也』、崑崙條提到『舶往西洋』，大八單條有『國居西洋之後』，天堂條記載『西洋也有路通』。又元代《異域志》記有西洋國條。明朝繼承了宋朝元朝關於西洋的概念，《明實錄》記載洪武二年劉叔勉出使西洋鎖里國：『海濤間關鳳濤萬里，三年夏才至西洋。』《明太宗實錄》記載，永樂元年『西洋剌尼回回哈只馬哈沒奇剌泥等來朝，貢方物』。甚至在明洪武年間的西洋還仍然只包含具體的國度。永樂三年開始的年代，發生巨大變化的『西洋』多次見於皇帝敕書：『遣中官鄭和等齎敕往喻西洋諸國』、『太監鄭和使西洋諸國還』、『敕太監楊慶等往西洋忽魯姆斯等國公幹』、『今命太監鄭和等往西洋忽魯姆斯等國公幹』。『西洋』彷彿成為明朝備受矚目的新名詞。明朝諸多刊行古籍：費信《大西洋記》、鞏珍《西洋番國志》、黃省曾《西洋朝貢典錄》、張燮《東西洋考》，羅懋登《三寶太監西洋記通俗演義》諸多文獻皆然。從漢朝的『西域』到明朝的『西洋』，中國出使外國的觀念擴展從陸路進入海洋。鄭和使『西洋』的概念已發展到囊括西域。陸容在《菽園雜記》中已經把哈列、撒馬兒罕、吐魯番、哈密等西域諸國稱為『旱西洋』。鄭和使『交趾、柬埔寨、暹羅以西，今馬來半島、蘇門答臘、爪哇、小巽他群島、以至於印度、波斯、甚至阿拉伯……都成為西洋』。」西洋在鄭和以前的古中國永遠只是魅影幢幢深抱戒心海市蜃樓般到只彷彿是某種被發明的無中生有的遠方的像外太空星際效應影響蟲洞黑洞破洞的凹陷的虛構集洞口……

然而狂迷叛逆起乩翻案般的當代鄭和學家們最瘋狂關注的「西洋」……卻是極自傲又自卑地引用更多悖論……崇洋媚洋式或是仇洋滅洋式的正反兩端的謬論爭論不休太久地無限荒謬……復仇者般地輕視蔑視仇視洋鬼子充滿偏見逆轉可能更接近薩依德《東方主義》式的（一如邪教東方教主般不祥猙獰另一種瞳術端詳種種焦慮）引用其敵意充斥的憤怒情緒考古學方法論反手刀刃反向砍向敵方「西洋」。更深一如有色眼鏡或魚眼鏡頭的扭曲變形擴散出的弧度誇張的表情怪異的恐懼症般地……受到更兩極的神仙化和妖怪化兩端絞痛無限對抗拉扯的史觀矛盾孿生出肌理黏膜般制度字彙學術意象妖幻觸手捧心最硬芯教義概念的敵方：「西洋」。

更多歷經工業革命大航海時代滄桑的「新西洋」有太多太多的嘩變成更晚近使新中國近乎恐懼憤怒厭惡混亂更異形化的端詳……和鄭和時代六百年前古中國的蔑視端詳「老西洋」是嘲弄番邦式的天朝自居撫番出巡的另一種端詳……必然是完全逆反分裂炫光般的矛盾絞痛史觀瞳術的無限扭曲混亂……

然而，西洋，對鄭和而言，或許更只是一種幻覺……一如六百年前古寶船上的海員們早就全部死亡，後代的鄭和學家們所看到的，都只是被西洋折騰太久太深的他們死前最後牽掛而出現幻覺幻滅的糾結纏身。

❖

那是一種古代最令人費解的術……一種「西洋」異域的神人意外喚出的關於「洗記憶」的術。或許因此下西洋的鄭和出事了……也不知出了什麼事，只是始終在某種控制與失控之間的狀態中找尋，意外被轉換取代或被再裹黏植入的到底是哪一部分，洗，某一種更繁複地關於找尋的進入或離開、消失或出現的種種法事般的出事。鄭和的記憶是最難以描繪的海圖關於海的想像……最根本又最難以捉摸的某種召喚「西洋」的過去的心事般的一再出事……

洗……記憶，對出事中的鄭和而言，不只是某一局部記憶消失而是可能更意外地使另一局部出現或用另一種狀態再出現。然而，鄭和仍然被困在某個「西洋」的鬼地方，他並不清楚他的困境使他的犧牲變得更為抽象離奇地費解。

一如他正被囚禁在黑暗的房間，一如某一個人坐在某一個地方，但是地方是不明的……在暗室之中完全看不見而只能依賴全身觸感所打開了感官的術……洗記憶的術困難重重不在於「洗」而在於「找」，而在於必須追蹤找尋到過去記憶的局部來精密定位才能開始「洗」……「找」的充滿歧路亡羊感那麼怪異近乎不可能，甚至比對定位的波折太折騰……就像叢林深處老蘑菇菌體的鬚根蔓延，像舌頭的敏感丘陵的味覺器口探出頭，或許就真的像水母的內部腔身在海底浮游……那麼艱難。

更因為鄭和竟然完全不同於尋常人從小就無意修煉出一套古怪離奇的存記憶的術，他用繁複迷宮般陣式裡的排列座標最底層用無法挖掘出來的祕徑迴路的迂迴曲折來刻意將他的記憶直接「存」到那個藏匿於茫茫然海中的島嶼座標。

其實童年的鄭和關於「記憶」的術本來就是他自己也沒有意識到地繁複近乎玄奧……他為了回憶起過去的一句話或一件事就往往必須藉由種種古怪近乎牽強的聯想甚至搶灘登島或跳島戰術般地攻堅突圍才能找尋得到，鄭和的記憶術本來就是一種海的祕術，根本無法言喻也無法找尋，他深深藏匿於海底的記憶最深處近乎不可能潛入。

那終究是一種誤解的犧牲的離奇……神人用「洗記憶」的術，面對鄭和意外的抵抗，沒有「洗」成卻「存」成了記憶的充滿古怪碎片般的碎裂感的更多關於鄭和的過去……使祂找尋到他的性格既驕傲又謙卑、既冷酷又悲憫、既自相矛盾又無法捉摸的人生永遠的種種兩難，找尋到他精通推算演繹寶船身的桅杆甲板櫓槳船體種種傷痕就可以推論出寶船種種變卦沉痛的身世，找尋到他對「西洋」更精密細查深遠的探索想像可能開啟卻又關閉的無限混沌幽遠……找尋到鄭和對記憶中對他所自以為是犧牲的「下西洋」的種種歷史及其史觀……隱隱約約的理解又陷入的同時的錯亂。

彷彿想解開謎題而更進入謎團地更不可能破解的種種演繹……使神人「洗記憶」的術始終陷入困局，陷入某種歧途誤入的困難重重的一如解謎的更費解想像的離奇……

神人找尋到鄭和的頭顱局部近乎重新發明的某個剎那……這種「西洋」古代邪門的奇幻之術，洗……太過殘忍而逼真：一如神人也目睹鄭和在暴風雨中所眼睜睜地找尋寶船體被燒掉的死亡瞬間，那龐然寶船海難的突然捲入半空中殘破扯裂到完全坍塌中，一如對他同時罹難的隨扈水兵海員們的認屍，就是鄭和按他那鉅細靡遺的全景透視般記憶所標示出每一個最細膩精密細節所說出……死亡的所有同僚海員及其所有死亡時的精密的拉帆划槳掌舵姿勢動作，一如最誇張最昂貴的災難電影特效停格般的特寫，一如最擬真最進化的３Ｄ列印出的最驚悚血腥畫面的重現……鄭和正熱淚盈眶端詳到的光景令他極度感傷的漫天寶船體崩塌終究發生……最巍巍然的高聳杆欄桅杆折騰許久還是折斷歪歪斜斜插入繚手們的胸口噴出鮮紅的血液血漬，最堅牢繫綁船具如手臂粗的巨型麻製繩索在狂風失控掃過擰斷的水兵們腰椎刺穿肝膽腸管臟器血淋淋流出的哀號呼天喚地恐懼感充斥的屍身肢解種種最殘酷暴戾現場的過度可怕……

「西洋」到底是什麼？他在那個密室般的祭壇前越來越迷惑了……他看向仍然有潮汐湧動時時刻刻都在變幻的浪花邊前進卻又邊撤退地往他逼近，他彷彿仍然還困在岸上，全身一動也不動地張望前方的暗黑，全神貫注地端詳著遠方緩緩的光影折射出「西洋」的海的波動，珠簾的珠串閃爍其詞般地閃爍，弧形變幻繞射的淺淺波影在暗中沉浸更深地由小變大，偶而空蕩蕩的空中雲層陷落旋而起風而更有暗潮洶湧捲起的越來越高的浪頭在某種不明的漲潮退潮的前前後後擺盪之中激起了什麼……

鄭和也越來越困惑，因為在這種密室所看到的「西洋」，觀潮一如摺疊彎曲如黑洞騰空的神祕潮流旋浮蕩漾，充滿了不明的暗示，一如他的身體不再是他的身體，充滿了感覺地不自覺抽搐地著急但是動作卻越來越失序遲緩，他老是感到祂的逼身威脅，彷彿依稀仍然有種隱約的狀態在發生，但是他無法明說，一如他努力地想感覺更清醒一些地張開眼睛，但是又闔上沉重的眼皮，然而他仍然看得到，在黝黑的夜色那個鬼地方，他越來越失控，不自主地發抖晃動近乎抽搐，或許是被神人下了藥或許是被下了咒，眼珠鼻洞咽喉口深處難受地如火如荼般乾燥燒灼，但是全身冒汗如浸透於滂沱大雨之中，他覺得他怎麼扭轉翻身的姿勢都不對，呼吸太過急促呼聲太過誇張一如全身肌肉緊緊賁張麻花纏扭，每個肉身角落都是死角地死命地想掙脫，但是都不免失敗，都顯得太像關節用不可能的角度折骨扭曲而肢體完全逆轉的另一種全身筋絡被擒拿鎖喉的悲慘姿勢。

他無法解釋這無法言喻的緩慢為何持續，就在這個「西洋」密室中的異象，光影沉浸於黑暗但是又看得清晰異常，他疲憊不堪但是全身的顫抖卻仍然激烈還怎麼都停不下來。一如他同時在這祭壇旁全身仍被綑綁的現場旁這個永遠黝黑的鬼地方所意外看到另一種古老的巫術施術中的手術，到底神人是為了救人還是為了殺人，為了慈悲還是為了殘忍的不明動機……比他所遭遇的痛楚更艱難也更悲慘的可憐現場，那些擔心的哭泣不已的老婦幼兒們環坐於正中心的微微懸吊老燭台火光的那一個髒兮兮的神桌所權充的古手術台。在那驚心慌亂的現場，只有一個老巫醫仍然沉默地下手，指揮若定旁邊太過緊張到惶惶不安的門徒們，用長相怪異又鋒利無比的長長短短歪斜彎曲倒勾的刀具，正要剖開一個難產中的孕婦哭泣聲極端淒淒慘慘，窒息已久的嬰屍被從疲倦的母親下體往上劃開的傷口拉出來長臍帶還沒剪而放於老布褥仍然潮濕而黏稠血流滿地的長神桌面……所有未知的光景越來越清晰卻也越模糊。鄭和心中急了起來，因為他跟神人解釋他是誰，但是祂不相信，也沒有人相信。他充滿懷疑……到底發生了什麼事的鄭和問祂說：我到底是誰？

「下西洋從來沒有發生過。鄭和這個人並不存在……」神人嘲弄地對他說：「你杜撰他。而且更奇怪的是，後來你竟然信以為真的。那是某種不可能發生的完美無缺的下西洋計畫中的唯一漏洞。鄭和將完美地死去。但是你不會這麼好命。下西洋計畫了數十年。因為一場暴風雨。你完全忘記了你是誰，然後彷彿想起了什麼而又以為你是誰……永樂大帝將會找人代替你。或許，你現在只會是另一個無名死去而屍體匆匆忙忙丟入海中的海員。」

鄭和失神地對神人說：「難道……我的身世，我的家族被屠殺而全部悲慘地死於那一年，我被去勢而哭了三天三夜是在那一個秋天，我幫皇上殺了多少人扶他登基永樂帝位是在那幾年的滿手血腥卻又引以為傲……這種種身世難道完全都是我杜撰出來的。」

神人對他說：「在我的洗記憶的咒術之中，你可以冒充任何人……我現在知道為何你想像中的寶船上的所有千戶水兵海員、異國的所有國王將領、孤島的所有海盜賊首……都想要冒充你，你太以為你下西洋是某種值得所有犧牲的不朽壯舉的焦慮症。」

神人說：「你的腦海中有一個古機關鎖，你也不知曉的密碼是兩種祥獸麒麟的變身的祕密名諱。你的一生下西洋祕而不宣的祕密都在這裡頭了。腦中的記憶太緊急撤離的連鎖反應失控重要的是，現在你是誰？而你要做什麼？你真的什麼都不記得！」

鄭和對神人說：「我沒有忘記任何事情，或許，我只假裝忘記……但是，我應該要淹死的。不然我會害死更多人。犧牲只是一種幻覺……」神人嘲諷鄭和：「你們來自中土的人和種族只是一種疾病。」祂老是嘲諷他們侵略又假裝不侵略，到頭來，就像一種更迂迴曲折的騙術，只想傳染某種傳說……「皇恩浩蕩，宣威四海」這種傳說就一如不斷傳染開了的某種病症……某種多餘的自大到近乎病態的自詡自誇及其後來必然引發的多愁善感。

「在這種詭譎多變的西洋……不免會使你終究淪落為一個失敗者。」神人嘲諷地說……因為所有能活下來的在西洋在海上的人都不免是一群最精心的流亡者。最精明的商賈、海賊、惡徒、奸細……因為種種原因，某種暴利生意的太過貪婪算計，某種擴張勢力的太過執迷不悟，某種帝國邊防的太過緊張敵意……延宕中的在海中的對決，找尋不免導向毀滅的最終收場。一如海也一如西洋的不明威脅……始終在烈日灼身或在滂沱大雨中。不可能逃離的……太可怕了地永遠逼身地逼近。鄭和就幾乎完全臣服，一如祂揭露了他擁有般的敏感過度的感應，太容易被附身被嘲諷的過去。祂最高明的術，是祂完全知道他的虛弱與虛無……甚至是他的擔心，甚至用他的擔心來對付他。

祂對他說：讓我洗你的記憶，不然所有寶船的海員們都會死，不然下西洋的使命都會致命……一如，鄭和老在昏迷之中想像自己可能生還……老是以為找到了一個孔洞可以逃離祂及那一個困住他的鬼地方，至少可以逃出神人設下的結界到另一個時間的另一個地方。

然而，那孔洞那麼困難重重……那麼需要費解地繞圈子很久才到得了的鬼地方，要從祭壇後頭凸起的塔側某長滿青苔的舊孔洞爬入，通過某穿堂般的雨漬斑斑駁駁的窄狹甬道，然後在某個轉折往下探頭，就會全身墜落，失重，恍恍然地回神時，就會發現他自己已經到了另一個地方。第一次是不小心找到的，也不知道為何會遇上這種狀態，而且每次的另一個時間都不太一樣，有時提前有時延後，但是出入不大，所到的另一個地方也都不太一樣，但是都是在那老祭壇附近。只是從那孔洞墜落之後，會就像一種逃離現場的逃生口，重新在另一個不一樣和時間和空間開始。就像開錯了門走錯了房間而看到的不該看到的什麼，或像點選了奇怪陌生的連結而進入了不明入口網站，釣竿末端異常地沉重而晃動近乎搏命硬拚拉得令人不安而擔心到底釣到了什麼。但是，後來，不知為何，一定要找到那個孔洞，卻變成一種任務的狀況的危急，還一定帶了好幾個海員隨扈急切地要幫他們逃離那個地方，但是，一緊急起來，就老出事了，鄭和老是一再迷路了，而且一再出錯，本來的走法好像走不太到，甚至，找了更久的驚慌之下，在繞來繞去的找路繞行過程中，一直出錯，而且追殺而來的神人的追兵已然逼近。更多的意外發生，摔倒、受傷、跌落……艱難險阻，始終是千鈞一髮，又無計可施，但他仍然找不到那真的可以完全逃離的孔洞，卻還是一直相信自己可能找得到……

洗記憶的那剎那……鄭和始終在抗拒而腦子裡翻出的皺摺痕跡越來越深也越不容易被描摹定位地洗出……祂開始啟動另一種術，在如此啟動彷彿深深入睡的幻影之中用夢來使他緩慢地失去意識而甘心情願地棄守心防地不設防……在他醒來的寤寐之間，祂問他：「在這個夢之前和之後你還記得什麼？用力想。」因為時間太快……祂的術回不去夢的前面，時間太慢到不了夢的後面。祂承諾會告訴他……他是誰，他為什麼要懷疑下西洋的動機。但是，不能因為他對西洋的太淺薄的善意或敵意而唐突了所有關於海的更深入的可能。祂要進入甚至深入他的腦子裡去知道對於懸念西洋的他到底為什麼或有什麼而不想讓祂知曉……鄭和的腦子底下到底有什麼？抵抗洗記憶的洗……祂希望是他不想讓祂知道的關於西洋的什麼，甚至是不讓自己想起的太深的過去的什麼……一如夢中一路都還是有海的異象在誘惑他試探他，在不同的夢境詭異多變地追蹤。然而祂始終會提醒他，你會感覺到夢境本身怪異的部分例如怪異的海的光景：嘩變潮流的瘋狂波紋理路的永遠失控，或是緊緊浸透桅杆風帆風暴的永遠狂亂，或是寶船體搖晃過度瀕臨失重狀態的永遠令人驚心。祂太明白詭計多端而可能失控的這種術不只會洗出他的記憶，還可能會洗走他的靈魂。祂所以變態般喜歡對他施這種術，源於祂對鄭和身上充滿人類的異變充滿太多變卦地有意思地好奇……一個原因是過度深入記憶往往會引發甚至無意解開更多封住他那戲劇化一生過去混亂的舊咒，另外的一個原因是這種太過古老關於西洋的術，太過玄奧……往往牽動太多懸念的海不會只探索他用寶船所載走的外在西洋珍藏異寶如何珍貴，而是會深入探問他的內心最核心的靈魂如何魂飛魄散。

祂杜撰了使鄭和在無意中進入與離開夢的路徑故佈疑陣成一個費解迷宮，但是只要仔細端詳就可以發現迷宮裡頭也暗中藏匿捷徑可以瞬間進入和離開。祂引誘他走入一個個祂設下的迷幻的局。連結到鄭和的過去人生失怙淨身陷入宮廷詭變困局種種的恐懼……西洋或寶船或他的一生種種失重狀態要如何墜落。祂不須解釋給他聽那迷宮怎麼回事，因為那完全是鄭和自己想出來的。這就是他的幻想出來的國度嗎？蔓延長列濱海旁邊的北京城舊城完全失控地崩塌中。近乎不可能的皇城高樓中的樓梯窗口門口牆垣的斷裂。非常的華麗壯觀但是卻又非常的頹壞可怕。在樓間的纜索和撬開的梯門之間。祂和他從西洋一路看回到那個長廊末端竟就是無窮蔓延但早已陳舊崩塌到完全廢棄的巨大紫禁城。

❖

西洋……一如在西洋鏡中看到的在噩夢中體會的真實，或許兩者皆不是幻覺或真實。西洋鏡可以看到可能的未來，可以看到時間可能的流變……或許更可能看到宿命的無法逃離的淒淒慘慘及其必然無情……

鄭和看到的那個西洋鏡中出現了太多幻影。他看到了朝中，看到了未來……一開始是慢動作般的朝廷議政本來應該向陽地肅穆自持的現場不知為何卻陷入某種被下咒後變成骯髒紫藍畫質發霉畫面的極其陰沉而晦暗，但是卻因為一個現身的當場奉命褪去全身衣著被迫裸體的去勢宦官正扭曲肢體到近乎肢解地慌慌張張，後來竟然就無奈地更因為拉扯推打在那一整群穿著盛裝朝服的朝臣之中而出現了近乎不可能的無比混亂，永樂大帝在朝中始終沒有說話……朝廷的大亂是怪異至極的令人難以置信，諸多大內侍衛逼身拉開諸多喧譁叫囂朝臣的無奈氣息甚至完全無聲，一直到最後西洋鏡中卻慢慢出現了某種噪音般的低音漸漸發散變大甚至最後形成某種古怪到難以形容的巨響。鏡面就完全變成烏雲深層的漆黑了。

之後，再出現的鏡面竟然出現了神明的鳥瞰，只像是一個神明最深最遠的充滿無奈又無情那摘下的空洞眼睛中的瞳孔……出現了環繞在重重海水洶湧潮浪包圍環伺的某個完全無人煙的荒島上。那一個逃離朝中的宦官仍然赤裸而慌慌張張地在荒島嶼中無聲地吶喊。後來，是海浪打來的某種緩慢潮起潮落的空空蕩蕩，鏡面中更不可思議地出現了島嶼四周海灘上所刻意排成一列的長短形貌不一的西洋鏡面，有那麼多奇形怪狀又那麼華麗的鏡面，甚至每一個鏡面都倒影著不同時間投影出的長空顏色及其強烈詭譎的烏雲和夕照。但是也出現了不同的寶船群一艘一艘不同的沉沒崩塌炸毀或悄悄地在渡口荒置被海蛆蛀蝕而變成廢墟廢船肢解的哀傷下場形貌的無奈而無情地無比骯髒……

鄭和在西洋鏡中早已看到了他不想看到的未來……永樂二十二年的永樂大帝過世之後新的天子即位當

天即下的詔書：「下西洋諸番國寶船悉皆停止。如已在福建太倉等處安泊者俱回南京。將帶去貨物仍鈴內府該庫交收。諸番國有進貢使臣當回去者，只量撥人船護送前去。原差去內外官員速皆回京。民梢人等各放寧家。各處修造下香寶船悉皆停止。其採辦鐵黎木只洪武中例餘悉停罷。但是買辦下番一應物件并鑄造銅錢買辦麝香生銅荒絲等物除見買在官者即於所在官司庫交收。其未起運者悉皆停止。敷告天下成使聞知。」朝臣夙仇的劉大夏稟告兵部尚書說：鄭和下西洋的史料及其寶船……本來應該就要永遠消失：「三寶下西洋，費錢糧數十萬，軍民死且萬計……艦隊攜回奇珍異寶如萵醬、耶杖、蒲桃、塗林、鴕鳥蛋皆無用之物，航海誌皆恢詭怪譎，遼絕耳目，應當焚毀……」彷彿完全沒發生過一樣的過去顯赫的探險艦隊在充滿的陰影下再也沒恢復過昔日的意氣風發……哀傷地端詳著西洋鏡中下場淒淒慘慘未來的鄭和……在那數十年之中下西洋中，到底找尋了什麼？完成了什麼？史上最龐大的艦隊司令……到底冒命地冒犯過多遠多遼闊的海？登陸過多深多龐大的大陸？在什麼鬼地方遭遇過多險惡的探險？又因種種危險發現過多瑰麗多神祕的逼近未來的什麼？

然而，西洋鏡中的未來……或許已然提前到過去，一如替換過的時光還沒有發生的記憶就刻意遭到抹殺的種種遺忘……寶船造訪過的諸多在非洲澳洲南北美洲建立的多少尚未成為殖民地的留下後裔的異國渡口也遭到遺忘任其自生自滅……鄭和的寶船成群在紫禁城外荒置港口無人問津任其腐朽崩塌。西洋……老令鄭和的好奇更深……「西洋鏡」的風靡一如「西洋」的風靡，不免都是某種好奇及其必然的往往邊理解邊誤解的窺探……鄭和無法想像「西洋鏡」在多年後的另一種可能被注目的窺探祕境的可能是另一種近乎荒唐的意外……西洋鏡，在數百年後的十九世紀末的市井……竟然只淪落成是遊樂場中的一種炫目而前所未見的驚人玩具或玩法，甚至是祕密聳動地故意擠入某個黑暗窄狹密室而且每一次只能給一個人看的「偷窺秀機器」。

偷窺到的以連續放映的畫片所形成的所放映影片和未來的電影非常不同，完全沒有情節沒有故事的醞釀渲染引人注目而引人入勝，彷彿只是一種無趣味的刻板怪異科學實驗紀錄，編號檔案收集的無意流出，切割切換的畫面時間短暫，也大多都只是純然的片段肢體動作的紀錄片式的打量，一如舞蹈一如魔術一如小丑雜耍一如畸形人獸奇觀種種古怪誇張動作的栩栩如生……即使有刻意的裸體也只是像醫學解剖前的屍體那般肅穆……而且往往還只是安安靜靜的默片。西洋鏡，即所謂拉洋片的一種，或更僅僅稱之為西洋景的鬼玩意兒。一如不只是陰霾倒影的皮影戲，有時排場誇張點還會以畫片在一暗箱中推動之中讓演出者邊拉片邊說唱，亂哄哄搭唱起用京劇唱洋歌劇唱腔的鬼叫聲……周而復始之中讓觀眾可從透鏡中看到放大了也流動了的畫面。變成了奇觀……早年只因畫片畫西洋景物故稱西洋鏡的時候，看到西洋鏡這樣的東西會只覺得很稀罕……

然而，西洋鏡當年引用了暗箱光影變成了天花亂墜的神祕鬼東西。還有更多的以訛傳訛的謠傳引用成更庸俗的誤解甚至演變成一種想像一種比喻的某種更著名的誤解……一如去看西洋鏡意味是去看新鮮的鬼東西，一如騙局被拆穿就叫做拆穿西洋鏡而自嘆沒什麼了不起的某種感嘆……鄭和最不可能想像的更未來的西洋鏡所變異進化成的……「電影」。西洋鏡從那種打開後機器黑箱裡只有幾張圖片騙局的破解其內情的恍惚……進化演變成更奇幻的「電影」關於「未來」的發明，是更未來的怪故事……近乎巫祝的巫術般……源於影像動作必須依靠一連串靜照連續出現的攝影術發展，早期的攝影需要相當長的曝光時間，甚至最早期需要好幾個小時後來好幾分鐘以慢速曝光而無法捕捉動作連續製造出影像動感，一直到一八七〇年左右才發展出1／25秒的曝光時間，但也僅止於在玻璃感光板上拍照。然而這種感光玻璃板不能通過攝影機或放映機。透明底片、快速曝光、讓底片產生間歇運動與讓底片順利通過快門的裝置種種的組合在一八九〇年左右終於完成……那是有一個西洋魔術家愛迪生發明了西洋鏡……更多不同國家的發明家分別發明出不同的攝影及放映的更進化的西洋鏡機器。關於西洋鏡的發明進化到關於電影（甚至有太多部關於「鄭和下西洋」的電影在百年後一再上映一再重拍一再拍成續集……）的發明歷來眾說紛紜莫衷一是，一如「西洋」的概念的發明及其自古以來的爭辯混亂……那麼地令鄭和困擾。一如鄭和的那一個怪夢。他迷路在一個巨大的廢墟，很多人出沒但他並不清楚他們有點鬼鬼祟祟的行蹤，所有人彷彿正在忙於進行什麼或前往那裡……但是，鄭和始終都無法更留意他們。因為心中一直閃過某種幻念，他快不行了因為某種他也不知道的原因，知道自己或許已然逃不了地終究會化為一陣煙霧般地肉身完全散佈揮發，激化成某種怪異的未來西洋鏡所進化成的「電影」中引用的科幻片式的種種碎裂粒子殘像，甚至就是全身血肉也沒有血肉模糊過地就被蒸發到砂化，一團飛砂最後依稀地凝聚在空中，一陣風來，那完全變成飛砂粒團的他就將會消失殆盡。一如，「西洋」的遭遇充滿的近乎亡命的陣陣痛楚不明的陣痛……鄭和想跟近乎沒留意到他的形變蒸發到快揮發的寶船上所有千戶們海員們水兵們仔細地解釋他為什麼會這樣，但是，才發現他們完全不感興趣，而且鄭和竟然充滿淚水地發現自己也完全無法解釋……

一如鄭和老會想起他去過的西洋的種種鬼地方……和他看過的那些小鬼……一如他在那個怪島嶼某個舊時代山村老市場所看到了的那個古怪的男童，瘦弱的四肢撐起過大的還未長出任何頭髮的頭顱，粗野地對人或對空號叫，甚至始終是全身赤裸裸地裸體，但是還完全沒有任何顧忌地開心地在人群中跑來跑去，他太像一個在森林荒野中長大野狗般的野孩子，刻意惹人厭不斷捉弄旁人引人注目的惡童，某個結界逃離出來的叛逆的三太子，地藏王老廟前成排斑斑駁駁石頭刻成的童子，肉身仍然半透明的人蔘果人形詭譎孩童身的妖精，甚至，就是，一個沒有意識到他已然來到人間的投胎失敗的……嬰靈。

或許，彷彿始終沒有感覺到自己所活著的這個西洋怪異老時代市井，充滿了更費解的繁忙拘謹的成人們更不解的打量，禮貌而小心翼翼的，可能被傷害、羞辱的種種擔心……但是，他完全沒有意識到這種種更曲折的教養的焦慮……尤其在他裸露下體拉扯細小陰莖的怪異方式太過離奇，近乎像在拉一個無關緊要的東西，可是那東西又不是從身上長出來的，只是為了好玩，不能理解，只是一塊肉，從身上長出的沒有感覺的東西，抽抽抽，從身體裡要抽一個東西出來。像是某種邊吃邊玩的麥芽亂拉橡皮糖，某種隨手隨時可拋棄的玩具，那麼地詭異費解，甚至惡意地混亂拉扯但是又完全沒有惡意……他到了那個早該會說話的年紀卻仍然還不會說話。而且童真的臉上卻老沒有表情，卻有明顯的動過刀口的兔唇傷痕累累縫線。全身赤裸裸地沒穿衣服地攀爬泥濘的土地獸籠竹製欄杆又尖又刺又污穢不堪，蒼蠅繞飛在他流血受傷化膿傷痕累累的傷口，使他那有穿髒兮兮的童子肚兜小衫衣裳的陪伴他的年紀大兩三歲的哥哥彷彿也被他的始終我行我素弄到緊張兮兮……或許，就是比較正常一點點感覺到種種市井諸方投來那麼歧視而異樣的眼光，而始終替他擔心。

那小孩老是趴在房中的窗洞往外看，或就是成天在那老店門口旁划動那隻木製老舊的玩具寶船。晃動地像是划著真正的船身，要飛到天上去般地吆喝近乎尖叫的吶喊……住在那老市場的昏黃舊街生的那怪異小孩身體病弱卻仍然蠻橫的祖父母出現了，但是卻又不太在乎那怪孫子。卻只是大呼小叫地指使那店家的委屈女僕幫他們抱上樓。據說在這「西洋」某個島嶼某個舊時代破爛不堪老市場裡外號就叫船長的他……彷彿是一種厲鬼最害怕的苗族蠱師或暹羅降頭師所養的法術修煉成的妖幻小鬼的鬼身，就老跟傳說中的這種南洋最陰森的鬼話中的投胎出差錯而困在人間和陰間的被豢養的小鬼……相仿的身形大小，幼稺的年紀，童真的容顏……都那麼雷同。

這使鄭和在充滿了不忍心的同情外，還引發了更為久遠以前的餘緒。使他近乎落淚，因為非常悲傷地回想起自己在雲南官邸的童年的最終端變故，他那元代朝廷世家的龐然宅院被明朝亂兵攻堅多日終於攻破的那一天……

也就是鄭和還仍然是一個和那裸身小男童雷同的童身時……他悲傷地被淨身的那一天。

鄭和塔。寶船老件考。五。

某種孤高紀念碑式的懸念紀念……殺氣騰騰神經兮兮的傳說末端最終長成通天鄭和塔是始終無法釋懷的……一代梟雄顧盼群雄之後最終端的慈悲感……為永樂傳遞了一個更複雜矛盾但是充滿歉意贖罪的更深的政治危機四伏的補償：「儘管以暴力篡位奪取了親侄帝位的皇帝始終仍然是孝子……」

那是近乎不世高樓的瓷白高塔聳立在南京，長江畔數十里外可以望見的通天的純白玉柱。面對神域的好奇、探索天界的刻意……所化身成狂迷耽戀的瘋狂通天塔狀態，就像是殘影蒸發後現身的海市蜃樓……太多傳說關於這古傳的鄭和監工的大報恩寺完全是一個奇蹟般的奇觀。尤其是位於大報恩寺大殿後的號稱是鄭和塔的絕世琉璃塔，令人神魂顛倒的豔異風光九層八面還高達巨神靈般的七十八米二塔身，滿月月光中那晶瑩剔透白瓷貼塔面甚至拱門琉璃門券而精雕細琢的門框飾有獅子白象飛羊種種佛像坐騎充斥著法力無窮神通般的五色琉璃磚，剎頂鑲嵌金銀珠寶而角梁下懸掛風鈴一百五十二枚日夜作響聲聞數里，傳說自落成之日起就點燃長明塔燈一百四十盞每日耗油百斤金碧輝煌晝夜通明地為明廷祈福，塔內壁鑲嵌滿塔數萬佛龕如有滿天神佛降世神通加持護法……幻境投射出更高的不可思議之建築腔體長出的有靈魂的塔身，當年的西洋貴族皇室使節商賈傳教士跟隨鄭和寶船到中國完全無法理解這通天的南京瓷塔如何打造成如此通天瓷白如玉峰，而將其與羅馬鬥獸場亞歷山大地下陵墓比薩斜塔種種並列為中古世界七大奇觀。明朝修建大報恩寺的傳說是明朝永樂帝為紀念其慘死生母的碽妃而興建，建造於永樂十年至宣德三年竣工，其實是鄭和下西洋期間的不世崛起及其隕落的最激烈的十九年……

在一四一二年到一四三一年期間興建規模龐大一如北京紫禁城宮殿的營造法式繁複華麗的金碧輝煌建

築群。大報恩寺施工極其考究，完全按照北京城皇宮的最高規格營建。甚至地基上先釘入粗大木樁然後縱火焚燒使之變成木炭再用鐵輪滾石碾壓夯實木炭上加鋪一層硃砂以防潮殺蟲的質地玄機。寺內有殿閣二十多座經房三十八間拜亭長廊一百十八處，近乎不可能地歷時十九年耗銀二百五十萬兩徵調工役十多萬人的工事……

瓷色如玉的純白也表示哀悼和孝道的大報恩寺的高塔全部罩以景德鎮燒造的純白色瓷磚輝煌的孝親禮物也可能暗示某種美學最高的倫理學致意絕世工事……

這座八面琉璃寶塔高近八十米還在誇張飛簷懸掛上百串風鈴還有上百盞燈入夜在窗中照耀而被盛讚為全中國最夢幻也最美麗的一座極限美學高度的高塔……召喚出神通般地風靡，引發更深更廣的西洋張望……一如荷蘭人紐霍夫發表《荷蘭屬東印度公司出使中國皇帝報告書》之後，瓷塔在西洋太過著稱於此部著作描述一六五六年荷蘭使節團在北京同時也向歐洲提供了有關中國建築的全書附有一百幀版畫建築部分特別著墨於報恩寺「瓷塔」。一如影響後續的眾多瘋狂西洋瓷匠便是參考書中也把高塔畫在荷蘭人為母國訂製青花瓷壺上頭。一如西洋人將此塔名列世界第八大奇蹟的整座塔都是用瓷蓋成的中國瓷器工匠以整座寶塔透過他們的藝術造出輝煌絕倫的不世「瓷塔」。這種種幻象般過度嚮往的瓷塔太過玄奧虛幻到一如強光中恍神或泅游於大霧雲海的雪花模糊曖昧畫面中的遙遠美感一晃而逝，時光流逝誤差狂歡地解凍神祕體驗、明朝聖上美感流入西洋的活體解剖般……甚至因此最瘋狂的法王路易十四推出他向中國致敬的最奢侈豪華於一六七〇年由勒沃設計為國王的情婦蒙特斯龐夫人在凡爾賽宮花園蓋了座特安農「瓷宮」：即西洋著迷的打造眾多仿中國情調風建築的首座……其一層樓高多立克柱式立面曼薩爾式雙斜屋號稱向南京鄭和塔致敬，但是屋脊瓷簷式的怪塔頂竟然還出現無數與中國斜簷屋頂沿邊鑲上法恩斯錫青花陶甕，連金屬花盆也漆成藍白兩色青花風格華麗冒險般地奢侈……諸多皇室華麗房間也更一律配備中國繡帷中國漆器屏風和青花陶磚外牆同樣披掛荷蘭青花瓷的特安農瓷宮……古怪登場的中國瓷宮始終無法理解地形成強烈影響了西洋數百年的中國風的風靡。

一如引用當年鄭和塔的某種孤高紀念碑式的懸念紀念……殺氣騰騰神經兮兮的傳說末端最終長成通天巴別塔終究遭天譴式的始終無法釋懷，也從而再流傳西洋懷念中卻在數百年後穿鑿附會地傳遞了一個更複雜矛盾但是充滿歉意贖罪……更多以訛傳訛式一如想引用青花瓷色重拼花出西洋山寨版鄭和塔怪異自詡的風靡……鄭和下西洋未竟之功的更深的「中國必然是黃禍」危機四伏問題重重的補償。

機場。馬三寶部。第三篇。

那是一種類似卡夫卡式的荒謬劇演出，但是馬三寶卻是不小心陷入的演員，最慘的悲劇其實是鬧劇……馬三寶只依稀想起的是某一回可怕的開始，想起那天種種的第一回……上路一路去歐洲找鄭和的古董的在機場的鬧劇。太多意外地耽誤到半夜飛機最後天快亮了才出發，好像荒山的孤魂野鬼在夜用盡的遺憾之中打量太多自己的餘緒。怪異的所有狀態變得抽象，或許因為太早人太少，空蕩蕩的機場極端冗長極端死寂的走廊末端始終有種吞沒人的隱約感。但是，或許也只是因為前一天完全沒睡。因此轉機的過程上飛機下飛機都昏，一路找地方歇腳，邊昏邊走，坐車睡到了車站還不知道，一路昏昏沉沉的飛機上沒睡好，永遠太冷也永遠太悶。那歐洲機場和台北的溫差十度而且始終快下雨，天氣顯得那麼唐突而反差。但是那天最怪的事卻竟然是他被貼身搜身，過關有一個檢查他行李的猶太人老先生異常地謹慎而彎身搜得很詳細到開所有行李的袋口縫隙，或許那時候有被預警可能會出事。甚至檢查護照大廳有貼一長條英文對照，布條：「加強偵查恐怖分子」。

以前都沒有過地緊張的馬三寶覺得極端奇怪，因為過去從來都沒檢查這麼仔細。那看來非常世故的老先生問他來的目的。來談生意的他卻說他只要去找古董看古蹟……從頭到尾聽起來都很假也很含糊，檢查官英文發音不太準也不太清楚，他也都聽不太懂，或許說的英文也很忐忑所以就更可懷疑。但是搜身是另一個年輕的洋胖子，卻更為怪異地嚴厲。他在行李打開後就可疑地被帶到機場大廳角落一個三面木隔間式的隔板後，那裡有一張長桌和置物盒可以放所有羅列的行李裡他所有的愚蠢東西，所有的亂糟糟塞滿的刮鬍刀牙刷盥洗物或手機電池充電插頭阿斯匹靈甚至出發前來不及洗的皺巴巴的衛生衣髒兮兮襯衫長褲內衣內褲，都竟然被很正式地一如警方證物或是博物館動物標本地被整齊羅列於桌面，太正式到有點滑稽……那種真的防恐的勾心鬥角的細節拿捏問話內心戲打量拖了非常冗長的好幾個小時的偵訊般地檢查……

一開始的入門鞠躬的那穿警備制服的胖檢查官還先跟他斜身淺行禮。然後就舉雙手，他說了一句英文，大概是掏出口袋裡東西的意思，因為他邊講邊指了長桌上的空置物盒。也放到長桌旁羅列的證物之中……彷彿他全身都可能是不明可爆裂物。

然後開始了……那檢查官徹底地嚴肅地從馬三寶背後用手掌很仔細地全身從上到下甚至每一個死角都摸過，脖子胳臂還好，腰椎兩側再往下，雙腿摸得很緊張，但是完全沒放過，從臀部到大腿膝蓋小腿，又倒回上頭再一回，左側完再右側，最怪異是在胯下兩側，避開陰莖但是卻掌側緊摸往下到陰囊邊深處再緩慢地滑落到肛門，沒有放過任何一個細節，也沒有一絲性的氣息。反而像是在驗傷，品管官員檢查生產線冗長產品打造有無疏失瑕疵，或是在議價最後端詳喊價的巨大鮪魚鮭魚弧身魚鰭下有無異常潰爛，或就是古董專家鑑定某明清太師椅彎身仔細用手指撫過每一個接榫木椅背椅足扶手卡接是否有蛀有傷種種的講究……

但是卻也因為這麼仔細又疏離，深入摸索又無以名狀。使馬三寶第一次對自己的肉身湧現了某種古怪的從未有過的缺席感。彷彿只剩下軀殼的動物肉身，蛻皮的荒置路旁破爛蛇皮還以為自己仍舊是巨蟒，甚至，蟲蛹還以為自己仍然還是蟲。他甚至覺得在某種狀態之中自己是被外星人式性侵了般的。但是他想過也可能只是要查藏海洛因之類塞入肛門的，會不會叫他趴下伸手指插入菊花洞口。或真的脫光驗全身可以綁藥或綁炸藥的關節私處用金屬觸手一如腸鏡伸入的侵入性更深的檢查。他不知道……因為充滿狐疑的那警服胖警官的太過道貌岸然一絲不苟反而更令他擔心會變成這種灌水灌腸刑求般的更多可能。他懷疑自己真的會看起來像回教徒那種基本教義派的特工恐怖分子式的暗示性太強。更糟就變成科幻片式《關鍵報告》那種挖眼珠換眼珠用金屬蜘蛛細足伸入七孔流血般的所有肉身孔洞。

而他那天根本沒睡……一路昏沉到始終感覺存在感的出奇低或許也害怕像更多出事，或舊傷發作的膝蓋脊椎後腰再找上門或就是太趕太慌到不知忘了什麼。也可能搜身只是故佈疑惑，其實他們同時在他沒留神的剎那間將他腦袋動了手腳式地照過什麼光下過什麼藥打過什麼針之類的分心……更多密室裡的更多檢察官們還在大腸絨毛皺摺縫隙中埋入針孔鏡頭照射餘光端詳……

最近幾年因為太常出國太常困在機場裡頭的馬三寶老感覺到這個人間是以不同的生物時鐘不同的進化史觀在個別的黑洞裡頭打轉……人們所有關於這些衣或吃或住或所有這時代鬼東西講究的細膩到近乎不可能地太難以置信，像當年鄭和拿中國的青花瓷和絲綢給土著看的六百年前：火藥、羅盤、中藥……對他們而言都像法術。馬三寶所因此想起當年鄭和到了那種種西洋鬼地方的狀態……那種最抽象或是最疏遠的理解及其誤解，用頂級絲綢和茶葉只能交換象牙和虎皮和活的斑馬長頸鹿，都會變得穿鑿附會，只能簡化或切割成土人可以理解的狀態。

在機場等飛機時馬三寶竟然做了一個怪夢……

夢中，出事了……那個在飛機場接應的人想說服太緊張而失措的馬三寶，可以留下來，發生太多事，卻不一定要逃亡不回來，或許，如果真的要出國，也只是避一下風頭，只是逃離一會兒就回來。他安慰他：用錢可以解決的事都不算嚴重的事，甚至，缺的錢他可以換以歐元或美金或任何貨幣幫馬三寶付。其實真的可怕的卻是……到底發生了什麼事，馬三寶並不記得，甚至完全不清楚，那是某種隱隱約約的威脅感，他做錯了一件無法被原諒的事……而極端害怕。

最後，就已然慌慌張張地趕到了飛機跑道前的候機室了，接應的另一批人們在等他，提到更多，有跟他一起參加的幾個人已然自殺，有好多的大電視台記者扛攝影機在出境門口等著要訪問，好像也有殺手埋伏在人群裡頭，那人叫他千萬不要走，千萬小心翼翼，不要再做傻事。

但是，馬三寶仍然想不起來他做了什麼……

❖

悼念鄭和及其寶船老件太過龐大揪心地深陷那時代自己費盡千辛萬苦一生的承諾找尋的問題重重……一如悼念這時代的心酸，馬三寶跟老水鬼說他老覺得在機場那麼荒謬……一如悼念他長大在台灣的那麼荒謬。一如曾經風雲叱吒的某太空船摔毀在野地田埂裡卻竟然被村民路過不小心發現：泥淖中的鈦合金的防爆門、電腦主機板的最高規格處理器、導航系統校正指數到千分之一毫米的機芯、還能啟動的核子動力引擎……開挖的農民看到這團塊機械殘骸，因為看到太多機體撞擊墜落的擦傷泥漬，就懶得再追問，或許也怕惹事，根本不想去探究……就只是叫鎮上撿破爛的來載……甚至也就秤斤賣了……的那種一向草草收場的馬虎。也像不小心路過某北京老胡同裡的不三不四的古董私貨倉庫裡所看到了好多標示買一送一出價就賣的紙牌後……成堆的盜挖龍門石窟的大大小小石刻數百年莊嚴但削鼻的老佛頭、走私來文革期間紅衛兵搜刮老藏廟裡的看似已被加持念咒多年的極舊極陰森的諸多寶瓶金鑽杵天珠令人心悸法器……一如鄭和寶船老件當廢棄物的那種好氣又好笑的令人心酸。

馬三寶遇到那一個老水鬼，竟然是在快半夜三更的擁擠不堪的高科技未來風著名一如一隻超合金巨鷹身建築體的古怪香港機場，近乎不可能地過於巧合的多年後久違的寒暄時……他才提起了他本來是要去上海出差，要跑某個和電子零件有關的案子才困在那怪機場……那年是祖國南方太過緊張情勢持續惡化的雪災，所有的班機都大亂了……

但是飛機也誤點了的馬三寶跟那老水鬼說，或許你前一陣子太忙，剛好趁機會混一混的你就順便去維多利亞港三天兩夜玩玩晃晃。可是他竟然說因為太趕了，就只能在機場乾等候，不想再入境，因為當天晚上就要趕緊趕到上海喬那個祖國大腕難纏客戶。所有的狀態都太過逼迫地逼近……馬三寶想起來太多年前有一次吃飯敘舊到他這十多年大陸台灣兩地跑到太過厭倦旅行了，他說他後來就變得像喬治克隆尼在《型男飛行日誌》那電影裡演的那全世界飛的中年男人，熟到完全知道香港機場的哪一條登機門走道、哪一個出關匣口、哪個時間的飛機到可以接上哪班接駁車的誤差一分鐘之內的……精準。但是過了幾年一直出狀況，品質管制措施失控、工廠員工跳樓罷工、跨國企業市場轉移、太多太多變化的離奇……大陸那電子零件工廠後來人事改組，整批人馬都撤換了……他也就心一橫，放棄了十多年在那廠當電子商務總監種種的人脈，還就回來台灣重起爐灶開始跑自己的生意地「跑路了」……

他們因為彼此太多年自己人生的牽掛和變卦而失去彼此訊息太久太久……但是，老朋友卻是死裡逃生了一回……從一開始完全沒案子到這兩三年案子又多又忙到不行。這次他提到的要在香港機場只待幾個小時的心情令馬三寶很替他心疼……但是馬三寶沒有安慰他，卻用他的一向尖酸刻薄口吻反而諷刺起他的這種半天版的《航站情緣》那片子裡的困在機場的荒誕。好像他前十年的人生的縮影快轉一回的荒謬劇般地……因為他跟馬三寶說他想要去某個荒島度假已然好多年但是太忙一直沒有成行的沮喪……一定會在那裡發作。

馬三寶記得他在當年就是那種人，永遠工作時很緩慢很堅持某些狀態到很容易激怒別人……的那種人。像某種太怪異的疏離到龍安寺的枯山水或三十三間堂千手觀音菩薩老金佛堂講究過度……那種太不容易在這種時代太快運轉又太快消化地死命工作的人。但是，他卻只能困在那他已然困了十多年的香港機場。那機場是馬三寶仍然記得的冰冷巨大還永遠空曠而荒涼……所有的人心不在焉地從不同的匣門來往不同的匣門去……趕路前行。根本不會有人記得的這個機場這麼高科技的弧形支撐巨柱所撐起的那彷彿太空艙式的荒蕪……馬三寶提起了那一回在要前往上海轉機的航班誤點中也在那裡困了很久很久過，在那年的雪災……他那時候還不知去那裡會遇到更危險的什麼……馬三寶沮喪地和那老朋友走到那機場二樓他永遠不記得叫什麼記的粵菜館，還故意就坐入視野最好最遠的角落，兩個人就叫了菊花普洱茶一杯一杯的苦味麻痺提神，在那個古裝假九龍螭壁裝潢的紫禁城皇宮殿宇的斜斜屋簷起翹斗栱牌樓玄關旁龍柱成群召喚出老中國氣味的紅木圓桌太師椅園林迴廊的美人靠弧度優雅臨河木製曲折離奇欄杆前，兩個人嘲笑彼此和大陸內地人做生意的始終落敗……馬三寶和他還是充滿了往來祖國多年屢戰屢敗的餘緒，一如連吃了太多籠港式蝦餃叉燒酥湯包狀元及第老粥之後地撐不下去……就攤瘓地跌坐在那死角太師木椅一如在懸崖頂端完全一動也不動地看出那仿古餐廳裝潢外頭光景更高聳更彎曲如遠古恐龍骨骸化石屍身的空曠結構體建築弧形支撐彎柱肋排般羅列地那麼虛幻……兩個中年人只能痴呆地透視遠方，那升降跑道飛機坪上百台起飛降落機身的太過高聳落地窗帷幕龐然玻璃，及其更多蔓延的不鏽鋼樓梯長廊機艙門口搭接咬死般咬合的上百登機門編號的成排眺台的遠眺……

另一端的平行宇宙觀竟然是不遠的前方。那最昂貴奢侈品牌的一如神祇拜殿佛龕成群羅列的LV、Dior、Chanel、Gucci……那些極誇張極華麗的輸出燈箱照片上的明星或模特兒的龐大的臉……太完美地像是某種聖像或許是不可直視不然冒犯就會被戳瞎雙眼的神聖巨獸的古生物圖騰……反正怎麼看都不像是人。再遠一點的樓下天井又更豪華地展開那一如〈清明上河圖〉般羅列的各色人種擁擠不堪負荷的香水菸酒免稅商店……眾目睽睽的數百家燈火通明。有種距離感的奢侈而華麗……整個拉長的拱弧狀的光井中那充斥大量的光和空氣是冰冷的呼喚或呼救無人問津，還有種轟轟的低沉底部聲音在那機場綿延了近百公尺的弧形鋼梁大廳中迴盪……馬三寶老凝視著香港機場太過火的一如節慶氣氛濃郁又怪異滲透入了整個場景的龐大而空曠……顯得好有未來感的某種奇特的虛無而蒙昧。

然而完全不在乎未來的馬三寶老還是始終沉迷於那廣東菜「三寶飯」、「三寶粥」、「三寶魚」、「三寶肉」種種三寶招牌料理老菜單……好多好多太老派的菜名的菜。那使他覺得自己還活著，還沒那麼像被拋棄於未來外太空感的可憐兮兮的荒誕而荒涼……菜色其實是太老熟悉的……又甜又酸又鹹地重口味的太多字眼都像祖國某一首詩詞的詞牌的種種菜色菜名……明爐燒鵝。香芋扣肉。鹹魚茄瓜煲。炒鮮奶。白雲豬手。芹菜魷魚絲。清蒸石斑魚。窩蛋臘腸煲仔飯。牛肉湯河粉。香煎芋頭糕。避風塘炒蟹。揚州炒飯。廣式脆皮燒肉。太多太多他小時候就始終想吃的……一直看一直看始終無法決定許久，最後的馬三寶和老朋友兩個人竟每一樣都點地點了滿滿一大桌菜狠狠地吃……那嘆息不忍彷彿在未來的世界末日兩人就要亡命跑路……在離開地球前最後關頭般的最後一頓……最後的他們在吃那滿滿一桌菜的吵好久地聊了好久「旅行」的爭論不休中……馬三寶說他那一陣子老是在想「旅行」是因為之前有一回在飛機上亂糟糟地亂看到的那部怪電影《在中國旅行的外國人》的裡頭印象最深的那一部部古怪的關於各式各不同尋常拍攝的三分鐘短紀錄片集。其實那些短片的拍和剪的影像技術都極尋常，大多片拍得像節奏瞬變又流暢的打歌MV，或像美少女演的甜美又溫馨的廣告，或許就是好萊塢電影式劇力萬鈞充滿特效與噱頭的片花……那種種的流行的聲光華麗而炫耀的習氣。

馬三寶跟老水鬼說：但是其中有一部短片卻拍得令他最難忘。令人不安極了地迷人是那片子從頭到尾沒有劇情也沒有高潮。甚至沒有頭尾的整個三分鐘，除了插入部分天安門或北京的政治歷史著名城市景觀畫面之外……主要的鏡頭，卻完全停在一個角落。光線是充滿灰塵的陰霾，街頭是完全沒有特色的現場，從頭到尾就只是用很低階的攝影機在偷拍，看起來甚至只是不小心在旅行路上遇到的偶然……就拿起隨手的手機，偷伯那一個在大陸某不明城市的看起來精神有點異常的身分不明的中年男子。在鏡頭裡，他的全身骯髒而疲倦，站在一條大街的路口，後面的車子和人，一如尋常也只是好像視而不見地……而且也始終不斷地穿梭而過……沒有人注意到他。即使他全身只穿一件又破又舊的襯衫，走路移動時的姿勢是唐突而不均衡地而甚至有點不自覺地跛……好像隨時就要跌倒了。而且最奇怪而荒誕的是……他竟然是下半身赤裸。露出性器官，腿和手都又髒又臭地裸露在外，有蒼蠅在他身上的瘡疤上繞飛不去……但是他好像完全沒有發現他自己的狀態的失控……甚至沒有感覺他身體快壞毀了的異狀，也不知他身在何處地就只是在那裡發呆，只是……看向遠方。其實。整個看片的過程是那麼地令人不安。越來越恍惚的馬三寶一直留神著他的眼神的恍惚。因為馬三寶覺得他的完全沒有發現自己狀態的失控……那麼地像他，像一路跑路的他所面對著自己的至今仍然也常常會一再恍惚的中年。整部短片就結束在他好像注意到了這個在偷拍他的北京導演……他看向鏡頭了。片子就消失了……

❖

馬三寶老是想起當年在水鬼部隊的生猛海鮮酒宴。那最凶悍而殺氣騰騰的水鬼班長老愛用骯髒的鋼杯菸灰缸甚至蛙鏡軍靴來裝摸回來的高粱，在出完任務摸上匪區割完耳朵回來慶功的混亂之中的逼酒，馬三寶老說他不能喝，但是班長還老是硬逼他喝。那是夜半的太多的水鬼，太多他所始終厭倦的海軍陸戰隊員，那泥彩的草綠色的軍服像是某種催眠的顏色，厭倦但是無法脫下也無法消失殆盡。他也被溶解在裡頭，稀釋成叢林的雨勢滂沱大雨即將流失的什麼，一如無法掌握的水土不服……但至少不至於失控。其實他覺得去外國種種遙遠的地方旅行是非常奇怪，像是被連根拔起……老會覺得什麼都不對，吃的不對，住的不對，說的話聽不懂，有些異國情調的浪漫或開心，但是其實很艱難的更是比對原來自己的舌頭、氣溫、水土不服的所有人間浸泡的細節的種種折騰。像是種歡迎與否的樣子並不是指歡迎或適應，而更是在比對自己和別人，比對自己長出來的地方和去的他方的差異，更多的好奇離開，但是卻無法割捨的。有些沒有自覺的挑剔已然越來越深……什麼樣的米，煮成的飯的口感講究，牛肉吃過和牛之後的不對勁沒法子，清淡但是有湯頭講究的湯麵條就應該是的不應該太硬或太軟。其實最嚴重的對他來講是……女人。像是在這裡所看到回教徒的女人穿全黑只露眼，或是他在某些古老外國博物館看到那地方的人們最講究奢侈華麗的行頭完全就是女人穿金戴玉純金打造的頭飾刺繡衣服。甚至，想起了當年那一段當水鬼的受訓時光中的他們，一起出過任務割過敵方的耳朵再游回來一起大喝高粱一起大吐，當年，和他一起受訓同梯的他們那一群水鬼還甚至出去更鬼混過，曾在長橋上被逼站在一個他們都偷偷喜歡但是不曾告白過的廈門老街暗樓妓女旁邊求愛，荒唐而羞澀。那個夢中是太多的餘緒的畫面，已然遺忘太久的馬三寶一想起卻仍然很不好意思。退伍更後來就失去聯繫太多年了，得了很長時間的焦慮症多年後的馬三寶，還曾經在另一段中年失業落拓時光的工事中古怪地再度遇到他這個當年的水鬼。那時候的他窩在那個極度龐大的工地，已然是殺氣騰騰的高階監工，每天怒斥地監管幾萬個工人，但是在嚴厲之中面對馬三寶卻仍然眼神透露出怪異的忐忑不安，甚至有點自嘲。馬三寶以為是因為當年的餘緒。他安慰馬三寶，我沒讀過什麼書也沒學過建築但還是要來這裡終究會暴動的地方上工。但是，這裡像是古代長城或像耶路撒冷哭牆的永遠沒完沒了的工事，充滿了詛咒的某一座集中營般的迷宮。也永遠都不可能看到全貌，每個人都只是被榨取他們的體力，精神狀態的末端，臣服而效忠的甘心情願，或許就只是在一個抽象的分工發包到像軍隊帶兵的上工的死忠工兵團。但是終究永遠充滿挫敗感的他最後好像也是幫凶，工事在那一個太龐大的工地，工序太繁複的順序到時候一定會出事地混亂了，甚至最後的上工的工人常常還都會找不到他們要去的地方。馬三寶後來竟然也變成是龐大工事中的一個小監工，一如古代做紫禁城工事的某個戶部尚書的老手下，愚蠢但是忠心憨厚，後來，所有的上萬工人的假單都需要他簽字才准假。因此當工人們受不了而密謀準備叛逃，或許也只是太過疲憊不堪的他們老是在討論如果不要集體自殺的另一種不得不的準備。其實馬三寶也不想再涉入更深到這個不知何時變成煉獄般的鬼地方。這近乎悲慘的工事要求太過可怕，新來的工人必須要一如新兵受訓，低階工頭們老像惡魔般的教官極端嚴厲。操練過程是令人必然疲累垮塌。一天二十小時的工事折騰，最後會送回工寮，全部的上萬工人滿身泥濘而惡臭，無法忍受。在那龐大的工寮一如集中營的鐵皮屋下，有一面斑斑駁駁長滿壁癌的灰暗粉刷的怪長牆。那是那工地唯一半夜昏睡的地方，四部色情電影投影的牆體。馬三寶唯一記得最悲慘的荒謬畫面是……後來暴動出事的數萬工人只能每天最後都躺在骯髒不堪混凝土地鋪自己床前……一起吃便當一起睡覺，甚至睡前還一起看色情片一起手淫。

❖

在機場的最後，馬三寶老想起了那個死亡天井。不知為何心中老是好害怕的馬三寶只是一直恍神。

因為那幾年老路過那一棟著名出事的古董研究計畫所在的老學院大樓，那是一座完全不起眼的大樓，十幾樓單調明亮的一無特色的二丁掛粉灰色斑駁老大廈，裡頭那一個最規矩老機關的老院子只有怪天井在正中間，空洞的正方體中庭非常地陰沉詭譎。

那邀馬三寶去的收藏明代青花瓷成痴的歐洲漢學研究教授跟他說，前一陣子老有人跳樓，從天井十三樓往下跳，永遠是當場死亡，腦漿爆裂，血肉模糊，之前也有過太多人。大多是研究員想不開，原因不太一樣，但是都跳下這個死亡天井。使得研究院只好最後在二樓邊緣裝了繩網，和那些磁磚教室牆壁欄杆一樣醜陋平庸，不仔細看，那種繩網還有點像童軍社的或兒童樂園的玩樂設施，攀爬或嬉戲的無趣裝潢噱頭，天井一樓空蕩蕩地但是還有幾桌簡陋木桌，還有研究員枯坐中邪般地等人但是都坐不久的那種臨時感。但是十幾層天井的空氣顯得非常凝滯，說話會有回音，但是所有聲音老被吸走……

那個研究明代古文物的老教授其實是有神通的人，他一碰到馬三寶就說他頭開始痛，馬三寶身上太邪門，散發的磁場太怪。他說多年來一直在跟一個中國老人練中國古代的氣功來收心。而且老人家也已然不太敢幫人看命也不敢施神通，怕出事，前幾年始終有狀況。當年好心幫太多人占卜算命，但是救不了別人還害了自己，他一直勸馬三寶，別碰現在老在碰的鬼東西。「你痴迷地想要找尋打聽的古中國傳說的古鄭和儀，一如古董永遠是一種啟示錄的寓言……沒有善終。」

馬三寶那段時光跟他還曾經熟過，甚至他算是恩人。收藏家才情極高但是卻天妒，一生辛苦，人生老在某種破口岔路的恐慌混亂。馬三寶只記得當年好強的入迷古中國易卦的他老是在算命，算很多人幫朋友救人點破。老猶太教授老是感覺得到某種來自另一個世界的連繫。他告訴馬三寶：「你也是，但是道行太低，或許是你的中國人所說的八字命格太重，就像是罩了一層保鮮膜而只是勉強還撐著，唉！我們面對這終將蛻變成惡魔的大天使……實在太凶險了。」

馬三寶想起了夢中他那個水鬼老朋友，這麼多年以後失去聯絡，卻竟然在夢中用這種方式重新相遇，他當年去當黑手，非常困難地拼裝所有破爛不堪的二手車再脫手，非常地認真到一直在拚命養老婆小孩和重病多年的父母把力氣都用光，馬三寶老覺得他變得太過謹慎，甚至一如他所面對的當年當水鬼遭遇過的所有戰事都因為自我要求太高都變得非常地艱難，老疲憊不堪，壓力的後遺症，尤其是他通靈那個部分有了更複雜的變化，那老黑手水鬼才是真正的乩身吧！他渡人充滿善意，有一年不小心遇到馬三寶老勸他之後少出國別再碰那些他正在做的可怕的鬼東西的生意。

碰面先喝半小時咖啡敘舊……提起這些就使得馬三寶那天陪老水鬼要去找鄭和老古董生意之前變得非常地忐忑不安，彷彿是腦袋被動過手腳，晶片磨損到一直ＬＡＧ的他變得很心虛到綁手綁腳或是變得好像偷了天庭的什麼東西。那幾年不知為何一碰鄭和寶船的古董，一如西洋就害怕了黃禍又要開始啟動，一如挖猶太人舊約中的祖墳般或許更是洩露天機或更多，要還又還不起地老感覺彷彿正在交天譴的循環利息那般地預支陽壽，或就是虧空了他和那個曾經當水鬼還覺得可以鬼混的天真時代太多精神狀態層層疊疊的款。尤其最後到了那個死亡天井，所有的凝結的空氣，彷彿回答了更多馬三寶的焦慮……被吸走的聲音，陷入網目密密麻麻的看向天井天空的救命蜘蛛網般地無法挽回。其實都只是枉然。馬三寶心中閃過的不祥念頭是：「或許想不開的我也有一天會去跳吧！」風水這麼好，面對太過擔心的老教授，面對這個太過空洞的中庭……但是馬三寶什麼都沒有說，只是笑一笑就離開那個死亡天井……

即使馬三寶陪老水鬼在那來回奔波找古董過程的太像那工事夢境般地始終兢兢業業一如還業障般地賣力……然而種種其中引發更多爭執近乎失控及其必然荒唐，近乎真的應驗了那下西洋終將變黃禍的最後詛咒……

在機場睡著的夢中一開始是完全的黑暗。馬三寶發現自己全身赤裸，水鬼的制服變成胞衣般的半透明塑膠服，醒來卻完全無法呼吸的他開始慌張，拆開懸在半空中的管線連到他身上的雜亂眾多插管開口。才發現自己正從一個完全死寂慘白太空船的某個睡眠囊艙管中醒來。勉強開始可以吸氣之後，沒有窒息，但是他卻馬上全身抽搐而且嘔吐。隱隱約約覺得不妙，但是宿醉的馬三寶上了飛機才知道慘烈。全身骨頭快散了的早上就好像把拼不起來的自己硬拼到勉強成形……像童話般飛機窗外的雲朵閃爍在太隱約的陽光溫馴光景，好像一場不太可能的好夢好療癒的暗示……但是這卻逆轉反諷地使疲憊不堪的馬三寶更為心情沉重……

尤其在飛機上睡前所看到的電影，裡頭是一個中國人在美國的家的亂倫鬼故事。非常華麗細膩但是又非常變態恐怖。馬三寶始終那麼好奇或許是那麼耿耿於懷……這種種現在的中國人在外國所有的變形故事。種種中國更歪歪斜斜投影在異國地方感的餘緒，流落到了西洋的現在所謂的歐洲美國中東東南亞……所謂中國的人在這個時代仍然被用種種狀態遺棄而流離的種種古怪故事。電影中出現了那家人住在那現代摩天大樓裡的慘白豪宅，乍看就像設計雜誌裡才會出現的太素淨太奢侈的海派，極大面落地窗外的都市遠景天空線，離地數十層樓高空雪白雲朵內的晶瑩剔透玻璃投影所有室內最時尚昂貴的銀色流理台、紅酒櫃前的吧檯，客廳環繞著設計師傢俱的小羊皮沙發狹長桌和長相怪異的高科技喇叭螢幕……但是就是令人不寒而慄地空曠。或許，也因為這個古怪故事中的女主角那個華裔美國人家的三個姊妹始終太美麗又太空洞，每個人都有自己活在現在美國尋常人生的心事，但是又有太多的想避諱古代惡兆卻逃離不了的不祥感。更多細節引用在那現代高科技摩天樓冰冷時髦室內設計中的古老中國的鬼東西的暗示，焚香的線香煙霧瀰漫，古玉的碎陶的符咒殘痕，煮中藥坐月子的濃稠湯汁。

懸浮在現代的古代，充滿暗示，冤魂尋仇的大凶預示，好美但好累的精密……一如妹妹撿到一塊古玉。但是卻被母親告誡千萬必須要丟掉那塊玉。那是死去的阿姨的古玉，上頭的怨念我們招惹不起……一如懷孕的大姊跟她的先生說，我們家被詛咒了，她想幫女兒取了一個她二妹的名字。但是，她妹妹在結婚那天自殺了。一如他的父母要她學會讓人家幫她而找了一個老太太幫她坐月子照顧嬰孩。但是那嬰孩一直在哭，也從嬰兒房傳過來哭聲。她永遠睡不好累壞了，有幻覺半夜老會聽到那老太太的念咒聲音。然後越來越嚴重，她甚至聽到極大的噪音，從嬰兒房的那邊傳來。但是家裡完全沒人。小孩房沒事，但是小孩頭上的動物風鈴古怪作響……那老太太去買草藥時，那大姊甚至在自己小孩的枕頭底下找到一張符紙。上頭竟然寫了一個下咒般甲骨文字樣的不明符字。但是妹妹查了一本民間宗教祭祀的古書，有那個符卻是為了保佑母子平安而下的咒。她老是覺得湯裡有碎玻璃。有點陰森的老太太燉了一鍋湯，濃湯可以幫她補身體坐月子的，那碗十全大補湯般瓷碗裡是極度可怕的看起來像煮人肉的湯料。老太太雙手撫摸那個木印最後點香作法還用紅墨汁寫字。燒香之後把香拿走。桌前有好幾個小舊碗樂古瓷器。充滿巫祝的氣息。桌上的那個小孩的老泥雕看起來像個死嬰。她一直夢見有人在那個老小孩泥雕的嘴巴放一塊碎玻璃……她老聽到聲音。感應器有聲音。她做了一個噩夢。這是個惡運，惡兆。她肚子始終又開始痛也開始有幻覺，看到奇怪的東西，她覺得有人要偷小孩。坐月子阿姨和家人們都很擔心她。她卻生氣地說：「你們必須相信，別說得好像我是神經病。」但是其實是在她自己也神智不清的狀況之下做了那可怕的事……夢遊在母奶瓶中加了碎玻璃的她一直在半昏睡之間。甚至其中有一段是個故事中恐怖的悖論……在大門的兩側，有一端的母親女婿，另一端的父親和大女兒小女兒，永遠打不開門，兩端看出那尋常公寓門上小孔變形鏡面投影走廊的時候始終都會看到那二姊鬼魂的臉孔也在小孔外面看向裡頭恐怖的眼神。兩端看了更害怕，更頂住或更衝撞門扇，但是卻仍然死命地打也打不開，出不去也進不來，鬼魂在裡頭也在外頭。充斥一種狹窄公寓單位切割某戶房中空間出不了電梯口走廊而困在自己的家的內在混亂的悖論。馬三寶在飛機上最後看到的那一段情節不免是最恐怖的……那是自殺死去的二姊終於現身出來要尋仇，在很長的房間走道窄狹感的彷彿永遠跑不完逃不了的迴廊中恐懼地疾跑……還切換到另一間半廢棄狀態充滿灰塵滿佈堆積紙箱未開封傢俱之間的空蕩房間之間走廊，正在油漆裝修到一半就停工的鷹架及其半透明塑膠長布幕，後頭的穿血紅長洋裝的女鬼一出現就會使布幕莫名地飄起來……霧茫茫的軟霧玻璃般的幕後就會浮現時有時無的女鬼的臉猝死猙獰的神情，慢動作非常地緩慢……家人害怕極端地跌倒又爬起地逃命般地逃卻逃離不了。之間出現了現場的死寂，吶喊的時有時無，張嘴尖叫卻完全無聲，或是尋常無奇的按門鈴聲響，或是冷氣機壓縮機的沉沉低音……太細膩逼真的細節，使那個現場的家的剝落感更強烈而恐慌。逃離的時間拉得非常久，久到感覺永遠不可能倖存。

但是影片中間還夾雜切換過去的現實底層的不堪和不忍，那父親愛上最美的二女兒和她做愛的纏綿悱惻但是又遺棄她使她跳樓的遺緒，也夾雜過去那法師道士幫她收屍時用半片刻印上符籙陶片放入她口中用紅線縫上雙唇的法事鎮魂的殘忍又不忍。最後緩慢地切換回神的她彷彿仍然不曉得自己已然死去，而只是太過怨恨地想報仇地掐住負心漢父親的脖子或辜負她的母親姊妹……即使有個來救這家人的光頭道士用古代佛骨念珠串和老銅缽香灰來收她都收不了，因為那女鬼非常哀傷也怨念太深，種種過去的糾纏太過離奇又太逼身……永劫回歸的永夜般……那家人的夜半繡花被單永遠彷彿有鬼魂撫過的顫動……那嬰孩的臉頰也永遠安詳地張開嘴巴沉睡……完全不知發生了什麼事……

最後，一如一場夢，永夜中的她老是會走到家的長廊末……打開那一扇門，發現房間現場的光景就突然完全變黑白。她看見她死去的二妹回來找她，帶走那小孩。失魂落魄的她完全無法動地坐在死角……一如西洋最終的對黃禍的恐懼，那女人始終重複地喃喃自語：「她來了！她來了！」

鄭和袍。寶船老件考。六。

太過瘋狂地涉及假鄭和袍的可笑和瘋狂……一如穿著鄭和袍的那怪主持人的理解旅遊和理解中國無限遙遠的無限荒謬……那是TLC旅遊生活頻道中的一個怪異旅遊節目，英國腔濃稠拗口的尖酸刻薄主持人長得很不起眼而講話又很不討喜的他卻很吸引人。大概因為那種太古怪又神經兮兮的切入旅行的說故事的偏見及其永遠歪歪斜斜的口吻和行徑，和尋常只講究優雅氣質可笑有趣到此一遊庸俗不堪入目的旅遊節目完全不同……

他老說他或許瘋狂到代言了找死般的旅遊……他的代言那麼嚴重到可能就是這個時代的馬可波羅或許是鄭和可以想像得到的多遙遠都可以找尋得到的越怪異越好的探險……一如東方神起的《東方見聞錄》或是下西洋的西洋鏡倒影中的幻像般的笑聲……最怪異的好幾回是他在東南亞或印度或非洲竟然看到雷同的古代中國寶船隊的功夫舞台劇表演時舞台字幕打字中文而且背景是西洋城堡的台上的一群侏儒症的假西洋人金髮碧眼侏儒正揮舞巨大武器的種種古代的砲彈弓箭刀劍……在縮小版的老城堡門洞口本來要開始對決……但是天昏地暗風雲變色好像加勒比海的海盜電影中混亂特殊效果地出現了海妖龍捲風充斥著失控的海洋風暴持續擴大喧天……但是最後鄭和船長竟然用吊鋼絲懸空的炫目功夫幫西洋城堡侏儒們一起砍殺一隻海中咆哮的怪獸，謝幕時所有演員現身謝幕時更多更怪的竟然是東西方主角相擁而泣的可笑收場，太多太譁眾取寵太縮小版的所有的傳說神話的傳奇感都縮水了。

一如一路上那主持人老是碎碎念地對鏡頭說：「我不要再當英雄了，尤其是會功夫的中國英雄……」

在這時代當鄭和還滿累的……畫面中出現他穿著古代中國明廷官服假裝是鄭和在很多國家觀光旅遊遭

遇的困難重重……在日本東京新宿邊唱卡拉ＯＫ還邊和真正的胖相撲選手對決，在上海舉辦迪士尼樂園（這主持人穿著鄭和袍的怪異演出……大概是他們刻意贊助的中國人瘋狂全球旅遊的主題秀）開幕的巨大遊樂場坐可怕的雲霄飛車而尖叫不已，在一個南印度骯髒污染嚴重影響的可怕海灘泅游而近乎窒息，在某一個印尼荒島深山裡的山谷太險峻奇高的地方高空彈跳而陷入恐慌，甚至還因為節目效果而去處理非洲雨林裡某一隻髒兮兮的巨大河馬的迷路還跟著牠竟然真的全身泥濘地跑進去一個當地活生生尋常人家一家人正在看電視的客廳地毯上走來走去。

穿著古裝扮相的鄭和的主持人邊走邊拍邊嘲笑自己地喃喃自語：「旅遊著名的名勝往往可能是著名的陷阱：非洲的雨林那地獄其實也就可能是天堂，旅行本來就不免是一個這時代最巨大的自找麻煩的嘲諷……我到喜馬拉雅山攻頂之前天剛亮所看到的山頭雲海非常壯觀到近乎令人絕望……因為人是不應該到這種人不應該來的地方。」太過疲憊不堪的他最後卻說：他對所有這麼漂亮的美景從來都感到厭惡……一如吃某種中國仙丹的古代名藥會讓心跳減慢到完全不動，或許長生不老藥其實也就是致命的毒藥。

最後穿著鄭和袍的可笑極了的他終於到了最後的北京還竟然就在紫禁城外上車之後塞車塞太久而不免尖酸刻薄地對非常不耐煩但是又假裝微笑的計程車老師傅說：「你們中國人好像本來就是不應該快樂的那種人，你的人生困難重重，但是，你為什麼這麼開心。」

片子的最後放一首歌，並重新播放出快轉剪貼他過去節目中在之前穿著鄭和袍在印度印尼非洲中國全世界各地旅行的某些驚險畫面，一直臉孔露出恐懼或尖叫時刻的特寫，但是配樂卻抒情極了，那甜美的歌詞：「你環繞在我旁邊，但你覺得我做什麼都不對，我就是沒有辦法取悅你，我所做的一切都是為了你。不管你喜不喜歡。」

最後，有一段更怪異的插曲的特別節目片段，他對鏡頭說：「我們死掉的時間比活著的時間長，我不想浪費時間，所以我想要死前發明一些東西，但是，我只想發明我自己需要的東西，然後可以在購物頻道賣。」他後來真的用那種購物台的假裝很做作的可笑方法在賣像假的古代……賣起那套每一集他在旅遊節目中穿上去冒險的鄭和式中國古裝……有全新的鄭和袍，穿了會好像有功夫可以跑遍全世界旅遊一點也不會累……「如果要買我穿過的那一套髒兮兮的舊鄭和袍也可以商量商量，我可以在袖口或領口簽名……要簽英文或中文，要簽我的名字或鄭和大人的名字都可以喔！」

最後，他對鏡頭假裝開心地說：「一如大部分鄭和下的西洋的時尚，那麼可笑……我也很荒謬地可笑。」

龍骨。鄭和部。第四篇。

「刻意以四抵抗死的逆轉引用，刻意以神通龍骨來鎮煞封印……或許都只是一種更自嘲的隱喻。」姚廣孝說：「一如亡命、放逐、貶抑、叛亂、變天……在海的永遠危機四伏的天險中……也都只不免是一種更自嘲的隱喻。」

「一如龍骨斷了……」鄭和對姚廣孝低聲地喃喃自語般地說：「大勢已去，唉！完全挽救不回來了……」

當年充斥著太多龍骨工事中迷信風水命理的時光冗長蔓延擴散……還有太多惡兆傳說的太過離奇，寶船的船體上有太多老時代的規矩那麼令人費解：一如「四」字同「死」的同音不祥大多古代營造尺寸都極力迴避的「四」卻完全逆轉地引用；一如龍穴的極端考究……所有寶船船身木構船骨榫口卡接細節繁複木作的方位尺寸吉凶都曾經是京城最高明陽宅風水師指點迷津的深謀遠慮……在那麼多的考慮之下才連續地排列了雕刻各國旗號的四十四間使節與隨扈的臥艙……最後必然精準地以四千四百四十四塊弧度形貌殊異的木船材打造寶船才能得到祈福求平安造船體傳統……尤其所有木料在古造寶船廠出廠前都有祭拜過海龍王四天四夜的四尺巨香柱作法薰香過的傳說極端靈驗。甚至在鄭和寶船隊中有旗艦之譽的主寶船船身長為四十四丈四尺，竟然連引用三個「四」。在寶船中的「四」是一個極端吉祥數字有太多太多傳說及其解釋，因為相信「天圓地方」說之「地」既然是方而有四邊，以「四」最具象顯要，而中國位居四海的中央更還有向海外宣稱大明帝國地位的象徵，船隊下西洋「耀兵異域，示中國富強」用意則更有意義：致使製作寶船的工匠們不厭其煩地引用「四」突顯吉祥。甚至近乎瘋狂地佈局炫目荼蘼地炫耀而安放四十四間使節們的房間旁皆有絕美露出貝殼弧形露台眺望奇幻的海景天光水色，甚至每間來訪加封千戶官人的異國使節都可以分配四位通譯另外四位太監和四個女婢的周全講究臣服侍候……寶船中更借調戒備大內的四十四名隨扈隨時戒備森嚴，然後再往下四層甲板下更深的船艙則是數千名繁忙船務的水師水兵船員的密密麻麻艙房……

然而，關於「四」的太多近乎「死」的錯亂隱喻般的不免懸念，始終充滿謠言，祝福或詛咒交織的太多的傳說那麼傳奇……一如鄭和的艦隊司令最華麗龐然船艙房間有八根神龍門柱和四個龍刻密門……都安放文公尺上有神通尺寸的穴位深入鄭和大人寢房來提領護主的保佑辟邪……而且整個床頭就甚至安在旗艦的最前端船尾正上方有國師念咒多年所封印加持鎮煞的四十四丈四尺全長的龐大龍骨的龍頭額骨之上……寶船體一艘必須精準精密計算出恰好用四萬四千四百四十四根長長短短的祭過龍王廟過香四個時辰以上的木栓木釘。非常地迷信到近乎神祕莫測……

永樂二十一年九月經過多年的海上萬般折騰漂泊後最後一批在暴風雨平亂兵變折損嚴重的殘餘船艦返航之時來到了這個當年離開的而多年未見斑斑駁駁老港口前。鄭和及其寶船的人馬絲毫不知京城朝中已經變天，身世在某種曄變系譜切割覆滅如煙消逝無人知曉……一身疲憊不堪風暴遠洋天險歷劫多年歸來仍然還以為自己會一如過去得到不世英雄式的接風盛典歡迎。致敬他們的下西洋所冒險航向大海無數未知國度的神祕曲折及其困難重重。然而這回意外地失落，繁衍海中危機四伏脫困飽經傷害哀傷末端發冷的他們非但沒受封更皇恩浩蕩地無限喝采，反而在港口異常地落寞而收拾船上行囊匆匆促促地上路班師回朝去面對那朝廷已然易主諸多官吏被貶抑局勢權勢曄變的無比殘酷。

近乎完全遺棄「海」的宿命怎麼可能發生怎麼可能理解？鄭和感覺到某種隱藏的祕密作祟滅絕的歷史陰影籠罩心頭……在心中充滿暗角揪心對老港口百般懷念地如此政局動盪無情而無奈的最後端詳中，不禁想起當年多回在那近乎不可能的盛大奇觀，彷佛是最繁花盛開的慶典，那寶船艦隊擇吉日皇上欽定時辰出海前的盛況空前……從紫禁城出巡，萬人空巷地熱烈喧譁，所有的最華麗衣著的正被招待著上百國所有的使節們在承天門外被侍候等待，整裝正魚貫上綿延數公里的官車往離城東近郊的大運河的方向前進時，數千著官服的太監宮女僕役也低頭尾隨在車旁，緩緩地步向運河上長列絲質涼篷的漕船正在等候。甚至在上船之後才能一覽無遺地眺望到那每艘華麗漕船旁的河岸上竟然充斥數百馬夫揮鞭讓更長列壯觀的披戴雪亮皮革衣轡的宮廷駿馬群拖著漕船往海邊，在冗長的兩天兩夜後的外國使節們所一道一道如同赴邀參觀千古一絕劇場奇觀的翻騰水道泡沫如浪潮般地好奇未了就已然歷經機關樓地驚喜下過了三十六道水閘。最後，眾卿眾使還更迷亂入戲到像搬演戲偶般在號角響起的宮廷樂師群演奏的喧鬧動天的輝煌旗幟迎接盛典之中，來到了宮廷最逼近面臨黃海的古代塘沽港海岸波濤連天光景的無限炫目。

當年的冠蓋雲集及其吆喝通天的祭神下海慶典使得諸國眾使臣在塘沽海潮前完全不敢置信地注視……那種近乎科幻片中乍看到宇宙遠方降臨的龐然到無法看到全貌巨大太空船怪物般猙獰超級戰艦的驚悚感……那種亙古未有的完全喘不過氣來的百年一見到的神明降臨施展神通的無敵華麗奇景必定烙印在他們心中，一如神蹟般地……那數千艘巨大的古代帆船在港口停泊俯瞰碼頭邊圍觀的渺小人群環視的驚人現身寶船甚至比港邊櫛比鱗次的茅屋高上許多而甚至巨獸叱吒般寶船身周圍繞了成群糾纏不休眼花撩亂著魔迷離集體夢境般的小獸群船。

每艘寶船巨大到竟然就像是張開獠牙血盆大口就可以噬吞數十艘尋常漁船舢舨的令人恐慌的海妖，龐然巨鯨般船體頭上千根桅杆頂上飄揚著弧形幡飛大明朝宮廷旗海如祥雲朵朵綻放，旗海下方是每艘寶船九根桅杆上驚人的巨大布身船帆高張翻飛時眾人抬頭張看血紅色帆身及其龐然繡著黃金鱗片龍身的炫目……令人屏息到就像是天上閃爍發光的彤雲中正要降落的騰空巨龍。

《天工開物》般工序複雜太過複雜考究的匠師之神般降臨人間打造的太多造寶船祕術：「那寶船龍骨結構特殊的龍骨太過招搖到竟然難以想像又難以忍受地複雜……分為首龍骨、龍骨尾二段接頭呈『凸凹榫』連接，在龍骨尾部兩側被龍骨翼板呈拐尺狀左右裏護，龍骨翼板長於龍骨將龍骨圍護並後延而形成古船特殊龍骨尾部結構。古船的龍骨結合處加寬大補強材長八米，補強材用鐵釘與首龍骨釘牢以增強龍骨的強度。寶船使用這種特殊龍骨與寬大的補強材太過複雜繁瑣工序為古船所未有的極端高規格（甚至，太過繁複的龍骨太多細節榫卯卡接繁殖到近乎不可能理解的複雜就像打造一座藏密壇城那般繁瑣工序地考究）其兩端的駕龍木通常是加強船舶橫向強度。寶船有深厚的水密隔艙壁，其隔艙前後設有曲形圓木肋骨用以加強橫向強度。那種種機關也是過去古船從未採用過的水密艙壁和肋骨技術，古船外板縱向接頭為直角同口橫向列板間採用企口榫接。船板的連接除使用木栓長槊木釘皮槊外還普遍採用古鐵釘連接，中國古船釘在艙內釘進船殼外幾乎看不到鐵釘痕跡以使鐵釘不受海水腐蝕。更多龍骨的骨骸接口破口的充滿祕術般符咒助念過的法力加持……（一如終究在紊亂屈辱的恩怨身世終端決心要釋放那安入龍骨封印自身也妖力驚人的那一隻巨妖，那一隻在暗夜會吐納影影幢幢吞沒烏雲長空而月圓夜會閃爍發光發亮兀自低吼沉哼糜爛低音震耳欲聾般高唱的巨妖……）」

古船的木栓木釘技術獨到底板外板主要採用木栓木釘連接底板由龍骨和左右龍骨翼板四塊腹肌般弧形船材構成由十六個木栓長槊水平貫通連接在左右龍骨翼板與左右板連接上很奇妙地採用一種貫通一板的長木釘插進龍骨翼板並在龍骨翼板鑿洞用短木釘將長木釘與龍骨翼板固定。

繁複木作在數千年前中國古建築中已採用榫卯結構應用到根據寶船體不同部位其龍骨翼板外板桅座艙壁肋骨倒插構件種種在一艘船身會使用多種船材的考究遠遠高於過去的歷史船身地鬼斧神工……寶船老派規格考究忌諱甚多：龍骨艄柱必然採用神明木的樟木，龍骨為馬尾松，船殼板除靠近龍骨處一板二板用樟木或其他重要部位如艙壁底板、桅座、舵承座選用堅硬的樟木，增大船體強度，桅座、舵承座為楠木，船外板為杉木，艙壁為錐屬木，不可思議更是諸多用木的不同受力部位選用不同強度……其龍骨翼板寬長按木材出材率推測其寬大的船材原樹直徑大多超過一米……奢侈一如蓋廟或蓋宮殿建築那般驚人。（一如傳說中找尋那神祕的更棘手那寶船底所安入國師寫滿咒語的那張符紙再放入龍骨深處的那一個老時代古代傳說的神祕木縫隙夾層之中……揭開封印般的關於龍骨種種始終有太多神祕的謠言或神諭般的傳奇。）

一如最後鄭和的眼神氤氳地充滿了淚水，感慨萬千……海的暗影蔓延擴散地更深刻更沉寂的懸念混亂投影在他的瞳光……

❖

流光離散的哭喊厲叫厄運必然隨行的宿命寶船那麼永遠無法理解地恍神……一如海上亡命棄船逃生卻逃入另一種險地匆入載浮載沉地變天後的惶惶威脅，再到朝上看到朝中大臣們謗言中的各懷鬼鬼祟祟的鬼胎……使得當艦隊司令的最後卻就只能吞忍宮中勢利冷暖立判地殘忍的鄭和嘆息巨大不幸的昏暗歷史的痕跡隱匿切換地向命運低頭……淪入種種倒影天朝開始崩塌裂解傾斜的隱喻。

死守這寶船艦隊一如要塞的海員水兵們始終不相信……他們的下西洋的盛世盛舉在變天之後被扭曲變形成竟然是對朝廷對帝國的勞民傷財好大喜功的指控成一種冒犯一種誹謗……

甚至還更深被詆毀中傷成像是對大海不敬的必然會被詛咒的冒險……一如被麻繩巨纜綁住的巨龍及其龍骨已然被海蛆蛀噬成了碎片崩塌而跌落海中而水兵們哀求他們出海前祭拜多年的龍王廟神祇的最後援救也失效的海戰最後以為會無法生還的絕望。然而最終的意外絕望的深淵盡頭災難卻發生在岸上在朝上……

或許，是因為鄭和所去過那世界的盡頭所帶回來那祥獸變得不祥……那不世而出的麒麟所充滿的詛咒，在找尋到祂那天空線尾的天空可以發出炫目閃光的也可以同時看得到日落和日出的那個荒蕪的鬼地方。找尋到那鬼地方已然夠艱難了但是更艱難的是離開那鬼地方……充滿的玄機。

一如那太多的追殺撤退的種種一路海路喋血般的風暴……那麼艱難祕傳木製龍骨深處必然有鑄鐵老鎖打不開的昔日龍王廟苦求來的鎮海妖封印失控被開封，那麼疑雲重重的觀天象費解的古鄭和儀必然會曲折離奇失蹤，那麼多海員水兵們必然受詛咒的宿命無法逃離而必然註定會死亡而屍首犧牲後化身為寶船殘骸……

太多太多的變卦未卜的發膿長瘡的光景危機四伏中，一如缺腳又獨眼的水兵自詡他們的殘廢是海妖的贈與……海中必然迷航寶船海員的他們永遠找尋不到那封印妖怪的咒文符紙……一如他們彷彿找尋到但是還是始終沒有找尋到世界的盡頭，也不會再發生祭龍骨的古老儀式或祭典嗎？海員水兵們不要再跟海妖打交道，一如割舌頭砍手臂來找尋出可以登陸渡口的陰沉，一如打開一個古代的龍骨深處來找尋被囚禁在裡頭的妖怪。海員們或許都背叛了使命的託付也都鑾幹了殘忍的事，但是他們也從來都不是天生惡人。或許這種海中歷劫的宿命都只是他們腦子裡的幻覺。到底是誰廢了海員們的野心勃勃。寶船後來也會沉沒於港內側隅地處偏僻，古船的沉沒的船材受船蛆蛀蝕嚴重，截面極大的船蛆孔洞，將船材的截面破壞呈蜂窩狀。一如著名的海蛆是海洋中危害船材最嚴重的海洋浸透鑽孔的寄生怪物，分佈在近海一旦鑽入船材終生不再離開，寶船的船材往往在船底部蛀蝕最重向上逐步減輕，過去發現古代沉船中受船蛆蛀蝕最嚴重的寶船在第三艙和第五艙內均發現大面積使用薄木板修復遺跡，外板受海蛆蛀蝕，艙內已開始進水。雖經艙內的臨時修復，但已不能長期航行返回中國，因此最後只能遺棄在海中。

死前所聽到的最後一句好話的海員水兵們都不可能活著回去了。一如這巨大的寶船艦隊竟然全然在暴風雨之浪潮之中摔落到更巨大的海中漩渦裡。鄭和看到他的水兵們完全失神地坐在寶船底層，和很多其他的亡魂雷同地划著船。在深淵之中，非常地荒誕，大海中的冒險的種種起死回生使回到京城前的他們改變了想法……或許，長生不老……不再會是好事。因為水兵已然變成了深埋葬於這艘終究會從寶船蛻變成幽靈船的船體，還長滿了海蛆……或許自己也變成海蛆而變成了其寄生龍骨的骨骸死角局部。那再邪門頑劣的水兵海員就像海蛆們一樣地不再離開……一如一群永遠離不開的亡靈幽魂的他們聽到龍骨巨妖一唱歌就會竟然潸然地滴下眼淚。

在鄭和的另一個關乎龍骨的怪夢中……精通史書天文地理奇門遁甲道家玄學多年地令人景仰的朝廷國師高僧姚廣孝出事了，一開始的異狀太過離奇……不知為何那一個極端夙慧世故又道貌岸然的姚廣孝竟然赤裸下體走上寶船龍骨末端的甲板，光怪陸離的那時候在場忙碌於升帆前的最後細節安頓的海員們都看到了，但是這種太過離奇地失常怪異的光景，令所有心驚膽跳近乎失措的海員們都假裝沒看到，海上天候時晴時陰始終怪誕的更久之後的姚廣孝異狀始終沒人過問，又過了許久的更後來鄭和心中充滿著急慌亂地一再仔細端詳，才留意到蛛絲馬跡的異狀……他走過的路都有隱隱約約的滴下的血跡斑斑，才發現原來姚廣孝是身受重傷，但是他還不知道傷勢，更不知道為什麼是下體重傷，從一開始他自己也沒有發現到後來還一直在善後，這位高僧國師多年來極受朝廷寶船海員敬重的前輩……怎麼會出現這種令所有人都不知如何面對的尷尬狀態……更後來的他說已經有請寶船太醫上藥已然止血結疤好癢好癢但是沒問題，可是太醫卻仍然交代千萬不能穿袍子遮下體，重傷的傷口一樣必須暴露在空氣之中才會好，不然會持續發炎惡化……

鄭和夢中的一開始的異常其實源頭是姚廣孝那天晚上還找了好久的據說是紫禁城宮中流過鮮血淋漓沾過的老袍子，他沒有任何心眼，只是覺得永樂皇帝御賜的那一件太怪的手工刺繡老袍子還真是有點離奇地複雜的心情忐忑不安，這太寬大又太多蠹斑的怪袍身部分細節的問題重重也竟然完全明白那老袍子的華麗過度的衣領細節的寬袖口領口彷彿仔細叮嚀著很多老時代的顧忌罣礙……這種老袍子當年穿的人多半命運坎坷崎嶇，一生身世奢華富貴但是時代變得太壞太快地悲慘……尤其是後來多半橫死……老袍上會沾黏著厄運纏身的什麼……因為穿上這種老時代繡線收邊的怪衣服要命夠硬，如果沒補繡好僧袍上的金剛經文，還會不祥地可能會影響他下西洋的下半輩子的命……

或許姚廣孝的下體就因此被牽累受苦而莫名地受傷出事。

更晚的時候仍然赤裸下體的姚廣孝還穿著撩起的老袍身死寂地入定安神依舊地在龍骨末端開始打坐，在寶船很空曠大廳長廊的舊木桌末端的感覺始終無法理解地怪異……有種中藥味瀰漫在姚廣孝的身上進而飄散濃濃的氣息在大廳的每個角落。鄭和及其他來幫忙在打掃的寶船海員們不知為何越掃他身上掉落的瘡疤碎片像是大樹遇風掉落的樹梢落葉越多般地骯髒……但是那陰沉的老寶船冗長走廊上走來走去的海員們完全無法理解現場為何越來越冷也越冷清而不知所措，上工好像只是為了掃什麼尋常髒東西但是更後來卻掃到更多前一晚的碎紙屑團，充滿長廊的一路異常誇張的現場，無法收拾地令人擔心。但是受傷的姚廣孝卻完全不在意，仍然裸著下體起身來回巡視，還好奇地撿起地上的破碎不堪的碎紙，更仔細打量竟然歪歪斜斜的紙團卻彷彿有形無形的什麼充斥著……甚至他挑出幾個弧度交錯的長出翅膀或長出雙手雙腳人頭人身的紙樣，竟然像是海員的剪紙或用紙捏的怪人形，甚至像祕密陣式一樣地作法施咒地放上了龍骨末端，後來他開始在長廊嗜香如命般地緩緩地點火燒香之後，就好像廟中起乩點香那麼靈驗，之後煙霧瀰漫濃濃的菸草的味道一出現，那些歪歪斜斜躺臥長廊上的小小紙人們就開始爬起身，來來回回地神魂顛倒找不到方向般地原地踏步許久，之後才緩緩回神走路甚至最後朝向裸下身的姚廣孝的煙影開始跳上龍骨放肆地狂歡跳起祭典儀式的怪舞……

夢中生重病的姚廣孝始終想躲開太多太多故人們的一個太複雜的問題重重也內心深處無法理解為何困難重重的朝中盛宴……後來老躲在寶船龍骨尾端角落的時候假裝沒事地看向船外的雨夜悲情的風光一時失神還好像看到開始下雪……心想怎麼可能的心慌時，就逃不了地遇到了某一個他很想避開的下體重病纏繞著的不快已然變成什麼更可怕的狀態傳染開來……

不甘心的下體受傷姚廣孝在近乎昏迷狀態，仍然沒有把握逞強找尋那附身於龍骨的水妖，那是他冒命畢生探索的奧祕。即使夢中的姚廣孝始終忽正忽邪，有種種荒唐的可能，但那是未知的問題重重的未來近乎瘋狂逼近。

在鄭和的那一個夢中……下體受傷的姚廣孝還仍然在龍骨末端仔細地端詳某種奇觀般的異象……夢中那太僭越地在龍骨前要驅魔避邪淨化。太多惡兆異象令憂心忡忡的姚廣孝正要前去找尋龍骨艙底老地道末端的木門後封印的黑暗密室。用心良苦地下手施術對決神祕莫測的水妖侵入那太多太多不能見光的下西洋寶船艙底古老禁忌史料記載的禁地，也為了找尋到龍骨那鐫刻咒術歷史的咒文，冒著可能被滅口地太殘忍的險。

或許姚廣孝深知那是一個龍骨被附身的古老邪惡歷史。如何降伏可以為未來造雲起霧的水妖……深知傳說中的宿命如何找尋藏匿於龍骨祕密末端的人間與異域的可怕「如何從未來入侵現在，如何從現在拯救未來」的時光交界處。那是一種古老水妖傳說會附身龍骨的仍然肆虐……危機四伏的未來中那被附身的龍骨必然會被更可怕地追殺。

因此重病的姚廣孝赤裸下身犧牲自身……還拚死地作法點香召喚碎紙怪人形其實不只是保護被邪惡歷

史附身的龍骨，他保護的是未知的可怕未來……寶船下西洋太多殘忍的未來。

❖

陷落夢魘般的鄭和掙扎地在死前回想起過去也曾對於他自己始終想活下去的動機……心中浮現強烈的厭惡感。但是，那個動機太過複雜也太過難以明說的逆反尋常人對這任務的理解……鄭和露出一種奇怪自嘲微笑地對姚廣孝說：因為，在海中的死太容易，要活下去才是太過辛苦而痛苦的。我們終究不可能活得過海的詛咒……鄭和始終記得當年和姚廣孝從寶船頭眺望海的波浪婆娑及其反光參參差差閃爍彷彿碎鑽散落在深藍絨毛之上的幻影。疾風永遠往後往下揣測著寶船身弧度及其太過修長滑過波濤洶湧的尾端。

一如他揣測太多年或終其一生都陷入海的困難重重，更後來紫禁城大火到永樂帝病逝……發生太多事，第六次到第七次的下西洋中間近乎停了十年，甚至，根本沒想過還有第七次……之後，重新想起來，所有人都從來沒有看過鄭和在永樂帝駕崩時那麼傷心地哭泣過，甚至近乎崩潰般地痛哭……

或許也因為當年他正面臨著那隨他下西洋風波侵入多年仍然活下來回朝的滿身傷痕老寶船可能被拆卸終究就一如屍體被摘除了心肝脾肺種種器官……傷口劃開太大而無法縫合肉身地哀傷又荒誕。鄭和看到寶船上的槳手們默默撫慰自己死搖多年長櫓手把已握出凹痕的斑斑駁駁，索手反覆擺弄粗糙陳舊多股麻索繞過繫帆種種老鑄鐵索器的繩結扭轉地鎖緊再鎖緊，錨工舵工們還老動手給沉重鐵錨和破舊舵槓死用力地刷漆其舵身累累傷痕地滄桑……登錄於冊頁的寶船編制極端龐大人員中的舵工繚手扳招上斗下錨碇手及甲長手下水兵數百名也仍然死命地待命……

第六次下西洋回朝後宣讀新帝近乎海禁的聖旨和口諭後傷心的鄭和其實擔心的還有更多懸念……離開北京朝中擔心近三萬寶船水兵部伍在聽到解散可能會出亂子的皇上特地賦予鄭和就地安撫。

雖然只有千戶洪保帶著兩艘寶船入大運河運糧船隊的轉航離去……然而瀏河口周圍的惡徒們聽到寶船隊即將解散傳聞即在許多夜裡從水中潛入到寶船想偷盜傳說珍藏西洋寶物反而卻被巡更水兵擒捉解送到當

地的衙門重刑懲戒，還有商賈邀諸多寶船百戶千戶舟師民梢水兵商量裡應外合盜賣寶物，有的惡徒光著膀子強行登船來搶西洋寶物被寶船水兵船工將他們捉住裝進麻袋扔進長江裡……

「誰敢拆寶船……」主帥寶船上當年背家族媽祖佛雕上船的舵手李海小心翼翼地搬離遷位那寶船末端那一尊祖傳百年老木雕菩薩而大聲吼道著的李海怒喝……但是，尤其是拆寶船的流言四伏的威脅……龍江關的寶船廠也越來越逼近地探問起朝中何時將下令下手開始打理改造寶船轉給運河漕船……太多不安的雲彩暐變光景之後……給媽祖娘娘燒炷香保佑了數年的這艘帥寶船水兵們在被關閉閘門的長時間等候越來越無奈，一如瀏河口的滂沱大雨隱隱約約為大明寶船隊告別。船頭緊銜船尾徐徐籠罩在漫天雨霧中的寶船隊如同一條誤入長江的重傷海龍，在前往南京寶船廠等待拆解分離如同骨肉分離般難以忍受痛苦之前，依舊動身也依舊無法習於這狹窄河道束縛笨拙地游動於江中來往漕運船舶奇怪冒雨跑出艙頭觀看這寶船的龍入淺水時心中雷同寂然無奈地告別……

一如風暴到底如何在海中拯救或接引亡魂到另一端的無限兩難的遲疑，也一如媽祖娘娘可能要救大人就不能救寶船而一切都太遲的無限謠傳的懊惱。姚廣孝跟鄭和說：我們對海的可怕的理解都太過膚淺……海所化身的海妖那麼地殘忍無情而詭譎多變……祂可能顛倒日夜晨昏顛倒晴雨風暴，可能將寶船古羅盤移花接木地移動尺寸到另一個讀法而使寶船隊從此迷航沉沒。一如吞噬巨大鯨身及其巨大眼珠倒影的海……將海妖囚禁在大人的肉身裡而大人始終不曾知曉地歷經過各種人間太過匪夷所思的悲慘遭遇……姚廣孝對鄭和說：現在，並非大人要過世，只是海妖或說是海……已然想要從大人的肉身離去。夢中的姚廣孝既神祕又擔心地勸鄭和說：不知道下一時辰、下一天、下一月、下一年會發生什麼事？人禍始終糾葛一如下西洋的未來可能遭遇何般驚人的天災不斷異象的無法預料……這將使你一生永遠緊張也使他永遠放心，但是那種惡兆始終還沒像是某種「殺了一個人之後就會有九個人再活起來……」那種更恐怖咒術的可怕模式終於啟動。

姚廣孝告訴鄭和未來的他的名字一如他下的西洋終將使得他會變成是烈士，但是壯烈的為什麼犧牲卻仍然神祕莫測……即使鄭和太過自負到再怎麼緊張戰場的攻略不明種種艱難惡仗局勢的他並不害怕也根本不想躲起來。但是下西洋卻是逆天命的……冒犯的冒險到……終極對抗對於天譴洩密所演變成某種更致命傷害的人的精神狀態的崩潰……

姚廣孝嘲弄鄭和……或許我們一生致力於致命的一整個下西洋的龐大文明計畫終究還是會因為種種天譴而淪於失敗，不只是成就永樂的皇威遠播天命使然的那種攻下什麼或佔領什麼的版圖，也不只是找到什麼或命名了什麼的功勳……可能更只是為了解一個過去從來沒有到過那麼遠的海的遠方的謎，甚至沒有解謎而竟然更只為了發明了一種解謎的概念、一種解謎的可能試探……一生老當烈士的鄭和到老還是天真爛漫地以為所有的解謎般攻略可能都不可能失敗，太過在意的一生兵戎的他那麼小心翼翼地留意寶船艦隊的叛亂、瘟疫橫行、天象混亂、糾紛迷航、風暴侵襲、海盜番王劫持的種種時時致命的威脅敵意……然而，甚至最後關頭卻竟然困難重重地困在紫禁城的最深的失望那永樂朝中群臣的攻訐，偏激周旋於宮中陰沉皇城充滿了深沉陰謀的陰影非常詭異的狀態。一如觀星術的失效的古代測量海洋方位的推算失靈的補償太多祭拜恐慌還可能會演變成什麼樣惡形惡狀的某種費解的詛咒預言式的報應。烈士該發生的就一定要發生嗎？姚廣孝提醒了那個謎就必然一如一張凶險鬼臉的惡靈用某種充滿嘲諷的冂吻逼問鄭和：一生凶險的被天譴隨行糾纏的你是怎麼活得下來，太幼稚童年的你的回人家族完全被明朝漢人屠殺，太體弱多病的你還被閹割竟然沒死，跟著回人叛亂和跟著永樂叛亂都同樣的忠貞的你到底有沒有懷疑過……太過在意而假裝不在意地逃避自己的過去活下去的你不覺得痛苦嗎？這是一個亂世，不明的天譴所必然報應在你的一生種種祕密的傷害是難免的……然而故意不去想過去到所有的一生回憶的種種天譴的自己仍然是那麼甘心壯烈犧牲嗎？

那個太久無法回想也無法理解的夢中。在鄭和多年前下第一次西洋的寶船離開之前……落單的他發現了一個街頭末端某個死角是有一個怪人以一種更奇怪扭曲變形轉換手法將那個地方近乎不可能的複雜妖術重新啟動置換……或說，竟然可以像是老油紙傘彎刀或怪暗器可以打開到某種角度再度以奇異地凹陷卡接滑降歪斜坡痕重新摺疊起來一樣，那是他更早之前教過那個門徒，多年以後他在那裡遇到了的時候才想起來這種摺疊的祕術他只有跟少許的門徒提過，而那個人也在現場偷看過他祕密地當場施術演練過，但是多年後重逢的他好像完全忘了鄭和教過他的這幻術的往事，反而卻竟然非常得意地面對衰老退化的疾病纏身的鄭和，他卻反而在炫耀他竟然用這個怪方法去與人競賽多年而竟然也贏得殊榮的一個什麼京城的武狀元……炫耀他如何用奇怪的必殺技式的怪異攻略手法並不是直接攻擊對手，而卻是施幻術而可以在凝結的時間縫隙都打開然後再用祕術把那種對決的地方對摺再對摺，彷彿紙燈籠一樣，或是紙鶴和紙摺種種怪異長相的動物甚至是龍，好像有淡墨畫上紙燈籠上隱隱約約的怪虛線。

但是其實也可能只是幾個彷彿從成團的刺繡花枕頭和拼布棉被下的木製床邊支架所撐摺起來的一個更幽微曲折弧度雕花更離奇的舊鴉片床和小古董太師椅上。甚至這種竟然可以翻摺奇怪的時間入空間的歪斜角度，在出手瞬間攻擊失神的對手……一如某種園林末端假山上的某一個怪異弧度起翹飛簷形貌像極了獸頭龍身鱗片密密麻麻層層疊疊地摺疊猙獰卻神祕迷離木製老花榭前的風光明媚的幻覺必然是致命武器般的必殺技施術。

最後還是充斥著恐慌的鄭和在那一個陌生的房間裡醒來的時候才發現只有他落單一個人，那密室般的古怪房間不知為何淹水，窗扇外依舊好像在下雨又好像沒有下但是卻仍然潮濕到近乎潮解，淹水從哪裡滲入怎麼打量也不清楚，但是卻已然越來越可怕地逼身地波瀾侵入地災情慘重到就狂淹到床前，致使原來完全無法理解也無法忍受的鄭和深深感覺到這樣太過激烈地沉沒肉身到快不行……決定下去想辦法解決的慌亂之中的忐忑不安才更發現骯髒的濁流污水下始終窸窸窣窣雜音，內心感到無比妖幻到有什麼奇怪的恐怖威脅動物接近，仔細端詳竟然是寶船雕花龍骨活過來般蛻變成妖怪的一條可怕的水蟒蛇，他完全無法想像怎麼會發生這種事。但是只好瘋狂地逃離閃躲那被骸人炫光中的水蟒蛇追殺……

彷彿是一種最極端的絕望，在一如洪水汪洋疾速灌入的現場那麼密閉的房間。那一條隱約藏身在水中的巨大蛇身，正快速游向他的狀態，嚇壞閃躲的他想法子千辛萬苦地攀爬入死角的角落才從那個房間逃到另一個房間，但是那破爛不堪老房子的鬼東西非常地瑣碎繁多，而且是個太過陌生的複雜深廊末的最後死角，更仔細糾纏中的那巨大蟒蛇身非常地頑長而且顏色非常地神祕斑駁，發現的時候太晚的鄭和始終納悶奇怪自己怎麼會困在那一個地方。後來鄭和拿了其中也泡水的一隻動物屍體讓牠咬，然後跟牠搏鬥了很久，全身都濕透地精疲力竭，牠始終沒有太快吃掉他的意思，一如在跟他勾心鬥角打量，不知為何像是玩弄當牠的獵物。最奇怪是當鄭和最後用全身的力氣走到一根棍子打蛇頭的最後時光，精疲力竭地纏鬥到完全不能動，後來竟然從旁邊出現了姚廣孝那老和尚提及他才剛從印度化緣回來，還用了某種當年他喜歡嘲笑鄭和也出家當小僧侶的苦修可憐日子的困難重重，跟他說那是一個數百年來從來沒有人進入過的最深最神經兮兮的怪房間，裡頭太過混亂也太過危險，裡頭那一隻深水蟒蛇是一種神諭般的威脅但是也是祝福，然後姚廣孝嘲弄地說他在印度每天化緣都會遇到很多巨大的蟒蛇，只要好好跟牠充滿敬意地說話就沒問題，那時候鄭和只想指給姚廣孝看他好不容易逼身扭曲變形才打死的巨大蟒蛇身的屍體就在他的身邊。

但是更奇怪地淹沒濁水中的他卻依然找尋了好久找不到，大概泡水泡太久了，或是牠沒有死地已經逃離游走了。鄭和非常納悶但是在找了好久之後才在屋身最後死角終於找到了，而且發生了一件他完全無法想像的怪事，那怎麼可能，那跟他纏鬥那麼久的蟒蛇竟然不是真蛇，鄭和卻怎麼會累成這樣而且還全身傷痕累累血肉模糊的痕跡，那好幾個小時在那濁水中的困獸之鬥，但是面對姚廣孝的嘲弄荒謬時光再潛入淹沒濁水的慌亂逃離現場，卻竟然發現那巨大水蟒蛇竟然只是蛻變回寶船上那斑斑駁駁木刻老龍骨雕花的蛇身。

❖

最後那一個海員在萬般猶豫困頓之後只上了寶船兩天就終於在諸水兵前激動落淚而從龍骨尾端縱入半空中地跳海，鄭和沒有太過吃驚也沒有太過內疚，只是心中有種完全無法理解的無力感及其更深的無法描述的遺憾……但是想到前幾天還曾在寶船上看到那一個怪水兵種種一如起乩般地某種陷入昏迷狀態儀式發作地痙攣狂舞……怪水兵在對空踢半吆喝半調招式斜踢再拐向上，他穿骯髒惡臭而破爛的破洞離譜的水兵衣著，二十歲左右卻已然皺眉頭皺紋滿臉憔悴而又髒又臭的頭髮太久沒洗的油膩而鬍鬚雜陳，臉頰充斥污漬但是他好像沒有感覺，眼神無神但是卻看向海的前方遠方的什麼光景，明明沒有人但是卻又很費力使勁地在和看不見的敵方死命地對決……那是在那一艘鄭和寶船艙末端的龍形雕刻船尾，路過的大多都是嚴峻譏笑嘲弄他的水兵們，非常地古怪地不斷側目但是又假裝沒看到他地始終川流而過。

應該是精神失常的怪水兵卻完全無視所有同船水兵的打量的有意無意……像一齣無限荒謬的對海甚至對神演出的誇張京劇……滿臉通紅骯髒卻一如精心畫出古代劇碼鬼臉譜的他越賣力越狐疑地迴旋踢式地搬弄就越顯得出奇可笑，但是他卻始終非常投入而嚴肅……一如他正在對抗一個可怕的惡魔般的怪物，正在拯救這艘寶船或這個任務或甚至這個人間，只是愚昧無知的水兵千戶們卻完全看不到他的犧牲近乎賣命……

但是鄭和內心深處卻老感覺到那個跳海的長得有點神似他的怪水兵可能就是年輕時代抵抗太可怕的不明凶兆而完全狼狽狂亂的鄭和自己……

一如鄭和忍耐在荒山死寂的被時光太多年像刑求逼供犯人的可怕狀態是為了保住一個古代中國的祕密，在一個古代卷軸中很多極小的圖和字寫得密密麻麻的下西洋痛苦的幾年一如朝廷不可告人的陰謀中的祕密的人和地方的性的病情及其羞辱之中太多太多的不忍。

但是卻因為是另一個姚廣孝說的某種和京城及下西洋有關的神祕的什麼就往往被群臣曲解到變成極度平庸俗麗譁眾取寵……往往太過尋常的現場及其解釋充滿愚蠢的瑣碎辯護這使鄭和忿忿不平，老像回一條老街頭和很多老人守夜在某滂沱大雨太久的雨夜只能狼狽抵抗太多已被迫接受的悲慘命運多舛的下場。那時候，鄭和還在荒山上在破爛草房跟姚廣孝打坐入定靜心。最後決定雖然沒馬還是想當晚就逃走，因為有刺客追殺將至的困難重重，因此不得不半夜三更要動身下山，心情不好但是還是跪拜託請姚廣孝啟動破爛的怪轎騰空疾飛來救他們，用某種幻術來想法子遁逃進入的山路變得那麼陌生地霧騰騰一如迷路。

姚廣孝困擾地說他已然忘記太久到完全甘心情願地下西洋而活在陌生異國某座荒涼到寂寥野蠻的荒山，他懷疑自己為何還要回紫禁城去，其實他從來就沒有任何承認或承諾，一如他本來出家就因為只期望自己無牽掛到只被視為是一個冷漠無情到可怕的人。其實明代或說是中國的古代始終太久遠到太容易遺忘而充滿遺憾。因為多年來的他從下西洋始終住山上，而且是幻術最夙慧駕御的霧中尋路……之後姚廣孝一上山就完全不回去了。

一如某回深入老市的鄭和混入群眾跟著一群異教徒往某個不明聖地朝香朝聖，然而空氣污染太過火的無人路上，那群擁擠不堪的香客很奇怪地始終在低聲默念地走了三天三夜，成群曉行夜宿路旁山坡海邊的虔誠香客們混亂行伍的最後就在一個鬼地方停下來，彷彿是領頭的一個先知剛好看到兆頭的什麼鬼東西，鄭和比較晚跟上就始終找不到群眾們，那個老市旁的野店很奇怪，看起來像是提供朝聖香客們吃的客棧，可是陰森森的舊屋簷古宅院充滿了蔓生爬藤，更奇怪近乎瘋狂的可怕光景是在門前殘缺垮崩的木身雕刻模糊不清的列柱柵欄，還更像刑場般的示眾成將禽類放血拔毛的裸身和怪動物如山羌灰熊蒼狼狐狸野鹿太多殘肢屍體堆疊成彷彿疊羅漢般地懸吊在門口木樁綁成牌樓，更仔細端詳卻扭曲排列怪異順序筆畫而拼湊完成了更奇怪形貌竟然是兩個斗大等人身高的歪斜「永樂」漢字。客棧飛滿天蒼蠅嗜血生肉的永樂字樣獸肉團始終血漬涓滴的門口還老有成群野貓眼神狐疑而徘徊觀望不去……那是骯髒到已然貓身半腐爛的但是仍然毛皮各種顏色斑斕的野貓，不時張嘴嘶吼彷彿在對鄭和敵意充斥地隱隱約約地嘶吼，極端的異象卻更是那群野貓的所有貓嘴都不知為何都有傷口裂痕還沒癒合地從鼻下斜唇裂開，更仔細看還可以看到貓牙一如獠牙般地賁張近乎恐怖。

鄭和往那個客棧旁邊的小路走去找他看到的那個熟面孔問他其他人在哪裡時，他說先自己落腳打尖但是其他人已經分散混入那老城的鬼市之中，鄭和才感覺到他是在一種出任務找尋欽犯的狀態……充滿了危機四伏但是看不出來哪裡出事的可疑的狀態，那人提醒鄭和有太多疑雲因此千萬小心翼翼地待命等一下其他千戶高手到齊再一起去面臨敵方可能陷入的某一種特殊的神功混種看似尋常雜耍但卻是不明流派邪門功夫更詭異的對決，甚至是空中飄浮的咒術或更可怕的是某種和宰殺人為樂有關的刑求。但是埋伏太久的宮人們確認那個他們出任務要找尋的朝廷欽犯高手怪人都一定躲藏在老市裡頭……在那一個陰森沉重的老時代龐大但是頹壞的老市。有太多的怪異氤氳迷漫在層層霧霾的地道蔓延擴散的老市末端，所有潛入的千戶們要找那欽犯的疾走之前，鄭和說等一下地最後在混亂中混入底層進去看到某一個更古老也更陰沉的怪布市……找尋罹難死體般的壽衣那種既華麗絢爛但是無比悲慘的舊華服衣裳，然而現場的店家和路人很多，衣裳極端華麗可是老市場卻極端陰森地悲戚充滿地彷彿有種莫名的威脅逼近伏潛入很黑很亂的死角。鄭和跟其他千戶說等他一下很快地最後找尋再看最後一眼，但是人太多那鬼地方太大到像迷宮好幾層樓而最後迷路，他最無法理解的是一種異樣……竟然昏沉的鄭和在那老市之中發現了一個最深的死角充斥著明代的朝服……近乎不可能地收藏太多太多各種宮廷的官服……然而卻殘破的古代繡花織錦織出的更考究但是更破爛的老衣明代衣冠傳統大襟右衽交領圓領式樣服飾曳撒明代宮嬪上衣衫襖及裙子霞帔褙子樣式多變款式做工仍然極端顯眼……鄭和完全無法相信他最後竟然看到他的舊衣服，常服軍服禮服官服交領盤領舊衣裳，還有更多已然消失太多年的他自己的永樂帝御賜下西洋的老寶船統領，各種各樣他一生穿過的衣裳甚至他出生時候極小時候的襁褓舊布巾，但是這怎麼可能……鄭和太過餘緒複雜地把認得出來是他的舊衣收拾要帶走，就往老市外頭疾走，在氤氳霧煞之間的暗黑之中，他才懷疑起或許那老市裡所有華麗登場但是斑斑駁駁的都是盜墓挖掘出土已然死去的人一生怨念充滿的老衣。

一如鄭和不知為何就始終困在這一個不知名的老渡口，想問人家這個好像他來過但是又不太記得的渡口到底什麼鬼地方，就這樣汗流浹背在烈日當空的河風襲人仍然燥熱高溫黏稠纏身的不快之中還是耽擱好久地問了好多路人匆匆離去前人來人往的群眾陌生臉孔神情落寞才一一浮現彷若隔世的陌生感地擔心和好奇，鄭和突然回神般地發現他彷彿曾經在過去來過這老城，但是卻因而更深地懷疑自己出了什麼事或是更訝異地猜測起到底這個老城出了什麼事，但是都沒有人回答甚至路人們也彷彿失憶幽魂趕路慌亂逃離現場地連地名都不知道就始終上路……就在這老城的某個老地方，或是在另一個老城市的另一個老地方，離鄭和回想過去始終記不起來的某個他上過船的老渡口的老地方很遠，他越來越想問清楚老渡口的船隻那麼多那麼亂到底要怎麼坐……

鄭和最後在勉強清醒一點點的依舊恍神之中晃動跟隨更多難民潮般的群眾來到老渡口後頭的一個都是以為是打尖的破爛不堪客棧但是不知為何卻在棧橋斑斑駁駁舊式木製牌樓前出現一個凶狠叫囂的暗藏血紅汗漬長裙襬拖地髒兮兮的怪異老太婆的店，問路問了許久之後她那鄉音濃濁的怪腔調卻還是聽不清楚，或說是鄭和自己問得太過猶豫而太不清楚只好又走到另外更遠更離渡口的古運河旁的老街舊式匾額充斥老行號乾貨船行銀樓米店茶行蔓延幾里長的那老城老時代店面去問另外一個個更狼狽更慌亂的路人，這舊街舊渡口的老城到底是什麼鬼地方，不知他們說了什麼不知道，以後怎麼坐船再來這個地方，後來才發現那個怪老太婆的客棧竟然陰森充斥的更恐怖怪地方，像是看起來是私娼充斥暗藏暗窗拉客的黑店，甚至夾帶走私地下猖獗種種黑貨的鬼地方，做黑的沿渡口海邊的被海水淹沒侵蝕潮解破爛不堪的木屋暗倉庫裡頭倉底層樓改裝破爛不堪，乍看樓層棧橋材步廊孔洞歪斜坡道的搖搖欲墜路身木製地板壓艙石面路旁看過去，那怪樓彷彿只是廢棄多年的被遺忘的時光荏苒腐朽老店。鄭和一接近舊街那一帶就更頭痛欲裂地煩躁不安……老渡口一走入舊街客棧的更遠一點的荒地上還仍然有個壓死成乾屍還在對他說話，那個滿身屍斑的可怕女人和另一個正幫她收屍的好心老人雖然彷彿並不認識鄭和卻也仍然想叫他幫忙念經超渡她……

後來又路過那個城的某一家油膩膩的老街舊店。鄭和仍然疲憊不堪但是卻還和另一個在等待最好吃太過稀有某種怪異御廚出宮留下私傳家中傳男不傳女的宮中料理著稱的中國北京腔怪老頭客人有意無意之間的說話，他老是充滿怨恨地提起那個口袋拿出皺巴巴的老中國舊銀票不甘願地指出漬黃地脫色印在那好像冥紙的劣質老銀票上印的那個怪紫禁城老建築，說起了當年他想和那個老太監密謀地要神不知鬼不覺地偷偷潛入後宮地潛伏到沒人知曉夜半怎麼攻入的種種細節的可能：用縱大火燒山般地攻堅，用雨下三天三夜氾濫成災的混亂再偷偷攀登入紫禁城舊殿內城……但是那個也參與密謀刺王的刺客號稱武林第一殺手的深不可測功夫的高人卻始終說不可能……

❖

「如果我失敗了呢？」鄭和哭喪著臉幾乎絕望落淚地低聲恐慌地問著年老近乎瘋狂的老僧姚廣孝……自認一生一如下西洋的使命都必然是完全失敗的鄭和在夢中驚醒時充滿了悔恨……「所有人都看著你帶我們去死。」他的寶船部下最忠心的千戶對鄭和憤怒而且悲傷地說：「來不及了，你看不出來我們都死了嗎？」鄭和的恐懼是下西洋的寶船上的所有海員他們都終將會死去，因為他還沒準備好或是他沒有盡力或是他本來就是找他們來陪葬，只是自己始終不願承認……

寶船艙內一如紫禁城御賜大殿官廳老建築的神明廳內閣樓精心打造過依姚廣孝當年安媽祖神位和諸多天兵天將的羅漢羅列護法風水命理安頓神祕莫測咒術的那間密室不知為何竟然被完全摧毀般地搬遷清空，只剩一頂老舊破爛不堪的媽祖神鑾神轎身倚在已然變得認不出來原貌的艙身弧形曲折離奇的木製艙板隔間牆體……充斥火藥味的死寂之中仍然無法忍受怪異的木製佛畫經文神像八仙桌移走之後殘存的痕跡依舊存在著某種薰香灰遺棄空氣中艙底不明氤氳的氣息所隱隱約約暗示的什麼……艙底狹窄的窗洞外還是直接可以看出寶船外頭汪洋遙遠的海的更慌亂的光景……密室仍然很多人，雖然好像不太一樣了，不知為何裡頭的所有祭拜儀式神明廳的東西都搬開了，一如鄭和突然想起太過年幼就入宮當太監的時光中那幾回大內出事淨空大殿抓刺客的風聲鶴唳中，他和更多待命的小太監們仍然還緊張兮兮地謹慎小心翼翼地在現場不敢相信自己可以活下去離開地……心裡頭的太過惶恐。艙房神明廳中準備不明的另一種不明祕教的法事的太監們完全陌生地待命……始終不知在等什麼可是還都等不到，就只是在那邊看著祕密窗洞口外的洶湧澎湃聲響逼近的大海更冗長而沉重地忍心等待，不時有意無意地敘舊以前宮中太多可怕出事被滅口的種種祕辛往事的，哪個王爺貴妃又生了男孩哪個吏部兵部大人又升官或又生病或就是又過世了。還有一個太老的太監還講起鄭和以前剛入宮始終被欺負來嘲笑他的身世的傷心事，太像是跟永世不能翻身般有關的詛咒惡言相對還竟然就叫他下輩子再進宮的蔑視……艙房神明廳旁僅存的那破爛不堪媽祖神轎身前……鄭和發現了另一張還在艙底死角的那張斑斑駁駁長滿蜘蛛網塵埃灰燼的殘缺木製神明桌，長桌上不知為何在姚廣孝一念咒的剎那竟然彷彿充滿古代方術喚醒太多鬼東西般內裝太多老早以前就祕密安裝用祕咒語藏入而解咒就翻身長出桌前一如宮廷內部卡榫過多祕道暗門騎樓長廊般的諸多機關……在那寶船巨大龍骨尾端艙底幽暗光景前竟然喚醒而現身太多木製的紫禁城的所有宮殿中層層疊疊的內城外城高聳蔓延擴散的城牆、彎扭變形曲折離奇的護城河，還有武英殿建極殿英華殿南薰殿角樓和皇極門，甚至鐘樓鼓樓橋身哨樓古建築……都翻身站出長桌面沿著中軸帶風水命理長出的京華煙雲般的氣派華麗……一如剎那間重回到北京城尾端站在後山鳥瞰全城重簷歇山萬般摺疊飛龍屋脊的燦爛奪目令人感動一再回眸那般地栩栩如生。最後遇到的始終半安慰又半嘲弄他的姚廣孝老對鄭和提及某種令他擔心的情緒……說到當年他小時候被抄家的傷心往事歷歷在目的喚回，他逃離到雲南山上某一個地方的，也提到過去他在靖亂的出的事，其實他們曾經在紫禁城和永樂帝在這張木製老神明桌旁的八仙長桌前一起喝過酒，只是姚廣孝始終沒有講，他或許知道，也沒有再繼續往下追問只是露出一種奇怪的笑容離開。

下西洋是為了拯救西洋還是為了毀滅西洋。如果西洋不想因為鄭和而變化，或許西洋只想用另一種還沒有出現過的歷史法則來進化。用某種更戲劇化一點的種種西洋國度作為中國的倒影……在那有法力無邊的海的水中倒影前……姚廣孝讓充滿困惑的鄭和忐忑不安地再回到他永遠太過敏感脆弱的幽暗時光……鄭和老是想去尋找更遠的文明的什麼……打造更多的什麼的同時不免又想去拆除更多別的什麼……一如下西洋太久的他越來越分不清拯救和毀滅有何不同，也越來越不相信混亂和秩序是對立的。鄭和在越來越艱難的海中災難發生戰爭頻仍的永遠糾纏不休的疲憊不堪之中不免會只越來越明白西洋一如人間的所有未來一如過去都可能早已經發生過了，用一種兜圈子的刻舟求劍的枉然或許更是永劫回歸一再重現的悲劇現身……只是鄭和內心願不願意承認……所有下西洋數十年數回數百艘寶船數萬海員的近乎一生的費心費力都必然是枉然……在一再重複一如暴風雨逼近的災情慘重傷亡人數持續攀升的血腥恐怖的破爛寶船頭龍骨尾端：「這必然是你的死法，這必然是我們的死法……」姚廣孝對鄭和緩慢地說：「一如終會在變天亡命中斷裂的龍骨，下西洋的我們都不免令人失望……對於太過龐大的文明或太過龐大的未知的未來而言……」嘆了一口氣的老僧說：「下西洋的失望或是我們的失敗是有可能挽救的嗎？陌生的太過遙遠的西洋或許更需要一個拯救者，一個為他們的歷史文明的野蠻提攜演化到近乎救贖的救星，但是你卻只是另一個更逼身的近乎祕教邪惡神祇的不明來意的可能威脅……一個太過遙遠的更陌生帝國帝王的使者，或許更只是一個來自未來的更龐大而更未知敵方可怕威脅的完美化身。」

古鄭和甕。寶船老件考。七。

古鄭和甕有太多傳說的迷信近乎迷人的傳奇……裝水變成聖水，裝物變成聖物，裝衣變成聖衣，裝骨變成聖骨……種種跡象顯示神祕的聖甕傳說的繪聲繪影……

一如麻六甲雞場街最著名老店的和記雞飯店在千禧年翻修時地底出土挖掘出一個極端著名的甕身底圓陶體破碎不堪的碎片散落滿地找尋回來竟然拼出隱隱約約可以端詳出缺某幾道書法筆畫但是仍然可以辨識出其永樂年號字樣的古鄭和甕。更後來在近年來中國古怪的近乎瘋狂的瘟疫般鄭和熱和愛國買家搶標天價的拍賣底價高出過去太多太多的轟動……

或許也還有數百年來種種古董文物收藏家的風靡更為複雜的情緒是景仰鄭和神人般的餘緒……在更多麻六甲或更多東南亞的老村落太多太多鄭和當年到過的鬼地方仍然都還充斥著傳奇寶物般絢爛出奇的雷同大甕的發現。

古鄭和甕一如出土的鄭和古物的炙手可熱……就在麻六甲雞場街頭旁的鄭和古蹟老將軍井旁的更前幾十年還曾挖到三個「永樂通寶」的更多更碎的些明代瓷片及某一個鏽蝕破爛不堪的古銅香爐的爐底註明「大明年制」。當年在遺址挖地基時所挖掘到更大量明代瓷片及更大量貝殼使考古研究所研究員相信這些古瓷片是鄭和官廠的原址官倉中破碎的瓷片及海員在古代寶船遺留種種一如古生物般的大量的蚌殼螺殼……都在古鄭和甕中。

甚至在老爪哇島北岸的老村落沿海的許多歷代古廟的老廟身至今還有收藏此種古甕的傳統。甚至更多傳說的靈驗醫療重疾的奇效可以使跛腳恢復行走使眼盲恢復目光，數百年來當地虔誠的回教徒完全把古鄭和甕供在回教清真寺的神聖角落還恭敬地用來儲存聖水每日膜拜誦讀可蘭經加持聖甕神通……鄭和是信徒們膜拜傾信僅次於穆罕默德的回教古神人……

更奇怪的傳說是更深更老的砂勞越森林中的土人有時傳家之寶就是這種破爛不堪污泥蓋滿充斥著圖騰般古代文字的種種古代大小甕身。土人們雖不知鄭和是誰但是數量奇多已然被收古董的當地古董商通稱此種甕身有明廷字樣陶印的曲度繁複優雅的古代大甕為鄭和甕（Guci Cheng Ho）。成為最終全村土人用更怪異混亂的祕教火燒祭典儀式甚至活人獻祭的流傳彷彿神祕神祇降臨過留下的稀世且唯一的古聖物……竟然一如土人們另一種太多傳說的迷信：神祕的神祇神通傳奇……裝人骨變成聖骨還可以再長肉復活成活人的聖甕傳說的繪聲繪影……

水鬼。馬三寶部。第四篇。

當年發生太多怪事……這海底太多老水鬼們任務失敗後過世或意外失蹤，但是馬三寶覺得他們仍然在海底下等他……一如這海底始終埋藏太多老水鬼留下的鬼東西。

馬三寶老想起老水鬼曾經說懷念那水母群泅游的低音嗚咽就彷彿把金門高粱那烈酒倒入了嘴洞口無人知曉的腦葉瞬間灼燒感，像他曾經在冰冷的海水中泅游回來，目睹那個一起出任務更老時代的老水鬼們的死去的最後剎那間。他在獲救漂浮起來的最後一瞬間看到成千上萬的發光水母湧現包圍著老水鬼們的屍體……爆開血肉模糊的五臟六腑都疾速地像捲入漩渦般死命旋轉成液態複瓣血花。

但是，老水鬼開玩笑般地盯著他說：「我們是水鬼，對我們而言，鬼戰爭永遠不會停。這個鬼島，這個鬼時代，一如這個鬼革命……都需要像鬼一樣的水鬼的我們。」

馬三寶有時候太生氣時看到開玩笑的老水鬼的長相會變得非常地怪異。像是一種高科技的鬼動畫，極古怪的寫實，臉是真人的肌膚重新合成切割組配表情動作，再接到另一具也是真實肉身人體但是卻變得很假的大頭娃娃比例地自作聰明風格的某種視覺特殊效果技術……無限滑稽古怪一如他們當年相遇的鬼時代。

但老水鬼這鬼臉在馬三寶這麼多年之後再用這種怪夢想起……還是那麼切題地扭曲虛幻。

想到老水鬼的時間已然發生太久……在過去也像在未來。那是某一個末世烏托邦般那麼陰暗的毀棄後的中國南方沿岸的城。他們仍然在出任務的出事之中……「什麼事不是鬼陰謀？什麼事不是鬼任務？對太緊張兮兮的還不像鬼的你而言。」老水鬼對馬三寶仍然不斷地嘲諷地開玩笑……

馬三寶跟那抽老長壽菸還抽得煙霧瀰漫近乎失神的那老水鬼說：「到底……出了什麼事？我們到底要

去什麼地方？我記得訓練但我不記得任務。」那老水鬼對他說：「別擔心，先回神……如果發生了輕微失去記憶的狀態請不要著急，可能由於太長途的太空旅行造成的太長期的深眠的副作用。」

怎麼變成了二流科幻片般的可笑套招口白……這老水鬼說的這台語腔的鬼話騙不了人吧！但是心裡這麼想的馬三寶卻真的發現那太空艙身和他右臂上都有同樣刺青的部隊水鬼番號數字。

更後來，馬三寶更充滿了狐疑……他感覺到氣息那麼隱隱約約地剝落菸灰裡的更多摺痕般越來越暗藏的不明氣味或不明腐敗感……他感覺到自己從太空艙門一打開之後就誤入了另一個假場景，太過突然誤入的某個空城，空蕩蕩的那個鬼地方彷彿每個人都有祕密而且太多人又有太多共同的祕密。他所意外誤闖入種種交錯的場景及其隱藏的祕密不小心翼翼瞬間就會出事被殺……滅口或滅跡。那個空城充斥著不明光景的炫目費解……圍繞著沙漠邊緣的樣品屋般全新但是空洞的怪異住宅建築群，或許只是還未完工的建築體最後工地現場還是因急事已然完全撤離的某一個失敗建商草率蓋好新城太久無人問津而淪落成的廢墟。甚至就像一個詭譎地困擾於不明幽靈糾纏不休謠傳鬧鬼的空城。

馬三寶始終覺得莫名地不安……心中老閃過一個念頭，或許他應該要想法子偷偷地逃離……但是他更好奇的是為什麼他會來到這鬼地方？為什麼還逃不了？那個空城的全城每一個細節中的種種雲朵天空空氣溫度都調整在最接近理想的狀態，像一個放大數百倍燒杯的充斥培養皿溫室的標本間，但是標本卻是人，空城中偶然現身的人，他們臉上沒有表情，露出空洞的眼神，動作不快不慢，完全沒有異狀，只是極端平淡無奇地活著，都還依舊活在他們一生的原來狀態……彷彿太過靜謐地完全入戲，甚至沒有演地……活在那空城。只有馬三寶感覺到全城所有的人都出事了，但他們還看不出來異狀。但是也可能完全無法理解地顛倒……其實他們是偽裝的因為全城都被戒備森嚴地暗中控制監視，只有馬三寶看不出來。馬三寶浮現心中閃爍的動念是更複雜而艱難的，他在這個鬼地方看到了這群中邪般的人使他更恍惚，而且還在剛被喚醒而仍然昏昏沉沉之中……想起來更多疑惑：為什麼他會陷在這太空船或甚至會陷在這空城之中……

那一個當年當兵時代一起鬼混的老水鬼老悄悄地出現，邊招呼邊敘舊，一如當年一起半夜到匪區摸哨天亮前一定可以割好幾隻耳朵回來的那種老交情……出事了，他邊抽長壽菸邊低聲地跟他交待……「這太空船裡頭的怪事始終不停地出現……」還小心翼翼地或說是鬼鬼祟祟地帶他一如當年從小金門摸上大陸無人灘頭的夜半……老水鬼說：「幹！太邪門了，走，我帶你去看一個更前頭的怪房子……」馬三寶完全不相信自己看到的光景……那個怪房子斑斑駁駁灰暗斷壁殘垣末端的死白蟻蛀木扇窗口望進去，不知為何客廳旁的玻璃櫥櫃裡竟然出現了一整座精密製作的台北總統府和北京紫禁城等比例縮小但是細節無比繁複華麗的建築逼真模型。但是更仔細看……那客廳窗口的另一端望出去卻仍然就是太空無垠的繁星閃爍不明的完全暗黑……

馬三寶心想，這裡到底是什麼地方？老水鬼為什麼帶我來這裡？內心猜忌地走了很久……卻覺得他有些話沒說清楚，只是在拖延時間。雖然當年交情那麼深，但是這麼多年以後不知是否變了、被策反了……還可能是要害他。

或許，是那太空艙中要追殺他們的人馬已然上路快到了。但是這被洗腦了的老水鬼也不清楚……因為，馬三寶越看那窗口外的暗黑就越不確定。到底他們在哪裡？可能永遠也不會清楚的……一如那空城仍然太過空曠，或許完全只是他自己妄想……只是那空城裡一路的人很少路很空。雖然追殺的人馬他始終沒看到，甚至，逃的過程也始終沒看到有人追。但是又感覺始終有人正追殺般地非常緊張。心中還感覺到是絕對不可能逃離般地……有種無以名狀的沉重與極端害怕的痛苦。後來，更離譜了……他們潛入了一個好眼熟的老房子。看起來就像是一個像當年水鬼出事會被關禁閉的某一個灰色建築的一間一間小密室的入口大廳，那裡有一張近乎不可能鑄鐵像刑具的長桌。但是馬三寶只是坐上那一張當年被刑求灌水逼供過的老椅子上，就竟然被不明動力驅動，離地，滑行，但是他不知道如何操作。後來舊日光燈管的光一閃那老刑椅竟然就動了。一如刑求人蛆肢解的殘忍機械不知為何又開始晃動，發散不明腐肉的惡臭焦味。所有狀況都還是雷同地怪異，但是卻彷彿馬上又壞了。

逃離後逃入的那個彷彿是偌大荒廢多年廢墟的空城，溫度溫馴陽光普照的光景，他死命逃離地跑了一段路……匪夷所思地一路的疾風呼嘯往後。他正開始比較放心終於逃脫的時候又出事了……但是無比唯美地近乎抽象畫裡的臉孔表情稀薄姿勢動作生硬的全城人們彷彿都被麻醉或催眠般地鎖住了。馬三寶發現自己在一個極端怪異的埋身於公園末端山中叢林裡的那建築群尾部。那玄關入口怪異鐵門前有一棵彷彿上百年的龐然大樹。那景象太過令人難忘到太像一幅他多年前所看過水鬼時代中山室裡一個水鬼連長亂掛在蔣公國父照片旁某幅灰塵滿佈牆角的古怪老風景油畫照片。甚至，端詳了更久之後，發現那大樹長在一個高聳暗黑的懸崖前。樹頭長出枝頭的枝葉繁多但同樣焦黑。在樹前的黝黑葉影枝頭前……他不確定他在看畫還是在看風景，只是風越來越大天色越來越黑。更後來，還遇到太多連上的老水鬼隱隱約約出沒在那個刑求密室前的大廳但是沒有人認出他來……而且他發現了更多更離奇的異狀：為什麼所有人的說話聲音和動作都怪異地莫名加速快轉，而場景中的光影切換極快……始終有雜音吱吱作響。一如那大廳角落的對面有一個像穿灰色毛裝特務般的怪人正死盯住他看。（馬三寶才突然意識到自己可能是在夢裡……但是那是他的夢還是老水鬼的夢？）然而就在那個怪異太空船的夢裡頭，馬三寶老是想起當年當水鬼的太多怪事……太多瘋狂的往事……尤其是那瘋狂的老水鬼老在喝醉酒之後就瘋狂地開始炫耀徽章般的身上疤痕，甚至就老提及他太多回出任務和敵方水鬼過招的傷口留下肩膀和右腹長疤，甚至在伏潛時被鯊魚咬傷了整條腿或被某匪軍小艇船體上的火熱管道燙傷。他老提可能是缺陷或過失的冷戰印記的老金門，只有在水鬼的海底，是完美的……一如當年的那老水鬼始終是一個謎，一個傳說。

他們水鬼大隊的殺氣極端著名，擅長欺敵甚至殺敵……那一個最瘋狂的老水鬼太過激烈炫耀他傲人的食量和酒量和擒拿術……甚至炫耀他的肌肉賁張像魚雷弧度長臂長腿疾游可以往完全交錯海流漩渦近乎不存在的海潮裂縫穿過勝出他們最喜歡這種瘋狂潛水深海的賽局。一如深海搶孤般的祭神儀式那麼瘋狂地在海底比賽誰泅游得疾速如飛……癮頭重的他完全不在乎地老抽長壽菸也老吹噓起當年共匪看到他們的水鬼刺青就嚇壞了。「甚至把共匪水鬼的腸子挖出來，掛在灘頭枯枝上炫耀。那是他們對我們做的事，我們只為了同樣地嚇他們的報復，或只是好玩……」老水鬼老想起種種那老時代在某種太過緊張的敵方恫嚇的狀態的太過猖獗，甚至為了要更重口味地示眾，因之所動用了最殘忍的酷刑來恐嚇……恐嚇他們這種最不怕死的水鬼。那就是故意將活捉的水鬼活活肢解，高難度的手術，竟然只是為了打造這隻最驚人的鬼標本，最殘忍的樣本……一隻令人慘不忍睹的……人蛆，他們刻意找來某個最小心翼翼卻雷同瘋狂到近乎不可能地殘忍的外科醫生，要求活活切下他的四肢而仍然活下來，而且完美地保留他仍然清晰感覺到自己已然殘廢成令人難以想像暴行最深的狀態。那麼殘酷卻那麼近乎抽象……甚至切割放入一如大大小小實驗室燒杯般的玻璃瓶中的那個水鬼的全身四肢的切塊，骨頭殘屑血管黏稠的殘留的手腕小腿大腿手掌手指殘骸……為了故意肢解那水鬼讓他活活變成一個手腳皆無的人球，還讓他臉龐燒殘了大半到只能勉強地說話，甚至一說話就流出口水到只能發出嬰兒般低音的破碎話語……其實往往那人命半殘的水鬼很想死，始終艱難地蠕動撞頭，發出困難的憤怒的聲音，但是他們還會刻意在送下海之前還故意仔細用剃刀幫他刮還會長出來的頭髮鬍子，最後割下他的耳朵奶頭等待他流出的暗紅的血凝結成血塊……彷彿是一種人俑般的人蛆，活的木乃伊，然後再用一艘小舢舨故意放回海上順潮汐漂流……使所有的水鬼可以看到可能是他們也會像他那麼悲慘地被刑求成肉身完全扭曲到模糊變形成某種肉身被羞辱的最極端最高反差的怪異。甚至放入的老時代舢舨（還在放入海中訕笑送出孤魂野鬼海員水兵般刻意暱稱為這時代變成王船的……寶船）還使那個水鬼打扮成另一種肉身放入船身中像棺木旁塞滿冥紙再加上種種匪區摺疊宣傳單然後繁複陳列裝置成更荒誕的光景……老水鬼當年竟然說他在海灘極端不忍地拯救回那艘老舢舨時真的逼近現場逼真地目睹過，還因此傷心地對馬三寶說，這種喪心病狂的光景，真邪門遠遠乍看還竟然像佛龕裡的一尊古怪大眾廟萬應公式的邪神佛像（還是中伏犧牲殉了下西洋宿命的三寶公？），那個人蛆水鬼的臉頰脫水脫皮扭曲成一團，眼睛被烈日曬到張不開地半闔……但是，不知為何，在半昏迷之中，他那半張的嘴角裂縫好像還是在古怪地半哭半笑……

❖

馬三寶老記得有一回老水鬼出任務回來，他去見那個軍醫官老朋友，擔心地問候，在軍醫院的那泛黃又勉強打掃才能維繫的過度一塵不染病房中看診，討論他多年來那永遠的失眠和仍然不時發作的恐慌症。一如退伍多年後的那老水鬼還會看見匪夷所思的幻覺中沒耳朵找他要耳朵的或是沒手沒腳找他要手腳的人蛆共匪，他多年後開始內疚地老充滿了牽掛也老對當年太多的往事沒法挽回贖罪的心事重重。那時候老水鬼到底做了多少壞事沒人知道，甚至也沒人認為那是壞事。回來那麼多年，沒有人再追問這些深埋的心事烙印在腦袋裡燒焦掩埋到連自己也忘了，以為再也找不到……但是那仍被妄想症糾纏的老水鬼始終沒有離開那時候的陰影糾纏不休。

半夜三更馬三寶也會老在噩夢中回到當年的摸黑現場……就在那個泥濘的密不透風的濕透蔓藤攀爬近乎沒路的山路走到底的海灘，下水回金門前的那時候，他老跟那幾個水鬼兄弟，全身都極端狼狽不堪地惡臭黏稠和著汗臭尿臭糞便種種體液不明分泌物，傷痕累累的傷口發炎化膿，遺棄感充斥的密林末端，在半昏睡狀態仍然追蹤敵人的疾行軍中，他後來太疲憊不堪到常常分不清是在睡夢裡還是清醒。直到回來了仍然常恍神也還老是一睡著就會發現自己老仍然在廈門海邊走入叢林的野戰，在左手老長壽菸的菸霧瀰漫中，他的右手還拿著剛割下來共匪的很多很多隻耳朵，甚至有時候還有一整個的共匪人頭，蒼蠅尾隨纏飛也仍然血淋淋地滴血，但是奇怪的是完全沒罪惡感的他還一路不經心地用口哨吹〈我愛中華〉五音不全的老時代爛軍歌，雖然仍然一路趕路直到下水浮潛回來然而一路失神的神情卻老像是從樂園惡玩出來地始終無法理解地永遠開心……

但是，有一回失手被刑求逼供在千辛萬苦獲救回來只剩半條命的老水鬼之後就真的內心出事……半夜常常噩夢驚醒，近乎哭泣地大喊……「我永遠回不去了。」老以為自己還在匪區，還在那個兩岸極端緊張的戒嚴年代。甚至，那老水鬼在失心瘋癲之時竟然還用刀架在某個病人脖子上，跟所有金門病房的人要脅，近乎崩潰地狂亂，一直重複一句話：「我要回去……」老水鬼出事了但是他其實不知道出了什麼事。一如一個老病人的老水鬼只是對馬三寶哀傷地說：「救救我……」用極端可憐顫抖的聲音。馬三寶非常冷靜但是又心情沉重地安慰以為自己還被困在匪區的老水鬼，還用很低聲的台話對他緩緩地說：「一切都結束了……我帶你回去。」

夢中以為對太空船的狀態知道很多其實很少的馬三寶越來越失去耐心……他對老水鬼說：「我也越來越記不起來了。即使可能因為在太空艙睡太多年了。但是，我們以前都是水鬼，甚至就是恐怖分子，怎麼會淪落到這地步？」這到底是一個什麼任務……為什麼沒有人來接替他們，所有的太空船狀況越來越慘烈……船體所有電力系統看來都被切斷，手動控制裝置壞了，主機電腦完全無法啟動。心想死定了……的老水鬼跟馬三寶說：「我什麼都記不起來，但是只能猜測自己是老水鬼……因為我的手臂上有反攻大陸殺朱拔毛的怪刺青。但是彷彿眼神閃爍的所有人都有問題……也只有我們兩個水鬼可以信得過，有太多內鬼……這是個詐術……我們要想辦法離開，我可不想困在這個黑暗的太空艙裡。天啊！我們怎麼會在這鬼地方？」他們找了很久在甬道中爬行，可是根本沒有出口……「我們真的是水鬼嗎？這一次出的任務到底是什麼，我怎麼完全記不起來。」他們彷彿永遠都無法逃離……永遠困在永夜般伸手不見五指的當年浮潛太深海的黝暗光景的無限絕望……就全身近乎癱瘓地蠕動（這是報應他們當年惡行也變成人蛆般只能四肢無力失控地死命蠕動……）就那麼心虛又心急地在蔓延擴散藤蔓觸手般的油污惡臭飄散狹窄管線管道間暗黑的死角爬行太久，手腳都磨破淌血疼痛難忍無法抗拒地完全無力前的他決定鋌而走險，還就爬到了太空艙走廊最末端的一個跳台往下跳。甚至最後失手摔到了最底層的海灘的他最後竟然發現了一具灘頭泡水泡太久的屍體，扭曲變形的肉身和頭顱破裂出血的臉龐都已經腐爛。那個人是誰？是匪軍的臥底跟來的敵方？還是他們睡眠艙的其中另一個水鬼嗎？但是為什麼屍體骯髒的破爛水鬼紅短褲上竟然繡有他的名字馬三寶歪歪扭扭字樣。

馬三寶老記得那一天，那老水鬼還穿海陸正式迷彩軍裝去領獎完，非常悔恨地一路喝到爛醉。倒在泥濘的路邊領口開了喝醉到狂吐。只聽到別的兄弟說他的閒話。曾經去過前線。代號ＸＸ計畫失敗了，全部陣亡於泅游回來的海底。祭日應該同一天的水鬼們……只有他活著回來。最後那軍醫官再三交代馬三寶，無論如何，不能碰水一如不能碰酒。完全不能碰。軍醫跟他說：老水鬼的病別人完全看不到，但是很慘烈……一如一個永遠無法醒來的噩夢依舊激烈地持續發生……就像那病房死角的那個在病床上的怪病人的妄想那麼慘烈，他那泡海水泡爛的下體已然截肢了但是每天早上醒來的時候都還會老是覺得腳底不知為何又疼又痛又始終有點癢癢的……

馬三寶仍然不相信這個差錯，在某回惡劣的狀態中他勉強地和老水鬼出任務……為了救一個不聽話而已然出了事的人質，他們一路沒命地逃離，窄狹的通道尾斑斑駁駁的長廊逃入半墜落的老式電梯間，工業建築遺址中變形的種種機關中他們始終像是被追殺，最後的地洞長廊末端甬道突然摔下，老水鬼拉他的手兩人一起跌落前頭的無情斷崖墜落到心想是無底海底的深淵那麼險惡還是生還……甚至，更早之前老水鬼只是去找尋某個破爛電影院。在彷彿老時代貼滿文革標語毛主席萬歲的老街頭某個拆解過半的更大更不明的廢墟。還遇到另一個解放軍也放哨去看的緊張現場，在和老水鬼會合的更之前，馬三寶由於第一次出這種任務到這種陌生城市而始終都很害怕迷路，找了一晚地混亂，慌慌張張地在城市末端的暗巷，一直找路。黑夜的迷路中，馬三寶看到怪異的巷口舊海報上有兩個男主角那一部古裝電影，老水鬼老跟他炫耀也一直跟他抱怨其中一個長得就像是他，但是電影裡那對手功夫太高還是打不過，露出古怪的笑容的老水鬼炫耀起另一個老時代拳師也不放過他……更是功夫高手的某流派的掌門，片中他埋伏在屋身最高天花板末端倒吊，上身裸體二頭三頭肌練就多年的肌肉賁張。吆喝地一定要對打到天亮的兩人最後完全無法無天地對決終於失手重傷癱瘓成爛泥昏迷沒人發現……

馬三寶非常懷疑老水鬼只是在騙他，一如他們趕路到天一亮，突然眼前完全走樣，怪異的荒涼場景切換成另一種可能的埋伏，空蕩蕩的遠方逼近了，但是路消失了，眼前只就是極端烈日的長空，海灘的沙塵漫天。馬三寶心想他們可能出事了，到了那裡也不確定，彷彿到了怪匪區更遠的某一站，傳說中險惡到還必須要欺敵避開地雷區那辛苦極了的一段路。一如陌生地在夜半搶灘摸黑上沙灘地帶的所有行動都跟呼吸一樣困難。後來百般辛苦地逃出雷區……混入人群夜裡在慌亂之中跟著眾多農民擠上一部公交破車，就這樣昏昏沉沉地恍恍然太久太久，進不了城的焦慮糾纏……老水鬼交代馬三寶千萬小心不要露底，就這樣沉默異常地和那一群百姓坐了許久的破車，上路在氣味濃稠惡臭汗味的一路到最後終於可以下車的擁擠不堪。最後拿位子座椅底下的塞入行李，近乎不可能地擠下車。跟著所有人都汗流浹背地掙扎找縫隙才能千辛萬苦地下車的他們也跟著走進了破爛的建築裡。一路還遠，司機吆喝要大家先到那廣州老人在深山裡開的山產店。因為一路十幾個小時挨餓，一下車沒人排隊地進店裡都在搶，他們也只好跟著坐下來吃了，一桌桌上都是蒼蠅飛來飛去的破碗，裡頭也只有半腐敗的動物爛骨頭碎肉。冷了，爛了，甚至酸了。但是所有人們仍然開始吃，因為太餓。雖然，後來馬三寶發現大桌後頭掌櫃老櫃檯旁仍然還有另一種類似燒臘店吊雞脖子鴨頭雞爪種種更大隻的老攤怪現場。始終沒什麼力氣動的老水鬼想過去搶，但是才發現，有些鏽蝕鐵鉤上，竟然是貓屍帶毛的四肢，還剛剛殺完肢解的懸起，其中有一只貓頭淌血眼睛瞳孔始終盯著馬三寶……

「你知道我知道你的什麼嗎？你知道我在你這年紀時最喜歡什麼？」老水鬼開玩笑地問馬三寶：「呵呵！只有兩個字……插入，插入，插入。」老水鬼他說他小時候做了一個一如他一生被下咒般的關於「插入」的怪夢：「重複地出現自己迷路失蹤太久意外發現亡命之徒落難山路崎嶇地形複雜斷崖勉強所到了的一個西藏高山某個部落小城，那晚全身失溫的童子之身的我竟然獲救四肢麻痺地被扛入某一個長滿苔蘚亂砌石頭沿山的破爛老屋，更勉強睡著又時而極端冷到凍醒的我卻因為風光太美而分心，老城門旁的藏廟幡旗拉開的天空，古代轉輪廟身旁五體投地頂拜禮佛的虔誠藏人。我完全被迷住還拿起老時代破相機一路拍照拍到快沒底片時手指頭卻凍麻了……最後到了廟門前歇腳，拍到廣場一隻高山獼猴，而且是一隻群猴擁簇的猴王，爬到一隻被壓倒的掙扎母猴身上，巨大的陰莖插入，用力抽送。旁邊的人說等一下你會拍到有意思的畫面。我本來以為會是什麼色情畫面。但是就在猴王高潮射精時……完全變成另一種荒唐的光景，牠的全身的毛突然變成球體地放射紫色螢光豎直發出怪異的光顫動到不知道往下會怎麼變形，像是一顆發光的古天珠或是一種高科技的球形玩具炸彈，難以形容地古怪非常可笑又可怕地非常恐怖。那是我第一次感覺到……恐懼！」但是……後來在等待出任務的路上的老水鬼仍然還老開玩笑地問馬三寶：「你到底害怕什麼？蛇、怪物、噩夢、父親、災難……或就是，女人……天啊！你到底感覺到什麼？想想你的快樂，除了插入……還可能是什麼！」在那暈黃死寂的死角彎道之中路燈光忽明忽暗越來越閃爍不停……「或許，我們來談談你的恐懼！」但馬三寶說他完全記不得了……或許馬三寶所在乎的，始終都被老水鬼誤解……那回出任務出事九死一生地出來之後他就始終睡不著。馬三寶本來就不是想當這種人。太殘忍卻只是被當成遊戲般地不在乎又不得不面對……

即使到了那大陸小城那個出任務的一連串的出事。老水鬼仍然只是遊戲般地在外頭把風，但是馬三寶卻被逼混入人群，而困在一個有色情招待的宴會奢侈大廳，人潮紛沓穿梭在豪華的水晶美術燈下，刻意海派的裝潢中牆體四周天花板都是倒影現場但是鏡面般漆黑色的厚重大理石反光，中間鑲嵌毛主席頭像的身影陷入石中倒影。但是炫目炫光一如極光環繞。非常華麗奢侈但是又極端不真實。那是一個完全陌生的酒店，環繞著包廂房間的可以唱KTV吃飯唱歌聚會狂歡的密室。

在那個出任務的現場……心急如焚又故作鎮定的馬三寶始終只是坐在一個房門前那一張小桌前，沒跟其他人進包廂。只是招呼，禮貌性地委屈，那像是一個尋常聚會，太多易容成的那個匪幹的老朋友老同事，要招待的客人熟人一個個來了，就走進那個房門，鮑魚宴快開始了……叫馬三寶也趕快進去，要請客，要跟上，但是他仍然還沒進去，更多老長官老部下也來鬧，他們都安慰他沒事，但是馬三寶始終沒跟進去，只是仍然撐著，看著太多人進出路過充滿嘲弄。最後，有一個酒店妹般少女，仔細看，竟然是老水鬼派進來接應的女內鬼出現，他的心中完全明白而更覺得不安……那女內鬼長得尋常，臉孔上著做作的濃妝，髮型過時，但是卻半露乳溝，腰部穿性感的毛裝改窄的變形馬甲，灰藍色短裙，沒穿內褲，一彎腰就露下體。馬三寶竟然看到了，她故意露出了長腿根部的陰部，蒼白肌膚，一如童女剛要長成少女的清純童稚，蘿莉塔般地天真爛漫。但是，馬三寶極端不安地假裝沒看到，她下體隱隱約約的陰毛稀少之間那粉紅色的裂縫一如傷痕的屄。希望她不要認出來是他怎麼會出現在那裡？

他完全不知道她怎麼會在那裡上班。用這種方式出現，或許她是善意地想救他，讓他不要再那麼地難堪在那裡懸著，但是他卻覺得更被羞辱而更生悶氣……鮑魚宴的帳單來了，仔細看細目，點的菜錢，鐘點費。一共快十萬人民幣。他才發現自己陷入窘困，完全不知如何是好。尤其女內鬼竟然仍然完全不在乎地露出某種微笑。只是上班，只是路過，生客假裝是老相好般地客套窩心。她雙手提著小籃子還臉帶微笑曲線誘人卻依舊客氣可愛地說：「這裡頭有一瓶噴水的有噴嘴的透明瓶子可以消毒，擦手。就可以摸……」甚至最後的她笑著對他說：「要插入也行喔……這是招待的。」

這是暗號……那時候，馬三寶才想起來，也才發現其實在那混亂充斥著色情的調情怪異現場的她早就認出他了。但是到最後才出現。天啊！馬三寶全身崩塌邊緣地冒汗，還假裝沒事，或許是嚇壞而無法作聲。那個時候的馬三寶才知道出事了……非常危險，被包圍到真的不行了。任務失敗，一定要走。其實是被識破了……

「要插入也行喔……這是招待的。」這句話是撤離的暗號……

❖

多年以後……老水鬼或許只變成了馬三寶腦袋中某個揮之不去的怪聲音：「其實這是你自己的聲音，你創造了我，因為你需要我！你要幫助我來幫助你。」他太納悶地想不清為什麼自己腦筋裡有某一個聲音……老要他聆聽自己的更內在的聲音。一如馬三寶睡不著在半夜多年來有種莫名的幻聽彷彿始終無法理解地隱隱約約會老聽到老水鬼對他說話……但是一如精神病患者才會聽到怪聲音地幻聽的馬三寶或許也因為後來他一生大多都是全世界跑外國的中國城找鄭和古董寶船老件還老一個用藍芽手機耳機跟太多古玩老客戶談生意的說話的活兒。

中國在不久的未來……不免就會變成是全世界縮影或許是全世界某個城的角落的縮影，因為每個異國大城裡都必然會有中國城。在那個外國的城裡悄悄地蔓延滲透變成一個地下的地獄般的地方但或許是天堂般的地方。一如某種潮流，某種電視中所有的螢幕都一直在播的「旅遊生活頻道」般跨國火熱的現場益智節目，叫做《中國探險家》的旅遊節目。所有參賽的外國人已被綁在特殊的刑椅上。答錯中國問題的人都馬上會被彈走。

一生一路西洋南洋飛的馬三寶老只故意隱藏地近乎放棄了他那當過水鬼的恐怖分子本事，而喬裝成一個只像愚蠢庸俗充滿無知好奇的死觀光客。有時候，他更還故意在每一個被偽造成的西洋的大城裡的永遠不偉大也不華麗的「中國城」留連忘返……即使西洋的中國城大多是罪犯盤踞的大城裡的舊城甚至因不明原因式微移轉而已然毀棄了大半。然而馬三寶太過同情太多西洋人不可能理解的這種犯罪感。夜晚沒有中國人敢在這種中國城的空街上走路，何況是洋鬼子的洋人。但是他非常享受或許因為水鬼也是一種罪犯……當年的犯罪感使他發現了某種快感，一如夢遊，一如抽血般抽離出的那鬼城的潛意識……夜行的馬三寶老喜歡犯罪血腥到想像一個被割下耳朵的匪兵或甚至被開喉嚨的女人在街上跑……那種令人心生恐慌的當年出任務時莫名的快感。但是，現在他只是鬼，而不是昔日的水鬼……只能靜謐地離奇想像或懷念起……頂多只是妄想是更悲傷的都市傳說般地犯罪在某一晚目睹一件意外或意外看到城的犯罪現場……像是病態地著迷投入成為一種在夜晚專門拍攝意外事故的攝影或電視或電影用鏡頭拍下殘暴犯罪而投影出現場畫面給媒體賞識為了更深入城市的危險犯罪現場挖掘黑暗角落更鋌而走險或更捲入一樁樁更驚悚案件的致命危機感……地自嘲嘲人。

馬三寶總老是太好奇也太自信，一如老水鬼當年鬼混多年一路說過的……只要靠得夠近夠仔細看就什麼都看得出來。一如遭遇了西洋的車禍現場血還在流的半夜的馬路旁墜落的人悲哀失序吶喊那夜車跑山路找尋發生了什麼事或找尋那個凶手或更是追蹤通緝犯所犯下種種（一如黑幫電影中太容易猜測可能的城裡的人都不知道凶手老在半夜的車窗前加油站加油被搶或被殺……那種活在那個城的暗地的問題重重但是又太矯情造作的老派焦慮）。不是不了解人而是不喜歡人的馬三寶總是太仔細聆聽，也太不困惑地，彷彿歡迎西洋的老中國城來到未來……即使他知道那種幻聽的詭異歡迎就像是老水鬼在他腦子裡的聲音老是完全在笑在鬧，老是完全在為未來說謊但可能也同時老是完全在為過去說謊……

「每一個西洋的中國城以後都會有一個在城心的老大樓……那就是未來的中國……」

老水鬼跟馬三寶說，即使過去的西洋的永遠破爛不堪的中國城心裡，那可能偽裝其建築不起眼外型只是一個舊時代大樓入口，也可能是一個龍蛇混雜的高樓。馬三寶想起了當年的某一回，他所潛入的某個近乎不可能的「美麗新世界」般那麼荒謬的恐怖現場……在西洋的某個中國城的老大樓心的密室裡，那個北京派來的老總裁向那些外國的陰謀首腦群資本家、軍火商、電腦業頭子、氣象學家，和某幾個中國派來多年監控這個中國城的精通命理神算的喇嘛和道士們解釋：「這個中國城所引用的這電腦網路系統是活的，雲端連結下載的記憶體主要就是那多年來中國所提煉的『氣』。氣的唯一副作用或說是應該是唯一作用就是洗腦，洗這個西洋城市的所有網絡上的完全硬碟巨大到不可能被洗出來的人類文明思想庫。用『氣』，可以來監控可以看到他們的生活。但我們努力嘗試不能破壞其訊號完整性因此就安裝隱形薄殼天線將『氣』變成液態有機晶片可以嵌入頭皮。（太雷同某種爛科幻電影的腔調怪怪的陰謀及其情節細節曲折離奇事件發生的意內或意外發現的種種……場景的最後一場禁忌充斥著危機四伏的攻略那麼多太迂迴又太膚淺的橋段召喚的『未來始終沒有來，中國始於是帝國的黃禍預言恐慌……』那種可怕又可笑的錯誤認知蔓延擴散的威脅……）」

這同時，馬三寶潛入了那大樓最深處那最著名的寶船形貌化身的極端巨大的「氣」的怪異如污染多年舊時代廢五金化學物質災變工廠。到了最裡頭才發現近乎不可思議地某一層摩天樓層裡頭所重新打造出的某一個龐然的廳堂蓋成像古代縮影中的紫禁城建築，即使後來略帶荒廢感但是仍然華麗奢侈地優雅迷人極了，斗栱雀替繁複雕花的幽遠長廊，龍身盤踞曲折柱列，葫蘆書卷形貌窗扇門扇上都有精密的中國古代花鳥蟲獸石雕。在摩天樓外的高科技鋼鐵和玻璃裡頭仍然撐起整個室內祕密摺疊摺皺中所封入的古代中國斜屋頂宮廷建築形貌老時代博物館般的氣息，從天窗仍然灑入天空的暗影，陰沉老舊到就像偽造北京數百年來風華璀璨又飽經風霜的身世的縮影。但最驚人的，卻是那陰沉的摩天樓的最深處更往下的最後底層。竟然出現了龐大的「氣」的寶船天池。閃爍著螢光，人工的、泡沫的，像極了一個小型的通往西洋的海洋，充滿了月光，波潮緩慢地湧動。但仔細看才發現那竟然是整池都是液態的「氣」所在的工廠源頭輸出全部生產線的母池。甚至在黝暗母池的最末端，長出了充斥整面九龍壁刻花的寶船艙身弧度扭曲變形走樣兩側長艙身上的密密麻麻繁複交錯管線。那是一個像古寶船形貌長成官帽戴在一個人腦打開後可看到的腦葉的形狀，所有的廢金屬管線如昆蟲甲殼的觸手依著龍紋般的人腦的膜、血管、腦髓、神經……的形貌長出，蔓延，攀爬，變成機械的怪物，自我繁殖成的意識的最高點……那種總部底層不可告人那最後的陰謀瞞天過海召喚「惡念即善念」催眠狀態隧道核心現場的無限荒謬。

一路找路始終踉踉蹌蹌的噩夢深陷的馬三寶慌亂地用斧頭砍破一個緊急栓口的窗面，從那裡頭硬生生地找出了最要害的開關，強拉一個老式的變電箱用磁和金屬嵌入的螭龍獠牙形把手才勉強完成任務地強行突破盲點地把那個池的所有妖幻發光的液態的「氣」全然放掉。

那老水鬼的怪聲音最後一如先知也一如過去那般訕笑嘲弄地跟他說：「你的口袋裡，有一個縮小版麒麟形刻花的隨身碟打開。麒麟身的下腹有一個按鍵按下。放到一個洗手間。然後一分鐘之內離開。」逃離中的馬三寶看到那隨身碟彷彿一隻縮小成古怪暗紅色的麒麟神獸鱗片滿身還碎片散落般地始終會持續發光閃亮。然後……他心想，難道真的會爆炸到整個中國城大樓都毀滅而消失嗎？或許，可能，炸掉只有我。但是，摩天樓仍然還是只有微微晃動一下……沒有任何異狀……許久之後，並沒有爆裂。只是走火，然後就只是出現了完全的蔓延的黑暗……馬三寶逃離到一半才發現所有的照明設備線路及緊急備用燈具都已然牽動到完全壞了。整個摩天樓都停電了的那一剎那他才更發現自己陷入了一種完全的暗黑失心瘋般地走了好久還是走不出去，始終陷入某一種迴然不同的彎道，曲折的樓梯夾層然後又迷路地陷入另一個死角。再如此迷路找路地走了更久以後……馬三寶突然間意識到他彷彿不可能逃離地依舊死命地在黑暗中走了太久太久到疲憊不堪，甚至完全不抱任何期望可以撐下去地走到完全昏迷還仍然在走……最後只記得，那逃離的門口是一個古代的殘破菩薩雕像臉上瞳孔始終詭譎的微笑。在摸黑的夜行之中，馬三寶經過了太多黑暗中彷彿已然荒廢的樓層甚至經過了黑暗中的縮影般的破爛剝落可笑山寨版永樂皇帝當年號稱史上最龐大帝國最龐大帝都終究千辛萬苦才鬼斧神工般落成的紫禁城……

馬三寶對老水鬼說：「我想起我曾經夢見過你。你不再是老水鬼，我們竟然變成是一起長大的小孩。你養了一隻水母，在我們出任務的深海水底，透明中略帶古怪的光，好像一種微弱呼吸中吸不太到的氣……快斷氣了地忽明忽暗。」一如太多年後馬三寶去找老水鬼療傷的怪事……當年那回出任務失敗之後全身碰到「氣」的部位，就像中毒或被毒打過或鬼上身般地悲慘瘀青到甚至整個肌膚發黑……突然竟然開始有點擔心的像一個慈悲的菩薩般地現身的老水鬼說：「你怎麼會把自己搞成這樣……」

太久之後的相遇始終搖頭的老水鬼勸他：「正面力量和負面力量都是力量，但是我們過去好像一直陷入某種自虐的虐待狂般的折騰……雖然活下來了，但是你自己是怎麼對待自己的身體。或許，你只是沒法子承認，當水鬼之後的人生仍然是水鬼……一如苦行僧般地祕密苦修多年。其實還沒有出來地一身是傷。」

或許，馬三寶那好幾頭燒的所抱怨糾纏在仍然勉強支撐維繫的人生……在最低限度的連結，始終出事，但是維持最微薄的依舊依賴。一如潛伏潛水太久可以出水吸一口氣再沉下去三天三夜的沉寂的某種沒人發現的參考點，單身舢舨渡海多年千萬封閉到不得已才勉強靠岸補貨的補償。但是或許，這也只是一種雷同拮据的對馬三寶自己這幾年太不解又費解的解釋。怎麼今天就遇到了老水鬼的那種奇怪的偶然。或許是我感應到他來接我多年閉關終於出關……因為那多年後才遇到的老水鬼最後說的話完全不像當年的他：「太多年不見，我覺得你變了，像多年前的我，出事但是費盡心血地拚命，最後倖存而就像苦修僧苦修出來了……真正古代的傳說中，苦修的人在沒有光的山洞，食物三天才從縫隙裡送入一回。過著幾乎完全斷絕人世的生活，極端地切割。有一種極端怪異的狀態是……修行人最後完成苦修要出來，並不是直接從洞中開門。而是非常抽象，打坐中，意識會離開，完成，是在山洞裡用靈魂感應三個人。有個他苦修上師帶著兩個同修，來接他出關……然而，一如某種宗教的殉教許諾的必然犧牲奉獻……大多時候，甚至是不可能回來了……即使苦修回來也必然也已然是另一個人。」

❖

時代變了……馬三寶跟老水鬼說：多年後已然太不可思議地……三峽竟然變得完全走樣了。你還記得嗎？當年我們出水鬼任務最遠的一回就是去三峽，潛伏入水路的一路被追殺，甚至差點沒命回來啊！

馬三寶嘆了很長的一口氣說，多年後的我竟然又回去了……還被大陸有高幹背景的大客戶招待去四川找古董，甚至，全程更是當解放軍的上賓招待，最後一段行程還就太巧合地也被安排浪漫地搭上三峽著名懷舊風情的龍頭龍尾甚至船身就是鱗片長滿龍身的假寶船，沿途可以看那著名風光的又險又峻……

但，因為第一天晚上，我的床頭位置不對，冷氣太強，睡醒後覺得不舒服，頭痛，而且發燒，大概是感冒了，後來想想，還是去拿個藥，問了好多個人，走了好多狹窄的走道，才找到地方，但走進了很陰暗的醫務室，才發現不對勁，那裡根本沒有任何診療的設備，只有一張木桌，和幾個髒髒的玻璃櫃，而且那隨船醫生甚至不是醫生，只是個中醫兼的西醫，他那外面罩穿的白衣服很久沒洗，甚至衣角還有血漬，也已變得黝黑，令我更擔心。

但，他說「沒事沒事」的樣子就像個郎中，而且因為裡頭穿軍服就像個很混的教官在唬學生那種可笑。不過，更可笑的，還是更後來發生的事，因為，再待久一會兒，我就發現這醫生其實還年輕，看起來很沒經驗，面對病人也非常草率，所以比我還不安，但，又因為怕事，還是打電話跟上級請示了如何處理這種尋常的感冒，沒想到，後來的他突然緊張起來，他表示他必須拿我「發燒」的檢體去驗完後，才能決定怎麼處理，並大聲地說：「你現在回房間，把自己關起來，兩小時報告一次。」

我並不擔心，但又不好意思笑出來，其實，整個過程，我印象最深的，卻反而是在那陰暗的角落的木桌前，他放下老式的聽筒，一如我們那兩岸國共緊張兮兮還戒嚴老時代的迂腐老長官，或一如在某種更小時候看過某類型低成本二次世界大戰時的海戰軍教片的被攻擊的艦艇船長那種演技很差的憤怒……更因為，他真的認真了起來，而且用很生氣但也很害怕的口吻說：「再不行，這整條船隻只好停在這長江中，不能動了！」馬三寶跟老水鬼說：他想起另一回的離奇……也在紐約中國城幫客戶帶古董先回深圳但是要上飛機前開始扁桃腺發炎，回香港的機上一路發燒，香港機場那關過了，但深圳海關測出他的體溫過高被攔下來，經過那檢查體溫的人體變色又變形的螢幕的彩色顯影之後……

馬三寶跟老水鬼說：「螢幕看起來好美好像電影的特效，那種外星人複眼中的地球有機體生物移動的殘像殘影的高彩度又高反差式的華麗，或是就像當年我們水鬼出任務逃離追殺浮潛太深到了海底才能看到的那種光景的既恐怖慌亂但是又無比斑斕鮮豔的華麗。

但，之後，一切就都灰暗了起來，因為一車七個同行的旅客全部被攔截，還被帶去也更陰沉的大樓深處的隔離室，一路上走了好長好遠的走道。

我提著行李，整個過程，像逃難，也像猶太人要被送去集中營的瓦斯室，變得很悲慘，然而，我心裡明明知道，那發燒只是發炎引起的，沒事的。（又不是像當年水鬼出任務的老時代人命可是玩真的……）但他們卻很緊張，也很不客氣，就在那又狹窄又悶熱的小房間，所有的東西像都快融化了那麼慘，我都快吸不到氣了，就這樣，還等了好久，才來了兩個穿著全副防護裝束的護士，又開始正式地量體溫，很仔細地給我做很多怪異的檢查。」

交涉了好久，整個人就完全不能動了，只看著那房間裡牆上髒髒小小的也完全沒動的鐘面，在發呆，那時的我其實早已無助到放棄抵抗，想著就在那裡待下來了好怪，心裡這麼想之後，雖然鐘仍然是停的，耳邊卻竟好像聽到秒針開始在走的聲音。

就這樣又等了兩個多小時，一直到找到那客戶朋友想法子跟上面打點過了……才能走。

馬三寶說，走的整個過程，更像是逃離的，但是跟水鬼老時代的風聲鶴唳地逃離完全不一樣……只是一路還是要又提著沉重行李，又沿著那被帶去的大樓深處的走了好長好遠的陰沉走道回來。像劫後餘生也像重回人間，走得很累，但回程比起來，一切都算還好，沒有人也沒有事出來找麻煩，沿路走起來都像從災區的安全撤退了，沒有更多的意外。「只是，唯一的奇怪，是那秒針的聲音卻一直還在我耳邊，彷彿跟我一起走出來，揮之不去。」

「再回到車上，我不斷道歉，所有人似乎也算鬆一口氣，不然他們也要被送去隔離等我確認是否H1N1。過深圳到酒店要換車時，他們來接我，回到台北我已經燒到三十九度，也不敢去醫院，就這樣，高燒了三天……」他說：「高燒了三天的我躺在床上，不太能動，而且在這些彷彿仍被隔離中的夜裡所做的夢中，秒針的聲音一直也沒消失，都還是在某種緊張裡，某種他們跟我要我不知道的東西卻因為交不出來而被追殺……之類的緊張，常在因種種原因的躲和逃中所發生的情緒中醒來，我就在裡頭極度地悲傷、害怕、痛，到醒來還難以離開那夢境。」

雖然，馬三寶跟老水鬼說他會用像幫另一個人地解夢或像看完災難片的趕快離開電影院的黑暗……那種邊逃邊笑自己太投入的自嘲，來脫離那種情緒。

但，有時是沒有用的。（也不像當年水鬼時代還真的可以心一橫往水一跳就逃離……）多年後的在那裡，大概因為逃避被「隔離」這件事的又恐懼又好笑，反而會更陷入，陷入一種陰謀般的更深處，會不免想起這一切不明的陰謀，到底誰是核心、誰是邊陲、誰負責方向、誰負責速度、誰該往哪裡走、何者會被帶走或何者則被留下……的更裡頭的困擾。

其實就是被更深的「不明的什麼」所困住了。

馬三寶老是會安慰自己，一如，更後來，那時在船上被「隔離」在房間裡的我的痛……才是更可笑了，因為，上船第一天喝的酸辣湯太燙而舌和口腔燙傷還沒好，吃東西變得很痛，四川的東西一向太熱或太辣或太油或只刺激一點點的……都不行，後來，連側面的牙的咬都受影響，弄到好慘，一邊好痛還是一邊吃，甚至，完全吃不出味道了，他還是一直吃。但，就從停在長江的不能動了的那條船上……看出去，心情極端複雜的馬三寶始終不免恍惚了起來……他一邊吃，一邊痛，一邊在熱湯的煙霧中，想起當年和老水鬼伏潛峽中湍急深水中，完全沒有仔細端詳過……直到那天才看著很小的圓窗外的又險又峻的那些長江最深處的大山大水風光要消失地……完全走樣前最後的華麗。馬三寶心裡才回神感嘆……「三峽還真美！」

那種光景完全走樣前最後的華麗始終太像太多年前和老水鬼始終鬼混時代的噩夢碎片散落的時光斷裂縫隙偷窺狂般的種種更破碎不堪的無限驚心……「當水鬼時……你害怕嗎？我可始終沒有時間害怕。」老水鬼最後問馬三寶：「你會作夢嗎？不是那種普通的夢，而是和自己記得不一樣的過去重新回來找自己……的那種夢。但是，也可能只是一種幻覺，要出過事的你要去找回出事前的自己……有人受傷有人死了……但是你不知道是不是自己？」馬三寶說他出事了，但是不知出了什麼事……一如那幾年一直都昏昏沉沉，退伍多年以後和老水鬼重逢敘舊時本來覺得自己記得的應該是跟老水鬼一樣的，但後來又覺得好像不太一樣。或許，人們記得的東西是會改變的……一如當年出事的最後……冒險救馬三寶的應該是誰？是老水鬼還是別的水鬼還是他自己，但是多年以來馬三寶仍然無法理解而充滿疑問地始終困惑……

一如馬三寶的夢中始終焦慮，沒法子打開。有個完全看不見的透明寶船形貌縮尺過的怪盒子，拿在手上，但是不知為何看不見。拿久了，更覺得奇怪，是真的有這個怪盒子嗎？他怎麼知道這是個怪盒子，為什麼看不見還好像知道是個極為罕見珍貴華麗異常的寶船形貌寶盒……用某種太古怪的材質到因此沒法子看見。也因此涉入了某種陰謀到被覬覦而被尾隨跟監，但是他始終不清楚，卻仍然深受其苦。

後來，因為拿透明寶盒太久在手上，馬三寶始終無法正常走路，或是越來越遲緩，不好坐，坐了也不好站起來。更後來整天都背好痛地深深疲憊。更不想去好幾個必須要去的會，但是不得不要上路了。還竟然出事……遇到的好幾個水鬼時代的老朋友正前往一個盛大的西洋城市火熱到快打起來的爆裂現場。馬三寶低聲地謝罪說很抱歉他沒法子去，憤怒的他們正要去聲援某個正義感的抗爭，好像是抗議什麼的大遊行中火熱對抗的什麼……他不清楚。但是沒法子去卻又老有罪惡感。其實也不是真的沒法子去，一如過去，就是不想去，知道去了也沒用的那種厭煩，或就只是太過疲憊不堪。

最後水鬼們放過他……「把怪盒子交給我們去炸就好！」馬三寶才知道那個他手上拿的……看不見的寶船形貌怪盒子……是一個任務中的終極武器，雖然他仍然看不見……

三寶井。寶船老件考。八。

三寶井古稱將軍井或王井或公主井……甚至還有更多的自相矛盾的以訛傳訛……一如稱這古井為三寶井因其傳說是三寶公鄭和在三寶山駐紮時挖的但官方卻說這是王井或漢麗寶井地荒誕，一如因為是蘇丹挖給漢麗寶公主和五百隨從用的還在井邊的古蹟斑斑駁駁破說明牌上還畫了美麗俗豔春宮圖般的公主出浴圖地荒誕。

另一個著名的傳說卻是在麻六甲老鄭和博物館所在六百年前明代官廠遺址發現五口古井，奇大石塊風化花崗岩砌成的這種太過繁複老工法老石料的稀世古井據考證年代只有在鄭和明代及葡萄牙統治初期時才可能現身，古蹟的歷史長街屋內有另一口大井的井口乍看是殖民地時代沿用荷蘭與葡萄牙時代的西洋泥磚砌成然而更往下挖掘井底腔洞則發現在泥磚底下整個井欄還仍然是用古老風化奇大花崗岩砌成石塊長二尺寬一尺厚八寸疊砌工法巧奪天工的古井，然而更多的好奇怪異端詳矚目更深地還在老官廠中發現五口井的其中一口井古稱將軍井的更為奇特……花崗岩古井的井內井底內在體腔般的內結構一反尋常井的井底小井口大而奇怪地逆轉為井底大而井口井欄奇小到甚至想爬入井中的人身形再瘦小都不能下井口。甚至這古井欄兩端尚有兩怪異曲折歧型溝紋小孔。據考古學教授考證其倒井口井底逆轉的古井在中國古代也曾出現過此特殊類型的古井，而其井欄上的兩個曲折小孔是用來鎖上井蓋以防敵方投井下毒。

古傳此類古井為戰事發生情勢對峙緊張兮兮的不得已戰時才會出現的補給斷裂造成最後關頭必須戰地當地動工掘井的絕望應變……因此將軍井必然戒備森嚴地小心翼翼加鎖。甚至雲南鄭和古官邸也曾發現至今也仍然還有雷同怪異的井冠，漢人聚落為防苗人下蠱的不得已工事……充滿了苗疆古代太多種族歧視種族糾紛引發械鬥不安的更怪異施法報復不法一如負心漢的老時代苗女巫祝傳說。

後來更發現太多殖民歷史也太過複雜移轉變形一如井腔也變形逆轉的痕跡……鄭和下西洋的寶船隊在蠻荒土著敵方環伺的官廠掘將軍井……也就把雲南此種怪異的倒體古井引入麻六甲。

但是麻六甲的三寶井古井傳說一如三寶公古史卻更怪異也更糾紛……

井腔變形般地以訛傳訛……根據《馬來紀年》這古井是中國人挖的還也傳說喝三寶井的水可治百病，而且（一如苗女報復負心漢人的下蠱要其回心的謎團傳說……）還古來流傳喝了三寶井的水的中國人即使回去中國也就一定還會再回來麻六甲。

老妖怪。鄭和部。第五篇。

病虎異僧姚廣孝……不免是個老史觀中的最令人費解的老妖怪。一世稱異僧的一如《明史》中提及的被著名稀世相士預言他形如病虎性必嗜殺的奇貌惡形卻令他大喜……「姚廣孝，長洲人，本醫家子。年十四，度為僧，名道衍，字斯道。事道士席應真，得其陰陽術數之學。嘗遊嵩山寺，相者袁珙見之曰：『是何異僧！目三角，形如病虎，性必嗜殺，劉秉忠流也。』道衍大喜。」令後代歷史學家必然想起太多也忘記太多，心情既沉重又輕盈的怪異，亦正亦邪喜怒無常的他老被當成玄奧國師的神機妙算先知長老的令人費解……

一如下西洋一路的某種令人費解的狂歡。那是一個近乎傳說的現場及其太過離奇地炫人……最後，那個最尖酸刻薄的主事永樂大典的高僧姚廣孝，為了嘲諷而提出了一種古代對文明的最歡慶又同時是最哀悼的慶典。一如數百年前的古代帝國最龐大的盛世最後終將揭露自己所無法理解的無比華麗炫目及其怪誕狂歡……

或許只是為了他們出海以來太久困於汪洋的鬱悶不安解憂，或許也是為了招待各國來訪君王使節的逞強喧譁討喜，姚廣孝提出了種種奇想……不免也為了引用並半歌詠也半嘲諷某種永樂皇帝過度炫耀他那朝代的文采到近不可能地好大喜功。或許也跟鄭和太久困在這寶船巨型旗幟懸起飄揚的甲板前的永遠離奇的時光……及其必然怪異又乖張的遭遇有點雷同……鄭和與部屬將領文官們在那個精疲力竭的下午，在所有寶船上辯論到快累死的長桌前等待太久，而彼此更掉書袋地說起種種互相的自嘲……大家越說越沮喪但是也越來越激動……

最後，他們竟然真的決心開始舉行了一種當年在遠洋中例行慶典的狂歡……艦隊五千艘在每當月圓的同時近乎不可思議的瘋狂……甚至開始找尋各種藉口在奢侈無度的巨型寶船艙甲板廣場深處徹夜不眠地大宴各國貴族賓客……而且在眾多妖嬈少女人妖群狂跳豔舞，馴虎馴獅馴巨蟒都跳火圈的天才馴獸師、吐火吞劍空翻種種魔術家魔鬼般魔術出演外，最令人難以理解也更難以置信的重頭戲碼，是空前絕後地誇張……最後，那姚廣孝遊說各國使節們自稱熱愛文明最絕世頂尖的開到荼蘼才能長出的最鮮豔花蕊：詩……的怪遊戲，由鄭和懸賞極高賞金，要找尋那最匹配永樂大帝中國有史以來最盛世的詩……因此，在眾多狂歡盛宴會最高潮，竟然由姚廣孝主持了這個他所提出了這一種鄭和七下西洋以來……最盛大的慶典中最令人費解的遊戲……

那是一個詩人的鬥獸場般的最殘酷劇場……一開始，大聲疾呼喧囂地敬邀帝國各殖民地的名詩人來當場吟詩撰寫，也邀請各國使節做評審……一如女高音花腔的抖音炫人地高唱甚至一如幻術的令人目不暇給地端詳，而且到了詩末那收尾的戲劇化的時刻，竟然更也交由現場的節慶中的船艙寶場群眾當場回應火熱或冷淡的直接……來判決那首詩的宿命……

那像是某種無法預測也無法逃離的極端殘忍的前幾世宿命，因為，所有的詩句都是各國詩人當場用某種古代粉筆寫在深漆色的木板上，再由四夷館通譯官吏當場以中文大聲朗誦，寫得好到眾人鼓掌叫好則賞金極高，懸掛詩句於船首主旗幟旗桿上供人瞻仰傳誦。但是寫得不好，沒人鼓掌賞光失色太過火，懲罰亦極端誇張，幾乎是某種無限絕望的時刻，那就是，寫爛詩的人被要求要當眾拭去木頭上的句子，而且最傲慢的近乎不可思議的羞辱，還竟然是用舌頭舔光古粉筆的字跡。

就在那詩人還狼狽不堪地滿口骯髒粉末淚流滿面的絕望最後，還要當場被脫光衣袍，在眾人恥笑的混亂中，當場拋向天空兩回，在第三回則迅雷不及掩耳地拋出巨型龍頭寶船尾端而丟入艦隊外的汪洋。

一如姚廣孝六百年前留下充滿玄機的怪墓塔……充斥太多像妖怪殘破骨骸也像無限變形的怪異塔身雕

刻祥獸都長得像病虎卻仍然守護神般縫合的他一生打造出來太過乖張怪異的（就不免像大妖怪太招惹人間太招搖過市必遭天譴）恐懼症般的高塔建築。雷同的他病逝的下葬那墓塔奇怪建築所充滿敵意的狐疑，對鄭和也對那個亂世也對那個下西洋的妄念……一如多年來他一直是明代歷史學家所關注的史觀遠方的像走火入魔誤練蟾蜍神功著名妖人終究歧路亡羊必然會帶壞鄭和般地令鄭和學家們忐忑不安，往往越深越想要追究……看了還是覺得費心地動人但是充滿揪心地費解，活了太老的他野心勃勃通天妄想極大到一如史上最瘋狂科學家或最邪惡煉金術士或最炫目魔術師或許就是一如……老妖怪。

想像引用自己的詭辯過人的史觀再度發明了另一種打天下的說服永樂的史觀……一如《明史》中：及太祖崩，惠帝立，以次削奪諸王。周、湘、代、齊、岷相繼得罪。道衍遂密勸成祖舉兵。成祖曰：「民心向彼，奈何？」道衍曰：「臣知天道，何論民心。」乃進袁珙及卜者金忠。於是成祖意益決。陰選將校，勾軍卒，收材勇異能之士。燕邸，故元宮也，深邃。道衍練兵後苑中。穴地作重屋，繚以厚垣，密甃瓴瓶缶，日夜鑄軍器，畜鵝鴨亂其聲。」或是《明史》：「建文元年六月，燕府護衛百戶倪諒上變。詔逮府中官屬。都指揮張信輸誠於成祖，成祖遂決策起兵。適大風雨至，簷瓦墮地，成祖色變。道衍曰：「祥也。飛龍在天，從以風雨。瓦墮，將易黃也。」兵起，以誅齊泰、黃子澄為名，號其眾曰「靖難之師。」道衍輔世子居守。但是老妖怪的太叛亂也太工於心計的靖難之師的遠見（一如下西洋的預言太遙遠古中國未來將叱吒打天下的遠見……）真的兌現到他過大野心而歷史無法理解也無法負荷的曝光過度的困難重重，盡全力也沒辦法改變的他一生拚命令人心寒的妖怪般的他那麼瘋狂的種種，一生當和尚當永樂朱棣身邊國師的姚廣孝。始終如一嚴守佛門清規戒律終老圓寂一生是上朝黃鞋下朝僧衣。一如古中國佛教史高僧群星燦爛像鳩摩羅什唐三藏達摩慧能佛教天國星空中的永遠光芒的慧星……引發明代歷史王朝國家命祚從興往衰的怪異下場的天譴般的無奈。

一如他重新發明了另一種歪斜建築觀來打造紫禁城的傳說太過離奇到種種不可能的風水命理相術……

甚至來引發更爭議的皇城史觀。變貌的陳年噩夢始終充滿爭議卻仍然熠熠閃爍耀眼奪目地桀驁不馴……

老妖怪端詳太久地皺眉蹙額張望著古來更多疑慮重重的疑雲……原有的元代北京城的中軸紫禁城的三大殿九門格局箭樓甕城城牆的走向建築規範中的一條中軸線南北貫通龍脈暢達龍氣順暢如何重新依永樂的命格再度折磨佈局曲折。折騰許久的姚廣孝以其志大精通周易熟讀史書研究兵法順達理律三式六壬遁甲之術無所不會儒釋道融會貫通而在那個時代提出另一種邪說式的解釋的費解……一如歷史傳說北京地下有孽龍水怪依元代名僧劉秉忠竟然能把元大都設計成一座「哪吒城」三頭六臂以求鎮孽龍壓水怪保北京平安。從空中鳥瞰元大都建設成哪吒的形象是「三頭六臂兩足蹬風火輪」。然而姚廣孝施術重建皇都也提遷都北京也並沒有囿於劉秉忠建的哪吒城，而是根據他的更怪異命相風水學說而在原有的城池帝王命相基礎上再扭轉乾坤式地重建。當時北京城命祚深埋了兩條巨龍，其中之一的巨龍曰「木龍」從永定門到鐘鼓樓全長七點八公里的這條巨龍直臥京城，龍頭是永定門龍身是紫禁城龍尾是鐘鼓樓，另一條巨龍乃城池中軸線南北貫通龍脈暢達龍氣順暢之外又安放了另一條「水龍」以南海是龍頭中海北海後海什剎海的前海是龍身積水潭是龍尾……高空俯瞰煤山好像是位盤腿而坐為圓心當年北京城畫兩條對角線交會二龍戲珠就是城池命祚系的怪圓心來作為道衍獨具匠心巧奪天工定明清兩朝六百多年延續至今北京城的建築大格局打造……成就那麼既可怕又險要地稀世奇局的怪風水。

一如姚廣孝的怪異墓塔，明永樂十六年史載「追贈推誠輔國協謀宣力文臣、特進榮祿大夫、上柱國、榮國公，謚恭靖。賜葬房山縣東北」墓塔為八角九級密簷式磚塔高約三十三米須彌座塔基的束腰部分雕有壽字紋和花卉而四正面雕假門四側面雕假窗，墓塔下為存放骨灰的地宮後留下的地穴，並圍塔基築石砌基座。墓塔前是明成祖朱棣「敕建姚廣孝神道碑」的種種破壞風水式的塔身九層疊澀簷各角原本懸掛銅鈴而鐵製塔剎以鐵鏈連結簷角的妖怪形貌卻長得像病虎般的吻獸，玄機充滿「盜墓者必橫死」謠言始終無法理解的疑雲重重……

一如當年姚廣孝端詳一堆海灘上的雪白痴心泡沫而想像出下西洋應該是輕盈到所有可能發生歷史都是神蹟天意的太過天花亂墜。老妖怪姚廣孝始終是奇才，領銜主演卻抵抗所有的頭銜。他的僧號道衍年幼甘願出家獨愛佛學還廣納博學深鑽苦讀聰敏多思博學善記漸漸學成陰陽之術古今兵法談古論今學富五車富曠世奇才得眾寺院和尚道士術士學士尊重，甚至大和尚道衍即明成祖朱棣明仁宗朱高熾明宣宗朱瞻基三帝師，還領永樂大帝之命與刑部侍郎劉季篪文淵閣大學士解縉三人督修《永樂大典》。

姚廣孝或許是那個永樂盛世的化身也不免是整個下西洋妄想的化身，一如一個相信神祕神蹟的術士狂人傾信了更新更怪的近乎妄念的史觀理念，更吹毛求疵地要求鄭和某種完美無瑕的挑戰種種下西洋的不可能……他做出了怪異史觀的解體解釋……大開海禁甚至承諾下西洋後的全天下必然回歸古中國，一如不可能的那種祕教淑世要佈道天下最冒險犯難必然也是古今中外最奢侈昂貴的史觀。

多年來他的史觀始終多舛但是卻以一種驅魔儀式的姿態對始終參與這種天意般的永樂帝國，更後來還發明了另一角度以出家人渡眾生般地進入……用他老妖怪的妖術為古代中國後代拆除傷害抹去可能西洋喋血的種種痕跡。非常老的他仍然用紫禁城的玄機天空線陽宅風水熱衷一如收集另一種巨大的未來野心國祚的靈魂門戶的抱負，因其費解紫禁城身形貌即是一如蹲伏的龍身所完成是不可思議的怪異中國未來所提供很大的可怕遠景。他那大膽妖怪繁殖妖孽般的野心更大到不是打造建築而是打造帝都盛世皇城，讓古中國怪異狀態對後世的影響令人感動也令人擔心到引發一如下西洋般難以想像的沉痛……

❖

鄭和在昏迷不醒太久之後醒來，感覺到前所未有的惡疾症候……他感覺到日出的熹微中那本來在頭顱底端的喉嚨口腔的鼻孔尾端竟然隱隱約約有了那時代西洋火器怪異燒起來的怪氣味，應該是前一晚姚廣孝給他服下的煉丹多年的怪藥已然開始發生連鎖反應地焦黑火燒感，然而另一端完全平行的地底困獸般化膿咽喉卻也更化為厲鬼般地作祟，一如密集轟炸的丹藥肆虐之後所感的出奇地清晰，而且那麼地揮發到腦葉背部好幾萬條他那巨型龍頭旗艦的深入船艙底層地下祕密經脈盤根錯節。暴走般地火速……砰！砰！砰！尾端著火而揮發到空中的星火……

鄭和始終不知道老妖怪到底給他吃了什麼怪仙丹？或許是鄭和命在旦夕的危機太險惡的更深臟器肺葉地底肉身好幾萬隻害蟲被喚醒了群集而緩緩地攀爬出來地表，但是沒有死去或被收服，反而是彼此開始怒目地咬噬猙獰以對。一如完全不相信自己看到什麼的鄭和所汩汩冒出的汗腺汗滴後來漫淹到汗流浹背……他在昏迷中的幻覺裡進入了自己的肉身，一如他進入了天空那神域，領空的空蕩蕩又空氣稀薄但是又那麼地崇高而迷人。

鄭和感覺到他的毛細孔無限放大一如他感官疾呼出的所有的細節也都放大而變成特寫，甚至是更像某種刻意緩衝成的慢動作……只是裡頭的所有他往下鳥瞰到緊張兮兮張望他夜間飛行的全船全艦隊海員部屬的角色臉孔誇張地扭曲痛苦擔心到憂心忡忡卻是滑稽可笑的。在鄭和的速度感越來越逼真，飛行的激烈飆起的俯衝，疾速到全身顫動微微晃晃，砰！撞入逆風的大浪淘沙的潮汐最高潮浪頭……

那是艦隊的侍候古飛行翼滑翔翼身的臨空感，鄭和在某個月夜去測試他們的竹製幡旗帆布麻繩綑綁依法術咒語才能騰空的怪機身，不顧姚廣孝的強力阻止，他在不可思議的瞬間竟然就從最高繫帆的寶船主船杆極頂觀測眺望塔台往下縱出，拉開雙手腋下的支架帆布綑綁多層牛皮那怪異一如竹製蝙蝠雙翼的支撐翅膀，心想，天啊！這真的是一如羽族神祇施展神通般的飛行。

那古代飛行器綁身的種種怪異的身上的怪裝備。不明材質精密縫紉的獸皮帶竹翅膀鑄鐵環交錯螺旋繩索綑綁圈一如最繁複的義肢安裝上肉身裝備完備後的鄭和終究起飛了……還在飛行中張望到更多奇觀般完全無法想像的奇幻……張望到比最大的旗艦寶船還要巨大的海獸從海面潛伏到海底，還從島潛伏到群島的死角……

飛，這種潛伏在神人之間的祕技……那奇幻中的破浪而低空飛行滑翔在浪花濺在臉頰的冰涼感，然後就是意外地臨空竄起再失速地剎那間刺飛入霧騰騰的海風雲底層層疊疊……之後竟然發生災變般疾速墜落，鄭和就在被火速搶救打撈起來急救很長時間的失去呼吸甚至昏迷不醒了三天三夜。太過激烈又太過複雜的心事重重的他始終不願面對自己的一時失心瘋般地過度冒險……心中完全知曉身為史上最大帝國的艦隊司令是不該冒這種太冒失突兀的險……即使是對於太過新奇祕密的火器飛行器的過度迷戀與近乎失態的好奇……

姚廣孝為他念咒施術多日終於喚回元神之後仍然憂心忡忡地在鄭和好不容易回神的第一瞬間對他怒叱，太大膽也太危險地不知道自己的命大才救回來，下西洋就彷彿扛下天下的凶險般地太珍貴稀有到其實可能連繫整個中國「太龐大帝國的宿命」那種牽涉天險國祚的所有太龐大而太善變的未來……

一如在無窮無盡的夢中，那是一個神諭般費解的善變故事曲折離奇的末端……鄭和到了一個老時代最遙遠也最著名的妖怪市場。離母國很遠很遠的他老是在心中納悶惶惶不安地逼問自己……這個這麼自恃神威蓋世帝國的母國……到底有沒有到過這麼遠的地方，或是在這鬼地方還遺留下過什麼？

入口是在很隱密的大樹下的門洞，那麼詭譎的迂迴曲折的祕道……那是古代鑄鐵精心雕刻的蛟龍獠牙齒輪雕刻龍爪賁張尖爪和龍頭龍身環繞如一圈祥獸圖騰的鉸鏈鎖洞口，就在等待鄭和拿出那姚廣孝從波斯殺手拷問之後剖開肚皮藏匿在胃壁皺摺中的古龍紋鱗片刻滿的鑄銅鑰匙來打開……才打開一個妖怪的結界。

一開始只是跟蹤那一個殺手到一個古市集那一堆長相奇怪的大大小小怪人在破落骯髒的長街怪建築充斥著阿拉伯古市集中的奇幻拱圈飛弧壁神殿，龍頭變成的變形飛簷不明怪獸石雕在這個危機四伏的三大洲瘋狂走私客的最大最深的黑市底端最老最陰霾法器的賊市場……

最後就在那一個更多符籙纏身建築陰霾肆虐的稀世古董店找尋到波斯密教上師留給他的古海圖，但是出事了，那古地圖是羊皮卷軸安放在一個鑲古銀充滿機關玄奧機器圖筒裡。但是，千辛萬苦找到的這古海圖卻是空白的。只有圖的四周有天圓地方的四條蟠龍的龍身環繞，但是正中心應該出現古海圖的鬼地方卻只有泛黃的雨漬、刮痕……甚至血跡斑斑，但是卻完全沒有海圖的種種緯度島嶼方位……種種如謎團神話也好的註腳或標示……完全空蕩蕩地蒸發。沒有線條沒有座標到一如好不容易找尋到感應力消失的美麗怪物無法再依著直覺或心電感應來找尋感應……鄭和並不知道他在這個妖怪市場會發現什麼？也不知道他即將找到什麼？（找到失蹤的建文皇帝！找到改變國祚的神獸麒麟！找到預言大明廷未來的先知手卷！）那或許只是某種錯亂的好奇，對於某個陌生國度或陌生妖境好奇到透支過度的好感及其僭越，偷偷地……他知曉那甚至不是人間，甚至只像傳說中的那一種可以看到未來的古老巫術幻影望遠鏡。然而，就在這種可以預言般的西洋鏡中，鄭和竟然看到了未來的中國的宿命……那未來的對西洋的非侵入性的試探，冒險的最不可思議的泅游……

在那一艘傳說中完全不會沉的龍頭巨船及其未來要率領的艦隊。一艘過去他所夢想搭親身打造的船去下西洋還可以在環繞世界的海戰中邊打邊修復自己的無敵船體。用著超乎那個時代太多的合體不明金屬所打造的祕密武器那龍身鱗片長滿閃爍的弧梭形戰船……

然而，啟動的祕術卻是最遠古的……因為那艘無限縮小版的古模型船身正被封印在一隻妖怪的腹部，或許，是一種獸性未馴的獸。古代實驗室最新最高等級的生化怪物，或就是最老最可怕的……妖精。或許，那一開始乍看只是一隻純黃金龍爪，一如蓮花瓣的銅像古盒中……某隻蟲草蛹身逼真的半透明肌膚弧形不規則有機團塊，一塊殘骸的肉塊，一團切斷的五官或臟器……變成了高樓般龐大的滄海之神。給予生命也奪走生命。觸手太冗長而頭顱像一個龍頭有著十六瓣的腮和龍角。而且這隻妖身一碰到煙花，爆出的煙霧瀰漫……就會釋出了腹中的一如分娩出來的自己所變形蔓延成龍首船身的怪物……那般不可思議地迅速長大。

那是一個古市集末端那一隻隻的肌肉賁張的大怪物藏匿於那太多太多更陌生文字刺青般地刻在幡旗店號攤下的更髒兮兮的廢墟遺址牆角，還有那一隻隻小怪物們正急著鬼鬼祟祟去逃命或流亡或告密。鄭和在混亂的市井中仔細端詳了那被捕的一個渾身潰爛腫瘡惡臭的老婦人及其緊緊抱住的一隻毛茸茸的波斯老貓。但是，那一隻老貓的貓身卻只有某種殘缺的異象，牠懸在老婦的腹部，其實是從她的腰身左下長出了一個老貓頭顱和前端貓爪仍然尖銳雙足的上半身……

怎麼看都令人費解極了的那老貓露出奇怪的嘲諷的笑來對鄭和說：「我不是老貓，附身在她身上的我或許只是一個她還沒分娩的死嬰女兒，甚至也可能只是她長出的一個不想要又割捨不下的惡性腫瘤。但是，更可能還是一個你應該要害怕的藉老貓身化身的古波斯女巫。」在那狂亂喧譁無度的妖怪市場末端……露出邪門瞳光的她開始用妖嬈的口吻近身地對鄭和悄悄地說：「昨晚是我，你是不是夢見我在舔你，舔你那早被去勢但是卻仍然被我用妖術喚出的陰莖，那陰囊皺眉頭般皺摺痕弧形旁的陰毛茸茸，那使你突然變得非常硬也非常潮濕，近乎溶解，使你非常害怕，我安慰你……別擔心，這只是某種幻覺。雖然我只是想要舔你的陰莖，在你太久最沒勃起過的末端……折騰你的龜頭，到你可以射精在我的唇底，然後我可以咬斷你的莖身，讓血淋淋的血管爆裂，像一條隱匿的小徑，帶我去找尋一個遠方，或許你可以在我吞沒你之前用力地幹我……無夜無晝，用你的汗流浹背的胸口和手臂擁抱我，然後我挺起我的性感雙峰讓你舔我的老貓乳頭粉紅的輕盈，那麼地出乎意料……那像是某種試探，我的波斯老貓身是那麼瘦弱的肉身弧形優雅又秀氣，彷彿是某個玉珮刻出的豹身修長美腿，但是，其實我的上身卻穿著某種古代女王式的豹紋緊身馬甲，骨感魑魅如鬼影長靴，然而褻瀆神明般的褻褲是那麼緊張兮兮地深入我的雙腿末端，使你只能……趴在我的翹臀後方，低吟或哀號……這個史上最大帝國艦隊司令的你，面對我卻仍然只能一如一個太過靦腆的男童，飢渴地舔著我那濃密的陰毛外露毛茸茸老貓陰部的淫水，越來越濕透地滲入你的雙頰、眼窩、眉宇之間的空蕩蕩、空洞的溶解的瞳孔餘光……幹我，我回頭緩緩地對你說，用力地幹我，用你的大雞巴用力地幹我，如果你可以讓我昏迷或讓我呻吟或讓我欲死欲生，那麼或許我可以讓你活久一點……你越來越害怕，但是卻越來越用力地抽送……我撥開了我陰唇的雙唇讓你插入時還始終嘲笑你的害怕，你的內疚，你的忐忑不安……然後，在你射精的那一剎那，我卻毫不猶豫地反身折斷你的脖子……其實，昨晚後來的你驚醒了，因為你意識到你所意淫的我這波斯老貓靈女巫是非常危險的……我可以使你不存在的陰莖都硬到離譜，也有感染到自己竟然在這麼多年的淨身之後，仍然還開始極度沉溺於這種完全沒有真實感的淫靡……完全地失態，卸下厚重莊嚴的官袍盔甲，你只是眼神恍惚地對我說：『在那麼多淫靡無度的幻覺中……我好想死，我好想死在你的懷中，一如我好想幹你也好想被你吞沒，在你的幻術中我好幸福，我流出好多淫液，我的陰莖好粗大，女巫卻一如豔姬的你那麼陰霾充斥地迷茫召喚我，要我為你手淫，一邊撫慰貓尾一邊用指尖揉入你的老貓陰蒂，使你感覺那麼潮濕那麼淫蕩但是卻無人知曉，只有我可以偷偷攀越了夢的邊界，向你的潮濕致意，侵入你的下體讓你淫靡入夢，豔姬，反正這是一個無人知曉的夜晚，拜你這妖女吐霧，你一再進我的噩夢去找我一如我是你豢養的童子。其實，我只是一個童年就早已去勢過的老太監……』雖然太過害怕而絕望的你仍然遲疑，但是在另一個妖嬈的幻覺中你卻已經被我入魔，昏迷，沉浸入我背上的結界……我背上的你多年千辛萬苦尋找的謎團般的古海圖才會浮現……」

❖

某種出海太久之後的狂亂，妄想，更怪異的症候及其內心失心瘋般的離奇效應……荒誕近乎不可能地殘忍！

那是一群太年輕就下海參加海戰的老水兵們，一如活生生的水鬼們老失控了……

他們的內心深處出事了，但是過了太久之後也沒人覺得出事，一如他們老在太過冗長的海上。開始某種令人髮指的費解恐怖遊戲，水兵們在某回靠港口的時光縫隙，會偷偷地離開，上岸到某些落後的部落島嶼，除了去獵捕野生的動物，雉雞、土狗、野兔、麋鹿、山羊……一隻一隻活生生地運回船上，有時還會帶回活人。

在某些太過苦悶的近乎不可思議的時刻，他們開始玩弄囚禁在寶船底的活的動物，尤其是活人。永遠還是認為活人比較好玩的無限殘忍荒謬……聽他們的淒淒慘慘到無限淒厲的低泣哭喊，可以更凶狠地從一開始的揍毆拳擊打耳光到更後來的倒吊放血……有時，甚至更殘忍的水兵們故意還把手指刺伸進囚犯們化膿而剝離的傷口，挖掘出血淋淋而血肉模糊的縫隙摺皺，在蒼蠅孳生環飛繞行的艙底庫房密室，噁心的惡臭令他們更加激動，下手更激烈到毛髮剝落，有時連皮帶肉、器官、內臟、腸子都流出來了到整個臉孔已然扭曲痛苦不堪到完全變形……他們還會一起大笑地問那土人或印度人或阿拉伯人「會不會痛？」

萬一他們用各種陌生的語言說「會」或露出更痛苦的表情，水兵們就更加用力地下手……又可笑也又可怕地邊威脅唬嚇邊緩慢動手的他們就更又把手伸進傷口更深的體腔，屢屢在他們近乎休克的慘叫哀號中，把手伸得更深好幾回好幾時辰好幾天甚至摸得到心臟。那是某種難以置信的哀號聲般卻像奇蹟式的神的玩物那麼栩栩如生地溫暖潮濕鼓動，一如某種通曉而連接到神的神通靈犀怦怦心跳聲，最殘忍的失心瘋般水兵們相信心臟是所有器官中最好玩的！抵抗狂亂悸動卻又無力招架被用力捏爆到感覺血管噴灑出的血液橫流地熱呼呼……

水兵們老是玩這種殘虐的玩法，甚至還因為他們老是會在那受虐的活人活體一邊切挖還一邊在傷口旁的穴位補下針灸的止血針還同時抹上一種著名的千年雲南白藥膏，可以化血生肉，一個時辰之內可怕又可憐的血淋淋傷口又會癒合，甚至拼湊不同的屍骨成另一個的殘肢，他們就可以重新再來一回……尤其是鄭和的那一個曾經在大內宮中學過中醫的貼身老隨扈，最樂此不疲，所以他外號就被稱為太醫。

那是一具屍體……完全癱瘓的肉身在那海灘旁邊。夢中的鄭和看到裸體的自己幫自己脫官服換再穿上另一個人。但是更仔細看那個人也還就是他自己卻不知為何內心老是感覺到那個人也像是太醫……

一開始是令人不安的完全黑暗過了很久後來開始出現了一點點的聲音，然後是在透視消點的最末端出現了一個極端渺茫的點狀光，聲音是完全無調的近乎法器法會極低音的低沉浸泡的轟轟然，從極小聲逼近到極大聲，仍然完全地黑暗，只有那點狀的光影越來越逼近地放大，死白的光仍然是毫無暗示性地逼迫，最後到了最大限度的圓形飽滿撐開之時，才發現那是一個眼珠的眼白，瞳孔的水晶體倒影弧形反光的種種周圍法會的人間倒影才緩緩出現。然後就是那麼漆黑的絕對黑暗的再度出現。

然而更後來才在一如易容換皮的施術那脫衣換衣的冗長過程中確定那就是自己，因為他發現自己身上的很多恥部從小就令他羞愧極了，他想起了一生肉身的標本般遺留的種種毛茸茸的毛髮濃密的死角傷痕，最後發現竟然有一隻蛐蛐就趴下攀爬在他的腰部然後慢慢地沿著陰毛往下深入，最後到了他的去勢過的傷口上，彷彿在找尋什麼但是又找尋不到的悵然若失……

這是鄭和一路昏迷被太醫救醒前所做的怪夢……鄭和怎麼想都很奇怪，那一回的他們怎麼會在那裡困住了。本來也只是意外發現而不知不覺地路過，在那一回的下西洋之中太好奇的海員水兵們一群人深入了一個天竺大陸邊緣的陌生島嶼所路過的部落的祀典廣場。好像正在舉行最令人髮指地厭倦……那種極端誇張的露天排場神祕法事異教瘋狂群眾正無限度蔓延開來的某個太大型的法會。

和鄭和一起去的太多人走散了，所有人都慌慌張張地被催眠般地失魂的他們從來沒聽過像念異教經文的讖語那淒淒慘慘的唱白。就在那近乎失控的太龐然巨大的迂迴曲折山麓旁的怪石堆砌起的祭祀神明廣場，竟然以歪歪斜斜的石牆區隔成好幾區。迷路了的人太多也就分散地聚集在陰影密佈的長青苔角落樹下團塊狀區低頭手拉著手開始梵唱，團團圍坐下來的人群時而聚集時而分散的人馬有幾批。他們始終不知到底是怎麼回事。

群眾好像極端瘋狂某個巫師的出現，太醫小心翼翼地辨識他華麗鮮豔的法衣上頭編織的長髮辮尾，斑斕的獸皮和獸骨纏繞項圈的最底端好像有個嬰兒的極小人頭骨當邪門念珠串尾珠，令人髮指地詭譎費解，然而即使見過太多江湖的他或許認得幾種符籙但是更多更古怪的人骨殘忍妖術法器也並不那麼熟稔……然而還有更多身上有刺青的魯莽信眾們在集結也在分散，甚至有另一個土著勇士們的凶神惡煞般酋長被法會的人找來，彷彿在密談更多的祕辛。依稀辨識地問他們能再找來那個鬼地方作法祭拜到另外上萬人像另一個島嶼的另一個法會那種規模的盛大，越來越擔心的太醫仍然不了解他們祕密商量未來島嶼間種種更險惡擴張可能的主意，而滿心只想偷偷地迅速保護大人離開。然而，現場太過複雜多變……那裡畢竟還是一個巨大的番邦異教祀神祭典，踏步樓梯極寬極長還有非常多的信眾仍然就席地坐下看著醮壇神祕莫測主塔的正前方石砌龐大廣場，越來越無形的霧騰騰陰霾籠罩而來，但是法器演奏中眾人的梵唱卻也越來越吵鬧。

最後的水兵們誤打誤撞地走入了那末端是一個怪異形貌樹枝根莖藤蔓攀生成的巨樹前歪斜高塔房，慘澹而曲摺疊合成放大的巨型鳥巢穴屋，懸空的細藤柱群撐起的塔台般但是很詭異醜陋的古屋般廢棄很久，在這個時候臨時當成擁擠不堪的太多人來聚集的鬼地方……最後鄭和跟太醫隨扈們潛入了那一個藤蔓攀生的塔樓巨大鳥巢最深層，那竟然是當地部落最靈驗的某個異教的老廟身底，對鄭和而言，這種種陌生的儀式有太多他們費解的神祕規矩，一如他們下西洋以來所遭遇過的種種更離奇的法事……虔誠的信徒們坐在煙霧瀰漫的一個老天井旁邊，他們好像彼此都認識一輩子了，也一生的每天都來這裡祭拜做法事的那種殷切熱絡又熟練，有一個開始要傳送法器的儀式，跟拜跪求的所有人都磕頭接旁邊的信眾傳過來的那個怪信物，彷彿是一個法巾印滿符讖的布匹所小心翼翼包裹的鬼東西，但是大家都不害怕地拿到胸前頂禮彎腰向天井天空跪地三拜之後再傳給下一個人還滿心歡喜地進行這神祕古怪的流程，被療癒的心情沉重或是更奢侈的祝福，那是那麼難以明說地珍貴，太多的情緒和焦慮都被保佑，他們竊竊私語暗笑低聲地傳言，那一個舊布帛裹包的古符是可以幫忙找情人的。使得老女人跟少女們說但是少女們羞澀地假裝沒聽到地微笑然後又假裝恢復平靜緊張兮兮地多抱緊又抱久一點點，再傳過去給下一個信眾。那是一個彷彿印度廟的充滿動物牲禮被放在神案的現場，因為太過炎熱而充滿生肉腐敗氣味和蒼蠅群飛的惱人困惑。然而太虔誠的那一群人仍然在跪拜，天井下的水池畔，母親抱小孩好奇開心去摸蘸血淋淋的石雕老神像的臉孔，那獸頭人身的異教神祇，表情那麼地凶惡猙獰，但是小孩並不知曉，一如太多的野狗也偷跑進神壇底下找尋生肉祭品偷吃，連上頭的焚香灰燼和花朵也不放過，然後邊咬邊滴血地逃離，或是咬到柱列旁死角無人留意的暗處慢慢地吞噬，只有完全意外看到這種種火光晃動的光景而呆站於旁，有點恐怖又有點肅穆但是又無比荒謬的，但是他們只是跟著看，無心地打探什麼更複雜文明地湊熱鬧，只是內心仍然惶惶不安，不知如何是好……

最後太可怕的現場中水兵海員們終於被發現，逃離之中的後來竟然找不到鄭和……極度擔心的隨扈們一開始是一起走入荒蕪島嶼深處的，但是走散了，後來他們一路找大人等大人，找很久找到時鄭和中了瘴癘已然半昏迷幾乎認不出隨扈，那麼多水兵們再回寶船上找更多水兵又出來找，迷了路，一直到太醫一個人易容了在光影很暗的山路背著鄭和走了一天一夜沒停歇，擺脫了部落追殺出來的追兵……最後狼狽不堪地逃離的太醫也近乎認不出來中毒太深臉孔腫脹歪歪扭扭的那個病人是鄭和人人……

太醫其實是忠心的貼身隨扈甚至還在那個島嶼的怪法會救過鄭和一如更多回下西洋的冒險犯難之中。關於更後來施虐太醫惡行因之引發的心事而感覺到凡事總會改變……姚廣孝語重心長那般沉浸於更失望的嘆息地對鄭和說：或許讓人間變成這麼殘忍的人就是我們？那些無辜的被殘忍太醫所刑求的陌生番國的陌生番人們到底是為了什麼會這樣子可憐地死去……卻因為意外，完全沒有原因地被當野獸被太醫擒拿誤傷而甚至刑求。或許這是人間的條件……自相矛盾而荒唐可笑。

或許更荒謬的是以前都覺得只要用心地認真虔誠地相信慈悲地眷顧人間就會變好，但是後來才發現這人間太過殘忍的種種心事，使鄭和過去的太過慈悲……相對於太醫或對於其他艦隊裡同樣殘忍的水兵們都不免太過可笑地遙遠。

或許下西洋讓太醫完全地深入那種絕望……海太邪惡，正永遠不勝邪，光明永遠不可能征服黑暗，邪神永遠可以讓他聞到自已的惡念及其隨行必要的惡……無法抗拒也無法閃躲的惡行一如屍體氣味的無法隱藏……一如刀砍入就仍然留在肉體的痛，或許下西洋就是如此地痛，過去和未來的數百年來就永遠會痛而近乎荒謬地邪惡如此。太醫對鄭和說：下西洋永遠是充滿矛盾的衝突……大人是無法知道衝突是怎麼來的，大人再如何想支撐正義地神通廣大也只能夠控制和結束那衝突……該發生的終究會發生，該出差錯的終究會出差錯，太醫遭遇過太多太艱難曲折的兩難局面的恐慌，永遠在下西洋的太多惡行現場狐疑著：神到底存不存在？

太醫看過太多太悲慘遭遇困難重重的惡行……一如在寶船所靠岸的那一個個老國老港老城的古戰場廣場充斥著橫陳惡臭飄散到海上數里外就嗅聞得到屍臭的群眾被屠殺的屍體，殺得那麼殘骸散落滿天飛的禿鷹滿地啃噬的野狗老鼠們在血液凝結未乾的肉體碎塊之間爬行。太醫完全不再同情那種痛……看到那樣一場場的征伐、血戰、屠殺永遠太過殘忍使得太醫內心深處始終太過無法相信，那種可怕殘忍是常人做不出來的，太過邪惡到近乎恐怖的種種……神真的存在，但是卻必然是邪神，只有最惡的邪神的惡行才可能到那麼可怕……年輕的海員們老害怕地對邪神開始祭拜祈求僅僅歹活的最終求饒……老守側翼的寶船上的他們衝入黑暗天色神祕莫測之中的海上。然而太醫是一個了解邪神惡行極深的人。因為太過絕望的太醫其實太了解那種不可能逃離的對下西洋的充滿始終的狐疑……就一如所有的下西洋太久的海員，即使外表看起來都還算正常可是內心深處的更裡頭卻必然完全壞毀。

下西洋毀了下西洋的他們的一生。太醫提及他們在一回回的狂潮海濤惡水窮山一個個登陸的怪異小島上徒步走入黑暗的歧途山路，一個個番邦的番人都只不過是一團團全身都是骨頭和血肉的待宰的肉團。一隻隻野獸一如怪物埋伏出沒的追殺之中，使一個個海員受了重傷到傷口巨大而狂獸咬噬肉身仍然血流不止地劇痛還想法子止血包紮並且在最後的危機四伏剎那徒手撕裂那一隻隻野獸的獠牙雙頰。

一如番人邊殺人邊唱的番歌永遠那麼清亮抒情但是卻那麼荒謬殘忍……沒有下西洋的人根本不可能了解活在中土是多麼地平安，那些西洋遠方的殘骸般的國充滿了美景，但是美景中都是血跡，別人看不到但是太醫看得很清楚……

太醫說他後來也像邪神一般地變得那麼邪惡……竟然開始喜歡起那種血淋淋的用刑的感覺，一開始那個太醫向鄭和炫耀他一如庖丁解牛般的刀具，他甚至太過複雜地炫耀起他更會用刑的刑具刺穿種種番人的肉身一如畜牲般的四肢筋脈肌肉。折傷手骨，挑斷腳筋，甚至穿過琵琶骨……太醫越來越邪惡地相信用刑之後的那刑刀終究會變成那個番人肉身的一部分。不管他喜歡或不喜歡。太醫先炫耀自己下西洋太多回潛入番邦受創被襲留下的種種太過激烈血腥的傷口。

更糾纏不清的邪惡關係是鄭和也曾刻意繞到寶船底太醫的庫房密室，那是一如一場無法離開的噩夢，鄭和離開之前淚流滿面地無奈……一如所有到過太醫的寶船底艙祕密房間的海員們，那畢竟是隱喻地隱藏的邪神附身般的一種邪惡時光的最終光景，那艙身牆上掛滿太多太多符籙針灸人形卷軸畫面中的大大小小人裸露身體的傷害，一如既往地充滿咒術太過複雜熱情奔放但是卻永遠不可能解決的心事那種太過奇怪的古畫，或一如太醫所正下刀更多好像殘骸散落滿天飛的血肉模糊的鬼東西，還有用人肉里肌內臟心胃腸肝腎臟太多太多時間才精心製作過程的……仔細端詳卻反而像是太醫變成御廚在御膳房所做出來宮中最奢侈華麗春膳般的一道一道料理曲折離奇的做成的宴請太多人到滿桌必然最終會杯盤狼藉酒會的盛宴。

鄭和彷彿中邪了一般地被太醫很慎重地邀他下來端詳，一如被引發了雷同的邪念及其兩難，太醫始終提到太多海員的過世犧牲無奈又無辜，雖然最終還是只能很想哭可是提到下西洋的心情沉重負擔不起的一生的遺憾與不解的咒法般的太多困擾，鄭和也因此一直想跟太醫請示開悟他那時正遭遇挫折的態度曖昧不明原因太過緊張情勢持續惡化所遇到的內心怨念瓶頸，但是他始終分心又擔心永樂託付下西洋越來越艱辛曲折離奇的困難會就走不了，但是太醫卻反而越講越邪惡到使鄭和越想越多到彷彿越不想離開。

更後來太醫邪惡的意識一如舊傷隨行太多年始終又發作在那一個寶船艙身死角近乎破爛不堪的密室邪神轎龕中，神祕的太醫在崩潰邊緣竟做最後的祭拜儀式也開始低聲啜泣……一如那一回的悲劇，一開始太醫進了那一艘破船所注意到的是氣味，那種尿臭太久的噁心潮解鼻息充斥著那個他們本來要去拯救的被番人屠殺過的落單寶船，在那一個個船艙身甲板房廳內廊的死角充斥著全部都是快死而未死的屍體。下西洋深入了所有破爛不堪寶船中還殘存的活人的腦袋，致使所有活人完全都沒法子恢復常態……邪神下了咒使得活人變邪惡……太醫變成他自己最痛恨的人，他甚至變得沒辦法看景看水中倒影裡的自己，也不敢看別人看他的眼睛，無法回到過去的自己……想起那件事情就會活得很痛。太醫提起了自己內心深處的祕密對決就快要結束。一如他多年來陷入了完全都不能動的痛苦緩慢折騰……太醫說他太過深刻地感受過而近乎不可能生還地充滿懷念那種永遠不可能好轉的絕望，太過絕對到不敢相信下西洋的那一回整整三年重傷昏迷的他脊椎受傷即使回神仍然那麼艱難曲折離奇地奮力重新開始學步踉踉蹌蹌走路……甚至那個美麗善良的他所感激到近乎暗戀的宮女每天幫他換他的尿液跟糞便時他那麼羞愧到始終完全說不出話，但是太醫卻仍然依賴他想要幹她的幻覺才能勉強撐著活下去……

一如害怕水鬼作祟的鄭和開始照鏡的後來……老就在鏡中看到死去水手可怕的死狀中哭喪著鬼臉老想跟他告狀……那水鬼拉開他官服裡的下體跟他說，大人，你以前也是水鬼……這世被去勢是一種詛咒，前世一如我們被下咒的下場。水鬼……抓交替。那是一種最古老的關於海的傳說。最古老的炫耀或恐嚇，當船員殉難於海難，他們的靈魂並不會離開那艘船，他們會一如生前的任何一天的工序流程，在甲板上勤勞或不勤勞地洗甲板，一如他們會走進一個船艙旋轉樓梯最後的一個狹窄依舊的房間，充斥太多水手的惡臭汗漬玷污的雜物，那麼地骯髒混亂但是也那麼地活生生。不會讓死去多日的船員感覺到他已然死去。直到他們看到了甲板最末端早操晚操場刻意留下某塊枯山水般老沙地上的一個手畫的漩渦形狀的古代咒文。在那種種不明古代咒文所保護不了的寶船身殘塊中……鄭和老在某個眺望中所發現的幾個不明水上龐然怪物。不仔細端詳就不知道船體上插起的是波斯的還是天竺的旗幟。甚至在他仍然充滿自詡為那個時代最超級戰艦般的海戰的凶狠肆虐之中……還有更多可能的猜測，繪聲繪影……在大霧騰騰的海洋婆娑倒影光暈之中，越來越不確認到底是……好多艘船艦的艦身集結，還是從海底浮現的巨大怪物。有太多傳說以訛傳訛的謠言……異國艦隊的巨大船體受損殘留物還是遠洋鯨群的屍骨海鳥咬噬半裸的殘骸，就始終不明不白地出現又消失……

一如某種超祕密大型演習或某種太過火了的氣象預警的出現又消失：那麼多的可能都太可疑……太狂亂的颶風、暴雨襲來的巨響、怪異如極光的漫射光束，使得龐大船體木頭榫卯甲板仍然晃動全破，甲板上長砲無法鎖定的艦身破洞，充滿誤解的困擾麻煩中要下令，就在太多變故中船體連繫的所有訊息斷訊，更不知艦隊的逼近未來會遭遇什麼？鄭和真的要下令嗎？更恍惚的鄭和一如那個死去的水手只是完全失神地站在旗艦的甲板上，沉浸於遠方，沉默，發呆，完全一動也不動……他始終聽那一個邊唱歌的水鬼邊說：現在海水漩渦旁的溫度很適合鯨群的或其他怪魚群的交配及其著床。那漩渦一如一個手繪的迷宮，扭曲的單線繞圈子般繞行的螺旋紋路，漩渦，不知為何，那成排艦身列柱上竟然也出現了這種種迷幻螺旋線條，一如船體底層樓梯的木頭扶手也出現了螺旋而會令人暈眩的弧形幻影……一如海中漩渦的浮現擴張那麼近乎不可能地炫目！

在那一個個沒人的寶船角落，舵房、伙房、庫房……種種太深太黝黑的艙底房間死角，老是有死去水手的哭鬧聲、笑聲……甚至是他們仍然忘情唱歌的歌聲。但是，其實只有鄭和聽到，糾纏不清的音階繁複變幻，不像人聲，但是極端淒淒慘慘又優雅落魄……然而其他人卻聽不見這鬼音高歌……老是在夜半出現的幻唱還是始終沒發現來歷。因此鄭和只好語重心長地找來道行最深一如老妖怪的高僧姚廣孝去探尋……這種種疑雲！

那彷彿是陰影投影不出去的寶船艙底層長廊……地上如何冒血淋淋。一個水手房的壁櫃深處那一種痕跡如何暴力地破壞了門上貼的法術封條。姚廣孝前幾天還跟艦隊的招魂法師們一起作醮盛大地招呼那個落海的水手亡靈。那水手其實不再出現，但是始終會聽到有人吹口哨哼他生前愛唱的那一首南京的老曲。請下來喝茶或喝酒！姚廣孝對長廊尾端的水鬼陰影低聲地說：誰在那邊？粗重的呼吸聲，他看到海戰略廳堂的簾子飄動，有人走過去，但是到底誰在那邊？簾子翻開，並沒有人……那水手失蹤了，他的水手長也有點不正常。去打探的那位之前的法師說……那一個死角，水手把所有的伙房的安放動物醃角的舊抽屜都封起來，蒼蠅嗜血地在那裡揮之不去地繞飛繞圈子之後，所有的怪異事情都開始發生，更令人恐慌的種種分心。清湯汁木桶倒出血水，另一群被附身的水手開始半睡半用指甲刮刻在甲板的木頭帆杆上的圖案，也是那漩渦的歪歪扭扭螺絲。甚至，更後來就在鄭和的寶船長密室上也不知為何出現了這個玄奧的螺旋紋理……一如古圖也出現過漩渦的太多費解……船底層更多祕密走道死角的諸多密室般的房間裡的鄭和老看到那一個水鬼託夢而來，滿身屍臭的血淋淋。那是一場噩夢，一開始是下西洋的海的故事。日夜晨昏，但是，後來的一頁一頁就越來越少字，最後只出現螺旋紋。姚廣孝不再追問……伙房洗乾淨交出去了。你有進去過那死過人的伙房嗎？因為更多水鬼對更多的法師們說謊。他們怕事也怕死也好不容易送亡靈出去，就什麼也不說了……姚廣孝問鄭和，或許是鄭和問姚廣孝：這是厲鬼。我們怎麼會困在甲板來回徘徊不去，水鬼昏迷了但是也困住了，老還是困在那伙房。姚廣孝作法時那水鬼血淋淋的四肢和頭顱和頭髮都被無形的力量迅速拉扯拖行，從那伙房的長廊末端的弧形樓梯漩渦到最後被拖入鄭和的房間裡，水鬼始終滲血也始終尖叫。一如一開始他們來搜索了船體底層這船上的伙房，但是沒人發現那個水鬼的死因及其疑惑……他可能是被下咒而慘死在樓梯上的漩渦，而不是海上的漩渦。但是完全沒有線索，也沒人看得出來，只有鄭和感覺到異狀……除了大人始終沒其他人發現也太奇怪……姚廣孝說：或許，那水鬼不怪，怪的是這艘鬼寶船，太多過去，太多悔恨，或許是當年死過太多人，也或許多年前的懸案……沒破，海員到底是落海還是被棄屍在伙房間的獸肉抽屜櫃間。都沒有交待。只進去一下伙房的海員們後來就一直出事，之後就自殺未遂多回，最後真的死了，但是到底是自殺還是他殺。那個變成水鬼的海員至今下落不明。這是怎麼回事？那一個水鬼回到船艙底層的那個伙房要找尋什麼？姚廣孝最後終於找到一個最老的也最新的理解，但是，或許也是誤解……因為那群最厲害最不聽話的水鬼仍然作祟……在伙房那裡睡去也在那裡醒來。他們永遠離開不了這艘鬼船，水鬼一如海員仍然在伙房裡，而且也永遠會還在那裡……

姚廣孝找到了那本西洋的古籍，永遠關住被封印在西洋法術裡的水鬼。太多仇恨也太多殺機……那些誤會使一個水鬼又殺了另一個水鬼，還把法師養的某一隻黑貓活活燒死，充滿報應也充滿怨念……因為，最後他們終於在伙房深處……找到了那一本姚廣孝提及最險惡陰沉的古籍。那書頁裡頭已然太骯髒佈滿蛀蟲咬痕和蜘蛛網絲霉爛漬痕……而且，那古籍非常惡毒，竟然以每一個可怖的惡意水鬼的人名作為每一頁的開頭，甚至不能抓交替……種種可憐而可怕的太多故事。還有鄭和的名字的這本最陰森的水鬼古籍，就深深藏匿在非常可怕的古代封印老木箱底層的。

所有被下咒的水鬼們變成的老妖怪生前的臉孔都被手指手印以血印刮過……只要下西洋，永世不得超生！

鄭和珠。寶船老件考。九。

鄭和珠……尤其是一如流傳太多番邦自身的性誌異的入珠……

非常怪異地傳說中國人的祖先來自更高宮廷文明但是又更期待更野番外文明的好奇……

一如番邦妻妾公主王子奴隸面紗舞孃舞男春藥入珠等等這一大串鬼東西乃是耳熟能詳性誌異的可能目錄……有關番邦的白日夢中想像種種性愛可能的冒犯冒險……或許僅僅也只是番邦性的陳腔濫調……

番邦性誌異……在所有關於鄭和下西洋題材的小說不免把番邦和性幻想的逃避主義連結，或許不只是因為這種種番邦性誌異的援引煽動元素提醒讀者們體會六百年前的中國隨著帝國的崛起，性已經體制化了的那種狀態，性意味著在明朝內在嚴密監控的法與道德之綱紀相連結，責任鉅細靡遺而且負擔頗重，絕對沒有所謂「自由」的性這回事。各種下西洋中遭遇的番邦，變成海員們在跟隨從事九死一生的鄭和文明使命之外同時尋找在中國尋找不到的性經驗的差異地點。或許除了鄭和的去勢宦官特殊情態，或許海員們無人能豁免於這種追逐番邦誌異般性經驗的歷程，因為他們尋求不一樣的性行為也可能是更加縱恣念而較少內疚感的種種試探……

一如明朝萬曆時人羅懋登的古典章回小說《三寶太監西洋記通俗演義》書及：「某西洋國……大凡男子二十餘歲，則將莖物周圍之皮用細刀兒挑開，嵌入錫珠數十顆，用藥封護。俟瘡口好日，方才出門。就如賴葡萄的形狀。富貴者金銀，貧賤者銅錫。行路有聲……」其實是引用真實跟過鄭和下西洋的馬歡所著《瀛涯勝覽》中書及：「凡男子年二十餘歲，則將莖物週迴之皮如韭菜樣細刀挑開，嵌入錫珠十數顆皮內，用藥封護。待瘡口好，纔出行走，其狀纍纍如葡萄一般……如國王或大頭目或富人，則以金為虛珠，內安砂子一粒嵌之，行走玎玎有聲，乃以為美。不嵌珠之男子，為下等人……」

鄭和珠的近乎瘋狂到難以理解甚至充滿極端戲劇化的傳奇：番邦入珠可入錫珠鐵珠銅珠銀珠金珠琉璃珠寶石珠……然而最頂級神品不世出的價值連城（玎玎有美聲，纍纍如葡萄，嵌珠可壯陽……無限古書性誌異人間奇效）稀世之珠就是「鄭和珠」……

功夫。馬三寶部。第五篇。

馬三寶老是充滿狐疑……到底，功夫是什麼？為什麼所有西洋人都以為只要是中國人都會功夫？一如古傳的祕術般的火藥、指南針、印刷術都是老中國鄭和寶船所輸出的更多更被幻想杜撰出來的詭譎到更老變更新的狀態，功夫不再是一定要肉身閉關練武一生的修行般沉浸沉悶……反而曄變成太多招式動作祕笈武俠電影武俠小說武俠遊戲的層層疊疊的亂象叢生的亂數……功夫，始終是這時代的「收藏搜尋最乖張異國的老中國老件到底可能擁有什麼神通……」時代感奇觀的最怪異縮影……

「前世，我們應該都見過……只是過了太久……忘了！」那上師跟那跟拜上香之後打坐多時的馬三寶說：「我剛剛專心地看，想起來了有一回遇到你或許是感覺到你……彷彿看到了你有一世是明代的一個畢生不得志而抑鬱而終的怪老人，畫過稀世的宮廷祕藏神品的『鄭和下西洋』古卷軸畫……後來失勢而變得老是狂妄自大但是不免始終落拓的怪畫匠。只是半修補半添畫那古老家族祠堂廟宇的邊緣側廡角落的壁畫……或是在一個太破落的龐大院落最深處的廢棄花廳，那是某個老家族古厝留了一大間給你，那裡陰霾幽暗，一個古建築修成客棧之類的鬼地方，但是為什麼沒人打理的冗長迂迴曲折破舊走廊。」

L跟上師說：「馬三寶是個使我充滿好奇的怪異好感……但是顯然是內心更深處問題重重的人，我有時在古董生意的場子上多年前遇見他，老覺得我跟他有種只有彼此之間隱約明白的莫名的恐懼焦慮的連繫……藏匿更深的雷同的忐忑不安，彷彿雷同到只有你知我知那種曾經在前世一起做過壞事的很稀薄也很深沉的什麼感覺。」

上師說：「那一世的馬三寶大多時間都沒有畫，就只是在那一個廢墟失神徘徊，踉蹌發呆，一如廢棄多年塵封蜘蛛網的太多角落已然太多年沒打掃過的那花廳。有時就只坐在破爛缺陷缺椅腳搖搖晃晃的老時代木製太師椅上的馬三寶……好像困在那裡太久已然明白自己一生都已不可能離開，他只有一個人，某些木製神明桌八仙彩前的好多堆滿曾經跟著鄭和下西洋破舊寶船古老殘骸散落的古佛像畫譜古籍畫軸泛黃脫落宣紙破舊畫工器皿筆墨紙硯雜物橫陳，像流浪漢一身舊衣發臭臉孔憔悴白髮蒼蒼的馬三寶，脾氣古怪到有時好有時凶有時訕笑鬼扯，大聲喊出叫旁邊一隻老癩皮狗要認真跟他學。拜師學藝接班他來畫完這個老宅院所有的壁畫，要從最瑣碎細節開始學習……磨練心性地洗筆磨墨侍候他畫國畫寫書法，要用心良苦地跟他學一如他當年拜師也每天幫師父打理書桌畫器晨昏都要擦拭清掃……有時甚至還要幫心情始終沉重畫事不順心慌意亂的老人家耐心地捏腳搥背……但是那隻老狗卻完全不理神經兮兮的馬三寶。一如某種《聊齋》改拍成的鬼故事電影中……某個殘忍的妖怪在已然是鬼魂的他腦中下了一道符封住他有關前一世或更多世前的所有回憶和感情。那老時代早就過去而種種老村子裡的老建築也都早就破爛不堪地毀崩，但是破村中盤踞老寺廟主厲害妖怪仍然威脅他這種可憐鬼魂必須永世不得投胎地服侍祂。

然而馬三寶就在這種浮躁的落拓時光荏苒之中，每天上工，畫出了密密麻麻的建築長牆體壁畫……有一整群在上下晃動的大隻舊時代祀典出現的那種紙糊動物。毛筆線條不均勻畫出不寫實但是陰森極端的雞牛羊豬狐狸狼甚至麒麟，太多太大隻站立地晃晃悠悠……但是更仔細看，竟然都是真人演出穿上全身糊紙的動物，脊背艱難撐起那獸身道袍做出可愛但古怪的動作，很為難和馬三寶雷同，疲憊不堪地不甘心但是仍然耐心等候出發……」上師最後卻語重心長地自嘲……所謂的上師，也可能只是一種騙術當功夫的充滿莫名玄機般冒失的靈媒……

上師跟馬三寶提及他所看到的近年來某一則台灣繪聲繪影的鬼新聞……開設「前世電影院」並販售電影票幫人看前世，兩小時費用極高，但是卻一如更現世的觀落陰風靡，在台灣甚至變成另一種時髦的心理分析的激烈，剛剛開始還吸引中國人甚至外國人熱門到需提前一個月預約，雖然所謂電影也只是靈媒轉述她自己才看得到的畫面，充滿了繪聲繪影的故事……最後，還要部分顧客另付費除業障且不少人上門，她都會對台灣人說對方前世是盛世著名皇帝一如唐朝太宗玄宗高宗宋朝神宗徽宗，對好奇的來看前世的外國人說對方前世是伊利莎白女王英國王子王妃甚至是莎士比亞……被傳喚多名買票「看電影」的顧客不少人雖認為「沒感覺」、「不知真假」，但後來出事之後的檢方認為本來「前世」就無法證明真偽，而上師在早在部落格說明費用及看電影過程並未刻意欺瞞，再加上顧客都指自己是心甘情願上門。

L跟上師和馬三寶不好意思地低聲說，因為好奇……她還真的曾經一時衝動而跑去找過那個「前世電影院」的上師，一個四川老女人，那年預約前往入房之後，到某一棟豪宅會議室內，自顧看著前方講述女上師看到的L的前世，然而畫面僅僅只有女上師看得到，她堅稱那個著名電影導演大天使米迦勒帶來L的六段前世，其中一世是清朝順治皇帝的貴人，一世是還珠格格，一世是乾隆的妃子，一世是慈禧的妹妹，最後一世是秋瑾……另指L今世被九尾狐纏身必須再花費除業障。但是L付費之後，她僅點起三炷香比手印念咒疾疾如律令般地在L身前背後一一作法，過了一炷香時間，就完事退乩般地打揖鞠躬，堅持必然已清完前幾世怨念……她跟L說：她在倫敦，實在很百感交集……提及自己原本沒有靈異體質，是在多年前旅行時突然有了感應，回國某天和友人講電話聊天她直覺友人正在喝咖啡，沒想到被她猜中後來陸續試了幾次，驚覺自己真有通靈能力因而開了前世電影院，而費用及價格以及顧客是否須除業障的方式，都是經由神明告知才這麼做。甚至出現和她溝通的神明有很多種，從耶穌基督、媽祖、呂洞賓都有，她也不知道為何這些神明可以共通。檢察官傳喚十多名曾前往觀影的顧客，有人認為沒感覺，並指消除業障時，只拿三炷香在背後隨便比劃，但也有人認為上師指點了她的性格缺陷要她改進讓她知道人生下一步要怎麼走。前世電影院引發更多爭議……有人甚至嘲笑這上師或許是重度精神分裂……她如果能同時召喚出耶穌、媽祖、呂洞賓，所有的中國外國東方西方的神祇都可以交流……連鄭和也召喚得出來喔！

一如一早去練拳，在那全身骨頭都快散落而疲憊不堪的肌理仍然醒不過來的時候，汗流浹背但是仍然下腹無力髖骨打不開硬是撐持那高難度動作的勉強中，那天空出現的某一道近乎神祕的光束，竟突然照入在他的扭曲到完全動彈不得的臉龐前方，「不是改變或改善自己，而只是經驗自己，更內在或說更真實的自己。」那個太極拳的老師說，「嘗試用最不用力的方式來進入那動作，那狀態。」

在西洋，馬三寶老是去找Chinatown老公園……一早去跟著練拳的路上太早坐到一個開車開得不太好又很緊張兮兮的歐巴桑司機，她異常地情緒化，路又不熟，一直在一種迷路找路的趕路的神經質狀態中，他被感染到那種極端的不快。而且，現場也同樣的神經質，塞車路上窗外一向流動極為快速的風景都突然緩慢下來，LAG般地時走時停般地停格，壞軌或說特寫，用一種他完全不熟悉的速度的流動感，但是，有些畫面還是有點意外地動人。高架橋旁的高壓電塔一如機械細節繁殖出來的脊椎動物關節的繁複，那Chinatown公園的樹蔭枝葉繁茂的烈日仍隱約射出仍然炙手可熱的倒影。混凝土的橋身弧度拉出的彷彿當代藝術雕刻的鯨豚體緣分泌物的依舊龐然。所有映入眼簾的都彷彿是同一個光景在時差中的恍惚而出現地如此歪歪斜斜的亮度，那天他出門經過的交錯太多條岔口的路口，斜度太難轉換的彎道，引道上的太龐然巨大標示牌英文字樣，機器怪物般的長相的一個灌漿廠頂端工地的鋼骨斜撐支架怪手。都彷彿變成了某種曝光過度的剪影，幻覺中的殘餘景象。這些經驗都變質了。現實變成超現實的什麼一如年輕吸血鬼的良知作祟使他充滿罪惡和飢餓的不知如何是好。

一如早上在練太極拳中仍然忐忑不安的他也還同時一直想到那天老拳師安慰那些老學生在打完拳的Chinatown茶樓說話的畫面。所有的彷彿是溫馨感人的現場對他而言都變得非常不真實。他們那麼認真好強地逼問他們未來的人生的已然不可能，彷彿他們雖然人生滄桑落拓至今還真的有好多個中國老人們卻好像仍然還在叛逆期的小孩，像充滿了費解的天真爛漫的少男少女的矜持又貿然，對自己或對這個世界的不安所兌現成的現在，某種不甘心情願只是這樣的不再有青春期燥熱。雖然某些時刻的甜美溫暖到近乎窩心或是更令人髮指的開心，但是，更認真想，都卻令他很恍神。年老的他們那麼自傲又自卑，充滿了對自己和對未來的懷疑。他始終很好奇其他的他們是怎麼描述自己，怎麼想像自己的人生，那種種像是冰山一角所向下挖掘而出現的黑洞般龐然冰冷的山體全貌。

一如有一個人提到了小時候在山東的家世顯赫中那溫文儒雅的老校長爺爺和喜歡老文人古書的父親和殖民地日本老師學池坊流插花買日本名貴衣服的母親仍然不免還是每天都因為要重蓋祖厝成洋樓而吵鬧得全家不想說話。有一個老女人從小在上海豪宅長大提及她太過壞心腸又太過古怪地挑食，老想像自己只是一個每天想吃蘋果麵包都吃不到的窮小孩但是有一天一定要變成黑心但奢侈無度每天吃法國菜的壞女人。或有一個也是從台灣去太多年的老人說到朋友帶他去艋舺或板橋嫖妓那些偷渡或假結婚來台灣的東南亞女人口交技巧如何高明，年輕時候打工遇到了前一晚喝到爛醉睡了兩個酒店妹妹的那大醫院外科主任幫他打開咽喉做恐怖的胃鏡穿刺照相時還一直在炫耀那些性感的妹妹們如何在激烈地嘔吐時還是千嬌百媚楚楚動人……太多太多外國的他們所經驗到的更世故也更尖銳的人生的種種。

心虛的他怎麼跟這些覺得這世界爛透了的年輕氣盛又野心勃勃的以為一生還未開始就結束的炫耀少男少女時代荒唐事的老人們說什麼……最後，那窩心的太極拳老師用鄉音很濃濁的黃土高原北方腔中文……跟他們這些一生充滿傷害餘緒而已然快放棄自己人生的大人們說：「一如練功夫，不是打架，打拳，是打自己……用最不用力的那種力，打那有氣無力的……真的內在的自己。」

❖

一如那個費解的糾纏他多年的夢中……馬三寶走到那個老市集末端整條舊街都是寶船出土古董的那個路口，突然發現自己迷路竟走不回去但是好像要趕回去另外一個地方的他緊張起來，一開始好像是隨便走走看看然而一路太多古玩行家探頭探路趕集熱絡討論如何淘寶的詭譎氣息……在那老市有太多老店但是卻都只是異國老闆打點更多穿鑿附會數百年老時代傳說西洋的南非洲的印度的南洋的老件……只有所有高人都找尋到最後一個歇山重簷起翹鳳尾中國建築老派屋頂木雕斗栱雀替下鑲嵌「天下第一」金漆樟木框毛筆怪書法字樣的寶號誇張地號稱其店中收藏的可都是正宗中國古董的老店，但是卻遭到拒絕而群聚在外廣場張望著……那怪木格櫺窗門口的門額上卻不知為何懸吊著很多破爛不堪老時代斑斑駁駁木刻的神獸動物破洞面具長滿獠牙刺滿刺青的臉孔……長毛的吐舌頭的眼洞挖空的甚至七孔流血的……憂容妖怪們。

馬三寶跟L說起更多夢的細節：只有他用祕密功夫從後院千辛萬苦地潛入了那一個古董寶號更離奇的閣樓整層樓面列柱之間竟然怪異堆滿了寶船裡頭的鬼東西，在那種神祕兮兮不世出等級收藏古董到處都是收藏的神品老件太多出土的明代瓷器太師椅古屏風各種奇怪不明觸手獠牙野獸雕像還有很多很多的線裝古籍書冊卷軸的水墨畫古畫……竟然就圍繞在那張古董床的旁邊。他和那個發現他的駐守寶物的憂容妖女開始對決……在各個不可能的雕梁畫棟死角較勁一邊比功夫一邊交纏肉身廝殺慘烈……那個妖女更後來跟他過手更久更深地不知為何在每一個奇怪角落用奇怪的姿勢招式激烈的擒拿拳拳入肉地格鬥肉搏，而且持續了非常久甚至雙方最後近乎精疲力竭還是沒有停歇……使他想起很多以前的功夫肉搏或許就是交歡的妄念傳說：像藏教歡喜佛的肉身雙身修煉大法入魔考驗靈魂出竅的問題，到更後來他開始懷疑這種肉搏交纏的既凶險又亢奮的近乎交歡狀態是怎麼回事？那個妖女到底是女人還是男人？是動物還是怪物？是妖怪還是神祇？他好像跟祂交手還是在跟祂交歡？還是在高手過招般地過手某一種他也不知道是什麼的怪功夫？……或許，這個怪夢太像一部怪功夫片還重新再做成3D新片本來只是以為不過因為念舊的一部更特殊視覺效果的舊片，甚至完全沒想到裡頭有非常多的細節重新剪接過像是動過大手術縫補非常多的肉身大體種種不明橋段的細部又增添又刪減某些段落某些轉折近乎神經兮兮地猶豫不決……甚至像是3D畫面曝光更過度地暴露出……他和妖女肉身搏近乎瘋狂交歡般地半過招半調情的連臉部表情眼神瞳孔放大失神種種特寫，到了最重要的時光荏苒無言的眼淚從眼眶滴下的深刻而沉重包袱種種的太過悲慘地無法忍受又必須忍受，或是太沉重牽掛太多的無法接受也無法放棄的忐忑不安……一如那所有的光影變化莫測的天下第一寶船老件寶號的祕密對決的絕望賭注允諾。

也因為這個怪夢一如電影還有種王家衛風格近乎著魔似的影像所做作刁鑽拍攝鏡位場景調度，太過飽和顏色太過誇張的構圖，所炫耀其炫目如古典時期林布蘭特油畫般繁複又精密的光影構圖人物太多故事太感人的史詩感。夢中功夫對決交手一如交歡的時間太冗長又太矯情……感覺上是本來拍攝了太久之後因為太冗長了最後版本數月數天數日數小時想放後來又沒放的細節再重新補充修護補償，夢中功夫所留下筆觸般地刻意失手的蛇足或歧路亡羊或是亡羊又想補牢卻補牢不了的差錯……一如，之間有太多寶號古董收藏高手過招裡頭人情世故舊時代的轉折迂迴曲折，或許還有太多寶船老件外頭他都還沒想清楚的餘緒……即使只是數位視覺的特效，還有許許多多更快轉也更慢轉的充滿老時代神祕兮兮近乎奇技的令人髮指屏息的武打動作。但完全沒有預料到可能這樣子可以使得3D的電影效果還對功夫感更沉浸入時間緩慢的某種更特殊的時間感……（一如馬三寶跟L說他去再看了王家衛導演的《一代宗師》甚至刻意為決鬥武場更用力地選擇的黝黑工業感老東北機器充斥的舊時代火車站場景，大雪中送葬的極長極遠慘白悲傷過遠的出殯被阻動刀砍破布幡環繞卸下漩渦般的萬人沿湖畔送行行列隊伍，老時代最傳統宮家名門中國建築合院入門進落景深及其獨自雪中練武招式如雲起騰挪飛舞的六十四手炫技，庭院中那梅花冰花蒙太奇到森林大雪中父女多年前多年後對照孤魂野鬼般自恃一生沒有敗績傲慢所支撐著的美豔殘枝詩意孤高名門落拓感……都更反差強烈地更落拓……尤其是他們對決的那個妓院樓上太多古代雕花裝飾過度華麗登場的金樓……某個半夜下雨的大街太多人圍攻葉問的功夫出招過招種種切割出手如幻影般的八卦掌形意拳詠春怪異肉身肢體動作過場一如舞蹈管弦樂團沉浸濃稠音樂中的龍飛鳳舞，或是到了香港那個全然流亡太過失焦那個陌生嶄新時代感的庸俗豔麗種種顏色諷刺意味深長的有失斯文，甚至最後所有天下武林只變成黝黑狹窄的街道異常詭譎華麗的一條開滿老時代拳師武術道館的末日街道，時代的變遷太過激烈而殘忍，太多太多裡頭有太瑣碎太複雜的電影始終還來不及交待的細節，都更變得異常逼人地栩栩如生。也一如《一代宗師》其實只是守著種種失傳的關於「功夫是什麼」和「武林是什麼」的情何以堪……那種神經質的文藝腔，切割的不再年輕自己仍然還可以使那麼多的細節一如幡飛拼湊起華麗剪影無窮無盡碎片的蒙太奇，《功夫》只是一種時間感，一種老都在像探戈般地管弦樂拉長了所有的王家衛那種《2046》、《花樣年華》、《東邪西毒》般時序空間跳換仍然流暢如許的祕境。最後，甚至在始終沒有說出愛意的他們最後永別的那地方，背影黝黑沉湎的她看著那一條夜半的開滿武術館懸掛鏽蝕蟲蛀老招牌的香港老街，那吸太多鴉片而慘白的臉龐仍然悽楚但是也沒有更多回眸看她數十年來唯一動心過的葉問，而只是喃喃自語說的「這也就是武林……」）

然而那個怪夢中馬三寶始終困在某種功夫對決太過緊張局勢變化莫測的埋伏之中……一如那一回的夢中逃離妖女之後的他一路逃亡中伏死命脫身之後上路就受重傷……被不明來歷的遠方響馬隊始終無法脫逃的頑強追殺而肩臂多處中箭，或是被逼近又瞬間離去的功夫奇高的刺客用又快又銳利的必殺技匕首穿刺數刀後大量內出血……但是仍然還是不清楚到底什麼情況發生的空氣沉浸在混亂污濁大霧瀰漫觀望氣息濃厚之中，就好像當年馬三寶當水鬼老時代去出任務的某一種很複雜的狀態甚至現場出事了但是還不知道出了什麼事地懸著，所有風聲鶴唳的內心感覺，非常的嚴重而且非常的真實，那是太多人的地方但是太不知道怎麼回事，但是他很明白自己的肉身卻因為不明原因而一直在流血，太過分心而應該要處理中傷危險病況但是沒有處理。或許更因為仍然在處理很多緊急狀態的諸多不可思議的什麼，他感覺到太多群一如響馬刺客群全身勁裝式的整群殺手團全體全副武裝還更疾行逼近中，但是無法理解那寶船老件寶號的妖女過招現場到底最後他脫身逃離時發生了什麼可怕又可疑的狀況，他還在打探觀望地小心翼翼閃躲藏匿身影想法子離開……但是他怎麼會被捲入這種離奇的麻煩還捲入種種還可能更意外的功夫高手追殺的死命逃亡。更後來，他又在另外一陣混亂交手響馬隊人群聚集的迅速撤離之中被另一群人強迫衝上了另一部破爛的舊時代保鏢老派鏢局的鏢車廂，始於晃動非常激烈中的他仍然還不知道會被怎麼處置，恩人們宣稱馬三寶全身內出血要緊急送醫但是他仍然覺得那只可能是另一種誤解的差錯或更複雜逃命撤離的掩護，或許他太昏昏沉沉的晃晃蕩蕩疾速響馬疾行過久追逐過程的擔心，一路的噁心想要嘔吐到始終不舒服的肌肉抽筋疲憊不堪，一路上鏢車舊木窗外完全陰陰沉沉，看不出來是往哪裡疾行也不知道為什麼或怎麼辦，甚至不知如何面對……就是痛。

後來趁馬隊鏢車被追殺太緊張響馬弓箭手騎兵團式追逐中意外翻車的差錯，馬三寶逃離了追撞得慘不忍睹的山路往荒涼的山谷死命地跑……跑了不知多久的馬三寶終於找到了一個山谷底野地荒村村民們極少的小鎮但是全鎮彷彿也已然撤離太久而變成廢墟，他一路找路地尋找救援的可能，但是空蕩地晃了好久，好不容易他才找到一個荒涼破爛不堪的老客棧卻竟然是那附近唯一有人煙可以落腳的鬼地方。

但是最後怪夢中的時空卻安全切換成另外一種更費解的未來……某種《龍門客棧》版本翻新重新啟動的跨古今時空的怪異科幻電影引用中國功夫的武術加持的一如絕地武士橫行的外太空殖民基地山寨或駭客任務模型的數位潛伏異位城市死角的幻境……但是那幻境中的破舊幡旗木製旗竿後老客棧卻完全沒有人……馬三寶仍然心神不寧地喘息許久近乎昏迷，太過疼痛也太過飢餓只好就始終還忍耐地在那窄狹的怪客棧裡等待，然而等了太久還是沒有人出現……

❖

西洋的「功夫」其實是一個從古代進入現代的人所難以想像又難以逃離的……屠宰場。

一如《一代宗師》引用的老功夫沉浸入新時代的舊工業感……，馬三寶卻跟L又再提起另一個太像是王家衛電影感裡斑斑駁駁老場景的那個在上海的老屠宰場。或許……屠宰更是另一種「庖丁解牛」的最上乘功夫，但是，屠宰場卻變成了另一種更殺戮，更集體的西洋的殺戮，更新時代的「功夫」……其實那個所謂「1933老場坊」以前真的是一個舊時代的屠宰場。它是一九三三年蓋的，在蘇州河邊，現在已被翻修成是個很多新的設計或藝術之類的鬼東西進駐的怪地方還傳說要整修為「鄭和主題樂園」地以訛傳訛風聲甚多。這個圓形建築極端「古怪」到逆轉尋常屋頂的「人字形」而依其機能機械種種配置變成為是廿四角形，這樣的廿四角樓在上海乃至全國都絕無僅有。（據說與它同等規模多角樓同時期的怪異工業機械設備操作系統屠宰場全世界也只有三座。一如那些外國人的「功夫」樓在中國留下來的種種歷史博物館般的歷史感……異國的挑釁充滿了老時代張望新時代的幸與不幸……或許因為那「1933老場坊」前身是上海工部局也是遠東地區最大的半機械性的屠宰場。出自英國著名建築設計師巴爾弗斯和當時著名的余洪記營造廠建造的老業建築式的怪洋樓。屠宰場主體建築內部分為屠宰場廢肉拋棄所、鮮肉市場和冷藏室。南樓和東樓為牛舍，北樓一部分是飼養豬牛羊的飼養場，另一部分其中三、四層為人工宰場，建築共有四層牲口欄到能容納牛羊豬隻數千頭，存欄的所有牲口都須進行屠宰檢驗前必須流動經過的最古怪屠宰場……有一條全長竟然三公里長的懸掛式極端冗長的傳送帶，在整個屠宰過程中工廠派稽查員詳盡檢查加上屠宰場全部操控機械人員可以有上百名外國人中國人。每天可以宰殺數千隻牲口的當年建造這個屠宰場光建築和設備當時就花費極端昂貴勉強趕工於一九三五年完工可容納千餘頭已宰牛羊……但後來「屠宰場」先後改變成為肉品廠集散倉庫。相應裝修改造四層環繞全場歪歪斜斜建築。全盛時代的老屠宰場南側屠宰牲口的屠宰間肉市冷藏庫竟然佔地三畝更底層則建築為巨大冷藏庫一如牲口墳地始終充滿不祥陰森傳說「宰殺法已然相當先進到用點二二口徑槍擊斃牛，其他牲口則更進階地引用電擊之後再放血剝皮。根據當時的工作日誌記載，牲畜被宰前有二十四小時放空可以讓牲口不會過度恐慌和緊張到體內排出的毒素也會減少。裝載牲口的卡車到達底樓後牲口被趕到一個有高圍牆的坡道上，通過地面一個陷阱式的怪異設計時牲畜會滑入獨立處理室，用電擊設備將牲畜電擊後再處理，整個流程流露同情到牲口已然是在沒有痛覺的情況下屠宰……那是老時代完全不可能的歪歪扭扭最末端的坡道地面故意建得很粗糙防滑且人畜分離的通道設計。四樓有完整的流水線每層樓天花板上都有可以傳輸掛鉤到可以將牲畜倒掛傳輸到各個流程中每個車間的獨立的通道，互相連接的窄的斜坡寬度只容一隻牲口通過而動物的內臟又可以通過滑道滑到相關的流程，最後步驟可以讓牲口屠宰骨肉屑塊滑到底樓的末端龐然雜碎間。圍繞著屠宰場周邊相關的設施充滿了精密的屠宰場更複雜的處置場站。北側屋頂高聳煙囪，頂層為化驗間和病體解剖室，二樓各種蒸化消毒熬油凝血機械，底層為收容儲藏室為了將不能食用的牲畜加工成肥皂飼料肥料等還設有高壓蒸化爐供炭疽畜體及其他有危險性畜體熔化的更怪異巨大機械長尾……）就一如吞噬牲口最後最龐然的怪物，其繁複的管道機身殼體滲血汩汩流出的血痕殘漬越端詳就越陰森。

（或許也一如從小到大都始終是武俠片迷的馬三寶對L接著更激動地說：古代進入現代的……「功夫」，一如種種決鬥從一個所有細節都精緻細膩到鑲嵌雕梁畫棟上金漆的名為金樓的老妓院到老宅第老武館老院落到了另一個時代的那一個火車古老繁複巨大機器黝黑冒煙氤氳如霧的奉天舊車站。一如太多的空鏡頭裡的大雪紛飛一如花瓣般絕美，大雨如注而漣漪瞬息萬變的倒影，從掌風撞入肉身而更撞入曲弧鐵門車輪螺釘震盪脫落的怦然心動，在幽暗的街頭火影灰燼塵埃的緩緩飄蕩，太多太流動的鏡位的運行，切入更多武打過招畫面的既快轉又慢動，古廟裡許願可以找到燈火的老舊佛像菩薩斑駁金身前的一再重回……個個最接近過去「功夫是什麼？」的故事才更華麗而繁複地打開了地更專注地看王家衛的《一代宗師》更才第一次感覺到拍武俠片在老時代到新時代是那麼困難的事情，出現了好多從來沒有出現過的武俠的另一種空間感或存在感的餘地或應說是盛地，其實，如果不要太快被那分心而狹義的武林史和抗戰史把他最擅長而最耽溺的抒情基調推擠了太多的話，那麼這部電影還可以有更多更難以描述的《功夫》從古代進入現代的……動人。）

更後來就更陰森……馬三寶跟碰頭的老古董商L提及了那天他的種種荒誕的意外，他找路找太久之後一到老屠宰場時，竟然嚇壞了……陰森的屠宰場一如墳場的舊時代感工業建築入口外頭門前廣場卻充滿了某種怪異一如新時代儀典喚出的華麗感，又肅穆卻又滑稽……人山人海萬頭攢動的節慶氣息前，最意外的是竟然卻有歐巴桑們在練另一種怪異「功夫」的大刀舞，整群人動作整齊，歌舞喧天地喊著「歡迎、歡迎」的詞。她們穿著很土的解放軍裝故意破爛不堪的老衣服，很老式的鼓隊和大刀隊大概是文革時代留下來某種儀式的編制或是為了參加世博的活動而動員起來的某種熱絡，有種很虛假也很真實的可笑氣味。但是揮舞起的鼓陣和劃向天空的一把一把騰空大刀及其刀柄下圓孔綁的血紅布巾懸飛於刀舞餘影之間還是虎虎生風……

然而意外地……入口裡面大廳卻有一隻變形金剛等身高巨型公仔，塑鋼軀體殼身更仔細一看卻是個某店家陳列的某一種剛出品強調高科技造型機車的某種更新的花樣炫目異常……雖然不免有點怪異地太時髦太理所當然，但馬三寶一直有種覺得這或許也可能就是他們把「１９３３老場坊」當成墓穴而假派功夫絕世的守護門神之類的聯想。這種聯想或許更可笑是因為這建築的又新又舊的深沉太怪了，在這些看似也又新又舊的人和東西的怪之間，屠宰場仍然是更怪的，走在裡頭，可看到許許多多空間的歪斜：這裡有獨立但又互相連接的歪斜通道，窄到只容一人通過的歪斜樓梯，動物的內臟可以通過的歪斜滑道，血肉所最後滑到底樓的歪斜雜碎間，這個全身都是裸露混凝土的牆柱梁窗之中的二十四邊形的角樓，怎麼看都是荒涼的……像個廢墟，像個地窖，像個工地，像個集中營，像個祕密基地，甚至，就像是《奪魂鋸》式的密室或《惡靈古堡》式的實驗場的怪地……那麼森然。

或說，就像是個夢境……但那屠宰場的建築二十四角樓頂殼其實已被很仔細地重新打造施工過而變幻成另一種大量大面的反光透明感風景的帷幕玻璃和黝黑鐵架在裡頭交錯出現，巨大的透明電梯倒映的天井天窗極精緻昂貴但是又充斥倒影的怪異迷離感……

然而更奇怪的是馬三寶剛開始步入舊建築體天井的時候，一直有很吵的樂團的聲音從屋頂傳來，那是一個跳蚤市場式的園遊會那種一群學生年輕人聚在一起的臨時場子的混亂失控。其實是一種更隨機式的賣些手工做的雜物，東西很普通甚至粗糙到連那種把「品味」兩個字變成ＰＩＮ ＷＥＮ很粗糙地印在布包椅墊上的蠢設計。但走道卻擠滿近乎人山人海的熱鬧尤其在這老屠宰場裡的陰森中變得更為古怪。

馬三寶留意到某個怪異少女頭髮挽緊藏匿而小心翼翼地戴著一頂黝黑色粗布帽，乍看之下的帽緣旁邊彷彿長出了畸形的豬耳朵，但只有一隻還歪斜偏到另一側後腦勺，然而少女戴起來卻很好看，其實她的臉很白眼睛很大但卻穿一件短的黑色短棉襖，在一群打扮入時穿著現代的年輕男女擁擠不堪群眾之間更顯得有點不尋常。但仔細看的那帽邊不是豬耳朵，反而只是一朵很多皺摺的花，脖子上也圍一條全黑的粗毛圍巾的整個人有種奇異的陰沉感，但說話方式卻很聰明，她說她其實是很珍惜有顏色的東西。尤其是老家的繡花的，陝西來的她拿一些親戚的舊東西來這裡擺：「這些東西都是從陝西來的，我不管它們賣不賣得出，總覺得應該要帶來！」

馬三寶在很多老東西裡頭還找到了幾雙圖案和顏色都很特殊的繡花鞋，她說，那是全手工刺繡的鞋，馬三寶拿在手上看了好一會兒就問起鞋底為什麼有許多用線來回縫出的底紋。

「這縫紋是有故事的！」她眼神發亮的說：「功夫是從古代傳下來的，甚至，和秦始皇的時代兵馬俑腳底的紋都有關。」

「那個時代或說後來更多的時代，男人都出去打仗而女人在家唯一能為他們做的事，就是縫鞋……甚至是比手藝用針在布底來回縫而留下的線頭的圖案複雜的程度，甚至，到後來只要看鞋踩在泥上的痕跡，就知道是哪個地方哪個村子哪家來的。」她說：「雖然大多的下場都很慘……打仗的男人們後來就全死了，回不了自己的村子！鞋紋……是認屍用的。」

馬三寶還看到她攤子上在繡花鞋旁邊有很多個動物土俑。仔細看，是手工畫成的十二生肖泥塑，白底上毛筆黑線古拙的線條，畫上眼睛五官和身上的毛爪，很生動。「以前，這些俑都是用來陪葬的，做得越好越陰，但，現在不一樣了，陝西有些地方，全村都在做這個，後來賣得越多，工業水平就越來越低，因為趕工降價，有些畫法雙線變單線，變得越來越普通越可愛，所以反而不陰了……」她說。

但即使如此，馬三寶打量著這些看似尋常樸拙的動物土俑，牠們仍是如此孔武有力，甚至也仍散發著一種陰沉得如此神祕的氣息，雖然只是簡單的毛筆線條，畫在塗白色的泥土做成的軀體上。

「這些泥塑的動物的身體完全是手捏的，老時代要用土和成泥巴來捏，有的說要和著口水、頭髮才會好捏，慢慢地捏到最後，成形前，以前的規矩，甚至要滴血在裡頭，才算完成，因如此，成形後才能有神！」

她說：「這個建築很怪很容易走丟，當初剛開放有一回據說有記者在裡面困住了，迷路到第二天才出來。」馬三寶覺得她是騙人的，但演唱會太大聲了，馬三寶幾乎聽不太清楚她說的話。「其實這裡常辦活動比較好。很笨，很粗率，很俗氣甚至很吵……也沒關係。這樣至少可以多點『人』的氣息，多點……生氣！」她搖搖頭地說。「這裡實在太陰了！」就這樣，馬三寶他們喝咖啡，吃餅乾，竟就坐下來，馬三寶和她坐在攤位旁聊了起來……她一邊說一邊笑，但笑得很奇怪，馬三寶有點分心，因為這層加蓋在老建築體天井上的地板是透明玻璃做成的，雖然人走來走去，不以為意，過了一會兒，就忘了，但仔細看，馬三寶們坐的地方，卻真的是在半空中，離地面大概有二十多公尺高……有時，不經意看到底下的人們依稀走過，非常地像幻覺，不像真的。

馬三寶買了幾件她的有繡花的老衣服，跟她說，馬三寶最近找很多更早以前的老功夫裝出來穿，有些是那時候買了不敢穿而現在敢的，有些是太久沒穿的，有些甚至是忘了有買過而不小心找出來的。很多餘緒一直出來，在這種陰晴不定又一直生病的時日裡，好像怎麼穿都不太對，也怎麼看都不太滿意自己或曾有過的想變成也沒變成或也從來沒有過的樣子，在好多事和人生都一直處於自暴自棄的最近，看到她的這些一件就穿一輩子的老衣服，感覺起來特別耐人尋味。

但馬三寶還是沒辦法跟她說馬三寶的某種那回去上海感覺到的空洞。因為只還是整天在走路，去了好多地方地累，停不下來，才感覺到自己有多緊張，多在乎，掐得太密密麻麻，想要什麼都看不到，這裡已冷到十度以下，還一直繼續下雨，這回來跟之前的心情很不一樣，或說，好多事這兩年就變動好多，不是當初馬三寶想的那樣，就是什麼都不想要了，但馬三寶也不再期待太多，就只是看，在台灣大陸兩岸和外國到處飛的這些日子如此快轉又空轉地用力，到了上海，好像看清了些自己的天真或說偏執，這城市裡所有的痕跡，都好真也都好假，好的壞的貴的賤的都更尖銳些，從這幾天遇到的好多人，去看的一堆鄭和老件古董店的鬼東西，或蘇州河旁老房子工廠改的這種老廠房，都像電視裡的最近重拍的解放軍劇或各朝歷史劇，都和這屠宰場同樣有種全新地死氣沉沉……地森然。但這回，馬三寶也不太想要再用力或不用力，目前馬三寶是不能動彈或想清楚，可是來到這裡聽她說了這些話，還是覺得好像比較釋懷。

最後，離開前，馬三寶只告訴她，他前一晚做的一個「功夫」夢，很不尋常，是關於決鬥的，但並不是在太古代的場景，卻只是在一個陌生現代都市的路上，馬三寶被一個小女生擋在某個陰暗的角落，她穿著學生的制服，但卻用古劍，那是老式的很長的像干將莫邪那種古劍，她帶了兩把，遞了一把給馬三寶，馬三寶有點想躲開，但那小女生卻很專注，不讓馬三寶走，就這樣對峙了好一會兒才開始過招，其實馬三寶並不記得自己會劍法，但還是勉強地出手，在數招中馬三寶的劍劃到她幾處，但故意都沒刺入，只是滑過。如此過招許久，後來，好不容易地停了下手，她認輸了。

但她離開後，馬三寶才發現剛剛她的劍刃也有劃到馬三寶的脖子，有一條縫，仔細看，有一條紅線，有點流血不止。

再過一會兒，馬三寶都還沒感覺到痛，但只用手摸了一下傷口……馬三寶的頭就掉下來了。

❖

另一種更難的「功夫」是上師的神通……

L說馬三寶的命「陰氣太重」，一開始只是意外……老想帶他去她的一個住在倫敦近郊的某個中國大陸來的上師家喝茶，馬三寶想她是好意就跟著去了但一走進去才發現客廳竟然是個L宣稱玄機充滿的神祕道觀混合佛堂建築的怪神殿，甚至更深談了一下才發現他們竟然是個著名的祕密教派啊！

其實，馬三寶並不害怕，因為他已遇過好幾次好幾種類似這種教派神祕上師的人、地、事、物……也有好些很有意思的遭遇，但那回真的沒有準備啊！也沒有想到在一張桌上用「修行」的方式來談「異國的中國人」或「他一生註定流浪外國的命永遠的流年不利」……

但，他想，他的命也是真的「陰氣太重」了。

後來，馬三寶還跟著做了神祕兮兮的古怪儀式拜了一下，跟著學了他們的三樣祕密而且答應不能告訴任何其他的人……這方式跟他在很多意外之中去的另外很多個外國的中國祕教法會的情形好像……他們都有著同樣的要求：就是答應不能「說」這件事。

馬三寶已然好久沒用這種方式想事情了。一種很大很老舊但又好像因為神祕而顯得很飽滿的「飽」的方式。

那個上師提到「道」、「氣」這些字的時候，是為了描述他所提及的所謂「古玩」生意裡的他所希望在類儀式的邊緣上呼叫出來的力量而出現的回應說法。馬三寶心中不安也心中有數地深深明白上師所想勸他而說的是什麼，只是他說的字眼與憑藉的分析都實在太有信仰了，或說，簡單到太像標準答案的生硬。

但，後來馬三寶也開始注意起他自己，另一方面的難是：他有點心虛，面對上師那種「簡單」的有力量。

反正，在他跑江湖般的古玩生意中，他仍然顯得迂迴多慮……也不免因之而帶來了虛弱。

「那……你為什麼穿全身黑？」在馬三寶還來不及說成是一種跑古玩生意的工作上低調姿態的裝腔作勢……地辯護時。「這樣會招引來一些不好的東西。」上師卻竟然又教訓起來了……

馬三寶覺得很有意思，因為還沒有人用這種「修行」的角度來看他的常跑外國的鄭和古玩生意（其實他還跑種種更怪異的賣中國給外國的祕密生意）剛開始自己嚇了一大跳，想反抗但也同時想多聽一點別人的不同看法的充滿怪異的擔心、恍惚及其恐懼……但連帶馬三寶去的老客戶L都因此也說了這種關於「修行」的對他的看法。所以，馬三寶提到他小時候就幫忙準備「普渡」式的供品來兌換現自己也是虔誠的……一如童年的他跟大人們的對拜拜點香冥紙的顧忌，來說明他是在乎的。但馬三寶還來不及說他始終半信半疑而顯得彷彿不在乎的部分……跑古玩生意也不過是甚至也只是他跑江湖……遠遠比不上修行的充滿顧忌，甚至再更用力地釐清「修行」的對他的影響，在他們面前還是只顯得……虛弱。

上師勸他說：說到「更小時候拜的神祕的重來一回」，說到「中國人只好用這些『不好』的東西來抵抗一些外國人的教養的、知識的、乖得變笨的好東西……如果真的認真地『修行』，你會有一種『飽』的感覺」。說到不只是形與象，還有更後頭的找……「外面的」和「裡面的」要分開，L指出馬三寶過手的尤其和鄭和有關的古董有太多「陰」的部分，她老說到一如有功夫也有神通的「怪力量」……

但是老想起他找鄭和古董一輩子始終好像找不到更後頭「怪力量」……一如那一晚失控的夢中的馬三寶不知為何老困在那裡，在那一個騎樓聊天，他甚至低聲下氣委身討好地跟那群坐在那裡很久甚至是一輩子的老人們鬼混，在那列柱陰影越來越深的磚牆斑駁的拱圈長廊，斜斜歪歪照射變形而入的斜陽光暈仍然極端迷離的越來越晚的下午，當馬三寶回神的時候已經天色昏暗到快天黑了，大家都正在專注地下象棋，圍觀而屏息，有的微微顫抖的皺眉頭的白髮蒼蒼的髒兮兮的老頭顯得格外惹眼，楚河漢界上沒有人可以阻止他的殺氣，甚至他看過的棋譜殘局都沒有人能破解的他老是看不起地輕易就破了，但是也從來不提地沉浸於那些老人之間的傳說故事的某種近乎虛構人物的傳奇，但是每天下午都耗在那老騎樓和其他老人鬼混，讓人家車馬砲跟別的老人下還是沒人能贏他的那種手路地變成那一帶最著名的那一個下棋非常厲害的老頭……長相那麼猥瑣而不起眼但是大家都很怕他的那個午後的老騎樓現場的昏暗之中，那個硬撐在那裡勉強硬易子逼宮雙車錯抵抗仍然被困地始終下不過他的屏息嘆息的老水鬼老還是感慨萬千地嘆息，又高又壯一身肌肉黝黑的偌大個子的他在老頭前還是被殺得片甲不留地悲慘遭遇困難重重，馬三寶安慰老水鬼低聲地跟完全不知如何收手的他說：「每個人都有自己命中真的無人問津的厲害的部分，你從來不會輸，不會被殺得片甲不留地逃離……一如你以前跟我說過，你不是到處用水鬼的本事退伍之後就全球經濟制裁般地亂跑滲透進入倒數階段破壞到收破爛般地去很多爛國家快政變快內戰快瘟疫快發生種種天災人禍大亂前地從亂子中撈油水，像暗黑系００７地拿一個００７手提箱就出國還刻意都跑到處都做生意，只是現在老了實在太累到不想再惡玩了，才在這老地方跟老人們鬼混，你不是說過在過去是什麼生意都可以做的，什麼東西都買都賣，做越黑心的越好，什麼黑油黑槍黑藥才賺才厲害。」

最後，極端迷信中國功夫的L也跟馬三寶近乎瘋狂地描繪她的上師對她施展的神通及其引發的業力……一如夢中的她，落單地困在一個廢棄的中國沿海空曠小城出過事的海濱怪異集體村落綿延極長極遠的混凝土粗糙蓋起又坍塌的建築工地般屋頂事故現場，在那有點迷惑又迷離的氣息充斥黃昏光影變化莫測中，全身無力地徘徊失落，不知所措……那已彷彿是日落前最後的黃昏，村落廢墟遺跡的蔓延數公里的距離越來越遠，彷彿因為某種不明原因死亡滅絕的危險仍然還威脅著，空氣污染致命病毒感染般的隱憂隱隱作痛……但是還是覺得光景極端美麗動人而異常迷離，就在她出神太過複雜地眺望剎落的建築群院落層層疊疊的時候，卻發現不遠斜前方地上移動的速度極快，有一個奇怪的陰影，挨近她的動機不明，太過天真的她，以為是那個破敗部落裡的小孩，但是更仔細端詳卻更怪異，長相極端稀有甚至全身火焰頭頂放光的小孩，又因為她的怪異角度，雲層極端龐然，大雨滂沱之前的風滿樓般的充滿暗示……後來，她才在心中某個更深處突然感覺到，那小孩是她的上師的化身，逆光很美的光影，她被那奇觀所迷惑，始終想拿相機拍祂，但是機器彷彿有點出狀況，等待開機的很慢，或許因為那是逆光又逆風的種種逆差的狀態，甚至更仔細看，才發現那全身火焰的小孩撲向她的身影，移動速度太過驚人，迅速移動的晃晃蕩蕩，充滿了更奇幻的什麼，邊跑邊變形地模糊衝突感，甚至竟好像是一隻貓或豹的動物拉長身影地躍身所變成一個有神通的靈童，太多幻影的暗示，在更不設防的剎那突然襲擊般地往她跑過來……

完全來不及拍，祂的身形瘦小但是速度非常快瘋狂地閃過，在不遠的前方停下來了還始終死盯著她，但是，她更仔細看，才發現祂所凝視的並非落單的我，而是她的後方，彷彿有什麼更巨大神祕的鬼東西也正在跑，正在跟蹤她……那時候回神的她才突然開始回神到深深感覺不對勁的全身抽搐地落入極深的害怕，她始終非常心安又非常心急地恍神焦慮……

仍然對她的上師充滿狐疑的馬三寶突然想起了前一晚他所做的另一個怪異的關於合唱的夢……

夢中的馬三寶不知為何會去那個怪異山中的鬼地方，還被人找去強迫參加那個有很多可怕歌舞團隊搶地盤般爭奪不休的燥熱歌唱比賽，一定要唱，認真唱，不然一定會被嚴厲譴責或暴力懲罰，不然會出事，奇怪的是，還要一邊唱一邊走路，旁邊唱歌的是流浪樂手破爛風三個美少女卻反而故意穿厚重彩色邋遢脫線破洞到處的毛線衣牛仔褲露出大腿好多有意無意之間的肉身團，還有穿著極端高跟鞋臉孔肌膚黝黑誇張黑人捲髮紫色口紅眼影的１０９辣妹樂團、少女時代風全身都整容到太過假但是又無比完美無瑕自傲的韓系天團、ＳＭ風緊身黑暗皮衣馬甲長靴怪異樂團……所有的參賽隊伍跟著那一如上師講經的怪異主持人那庸俗歡樂氣氛的中國「功夫」歌舞帶動唱失神地向前走，用力過度地合唱，走了好久到了所有人都疲憊不堪的時候，才發現我們不知不覺地走入了一個密林，甚至因為陽光普照入桑葉的折射透光，才知道曾路過一個桑樹森林，但是，就在有點聞著桑葉氣味變得心情沉重負擔稍微過去之時的一路再走過去，卻怪異地發現，因為有吃桑葉的樹上的幼蠶竟然掉到馬三寶身上，甚至好幾隻掉下來還掉入他的內褲中攀爬於陰莖和陰毛之間非常緩慢移動彷彿我是林中的一棵怪樹的荒謬，而他的私處暐變成某種昆蟲結巢或是蜘蛛織網中的工事角落，馬三寶本來想用「功夫」來趕走那群蟲身彷彿還可以感覺到那柔軟肉身曲弧度優雅氣質高雅大方蠕動的更令他緊張……甚至最後全身開始發癢劇痛……「功夫」徒然失效地完全失控。

最後馬三寶問那個上師說，一如前世的業太深太難消業障的……這時代，到底是出了什麼亂子？發了什麼神經？尤其是我們中國……怎麼會這樣子……吃小孩。還彷彿越傷天害理就越敢地切題……的當代藝術，出了什麼亂子！（或許是受到古代的「功夫」走火入魔會恐怖地吃小孩來補身練功的怪異老時代業障業報循環必然可怕異常的怪傳說影響……）但，終究是在所謂的當「好人家子弟」式地馴良著長大的馬三寶其實更困擾的是——為什麼在西洋，在這個時代，所謂的藝術會變成這樣？更後來，連中國的藝術也會變成這樣？馬三寶一直被「吃小孩」這件事所困擾……尤其是聽L在更後來祕教法會後的更晚請上師吃晚飯那時候提起的……她提到有個大陸的藝術家以吃「油炸過的死嬰」來做藝術。還又提到好像更有名的另一個瘋狂的藝術家在自己住的地方收集老罈子裡的從大陸醫院買來的墮胎後胚衣之類的東西……來做藝術。L說她去過那裡，陰氣好重好可怕。那個藝術家還用那種罈裡的水汁拿來磨墨寫書法。令馬三寶困擾的不只是這件事，也包括這件事被描述的方式。因為L還甚至是以那種順口提起或毫不在乎或幸災樂禍的方式在說……，讓馬三寶這種正在緊張「收藏中國古玩藝術」這種事的人聽來，這說法比「這件事」本身還令他難過。「那個狂人藝術家後來還是吐了……」L接著補充，「雖然『炸』過了，他吃下去還是覺得不舒服……」

馬三寶其實真的很難用一種調侃聽來聊天方式的越謠傳越有趣或社會聳動新聞追蹤報導的越血腥越好奇來接受這種事，或更糟的，另一種必須藝術家打電話叫大陸警察來捉自己、來被官方查禁、來讓西方外國媒體或策展人注目、來突顯自己的作品的用力與突出。還將這種手段自詡為是所謂「美學」式的行動藝術的出演……馬三寶其實更困擾的……是否曾經是水鬼的他已不再勇敢到可以如此？但，他也同時想到自己終究是在所謂的當「好人家子弟」式地馴良著長大，或另一種從更驅邪避凶式地總往「有用」的事走去看去的習慣。其實是某種是要讓自己是更內化地「可靠的」、「安全的」、「值得信賴的」的形象或心智狀態吧！不只對外面的世界、對別人，也是對自己吧！所以一旦自己興起「歹念」，興起更大膽一點的「妄想」，也會很快地打消念頭或放到一旁的。水鬼出任務割耳朵砍人頭都是因為打仗的見血的不得已啊……何況，馬三寶現在還已然是一個「中國古玩藝術收藏家」啊！更忌諱這種「吃小孩是藝術……」收藏的任何可能。他連那多年來一直想收藏的有點色有點怪的中國老春宮圖、古董刑具……種種怪老件都收不下來了，更何況是「吃小孩」這種……倒不只是因為「死亡」比「色情」更犯忌，而是馬三寶還真的會怕啊！某種日本怪譚電影、香港鬼片、妖怪片、巫術片、東南亞邪教降頭之類的都很困擾他但卻奇怪地也受到這些鬼東西的某種「有力」的吸引。在倫敦幾個月以來所想的關於他一系列收藏到手中的有點「陰」有點怪……的明清種種舊木刻神明像老唐卡鎏金佛，然而，在這裡和吃小孩比起來，顯得「乖」得多，也沒有「麻煩」得多。

「這是之前的狀態……或說限制？」對於某種收古物老件的更噁心再狠再恐怖一點的另一種收法的「比」，他本來就實在是太「乖」的。西洋的當代神經兮兮的怪藝術家已然更瘋狂地發動某種更怪異更變態的可能到比賽吃大便、吃蟑螂、吃老鼠之類的……種種極限運動般的極限！但吃小孩似乎還有更後頭的「不道德」在那裡。真的很困擾。而且也應該不止是美學上的困擾而已的，還有一部分原因，也因為馬三寶在外國……本來預期自己可以更冒險更放得開的，試試人生的更鋒利想像的更噁心再狠再恐怖一點的另一種玩法。那天聽到L說的這吃小孩來做藝術的不道德好像使他的收藏藝術的困擾也到了某種盡頭。上師提起了更多，為什麼人被生下來又要死去？不知道，真的不知道？上師說他不是神！神不會死，但是人會死……上師說：我也不知道……就只讓我用肉體去經歷精神。神是神，人是人。或許吃小孩的那個狂人也是上師，被吃的小孩也是上師……神讓上師們小心翼翼地溝通諸界老出亂子的恐慌……不甘心的厄運反而可能有種未知的補償感，遭遇更多的怪事也可能是更迂迴曲折的離奇……補償。馬三寶感覺到這幾年跑太多外國的太多意外之後的衰老，使他變得有點混亂……所有的這個不期而遇上師的種種可能是太過混亂的話語，也都顯得充滿暗示……即使馬三寶感覺到自己的腦子已然糊了或許是更乾燥到極度不滿，他老是口拙到面對上師的那天其實很想說什麼，但卻都說不出來，他感覺到自己只剩的只有說出那些怪人怪事的能力，他那天最想說的其實就是無論他遇到多怪的事那種種怪異到什麼都說不出來的狀態。上師說：有時候事情說不出來是一如藥沒有藥引子。藥無法調理或混入更深……但是有的這種怪病卻也不用醫，只需放血……久病壞東西太多又沒法釋出……才更老會生大病……上師更後來往往只變成一種幸福感缺乏的解釋，一種容器裝卸各種各樣怨念。對馬三寶的焦慮卻很補償，他在外國跑太多太久，老覺得燒太快到火快熄了，收鄭和古玩的一如正義感的歷史感太多，「法師其實是對我或對我們在場或不在場的所有人都是對自己或自己對人生的藥引子……」L說：「這幾年狀況不太容易相信自己以來，我在無論發生了多少怪事後就始終只想跟上師說些什麼，但始終沒有感覺，只能硬說有時候會變得灑狗血地刻意可笑，我始終無法理解對種種發生在自己身上怪事的無感，更無法理解在上師之前，對任何事都極度敏感到一碰就發作地極端崩潰，但是卻同時其實在療癒自己的那個無感狀態。」

上師安慰她：「無感或許其實還是有感，只是藏太深太迂迴曲折到自己都找不到，就只能放著，我覺得我的感官封閉就同我的突然而來的幸或不幸一樣，我害怕背後黏著的人生即將接著而來的鬼東西。」最後語重心長的上師對她老說：「或許真的是受到古代的『功夫』走火入魔會恐怖地吃小孩來補身練功的怪異老時代業障業報循環必然可怕異常的怪傳說影響……該來的也躲不了，妳想吃小孩試試看這種最後的『功夫』的神通修煉嗎？」

鄭和果。寶船老件考。十。

鄭和果有太多古傳的怪異謠傳，起因於虛幻的虛榮近乎幻覺……明代進貢的諸凡怪異形貌質地氣味無以名狀異國奇怪水果皆被命名為「鄭和果」……苦瓜、木瓜、西瓜、奇異果、百香果，北京城南京城明代罕見之種種怪異熱帶水果……皆引此命名為榮。但是也因而引發太多宮中朝臣爭議……

最著名的「鄭和果」即是榴槤……一如〈榴槤古文獻比對考〉一文中某一個榴槤狂的鄭和學家提及了某種更乖僻式的當代個人面向研究的可能。這些軌跡可說是廣泛刻劃在所有「鄭和學」的既異臭又甜美、外表尖銳卻內在柔軟的種種衝突隱喻……

一如著名衝突隱喻文化理論家葛蘭西在《獄中札記》中說道：「批判論證的起始點便是意識到個人真正是什麼，而這種『知道你自己』是歷史過程的產物，它有無限的軌跡存放在你身上，但卻沒有留下任何的目錄。」因此鄭和學家引用了葛蘭西再加上另一句話來作結的「因此在最初就絕對需要去編纂這樣的一種鄭和果目錄」來解釋他對於鄭和學的怪異個人研究的投入起源自他孩提時在麻六甲長大的兩種混血母國殖民地的「身為一個活在西洋南洋異國一如（奇花異草般的）怪水果的中國人」之成長經驗。他在殖民地所受的文明教育都是西洋的但是也是中國的深刻的童年意識卻總是持續。他的這種瘋狂著迷榴槤般地著迷鄭和學的研究其實是嘗試要把加諸於他身上的所有軌跡編纂目錄，這也就是為何他會特別將注意力放到鄭和學的怪異自我原因。他所受的西洋和中國混血的種種研究「鄭和學」的更具衝突性一如榴槤般的混種矛盾……讓他的怪異鄭和學研究成為可能的歷史相當複雜的舉出一些梗概……任何人只要是在鄭和之後六百年來居住過麻六甲都會經歷過一個中國和西洋混亂遭遇困難重重的騷動不安年代……不免都會以他個人的涉入與牽連而被構成一個榴槤狂般的鄭和狂。

一如這位榴槤狂鄭和學家曾經瘋狂地比對榴槤在鄭和文獻中極端精密的引文的近乎無法想像的種種細節研究：

有一等臭果，番名賭爾焉（durian, Durio zibethinus，榴槤），如中國水雞頭樣，長八九寸，皮生尖刺，熟則五六瓣裂開，若爛牛肉之臭。內有栗子大酥白肉十四五塊，甚甜美可食……大者七斤，略煮便軟，其味甚美。

榴槤作為古「鄭和果」的考證。一如榴槤狂鄭和學家對種種鄭和文獻充滿歧義的既異臭又甜美外表尖銳卻內在柔軟的種種衝突隱喻……必然充斥著其一生一如鄭和果般迷亂的迷戀……

甚至傳說榴槤是鄭和的糞便……有奇香又奇臭，才能獲得神通而從他在麻六甲解手後土中長出來的此奇幻果樹果實的迷亂……古傳說其鄭和果具奇效……食之可醫百病。

大內。鄭和部。第六篇。

那個一生非常難纏地亦正亦邪的老永樂帝內心不安地老又在盤算什麼……

半夜找鄭和去那一個大內最著名可怕混亂的祕密御書房……竟然是坐落在一個骯髒到像廢墟的老紫禁城側殿的屋簷快塌下來的雕花裝飾極端繁複的弧度起翹的屋脊上頭。敘舊不久之後，永樂帝突然拿出一條栩栩如生地逼真的怪蛇就在他那龍袍半斜身露出的蒼白憔悴長滿老人斑的老手上蜿蜒攀爬過脖子前把玩，然後叫鄭和幫他下西洋去找古代中國傳到西洋老傳說中的巫師下咒到可以用人工打造的某種喚出那條怪蛇分身的法術，只用桃木筷子夾用毛筆在宣紙畫出這一條怪蛇燒成香灰念咒作法在八仙桌前的法壇上老青花瓷盤中，就可以在三天三夜中讓蛇身長出來，甚至連蛇鱗和蛇骨和蛇信的分叉的舌都會長出來，而且近乎不可能地逼真。

永樂帝吩咐鄭和千萬保密，那是要用在宮中一個很祕密的內廷祭典儀式。但是並沒有說是什麼祀典，眼神閃爍發光充斥一副神祕兮兮的不明原因，為了那祕密祀典到底是要用那喚出的怪蛇身打造成什麼怪建築還是怪花園還是更小的什麼怪法器，永樂帝邊說邊咳到呼吸困難近乎窒息仍然不說清楚更後頭的原因，但是隱隱約約暗示鄭和那個老傳說可以喚出蛇身的鬼地方好像不一定在太遙遠的西洋，也有可能只是在越南或柬埔寨或麻六甲的南洋某個偏僻的鬼部落最深的角落……這種祕密法術失傳太久就像那也失蹤太久的建文帝，就只剩下太多繪聲繪影的遙遠傳說……

老永樂帝邊咳邊喝酒地心中忐忑不安不知為何……對鄭和胡言亂語他的《永樂大典》有多偉大，他蓋的紫禁城有多龐大，世上無人能及的帝國眼光格局但是卻仍然被太多愚蠢而心胸狹窄的群臣急諫而政局動遢……然後又把醉話支開而只是半昏迷狀態地持續說很多鬼話，最後提到了有另外一個既天真愚蠢又世故神祕的武當山住持老道長上奏摺為感謝皇上重修武當老道觀而想用道家成仙內家最深道長的法術為永樂建築一處曠世的史上最大的帝王靈寢祕殿，懸浮於紫禁城半空的形貌無限詭異的亭台樓閣的斜高塔群所形成的某一座竟然完全倒懸到半空中的一如藏密壇城逆置又驚人地龐大的神祕建築。

那是一個從來未曾在中國出現過的道家法術融合西洋幻術的神祕建築……非常華麗複雜的古城牆體裡頭，有好多個弧形梭形拼接西洋魔獸和道家鬼魅傳說妖怪群雕像的天井大廳，廳堂又黑暗又混亂還圍繞著連接各個不同時代不同古老文明傳統妖術封印妖怪的長廊房間群所形成錯亂．如迷宮的古城，然而倒懸城身的卻好像困在某個老京劇的舊舞台裡頭，但是不知為何逆置了卻仍然未曾倒塌……彷佛誤入的老永樂和鄭和兩個未準備好要上場的老人就困在那一個一個不同的充滿細節雕刻的建築巨門扇之間，始終一路追殺之中專注於和完全殊異的道家鬼魅西洋妖怪對決，眾多老道士門徒們一如八仙過海各顯神通的八仙卻困在亭台樓閣迴旋如幻術的曲折樓梯間跟全身長滿鱗片和恐怖翅膀的西洋惡魔蟾蜍蟒蛇巨鱷群對決，在漢白玉老玉石沉重到負擔不起繁複精雕的充斥怪物的雙弧形樓梯，始終吐火的那古閣樓頂端遭遇了那個肩上長出怪異雙頭還穿著符籙刻滿老盔甲的惡鬼公爵，妖異的他沉著狡獪地用高明劍術的雙劍跟所有老道士們對決，亢奮狀態太過離奇，太過疾速揮劍的疾風般刺劍尖斜劈砍殺都非常可怕地血腥暴力衝突地近乎完美無瑕地震動不明力度地用力，像極了一關一關太過艱難的對殺才能夠通過的陰謀般的恐懼心理戰術運用的攻略，但是對於誤入的老永樂帝和鄭和而言，卻又更像是某種更深層次的祕密異教的混亂信仰測驗，雖然過程無比暴力艱難到老永樂帝始終想放棄掙扎，但是在每一個關口的挫敗和絕望之中再度找到出路的某種更複雜的突圍過程都好像有某種不明原因的惡劣力量在作祟般發作嘲諷，但是卻同時又充滿了更深層次的面對倒懸的怪建築和逆行的西洋諸妖諸神不免混亂作祟的種種隱喻。

然而鄭和在保護老永樂帝突圍的一路追殺中卻始終分心……也始終內心老在想那多年以後將從西洋攜回的老傳說法術喚出的怪蛇身是如此玄奧地出現在這懸浮半空中的怪建築上。充斥著倒懸的怪異亭台樓閣建築每個角落的斗栱雀替藻井列柱身都完全打造雕刻成大大小小不像龍的吐蛇信群蛇身纏繞綿延冗長彎曲的形貌，甚至還是把喚出的法術最玄奧陣法才現身的巨蟒蛇放入那倒懸怪建築某個玄關大廳或側殿長廊上，太過蠻橫而冗長的可怕蛇骨卻還做成彷彿老永樂帝炫耀某回御花園狩獵某隻妖怪般的巨獸刻意剝皮刮骨示眾而倒懸於皇殿長牆……一如古代標本地無比亦正亦邪卻仍然無限地洋洋得意……

一如永樂十九年四月初八最戒備森嚴的大內起了大火……

大火引發的風波持續擴大的風暴一如鄭和下西洋的永夜……紫禁城意外起了大火源於夜半的莫名驚人天降悶雷閃電竟然擊中永樂皇帝多年打造剛落成史上最炫目奢侈靈體般的奉天殿華蓋殿謹身殿……太多宮殿華麗雕龍的起翹屋簷一如龍口吐出火舌般地奇幻又恐怖地緩緩吞噬了整幢層層疊疊無限繁複的進落合院古代歷史木建築同時點燃般地火勢之驚人到整座紫禁城都在大火……

姚廣孝對鄭和說：大內的大火好美也好可怕……

火勢失控的蔓延大火籠罩著……大火燒毀位在三大殿後面的妃嬪寢宮紫禁城內廷的東西六宮，兩百五十多幢陰影幢幢的內廷宮中殿身殘破到只剩下灰燼，甚至太多太多宮人葬身火窟……大火延燒直到早上。不管如何努力救火，還傳說直到下午禱告的波斯來的穆斯林先知作法挽救……火勢才得以控制。

火燄似乎是沿著御道甬道流竄，順著紫禁城的主軸蔓延一路燒毀了奉天大殿三個月前接見各國參拜國王使臣的主殿已然只殘破不堪入目甚至皇帝龍椅也已然焦黑剩下殘骸。使得最意氣風發一生橫行霸道的永樂深深感受到惶恐不安地狐疑：為何這樣的大火會發生？甚至還在危機中變臉成某種沉痛姿態地下了一道求言詔：「朕心惶懼，莫知所措，意者於敬天事神之禮有所怠歟？或祖法有戾而政務有乖歟？或小人在位賢人隱遁而善不分歟？或刑獄冤濫及無辜而曲直不辨歟？或讒慝交作諂諛並進而忠官不入歟？或橫征暴斂剝削掊剋而殃及田里歟？或賞罰不當蠹財妄費而國用無度歟？或租稅太重徭役不均而民生不遂歟？或軍旅未息征調無方而饋餉空乏歟？或工作過度徵需繁數而民力凋弊歟？或奸人附勢群吏弄法抑有司闒茸罷愞貪殘忞縱而致是歟下屬於民上達於天朕之冥昧未究所由，爾文武群臣受朕委任休戚是同朕所行果有不當宜條陳無隱庶圖悛改，以回天意。」充斥著太多疑雲的陰霾……然而在震怒之下的永樂皇帝卻趕到太廟祭拜發願自責……兀自在窟窿黑洞暗地從容變身隱藏著善後這怪異的天災引發的人禍。華麗繁複的宮殿重簷屋頂的龍螭雕刻斗栱雀替淪入火舌吞噬，火勢驚人的皇城蔓延滿天狂風疾飛大火籠罩……大火燒毀化為灰燼及其殉身的更多宮中侍衛臣子官人葬身火窟的可怕極端的骨骸。甚至延燒直到天亮救火直到下午火勢才得以控制的火燄似乎是沿著御道的大道甬路流竄順著紫禁城的主軸蔓延……一路燒毀使皇帝陷入極度痛苦，受命於天的雷電閃打及其烈焰蔓延的火勢，對剛落成的紫禁城不免都是極端凶險的惡兆。大火也和南方肆虐兩年的某種不知名相呼應數十萬人喪命死後曝屍荒野的瘟疫似乎又是上天發怒的另一個惡兆。更多有關永樂皇帝的流言更不堪更傷害的惡兆……那麼疲憊不堪的漫天流言或許是漫天大火支撐不了層層大內的疑雲密佈，越來越離奇就太多太多破洞越來越破爛的令人擔心的漩渦吞噬宮廷龐然的風光……一如當年足智多謀替皇帝籌盡近乎不可能的興建紫禁城疏濬大運河以及鄭和下西洋驚人耗費的戶部尚書夏原吉一肩扛下所有責難也只能稟實奏報無力，因此和刑部尚書吳忠死心抗議被逮捕下獄，接著兵部尚書方賓自殺……致使那年永樂朝廷裡最忠最智追隨最久的宮中命臣近乎解體。就像是國祚中某種變形蟲潛入的引發神祕病毒感染地壞毀，宮中光影沉入幻影的盡頭那麼無法理解地失控。一如大火以來太多惡兆中的朝廷為平息民怨而奔波一如二十六個高官被派去下鄉「安撫人心」遊說……永樂下詔罪己求諫言還竟然引發群臣激烈攻訐……最後引發更多變天般的未來也終究終結了太過引發惡兆也太過勞民傷財的寶船太過激烈妄想通天的……鄭和下西洋。

也一如明朝過去的士大夫們關注太逼近的民間疾苦但是或許並不在乎太遙遠的未來……太雷同於反派的鄭和是蒙古裔的穆斯林太監，史上最龐大寶船艦隊司令的他始終太過招搖……顯得那麼乖異的他那所太歧出的身世背景都跟歷史悠久主導中國政治朝中士大夫的龐大陰沉臉孔腔體格格不入。一四〇三年鄭和奉永樂帝之下西洋其實是朝中四種最複雜的權貴角力團體與士大夫死守腔體中經脈大穴命理般儒家傳統對立的派系怪異完成謀合的意外。一如某種意外逆天的天意……大火後永樂暐變頹喪逐漸士大夫得勢而支持鄭和的佛教徒、宦官、穆斯林、商賈四種權貴團體逐漸失勢，一四二四年僅在位八個月即於一四二五年去世的仁宗即位不久就取消鄭和的下西洋還讓永樂罷黜官吏復職並削減其他派系的權力，到了一四二九年仁宗之子宣宗甚至將寶船完全放棄。一如天意的天譴……科舉學者和儒士的士大夫們重新掌權左右朝政不但對往外擴張不感興趣也輕視海洋商機的逆差順差持續緊張地擴大……不過數百年歷史中的老中國對海上擴張的反感從未減少也從未像西洋打造帝國殖民地，十五世紀無疑會預測鄭和的老中國將完成跨洲跨國跨種族的海洋帝國，但是卻始終都沒有成局……落後老中國的西洋終究仍舊在後來的數百年歷史打造了大航海時代。老中國放棄海上擴張是各種歷史條件交互為難未來的天意般錯過的意外……一如明朝太過老派的士大夫們並不在乎太遙遠的未來……

未來，一如傳說……消失的寶船卻是在那太意外的未來之中消失的。那是一個古老宮廷大內庭院的陰霾籠罩心頭的陰影中走不出來的老密室，在工部側殿尾端也一如迷宮般的長廊斑駁陳舊的密室中找尋不到的很多個舊朝歷代祕密房間的很多老時代寶船古模型裡頭……鄭和彷彿回到他在進入那個古老打造寶船廠的第一次下西洋前最缺乏自信的狀態，但是在夢中那竟然是一個最後的費解現場，熬夜非常多天完全沒睡覺的他和老船師匠師們所辛苦工作才最後手工打造完成的祕密寶船木製船身模型消失了，在某個閃電打雷劈下紫禁城河內的怪異現象那剎那……竟然就憑空消失，甚至不知為何找不到，一如從未存在過地失蹤了，或許就像是陰謀般地不見了。即將登朝要向永樂帝請旨下西洋最後定案提報的關鍵時光，到了最後現場的鄭和在那千鈞一髮的危機意識更緊急狀態中仍然不作聲地滿地吩咐工部群匠師們死命尋找但是始終還是找不到。其實還有很多歷代老元代宋代的考古遺址出土的舊時代木製船身模型在那偏殿中，但是其他滿天懸浮梁柱斗栱間的成千上萬艘尋常老時代木船模型卻和鄭和那艘最詭異寶船極端地不同……鄭和那艘最後親手打造雕花的寶船形貌的船身大都是用半透明蜘蛛網所做成縮尺祕技……甚至一如冰花雨露水晶結晶的繁瑣程序控制船身艙底細節的精密像藏密教古壇城祕密手藝的祕術加持過的古模型，那是多年來鄭和每晚親自下手打造切割精密手工的製作了很久的在那個古老寶船，龐大艙身繁複像極了迷宮走廊糾纏但是摺疊出某種巨鯨身有機弧度艙體的怪提案中的最重要的每一個最古怪局部卻必然和別的造船匠師完全不一

樣，甚至觀星導航和古羅盤掌樂舵種種文公尺內嵌鑲滿尺寸天干地支漢字的木雕神祕的舵盤的細節卡榫零件，必然完全分出來獨立由寶船中的鄭和獨自祕密操控……古老船身才能完全啟動。

其實鄭和那天祕密進宮的過程始終相當辛苦地沉浸在一個混亂而且擁擠的紫禁城最末端的皇城宮殿工部走廊，鄭和身旁共事卻始終充滿爭議的爭執的這個打造寶船祕密木匠師群小組本身老是分工不明但是卻又彷彿很清楚，因為每個木匠師都做他的局部來提出他自己對那艘迷宮般的寶船身的更深層次的問題討論，一如有人在乎的是螺旋狀的走廊樓梯到最後才會出現的那個祕密艦隊司令房間，有的匠師老怪異地在乎的是從船舷側如何找到那個縫隙摺疊的逃生路線及其所屬入口，有的匠師則始終想法子打造在如果船身失火的煙霧瀰漫的死角半昏迷狀態才能看到的帆布切風角度可以滅火，有的匠師則在乎敵船海員登船喋血的最後撤退棄船尾艙的角落，當攻入不明的時候……等了很久其他人都講得差不多後來到了鄭和最後還是要對所有永樂帝旁姚廣孝和工部老臣船師匠師顧問群長老們提出他自己講的那最怪異詭譎部分，可怕的最後竟然是鄭和千辛萬苦等候到最後要講的時候才發現他那怪異的寶船木製模型憑空消失般地完全不見，甚至在宮中數千宮人官吏侍衛前怎麼找都找不到，所有工部匠師長老也非常焦慮，但是卻仍然還未對鄭和完全絕望，最後找尋的可能只剩下那個密室……

一開始就充滿了不解的暴怒中的永樂帝和所有群臣被魚貫帶入了一個見證寶船一如見證時代奇蹟般的祕密武器的終極現場，彷彿一個陰謀要被揭露地困難重重……從一個工部內庭殿身祕密打造給永樂帝遇刺時逃離現場的祕道往下走，穿越那擁有太多層樓太多疊的某個被封入怪異如流沙般的刺客敵人追殺一走就會摔入跌落而沉陷的怪密室前祕道……在很多工部匠師長老之間好像有一些心結問題在討論寶船木製模型神祕失蹤的懸案，然而怎麼議論紛紛仍然無濟於事地怎麼都沒解決，宮廷群臣之間因此而對下西洋的疑慮

越來越深也越歧異……始終都有一種看不見的朝中大臣黨爭內在張力在裡頭，本來是彼此不用提出來的鄭和依其神人般祕術的終其一生打造出下西洋祕密武器般的鬼東西，但是不知道為什麼現在必須要拿出來宮中對西洋及其對永樂帝遠見完全不解的群臣們辯論。甚至鄭和內心深處完全理解這回的劫數中必然要面對現實的糾紛疑慮……那是偏執的士大夫們的歧見背後更深的政權交接角力，更仔細看還可以看出群臣們滿頭白髮臉上都是皺紋那麼蒼老衰弱，雖然年紀都大但是卻還是內心深處出問題地充斥黑暗彆扭的夙仇大恨。內心全部指責永樂好大喜功下西洋耗損國祚到民不聊生的多年以後的天怒人怨……

在最後的密室中被心機重重群臣圍伺的永樂帝仍然充滿疑問地逼問完全失心瘋的鄭和到底發生了什麼怪事……

❖

姚廣孝露出奇怪的眼神安慰擔心的鄭和地說可以祕密安排他的逃亡……這一切都是天意。高僧的神通廣大到可以使寶船起飛……從這山上的紫禁城大內出發，到了山下就是……西洋。

鄭和太過激烈地好奇……更失速墜落天空般地啟動之後，他才發現姚廣孝祭起的那艘怪異的飛船充滿了更多意外的驚人神通般的離奇發現，船身竟然彷彿充滿了器官臟器式的繁複零件般用法術符籙咒術組裝成的滑翔翼雙側風帆，甚至更仔細端詳全船完全就像一台空前詭異的飛行器。

夢中的一開始只是太過疲憊不堪的老鄭和拜託他長相怪異的高僧上師姚廣孝救他，完全失控的紫禁城已然必須要連夜逃離，拜託高僧可以渡他，想法子祕密地出海在無人知曉的渡口偷渡般地用船載他下西洋……本來以為是千辛萬苦追兵追殺到最後開船可以脫險的一路迷路，但是鄭和到了後來才發現是某種怪異到竟然出發是在山頂的紫禁城全城最高鐘樓鼓樓之間所啟動儀式後現身的老木塔頂上某個祕門走出去已然等待多時而姚廣孝準備上船就可以凌空起飛的古怪寶船。

完全沒有心理準備的鄭和就坐在那發出怪異詘笑聲的老高僧後頭，開始開船的時候還沒有發現姚廣孝其實非常會操控到甚至像是某種特技演員的炫技，那台老獸身般的飛船的長相非常奇怪而且整個弧形長滿鱗片的古銅打造寶船身，從距離非常高遠的垂直山峰般的紫禁城頂端縱下之後，鄭和更仔細地打量才可以感覺到其多年飛行以來極限的灑脫又艱難的磨損木製船鑲嵌老舊金屬感的坑坑疤痕滿船身傷痕累累地可憐。船身前後用卡榫嵌接生鏽長針打造成的避震非常玄奧。啟動滑行甚至開始加速從山頂開始滑下降落到聚落老時代綿延的木造斜屋簷的中國建築起翹屋頂上，在歪歪斜斜的山坡騰空晃動但是又無比輕盈地再躍起彈跳地從那種老建築的屋簷到另外一個房簷，就這樣近乎神蹟般的飛船就竟然一路縱下在全山城聚落老建築屋簷的頂端之間來回跳躍，甚至有一次姚廣孝從非常高的地方加速刻意衝出去一個斷崖般的高處，近乎飛起來地滑翔而起到再掉落的時間非常地漫長，整個瘋狂航行的過程就完全變得非常像是在飛行，但著地的時候卻用了高度滑行技術來減速到甚至一扭寶船的獸形船頭，那高速騰空船身還是非常的順利近乎完美地降落到坡底城中的廟前廣場，甚至山腳末端旁邊老聚落的市井擁擠不堪搶著觀賞一如在看元宵紫禁城施放全城浩蕩煙火的百姓們彷彿也不覺得這種炫技般的飛船降落非常地奇怪，完全沒有做出像鄭和一樣吃驚的讚美，姚廣孝說著他在這邊起來飛船炫光疾飛已經近乎瘋狂地習於每天都這樣地上山下山地升空滑翔到雲端全黑看不見了才緩緩降落。

鄭和在飛船從滑翔到降落的一如墜落的意外過程始終非常恐懼，但是不知為何卻仍然沒有放棄而假裝依舊鎮定……突然發現飛船前方的緊急狀態中姚廣孝嘲笑他老緊張兮兮地一手抓著沉重古銅做的一如馬銜的飛船艙身側翼的緊綁操控風帆麻繩的鑄鐵弧形握柄，另一隻手卻還是必須緊緊拉住姚廣孝的御賜老僧袍才能放心地墜落……鄭和從來沒有真實地乘上一艘會飛的寶船。

姚廣孝低聲對他說，其實這艘會飛的寶船是活的，甚至船身仔細端詳就是獸身，如果你的靈犀有開通，就可以看到更多常人無法想像的光景奇觀，因為那是我用法術召喚出的幻象……那會飛的寶船其實完全是活生生的一隻真實的巨獸，而且如果你更專注跟我念咒，就可以在那巨大的獸張望前方的瞳孔倒影中，感覺到更多牠的神通，注視牠的雙翅獸身晃動震度，更可以聽到獸的沉重呼吸困難又大聲，而驕傲又神祕的牠的眼睛也會回看著你，在不規則呼吸中和怪異地扭曲那古銅的獸身充滿了守護這個紫禁城太久的哀愁悲淒的傷痕累累……長得非常的詭異的獸那一種奇怪形狀的獠牙嘴唇弧度裡充滿很多梭形突起扭曲的怪異曲線雕花，充滿不規則的刮痕和多年鏽蝕的長年咬在獸的牙唇之間必須奮力抵抗全城妖孽的古代詛咒……救你下西洋的祂是守護紫禁城太久而越來越衰老的古名就叫做麒麟的神獸。

夢中的宮中的鄭和老始終在幻覺中打量著那一隻巨大蟒蛇正在吃一個扭曲變形的極端萎縮變小的人臉，在牠張開獠牙要吞下人頭的緩慢吞沒剎那，鄭和卻不同情也不害怕地老只是分神仔細端詳那人頭到底是他過去在紫禁城的童年所依稀記得的某一個御書房一起念漢文古詩絕句的怪小孩還是某一個閹黑閹人的侏儒，但是在這時候的他隱隱約約聞到宮中蔓延著某種燒焦屍體混濁樹根惡臭的異味使得他老感覺到快要開始打仗。

但是那時候已然下西洋多回太過年老的鄭和只記得跟那群朝中老臣們困在一個龐大的殿中內廳跟永樂帝開了很久的祕密的關於下西洋的會冗長討論糾紛到心情很不好，好不容易離開而心情也仍然困在那個好像太重要的是要去下西洋那莫名其妙的任務之中，後來在紫禁城後門口一個老市場的坡道想去找到姚廣孝，就在最後要離開之前想找個地方找高僧再問卜未來可能的變卦。

但是現場還是非常混亂到沒有人知道接下來要做什麼，可是好像還是有急事要忙，更後來的散會之後天色已經很暗，而且好像大家都已經心不在焉可是還是捨不得離開，倒像是一個已經崩潰的巨大的不得不離開的過去，但是心中好像出現了很大的空洞，所有大臣都被一起遺棄了，可是當時都還沒有發現，只是變得非常焦慮，就只更想找那幾個朋友想去別的地方敘舊說話。在更多的混亂之中所有的狀態都仍然還在失控……

可是因為有官吏還在忙別的急事，有官吏老在等家裡的人來接，有官吏急著要去開別的吏部的會，好心的鄭和在等候他們招呼他們，但是始終都沒有辦法等到所有的人都沒問題一起來，就站在那個紫禁城廣場末端斑駁城門的入口等很久，他們始終都沒有約好，他在那邊等了太久可是又不能怎麼樣，招呼來招呼去的鄭和後來也覺得不用再去等候他們的宮廷聚會。那像是一個荒謬現場的感覺真實卻又非常荒唐，好像在等待神明保佑式地神明現場降臨一樣地不可能，在等的一件根本不會發生的事，或是已經發生過的事，又過了好久，才知道其實那完全是鄭和自己的幻想或是過多的善意。

在那個好像是鄭和童年跟祖父帶他去過的小時候在紫禁城某個側殿跟一個老師傅念過漢文書的地方，跟一群宮中大臣的官宦子弟們在那祕密的御花園側御書房好像待了太多年的老地方，鄭和不知道為什麼自己已經那麼老了還是跟那群還是小孩的故人在一起重回到那老地方，一開始他還在招呼介紹大家但是現場其實混亂的小孩們大家都只是在說話胡鬧開心多年後重逢的故人聚會，只有鄭和好像著急之後要趕快說點什麼，因為馬上就要死心地決意萬般周旋困難重重仍然要回寶船準備最後出海的餘緒種種，但是大家都只是勸說他太緊張老還是萬般昏迷狀態地老敬酒地叫他多喝酒就沒事，但是鄭和只還是在那邊太過擔心又只好更費心地來回招呼故人的客人，後來竟然起鬨到越來越可怕地荒腔走板到要鄭和被灌了酒本來還要上場念別人寫的詩，後來就越來越醉然後看到別人寫的歌詠永樂盛世的七言絕句詩實在是寫得對仗全錯韻腳奇差無比地爛到他就越來越不在乎，最後鄭和就直接離開不想理會的那些故人們，因為生氣他們的善意太過火到就只彷彿是一個鬧劇般的騙局……

但是鄭和始終不知那已然是他最後一次下西洋死前某一個故人太過充斥善意但是不知其實是可憐至極的對他悲慘死狀的生前最後晚會的惜別。

「鬼與世道的混亂都是人心的迷惘所衍生出來的東西。」這樣小小聲說著的姚廣孝在卦象中看到了紫禁城大火發生前種種惡兆持續出現事件的潛在關聯，但是連姚廣孝這種道行極高的國師高僧也還看不出來根本的黑暗卻早已在他看到這個隱含在卦象中的謎題之前就擴散開。一開始太陽隱沒，而發生了日蝕之後的紫禁城裡屢次攻擊宮中人們的更多鬼魅出現已經致使更多人遇害，而且被襲擊的宮人的肉身都會被吃掉局部的費解可怕……姚廣孝對鄭和說：這種好久沒有現身過擅長古代老舊的殘忍妖術的妖怪還是很吸引我。那是明朝剛開始的古中國時代，還是人與鬼怪共生的時代，紫禁城夜晚襲擊達官貴人的鬼魅出現的異象仍然不斷地發生。姚廣孝感到最迷人的是，陰謀詭計充斥的妖怪施妖術或許更仔細端詳可以想像其動機也因而提及了更深的懷疑：妖的本體究竟是什麼？所隱瞞的陰影究竟是什麼？姚廣孝看出了紫禁城大火端倪前兆的怪異事件的關聯但無法解，但後來在解出謎題的過程中卻讓已埋葬的黑暗同時開始出現而漸漸擴散。在最後知道古代易卦象辭中隱藏的令人驚愕的謎題時，那邪惡妖怪降臨使紫禁城意識到了無比的戰慄。妖怪吃人之前算過古八卦，所以還有姚廣孝還不知道的事，因為那古代封印了人的惡念所變成的災難會出現，被妖怪吃掉的子孫會只剩兩個人，那是一個陰謀和法術的開始，也就是京城的妖魅們會全部重新出沒，永樂帝非常後悔地殺了他們全族，但是收養了唯一一個存活下來的宮人，雖然鄭和彷彿完全忘記了那場元代被滅族的大屠殺也完全忘記了他過去在雲南童年的身世。

但是鄭和又有可能是那異常天象出現之後的鬼魅，使他被封在體內的怪物會在某個時候被釋放出來。但是在吃下太多具人的肉體之後惡鬼快成形之前，姚廣孝帶他重回他小時候出生的那個已經毀壞的村落廢墟。鄭和即將化身為神明。而且他甚至有一種過人的神通，就是一個具有療癒能力的人，所有的動物如果受傷被他擁抱就可以痊癒。但是那妖怪襲擊他而有人幫他用優美的笛聲破了那個法術。鄭和的右邊肩膀被封入了惡靈。姚廣孝又終於解開了那個封在他身上的怨念。由於姚廣孝解開了鄭和的衣服時也解開了他過去彷彿始終不可告人的祕密，所以過程極其凶險，但是卻又彷彿極其恍惚。對於鄭和而言那像是一個被植入的夢境，栩栩如生但卻是從玻璃透明度有問題光影的另一端看出去的，夢裡頭，那是某個夏天的午後昏昏欲睡的氣溫和濕度，而在某一個老時代的紫禁城宮中和很多太監排隊，那還只是有古樂師彈古琴怪異演奏的那個時代，好像有橋有湖而湖上有蓮花的夏天，鄭和與姚廣孝走進一個御膳房裡吃炒麵，那老御廚的大鍋炒麵已經放太久悶熱到有一點發酸的氣味漫散在空氣裡，小太監和老狗在悶熱的天氣裡已經昏睡過去還流著口水的恍恍然。充斥著一種舊日時光裡頭的懷舊與可笑，或是一種太廉價的宮廷裡的行頭所出的問題，古琴彈出的聲音一直都模糊不清……畫面也畫得很草率怪異，整個乾燥的狀態就像是一種被杜撰出來的假象，仔細想想好像都對可是好像又都不對，那古琴彈奏的時間錯了，宮廷中永樂大帝登基的時候那御花園的湖畔沒有荷花，這到底是怎麼回事呢？他在那晚做了一個夢，夢見黑暗的紫禁城後山裡有橋梁、河流、植物，但沒有光。不安但卻有被保護的感覺。他在黑暗中養了的一隻梅花鹿長得像麒麟，掉在死角，他竟然還可以在黑暗中把牆打破一個洞救牠出來。

在那幻象中，唯一真實的竟只有那個大鍋炒麵的臭酸味，但是那些長得胖胖壯壯的太監們卻吃得津津有味地開心。夢中的鄭和還說他並不是一個那麼能夠守規矩的人但是他也沒辦法。在老紫禁城後宮那個陰暗沉悶的大廳裡，姚廣孝彷彿已經太久沒有看到他了，也沒有跟他講過話，他變得非常地憤世嫉俗，變得尖銳而失控，他變胖很多，主要是好像腳受傷很久，好像整個人生到了一個無法挽回的狀態了。但就是不對勁，在夢裡的長得十分猥瑣但又看來很誠懇的這個人在樓梯間跟鄭和說，他好像認識他，幾年前曾經來過紫禁城，認識很多朝臣，其中有一個還跟鄭和未來會一起下西洋……那個人長得非常陰沉得有種毛骨悚然的感覺，鄭和不太記得他，跟姚廣孝說他記得他的樣子是另外一個朋友跟他說的，彷彿是他的一個分手分得非常不愉快的老寶船手下。他接著說了很多下西洋的人後來發生的可怕的事情，鄭和不太記得那時候到底他跟他們有多熟，但是在語氣的傾信中他是把鄭和當成一個非常要好的老朋友，這使他感到更加地忐忑不安。

因為他知道再過幾年他們就全部都會死。死在紫禁城的可怕大火……

❖

大內大火中的那古京劇一如那古紫禁城有種不耐煩，難以明說的不耐煩，太世故，太有名，太華麗，太像一場一場的以京劇舞台現場卻混亂即興發想的雜劇般的馬馬虎虎鬆散隨機，但是，那京劇舞台卻是最古老最沉重最典故曲折迂迴繁複的古城每一個最著稱風景。所以京劇戲子們所找尋的出現的講究是完全出乎意料的前景端景窗洞門口所打量到的摺疊窺探的離奇感……所有的人，一如那個城，那個大內……都老了，都太老了，也都太熟了，太自暴自棄地自嘲……使他完全地混亂。

離奇感只變成那群朝臣老文人們的註腳，也只變成紫禁城被引用典故的古建築角落，深入京劇現場華麗絕世的那剎那的火光……一如愛或背叛，神或人的尖酸刻薄，時光荏苒或永恆感的失落，宮中竟然出現了群臣隨王公貴族狂歡宴會般地騷動炫目或孤獨地晃晃悠悠誤入夜半古蹟建築的意外的北京。一如京劇般地清澈底通天的絕美怪異唱腔花旦拔尖鼓鈸歌聲在某個老廟迴異的迴廊柱前的古蹟水池。愚蠢的群眾還只能痴呆地在永樂帝旁專注看戲子演出古劇碼……

一如姚廣孝始終神祕莫測地炫耀著那整個龐大紫禁城祕密老庫房的收藏，有一座彷彿是觀天象渾天儀式的古怪旋轉的器械（後世還就被稱為鄭和儀的怪器械鬼東西）軸心藏在那個老舊底座，用斑斑駁駁破爛棉布緊緊綑綁地包起來那不知用什麼動力催動的天工開物古畫像般的老機械構造，鄭和老拿起來就開始修補這種種像是時光機器般神祕莫測時而晦暗時而放光的鬼東西……

那個老倉庫裡還有更多更大的鬼器械：陶埏磚瓦陶瓷冶鑄怪異金屬的鐵器和銅燔石灰煤炭燒製技術的窯爐，混雜膏液數種植物油脂提取殺青造紙程序斬竹漂塘煮楻足火蕩料入簾覆簾壓紙透火烘乾的造紙器皿，甚至鑄造明代祕密巨大寶船舶的結構以前代失傳錘鍛法打造的艙身零件及其寶船上配備重裝上陣以稀有重五金的開採冶煉鍛造古弓箭弩冷兵器火藥火砲地雷水雷鳥銃萬人敵旋轉火砲種種海戰疊張氣焰怪武器。或許那老庫房也只是某一個古怪不祥的機關樓，整幢寶船的船身打造祕術就是一部咒術啟動儀式法器權充怪武器的神通充滿……然而太多往事回想起來的過去所啟動不祥的餘緒使得因密室氣息詭異而緊張的鄭和始終因為死心幫姚廣孝而更疲憊不堪，因為近乎日日夜夜必須滿懷期待激情用力打理一切就緒地照顧老庫房密密麻麻混亂堆疊蜘蛛網纏繞多年失修的鬼法器……

即使姚廣孝說到永樂帝多年未來此老庫房探視但是終究他會找皇上前來甚至他掐指算過地對鄭和說……百般無奈但是真的快來了。然而姚廣孝卻先行帶一群幫他修《永樂大典》的學究門生們跟進來老庫房端詳他多年收藏的神祕莫測到近乎奇淫技巧的怪異器物，年紀太大皺紋太多到滿臉枯槁的老僧姚廣孝始終有一點擔心也有一點開心，好像想起太多永樂帝託付他為國祚施法保佑的種種太久以前往事……那就是這老庫房的幽微祕密成因……

當年他跟永樂帝所提出邊緣徘徊觀望態度曖昧模糊不清的費解幻術，最後只不過完成某一個深入施咒但是又隱藏入某個工部庫房的微小局部……一如施放在紫禁城某個穴位玄機的祕密風水命理註定失敗要悉心韜光養晦的老側廡殿房，一如宮中的宮人們在幫姚廣孝打理跟保存所有的祕辛般的祕藏始終出了太多怪事而令人擔心……老庫房那麼陰森肅殺到祕密地以永樂帝之名修的某個皇城死角般的密室永遠沉落光暈漆黑陰暗的地底隧道內的末端大廳，那是一個彷彿某種拜異教神明的祭祀怪異廳堂，不知道為什麼這麼多的古怪法器般的器官形貌的器械會一如宮廷珍寶收藏入那個祕密庫房鬼地方，祕密到當年還未被姚廣孝帶入門的年少鄭和入宮多年而長年路過鄰近側殿長廊御花園仍然還是始終不曾知曉此祕境般的密室。

夢中的鄭和始終無法抗拒誘惑……但是也無法理解為何自己還始終陷入瘋狂狀態……一如後來跟著群眾到了一個更深的殿堂底層，全部的學究門生們卻開始呼吸困難暈眩出現不明斑塊症狀地頭痛焦躁起來，更後來發現敵意浮動到開始憎惡起彼此差異的鼻息氣味，空氣中瀰漫怪異的敵意一如幽暗混亂現場好像陷入某一個戰事隱隱約約的痛苦纏身的威脅，甚至最後在某個燈火闌珊的燭光熄滅之前的剎那，鄭和突然發現罹患怪異幻覺般的所有入內參觀的學究門生們竟然不知為何地開始扭打起來而形成強烈不滿的可怕對決……被捲入的太多穿著官裝的門人們竟然開始拿起珍藏法器當成攻堅兵器，變成了太過莫名奇怪到完全無招式還是打群架般的恨意對抗，鄭和最後也開始昏沉，甚至竟然也跟著扭打起來卻始終不覺得拚命旋轉疾風暴雨席捲的龐大迴轉踢，卻仍然被糾纏著走不了還就死命扭打……過了太久之後屍體橫陳的老庫房越來越惡臭飄散難耐，然而即使在死了太多姚廣孝門人們地無限荒謬殘忍之中……鄭和心中卻還是感覺不到任何怪異的不安或恐懼。

姚廣孝對鄭和說：一如京劇，或許下西洋不是冒險，反而是不冒險，更像打坐那樣，完全地放空慢下來？或什麼都不做吧！慢也好，安靜也好，因為我們的狀態其實都不再是我們過去想像的前世是阿修羅般的那麼依舊神通廣大……但是這種內在發現很珍貴，一如那天下午我打坐老覺得快出事到快受傷了而很不安，就勸自己只要收心，打坐只是找尋輪廓懾心，心裡想著千萬不要太用心用力，更後來打坐到最後天才變黑，那上師在那個所有人都躺下來而完全空曠的祕教洞口放一種梵唱時才突然緩慢下來到反而更心驚肉跳，因為那淒厲女妖般的歌詠梵唱什麼音調都沒有而所有的打坐的信徒們卻都躺下來。姚廣孝感覺到他自己一開始像京劇裡死在舞台上的將相公侯的偽裝，但是，更後來就更冥想自己完全是死屍到在那洞窟的日夜晨昏倒躺三天三夜不能動不能如廁完全不能說話，一如真實的屍體被遺棄好久好久甚至到蠅蟲紛飛肉蛆長出還都完全一動也不動……他才感覺到那種他缺乏的空無感。

姚廣孝其實覺得一開始只是什麼動作都別做到更深入內心深處的祕密是……什麼念頭都別發。大內大火中的京劇，一如控制一種夢，一種噩夢，我們師徒有念力會夢見未來即將發生的事還把上師和門徒都夢進去，最後，上師就逃走了，因為門徒念力越來越深可是上師念力越來越淺，但是為什麼夢裡的內心荒謬感覺是可笑但其實極端絕望地嚴肅……因為，你這個怪個門徒有自己的煩惱，只要上師覺得自己可以去解決或幫忙門徒的煩惱就是有問題，因為更內疚般的內在矛盾是沒有人的煩惱是可以被別人解決的……一如所有下西洋的問題都有其奧義般的對的進入和離開的方式和時間，如果要幫忙也不是直接放到那個問題，而是在另外一個狀態進入另外一種修補，又過了另外一段時間或許才會對原來那個問題有些不一樣的進入方式，或許也不一定是解決也不一定是幫忙……但是會不太一樣，下西洋一如京劇，本來對永樂帝或對你是這個意思，但是也很可能會發生別的一些問題，所以我正想像下西洋就只是要當成一種屍體修煉的更深層次狀態的一再妄想。

你的下西洋最後像是一場妄想中的大內京劇……一如像蓋了幾百年紫禁城史上最奢侈華麗帝國皇城的終於落成但也終將大火……或一如史上最大艦隊數千艘寶船數萬海員水兵出海下水前的始終忐忑不安地心情太晃動地只不過是另一種自身難保的泥菩薩過江。

鄭和號。寶船老件考。十一。

西洋恐懼異端的鄭和模式恐怕沒有比那一部著名科幻小說以「鄭和號」太空船的歷險故事那麼著稱，即使其情節卻是以但丁《神曲》一書為其科幻小說的神學隱喻呈現……那麼強烈的反諷卻又那麼肆意的誇張但是卻又那麼謹慎地強調戲劇性效果地把西方對鄭和想像的東方奇幻歷史和地理的主要成就當成一種更遠方的異端……種種宗教信仰遠方靈光視野中的「鄭和下西洋」竟然就像「但丁下地獄」的敘事隱喻……必然是特殊化且分離成可以操弄成異端研究類型的冷門單元。也就是把西方世俗世界真實面與信徒們認為永恆的基督教價值融合進入其科幻小說之中「鄭和號」航向陌生異星而遭過異端的充滿內心糾葛的狀態……外太空遭遇異星人的考驗的艱難異端歷程在小說中都一如一種中世紀宗教啟蒙式的天路歷程：當朝聖者但丁行經地獄陷入在某種異常的靈光之中還看到了每一個被天譴所懲罰的角色不只代表了他們自己也是各自角色類型一如僧侶商賈貴族士兵種種象徵性的人性光輝及其黝暗那主角必然會發生事故遭質疑或遭攻陷地一如深陷地獄陰暗溝渠中的十道苦刑中的每一道天譴中恐怖懲罰在其歷險中還會依次見到其他罪行較輕的人依次是縱慾者貪禁者好吃者種種……怪異歷史症候考驗試煉。

鄭和號，一如《超級戰艦》那種外星人入侵的科幻電影中的情緒反應熱烈，所有的最終狀態的找尋那傳說中寶船身數萬碎片切割殘骸散落再拼接回全貌般地再仔細端詳……不免老被控涉嫌違反正義感地政治國族美學統統不正確視為是一則類道德寓言的膚淺兩難局面或是宗教信仰危機作祟的這時代悲慘霧煞煞的怪物化……還是不夠切題，老覺得太衰落灰心喪志到看「鄭和號」變成這樣的概念最高規格化曝光強調的入侵行動太空船暗示的聯盟外星電影的舌尖味蕾都壞光光了……也越來越乾燥極度不滿情緒激動失控撞上牆邊的從寶船放大到太空船身殘骸再度發生摺曲擴張到吞沒原貌呈現的效果取代傳統的觀念與經驗……

主要是沒力氣去找尋守護狀態最好的太多太多有的沒的……那會顯得太過悲觀的鄭和號不過太老派只是碎碎念某種黑暗的亂世的祭典的祭旗……這時代最深的恐懼最逼近歷史的毀滅性攻擊災難發生，不安太龐大太艱難將逼迫被害妄想症越來越遠到變得殘忍……的防禦屏障。或許，鄭和號彷彿回到寶船的隱藏性隱喻：如何提及鄭和的下西洋過去太過悲慘命運的糾纏不休一如在太過遙遠窮困潦倒塌陷的海中歷險無限扭曲的身世轉換成的另一種潛伏的恐怖威脅的著名帝國在太古老以前就完成的海的威脅……一如惡夜風浪海盜劫持異國陰謀甚至外星隕石墜落遺骸生化危機處理後的污染物質魚種突變基因轉植連所有水族鯨魚也變成武器。

一如某種超人類理論變成某種寄託也變成某種依賴的堅稱人類不用等外星怪物的施捨……《超級戰艦》式的恐懼只像夢見鄭和號上流血衝突海員水兵群聚集的喋血好鬥惡棍陰謀變成更強大的救贖或夢見恐怖組織拯救人人飛天攻擊。恐怖攻擊在太多太多預言般的夢裡黝暗欺身的敵方侵入的跡象……一個幻象般的預言對鄭和號可能是外星戰艦的理解是應該害怕，未來找到所有的陰謀都始終只是一個歷史的痕跡或是沒發生過的預兆或是恐懼的幌子。

一如六百年來西洋的變化還剩下多少鄭和理解的過去……鄭和號還只是用鄭和下西洋的老派方法看待這個已然完全不同的變形的後遺症一如《變形金剛》、《超級戰艦》主宰的天下，但是那可能只是一個老中國未完成的海的夢想仍然意味著重要的什麼美德傳奇信念種種多年前的榮耀與尊嚴的永樂帝國信仰善意……但是那帝國已不存在，一如鄭和號早已不存在而被懲戒處分不能以變形的超級戰艦般地畸形復活，一如鄭和下西洋是世界的善行的可能，鄭和號是有原因的是有意義有使命的……但是其實沒有。一如諸神的倫理自相矛盾的問題及其不可能解決的困難，祂們可能不理解只要下海就必然永遠手上的血跡斑斑涉連累神的被發現陷入僵局的危機重重……

一如最後鄭和號的下場反而可能是另一種更卑微寒酸而且必然失敗像是愚行的版本……「探險家徐海鵬募資打造木造仿古帆船循著文獻紀錄將重演下西洋歷史還原明朝鄭和探險現場，海洋大學輪機系畢業的他在海上實習期間踏上過四洲十二國的啟蒙瀏覽各國的港口，後來也曾經背幾十公斤行囊化身為成吉思汗遠征隊循著蒙古大汗征服歐亞橫越荒漠十一國……他後來想從海南島訂做的仿古船『鄭和一號』雖然是新造的卻是一艘仿古代帆船。雖然有西洋帆船駕駛經驗的他第一次駕馭中國式的帆船和兩名漁船的老船長一路從海南島澳門金門將仿古木船開回台灣本島為期十二天的航程在鄭和一號的可是會沉船的冒險……這艘仿造明代鄭和寶船艦隊中最小型的『小八櫓』最小船型雙動力風力老中國式古風帆（隱藏著動力五十四匹馬力柴油引擎救急）空船十九噸吃水一米深長十九點八公尺寬三點八公尺況且沒有大寶船的補給與護航異常艱鉅更壯闊更巨大循著鄭和下西洋體驗當年歷險犯難。下西洋的古航線其實不難但是要以古人的狀態要造仿古船貼近感受那下西洋的海裡有浪有風有雨籌備『鄭和八下西洋』計畫以一年半完成當年走過的路線全程有三萬三千九百海里依循鄭和史無前例的第八次的下西洋……」是必然會發生也必然會失敗……因此「鄭和號」種種引用的歧出失敗……就不免充斥在這個時代另一種怪異歷史症候的類科幻小說式的某種平行時空的真實……充斥細節的怪異真實……一如「歷史就是未來，宣言就是預言」種種逼近另一種侵略性歷史的見證著恐慌猜忌……一如西洋的對鄭和的太過遙遠的距離越來越模糊焦點的端詳，一如肇因於中國海軍大連艦艇學院編制專門的訓練艦「鄭和號」於一九八五年十二月十二日安放龍骨儀式極端敏感到西洋媒體都大肆報導引述北京透露為恢復六百年後再啟動中國新大航海時代的華麗宣言……卻也其預言可能是新的海洋版黃禍的再度蔓延……「鄭和號遠洋訓練艦為中國上海求新造船廠造：尺寸長119寬15.8吃水4.8排水量標準4700噸滿載5470噸，動力系統／軸馬力6PC2-5L柴油機2/7800雙軸，航速15節續航力5000海里，電子系統導航雷達，船員一百七十名教員三十名學員一百七十名，武裝配備：66式雙聯裝57mm 70倍徑快砲兩門、69式雙聯裝30mm機砲兩門、FQF-2500 12聯裝反潛火箭發射器兩門。航空設施擁有艦尾直升機甲板。鄭和號是一九八〇年代中國規劃建造的遠洋訓練艦也是第一艘中國自行設計建造的訓練艦，鄭和號的主要任務是搭載中共各海軍院校學員進行遠洋訓練必要時還可擔任國際維和任務的運輸艦……甚至在一九八九年三月三十一日至五月二日鄭和號載著由當時北海艦隊司令員馬辛春中將率領的兩百五十名官校學員進行訪問第二次世界大戰遺址的珍珠港海軍基地……是中國海軍建軍以來首度出訪美國而在這趟航程鄭和號在四月八日成為海軍史上第一艘越過西半球正式航向鄭和六百年前下西洋的現代版本寶船……」這太多太多的鄭和號太真實的狀態反而都更像是一種「超級戰艦」或是「宇宙戰艦大和號」式的科幻電影的無限逼真充滿細節的追憶似水年華的重溫……

鄭和號老讓我想起某個多年來重複出現夢中的某一個揮之不去陰霾充滿的畫面始終快轉又慢轉電影局部的停格狀態的無限循環……某個鄭和號的底層螺旋槳葉鉚釘末端的維修舊時代把手是二十公分長左右的兩彎銅環左右兩側都穿過七個圓洞而銅環兩側再有小環綁接上黑色的四公分寬的半皮提帶可提可背，但是最奇特的卻是夢中氣味一直有一種潮解如腐屍又如爛泥的鏽蝕金屬味。來自螺旋槳弧面材質還是來自船艙底的銅環並不清楚。不過每一個局部本來看起來就始終陳舊還有末端竟然還隱隱約約浮現某一個印著半殘破到難以辨識的永樂字樣的故意弄到生鏽老船艦零件卡在一個銅圈中繫在彎銅環把上炫耀舊金屬的古感。所以那氣味太像舊五金店散發出來的拼裝的機車零件破爛不堪的齒輪鏈條帶未清機油的機械氣息的活生生變得更深更切題……不知為何夢中的我老擔心著彷彿鄭和號船廠檢修冗長過程曾經發生意外事故的某種污染源外洩的困擾還沒解決，只能安慰自己不要想成是這艙底零件可能從災區被不明輻射照射過才會安心點的仍然忐忑不安……

最後我竟然偷偷地帶著這老金屬零件就坐在岸邊的沉悶光景中出神地眺望出海口太空曠近乎無人的海域就始終無法忍受為何像還沒上演的舞台上所有角落最複雜的場景道具皆在皆完備打理懸掛安置萬般講究之後多時等待但主角沒出現那種等待果陀式的荒唐。

夢中看出去的岸外的又長又荒涼的海域發現岸邊的痕跡出現快兩米長雙白箭頭前的「三寶」也很大的字樣像一種龐然的某廣告看板的logo……還有更多還沒調節的鄭和號船身破裂導致無法解決的問題艙底曲

面上鉚釘一個一個咬入的金屬翼身。當然還有更多各式老式的黝黑點的維修船身破裂導致無法控制的種種怪異長相的老時代裝備車拖車油車的髒一些暗一些的機械聯結拖盤底座一台接一台好幾部停在那白字母和白線旁。但是舊舊的器械卻仍照顧得很乾淨，或許也就只像線上遊戲破關攻略手冊上的場景中成列的外星機器手臂肌肉萎縮的船艙進水的最後戰局巷戰糾纏的攻防激烈衝突事件發生的狀態……各種外人看不太懂的秩序的那種嚴謹遠遠看只像模型小人國的那種疏離的假假的人間悲劇的縮影，沒有配音也沒有配色只剩下回憶的畫面完全的人偭身後的人偭台座精細的沒有娃娃的娃娃屋那種傳神。巨船上的所有人變成人偭而鄭和號一如寶船的風光變成寓言或就是那般更怪……舊金屬感其實是船身傾斜望向更遠方的數十個岸邊對岸的泛黃歪歪扭扭圓形上凸屋頂的剝落凹痕斑駁鑄鐵製皮層油槽在綠蔭前排開。一個接一個像積木像巨岩像某種老儀典中的古樂器或法器的沿廟前廣場羅列等待祭神的儺戲或神劇開演那般地太井然也森然的有序地佇立，隔著數條完全空的航道的那一端。更仔細打量就在佇立油槽旁竟然出現了完全無法想像的滿滿盛開而延長到盡頭的污染粒子濃度超過霧靄形成了全面的林梢粉紅泛白又泛光風吹湧動輕飛而撲天一如櫻吹雪風光地那麼美絕，或也就像一個無人知曉但卻無比動容的不存在的法會寂靜肅穆，只有我在從心中掬出一絲敬意與不捨地入席參修就這樣使得海中空蕩蕩航道的乏人問津……及其光景所夾雜著天空的陰霾重重厄運的不知何時會了或變得還好或變得還能承擔些什麼……

最後在夢中光景的無心的我遭遇的種種舊金屬感外在整個因為災難而人少很多船少很多的港口的空空蕩蕩中，只能等待著岸邊的「三寶」舊字樣前所平添一抹晚春中消逝無誤的鄭和號可能已然沉沒而只剩一個我手上破零件來無限懷舊的意外。

外國。馬三寶部。第六篇。

近乎不可思議地附庸風雅……更奇怪的是他那明代的青花瓷缸：「養魚，要先養水，然後養缸……」那個對魚過度沉迷的北京來歐洲的老客戶老闆那麼奇怪地對馬三寶炫耀……用一個從北京古董店找尋到的青花古瓷的上頭畫滿鄭和下西洋的彩繪古圖花盆，千辛萬苦帶出國……寶船缸口還在機場撞倒破口而無限辛酸……但是從那明代青花古瓷盆面望下，可真是令人感動得彷彿回到一如八仙過海各顯神通無限鄉愁的老中國水畔，那是故弄玄虛到無比精心地維妙維肖打造……

裊繞如煙霧瀰漫的……一如他老是喜歡將魚缸刻意安放成一個他心目中的古代山水畫縮影，宛若瓷娃娃般的瓷人瓷器……所有維妙維肖的縮影那心中丘壑般的迷幻古代太湖石的漏透皺假山及其山中蜿蜒古徑石梯旁的種種一如奇觀的古代歇山重簷廟宇神殿佛塔民宅院落側廡山城般疊疊層層歪歪斜斜合院出簷中國老建築，還有拱橋上的道士童子老人瓷像容顏同樣地栩栩如生……雖然所有的龐然山景都彷彿已然因為海嘯肆虐而完全沉在水底的靛藍之中，非常地怪異奇幻，像是災難片的電影特效魔術表演的某種深海潛伏才看得到的文明遺跡的令人感動落淚……甚至，所有古瓷長年的泡水過度浸沉入的無法呼吸而終究長滿苔蘚而變得斑駁近乎猙獰醜陋的古代中國建築屋簷梯階長廊尾還有一艘沉入水底歪斜青花瓷製被寶船的氣息更接近那種廢棄文明的時間感……

但是那怪老頭說了更多，他也是沉迷於這種浸泡過度的廢棄感……但是，沒法抗拒的困難重重是另一種超現實的現實……更像電影，但是完全看不見……因為其實真正的魚缸最擔心的困擾是太久沒有清那斑駁的苔痕就會開始有更惡化的副作用發生，滲透、感染、終究會因為過度難以抵抗更深的生態系統崩潰邊緣的狀態，會長出種種寄生蟲感染源，滋生更複雜的微生物、怪異細菌或是更看不見的更微小肆虐的病毒。

一如所有災難發生前的隱喻……即使他還是聽從某專業水族店怪老闆的仔細叮嚀而種入許多的多莖多針葉水草，心不甘情不願地將一個極端黝黑而沉沉作響的外星入侵航艦小心翼翼地安放入一個假山後的打氣機械濾水器。不要干擾他的幻覺中的水底幻境……一如一個京城御花園在精心設計規劃其最高園林一如詩般的無限風雅與皇家富貴榮華氣息的風水寶地講究，一如承擔另一個神仙一個無限眷顧自己打造的另一個縮小版他是造物者祕密禁地綺想洞天。然而，太久沒有專注於災難發生的隱藏版的憂心忡忡……更無辜的受害者完全沒有意識到所有環伺的隱憂……那一回太誇張地嚴重，第二天起來一看古瓷老魚缸的美麗風光旖旎的孔雀尾巴飄搖的孔雀魚竟然全部死亡……屍體中毒般地充斥泡沫浮出水面的可怕……

甚至孔雀魚會吃自己的小孩，吃自己生出的魚卵，馬三寶說，大魚吃小魚，吃自己生的小孩，只是本能反應般地自然而然……要種水草，讓小魚可以躲藏，不然太危險了，一個月生一次，像是加速繁殖的生態系統崩潰邊緣的奇觀，原來養孔雀魚就只是因為好養好看……比起金魚或是很多昂貴品種的怪異現象，我們中國人不是喜歡豢養更昂貴的奢侈鯉魚甚至魟魚紅龍養來強烈炒作的天價，馬三寶說他有個老朋友提過小時候住吳興街頭，老去信義之心豪宅以前還沒蓋起來的那沼澤池塘釣孔雀魚，用街尾菜市場賣肉攤老婆婆給他們的豬肉碎肉或豬心內臟綁麻繩垂到水裡一釣就有孔雀魚上鉤，很美麗但是又很殘忍，但是小時候只覺得好玩，也還不知道那一帶以前是日據時代的刑場死了很多人陰魂不散傳說的繪聲繪影，甚至在那沼澤地旁邊還有一個部隊老靶場，邊釣魚還可以邊聽到很逼近的槍聲呼嘯半空中，不會害怕反而很開心，因為釣魚完了還可以去撿彈殼，有的可以玩有的還可以賣給拾荒老人攤換銅板去買冰棒。後來蓋五星級旅館和龐大電影院和百貨公司的人山人海的擁擠不堪昂貴的城市奇觀……其實對他而言，就像那些同一池污濁泥水中的孔雀魚群同樣美麗而殘酷。一如有名牌的孔雀魚是蛇紋的或虎斑的……一隻賣到一般的孔雀魚一百倍的價格還常常買不到。那名叫「水世界」的怪水族店怪老闆自己偷偷摸摸地祕密育種配色般配種，要很多不同的外來孔雀魚種才會更華麗，原來自己魚缸裡一家人老是近親交配，顏色鮮豔的色彩會越來越濁，但是外來的孔雀魚水族也要很小心，買回來的魚可能有病，會傳染給原來的魚，甚至水也會有毒加了變成自己也有毒……在水世界所有的水族箱打氣流動都是連在一起的水都中毒，買回家一倒自己養了好久的魟卻馬上像瘟疫蔓延一樣災難發生而滅族。馬三寶太過悲觀情緒失控地喃喃自語這怎麼可能……那彷彿是一種最完美的殘酷現實，一種最寓意深遠的「活著是如此荒謬」的動物寓言。生態系統崩潰的邊緣生態系縮影，尖銳而直接的漣漪光景，太過美麗動人地令人髮指……老人露出一種耐人尋味的訕笑說：每一種魚都有牠們的宿命，生命無常但是又頑強抵抗的時候也令人無法忍受又無法感動……更龐大的召喚、誘惑、沉浸，一如他也養的鬥魚比孔雀魚更驕傲而自恃絕美地完全不理會外人，然而，弔詭的嘲諷卻是那太過強烈的漂亮，卻只需要一種伎倆的破解，那是一種太過敏感卻近乎可笑的幻覺，如果想要讓牠靠近而可以更仔細地端詳，竟然只要看的時候，就拿一面鏡子鬥魚於是就會往鏡面死命撞上般地逼身而來……就在那八仙過海的老青花瓷魚魟旁……

馬三寶對古怪的長年活在外國的老人不知說什麼，就說起了另一個夢。好像馬戲的夢……他說：「出事了，我費盡心力地一路跑，一路仍然還出事，始終忐忑，那一趟路到後來才發現我是跟著一團人走，不知為何，就真的出去跟著那個老馬戲團巡迴。我被要求做一種怪異而陌生的動作，高難度到近乎不可能的表演，一如吞劍噴火空中飛人般那種神乎其技的怪誕姿勢和很多祕密的不能被觀眾發現的古代道具，那幾天我絕望地被逼迫上場前要練習所有的劈腿倒立後空翻種種彷彿是假動作但是都難度太高到老是失敗。而且練習了太久而疲憊不堪的我還是不知道我到底上場要表演的全部動作要如何連接起來，我一邊沮喪地練但是一邊想著馬戲團主教我的這動作看起來扭轉後彎到變成麻花般的四肢極端怪異蜷縮，甚至就像是乩童起乩或惡鬼附身才可能完成的可怕非人類姿勢。

老團長跟我說，這表演的太高難度古代中國功夫般的怪動作仍然還是祕密，沒有人表演過，沒有可以參考的前例，甚至還沒有名字，你如果可以完成，就用你來命名……但是我卻一點都沒有被善意的他所激勵，只是在那時候才發現我不是我，而是另一個人，臉孔俊美削瘦但是全身肌肉賁張，四肢孔武有力而腹部甚至有六塊肌，近乎是體操選手般的完美身材，只要動念，其實所有的再艱難的姿勢一如拳術招式……我都可以做得到。但是，那種發現已然是很久之後才發現。不知過了多久陷落在那裡苦練的我一點也不開心，甚至，在最後真的完成那拳術般馬戲動作的某一剎那，卻一點都沒有成就感充滿的開心，跟著老團長練的本來老逞強或老好奇的種種說不清的內在動機突然消失了。反而只想完全放棄……」

馬三寶仍然還是充滿懷疑……一如想起了他之前離開的外國那個城，如果更深入就更像是一部令人毛毛的恐怖片……的某種比較慢的懸疑。在那老城市地鐵車廂裡的某種幽暗時光的停格，沒有人發現，只有馬三寶感覺到的完全地荒唐……那麼可憐又可怕雷同地激烈，更令人髮指的或許是他死命要拿出塑膠袋裡的小玻璃瓶往嘴中倒的那種慌亂……馬三寶發現那裡頭有些條狀的像植物的根或莖之類的東西，但瓶子是空的，瓶子的形狀也很普通，但那人倒進嘴中的方式很急、很怪、很用力，好像怕那個東西會跑掉……

那潦倒的流浪漢般的他長得有點像墨西哥、中南美洲的人，但乍看之下，又有點像東方人，可能是韓國或日本或就是……中國人……他看起來很昏沉又很粗魯，而且還好像醉了……之後，他把瓶子放進塑膠袋，然後放在腿上，就在地鐵座位上睡著了。馬三寶實在不願把他看到的畫面做太多解釋……例如化約簡單直接到把那怪玻璃瓶裡的鬼東西解釋成中國長白山上成精的古老「人蔘」或迂迴曲折地複雜到把那生物解釋成某種外國的「蟲」或「怪生物」的更神祕兮兮……

❖

其實馬三寶對歐洲並不那麼感慨地入戲，他只是陪著那個古董商老朋友W重溫舊夢般地回來她的第二個原鄉……

她說她有一回在一個歐洲的冷門美術館中的素樸油畫旁太巧合地看到了同時另一個素樸的亞洲陶瓷特展，看到了……類似的三寶神就像縮小版青瓷象神的種種抒情。

她跟馬三寶說，一如她也一向喜歡拜鄭和為三寶神的「東南亞」，她小時候也一向喜歡東南亞的

「陶」，它們都很純真、很樂天、很素樸，它們的「不太世故」和「不太清醒」和「不太前衛」都很吸引她，但是，這到底是什麼意思？那個怪展裡的作品一如色彩鮮豔的馬來西亞裝飾風格陶罐、具蓮花圖案的泰國青瓷，或是受到中國製陶技術影響深遠的越南青花瓷等等……都有種「東南亞」式的既「土」又「拙」的氣味，正是那種和我們台灣如此鄰近但又如此陌生的……一如「西米露」一如「海南雞飯」一如「降頭」一如「吳哥窟」那般地又親切又神祕的氣味，是很迷人的。裡頭有素燒、柴燒、青花釉成傳統的人偶、花、女性、器官、身體、昆蟲翅膀般的葉子，有拉坏、捏塑、鏤刻成有〈蝴蝶與骨盆〉、〈微量的米水〉、〈珊瑚之蛻變〉、〈蜂巢〉甚至有類似的縮小版青瓷〈象神〉、〈三寶神〉的大自然或神明或更多相仿的暗示，有新時代在老地方的〈生與死的靜物寫生〉裡陶做成的奶瓶、骨甕、冰敷袋……捏出物和人的糾葛，都必然搬演出種種道地「東南亞」式的既「土」又「拙」的抒情。

彷彿更召喚了一回歷史拼圖的不再壯烈的作品一向和歷史有關、和嘲弄有關、和懷舊某些時代的錯亂而引發的荒誕有關。還有一個陶板更以中國南方或台灣老照片以收得的柑仔店老雜物來重新登場，用一種笨拙的「靜物」概念來說老故事，還將台灣的「老東西」刻意保留某種古典寫實的氛圍，卻用電腦合成這些「道具」的重擺，用修飾成燭光下微光效果的重拍到陶板畫，因此它不是「真」的靜物畫，而是有點「近代」有點「歐洲」有點「物質」有點「生活」的台灣文明史中的集體記憶風聲重來一回歷史拼圖的不再壯烈……既感慨無奈又唐突好玩。但是小時候的她太多回在歐洲看到的這種「歐洲」所想像的「亞洲」是什麼意思？她常常越來越不明白……

一如另一個歐洲怪美術館的從陶器變成裝置的更古怪展覽，還更用一種彷彿很歐洲的藝術形貌來讓她看到充滿歧義衝突迷思的新款「亞洲」的異形異貌：有毛筆畫的穿半人半獸古裝又同時穿馬甲網襪的少女少男，有鋁板剪刻成超級英雄和黑山羊背後不為人知的故事，有用玩具鐵軌和零件組接成的天堂模式塗鴉，有動態影像燈箱中的藍紫色鳳凰形狀的有翼朝聖者……在太常看到更多的像好萊塢版的「七龍珠」、「忍者龜」、「功夫之王或防彈武僧」式的假假的亞洲之後，可以在這裡感覺某種半歐半亞卻又不歐不亞的藝術家打量出來的又古怪又離奇……和這時代這世界交互依存補充，又交互闡釋啟蒙的真「亞洲」版本的假道地。Ｗ甚至援引了一段她在維也納上德文課老師提及的《東方主義》書中生硬史觀來辯護她的假道地藝術觀：彷彿某種封號的引用的技術性犯規……炫學的外行口吻描述著鄭和下西洋的引入西洋的老中國古董……引發了的種種爭端「……一項東方學專家封號，一整套複雜的東方殘暴情色許許多多的東方教派哲學和智慧都被歐陸在地畜養而納為己用，這份清單是可以更無止境地謄列下去的。我要強調的重點則是……東方主義就是源自於英法與東方之間的特定親近經驗……」但是這種種憤怒的東方西方生硬糾纏紛爭越來越多，令馬三寶對歐洲亞洲互相角力的太多差錯卻越來越分神……然而，最後印象最深刻的反而是Ｗ最後在美術館咖啡廳歇腳時所提起「亞洲」更也同時提起「歐洲」的另一部色情動畫片，使他始終專注聆聽卻又也始終勃起地坐立不安……

Ｗ說：在歐洲太久好像一直都沒有性慾，但是，並不是沒有的困擾而反而是更曲折更變態，一如那天在一個柏林的古怪藝術動畫影展看到一部亞洲的怪異色情動畫，在太多陰謀的冗長阻礙及過度衝突的刺青幫派暴力團介入最後關頭，某個亞洲和歐洲的最大生意談判竟然是在那柏林高科技未來風摩天大樓帷幕落地窗董事長辦公室尾端密室，甚至出現了更怪異的噩夢般場景，或許因為動畫女主角是那個自願擔任翻譯折衝其中暗潮洶湧談判的中德混血兒祕書ＯＬ，她竟然在那最奢侈豪華中國復辟風格裝潢充滿了藻井斗栱雀替雕花黃梨木梁柱下的董事長以鈦合金製太師椅古董長桌形貌所刻意設計成的做作辦公桌前，被剝光綁麻繩讓那兩個男人同時插入她的陰唇和肛門，她異常地激動而亢奮，近乎半嗚咽哭泣地說話……翻譯他們兩個人的中文和德文……但是更奇怪的卻是那兩個談判中的商場老手工於心計的陰霾籠罩男人，一個是臃腫肥胖中國老人，一個中年歐洲肌肉男帥哥，在非常淫靡的３Ｐ場景中肉身纏繞抽插而汗滴滿身，卻仍然那麼地不在乎地緩慢從容，在那完全色情的時光中，女人半呻吟半忍耐地淫蕩叫聲晃動前後，兩個人在幹那女人的抽送時，更異常地緩慢從容近乎優雅地談話，完全是在談跨國公司從歐洲往亞洲中國更深入更複雜糾紛的商業佈局投資策略地推演盤算，冷酷無情而尖酸刻薄但是卻在最後進入了業務會議密談招標底價謎題般謎底地詳細縝密……非常遲緩又陰霾充滿的幽暗摩天樓高科技辦公室的未來感，帷幕下面落地玻璃看出的全城天空線，充滿龍頭猙獰雕像龍身盤踞的高科技金屬感摩天樓卻攀生於柏林圍牆旁的古老巴洛克風格教堂城堡公園庭園之間……光暈沉亂而迷離，那極端暴力色情動畫的畫風極端寫實的肌膚肉身性感曲線糾纏，但是，卻仍然極其怪異地疏離，特寫細部的兩支巨大陰莖插入那女人的淌流淫液的性器官……卻沒有那氣氛冷冽藍光的男人之間完全不在乎式的神情來得動人。就在柏林那小藝術電影院的黑暗之中，在他們談到了商業陰謀的招標底價謎底之中交叉出現那兩個男人淫靡的巨大誇張的性器官充滿濕意的色情感……或許是更曲折地變態，那混血兒美女非常無辜地被姦淫，但是卻又那麼地婉約入迷……雙乳露出OL的套裝半解撕裂下的麻繩索綑綁中恍恍然，W說：我在電影院的末端座椅深處感覺自己就像她那麼變態而就忍不住地邊看邊偷偷手淫，還到了好多回高潮地淫水滿地……

❖

「在維也納待了十八年……說話還是有點台。」W還這樣嘲笑自己。一如爛留學生們充滿可能的外國活不下去的始終混亂……

甚至，人生在後來幾十年也發生了太多事了……或許也是因為多年後開始幫馬三寶找鄭和古董在歐洲勉強謀生不易地找生意做得跌跌撞撞的那段斑駁的時光中……W跟馬三寶老提起了自己那麼痴迷地度過一個愚蠢的青春期在外國念書的少女，雖然她很久以後才明白那是一場噩夢般的遭遇，因為，W嘲笑自己其實是一個完全被寵壞又完全不自知的「公主病」少女。W在外國從來不提她自己是台灣高雄望族的血統，彷佛是前世福報那種恩寵隨身到……大家族很有錢又人長得很好看地得寵，但是卻也因此太過不可思議地天真。她那麼奢侈地從還不清楚自己是誰的那麼小的小學時代念完就去了歐洲，她仍然記得自己的中文筆跡就停留在小學生般地也一如她在外國太早陷入混亂青春期的永遠的歪歪扭扭：「在維也納念書還不錯，每次上課都很好玩。他們上的方式很不一樣地要求每個人都有想法，想法不同但都是被鼓勵。在我還聽不太懂德文的時候上課。有時老師會給一個題目或一篇雜誌上的文馬上就要我們寫自己的想法。那時候常常哭的我永遠只能呆呆地坐在椅子上看他們那麼充滿自信地一直寫還一寫就密密麻麻滿八頁，我怎麼用力最後還是只能寫出兩頁就完全崩潰，或許是因為我學會的德文字彙也不多，但是或許更因為內心深處隱隱約約地逼問起自己根本完全沒什麼想法，主要是因為……老師會給一篇文要所有學生寫自己對這文的看法地跟台灣小學很不一樣，我沒有想法但是他們卻一直寫到好像很自然地想什麼就說地一直冒出來再愚蠢想法也不怕被嘲笑的那種歐洲人的自信滿滿……我因此更自卑甚至到了維也納中學到大學寫論文都還常帶中德厚厚的字典，一直在一種說不出話寫不出字的焦慮中，就這樣過青春期。就這樣長大。」雖然是在歐洲學德文，但這一切的擔心很難跟外國人提起的少女說，她太難過的青春期的維也納城裡自己最常去的兩家咖啡廳。有一家叫老城市，一家叫新城市。少女說：想安慰我的同學們會坐在裡面，看所有的人幫他們想故事。「有個亞利安種馬那般帥氣的純金長髮男，肩上的考究提琴樂器盒裡放什麼等級的樂器，可能的天才提琴手，有什麼壞習慣交了什麼壞朋友而晃盪而在某一次轟趴喝掛了，錯過了第二天一早的出場而失去了比賽第一名的資格……有一個自己來的歐洲黑女人在吧檯點白酒。削瘦，黑眼圈很深，妝都脫落了也沒留神，失魂落魄，一定是失戀了而不甘心，來這裡找豔遇……我們幫他們想故事。打賭。想得越離奇的人贏。我每回都輸，我老是太乖，被同學們嘲笑。」那是在暗巷內的咖啡廳。我們老是會跟那一票洋人同學，混，說話，玩，有時還比喝過一家一家的歐洲啤酒。人生才開始，還是沒做太多決定，只是先上課，和一群朋友玩，有一次去還二百塊，陪他們在酒吧，後來就不進去了。某一個朋友起鬨，說我們去海邊，那時候，我還以為海邊是另一個酒吧的名字。結果，就上車，從二點開到四點。到海灘去喝啤酒。還游過一個海溝。到對岸的舞台。那時候太晚了還是音樂祭已經過了。沒人，我們去把蓋樂器的布掀起來，敲爵士鼓，我彈鍵盤，在那邊起肖。唱到快天亮。後來，有一個警察伯伯來抓我們。我們一直假裝我們是美國人，只說 what, ok, yes, no。想混過去。但他說：「別說英文，東西收好，趕快走，我還要回去睡！」後來我們去敲人家的店門，吃早餐，又瘋了好久。回維也納已經下午三點睡到第二天早上六點。那年，剛到奧地利，和一堆好朋友的朋友……博物館之夜幾乎是通宵，整個晚上都在博物館裡玩，也是一家一家逛，都開都免費。還常常會被邀請去參加一些盛大的宴會，有些有主題，護士舞會、軍人舞會，有些人會穿很怪，穿紫西裝、橘色襯衫、怪顏色的裙子。但是，正式的或更高規格的，規定就更多。他們會穿晚禮服、燕尾服，所有細節都很重視。跳華爾滋。在現場可以看到有些人衣服上會斜背著很精緻華麗的家族皇室背帶，很多什麼伯爵第幾代的人，像《傲慢與偏見》的現場，奧匈帝國的貴族傳統還在。有些拍電影才會有的畫面，這裡都還看得到。他們還會傳承更多，連結婚戒指，都會是媽媽從手上拔下來給女兒，說是曾曾祖母傳下來的。因為古老，因為世故，因為奧匈帝國三百年以來就這麼海派，使得那個西洋古城裡是一種藝術極奢侈地進入生活的一種發散，像花開，像月圓，像海的潮汐，竟然就這麼自然而然……好像變成生活的一部分，或甚至自己的一部分……市政府前。歌德式建築。樹藤纏成圓周桂冠的聖誕冠。馬三寶嫉妒少女曾經有過一段接近奧匈帝國最深處的青春期……同學們要少女穿中國旗袍。她就要他們去染頭髮來打賭。結果一個染灰，一個染綠。後來他們要她塗口紅，她也要他們塗，還要去親常去那間酒吧的窗上親出一個她的中文名字的字樣，令人感動也令人髮指地疼惜她的瘋狂。他們還去偷大學教室的門上的牌子。餐廳的喝tequila的小杯。甚至去偷舊電影院椅子。搬回家。炫耀。聊天文聊政治聊音樂聊哲學的他們很愛辯論到老是近乎吵架……但卻又很開心。有一個教德文的老師，家裡非常講究都是古董。甚至上課時，就坐在他們家裡上百年的一張極美極像傳家寶物的古董桌。我會一直分心去看木桌側緣極為雕工精細繁複的雕刻出的聖像，據說是和某個啟示錄的章節裡的先知降伏惡魔失敗的故事有關……殺戮玄祕但深刻又幽微……一如妖氣藏身裡頭揮之不去又無人發現。少女說我常遇到這種人這種家，其實這維也納古城裡好像每一個地方都住著這種怪人。少女跟馬三寶說。他們有一個臉孔俊美但是陰沉的極端疏離的奇怪西洋男同學是法奧混血兒，他像是活在古代的人。身上和家裡都沒有電話，宿舍的東西極端少但是很愛談哲學到隨便講一個東西就會講很多典故玄機。

W說：那時候少男的他大概迷上我了，還是他迷上了他老是提及的他祖父當年也迷上的神祕兮兮的中國……他那古老猶太家族其實是近乎不可思議地著名有錢有勢但是卻小心翼翼到完全看不出來。或許他的家教太過嚴厲而謙卑，和我們同學一起出去始終穿得很隨便也吃得很隨便就像窮人的大家一樣。但是，有一回去他家，才知道他們家族是少數殘存於納粹屠殺後的古猶太貴族。古老的陰霾籠罩的厚重家門入口從外面看起來很不起眼像只是舊舊小小的老胡桃木門。雕花很樸素但很老到不仔細端詳還看不出來。但是之後深深探入般緩慢走進去所看到的卻令人一生大概都忘不了地華麗冒險，那是一個極講究每一個細節的古蹟到當年太多代都住在裡頭地用心良苦到彷彿守護古猶太教神祇般地謹慎小心地照顧打理珍藏式地幾乎每一個角落都充滿祕辛式的典故。就這樣走進去長廊底一個個門廳花廳天井祕密種種房間裡所沉浸了整個歐洲古老的空氣都凝結成彷彿被封印過的陰霾籠罩，從第一個玄關的尖拱的石拱卷刻花門接著另一個雕花故事有連續的石門，往裡頭走有好多好多不勝數的天使惡魔中世紀僧院般手工精密雕花裝飾的重重石門拱卷……整個家在一樓就有五六百坪。甚至，走進去那小小門的甬道，整條街後面全是他們家的漫漫長廊深不見底地華麗，在太多的令少女暈眩地繁複收藏的他那古老家族深處的密室精神狀態其實就像博物館，有太多完全不能見光的神祕收藏，古畫古董甚至古老深色的書架佔滿整面牆令人屏息的太多古書都是極珍貴到彷彿書一翻就會破的那種古本皆是太多太多的極品。巴洛克時期的法蘭西宮廷皇家銀飾全套刀具光澤的溫潤動人。中世紀耶路撒冷流傳出來的猶太法器的純金鑄造的神像把手的令人敬畏，波斯的繡滿孔雀與花園象徵其開到荼蘼的宇宙觀的古掛毯的太過無法逼視的華麗。

又虛幻又令人嫉妒……那個維也納猶太俊男跟少女的W說……那個奇怪的卻竟然是藏在最末端的木雕櫥窗櫃底，我那最博學的收藏家祖父曾經跟我提過，整個我們家族最古老也最珍貴的收藏其實卻是古中國的一個傳說中的神物……永遠閃爍著的現在瓷器完全上不出這種釉色的那種古瓷所謂「青花」古老神祕色澤，甚至，在那一個古青花瓷器底端還仍然現身著有明代皇帝朝代最高等級收藏品的兩個古楷書字樣：「永樂」。聽說是一個名叫「鄭和」的神祕皇帝御用最高官階的艦隊司令某艘令人費解的古代寶船沉船之後所打撈起來船底的十五世紀初期的裂縫斑斑駁駁然而卻仍然依舊存在唯一完好的青花古瓷。

鄭和香。寶船老件考。十二。

鄭和香是充滿詛咒的不祥感……一如龍涎香，一如鄭和下西洋見證的人間不免曲折的弔詭……最珍貴奢侈的華麗必然會引發更猥穢惡臭的種種病態殺戮滅種一如種種荒謬詛咒。

鄭和香古來即被傳說為最頂級的龍涎香……但是其傳說最曲折的弔詭不免得無限荒謬到……異國奇貨老被明朝用為宮廷富賈極端昂貴奢侈的媚藥和春藥……鄭和香老演變歷史之謠傳費解到彷彿妖術祕方的莫名惡戲擴散的終端神品、謎團待解的夢囈恩物吶喊炫奇……高貴神聖又低賤邪惡的複雜困惑不解……

羅懋登《三寶太監西洋記》九十九回記進貢貢品之國共三十九國其中進貢龍涎香者有九國，蘇門答臘國貢數十石龍涎香。柯枝國貢龍涎香五百斤。吉慈尼國貢龍涎香五十斤。溜山國貢龍涎香五石。木骨都束竹步國卜剌哇國剌撒國貢龍涎香十箱。祖法兒國貢龍涎香十箱……諸國競相以其為貢品的奇觀極端傳奇……神蹟的遺址出土隱隱約約低晃光影神通古物般殘存的夢幻逸品……尤其是最夢幻的鄭和香。

然而鄭和香也仍然始終充滿誤解……鄭和香可不是來自鄭和的體香也不是來自鄭和肉身血液分泌物甚至涎沫的香味……其形貌怪異幽微不起眼到僅僅是一種蠟狀半透明固態不明物質，色澤從白灰黃到暗褐皆有，有時雜色相疊如大理石花紋，質輕可浮於水上，易燃但是散發迷人清香。彷彿奇珍異寶的始終奇幻……

一如龍涎香的太多謠傳：一如古代考證文獻老錯誤的是誤認龍涎香為「群龍所吐的涎沫」，然而「群龍」只是大鯨魚群，「龍涎」不是龍的涎沫口腔所吐而只是抹香鯨消化末端的排泄物……龍涎香來自雄性抹香鯨，此「抹香」源自anbar古詞用以稱呼此類大鯨。古中國稱海中大魚為「龍」而認為龍涎香以訛傳訛為海中大魚所吐之涎，其實明為鯨殘糞的龍涎香也曾古稱「龍泄」。致使龍涎香「龍涎」別名為「龍泄」

古來引發種種人間傳說最曲折的弔詭不免得無限荒謬……

然而古傳的鄭和香仍然有太多太多傳說尤其自阿拉伯與印度的香料古國祕方祕辛……尤其是雷同於更深更怪的古稱的「龍涎香」……費信在《星槎勝覽》中書寫龍涎香為鄭和下西洋時曾遭遇蘇門答臘北龍涎嶼產龍涎的採集的奇幻費解：「龍涎嶼：此嶼南立海中，浮豔海面，波擊雲騰。每至春間，群龍所集於上，交戲而遺涎沫，番人乃架獨木舟登此嶼，採取而歸。設遇風波，則人俱下海，一手附舟傍，一手揖水而至岸也。其龍涎初若脂膠，黑黃色，頗有魚腥之氣，久則成就大泥。或大魚腹中剖出，若斗大圓珠，亦覺魚腥，間焚之，其發清香可愛。貨於蘇門之市，價亦非輕，官秤一兩，用彼國金錢十二個，一斤該金錢一百九十二個，准中國銅錢四萬九十文，尤其貴也。」

也一如阿拉伯中世紀文學名著《天方夜譚》裡第五百六十夜辛巴達第六次的航海歷險中描述了在一座不知名島上有座龍涎泉，蠟般的龍涎馨香四溢地流向大海為鯨魚取食隨即噴出而在海面上凝結成龍涎香……雷同地奇幻費解。龍涎香在鄭和找尋西洋的更後來成為另一種科學研究證據標本式藥物地奇幻費解……學名稱灰琥珀……是一種外貌陰灰或黑色的固態蠟狀可燃物質，從抹香鯨消化系統所產生而其味甘氣腥性澀但具有行氣活血散結止痛利水通淋理氣化痰奇效，還可用於治療咳喘氣逆心腹疼痛。但百頭抹香鯨也可能只有一頭體內才有的龍涎香不免是無限荒謬最珍貴奢侈人間的古傳珍品……

更古代的萬震《南州異物志》全書久佚但其部分條目見《永樂大典》載有龍涎香為「甲香」一條云：「香燒之皆使益芳，獨燒則臭。」甚至，元代從陸路經中亞到達中國回程由泉州放洋經南海過印度洋在波斯灣登岸的馬可波羅《東方見聞錄》中也曾提及在印度洋中的索科特拉島人自鯨魚腹中取得龍涎香……多處的記載。但是由於種種更西洋的科學研究證實另一種謬論：抹香鯨的龐大如山洞深穴的腸道偶爾會充滿食後無法消化巨大魚骨或甲殼類深海生物或烏賊顎片和內骨骼卻難以消化通常會殘留進入而隨著腸道的蠕動進入直腸與糞便混合並使糞便結成半固體狀。抹香鯨的正常糞便是液態的但是肛門不能排出固態的糞便，致使半固體狀糞便會堵塞直腸導致排便困難，為了使排便恢復暢通只好加強了腸壁對糞便中水分的重吸收使阻塞物體積縮小並通過腸道蠕動，使其表面變得光滑形成液態的糞便就能通過阻塞物和直腸壁的空隙排出。但多年以後的層層疊疊阻塞物截留了糞液帶來新的固態物混合糞石越裹越大並在抹香鯨的腸道中經過細菌和各種酶的複雜加工最終才竟然形成……龍涎香。雖然龍涎香糞石本身對抹香鯨原本沒有太大的危害但如果長得過大就可能使腸壁破裂最終導致抹香鯨的死亡。一九一四年就有鄭和最大官廠坐落的痲六甲捕鯨人在致死抹香鯨腸道中發現過一塊重達四百五十五千克的史上最大的奇幻龍涎香……甚至更荒謬地曲折離奇地引發抹香鯨死亡……因為太過弔詭地一如人間詛咒……

鄭和香及其更多傳說的種種龍涎香，一如人間最曲折的弔詭荒謬到珍貴奢侈竟然同時是猥穢惡臭……竟然不斷現身於鄭和下西洋之古文獻中：馬歡《瀛涯勝覽》、費信《星槎勝覽》、鞏珍《西洋番國志》諸書中均有「俺八兒香」或「龍涎香」之記載。「出龍涎香，漁者溜中採得，狀如浸瀝青，嗅之不香，焚有魚腥氣。價高以銀對易」，「祖法兒國又以小土爐焚沉檀、俺八兒等香，跨其上以薰體。如到禮拜寺禮拜及散經過街市，香氣頓飯不散」，「天方國聖城麥加土產薔薇露、俺八兒香、麒麟、獅子、駝雞、羚羊，並各色寶石、珍珠、珊瑚，琥珀等寶」。費信《星槎勝覽》更仔細記載錫蘭山國、卜剌哇國、竹步國、木骨都束國、剌撒國、佐法兒國、忽魯謨斯國、溜洋國都產龍涎香。

虔誠的回教徒鄭和在童年所曾見過其回族人古傳依以救命《回回藥方》中之「安伯兒膏子」一方，其說明如下：安伯兒膏子一古來官家曾合此藥治老人有冷所傷心氣疼痛，心驚，食不克化，胎前產後，安胎盡都可服安伯兒香，即龍涎香（鄭和不知多年之後還以他命名為鄭和香是這種救命龍涎香最頂級的奇貨藥方……曄變為多年中國穆斯林歷史幽冥之中的傳說底層陰鬱沉湎的老種族奇事）各等二錢右將藥別碾，用一兩二錢半水調，加上「安伯兒香」碾勻，用蜜一同調作膏子，收兩個月，或收半載至上秀，每服一錢，用熱水下……可救宿疾。龍涎香價比黃金還甚至入藥在伊斯蘭醫方地異常獨特。甚至漢方的中國《本草綱目》卷四十三中「鱗部之一」。「龍」類附「龍涎」。《本草綱目》在「龍涎」，不載性味與主治。「惟入諸香，云能收腦麝，數十年不散。」其文如下：龍吐涎沫，可制香，龍涎，方藥鮮用。惟入諸香，云能收腦麝，數十年不散。又言焚之，則翠煙浮空，出西南海洋中。云是春間群龍所吐涎沫浮出，番人採得貨之，每兩千錢。亦有大魚腹中剖得者，其狀初若脂膠，黃白色，乾則成塊，黃黑色，如百藥煎而膩理，久則紫黑如五靈脂而光澤，其體輕飄，似浮石而腥臊。最珍貴奢侈的華麗竟然也同時是最猥穢惡臭……甚至在《白鯨記》某章篇名即為「龍涎香」中精心描寫了從鯨魚腸道中取出龍涎香的實狀黃灰色滑膩似肥皂和陳年起士輕香但是貴比黃金……一如某種人獵鯨被詛咒的最壞結晶及其引發的狀態。

或許也一如鄭和下西洋是某種古代奇遇人間最曲折的弔詭：因為鄭和香充斥著太過詭譎多變的古傳龍涎香其實卻就是抹香鯨的殘糞。一如一種隱喻……天意的神諭不免得無限荒謬到……嘲諷人間最珍貴奢侈的華麗寶物竟然也必然同時是排泄殘留物最猥穢惡臭的隱喻……

惡兆。鄭和部。第七篇。

鄭和的夢永遠充斥惡兆……也終究完全地陷落於夢魘……彷彿剛剛才告別了一個冗長的海上充滿危險的集體夢魘。一個當年寶船招募規模太大到近三萬海員們的夢魘……一個多年來有十之八九已然是海上亡魂的欽差正使太監七人副使監丞十人少監十人內監五十三人都指揮二人指揮九十三人千戶一百零四人百戶四百零三人戶部郎中一人陰陽官一人教喻一人舍人二人醫官醫士一百八十人還有更多通事買辦陰陽生書手官校軍旗勇士水手舵工……集體的夢魘。

夢魘……一如那狂人萬般驕傲又心虛地對鄭和說：我收集種種死亡，種種人間最離奇的死法……收集種種人的動物的怪物的屍骸所懷念註記下來的他們的死法……那個聲名狼藉的狂妄老收藏家不知為何始終顯得出奇地從容，有種過人的世故而狡猾，就在那個島嶼極端祕密的巨大收藏庫存的黝黑地下廳堂。他跟鄭和解釋他所擁有最怪異到富可敵國的死亡收藏……尤其是擁有最多在海中死去的人的海葬前的種種死法……收藏的工法非常地神祕而繁複……魚骸魚骨般留下了所有殘缺屍骨的人形標本，必須悉心以古代培養皿藥水浸泡三年再拿到高山頂曝曬烈日三年……之後再用種種他所用半獸骨頭半硬木頭的零件及魚油提煉出的怪異膠質不明物質填充假肉，可以像手術般地縫補肉身也可以像木乃伊般地防腐，從而所打造的種種嵌入義肢的上下手臂、大小腿骨，甚至是臉孔中半腐敗的臉頰鼻洞耳朵義眼珠，所重新支撐起的骨骸支架。那狂人頂級收藏家，把人的死亡視為某種找尋永生的縮影狀態，一如在化石的古生物的頭殼中仍然可以提煉出他們腦中對生命理解的剎那，相對於不死身神祇的嘲弄……狂人老以為……人的過世也不過像是蟲蠅孑孓朝生暮死但自以為廝殺慘烈近乎壯烈犧牲的對生命眷念太過的殘念。因此他所收藏的海中死屍多年來的種種死法的古怪屍骸數萬箱。仍然是華麗怪誕地負荷了整個龐大密室中的地底神祕館藏。唯一的缺陷，就是屍臭氣味的惡臭無法忍受，所以他找來了抹香鯨的龍涎香膽，懸放在館藏深處的梁柱末端來用異香除臭，但是卻意外地綜合成某種更難以想像的古怪氣味，變得不臭不香但是也又臭又香地難以忍受，只有他聞久了已然完全不在乎了……

收藏家對鄭和提及了他自己的一生，也是從這種充斥死亡的難以忍受的身世中逃出來的，古波斯和古蒙古種種過渡期帝國邊界到處暴動所牽累的貴族大家族崩潰，被抓走被追殺的當成蠻族的所有族人都在他眼前種種虐刑中被屠戮，他對鄭和嘲弄地說，就像你那必然會以為龐大到絕不會沉沒的寶船最後還是因為失速墜落在太過狂風狂浪中而終究完全翻覆，你的貴族身世只能敗壞到只剩下某座華麗宮廷荒涼古蹟，某個靈驗聖山卻年久失修到破爛不堪成污水窪地之間任由傾頹成廢墟……充滿烏鴉胡狼找尋屍骨……像我這種和你一樣的被身世所遺棄的怪物般狂人，終日被一群一群一船一船的愚蠢無知的下人奴隸包圍侍候或敵視……只在這些收藏死亡的氣味及其幻影所顯示出我們過去曾經存在過的人間一如人煙幻影投影的栩栩如生……鄭和始終記得那收藏家狂人最後對他說……大人你這個人我惹不起。但是我們都是古代帝國的狂人。如果有一天你死了，告別人間之前，請把你的屍體讓我收藏……

鄭和……一生就一如一種惡兆，鄭和學就是惡兆之學……二十世紀一位博學的鄭和學家更指出……如果只是要檢驗鄭和學，也就是要判斷其所提出更龐大更威脅性的下西洋觀點到底有多麼錯誤……就應檢視鄭和在這個時代多麼無法抵抗地充滿致命的誘惑。沒有人會不注意到「鄭和」在那個年代是如何具有危險與威脅的意涵，即使那指的是傳統的鄭和所代理的中國與西洋的關係曄變。一如傳統性地捕捉奇風異俗的異國情趣同等重要的在未來電子時代已經讓西洋可以更立即地接近全球，那麼東方必定變得更為接近而使得代表東方神起的鄭和與其說是個神話不如說是被中國和西洋所交叉編織的神人。在電子時代另一個面向將必然是鄭和更會被刻板地觀看……透過電視電影小說種種更多未來媒體都迫使關於鄭和的古代進入現代變成更為神人化的模式。

鄭和，一如某種惡兆……一如阿拉伯和伊斯蘭世界的最簡單之知覺如何被高度的政治化和恐怖分子化的狀態……鄭和學……也一如惡兆般的想像性魔鬼學……主要想呈現的是西洋如何逼近東方的無限恐懼又無限想逼近的物質證據。西洋所害怕的鄭和的威脅……一如羅馬帝國沒落後被阿拉伯酋長掌政教軍於一身國王代理的伊斯蘭軍團入侵羅馬帝國的恐怖威脅……被佔領舊羅馬屬地降伏了三萬六千個城市城堡摧毀了四千座伊斯蘭人仇視的基督教堂卻興建了一千四百座伊斯蘭教清真寺甚至追隨穆罕默德的遺教揮軍北上的一百年後他的繼位者把伊斯蘭教的勢力範圍擴展到從印度洋到大西洋的西洋國度……那種威脅。然而入侵西洋始終沒有發生的惡兆般的……鄭和，這個隱藏威脅的詞所代表的不只是中國或東方神人的鄭和的同義字，始終還只是被認為象徵遙遠的異國情調，但鄭和還是不免指涉同時的伊斯蘭教的鄭和也是中國的鄭和，當然直到十八世紀中葉前，中國這個「史上最大艦隊司令的鄭和」被稱為是預言威脅西方的「東方巨浪」威脅卻沒有發生……甚至到了十八世紀中葉知識儲存庫鄭和可能影響的戲劇化劇目的內容主要就不再只是一如伊斯蘭教或阿拉伯或鄂圖曼帝國的崛起而已。雖然在那之前西洋對鄭和最突出的記憶可理解地都是西洋從君士坦丁堡開始的衰退……害怕東方崛起的恐懼作祟。因此，被想像性魔鬼學化……惡兆的鄭和學，多半切入研究的時間感是帶著一個西洋衰退問題的戳記，那就是西洋對鄭和學的研究不免太過敏感……

鄭和，一如一生永遠賣力地做落單狂亂的困獸之鬥的獸……在惡兆中也永遠相信他會受這麼多苦一定是有意義的也是有其龐然巨大近乎無限迷亂的解釋，但是過了太冗長時光也太過失望的他心裡也明白那也可能只是一種自欺……安慰自己還可能可以全身而退的自欺。

因為他所誤入島嶼的巫祝現場受詛咒被召喚帶走了。那是一個人所面對的最悲慘遭遇的近乎不可思議的殘忍下場。鄭和老夢見他自己正困惑地撐起船體的無比沉重，隻身困在那一艘艦隊旗艦的龐大寶船下方，甚至，船體竟然不在海上，而在他們之前所陷落的那一個島嶼上，困住了太久之後的鄭和始終還充滿希望地用心用力地想要逃亡……或許他始終還沒有發現自己困在一個根本沒法子離開的鬼地方，那甚至不是一個地方，而只是一個地方的某種海市蜃樓般的投影、幻象。只有他一個人落單，死命地想要離開而只好用錨索拖拉那艘破爛不堪的老船體前行，他在船底往上端詳那多年來隨他下西洋的這艘完全用堅不可摧法術加持過的桃木打造的船身側面還有破爛貝殼和蟲屍黏稠在上頭，史上最昂貴最龐然的風帆都還在那桅杆之上。然而，鄭和完全無法相信他看見的怪異到難以置信的混亂光景，甲板上的氤氳之中，出現了好多好多不可能同時出現的寶船上的人們……那一個個拿著海圖辨識而爭論航線比對星宿可能有誤的天文測量官員，那一個個長得凶神惡煞或光頭疤面或獐頭鼠目的水兵海員，那一個個戴破舊竹斗笠的水兵，連那躲藏在甲板死角骯髒兮兮老竹巢穴竹架籠子裡的一隻隻獼猴、野狗、雉雞、麂、梅花鹿等動物們，那一個個在火藥味濃烈的火砲的砲手，那一個個謹慎到緊張兮兮的大副或掌舵的老舵手，甚至連那一座座可以射出火藥砲火的砲身口所長出有獠牙的鑄鐵獸頭。竟然都長得像鄭和的臉，甚至，就是鄭和自己被下咒變成的種種分身……在冥冥中的惡兆裡，夢中的他始終聽得到法會淒淒慘慘的古怪低沉法器號角吹出的動人心魄的鬼音，一如到從法會煙霧瀰漫中沉浸太久中了毒跌落海中受傷而全身傷口腐敗潰瘍……失神到彷彿永遠無法回神的絕望之中，還被夢中那突然變得尖酸刻薄而凶惡狠心的姚廣孝跟船中所有分身的鄭和說：大人必須打從內心去接受在海中沉淪迷茫到那種完全失去自己的痛苦，不是一、兩年，可能是一、二十年，甚至是一輩子。大人註定要信守最殘酷的諾言，大海充滿了邪惡的力量連最凶狠的海盜都心存敬畏之心或許也心存僥倖與感激的。因此命中註定你這個艦隊司令必然是一個最終端的送行者，一個接一個地送走每一個水兵海員隨扈，每個跟大人下海的下人，在太過殘忍冗長的下西洋過程的艱難曲折之中，註定要忍受這種完全孤獨的痛苦，還是一個人進入這種所有人的幻境般的困境吧！要習於這種無限分身無限上工的永遠苦行的狀態的無法逃離。一個人沉睡一個人覺醒於這種惡兆……一如夢中陷落的無間地獄般的海是那麼地無窮無盡地疲憊不堪沉沒……始終沒有結束也始終沒有開始。

鄭和眼睜睜地看著沉浸於沉重夢境中的龐大寶船上的每一個眼神同樣艱難恍惚的太醫、師爺、副官、舵手、測量官、隨扈、海員、水兵，甚至每一隻害怕落單的被水兵偷偷捕獲私藏島嶼上的種種野生的長出像他自己的臉孔的怪物般動物……還一起專注地怒視著疲憊不堪的鄭和。

❖

「人在死前真想要什麼？想告別什麼？」姚廣孝提起了漢人的尋常牽掛，船員的死亡令他們最傷心的兩件事，一是他死不見屍連祖墳都入不了地成了海上的孤魂野鬼：另一是沒有留下一個接續香火的家族從此絕了後……但是，那種遺憾或許太過天真。鄭和在寶船上想起了……死亡及其告別。因為他們在黑夜海上死寂的點點漁火在遠處海面上忽明忽滅發現了不遠岸邊有人家點了火燒了香，彷彿正在為走失魂魄的亡者做告別式地喊魂：那淒厲的陌生語言，儀式的恐懼感及其懷念肅穆的古怪樂器法器聲響……在寂寞的海面上迴盪。使本來就疲憊不堪的鄭和在寶船艙裡更聽得坐立不安而心情無比沉重。那是被喚起的某種無法逃離的人間的殘酷，一如那眾多的死靈魂沉入海的滾滾波濤的更令人不安！

一如老舟師林貴和特地告訴納悶的鄭和：這是著名風暴的海域……鄭和在甲板上只見海員水手正在忙著準備三牲祭品要祭奠被這海域吞沒的人。鄭和懷著沉重的心情注視這海域多回的昔日吞沒寶船和眾多人命的滔天大浪。暫時收藏凶惡的嘴臉。那些寶船過去被折斷的桅杆、正在傾斜的船體漂浮在海面上的物件，還有落水的人們攪拌在狂風呼嘯中的哀號，都已經消逝，變成了一場夢，一場噩夢……海依舊靛藍如同吹皺的黑色綢緞映照到廣大的天空卻成了一片瓦藍。鄭和無比沉重地想起在漢人的國度裡死亡所講究留全屍而土葬的入土為安魂歸故里地葬入祖墳。客死異國他鄉是人生的大不幸，更何況死了還得火化而海葬入海成汪洋中孤魂野鬼……是那麼地難以接受的。無言的鄭和，仍然還張望寶船體龐然的風帆悄無聲息地行駛過海岸上的人還在告別式中淒厲地用陌生的語言呼喚，對那入海的亡靈……告別。鄭和在海上見過更多有關人類離開人間的種種更詭譎懸疑的對死亡的告別式……一如在爪哇的某土著部落，母臨終前子女先要問她，屍骨是送給野狗吃或用大火燒或是棄入海中……只有這幾種告別式才能使他們的靈魂得到安寧。

另一種怪異的告別式在古暹羅國更為費解荒唐……人死之後屍體要被放在海邊由一種體大於鵝的海鳥飛來啄食到剩餘的骨骸才拋到海中的鳥葬。在天竺的死亡，屍體在恆河旁架起老時代留下來簡陋露天火葬場的柴堆上火化，燒成的骨灰再撒入恆河之中，亡靈可以在烈焰中升天而在恆河流入海中轉世。鄭和想起他童年有一回在雲南山中看過藏人的天葬……

鄭和的告別……始終是一種太過危險也太過集體的夢魘。深知尋常船隊部隊是不可能對抗夢魘的他終究要找尋更龐大的法術般的力量……為了完成對抗海的妖異遠方的種種敵方始終太強大的任務始終太艱難。對抗邪惡的海中的妖怪，告別人間太久的他去找海中的妖怪太過遙遠之後的自己終究也不免會變成某種危險的妖怪。一如告別式中的寶船帥旗上多懸起了兩根長長的黑布巾飄祭幡帶，戰鼓播出沉重悲聲而嗩吶吹出嗚咽的寶船水手焚香燭燒紙錢，將老家酒菜拋撒入海為死難者安魂。一如海員們也拋撒牲肉祭給龜鱉魚龍海妖海怪……默默念誦死難的亡靈超渡引領他們回魂告別。

亡魂們依依不捨在某種神祕恐怖但是又溫暖窩心的告別式的氛圍……彷彿穿過在那他們死守過巨大寶船上木精雕的一如機關樓般建築的層層頭門、儀門、丹墀、滴水、官廳、穿堂、後堂、庫司、側屋，書房都是雕梁畫棟挑簷的海中帥府……穿過寶船龐然其寬其長足可以跑馬的甲板廣場，穿過抬頭觀望船上那九根桅杆的主桅高聳入雲，穿過舵桿龐大一如宮殿裡的梁柱，穿過船帆的幅面寬如烏雲遮天……最後才穿過艱難的卻是寶船那舫樓上觀星相瀾航向的高台，分上中下三層安放著巨大的星點陣圖牽星板種種測量方位距離的古怪星圖及其觀星器械的神祕莫測……亡魂們在海上的告別式中會想起了他們出海前的另一種告別……寶船在長樂出大海口有個五虎門是海中的島嶼，突出五個山頭如五隻猛虎雄踞，那是出海之前的船頭必然要祭海之口。鄭和的寶船隊陣勢排列在海面。舟師在船塢邊上紅旗舉將幾個大作塘的水門打開江水洶湧而入將寶船浮了起來。帥船上分列兩側的櫓櫓手在聲號令下撥動巨大的船櫓。偌大船隊在海需要號令協調行動的船隊規定信號。白天認旗夜晚認燈，進有鼓聲退有金聲地整齊威嚴。帥船大旗迎風招展船頭刻畫炯炯巨龍的雙眼。鄭和身著總兵蟒袍紅披風在海風鼓起，祭海的儀式中近三萬將士和船工都在寶船頭盔甲鮮亮先向北面三跪九叩辭聖上然後轉身面海焚香秉燭，把酒祭海燒幡文：

「伏以神煙繚繞，謹啟誠心派請。今年今月今日今時四值功曹八方迦難使者，有功傳此爐內心香。奉請歷代御制指南祖師、軒轅皇帝、周公聖人、前代神通陰陽仙師、青鴉白鶴仙師、楊救貧仙師、王子喬聖仙師、李淳風仙師、陳摶仙師、郭樸仙師，歷代過洋知山知沙知深淺知礁嶼知海道尋山問澳望斗牽星古往今來前傳後教流派祖師，祖本羅經二十四向位尊神大將軍、向子午酉第實申巳亥辰戌丑未甲庚壬丙乙辛丁癸二十四位尊神大將軍、定針童子、轉針童郎、水盞神者、換水神君、下針力士、走針神兵、羅經坐向守護尊神、建櫓班師父、部下先師神兵將使、一爐靈神。

本船奉七記香火有感明神敕封護國庇民妙靈昭應明著天妃，曁兩位侯王通順王、五位尊王楊奮將軍、最舊舍人、白水都公、林使總管、千里眼順風耳部下神兵、擎波喝浪一爐神兵、海洋嶼澳山神土地、里社正神，今日下降天神糾察使者，虛空過往神仙，當年太歲尊神，地方守土之神，普降香望，祈求聖杯或遊天邊戲駕祥雲，降臨香座，以蒙列坐，謹具清樽，伏以奉獻仙師求酒一樽，乞求保護船隻財物人馬平安。」

告別……一如鄭和第七回出海前又去了長陵……告別永樂朱棣的天壽山寶地，堪輿家宣稱山川形勝猶如巨龍盤繞的難得風水，背倚巍峨的青山象徵基業穩固，面朝開闊原野清溪預示源遠流長。離北京城不遠的長陵山頭拔地聳立，遙望京師。乘馬來長陵拜別永樂皇帝的鄭和想起第一回到那石參道……是他要回南京就任守備前。他的馬車沿著一條石頭鋪砌的大路，參道兩旁的石人石獸是守護長陵的陰司百官，供桌上的三牲的祭品和香燭，太過令他感慨……允諾他下西洋的皇帝煙消雲散的噩夢中醒來不能感到欣慰，從好夢中醒來卻也只有失落，出了德勝門的鄭和看得出來，這些石獸武官下馬的碑石前，走近那座由整整一個山頭變成的巨大陵墓，很多神祕的石像在永樂皇帝的陵墓前悄悄留下。在高大的拜殿一陣震天動地的香火砲火前告別永樂的……鄭和長跪下去，久久匍匐在地，心裡翻滾出自己幾十年的風風雨雨，拜別了先帝後才想通了……

鄭和想起更多告別……一如姚廣孝跟他說過，相術能使他看到充斥惡兆的西洋……但是他看到只是西洋中浪的風頭而不是時代的風頭……我們充斥惡兆的臉相都在海上看潮起潮落的潮……只有在告別的時候才能更看清楚點什麼……一如臨終前鄭和所想起的更多懷疑……他自己一生到底在看什麼？在看海或在看人間的什麼？認真地看什麼的他一生戰戰兢兢地在西洋找尋什麼或說告別什麼？一如童年就亡國遭滅門全家被殺還剖棺露屍之刑的他被去勢而沒被砍頭的那一回。一生一開始就捲入了戰火的夜半攻堅失散……誤入雲林深山逃難的一個祕密叢林被野獸蛇蠍蟲蠱環伺時，鄭和逃入了暗黑可怕的聲響洞窟末端發現一個老時代用血肉挖出的還帶血漬坑坑窪窪的破爛土坑。往更地下走的地道所沿伸的甬道通往的地下山洞。他還來不及尖叫就失去知覺，後來獲救回到人間。鄭和仍然記得，地洞牆體有甲骨文環刻文而地底角落有骷髏頭骨成堆。到了一個星空中星宿動物在壁畫的巨大的假昆蟲畫像，成群的蝗蟲天牛蚱蜢金龜子在空蕩蕩的洞中飛舞狂亂晃動。聲音低沉詭譎充滿苗族巫師的法器的乩童們的全身都是刺青的咒語，他們用蟲血當漆所漆過的這洞穴的地下室。來過的人一碰到上過漆的地方就出事，後來才發現那漆除了蟲血還泡過人血，是一種苗族極端險森恐怖的古代法術，在某一道牆體畫上了滿牆的圖籙咒語，但是沒有漢人看得懂。還從被漆上的牆體到洞口爬出怪異的蟲子。長出霉爛的漬痕，發出不明的死抓木製地的怪聲。

彷彿整個房子都被附身。屍體的眼洞爬出極端渺小但是群飛而出的蠅蟲。半夜找到鄭和的那個滿臉失神還用指甲始終在抓地而受傷爛指甲入肉的可憐苗族女人誤救了他……已然完全沒有感覺疼痛的鄭和彷彿覺得自己會死在那地洞的黑暗之中……但是，昏迷之中的他彷彿聽到他祖父小時候跟他一起在回教低沉龐大低聲祈禱梵唱時極度沉浸的聲音，叮嚀他……要虔心的找尋，一生要小心翼翼，但是他已然過世多年了……為何在這他要告別人間的痛苦時候託夢給還小時候的他，還告訴他要用心找尋一如用心告別。鄭和還想起有一回在海上看的祭神戲，戲台上的太多典故。彷彿是未曾消失。戲中不免充滿兩種層次的邪惡。人的邪門和神的邪門。場景閃現在他腦中那種種搬戲台的彩色看牌四大塊狀之一的龍柱畫半支。這種泉州漳州傳下做海上亡魂告別式的神功戲棚有很多規矩使鬼敬畏其一生終究無法一步登天。甲板上空蕩蕩的椅子上一如坐滿了鬼魂在聽戲。在那艘寶船甲板廣場還特別擺上的一個拜戲神的小祭壇。那個老戲班班主搬演上寶船甲板的戲台加上在旁側船身眾紙紮神明巨大身體下充滿了和神的感應異常……那個演鍾馗的黑臉將軍站在木製老方神桌旁生擒咬生肉的白虎。最後，告別式的破台儀式才能完成。老班主神戲劇搬演的前一晚曾跟鄭和說，他始終想死，因為牽掛……慢慢服氣地學戲很辛苦的一生要用心到可以應付身段舞刀長槍纓毛飛揚的種種一身傷還不可能練好的無可奈何。要虔心在梨園祭神但是祂是我們的守護神但是卻也一如老皇上難服侍。他說，雖然他老想找死，死是唯一可以安心地度過餘生的地方。但是放不下，海上這種祭亡魂的神戲往往都有很多後事般的心事會出事……班子在後台化妝卻就看到半夜有亡魂在前台就開始自行搬演，一如某種傳說中的海員陪老舟師祭船而在老寶船甲板上拜拜老聽到海上有低聲叮嚀別拜了也別吃光祭品要留給海底的他們……種種有風無人的空中水鬼的低泣。

❖

鄭和最後跟那想收藏他的屍骨的收藏癖狂人說了一個他的夢。「充滿了異味……夢中的我冷得發抖，那竟然是在北京的紫禁城長牆末端的匆匆忙忙要進城但是始終找不到城門的困擾之中。雖然在大雪中已然繞了整個城走了好幾圈的好久好久的費解而走到腿快斷了，但是，不知為何，內心卻仍然開心……後來和姚廣孝兩個人在那冬天回到一個京城裡他為當年落難的鄭和落髮出家的老廟後院的破房子裡。」

回到了那一個陌生老房間，是他已然不認得的破爛僧房，有很多長廊供奉起奇怪的異教邪神的祭祀怪殿堂後院的地方，但又心裡知道那裡就是小時候他落髮的老地方。鄭和彷彿始終還聽得到祀神中的冗長法事的怪咒語梵唱中的悲傷及其困難重重，小時候的他長跪在桌角的黝黑深處跟拜爬行繞路，法器聲響上經文怪咒，唱腔肅穆悲戚但是疏離，最後依例擠身爬入到房間神桌內側的最角落。但是姚廣孝掏出口袋中的冥紙揉皺，那個來的那乩身異教法師看到也同時掏出一張舊時代的老冥紙跟著捐入香爐旁的老香火櫃，就在香燒完掉落的香灰旁……塞在神桌下的一個底層。那異教法師還問了永樂那蠢皇帝到底有沒有來，有沒有捐冥紙，鄭和說他也不知道。但後來到了捻香的始終沉默的姚廣孝把自己捐的揉爛冥紙也放到神案上。供奉異教神祇的大桌身桌角有太多層髒兮兮的桌底。很多帶血腥臭牲禮祭品會出現的地上佛龕那種死角的怪地方。完全不知所措的鄭和只好也沉默地跟著把所有地上桌角底冥紙成團成團的皺紙堆，拿上來放神案桌上跟拜。

然而夢中鄭和所始終更無法釋懷的……卻是在那京城破爛不堪的胡同迂迴曲折中又走了很久飄雪的老路上，姚廣孝買了王府井老市中某一個破爛攤子老人用舊油紙包的炸的鬼東西請他吃。姚廣孝跟小時候的他解釋那是什麼著名的京城古代傳下來的名點，但是仔細看，卻是一種腥臭味極重的怪內臟。他們在路上聊很久，這幾年在京城他在做什麼。「我聽不懂，或許因為太冷或許因為那鬼東西太難吃。後來的我們竟然走到了更陌生荒涼京城的城郊的老城，建築破爛不堪廢墟，騎馬載他，很大很遠，騎很久，找路，出不來。後來姚廣孝他念經捻佛珠念佛到已然睡著但是還身騎在我身後的馬背上，我急著叫他，擔心極了因為怕他摔下去雪地會受傷危險，但是怎麼叫他都醒不來。但我停不下來馬還一直疾奔。」姚廣孝在睡著之前的馬上還提到了他看過的一本天竺的古書，深深地討論人生修煉的苦修僧派系某種自我苦行就是要遍嚐每一種最怪異最噁心最腥臭到無法入口的食物，討論和吃有關的種種禁忌恐懼就是人間投射的吃以外種種雷同妄念困擾，吃可以修這種妄念……他說他也看不太懂那種古代異國的苦行陌生的語言和文字，但是他吃到京城這種鬼東西，卻馬上想起那本天竺苦行古書……因為那種老時代的老小吃所料理的就好像是這種人間太過極端的荒唐試煉，用種種禽類的臟器和肉身之間的黏膜和菌類用做很複雜的烤溶解化成汁液再沾來做醬料，是數百年京城市井最尋常的老味，怪異極端但是吃起來極好吃，雖然聞起來像排泄物地極端惡臭。那惡臭的古怪異味，就像收藏家那怪展覽收藏海中種種最奇怪死法屍骸大廳的古怪異味……

完全不曾絕望過的鄭和怎麼想也想不到他真的會死……

當年他沒有死在被大海嘯侵入的那剎那間，死在那龐然浪潮捲襲而下時完全折斷破壞成破爛碎片碎裂開來的崩塌寶船身。那一回，他甚至在寶船頭還瞬間地張望到遠方……那些也因為海嘯侵入而完全淹沒於龐然波浪一如天譴般捲起疾風波長如鋪天蓋地惡魔的轟然巨潮掩埋……掩泣的那熱帶島嶼沿海落後的土著村落岸邊原來就已然斑斑駁駁的舊木屋群，充滿了美麗寧靜夕照倒映港口波光那麼原來幽微優雅的風光……都完全地消失……

尤其是火燈半熄仍然閃燦的光影中，竟然沉沒的寶船前頭所出現了更多費解的畫面，他看到了寶船之前靠岸過的那海口原來氣派井然有序瞬間瞱變成混亂泥濘的廣場，看到了殘酷的倒塌下來的建築體梁柱支架歪歪斜斜旁那屋中木製桌椅窗框門扇都破壞到認不太出來的可怕，看到了許多水兵仍然用心良苦地赤腳踩入及膝的寶船內艙泥水中，在仍然半毀支撐幾片牆垣中搶救海員們的呼天搶地呼救……看到那浮現在夜空的艙身門洞和窗洞都是空蕩蕩的一開始只是一陣微微從海上來的海風，然後在不久之後發出嘶吼般地猙獰狂亂到越來越強烈越可怕，尖銳的風雨像一聲一聲轟向已然脆弱不堪的木製甲板上的敵方重砲……

最後他還看到更多死命求生的獸的想逃離死亡卻無法逃離的困獸之鬥……他看到風雨中戰馬在馬船奔跑到落海仍然掙扎到窒息仍然用力地泅游，看到了浸泡在海水裡肉身腐敗的傷口還有蒼蠅在飛的血漬而呻吟痛楚的船體掉落諸國進貢明廷的斑馬梅花鹿大象甚至被奉為麒麟的長頸鹿都已然半哭泣半哀號……終究絕望地沉入死寂的海。

鄭和彷彿在他死前的那一剎那間看到了當年所有落海的獸都已然完成了對人間的告別……已然被神明收回天庭般地收回另一個朝廷，一如被重新打造精密成當年明太祖墳前最著名的高難度巨石像生群，那位於明孝陵神功聖德碑亭之北過五孔御河橋所羅列古欞星門三間兩垣式牌樓門前的石獸群望柱一對對石刻武臣文臣……或許更像是像栩栩如生的那成排參道側的石像生十二對石刻坐獅立獅坐獬豸立獬豸臥駝立駝臥象立象坐麒麟立麒麟臥馬立馬……但也可能就一如古代神明更文明的雕像，穿著朝服但頭顱已然都是那些寶船上的奇珍異獸……穿上朝服彷彿已然成仙的猛獸們石獅石虎石豹石蛇頭顱臉孔中依然眼神犀利獠牙銳利異常，石兔石鹿石猴石牛石龜臉色從容自若地雍容，甚至石孔雀長尾仍然從石朝服披風後伸出開滿的雀屏五彩依舊鮮豔地如此璀璨華麗……

鄭和端詳著姚廣孝手上的古藥箱布包裹。打開了那暗黑絲綢布巾中的老檀香木箱身，才發現那是一個極端複雜到像老中藥店縮影一格一格舊時代木抽屜，從底層到頂層，而且仔細注視還發現那抽屜銅製龍首把手上頭都寫滿了像《永樂大典》上那種典雅工整的楷體漢字，每個抽屜彷彿是多重寶殿每層建築的祭祀壇區規格或許就像厝骨塔中每一個入塔的骨灰罈身挨身相鄰的出奇井然有序……但是，一打開每一個抽屜，就可以發現裡頭有好幾瓶琉璃瓶的裝各種不同斑駁顏色頭髮的瓶身上還貼著寫毛筆字紙張寫著他們每個人的名字。鄭和心中納悶極了，那麼窄狹的木抽屜中怎麼還可能放入一個個的小人，或許那是一個個手工打造極端精密的人偶身，像是某種最奢侈昂貴的古代傀儡戲偶，在未上演偶戲之前先放上神戲舞台旁的著裝亮相小心翼翼打理的……更仔細地看著那幾個抽屜中的人偶，他們的眼神雖然無神而灰暗得近乎恐怖，穿著大明的朝服，神情索然得近乎完全沒有絲毫生氣，但是卻也有著某種死寂中的寧靜，不像尋常生前朝中相見的充滿心機相譏諷相試探的焦慮感。或許就是死神用他恩師的熟悉身影來接他，眼前的姚廣孝已然變成了那個著名的冥府來的判官死靈前來接已然大限到了的他。那是鄭和即將離開非洲海岸時的奄奄一息，從木骨都束到古里的二十三晝夜，鄭和就這樣昏昏沉沉在每一個夜始終被海浪吵醒的已然茶飯不入……內心完全知曉船隊抵達古里的港口的西元一四三五年四月十五的他就會跟圍繞在他身旁的眾船師眾海員永別……使鄭和雖然全身疲憊不堪到完全無法清醒地感覺這種神祕時光的玄機，但是他內心卻異常地充滿某種難以明說的終端既極不幸的幸福感悟……充滿了某種要遠行到更遠的海但是卻又好像要回朝的最安心氣息的無限醞釀。

為什麼他都記不起來……鄭和發現自己到了一個古老而斑斑駁駁的舊廟，被一群凶神般的長相古怪的野人攻擊，他昏迷之後醒來已然被殘忍地刑求過，而且發現他的身上被用一種古怪的舊式刑具般的箍身鐵圈繞綑，或許因為受刑太深太殘忍之後的他已然完全不能動太久到近乎癱瘓，而且過了太沉浸於死寂的逼人苦難之後，鄭和已然放棄可能可以獲救的絕望……甚至就在那一群一起衝進來拯救他的寶船近身護衛們最後已然進到廟裡最深的犧牲囚禁密室之前。他完全不相信他們可以找到他……但是鄭和叫他們，他們卻露出奇怪納悶的眼神，彷彿不知道他是誰。一如一群陌生人在找另一個更陌生的人，慌亂而戒備，還一直在問全身赤裸裸受刑太久已然血肉模糊到認不清是誰的他……有沒有看到鄭和大人。

鄭和始終還在費心想法子要怎麼對付太多的惡兆……一如始終注視自己隨時逼近的死期！

一如寶船仍然老發生廝殺的多年來……如何安頓船身旗幟指揮號令飄蕩的精密，如何閃過雷鳴電擊風暴大雨滂沱的威脅，如何在大漩渦船身殘破中仍然掌握固定桅杆，如何使西洋敵船攻不進寶船甲板的擔心，如何掌舵鉸鏈發射火藥在疾風毫不閃失，如何在風暴干擾仍然可以瞄準敵方主艦主桅，如何駕馭半崩塌的船身死守被吹破的船艦風帆。如何在桅杆頂端拉纜的對決之中劍拔弩張下刀到最後要怎麼收場。如何抵抗所有殺機虐殺攻堅到完全爆裂火光燒傷甚至不得不下令棄船。鄭和太不甘心下西洋的任務在某一回不小心失誤中就要面臨惡兆中無可挽回的失敗……

一如飛禽還沒完全起飛展翅恣意滑翔就已然因為意外要墜落的焦慮，一如在一個噩夢中始終沒有醒來也沒有記得更多惡兆的細節就已然又進入了下一個噩夢。

鄭和經。寶船老件考。十三。

一如老派《星際爭霸戰》影集裡的柯林貢外星邪惡種族，一如線上遊戲最著名魔獸爭霸戲局裡的魔獸……《鄭和經》權威解經西洋老教授們往往自作主張給鄭和一種怪異邪惡一如魔獸爭霸戰記的老知識譜系的過度解釋，甚至也在冗長數百年其中發展出一種過度複雜或過度簡單的對《鄭和經》解經的惡魔化理論，只為了避免鄭和一如穆罕默德的影響力更肆虐地到處流竄而再現了一種更為龐大的鄭和祕教實體，讓西洋人可以輕易看見掌握來阻止擴散其邪靈般的影響力。

因為對近代在寶船老件收藏家們爭相搶奪的大量流出真偽難辨但是天價令人擔憂的種種《鄭和經》古籍而言，鄭和是異端的一如恐怖分子般的宗教領袖……彷彿在古代的東方的鄭和卻被現代的西方懲罰，正因為他置身於現代西洋邊界之外……也就是外在於西洋人心目中的自己非異端的內在信仰國度。

鄭和因此被異端化的冗長過程所異化……不只使《鄭和經》變成鄭和學專家的怪異專屬領域也強迫原本未受影響的一般西洋人要接受他們所新編定的鄭和符碼……就如同Ｈ教授用西洋字母的順序編輯《鄭和經》一書一樣地認定這就是更深更真的解經後的恐怖鄭和。

最邪惡但是也最無辜的鄭和……永遠被《鄭和經》專家Ｈ教授提醒為異端教派的假先知，然後再如此定位鄭和對後代六百年來西洋的歷史混亂過程在意識型態意義上種種侵入性的價值……這就形成了另一種極端有名的西洋歷史上最費解的極限欺人太深太盛的假先知：鄭和……一如穆罕默德，一個異端邪說的作者兼創立教主還盜取宗教之名稱伊斯蘭異教。古代流傳的古籍《鄭和經》的詮釋者和其他的鄭和祕教的教律法師都無所保留地讚美這個假先知，又見一本本相關西洋古代祕密教派的經文皆引用《鄭和經》一條條經書中的解說鄭和下西洋的宗教影響的層面太過繁複近乎繁殖……因而影響了亞利安人和聖保羅派信徒和其他異教徒，他們原先都信仰依於耶穌基督如今卻受鄭和祕教影響而剝除了基督的神性……變成異端。

異端的「鄭和祕教」一如「穆罕默德祕教」，其實是一種西洋人命名的有侮辱意味而且跟伊斯蘭教有關的名稱。伊斯蘭教才是穆斯林用來尊稱的正式用法……而歐洲人卻故意對伊斯蘭又另外命名「我們稱的異端」是因為他們「伊斯蘭人」被「我們基督徒逮到了」他們模仿基督教認定穆罕默德是神棍假稱是真宗教。如此定位清楚後的H教授就可以直截了當地描述鄭和下西洋一如描述穆罕默德一生而憤怒地因為《鄭和經》的廣泛影響也將鄭和定位為雷同的祕教的先知騙子異端，這種異端的教派才是整個《鄭和經》的更驚人發現……其經文主題走向的關鍵。當H教授按字母順序編排有關鄭和的解釋項目時常常直接援引一如穆罕默德是騙子的定義而把不斷遇到的下西洋遠方異國異端邪說解釋成其橫行的危險並將它們轉化為明顯的敵意型態條目。

異端的鄭和……一如在東方古代橫行的假先知的影響力成為對歐洲人的威脅更成為道德腐敗的象徵，但是一旦被H教授定位後就好像靜坐在《鄭和經》專家們所搭起的舞台中公認很突出的假先知位置供西洋後人攻訐式地指責為異端來深入研究。

但是雖然鄭和教派的教徒一如異星球邪惡外星民族也是人物類型一如誇大者守財奴好吃鬼好戰分子種種惡人角色類型的好像看到可是又並不完全正確。因為H教授的叱責《鄭和經》學說本來也就混亂一如神經兮兮的神話或小說或電影種種塑造類型的限制，原本用意就是要人瞬間毫無困難抓住一個類型，不過H教授筆下對鄭和的角色塑造往往卻是一個誇大的假形象，一如「假先知」這種異端形象。

然而對更後來六百年來的西洋時光荏苒失常又無常的異端鄭和……《鄭和經》也總像是某一個角度的倒影投射出的西洋變形，一如對某些德國浪漫派的作家而言，《鄭和經》中的鄭和或某些印度或中東宗教基本上就是德國基督教「泛神論」異端的翻版。可是鄭和學家們自詡的研究發現卻始終就是要把鄭和從一種異端在敘事中轉換成另一種異端。

但是在某種歷史混亂不明的怪異情況的他們也相信是這種異端的翻版變形敘事也是為了衡量十九世紀和二十世紀「鄭和學」時發現其實這個「學」六百年來或許相對於文藝復興和工業革命的文獻繁複考古發掘或許還根本只是一種粗糙的異端流亡知識概要。這種《鄭和經》流亡的異端知識考古學概要既蔑視現實而置鄭和的真實不顧，而且也不免反映了迷信般的這種鄭和一如神人的鄭和學必然一如巴別塔工事陷入天譴的語言失控的敘事混亂……

一如死海手卷對猶太教與天主教聖經的理解可能面臨激烈改觀般地驚人……這個古怪的重新出土的《鄭和經》引發種種論戰古稱之為鄭和學家們的終極舞台也因此變成一個非常嚴格的既是道德的也是知識論的歷史神學體系。《鄭和經》的研究因而在此發揮了三種平行宇宙般的影響力：一是對鄭和，二是對鄭和學家本身，三是對西洋那鄭和學的讀者們……六百年來這三種鄭和學內在交互影響歧異糾纏不休所形成的歷史知識都不免是充滿錯誤的誤解。

或許《鄭和經》啟發西洋六百年來的可怕信仰神學祕密法術般的法門真理……致使那個神人般或是魔獸般的鄭和……已經變質成這群博學的鄭和學家們判斷的完全異化……《鄭和經》中的鄭和完全變成是異端邪說中的異端妖怪……甚至彷彿是假想敵的魔獸爭霸迷流出無限猙獰的東方神起可怕妖怪。

印度廟。馬三寶部。第七篇。

馬三寶堅持要去瓦拉納西找死般地找尋傳說中鄭和遺留在印度的六百年前中國古董……那一路的找死感竟然就是一如太多太多宗教預言般的朝聖的找死感……朝聖之旅進聖城必然充滿著艱難環伺的信徒虔誠度天譴就是天啟般的考驗種種意外發生……

一如他一生找尋鄭和古董下西洋一路去過一些類似這種老時代聖地的充斥宿命死亡隱喻的古代墳墓群的老墳場，他死命地找尋一路所去過西洋或南洋的信徒們一生心願虔誠地想殉身安葬於聖地的種種聖城……一如西藏更奇怪空行母守護著古代的天葬台或是印尼怪異島嶼印度教狂熱崇拜的死神廟或是耶路撒冷的錫安山舊約聖經時代審判日會復活的種種古墳地，也因此而沉迷過如何更深入地見證過更多種更離奇近乎神祕的祕密宗教法會神蹟降臨的現場感……

但是這回太意外發生的馬三寶所進入瓦拉納西好像變成是困難重重包圍地更極端震盪永遠不可能停歇的震幅現場，感覺那麼陰森恐怖的沉浸到永遠無法理解……為何跟過去曾經聽說過的或書中讀過的都不一樣，然而他陷入昏迷般揪心空想的更還是古代種種典故中「邊界」的問題，有很多人的鬼的神的死的活的邊界狀態在瓦拉納西突然也必然變得更怪異地緩慢模糊……

瓦拉納西有一種奇怪的神祕的緩慢的氣味濃厚到甚至不濃厚的更深更莫名的令人恐懼的什麼，一如恆河上空常常飄過模糊不清的煙霧，馬三寶一直在想可能是燒骨灰的煙霧，充滿了某種接近死亡的不忍不幸不安的暗示，但是或許也不是……一如從飛機場出來的時候就看到了整個老城煙霧瀰漫的塵霾也令人想到了燒骨灰的煙，但是或許也不是……一如更多的時候他還是被很多人的很多很多臉上神情的模糊甚至有種難以描述的沉重……世故又天真、灰暗又明亮的什麼所吸引，但是又抵抗……

內心深處太忐忑不定到自嘲本來應該要習慣但還是不習慣關於來了一段時日的陷入印度的「所有事情都有個樣子可是永遠不是那樣子」的進入最後永遠障礙充斥的恍惚狀態……妄想持續陷入可怕泥淖裡可是總是好像可以倖存下來許身一條亡命之徒般的逃離命或是陷入命的交錯感的歧路。

一如馬三寶的誤入瓦拉納西的過程本來就像災難一樣，前一個晚上幾乎沒有睡的問題重重心情複雜到老想著身體不好到心情不好就回台北了不要去了的懷疑，但是太過怪異的巧合在晚上太晚到孟買機場封閉感充斥的絕望與意外竟然就入住的一個精巧華麗專業現代感但是像囚牢般同樣過度封閉感的過境旅館房間趕第二天一早的飛機，但是一早起來趕著上飛機前還是同樣就陷入了奇怪的奔波……

一如記錯出發航站到有好心人及時費盡千辛萬苦幫馬三寶找到計程車開到另一個極遠航站，已經遲到了快來不及的已經誤點一個小時的飛機還是在衝進過關檢查人群密密麻麻的繁瑣程序所陷入的煩躁不安緊張情勢不斷的最後竟然因為飛機誤點三小時才勉強趕上的近乎不可能的一路驚險……

一如到了瓦拉納西破旅館老闆甚至派了計程車司機來接馬三寶但遲到太久一路陷入塞車看到有滿街路人老在打架在遊行、有滿街牛群老辛苦地在路邊垃圾邊喘息覓食、有滿街騎機車開車破爛不堪的車身老死塞在路上動彈不得的問題重重，甚至最後好不容易進了城開了很久還是莫名地開入了一個破舊街死角，開始下車賣力更走入狹窄的巷子裡穿過更多骯髒小孩老人骯髒雜貨店，在面目不清的老房子開的老店賣著他不知道在賣什麼的料理衣著雜物但同時也賣神像大麻法器……始終無法忍受的荒腔走板地荒誕……

然後馬三寶終於到了那個破旅館，看起來很老又很怪異的華麗裝修過的……天井有像印度廟圖騰的感覺好像誤入了一個神祕教派的神廟尾端香客房的怪氣息，那或許是瓦拉納西的開始，在老有點狹窄歪斜變形的怪房間可以看向恆河的陽台窗口，用幾乎不可能想像疾速移動的母猴帶著小猴伴隨公猴頑強守護著地晃身疾行，但是猴群身軀攀爬過老建築一路欄杆長柱樓梯甚至是破舊水塔破舊電線桿，充斥著某一種奇怪不明飛行物的瞬間移動瞬間停留瞬間打量著的怪異感……

然後就是恆河，所有恆河的畫面永遠緩慢沉著到太過難以想像的偷渡某種神話的神經兮兮……一如這個老城幾千年來關於印度怪力亂神舊故事的起源，所看到人間長出的恆河的神話解釋竟然是濕婆性愛百年射精成的怪異又色情的離奇隱喻。

但是天黑之前沿著恆河走的時候在那永遠沒有辦法走完的河岸河壇綿延不絕樓梯邊，意外發生的驚慌失措步入恆河旁的火葬場古代祭典的打開所有的送亡者狀態都變得那麼巧合的神祕，好像逃不了的一生註定要來的一趟神祕的旅行所暗示神祕的什麼始終躲不掉可是又抵抗不了……但是就是講不出來的恆河上空永遠陰霾的灰撲撲氣息，老舊得沉重得老閃躲不了河岸的老船及其船夫的認命渡人，印度教的祭司爸爸、河邊的乞丐、老太婆帶著塗抹典故中濕婆藍色臉孔穿著華麗豹紋衣服拿著三叉戟的妖怪小孩，太多人太多法門到處行乞……在整群看著老法會進行的西洋觀光客吃驚地打量之中仍然閃閃發光，在西塔琴翻唱呻吟的古代旋律拉開的暗黑長空之中，夜色持續荒謬地……注視著馬三寶。

馬三寶老會想起在恆河旁邊很多印度老巫師，後來的他去找一個老巫師在河壇旁被他怪異瑜伽手法推拿按摩整骨痛得很不堪的時候……彷彿被下了什麼咒術……也老想到老巫師們都會撐起一個個很小的帳篷和攤位焚香作法，又破又長的髒兮兮的位子旁邊放滿了很多印度教的小佛像和法器，甚至抽大麻或養蛇，但是有些巫師甚至會直接跟人們要錢看起來跟路邊的流浪漢或是騙子很像，有時候會有他們的信徒在旁邊聽他們說法或是作法，他們像是苦行僧或是陌生祕教的修行者嗎？看久了好像也沒有那麼好奇或是驚訝，異象奇蹟發生只像是瑣碎的雜耍假特技出演或只是活著的最日常生活的尋常細節切割放大摺皺成的什麼……使更久陷入其中的完全逆轉位移置身最不奇怪的奇觀的他想到或許太好奇的自己對這個活了這麼久的世界的理解必然破了很大的洞……神聖的和卑微的、永恆的和瞬間的、崇拜的和鄙夷的、深愛的和不愛的都模糊到不知怎麼面對，火葬場的白天燒屍體的地方有很多牛和狗闖進去找剩下的血肉殘骸散落的碎骨吃也沒有人趕牠們走，印度老人面無表情也不在乎地像掃地洗地般上工地拿著水龍頭水管沖刷骨灰到滿地骯髒裹屍布扛屍木燒毀的廢棄物一如市場在洗雞鴨魚肉蔬果殘體般地無奈又尋常地一路流下到最後的岸邊擱淺成團的什麼再糾結纏身地同時流入……恆河。

古傳說中的瓦拉納西的火葬場有一個非常古老的濕婆神廟的聖火燒了三千多年沒有熄過，二十四小時都有人從印度各地送來火化遺體，老時代規矩禁忌極多，女人不能接近，家屬只能送到河旁最後一回浸泡聖河水洗滌罪惡深重苦難，甚至所有的送來火葬的屍體都必須用那個老聖火來點火不能夠用別的火柴打火機不夠神聖的火源，這樣才可以送信徒的死者到印度教的傳說中的死亡神祇收亡魂超渡儀式前往來生的切換生死不明的可怕既生又死的聖地，恆河口的這火葬場就是那個最神祕的崇高的唯一入口。

但是後來現場看真的慘不忍睹，那古火葬場去了太多次，在晚上在白天永遠煙霧瀰漫到近乎瘋狂地無法呼吸，馬三寶不知吸入濃煙密佈的多少骨灰的感覺陷入衰退的窒息感到後來卻已然習以為常，一如更久一點的在瓦拉納西的時光……所有的時間都變淡變緩但是內在卻是又激烈又疾速地發生，像恆河的冗長河面那麼灰暗陰霾籠罩著的始終無法理解地彷彿那麼地尋常又無常……

深入印度的馬三寶到瓦拉納西更大更深更接近死亡的更艱難的內心深處的掙扎體悟的試探。太久太久去了印度的始終狀況太不好，所有的病都發作也都惡化，始終也勉強自己因為愛面子求好心切而去了很多鬼地方找了很多鬼東西，但是另一方面卻又覺得應該完全不要再找什麼去什麼地死命抓住什麼地干預，後來就這一間非常小的黑暗的旅館房間裡，天色越來越暗，一如恆河岸邊永遠擱淺的船隻人群聚集的荒謬感，才覺得他好像始終沒有了解到他跟這個世界的關係充滿了很多錯誤的期待和太多用力地想挽回的什麼……

其實活在印度的人們就是像他們現在這樣完全錯卻也完全沒錯的更內在深沉到無法理解的狀態，馬三寶越深入就越感到自己那麼費力的時間和力氣都不夠或甚至也沒有人在乎，好像可以去什麼地方或可以更深刻地用力地去找什麼，更後來就不免使越用力越無力地更懷疑起……他到底想要找尋什麼或在乎什麼或到底在挽救什麼……

馬三寶始終想像瓦拉納西是一個過度宿命的聖地……一如某種科幻電影中某個古老異星的聖地召喚眾

家信徒殺手部隊都前來找尋即將來臨的末世聖徒救援及其阻止終極毀滅武器完成但是必然失敗的悲劇感……但是瓦拉納西必然是更宿命地充斥著王子想出家反抗軍想起義先知想佈道最後終究想殉教自殺的聖地，或許瓦拉納西已然是一個宿命的廢墟因為數千年歷史神經兮兮的神諭痕跡切換啟動的什麼……更彷彿成為是聖地巡禮意外發現自己竟然就是前世記憶重新啟動而出現了古老預言成真的使者僧最後還是選擇下咒犧牲而完成任務地堅信神與我同在……的悲劇感。一如他想逃離但是又始終無法抗拒誘惑般地無法逃離……但是仍然懷疑著聖地的聖名及其神聖起源的這一趟意外的旅行……或許更是一趟上路之後始終想逃離的充滿變數而隨時要走的旅行……不知道為什麼會變成這樣的困難重重到一路好像變成一種幸與不幸的選項太多太怪近乎虛構的旅行，甚至隨時會逃走的他從來沒有經歷過類似像這樣子的狀態，好像是一個不可思議的拉扯巧合的什麼，不想要來還是來了，想走還是走不了，始終糾纏還是始終沒有解決，不可抵抗的天意還是想抵抗……隨時想逃離的宿命又逃離不了的不甘與不捨。

那是瓦拉納西的某一天，馬三寶仍舊死坐了很長時間在破旅館搖搖欲墜的陽台上抽菸，看著前方不遠的恆河的波光粼粼閃爍不停地暗示著他無法理解的領悟……越來越心慌但是又越來越心動，在那麼多天那麼久的近乎癱瘓狀態地恍神抽菸抽大麻相同的地點不同的時間，老會聽到白晝或半夜群狗像群狼一樣野生動物滿心撩落又撩起地對空瘋狂地吹狗雷般狂吠的怪聲地令人更心慌到極度不安……一如天空始終霧茫茫不知道是窄巷煮食爐火炊煙裊裊，還是腳步踢起塞車揚起的市井灰塵，還是污染到霧茫茫的大氣陰霾，還是變天閃電下雨前籠罩烏雲，還是火葬場吹來的骨灰的煙，或就是完全無法理解地混亂地混淆在一起地始終陰沉……

或許更陰沉的不免是……恆河永遠那麼的死寂莫名到那麼龐大也那麼緩慢，那麼龐大到一如月光或陽光或風或雲那樣地自然而然……太異常的尋常到讓近廟欺神般的人竟然因為太常看到就反而更像沒有看到，好像太陽月亮高山深海永遠會在那裡的永恆感及其引發時間感打開擴散蔓延到永遠沒有縫隙也永遠充滿流動地……令人太過心安也太過不安。

馬三寶永遠不覺得他已經來瓦拉納西很久或夠久，其實老覺得來了越久越熟就越不熟，越深入就越陌生，一如每天晚上老聽到窗外很多也越來越多的難以解釋的怪聲，充斥著暗示的什麼……牛在叫或羊在叫或狗在叫或猴在叫的動物冥冥中天意難解地低聲高聲呼叫狂吼，或是人的種種入世聲音在洗衣在叫賣在修船的人聲嘈雜，或是敲打法器的某一個先知在梵唱同時拉著沉重號角響起更沉重的銅鈴怒目圓睜的祭典儀式的法會，或只是低沉的遠方大大小小的木船汽船所在浪上怪異撞擊聲夾雜著烏鴉嘶吼鬼叫聲所交織成的更多更不確定未來不安緊張的什麼……

一如馬三寶偶遇到的某一個全身穿破舊印度教傳統衣袍的老人英文卻異常流暢說起瓦拉納西的他活過的一世數十年的曄變，英文意外地字正腔圓的善意不明原因的口吻讓他更為惶恐……一如老人老問起……困在瓦拉納西的馬三寶到底為什麼要來又為什麼離不開……

❖

馬三寶老想起古董市集旁的那個印度廟。想起神的神祕莫測其實不必然是那麼晦暗龐大陰沉，那個印度廟完全令人意外瞠目地怪異逆反……

反而是亮相的亮度，直接的太刺眼光明鮮豔，赤裸半人半獸半神地充斥對比反差的正邪相容又相斥，神的毀滅與創造同時以人所費解的形式擁抱彼此也顛覆彼此，愛憎分明又糾纏不清，神不是好人也不是壞人，神是人也不是人，神性試探人性的邊緣，沒有弧度收邊的銳角充斥地犀利，太過殘留的殘忍，天還那麼逼近，古代還那麼逼真，在那個印度廟裡的所有金光燦爛無法逼視的角落像是多寶格曼陀羅地那麼繁複地打開又闔起收納……只是為了更讓卑微走入的信眾可以更深信：神性是人性的千萬倍放大的充滿諷刺的慈悲與恐怖……繁殖出教義中那麼多層層疊疊時間觀人生觀宇宙觀的一如生生死死的循環無限疲憊不堪……

那天有點晚的午後坐在那個找了很久才找到的老印度廟裡，馬三寶很心安也很不安。情緒近乎是透明的。陌生未知地進入與打開，神域那麼完整地深入又好像不著痕跡，神祇不存在卻又無所不在。一如祭祀儀式的旋而出現和消失殆盡，僧侶都十分沉默而沉浸專注於法事，沒有趕人但是也沒有招呼，使得出奇空蕩蕩的印度古神廟裡頭更因此充滿了奇怪的死寂和活生生的氣味。

塔頂仙佛成群旁的迴廊有一個天井，天井中有個塔，塔中是主祀神祇內殿密室。非常地繁複又非常地簡單，屋頂列柱間頂天花是花葉佛座羅列開來的結界。更多更多無以名狀的柱列圍繞成形的擁抱最深內室的神祕莫測。柱頭的雕刻。太多神祇的姿勢眼神太多典故也太多暗示，從梵天毗濕奴濕婆三大印度主神祇到其更多變身到更多八部眾帝釋天明王菩薩金剛羅剎女夜叉阿修羅那麼多神像彷彿盯住他一如盯住人間盯住眾生的狐疑……一如最深的長廊側竟然另有一小浮屠上坐著主神披頭散髮頭頂恆河與彎月脖頸青黑掛一串骷髏項鍊上身裸露下身圍一條虎皮身纏眼鏡蛇手持三叉戟形狀恐怖的濕婆神力化身。還有異常印度廟中少見的毗濕奴也全身藍色披黃袍四隻手臂的其中兩隻握有祂的法輪和海螺法器，有一側分身坐騎著鷹頭人身金翅大鵬鳥，另一側分身是半倚在一條多頭的蛇王身上。底層數層雕滿臉孔半猙獰半慈悲的毗濕奴化身十種的半人半魚、半人半龜、人身豬面、人身獅面、矮人、持斧羅摩、克里希納、佛陀、騎馬的伽爾基……環繞塔頂。顏色鮮豔穿著華麗的祂們的臉孔都有某種怪異的既可愛又可怕。

仙佛成群旁的古怪迴廊有一個主天井，天井正中心有個更大的浮屠充滿神魔雕像：最高峰的梵天那宇宙創造者周身紅色，四頭四臂朝向東西南北象徵四部《吠陀經》，四隻手握有念珠水罐吠陀經節杖勺子樂弓蓮花，用念珠來記載時間和用水來衍生萬物的梵天安坐於蓮花之上，出行時騎七隻天鵝拉的戰車在旁側。在那浮屠旁端詳越久，越來越覺得祂們的神通變得既抽象又顯露……諸多神祇頭戴黃金色的頭盔身上半裸半繫帶而多頭多手持法器或持手印的象徵，浮屠底層主祀神祇內殿密室非常地繁複又非常地簡單，屋頂列柱間頂天花是花葉佛座羅列開來的結界，充斥更多更多無以名狀的柱列圍繞成形的擁抱最深內室的神祕莫測，都那麼地看似簡單又無比玄奧……

一如浮屠迴廊中偶然出現空中的鴿子或鳥的誤飛入或停在老石雕像那種種聖獸的孔雀開屏、象頭人身作法、響尾蛇盤亙塔頂佛頭的意外……那般充滿意外地動人。

一如一開始那古印度廟門洞是關上的，使找了好久而失望的馬三寶在外頭和另一個雷同忐忑不安的西洋人等待更久，最後才不好意思問那老僧侶是否可以進入嗎？他在想的是太多陌生感引發的惶惶不安或多事或不該在場的緊張兮兮。遠離或違反了教派傳下的諸多老規矩禮節，在祀典前後怕冒犯了什麼？無意冒犯了廟，冒犯廟的僧侶，冒犯了神祇。也害怕他因為某種誤入的冒犯將承擔其教義中累世的因果報應生死輪迴，或許他在某一世某一種生命的靈魂再生或轉世善惡報應中註定他會犯下此誤入之錯誤而這種輪迴周而復始無始無終無法深入到梵我如一靈魂與神祇的冥合解脫……始終陷於愚行地一再冒犯而不自知愚昧。更後來一個身上有畫白紋的老僧侶終於現身才把廟門打開讓馬三寶和其他的他們進入。古祭典開始時非常駭人又動人……尤其鎖吶那般吹奏舊時代感銅管怪異的狂響炫音，間歇性間奏恍然的老鼓，然後底層始終是西塔琴神祕洋溢忽強忽弱地遠海浪潮般地波瀾磅礡湧現。更用心傾聽會深陷入迷其既幽微又奇響、既迷離又聳動的無限迷幻，那音樂的悸動沉浸深入是為了神明，是為了祀典某一部分但是又好像是全部……地在半封閉迴廊天井內室外壇之間迴響地轟轟然。仍然不知如何是好地恍惚……望著夜色將降的浮屠層層神祇始終有太多神祕的未知。

一如馬三寶在瓦拉納西爛旅館前一晚看到的那一部討論相不相信神祇存在的尖銳恐怖片……一開始同情被附身少女的她是一個研究精神科的人類學家。猜測病用假科學的她可以預見死亡或本來可以切斷被附身的狀態，用治癲癇的藥物來阻斷驅魔的需求。她找尋可能那少女或許不是精神分裂也不是癲癇，因為深信瘋子不知道自己是瘋子的她只是希望少女不要再傷害自己。

但是少女被附身的故事只有她自己可以說。關於黑暗的惡魔越來越逼近她。她堅持每一個人都應該想過如果真的打從內心深處相信……那對她而言惡魔一如神祇充斥著折騰崇拜眷顧必然同時的恐慌……但是不會有別人知曉。每個人也都有自己心中的惡魔和自己更內在的恐慌。惡魔始終沒有屈服，所謂的異常狀況也始終沒有消失。少女最後必須完全靠自己的信仰來面對。最後，少女被告知她可以選擇要留下來或跟聖母離開。少女深信善良會戰勝一切惡魔，但是她錯了，一如她那些被附身的可怕傷口將會是一種留在人間的可憐記號，因為是少女自己選擇了這種失敗的最後在被附身下死亡的下場。即使她發現被附身的少女仍然深信不疑……除非她的故事被說出來，不然事情不會了結。

那像是一種馬三寶找尋鄭和一如神又一如魔的傳說中下西洋遺留的古董卻陷入混亂地誤入印度廟朝拜必然的最後問題是，她對少女說：妳真的相信惡魔嗎？一如妳真的相信神祇嗎？

❖

「那像是前世了吧！」馬三寶開玩笑地跟她說。但是他和老少女K同時始終在腦海深層深深地倒帶地回想……她已然跟以前馬三寶模糊印象完全不同，她說她也記得他們好像很久以前見過，但是不記得在哪裡？什麼時候？因為什麼事？

馬三寶也只記得那幾乎是二三十年前的事……在那個他還當水鬼當兵還是大學鬼混的老時代，好像前世般地還真的因為老朋友胡鬧聯誼聚會還有勉強地在一群人中亂糟糟見過一面……那後來流浪下半生而去過好多回印度去幫他找鄭和古董的台北老少女K諷刺馬三寶說：「就像你說你做鄭和古董文物收藏生意太多回去過中國大陸去過歐洲去過美國去過以色列去過中東甚至去過印度……但是，你真的以為去旅行的那個你是你嗎？」旅行是充滿怪事的……老少女K長長地嘆了一口氣之後才慢慢地告訴馬三寶說她常常想起當年……做過的太多怪事，一如三十歲那年生日的她曾經在逃去印度旅行中某個鄉下的火車站發呆了好久好久……那時候剛剛和情人分手躁鬱症發作自己逞強隻身自我放逐般去旅行，像失控的人造衛星遠離了軌道飄離往無垠暗黑外太空般地著急又無力感充斥……心中用力極端地想著要去哪裡但是始終沒有頭緒，只是一直掉眼淚到昏昏沉沉地充滿餘緒，甚至她竟然就坐在那鄉下小火車站裡兩個小時，還是不知道要去哪裡！因為她一直沒有辦法做任何的決定，因為做決定就不免會問到一些更根本的問題：「我怎麼會在這裡？我準備要去哪裡？我為什麼要去那裡？甚至我不是要去找熟人找朋友，也不是要去玩，也不是要去工作……那我為什麼要來印度旅行，為什麼會在這個火車站裡？而一如在髒兮兮的月台舊木椅上的流浪漢狐疑地打量她怪異眼神中更深地懷疑起自己的瘋婆子形貌……天啊！這瘋婆子是誰，而逼問起更尖銳地……我到底是誰？」

多年後再遇到馬三寶的不再是少女的她更感嘆地說：「甚至這個在印度旅行老發生的更尖銳的問題就像是逼問起：我為什麼會投胎到這個世界上？為什麼要活在這裡？怎麼只會遇到我人生裡的那爛情人或更多爛人？怎麼我老是會發生那麼多爛攤子般的爛事？」第一次問自己這種爛問題使當年三十歲的老少女K非常地忐忑不安到彷彿過去的人生都是錯的，都是爛的，至少因而變得非常尖銳……K說，也因此逼使自己更多狀態都會變得更艱難……因為，如果去印度必然會遇到種種太荒謬怪事的旅行只是一種天真的離奇假設，只是為了把旅人帶到一個從來沒有去過的地方、一個沒有去過的人生，甚至只為了會因此看到一個沒有看過的自己，然後就會在所必然會不期而遇的種種奇怪事情裡，一再地看到自己的懦弱、自己的無知、自己的逞強、自己的種種硬生生硬撐的一生的殘破不堪……

馬三寶在那昏黃光暈的餘光中充滿了狐疑地傾聽……回想起當年太多泛黃照片般的往事，那彷彿一生都困在印度的老少女K可以看得出年輕時長得算好看，她老說她當年有點才氣還出過幾本詩集，也大概叛逆少女模樣曾經太惹火太被許多老一輩的文人詩人追求過……所以有種「公主病」般被寵壞的狀態，但是後來感覺到自己有點老了憔悴了，也感覺詩的時代過了而詩的國度到有點邊緣化了……所以不免有點慵懶而變得古怪而有種時時為難嘲諷自己到令人不安的情緒，使那始終不太入戲地懷舊的馬三寶還是因為自己雷同的中年滄桑而不免有點同情她……

因為老少女K的三十歲之後的中年應該更辛苦。不像他從來也沒被寵過所以也沒有被寵壞的困境的困惑……馬三寶可以感覺到她是極辛苦地在抵抗或挽回這種困惑……而顯得不太行又不太願意承認這種困境。對她而言青春太珍貴了一如詩一如電影也一如中年以前所有的她享有的被寵過的什麼……所以要她接受這種她人生的魅力已然褪了而且賞味期過了那種對人生的期待變得歪斜或虛弱了的沮喪……是極困難的。老少女K也不免在這種困難的困惑中……變了，變成某種太過疲憊或捨不得放棄的姿態……使得她即使是優雅而有教養的應對進退……仍不免呈現某種怪異的疏離與令人的不快與不安。一如「少女」給每個人的不快與不安，老少女已變得有點胖或變得更多的K突然有時還是會自嘲地變得有點溫暖地照顧場子還招呼不太熟的現場的他……

其實馬三寶還是很擔心，心裡想或許她比那種自嘲的自己還更糟，因為……這種什麼都忘了什麼都走樣而且也都好像不在乎也不能真的認真在乎了的心情，好像就是他現在旅行太多一如跑路的奇怪寫照，尤其在一身老病骨刺五十肩膝蓋舊傷都還沒痊癒而中年依然被種種肉身的退化老來作祟的時光，只是這樣子被老少女K的中年所提醒，馬三寶心裡還是有點情緒、有點更多的他始終也還不太明白的不安與不快。

馬三寶後來只好聽少女K解釋起……更可怕的……或許，一上路就註定會死……太多回艱難地在印度旅行，就不免一如某一部怪電影的主題及其伏筆：為什麼出發，用什麼交通工具，發生什麼狀況，那種種告訴了什麼訊息，開始緊張了的所有的細節，都不免註定他會怎麼橫死……因為，如果要去旅行，就不免會碰觸一些更深的問題，一如要去哪裡？要用什麼方式去？跟什麼人去或是跟自己一個人去，如果每一個原因都不是本來人生的原因，那麼會有什麼後果？當年還太年輕的她那時候還不知道她所冒的險……為了跟人家打賭，一個人去印度旅行，然後所做的所有決定都不用以前的決定，要去哪裡？為了什麼原因？要去做什麼，都完全逆轉……或許，去印度旅行自身不免就是一種最逆轉的怪異狀態，從熟悉的地方去一個陌生的地方，因為讓熟悉的人生離開，而去那個陌生的地方遇到一群陌生人。然後，或許是更可笑或更可怕的，但也可能最具啟發性的……中間不免會有一些怪異的碰撞或歪斜掉的地方會折射出來本來以為熟悉的地方或人或生活其實不是原來自己想像的那麼理所當然……其實根本不是這麼一回事，在印度旅行會變成一種尖銳的控訴或扭曲或折射出原來的人生到底出了問題的更揪心的要害。因為，通常在印度旅行為了保命都不是自己去的，而是跟另一個人或另一群人去，因此反而會變成另一種狀況，一如在比對一個原來以為的自己。印度老少女堅決相信，其實最抽象的假設就是……去印度的高難度旅行如果作為某種宗教式的「進入試探」人生的破題，用一種完全沒有目的地的旅行態度去找……才更是最怪異卻最珍貴的質疑：旅行或許根本是不應該發生的，一個人活在一生原來活著的那個地方……怎麼會想離開呢？習於一生的……吃什麼東西、住什麼地方、過什麼樣的生活、跟怎麼樣的人在一起……為什麼要離開？

少女K說：可能是後來才發現的……去印度拚了命的更怪的堅持旅行還一定要自己一個人去，去了一個地方之後，才發現自己不是原來的自己以為的那個人……因為中間會發生很多事，一如自己的人生的扭曲變形擴散不安放大到……原來的人生是很乖一旅行就變很壞，很勤勞的一旅行就變得很偷懶，很保守謹慎的一旅行卻就變成很放蕩變態……逆轉耽溺的種種試探。甚至，K對馬三寶說：依你提的還真可怕……旅行一起去的人不免就是自己的投影，甚至跟那個人之間的關係會因為旅行而改變，反而很容易看出來原來所隱瞞的自己，或是讓自己原來所不願意面對的狀態終究會發生。印度的老時代，可能好幾百年那個老村子的人都沒有離開過那個村子那個森林，因為就連到隔壁村都很困難，更何況說要去外國。老少女K說……我本來也曾經當過OL也和現在太多還自以為是少女的輕熟女重熟女一樣過……老是去外國老覺得旅行是理所當然好像天真爛漫到只是要去玩，也去過連電視購物也在賣「香港三天兩夜OL粉領血拼團」，帶一個完全空的旅行箱，星期五下班就去到星期天晚上或星期一中午才回來，類似的血拼團旅行，箱裡全空連內衣內褲所有東西都在香港買，住在地鐵站上面的旅館，然後一到東西一放就一直買一直買一直吃一直吃……第二天也這樣繼續一直買一直買一直吃一直吃就這樣搞了兩天半然後就回來了……地瘋狂……這種瘋狂的和印度完全不同的時髦旅行使這種台北少女們對香港比對台北市以外的台灣都還熟……類似像這樣的事包括像去日本看櫻花或去歐洲度蜜月都好像是少女必需的理所當然地反諷但是完全不自覺地反差怪異……我曾經一如那種少女們去一個地方不懂他們的語言又不懂他們的文字甚至是跟團上車睡覺下車尿尿都覺得不怪異！

在印度的旅行出事會逼問著種種異狀：一如從一個觀光景點到另外一個觀光景點的路途中車子拋錨使得本來兩個小時的時間變成兩天一個人在路上走沒有遇到人還要走到令人發瘋地久……卻是常發生的……

進入試探！甚至，老少女K說：在印度某些陌生的地方是怎麼走都會迷路的……到後來變成了所有的旅行的迷路都形成了某種哲學性的逼問，一個人怎麼會去一個他完全不該去的地方或不該出現的地方，還用他不熟悉的方式去。如果那時候遇到野獸、搶劫、迷路……K說：在印度的更深入探險般的旅行會碰到的異狀……再困難重重的高難度問題，竟然到後來都進化到那麼複雜卻又那麼自然而然地……不免都更異常到那麼……尋常。

老少女K最後始終說她常常去印度的原因是因為念念不忘想要找尋最後關於旅行的解釋……

一如一路走入印度那一個老市場，在那沿街那一堆破舊老店，下起又濕又冷的夜雨疲憊不堪到太慘烈了的K說她老想起一開始只是找了一堆印度背包客爛部落格，幾本要去印度的書中某些業餘作家寫的旅行遊記和另外好幾本很淺到很深的小說從「少年Pi」到「項塔蘭」到「鄭和死在科欽的謠傳般怪故事集」……到更多她沒聽過的怪書。裡頭老提到很多路線即使只是從德里去阿格拉去齋蒲爾再去瓦拉納西的入門路線但是一路走也必然都是騙子也都是屍體。K想到一定會有太多狀況到越看越覺得自己如果這樣狀態去，不是找死嗎？

❖

但是馬三寶老想起印度的更恐怖也更荒謬的以訛傳訛但是又太過逼近真實的「人骨工廠」近乎是另一種「印度廟」的怪誕狀態……

在印度布德萬的一所警察局內，一些人的骨骼被擺放在地上。印度警方高級官員當日說，他們在印度發現一個「人骨工廠」，並以非法交易骨骼罪逮捕六人。印度禁止人骨買賣，要求醫學院學生利用纖維或塑料製骨骼學習。在印度，除了軟件行業比較著名，還有一項鮮為人知的行業事實上也很興盛——人骨買賣。一九八五年，印度政府禁止人骨出口，這一行便轉入地下經營。禁歸禁，但這種印度的「傳統行業」

依然沒有消失。不久前，美國獨立撰稿記者卡尼採訪到印度最大的人骨供應商與製作人骨的工人，為讀者揭開了人骨買賣行業的神祕面紗。印度販賣人骨的歷史，起源於英國殖民時期，主要用於英國醫學院的教學與研究，迄今有一百五十年的歷史。印度輸出的人骨不僅「量多質佳」，甚至可以提供同一具屍體的全部骨頭，而非拼湊而成。卡尼採訪的這家造骨場位於印度西孟加拉邦首府加爾各答的一個名叫莊勃巴示塔利的小村莊。今年四月，當地警察發現了這個隱蔽的人骨工廠。卡尼表示，印度警方告訴他，在一公里半以外就能聞到腐肉的味道，當警方到達時看到，一段段脊椎骨掛在屋簷下，地上用某種分類方法擺滿人骨。卡尼表示，他看到的人骨工廠是一間簡單的竹屋，屋頂蓋著一片防水布。當地最大的人骨供應商是比斯華斯，他已經是該村第三代人骨處理者。除了盜墓外，他的人骨來源還有停屍間與火葬場。比斯華斯趁死者家屬一離開火葬場，就將屍體拖出。比斯華斯手下有十二名員工負責處理屍體，每天工資一點二五美元。若手下有人能找到完整屍體，而且不缺骨頭，就有紅利可拿，因為醫學院願意出較高價錢購買來自同一具屍體的人骨標本。卡尼說，從比斯華斯工廠處理完畢、沒有拼接的人骨，要價四十五美元。收購人骨的是一家名為「年輕兄弟」的醫學用品公司，這也是全印度唯一一家人骨供應公司。該公司收到人骨後，拼接成完整的人骨模型，並且切割部分骨頭，露出結構，再轉賣給全世界的醫學研究機構。卡尼說，「年輕兄弟」的產品型錄上雖然註明「僅銷國內」，但大家心知肚明，這是應付政府的文字遊戲。卡尼還訪問了美國與加拿大約三十家醫學院與研究單位，部分單位證實他們的供應商的確是由「年輕兄弟」供貨。至於印度警方，態度也很曖昧。西孟加拉邦警察總局副局長庫馬說：「違法出口不算新鮮，重點是沒人可以證明他們殺人取骨」，所以警察也只有在社會壓力大的時候取締一下。人骨生意最高峰的時候，加爾各答一年靠出口人骨可以賺到一百萬美元。但由於生意太好，靠盜墓而來的貨源很快就消耗完畢。一九八五年，印度政府破獲有人出口一千五百具孩童骨架，震驚全國。社會傳言這些小孩是被綁架後被殺死的，自此印度政府開始禁止出口人骨。

K也老在太多荒謬的殘酷時刻提起她也因之又想到《心靈印記》那太久以前看過的一部怪異的老伊朗導演拍的去印度旅行的電影。那片原來片名是《螞蟻的吶喊》。印度人說，要見到聖人必須成為謀殺者，踩著螞蟻屍體前進，踩過這片大地，螞蟻的尖叫是生命最後的吶喊，所以，人無法避免每踏一步都是對生命的殘害，信仰一向是一種深刻矛盾與難以抉擇。人自身的快樂本來就有意無意地踩在他人的痛苦上，我們應該如何聆聽「螞蟻的吶喊」……一如找尋鄭和古董過程的神諭一路的遭遇，《心靈印記》那電影裡是一個有神論者和一個無神論者在新婚時，帶著椅子到印度尋找傳說中的聖人，據說他為人民的生活帶來奇蹟，大家都稱他完人或聖人。這對夫妻在火車上巧遇一個印度南部的記者，也要近距離報導奇蹟，他告訴這對夫妻，在印度每個人都很特別，「大部分來印度的外國人都很笨，因為他們都問錯問題了。」他們追求的東西都是錯的，他相信現實的一切就是各式各樣的奇蹟，生命本身就是一種奇蹟。電影中就是一路上他們所遇見的種種奇蹟般奇遇。其中之一是很幸運地遇見「能用眼神停住火車的老人」。後來，才發現聖人的真實是如此荒謬。因為，他本來只是一個滿懷悲傷的老人，四處流浪，最後來到印度。他說活著有什麼意義，他非常難過，所以來到火車經過的地方，坐下想著乾脆讓火車撞死吧！偏巧每當駛近老人時，火車總是會停下，旅客驚奇地走下車對他說：「大師，你是如何用眼睛把火車停住？」他說：「我沒有讓火車停住，是司機自己停下來的……我沒有給人們什麼偉大的建議，我不想用眼睛把火車停住，是乞丐們把我搬來坐在這裡，火車怕撞到我所以就只好停下來，這時候他們就可以在鐵路旁跟火車上的旅客要東西吃，就這樣太多年了，他們不讓我離開，所以我被困在這裡，拜託誰帶我離開這裡，我滿懷悲傷。神的法力不存在，所以我才被困在這裡，誰來救救我，帶我離開這裡，我想念我的孩子。」

❖

在印度找尋鄭和古董也一路充斥荒謬遭遇的馬三寶始終記得K提到的他當年也看過的《小活佛》那部片所拍到的釋迦牟尼時代的古印度……

非常地東方，又非常地扭曲東方……一如那個太過濃妝像女人的古印度王子那麼地奢侈華麗地現身卻扭扭捏捏的矯揉造作，一如一開始那個古印度國王跟在瓦拉納西看到火葬場可怕現場而陷入完全迷惑的王子說：沒有人可以破除不斷死亡又不斷出生的輪迴的詛咒。然而，那個要離開印度皇宮的當年的倔強冥頑還是王子的釋迦牟尼在那時候出家的發願其實就是想要破除這種詛咒。有太多的歷險般的歷練……一開始，他失神地走入在苦修的密林中，一個乞丐跟王子乞討說他一無所有地哀傷時，那王子就脫下他那華麗昂貴的繡花皇家衣服和乞丐交換那殘破的衣不蔽身的破布般的破衣。

之後，下苦心的他趺坐在一株巨大菩提樹下，想到完全和周圍切斷地死寂打坐到可以看到自己念頭如浮雲般飄過。或許可以開悟般地頓悟。但是，沒有……王子後來完全就一如埋身般地埋入在濃密暗黑那密林中七年。只喝雨水，吃爛泥、鳥獸的排泄物。意志堅定到完全忘記身體的疼痛。直到他聽到船上的一個老樂師對他的學生說，如果弦太緊會繃斷可是弦太鬆又彈不出聲音，才發現他的苦修或許是不對。那麼多年太過極端的苦修，使他枯瘦到走路都十分艱難踉蹌……然後才開始接受某個好心村民的佈施，多年來第一次吃正常食物。然而他感覺到更大的轉化在他心中已然開始，學習就是為了找尋改變。一如他發願的……可以使破缽在河中逆流而上。然而，那些追隨他的苦修僧們卻馬上敵視他，覺得他已然叛離到忘記了自己多年來辛苦的修行……

印度是一個充滿太多種對修行的理解和誤解的國度。

一如另一段電影中，三個靈童一如尋常小孩爬到一棵巨大的菩提樹上眼睜睜地注視那五個穿著邪門性感的美女走到在菩提樹下打坐的王子之前，那是馬拉惡魔的女兒們施放所有的形貌變幻的試煉，那時候修煉多年的悉達多已然熟悉那些惡魔的華麗斑斕假象，馬拉在被識破的時候突然變得非常憤怒，而露出他可怕的猙獰臉孔還出現火焰、巨浪，榔頭恐怖的軍隊火箭射向他，那是種種最深的慾望和恐懼的幻象的歷歷在目，最後只變成落花和月出浮雲……和另一個他自己，對他說：我終於遇到你，就是你住在我的「心」裡面，你拿不走你的「心」，雖然，你去過試探過沒有人去過的地方。但是，那都是最深的「因果」，太難逃離……只有參透和慈悲才能僅僅面對。

最後，他艱難地想看到自己，然而就在恆河畔……的一個老印度廟前再看到自己的前世喚回曾是的一個少女、一隻猴子、一隻海豚、一個惡人、一隻正在吃人的老虎……他只看到了他千千萬萬個不斷誤解修行的前世……

鄭和女。寶船老件考。十四。

《三寶太監西洋記通俗演義》太多太多妖幻典故引用的太過誇張……令人懷疑鄭和在小說中永遠又神又俊得太過火……

一如《西洋記》小說中女性對男性的渴望表現在女兒國國王看中又神又俊的鄭和之事，女王看見元帥清秀語言俊朗舉止端詳惹動了那一點淫心恨不得一碗涼水一口一轂轆吞到肚子裡去……第四十五回女王大喜心裡想道：「我職掌一國之山河受用不盡只是孤枕無眠這些不足今日何幸天假良緣得見南朝這等一個元帥……我若與他做一日夫妻就死在九泉之下此心無怨！」

書中也始終提及鄭和下西洋遭遇充斥著妖女的妖術的匪夷所思。種種的小說中鄭和妖女怪異傳說更為複雜詭譎多變到自嘲也彷彿自詡的……妻與中國人情好。一如《三寶太監西洋記通俗演義》：「某國……大凡有事，夫決於妻，婦人智量，果勝男子。……本國風俗，有婦人與中國人通好者，盛酒筵待之，且贈以金寶，即與其夫同飲食，同寢臥，其夫恬不為怪，反說道：我妻色美，得中國人愛，藉以寵光矣。」「饒他夷女多妖術」的《西洋記》充滿濃厚的華夷鬥爭的色彩。同樣地在描述女兒國百姓沾不得西洋男子只得與中國人通婚的情形時則是以婚媾的角度書寫夷人的戀漢情結：「……只是我們西洋各國的男人，再沾不得身。若有一毫苟且，男女兩個即時都生毒瘡，三日內肉爛身死。故此我女人國一清如水。」「中國男人……縱有一個兩個，我這裡分表不勻，你抓一把，我抓一把，你扯一塊，我扯一塊，碎碎的分做香片兒，掛在香袋裡面，能夠得做夫妻？」小說中女兒國沾不得西洋男子唯有中國男人可為「救贖」而在希冀救贖的心理與慾望的驅使下將漢族男子撕個粉碎而殘缺的男子形體尚置入香囊中，香囊為女子貼身攜帶之物品可見慾求之深。雖然小說中充斥著夷女欽羨漢人的敘述但當遇到華夷有通婚之虞漢族男子反應則顯得十分激烈，或許因為小說中炫目下西洋傳說中的鄭和女多為妖女……

夷女多妖術。妖女，一種謎題的引用，質疑下西洋的異國情調更搖晃更尖銳下種般地渾渾噩噩的交歡勾引揪心……一如鄭和最有名數本小說中的《西洋記》和《西洋番國志》的相應情節：涉及嬰兒、法術、女人……種種異國太過穢物般繁複地離奇細節的奇遇：「一如金蓮寶象國……原是有這等一個婦人，面貌身體俱與人無異，只是眼無瞳仁到了半夜來撇了身體其頭會飛，飛到那裡就要害人，專一要吃小娃娃的穢物，小娃娃受了她的妖氣，命不能存。到了五更鼓其頭又飛將回來合在身子上又是一個婦人……」或是另一種妖幻詭譎多變的歧異，鄭和小說中的鄭和女皆無限現身怪異卻雷同的妖幻……

一如薩依德的《東方主義》仔細討論福樓拜與其他到東方旅行者不同的是他將旅行運用在小說上，尤其是妖女般的東方女人……也往往涉入怪異妖幻的種種穢物般的奇遇。福樓拜大旅行的東方或鄭和下西洋的西方……種種異國的奇幻冒險奇遇老使後代人們有一種雷同於龐大繁複多樣把戲及也比過去沒探險異國過的任何人所知道的還多，但是人們缺的是異國的更內在的靈魂主體本身的概念，一如「東方女人的怪味和許多其他野男人肌膚體味以及檀香木的炫人氣味不難看出她和她所居住的東方世界……」如何強化了福樓拜本身對東方荒瘠不孕的感覺……使他的旅行經驗多半用戲劇性的形式處理他不只是對他看到的東方妖女有興趣而且他更對如何看到東方有興趣，也就是東方如何以有時恐怖但總是引人入勝的方式將本身呈現……

福樓拜描寫《聖安東尼的誘惑》的主人翁，或是《西洋記》描寫鄭和種種想像的異國……一如東方學家或鄭和學家都不免想像自己必然是「旅行遭遇異國風土或遭遇異國妖女很多的人」。然而妖女是充斥著可愛異國風情浪漫但也必然充斥可怕詛咒般懲戒的暗示……不過更詭異扭曲變形的是小說中的聖安東尼是一個遭遇性考驗的單身漢聖人，但鄭和是一個遭遇另一種性考驗的太監寶船艦隊司令，因此性對他們是最大的引誘更在於忍受各種危險的誘惑之後，聖安東尼和鄭和終於對看到妖女引誘生命必經的生到死種種過程有驚鴻一瞥到更曲折離奇地能夠看到性的變貌歪斜地……怪誕。

薩依德理解的圍繞異國經驗不管是充滿希望或失望的幾乎一致地都將和性關聯在一起。異國一如性……不只是暗示生育力還象徵性的允諾及威脅、永不疲乏的肉感、無限的慾望、深沉的生育力……並對這種妖女題材不斷出現使學者們必得承認這個異國旅行主題研究者引起複雜反應是個極端怪異妖奇趣的案例……化為各式的妖女般的奇觀種種面貌極為誘人。

一如《三寶太監西洋記通俗演義》小說中永遠又神又俊地太過火的鄭和充斥著妖女的妖幻遭遇雷同的民族學與神學的怪誕體驗的好奇及其存疑。

官廠（上）。鄭和部。第八篇。

「官廠，就像這個死寂的太古老博物館……死寂太久不免就會變得太殘酷，一如永樂交代鄭和的太過迂遠的使命……我不關心一艘老寶船，我關心一整個老時代寶船的無敵艦隊可以找尋到什麼遠方的敵方……」我老向M訴苦……

鄭和到底是什麼鬼……嘆息太深的M說一個雷同於這種充斥著太多太多贗品的爛博物館的鬼故事。她的可憐兮兮的外婆就一如鄭和或一如麻六甲數百年歷史之後已然變成一個活化石，但是這個鄭和想要找尋的文明及其充斥著文明病的空洞「西洋」也早就已經變質了，我們無法重來最好只能是找尋一個變質緩慢點的……或許也只是某種官廠版的「西洋」。

M說：「帶你這種二流鄭和學家來這個老官廠廢墟遺址重修成鄭和破博物館的潮濕霉味濃稠的惡臭熏得心情沉重的時光荏苒之中，老令我失望透頂……」一如過去的她老是想起她有段時日去吉隆坡念書太久沒回麻六甲只要回外婆家她總是會心疼地對她說：「妳回來了。我等妳太久。」太過在意了的M多年以後回麻六甲，什麼事都可以做，但是什麼都不想做，太過敏感的她充滿了某種莫名的感動及其罪惡感。M老對我說：我們其實都有同樣的問題。太多事出事以後，我們帶了不知道是什麼的心事重重的鬼東西回到這鬼地方……

「我外婆那個太老的女人跟我這個還太小的女人說，過了六十年了，或許是過了六百年了……」M說：「我們仍然困在那個遠方……」困在破舊鄭和茶館泡老人茶的古董桌旁打量這個怪異博物館引用了那麼多的怪異長街屋進落合院從一個個老建築改建太多摺疊的走廊柱廳堂……那麼多的充斥青花瓷贗品的船體內仿冒的古瓷瓶巨大種種顏色大小……入口大廳那麼出奇地寒酸的一開始我還以為外頭那一區域無精打采的店員在破紀念品店旁邊另有最末端的鄭和咖啡廳。展覽館的門口一入門有兩門小鐵砲身小心翼翼地雕刻有雕龍賁張肌肉雕刻太過華麗完全不像武器而更像古老的祥獸保佑神明雕像充斥宗教性的暗示……甚至更荒謬絕倫的為了突顯鄭和童年就天資過人的膽識傳說種種……甚至出現了某種媚俗又寫實完全和藹可愛的一個老人和一個小孩的破銅雕像是鄭和回教徒先知祖父正教用心的他讀書的教養奉行……甚至還有一頂古代花鳥蟲獸諸多雕花裝飾繁複的老轎子及其石碑前幾個廳是鄭和雲南家族史的背景老照片中的古代回族人碑文。

有兩口井旁邊展覽出自於《天工開物》裡頭的老織布機和老打穀機就像刑具般的古老鑄鐵突出物。蠟像館藏式的老時代水兵海員下海潛水前的怪異人像骯髒又破爛不堪，一個回教徒當地狼狽不堪又不專注的中年婦人用破英文解釋時一如頭頂破舊電扇在搖擺落拓還吹動展覽場子末端數捲老派阿拉伯文古卷軸竟然因為抖抖晃動震度而出其不意地在敲牆發出聲音怪異咔咔……然而前頭搶著吹冷風的埋怨冷氣不冷的中國觀光少女熟女團卻刻意半拍半玩起自拍的光景中甚至有一隻巨大高聳的混凝土澆築成的當年被明朝永樂帝龍顏大悅當成進貢麒麟祥獸的破舊假長頸鹿……站在寶船艙尾暗處還仍然始終誇張地對著手機閃閃發亮閃光燈的閃光痴痴地笑起來……

官廠嘩變成鄭和博物館的那個老房子內部其中之一的雕花最精細的天花院落側竟然打造成一個可供來賓泡中國茶敘舊的仿古樓層的太師椅環坐古董方桌八仙桌的匾額橫懸木門上頭的店名就叫「鄭和茶館」的鬼地方。裡頭光井底的騎樓轉折也還有廢墟般的假山殘破簷柱月門迴廊末端的泡老人茶的古董桌旁更深更多合院的一個老建築改建太多摺疊的走廊柱廳堂竟然無窮無盡地蔓延擴散到更多的巷尾怪異樓層銜接高低起伏的樓梯間……甚至樓梯旁邊的破舊玻璃櫥櫃裡竟然仍然一進一進延伸到另外舊棟建築裡的深深遺憾般的深處……也甚至還怪異地充斥著太多太多古代青花瓷贋品。

M對我說：或許，其實這個鄭和博物館不是一個神祕莫測的神殿張望，一個奇蹟發生後追憶逝水裡頭目瞪口呆可能的古蹟巡禮，你的期望太高就不免絕望太深……這個老地方或許只像是一個懷舊到永遠令人難耐的巨大贗品……關於贗品……一如永遠都太過強烈不滿的那博物館末端後院羅列的數十只骯髒發霉變質的長滿蜘蛛網的老舊巨大牛皮紙箱身上就直接用血紅字樣印著：「南京鄭和博物館複製品」……

就像船體內仿冒的古瓷瓶碎片。M說那個鄭和博物館綿延太長太多棟樓層，有一長街屋其實連接到他外婆乾兒子T他家開了快一百年了的榴槤冰老店後院那麼多老中國建築三進三落的天井……那個古瓷瓶碎片拼花成另一個華麗登場的天井廣場旁邊用長桌小心翼翼地打理陳列著一種古老的傳說現場……「鄭和是如何變成鄭和」的一生充滿傳奇性的過去神祕莫測神話般他所有住過的中國古代歷史悠久的傳統老房子。或許鄭和博物館刻意隱瞞什麼地顯露更多的忠貞感……對明朝、對中國、對古代的什麼……或許只不過是彷彿一個夢一樣地羅列著的鄭和生前所住過的種種中國老宅院正如鄭和羅列著一生的怪異現象般的不可能……並置充滿了改朝換代廝殺封官流離失所而近乎瘋狂的一生足跡遍佈……其中有一棟還是他童年時光在滇池畔雲南的天真爛漫元朝祖先官邸被抄家滅門時住的龐大宅院。太多太多時間折騰的過去光景：有一棟是他被閹割的大內淨身房，有一棟則是他剃度拜師的老觀音古剎廟宇，有一棟是靖難後永樂封賞給他的住過的老宅院……還有一棟棟他晚年飽受折磨離開北京流離的在船廠的在海外官廠的住所官帳……甚至晚年在他南京修天后宮的失意落寞宅第院落……

❖

鄭和會多麼心事重重，又多麼在乎地看這個幻影般的奇觀……

一如他那時代所遭遇過或見識過的更費解的無法言喻的末代，工業革命以前，甚至文藝復興以前，整個西洋都還在一種最虔誠打造自己的傾信的王朝湧動如深海暗潮的狀態……更感覺到異常陌生的那個老時代，對國的想像，對異國的想像……和這時代那麼迥然不同。

一如吉隆坡雙塔前的廣場坐滿滿的人們永遠注視著那一個噴泉會起伏不定演出的怪光影秀，音樂是

《鐵達尼號》的主題曲女高音的噴泉狂舞混亂而虛幻，但是遠方是回教徒的晚間祈禱梵唱低聲轟然，那種水舞秀紅光紫光黃光直射繞射時快時慢的機關還是很唬人的好看，小孩極多闔家觀賞性的華麗，但是我歇腳的角落還是無法不注視雙塔的超合金摩天樓的炫目，想到在麻六甲建築博物館裡這座靈骨塔般的建築物被當成是古代佛教象徵的著力用高科技的摩天樓工法技術傳承的其重要印度中國古磚石窣堵坡式樣老佛塔傳統，尤其在晚上的黝黑天空打上奇幻炫目的光影，環繞弧度繁複斜切周折的塔心曼陀羅瓣膜的怪異曲折，加上不鏽鋼一如古銀器裝飾千萬精密刺繡式的細節極端繁瑣地纏繞，宣誓一種在太過嶄新的時代裡想更邁向未來的種種從古老長出來機芯內心戲驅動合金超人變形金剛種種怪異物種建築的可能，但是我在想的反而更是一種鄭和的更老也更新的非常曲折又非常直接的逼近：一如我在飛機上看到一部港片的甄子丹演的《急凍奇俠》。有一個明朝來的錦衣衛高手忠臣因為一個印度濕婆神祕法器誤入而在時光雲層的裂縫中來到了現代，他如何理解這個新的陌生時代，如何面對他的舊的出使任務，他所始終不了解的其中很多線索：那濕婆法器是如何運作讓時空裂縫打開，他那任務是如何被奸人誣諂而被夷九族？到底什麼是任務？什麼是人間？什麼是他真的想要的無法割捨的？追殺他的幾個明朝的殺手也到了，然後陷入一場混戰……然而，我比較喜歡的差錯卻是他狼狽地誤入而剛到現代仍然還穿著老舊沙場回朝途中遇刺的明朝破官服，卻陰錯陽差地誤入現代最花心前衛的香港蘭桂坊萬聖節晚會，有的人穿貓女或蝙蝠俠或骷髏或吸血鬼的種種變裝戲服，他在裡頭看起來竟然不會太突兀，有一個扮成可愛有假翅膀天使的又虛胖又醜陋的GAY很喜歡他，一直拿一種玩具弓箭要射他，弓長滿了粉紅色絨毛，箭頭矢竟然是一顆紅色愛心，他完全不知道發生什麼事，無法理解那種炫目地那麼噁心但是善意的現代玩笑……畢竟，明代的古代永遠是充滿惡意地太過遙遠。

博物館是什麼？我老很困惑……一如鄭和博物館……那黝黑的銀幕上緩緩打開的幻影般的過去，那麼嚴肅又那麼輕率所放映出的影片所重頭開始說起鄭和的幻影故事……令我費解。封閉在側廡古董門打開的祕密房間般地小間，短暫紀錄片式的解釋，北京腔的華語字正腔圓的肅穆感。一張一張打開的古老畫像中關鍵人物所勾勒出那六百年前的歷史與地理的聚焦。有一段是刻意用電腦動畫精密描述出完全3D的透視感，寶船的數千艘龐然船隊群往遠方汪洋正面陣列排開繁複隊形前行的栩栩如生逼真極端的史詩電影畫面那麼誇張。非常怪異的壯觀……尤其是風聲吹巨帆飄搖抖動和逆潮前行船舷切風驚險破浪聲音的時有時無……麻六甲的駐守地排開異常驚人的成千上萬兵營兵舍。在那入口的龐然到一如城池城門的巨型牌樓後。那近乎是鄭和所有出海數萬兵馬的部隊陣仗，一座城中的一座座船場庫房及其一座座營兵陣地……到底有多麼威風凜然地宣誓捍衛朝廷種種那時代的威脅不近身的威信。但是或許也就是為了那匾額上黑底金字最肅穆也最殺氣騰騰的字樣：官廠。

拉開雲層的汪洋所畫滿的三面龐然的完全牆垣，所有寶船艦隊的船體模型排開數百艘的……風帆桅杆麻繩纜索穿梭於巨大帆身之間糾結纏身地極端複雜。另一間巨大的展間則充斥著許多寶船古帆船具的更多解釋令人髮指地繁瑣：「最難操控的前帆主桅杆前面使用的帆前支索、最難卸下的桅杆頂向前船艏拉撐並可將前帆扣上的主索。最充斥著意外發生的控帆索主要控制繩索可放出或收緊及固定前帆索，祭天後的主帆升在主桅杆之後的帆而帆骨由帆後緣插入之扁條狀物維持帆形，最小心翼翼地以主帆索控制主帆角度的繩索而帆桁伸長用以固定支撐主帆底部用，帆桁下拉索把帆桁往下拉緊支撐索具以防帆桁向上舉起。最沉重的桅杆木質做成的長桿有纜索支撐用來升降及伸展打開巨帆，側支索用以固定桅杆側向的拉索。最後最深的中央船體下方可調整吃水深度的船板以軸心為主前後升降迎風航向時用以維繫航向穩定。」一如有神通的老時代舵公的舵控制寶船入海種種困難重重的細節問題，索手長控制拉動主帆升降索升起主帆的後帆角，在桅杆的滑槽中自由移動拉緊並固定前帆索以及斜拉器。古帆船上種種老時代的水桶、火器、錨具與錨繩索、海霧號、防水筒、輔航火燈器……那麼逼近而逼人的老時代的栩栩如生……更令我困惑！

博物館是什麼？我始終還是不解……但另一回的我後來找到的卻是另一家古怪的廟，從吉隆坡半山芭老城區早市的攤販混亂陣仗中勉強地掙扎才走出來的疲憊不堪之中，下午的陽光普照到極端刺眼，我在趕路要去另外一個更遠的古老區域……本來在找路要去的另一家老廟沒有找到，灰心地回頭……又走了很久，方向感錯亂……然而再往前走，看到很多破爛不堪但連綿不絕的老店家鋪：老茶餐廳、舊時藥店、老當鋪……在完全沒有心理準備的突然間，竟然看到前後都沒有任何聯繫的一個小店屋門面：兩側對仗窗額「廱廱。肅肅」和門聯「三綱維大道，寶善作名箴」的門扇正上頭一個磚雕匾額，寫著書法橫匾額：三寶廟。

太意外了的現場，那天還在汗流浹背的對街頭大街旁的老店屋非常不起眼的死角，那時的我完全沒聽過那裡竟然有老吉隆坡著名的舊三寶廟……而心想為何會在這裡。主廟祭祀正佛龕上所安放兩幅木雕鏤空聯幅的內外兩對聯寫著：「佛法靈通五岳蕩平聞福祉，神恩普渡三江洋溢廣財源。」「寶彩呈祥香煙結緣，聲報當燭火大生花。」三寶公神像完全黃金漆滿全身的金身是正中間的主祀神明，頭上載明代官帽，身上穿謹慎肅穆的官服。主壇之前放供品的長八仙桌的神明桌前有一座放在小型深漆木框玻璃櫃中的一尊小三寶公像。鄭和看起來，真的就像一個……神明。在那許許多多的佛道主祀的極多神像之中……仍然有關公、媽祖和千里眼順風耳、觀音菩薩、彌勒佛、三太子、福德正神土地公，地龕深處還連虎爺和兵將成排也都有。那個老三寶廟其實只是一個老房子裡的改裝破壞屋頂而勉強地上梁開光，採光井極高但是歪斜地支撐屋架，不是廟的雕梁畫棟斗栱雀替式的屋脊起翹出簷，只是老店屋斜屋頂的破口般地意外。然而廟卻仍然看得出來是有信眾也有香火，廟中仍然充滿了祈福還願的痕跡，點銅花油燈點燭上頭寫著捐款名字很長很好看手寫字的漢字楷書，狹窄的老屋身長牆上仍然是香火燒得異常黝黑……

廟裡的老太太問我哪裡來的？提起更多典故時更提及只要是中國人對我們三寶公都很好奇也很有好感！我問最年輕的那個看起來像她女兒的人，可以拍照嗎？她說：三寶公可以拍，但是旁邊的神明不行，更裡頭那後殿進落的後院的更多神明也不能拍……要祭祀的人家寄付的供品也不能拍，我仔細端詳了許許多多從地上堆起來堆滿的好幾排好豐盛的那有名字的供品竟然是許多仔細用暗紅紙包裹起來的紙箱，上頭寫梁皇寶懺，我記得那是在做亡靈超渡的經文。

我其實對於鄭和變成神的她們怎麼拜怎麼供奉慶祝那幻覺般部分的好奇不多……對於這個太多苦難太

需要保佑的老地方，鄭和或許只是一個神通廣大的人變成的神，和旁邊另一個接近早市的更大更香火鼎盛的惠州中藥名醫百年前懸壺濟世變成仙的鍾萬仙師廟雷同……我很怕驚動太多老廟裡的人，她們很狐疑地打量我，大抵是看過太多我這種老是只把三寶廟當博物館看的外人……只有那老廟門旁邊還有另一個異常瑣碎地始終囉嗦的失心瘋般老太太還是很認真地跟我說了好多話，這裡的三寶公很靈，她拜了一輩子了，有求必應……還叫我第二天一定還要再來，吃素餐，十一點開始念經，明天是三寶公生日……

❖

一如博物館裡充滿了太多必然要解釋但卻充滿誤解的史觀、人生觀、世界觀、倫理學的歪斜假設……娘惹到底是什麼？太多太多的紛歧，令我分心。那是麻六甲的另一個老時代地盤的這個娘惹博物館……或許，其實也是某種鄭和遺骸般更古怪歪斜後代的博物館。娘惹不免是充滿南洋也充滿中國在異國留下的古怪紛歧的歪斜傳說……一如一開始的那個胖乎乎的導遊老太太，本來不會說中文，但是為了熱心導遊而努力練習了幾年，雖然發音還是怪異地參差，但是仍然極端用心用力地解釋。歪斜的對所有遺址遺物的更用力解釋卻就更像其用字遣詞的更荒腔走板……

在這一棟氣派極端的老洋樓，有太多太令人髮指的鬼東西，大多是女人的也都是老件的難照顧……全部黃金打造的鳳冠、銀線縫的嫁家刺繡、小腳繡花鞋、緞布衣裳手巾肚兜、純黃金的精雕戒指手飾鑰匙鏡匣，太多太多嫁妝的極品……一如老時代中國的貴氣。

還有氣派的天井深處的神明廳、花廳、客廳……有著某扇漆金的孔洞薄紗的窗扇，新娘可以從後廳堂後端偷看前來提親的新郎。那是哪戶大戶人家後代捐出來的奢侈老房子，祖先太過榮華富貴的生前最後在每一個房間裡留下的所有最誇張炫目的廟宇金樓般地古代裝潢……陳舊但是氣派的檜木長衣櫃，明代弧度講究的太師椅，清末洋風松木深漆色梳妝台，鏡面倒映那床頭懸掛深黃刺繡蚊帳，還有瓷器可攜夜間嬌小古式馬桶和夜壺。裡頭有一張十五歲老時代妝扮少女出嫁的照片，捐贈給那博物館的老人說那是他母親年輕時代，她九十幾歲過世。那黑白照片極端清晰，年齡極小極美，臉孔看起來只是女童。眼神有種平靜地恍惚，愁緒依稀……這一個娘惹博物館的最誇張首飾其實不是首飾，而是稀有的某種老時代日用品竟然有一對純金的長短細條桿配件，男主人隨身攜帶。她問我們做什麼用的？「短的是挖耳洞，那柄尾端翹起的……長的尾端卻是尖的，你們絕對猜不到。那老時代的有錢人太過火了，什麼都是純金的，那是……」她發出一種古怪而戲謔的笑聲：「那長金細桿……竟然是剔牙用的！」非常荒謬絕倫但是又被當成那麼理所當然的細節還有很多，一如導遊的那神經兮兮的老太太老是這麼解釋：這娘惹樓有錢人家規矩很嚴……婚禮的嫁妝十二件贈禮答禮的禮數極多到連新娘落紅打賞是夫家請娘家吃椰漿湯和送金子。屋尾有張老書桌上有舊時代算盤和手寫字密密麻麻的漬跡帳冊，一如她解釋成所有男孩自小就家教嚴厲找私塾老師教識字念書算術是為了以後至少要當律師或當醫生或至少是跟父親跑南洋當生意人……一如那精雕細琢龍鳳呈祥八仙過海種種典故人物精美木雕像紅眠床的床底下卻要刻意在洞房當晚放入兩隻雞，一隻公的一隻母的。洞房之後的第二天早上看哪隻雞先跑出來就知道將來新娘會生男還是生女……

一如那晚夢中，我太過疲憊不堪地夜半走了整晚，好不容易到手的某一個博物館偷出打不開的怪異外星元素材質卻以ＰＶＣ般射出成型的古怪方盒子，我完全不知道那怎麼打開，但是又一直想打開。那盒子上頭是一整排斜屋頂的中國南方斜屋頂剪黏天兵天將站滿的起翹飛簷老房子立面，彷彿是摺成薄片狀可以凹陷成好幾折再倒下，戶所遮掩的方盒裡頭竟然是整座立體而發紫光的立體縮尺精密的吉隆坡雙塔摩天樓，用某種不明金屬製造，鑲嵌在裡頭。閃閃發光。

然而在那打不開怪方盒的老家房間裡。突然出現的小時候一起長大的堂妹，她還沒長大但是卻已然老了，侏儒般的老人肉身卻仍然發出童音地招呼著我……她成天只關在光影氤氳昏暗的房中死角一張舊木桌，只做了一種怪異的紙雕，拼出極端複雜的曲折地摺疊，翻轉之中有很多剪紙出的人形和怪物並列出現，有非常多種變化莫測的變形。像是一座最華麗炫技細節充斥的紙雕折騰成的古巴洛克拱圈弧形壁老教堂或藏廟曼陀羅精密打造神祕壇城般地可怕繁複。

我本來以為她會跟我說為什麼她把自己關起來幾十年是在做這什麼鬼東西。但是她卻只是像小時候那麼腼腆地微笑，完全沒有解釋。另一個房間裡的臉孔很老很老但是仍然身材激瘦一如少女的堂姊，夢中竟然嫁到麻六甲的她竟然穿了一件非常複雜的長拼布洋裝，她說是她自己做的。但是手縫的線針穿法出奇地仔細綿密，滴水不漏地精準細節收尾成從胸到腳踝十幾層版型變化極端巧妙的長袍，材質竟然是異常昂貴的絲綢，一層層都是桃紅色到橙黃色到橘紅。工法極端簡約精練，彷彿是最氣派華麗又樸素的晚禮服……但她卻只是笑著說，沒什麼，這不過只是睡衣。

那娘惹風的老旅館有很多傳說……入口老建築二樓的主餐廳堂異常迷人，那也是唯一留下來的很多高樓層的氣派華麗，高木窗木百葉吊燈飾垂風扇的老氣息，籐背深漆木椅，牆上懸掛起青花瓷種種弧形瓷器瓷盤，厚雕花相框裡黑白老照片，帶穗暖色古典印花厚布窗簾。

雪白硬挺的餐巾和桌布，仿銀的造型刀叉湯匙、桌花、瓷瓶鹽罐胡椒罐，太多太多細節繁複的老時代留下來的鬼花樣：斑斑駁駁的陳舊木地板，老時代舊混凝土糊出線腳裝飾精密的灰暗拱門，唯一活生生的……只有那角落滿圓桌的熱帶水果鮮豔過度的種種西瓜木瓜香蕉到最古怪的紫色火龍果……

這條老娘惹旅館前的老街走了越多回，越覺得不過像是一種太疏離近乎虛構的老時代場景……充滿了那個鄭和太遙遠的老時代撤退太快而所有人陷落在後頭跟不上就走不了地困難重重。旁邊的種種仿古畫廊舊屋咖啡廳形形色色諸多古典樣式紀念品店般的民宿旅館相較起來不免都很新也很假。老街上還有很多家很老的媽祖廟關公廟觀音廟，甚至還有很多從中國南方鄭和出海港口相鄰的諸多老城福建潮州泉州廣州種種蓋得就像廟的老會館。走過時滿街兩旁都是書法寫就的木刻匾額對聯，斗栱雀替斜屋頂簷下的老臉孔天兵天將的門神石獅龍柱，有時候不留意還幾乎是看不出來在外國……

還有旁邊更多老人開的古董店，老東西收得非常雜。過去的旅行中一向的困頓……古董店太令我走不出來，即使店裡收藏太亂太多太糟太髒兮兮……成色不好的諸多手工檀木刻的老麻牌、字畫舊卷軸、端硯磨墨磨到凹陷的古硯、刻工精密刻花各色沉鐵鑄造老鎖、老銀首飾珠花髮簪很繁瑣複雜地太多太多……還有更多近一點的玳瑁銀桿圓框老眼鏡、筆桿筆尖都發黑的舊鋼筆、民初清末沉甸甸的古幣……有塊老八仙彩，還有很多別的老繡花布面的布巾衣衲還正跑衣蠹蟲魚出來，神通廣大無比桀驁不馴的那八仙的臉孔肉身都被衣蠹吃得破爛不堪慘不忍睹……看久了也真難過。在一個老店屋身太長太狹窄古董太師椅神明桌歪歪斜斜堆滿的死角，我所找到的這老神桌八仙彩布巾竟然是蓋在一對舊木刻童子身上像破爛被單，掀開時眼神詭異而開心的童子們好像還在對我笑……

最後我只買了一個非常小件的銀膠囊形體繫圓柱盒，我問他這裡頭可以打開放什麼，那老人口齒不清地半中文半英文說，可以放捲起來的小羊皮紙張，可以Pray，但是我一開始卻聽成Play而很疑惑……後來老人才又提起有人是出海怕沉船淹沒而掛在胸前，裡頭放一張在廟裡加持過寫滿古經文或祭祀符籙之類的羊皮紙。「而在經文後寫自己的出海的身家籍貫姓名……如果落海死了屍首泡太久認不出臉孔，還可以認這張鬼東西。」老人太清楚了……「還有非常多種雷同的橢圓體，兩端有環可繫帶掛脖子……漢人用，藏人用，回人也用，大家都怕海！」老人說：「今天生意不好，下午四點多只有你是第一個上門的客人……算是緣分，這個老件，你要出海可以保佑！」他因此特別拿出了一個或許在這個老城最有神通的故人但是應該只是複製假銀贗品的老件……書法很拙的老件的上頭環繞字跡卻仍然刻有梅蘭竹菊的太多四君子精雕繁複的枝葉茂盛，有點模糊古銀發黑的正中央左右各寫一個字的魏碑字體的字：「三」「寶」。

夢中……夜半麻六甲的大街上。穿黑衣蒙住臉的他們一群洋人衝進來，帶著槍，抓住已經是非常衰弱近乎走路蹣跚困難老人的叔叔。我在對街躲在太多太多骯髒陳舊的老式載貨腳踏車群後面。但是他們那麼囂張而炫耀，在那空蕩蕩的娘惹風大街上……應該有看到我，仍然對叔叔的頭開槍。那近乎是不可能發生卻真的發生的狀態，空氣完全凝結的那一剎那卻緩慢如慢鏡頭三百六十度環繞的特殊效果現實，那把機關槍在那狂人的叫囂之下真的開了槍，砰砰砰砰完全沒有遲疑地連續擊發……地一直射向叔叔白髮蒼蒼的頭顱，然後冷血扣扳機的幾秒鐘之間，他那臉孔就扭曲變形地瞬間崩塌成頭骨凹陷的破洞而腦漿爆開眼珠從眼洞一如被挖掘開地掉落破裂而一地血流模糊，那狂人的眼神仍然始終看向街頭的每個角落，刻意地大喊大叫，他一開始捉住了叔叔有問他名字，然後拉到路正中間，才開始開槍。那時候才猜測他竟然是尋仇的仇家。但是我仍不知道是發生了什麼事，好像是家裡的誰和對方起衝突，動了手，對方有人受傷到昨天過世……那都是我腦中突然閃過的，無意中的前一天在家門口聽長輩說的。但卻是在夢中竟然在麻六甲的我的老家的前方街上，為什麼會追上門來。那時候的我還小，完全不知道怎麼辦。腦中又困惑又混亂地吃驚，胸口悶住了，無法呼吸，卻又聽到怦怦地心跳聲響轟轟然。到整個後腦門都快爆開。甚至幾乎那槍聲已然就快聽不到了，但是卻老聽到一種封膜住的更遙遠的有路人的尖叫哀號……但是完全不能動的我卻只能全身發抖，整個人蹲更低，也全身近乎趴倒到地上，躲到更後頭，心中卻更害怕，因為我只知道下一個就是我。

整個頭顱同樣瞬間崩塌破爛而驚醒的我才發現……是夢，而這個清晨太早醒來，天還沒亮。老旅館窗外遠遠的佛塔在六點多開很多燈，不知為何，慢慢破曉時候的光影變化很特殊。一如那晚在泡完湯的睡覺前看著雙塔天黑時光全開到午夜全黑，非常緩慢，尤其到了全黑之後，那佛塔般的摩天樓身影變得非常黝黑，仔細端詳，還是可以感覺到天空線有很多剪影般的黑暗的層次分明，天空夜色的黑或許因為太多折射光的雲層渙散而顯得只是淡淡的灰黑，前頭遠近的高高低低不同距離的建築則依其遠近而有差異地更為暗黑，再夾雜其中少許窗洞的光透出一如星辰密佈又疏離地斑斕……極為迷人。主要還是那雙塔太過龐大又形貌怪異地頭角崢嶸般地尖銳。在我少有晨起又注視許久的遠方高樓旅館窗口看出去的光景裡，顯得那麼像在熱帶雨林的暗黑中浮現突起的古代浮屠。而且是千年才會出現一次根本不存在的傳說中的朝聖者要三步一跪五步一拜跋涉千里迢迢的無比虔誠才能被神祇同情而揭露而打開的祕境。

一如極端高山上大雪的香格里拉村頭路徑的閃現，沙漠太過狂風沙埋沒的湮滅古城遺址入口露出，海中大霧三天三夜船體完全開不出的迷茫所隱約在前方瞥見的島嶼一隅。昨夜是那般意外入睡地沉入夢境，而今晨是如此奇幻地醒來……太過巧合地前後寤寐之間夾縫中的噩夢，家族仇殺的現場讓我陷入近乎崩潰的太過血腥暴力的種種離奇……

我老想到那舊八仙彩布巾上老八仙神明被衣蠹咬得頭顱和我夢中同樣地破破爛爛……

❖

麻六甲充滿謎團……M說，鄭和博物館對她的小時候始終太過自相矛盾地費解……一如外婆從小給她貼一種中藥的怪膏藥在她肚子的肚臍眼，所有的蟲和蚊子都不會咬她。但是卻無法理解地奇臭無比……一如有一回有一個陌生猥瑣的老男人跟蹤她和外婆走進了麻六甲老街的這一個老房子，門口就是後來變成懸掛起這一個怪異鄭和博物館招牌的鬼地方，長型舊街屋裡的巷內曲折離奇縫隙間歇性地迷路找路……一路不安地疾行，其實一開始外婆卻更像是跟著他們來的本來要跟那些人去祕談什麼祕密的陰謀或是叛亂的事……但是她不太記得。走進去才發現裡面那一長形街屋的老建築前端花廳改裝成了神壇，可以問卜的一個陰森的拜不明邪神的怪異小廟，甚至廟裡還有壇位後頭點燈還有乩童可以讓人來問卜消災解厄，裡面人很多，問的問題很嚴重，後來就始終在問說要多拜什麼，雖然好像完全沒有惡意但是她老覺得什麼不對勁。另外一次就是走進去另一個老房子，但是卻是她以前去的外婆乾兒子的老家，裡頭充滿怪異的被跟蹤的神祕莫測的恐懼。但是進去之後才發現那個榴槤冰店變得非常小，小到一個只有兩坪大的地方，還有五、六張以前的三寶廟的供桌擠在裡頭。好像也有什麼祕密的事情，但是也還不清楚，雖然她心中不太願意，可是還是勉強地跟那些外婆的問候敘舊。

從小到大她老聽到疲憊不堪的外婆始終怪異地抱怨……說的就只不過像一種爛人生的抱怨和悔恨……她這個身體是中國人的而不是馬來人的，快死了的她仍然還在適應，也還需要時間。這是她來麻六甲這邊七十年的理解和想像，這個地方的人們非常瘋狂，他們有暴力傾向，有毀滅性的焦慮，任何規勸都沒有用，他們都不願意改變，不過他們自己其實不知道怎麼辦，我沒有準備離開，但是馬來人卻不想走了。好多年她都一直怨恨被送到麻六甲來，這個古城的生活很是辛苦，現在終於快要結束了，奇怪的是：「我不知道怎麼跟你解釋，但是，這個城有另外一種非常奇怪的焦慮，我卻愛上了這個鬼地方。一如我愛上了這個鄭和博物館……」

關於這個怪異的老鄭和博物館……M說，她始終無法理解為何博物館老入口開頭那個展間放映室所精心打扮的戲子般地刻意營造密閉的黝黑黯淡的老時代船艙內感覺電影3D的透視感船隊前行的畫面。非常怪異的壯觀中的洶湧澎湃野生怪獸吼般的海浪聲音。從古代巨大的南京船場打造出的太多種古木船。甚至有的船體當農場種菜種花養馬……

最怪異的傳說般的荒謬絕倫……M說：「怎麼可能……但是又沒人不相信的種種寶船傳奇……每艘寶船有十六個水密隔艙，任兩個隔艙進水船照樣不會沉下去，甚至有幾個隔艙平時就可以放一點水充當水槽以飼養訓練過的水獺，或者是讓潛水夫在潛水前後使用。繫在長繩子上的水獺，可以用來驅趕海魚入網。至今南中國、馬來西亞、印度都仍然還有漁夫用同樣神祕御獸奇術的老時代手法捕魚，非常驚人……」M老是嘲笑這種種老故事離奇得只都好像老神話……老卷軸國畫中天光雲海望出海峽兩岸驚人光景中張望港口三寶山下龐大老房子斜屋頂的古代航海圖船體般排開數百艘極端複雜情緒張望岸上的麻六甲官廠。

還有一間是研究鄭和的展覽間中完全像符籙乾坤挪移的古代神仙風水命理勘輿圖的冗長到近乎瘋狂的綿延不絕橫式長條海圖古卷軸……藏寶圖般的路線完全地天真爛漫，完全不像西洋航海圖的精密方位尺寸比例講究的太過世故……

鄭和博物館閣樓側廡內的鄭和下西洋引文已然有點泛黃雨漬的電腦輸出字樣：《明史．卷三百二十六．榜葛剌》記載：「城市街市聚貨通商繁華類中國醫卜陰陽百工技藝悉如中國蓋皆前世所流入也。」永樂年間明成祖為鄭和下西洋親臧文「量使敷宣教化於海外諸番國，導以禮義」。或是更多引用自《瀛涯勝覽》載阿丹國：「「永樂十九年，欽命正史太監李等資詔衣冠賜其王酋，王聞其至，即率大小頭目至海濱迎接詔賞。至王府行禮甚恭。……其國王感荷聖恩，特造金廂國帶二條，窟嵌珍珠寶石金冠一頂：並雅姑等各樣寶石地角二枚，金葉表又進貢中國。」……更深的博物館展間還刻意展出有鄭和第五次下西洋時帶町的金鍵銘文是：「永樂十七年四月西洋等處買到，八成色金一鍵五十重」，還有鄭和船隊帶回的瑰寶，金花絲鑲寶石帶、冠飾金鑲寶石帽頂、魯花釧與金鑲寶石錫等。洪武二年定朝廷禮儀制度中有番國禮，如番王來朝儀、番使朝貢儀、曹國遣使進表儀、錫番國宴儀等……永樂十三年明成祖在奉天門接受麻林國貢麒麟。皇帝賜宴朝貢的番王或使臣，如永樂六年宴渤泥國王、永樂十年宴渤泥國王子在奉天門……還有一段特別放大和麻六甲有關的字樣：「永樂九年宴滿剌加王，入朝在奉天殿，臨行在奉天門，禮官餞於龍江驛，复賜宴龍江驛卯。」更高樓層的博物館更深也更險一如聊齋屋或鬼屋式種種噩夢般地現身……太多亡魂般的老行頭一如老船艙中刻意陳列了仿古青花瓷瓶罐旁還有一張破舊的麻將桌，彷彿隨船太醫的老時代中醫師老藥木櫃前竟然有硯台毛筆開藥單旁的一個老算盤和明代官銀兩和傳說中的鄭和錢的動物長相碎銀……還有羅列更多更遠各國佛像古物還收藏非洲阿拉伯印度種種鄭和曾經去過太怪異的遠方的老照片展覽的穿鑿附會……太過令人難以忍受！

太多的古代紙燈籠那麼龐大那麼多種骯髒顏色形貌……不知為何老放著峇里島音樂地令人難以接受地不舒服。甚至還仍然有幾個房間漏水，滴雨在某幾個合院迴廊的某幾間有古董床櫃。充斥著濃濃黑煙末端恐怖感的簷尾螭首雕刻上竟然有隻老貓在鄭和博物館屋頂……M和我跟著走上屋脊的龍鳳雕刻交趾燒天兵天將旁邊狹窄步道勉強看出麻六甲老城……及其更依稀望遠看出雞場街老街的老建築旁邊某一個觀音廟堂……甚至旁邊再過去另一個老清真寺走進去裡頭非常安靜肅穆美麗動人建築的簡單又繁複。還有一個老太婆在裡頭禱告其麥加照片放置巨大祈禱廳的對遠方天方的朝聖……甚至更遠方的回教徒少女們在唱生日快樂歌就在運河面的光影婆娑起舞充斥鳥聲和吉他流行老歌的流動感一如威尼斯橋身壁畫的假馬來西亞村子，古樓老廟相間的漢人老建築風雨浪潮傳統工法完全沒釘子的木造老屋。麻六甲海峽另一端是打造成為某一個巨大的木製水車是運河閘口和另一個古堡砲台。還有一區完全只是廢墟更仔細看才發現整座教堂是老葡萄牙時代的最早遺址地上的石碑印文……印度教的法會太多人正在唱某種儀式的女人歌聲夾雜著法器的嗚嗚沉吼聲，令我太多感覺的什麼……彷彿太過敏感的邪門歪道的小廟很小但是很陰……

主要是鄭和那博物館太大太沉令人擔心看了太久之後就疲憊不堪到出不來……，最後M勸我這種二流鄭和學家只能看書來安慰自己的目光如豆的焦慮……於是在鄭和博物館出口的圖書館只好更費解地找尋更多和鄭和相關的各種語言的怪書：除了入門的鄭和下西洋路線一如觀光旅遊指南的圖片說明書小百科全書，還有厚度驚人最硬最難看的研討會鄭和學種種怪英文中文論文集，髒兮兮的非洲鄭和後人漫長找尋祖先在中國的感人搜尋錄叢書，還有長詩所寫成濫情歷史民族英雄感人肺腑故事古詩新詩集，甚至漫畫家轉畫成偉人冒險家種種的歷險記別冊……太多太多更怪異的狂熱症候群式的歌詠。最後，M和我完全疲憊不堪地走出了那個時光荏苒太過冗長到六百年完全沒有消失過的老時代永遠糾纏不清的鬼地方，走到鄭和博物館外往回看才留意到那老街屋門口竟然站很多個像是假衛兵秦俑贗品（更驚人的是在鄰房榴槤冰店廣告炫目招牌屋頂有巨大榴槤塑膠射出成形的兩樓高嵌入樓身的龐然多刺怪物旁）假城門上頭還有一個仿古老舊木製匾額寫：「官廠」。

官廠（下）。鄭和部。第八篇。

最後的問題是……這是誰的故事？中國的老故事？西洋的老故事？麻六甲的老故事？誰決定我們的過去一如誰決定我們的未來？M老說，她完全不相信老派中國人的古代……就像明代或中國古代貞節牌坊般的官廠後頭三寶山古墓傳說始終充斥的謠言甚至諷喻……一如所有的老時代都只變成了新時代的愚蠢歌舞劇那種太過悲觀或太過樂觀的一齣舞台劇版本，一種奇怪的穿著古裝扮相唱腔怪異的引用錯誤史觀的恐懼症，所有的古代其實都是現代的矛盾放大來恐嚇自己……所有的老歷史其實都是永劫回歸，進化到後來就不免退化一如所有的忠貞到後來就不免叛亂的激進，或許人們一開始就期待惡兆……

M說，一如鄭和的一生充滿傳奇色彩斑斕對他的詛咒般沉重地沉浸……麻六甲的過去也太過沉重到令人痛苦，像是一個僅僅想逃離痛苦的想法就可能會創造也可能會毀滅的一個人。一如T，他的一生充滿病態地厭倦的過去到老想逃離麻六甲的自詡又自虐的一生……小時候他曾經暗戀我到跟我求婚希望我們在三寶山上拜堂然後選擇留下來麻六甲跟他一生一世都開心幸福快樂美滿地在一起。M對T說：「下西洋去度蜜月……你弄錯了，這不是真的，這只是你的夢……」他必須找尋回真實……但是他如何確認到底什麼是真實的？

M對我說：其實對你這種二流鄭和學家而言，麻六甲的沉重所充斥的歷史懷疑的痛苦，也必然使你感覺到罪惡感：「鄭和太過複雜悲慘的充斥爭議的史料史觀的莫衷一是，使得你充滿罪惡感……不管你做什麼！你多絕望或是多困惑，但是絕望感一直提醒你這個假的真相……一如鄭和在你的腦中植入了一個不真實的可怕想法……但是那個世界不是真實的想法像絕症一樣蔓延地侵入了你的腦袋，為了拯救鄭和的失敗或許現在還可以補救……」

M對我說：「你遲早會完全放棄……好像被鄭和附身的你遲早會死心到就讓自己走……我或鄭和博物館或三寶山都只是現在你唯一相信的鄭和的什麼……我也希望是，但是我現在知道了鄭和太過遙遠古老也太過天真爛漫的不完美。西洋……對鄭和或對你都太過虛幻空洞地始終只像是海的投影，不是真的遠方的目的地。但是我更失望的意外……卻是更不自覺地緊張兮兮的你最後選擇自毀般地只想要變成另外一個鄭和……那才是最後我無法承受的。」

「一如我就算是留下來了三寶山和T永遠在一起，完成我對他未完成的承諾。但是太過夙慧的T遲早會逃離我就像他逃離麻六甲……他明明知道記得所有的事但是卻選擇忘記……瘋狂太過火的當年的他曾經在三寶山上充滿愛戀允諾深情款款地對我說我們要一起下西洋去度蜜月一如的確已經擁有過了共同的古中國的一生……但是，那時候我們才十歲……那麼天真爛漫地愚蠢……」

但是多年之後T在新加坡念完戲劇系搞起小劇場多年以後回到麻六甲卻對M說：「我想通了……所以現在我要放手讓妳走……但是妳要幫我演這個瘋狂的漢麗寶公主的神祕莫測角色。」

T在那齣荒謬劇充斥內心戲荒謬絕倫的某一個祕密場景中，讓M演出的漢麗寶公主在六百年後重新現身其仍然穿著明代鳳冠嫁裳的身影而卻在老時代官廠重新打造的這個新時代的鄭和博物館……再醒過來的M仍然寤寐之間等待鄭和回來拯救困在麻六甲的她，就在官廠的地下室狹窄長廊死囚深鎖的某一個房間。

漢麗寶公主眼神恍惚淚流滿面地對回來找她的鄭和說：「我是為了提醒你一些你應該曾經記得的事：為了尋找某個任務與承諾的你的寶船下西洋的失敗不是真實的……」跟我們一起回去……M所演出的漢麗寶公主仍然站在三寶井前和鄭和太多太多手下憂心忡忡的海員水兵千戶們告訴他們的寶船艦隊司令……他們在麻六甲冗長海岸的懸崖旁邊花了六百年蓋了古中國最龐大驚人的「官廠」，一如一座史上海上最炫目也必將永遠炫目的古代明廷城池……

❖

一如M終究答應參與T那一齣《漢麗寶公主》荒謬劇的荒謬絕倫演出……就回到三寶山下官廠一路走去三寶廟前的三寶井也被傳說成另一個漢麗寶公主井的現場……原來的漢麗寶公主變成的白衣鬼魂回來救鄭和，但是卻始終是用一種喜劇演法的荒謬感……一如劇的一開始已然是結局……坐在井旁投井獲救的全身潮濕穿著古代明廷華麗嫁裳官朝的漢麗寶公主回魂之後始終無法說話……鄭和對觀眾說：她的眼神很奇怪，好像很希望我殺她，或許她早已魂魄不在這裡了，早就已經回了明廷或許回了天庭……

完成了不可理喻的下西洋不可能任務之後……誰為我們歡呼？為了我們愛的誰犧牲？是誰禁錮我們？就像是永遠無法無天地理解時代變了但是一樣好玩的麻六甲昏君說：高潮是漢麗寶這位美女被活活燒死的肉體發出香味……劇場中的演員們換場景到一個破舊的廟宇前……鄭和救出漢麗寶和兩個宮女，到宮廷中侍衛喝酒的老地方躲藏……她是外國女人，朝中鷹派大臣已經派出殺手要殺她們的……古裝劇，海盜專打劫腐敗王國，她其實只是無法靠岸的永遠的外國人……叛亂的激進分子準備趕在黑暗吞噬所有我愛的人之前……

鄭和始終在官廠前一如在寶船上演練用劍無法砍浪，他太過熱愛海洋到心情太不好就去砍浪……舞台上的佈景，海浪滔滔的古畫……看起來專門討伐海盜的朝中高官卻陰霾密佈地謀反而收編海盜但是另一端策動漁民飢餓叛亂在麻六甲襲擊官府……但是全場卻始終只是刻意裝傻裝笨地充斥有點喜感的演出假動作的刀劍過手。另一場則是古代麻六甲老祭拜儀式充斥假裝萬物之靈的種種舊式道具打造成的太陽浪花獼猴鯨魚彩虹在電子音樂低音中專注舞蹈的群眾女巫操控東方無人不知的抗暴君王……鄭和始終無法理解為何那麼多的密謀……他始終堅持不懈的命運多舛……「我是將不是王」，那個蠻族巫師一如那麼多個島嶼的王忐忑不安地賜予他太多把古代名劍神兵利器策動他也預言了寶船可能的叛逆者們的集體叛亂，漢麗寶公主不會像鄭和帶領對抗天災人禍假起義或對抗恐怖失敗亡國，她註定即將逃亡而變成無祖國的流亡者……

一如麻六甲國王朝中的陰霾密佈高官們要控制她的未來的宿命、國的未來不滿……始終堅持不懈的混亂音樂是現代的交響樂團的聲響燈光混亂混合假裝慢動作的武打打勝卻變成歌舞劇那麼多裸露身體髮膚的同一群人在舞台上的群舞……

女主角是M演出的……她說其實被她外婆乾兒子T陷害而軋一角地勉強同意下海，完全不會演戲的她自己演出的荒腔走板也一如整個破爛不堪劇團表演的始終太過混亂……但是彷彿拉長的時光荏苒移動的種種叛亂就怪異地雷同老麻六甲海峽長年陷入的老戰爭，那麼多傳說中有法術的老國王封神攻堅麻六甲的他們穿著華麗古裝冒汗的臉孔肅殺之中派來厲害的海將在海峽兩岸始終刻意隱瞞黑暗的舞台裡穿梭於穿著盔甲寶船水兵海員們想像中可能完成但是終究無力負擔的下西洋朝代大業的征服。

漢麗寶公主想像自己可以改變局勢動盪不安，情緒激動的她可以有法術就帶一把神弓去救鄭和……當鄭和開始起疑當他看到幻覺中麻六甲海峽兩側站滿成千上萬恐怖異常的死去敵兵……或許是蠻荒王的祭司施咒讓他迷亂於舞台演出背後佈景中的血海場景光景的崩潰邊緣血光。砍傷鄭和的麻六甲妖怪無法無天而使他開始無力抵拒捕捉瞬間大雨發生的滂沱……但是他還是始終看到幻象的追殺鬼魂而再也回不去真實的世界。

漢麗寶公主告訴鄭和所有的戰事都可能發生，他的危機不是已經逃離而是被下咒……而開始擔心起或許他真的會喪命於此……海浪滔滔也是人演的，還有一個女鬼站上旋轉舞台的人們都被拋棄……一如這壞女人在舞台上對決引發叛亂，還竟然篡改令旗而化身披風軍服參加叛亂的大旗，假裝上蒼降下閃電的她拿出一根令旗桿狀的麥克風拜見古中國的皇上，那麻六甲的王和祭司逃入海洋的島嶼中，再參與戰事致使每個國都雷同的密謀和叛變所偽裝太過遙遠的孤軍奮戰……聽得懂海的語，又成為倖存者但是不要又逃走……鬼出來勸她不要死。朝廷軍追殺而來的下西洋戰爭就是地獄的最後死亡讓她自由解脫……一如砍下首級送入朝中的鄭和完全不記得對叛亂分子做過任何承諾，但是這亡魂會詛咒麻六甲的謠言出現即是致敬，政爭收場的古中國皇帝的遠方聖旨。漢麗寶公主投井前對站在麻六甲海峽的寶船上的大聲哭泣的鄭和說：「我們都不可能好好活著……而我早變成了厲鬼也不要為下西洋晚變成厲鬼的你償命……」

M說：當年我和外婆的乾兒子T跑到三寶山下的官廠遺址玩的時候曾經許願著我們老了要死在這個老城……但是後來卻演變成現在的充斥觀光客一如充斥著災難老發生的世界末日快到了般的絕望……「骯髒街頭充斥著為觀光客拉客的妓女般的我們……都是鄭和害的！」T在最後加長尾聲的這饒舌嘻哈版的囉嗦歌舞劇中一直扮演受害者的追憶似水年華式的怨恨：「喲！喲！喲！這個鄭和可真的是一個老時代的名人！被鄭和玩死這條老街像餿水桶！六百年前一如六十秒前到底發生了什麼？下大雨下了二十輩子下那麼大那麼多的影響，鄭和不是祖先不是國父而是怪物是讓我們永遠失敗的敗類……」只有一個晚上……漢麗寶公主的投井就讓三寶井一如麻六甲海峽充斥著污染嚴重影響的惡臭污水氣味，嘻哈音樂唱腔怪異的恐懼症患者般的每個穿著古裝的戲子們跳起街舞的整群眾舞蹈表演的舞者們彷彿喝醉了或許一個個全身濕透從三寶井口爬出來的他們始終都仍然晃動恍神地起乩或許就只是離魂或許只是都在裝傻，一如那寶船破舊貨車船身上刻意誇張地畫滿塗鴉出來拙劣的龍身和鳳凰羽翅……帶領未來子孫們到天下太平的奢侈華麗的鬼地方，其實只是偽裝聆聽來自地獄深處的華麗西洋交響樂，愛是沒有用的！佛陀也放棄的鬼地方！我們死定了！鄭和是海盜頭目！是屠殺海洋島國的殺人王！冒紅煙霧的麻六甲海峽的邪神！

每晚的恐怖餵食時間到了……三寶廟突然變成了一個粉紅色塗滿的祕密佛具都是全身塗白的肉身扮演菩薩關公媽祖三太子的男女老少神明有人拿鐘樓的鐘有人拿鼓樓的鼓，有披著鄭和明廷繡花華麗御賜官袍的某個刻意留嘻哈風的純金髮胸口胸毛粗獷戴粗金鍊子袍內完全赤裸的肌肉猛男演出，用船纜麻繩綁著趴在其膝前的某一個上茶的西洋少女蘿莉塔發出怪聲……鄭和問全寶船上的海員水兵們：「這西洋少女今晚要殺還是要吃？或許就一邊殺一邊吃好了？」我們只有嘻哈只有饒舌只有混音電子樂……沒有胡琴沒有梆笛沒有京劇唱腔沒有中國古樂的永遠混亂。最後T出場了……就和M演的從三寶井撈起來的潮濕漢麗寶公主一起現身……甚至就在最後關頭的大結局還竟然就站上了那一輛用保麗龍畫成五顏六色寶船所拼裝簡陋勉強上陣租來的破爛不堪舊貨車……「就像我們盜版的歌從西洋盜回來的非法但好聽的歌……」甚至大膽的T用馬來人老舊彎刀故意緩慢地割破脫下華麗中國官服嫁裳但仍然戴著鳳冠的漢麗寶公主屍體的裸露乳房的死白上身……呵呵大笑地怒目對著觀眾說：「我割傷的她這美麗的肚臍是麻六甲的話，割破的肚皮上的航海圖是從雙方乳頭的中國南京北京下西洋經過肚臍航向大海航到下體充滿陰毛的潮濕西洋喔！喲！喲！喲！鄭和老愛吹牛天下充滿的永樂的愛與和平的謊言……我們的破麻六甲一如破西洋一如破中國……所有人所有國所有天下最後都只不免會破……破爛不堪就一如海上喋血地殺戮鬥爭角力衝突地……死亡……喲！喲！喲！」

「我是漢麗寶公主……出事了你們會有麻煩，但是，或許你們不怕死的話，就拜託你們殺我……」那摘下鳳冠撕裂嫁裳脫下明代官服的怪公主始終無法忍受地憤怒……始終刻意更輕蔑地對帶馬來彎刀和西洋槍枝的國王率領的士兵們叫囂……「我該侵犯妳還是殺妳還是飼養妳……」始終瘋瘋癲癲的那個麻六甲國王……對著手中劫持的漢麗寶公主那麼肌膚美麗細膩晶瑩剔透地雪白那鑲嵌寶石純金箔的鳳冠下的臉龐……威脅要用短刀劃破她的臉再切下四肢，傷口用殺蟲劑噴在傷痕累累傷口防腐……剁成去肉的骨頭還可以拿來做她熱衷懷念的明式古董傢俱的太師椅腳，人皮還可以小心翼翼剝下放在太師椅前當虎皮地毯般的踏墊……另一場景中的……國王的麻六甲宮殿仍舊充斥殘忍神祕但是必然仍是個奇幻瘋狂的王朝的祕殿……那是後殿廊道太長太深最末端的太極圖騰相生相剋充滿玄機般黑白相間弧形的月門口，曲折離奇的八角八卦形冗長怪異走廊走到底……竟然在廊底尾端現身的是另一個驚人的發現。

在另外一場舞台外頭是老中國官廠而裡頭是盛大宴會中的巴洛克風格大廳……充斥著濃烈刺鼻西洋氣味的種種列柱拱門彎曲摺皺天花穹頂甚至鑲嵌完全黃金漆的曲弧牆體和大長桌禮儀充斥著燭台銀飾圓盤瓷杯的晚餐盛宴，還有很多穿著馬甲長裙少女們穿著西洋蕾絲蘿莉塔裝扮小黑禮服群聚後場聲音顫抖地用童音拔高唱起古典音樂的歌劇花腔女高音式的無限混亂又天真爛漫的怪異尖叫……廝殺之中突然國王隨扈群眾擁入圓洞月門入口門圈是黑色鑲嵌一圈漢字「麻六甲光明鎮海神州港風調雨順」一如經文充斥神明保佑般的字跡燙金書法閃爍不定但是始終亮亮晶晶的光景……功夫極端高強的鄭和始終一個打太多個的旁邊有水兵們對決一路攻入血紅甬道曲折離奇走入人群聚集的大廳長廊……其中的舞台效果很刻意地做成那一條麻六甲老街……那麼多二樓窗口也有穿著旗袍的流鶯娼妓叫客，留雙邊小辮子穿中國古鳳仙裝的枯瘦老鴇吆喝恩客們：歡迎大家……歡迎來到慾望橫流的這古城麻六甲最著名的妓院充斥著許多令人感動落淚的穿著旗袍的女人一個個彷彿好久不見心事重重雖然強顏歡笑但是仍然不免感覺內心深處始終充滿深仇大恨的憂傷……一如妓院房間末端的出事不斷的那怪異的血紅色水床圓床上頭裝潢刻意用環繞全部鳳身列柱站著美豔華麗的一尊尊仙姑們擁簇的媽祖觀音菩薩女神像群……

餘震在全城持續發生沒人可以逃離巷中暗藏玄機的黝黑角落追殺……另一群異國水兵或馬來部隊的極惡分子們放到街頭去追殺中充斥對殺決鬥的配樂是中國梆笛胡琴的電子混音嘻哈音樂的熱情奔放怪異，和那群死守寶船的穿著明代海員水兵服的對決……那群混亂的混戰中……老問中國在哪裡的無知馬來人部隊和西洋水手們……就莫名其妙地攻堅殺入中國餐廳的長桌前的顧客群口中還吃著老闆炒飯炒麵邊打邊罵髒話的衝動！長桌上的假龍身武器刀劍弓箭找到送回去不可原諒的犧牲用數根之中還染血有切斷的手指頭的千戶怒吼地也率領一群小水兵戰士衝突會合的人馬陷阱，最後就在三寶山下最著名中國老街前的末端那一個廢墟大樓械鬥，燙金的更古老也更怪異兵馬俑一對在門口兩側，鑲嵌漢白玉雕刻仿紫禁城的兩隻老時代石獅子雕像……一如那條中國雞場老街和那個老城都有自己無法解決的煩惱……T說：「沒有祖國的流亡海外的中國子民一如沒有信念的信眾的我們如何感謝過去的太古老的古中國歷史，難道我錯了嗎？」

「聖旨到……文武百官下跪接聖旨。」鄭和最後提起的最後祕令聖旨是一個影像檔的投影……他播放出了千辛萬苦從雲端下載的從北京祕密傳出了的訊息。投影到老官廠延長到三寶廟長牆體上的一段影片中……那個憤怒但是假裝威嚴鎮定的紫禁城宮殿寶座上的永樂帝穿著龍袍朝服……對後來只好隨麻六甲國王勉強跟著下跪的全部嘍囉們，那本來是充斥著殖民地對殖民母國的又恐懼又憎恨的不得已而為之的緊張兮兮的狀態……全場都屏息的困難重重的硬仗攻堅巷戰械鬥對決的大航海時代四中的寓言式血戰的必然痛苦不堪地血肉模糊……

但是那荒謬絕倫的荒謬劇卻讓那三寶廟牆投影的一直LAG晃動的怪異影片中的永樂帝也同樣地荒腔走板地演出了最驚人的一段絕妙的戲碼……那皇上太過火地大笑三聲……然後竟然在旁邊的鄭和宣念其吩咐祕旨時的臉上亦正亦邪忽冷忽熱地大聲叱責地頒佈最後的聖諭……但是竟然又說又唱也是用唱嘻哈的歌的唱腔甚至文言華語的複雜囉嗦之中夾雜英文的「奉天承運！皇帝詔曰！麻六甲一太平就……天下太平……喲！喲！喲！」

三寶山和三寶井都始終是神的……一如神明保佑的神祕三寶廟後的種種……這部荒謬絕倫的荒謬劇選了三寶廟前三寶井的這個官廠前老場景鬼地方其實是之前M和T的童年怨念召喚回來的殺入攻堅那段鄭和鬼歷史自嘲嘲人的史上最大的場子……也應該是說最世故也最複雜最基本教義派的官廠遺址現場的荒謬感作祟……

那晚半夜的最後「漢麗寶公主」的古裝戲排演完了三寶公乩身彷彿才出現，T突然起乩地跳舞狂亂地始終無法理解地陷入那最陰的佛龕般的廢墟裡最深的內門扇……連M都覺得毛毛的……三寶廟那個鬼地方其實始終太複雜也太老，她其實沒有把握也沒想太多，演出漢麗寶公主之前也始終想逃離……始終沒有把握的她心情沉重負擔不起思緒混亂的感覺神經兮兮也不好……

非常反諷進場那兩天就竟然是外婆的忌日最後最忙的上三寶山她葬的墳地上香的時候，就發現其實自己都變生了或許就是以為一輩子都絕對忘不了的也完全忘記了，或許是都藏起來在腦海中刻舟求劍的某個墜海點的很瘋狂也很不真實，一如三寶山一如麻六甲始終的天氣太熱地方太可怕太混亂活著的條件太差的時候就應該知道怎麼做才不會更辜負外婆……

T說：我那一整部戲碼的上場其實是召喚一整間老廟的神通，等於是找尋一條老街的靈驗感……M提及更多擔心……那可不免就是整條老舊雞場街上和更多更深更亂的麻六甲古中國人官廠原址的內街那充斥著濃濃復古懷舊風的老街長牆的可怕還有地氣充斥著每一棟麻六甲古建築的街屋立面高低長寬尺度材料工法繁複即使已被修補手術過了還是都不太一樣的地氣怨念就更難，可是誰在乎地氣這種或是被修補前的蓋住換掉又似乎沒有……古代中國天井大到列柱屋簷門口門扇小到柱間轉折摺疊內縮外突種種窗框門縫鎖頭……老時代感的老建築太過複雜長屋內街歪斜高低複雜到夜半古厝暗巷透露的暗光竟然是血紅色或靛藍色很美很陰，陰霾密佈的恐怖，但是只是消防栓或逃生口的光線閃閃發亮的誤解……地氣太難沒人敢碰的其實現場很乾燥到……很像沒有神明保佑的廟宇寺院道場的開光不了，或許是歷史悠久的殖民母國統治更深更替的充斥大航海時代矛盾之後就更分裂的症狀包括發燒不滿情緒激動的不可理喻般的逃離……

這種種T的荒謬劇的嘻哈混音唱腔般的膚淺歌舞裡和外的必然完全切割斷裂，M提醒T所謂的三寶廟裡用古厝恐怖片般的老建築死角充斥著濃濃黑暗感的演出廟埕廣場前三寶井種種的更充滿典故的鬼地方不只變成是時光荏苒容器大大小小沒有什麼祖國史觀問題地明顯地理所當然，M說T老希望「漢麗寶公主」一如鄭和種種角色扮演歷史悠久的錯亂紛爭而不免神經兮兮的現身應該要一如可以看得到古中國老胚胎的胎衣……的黏膩黏膜那般纏身。但是又要瘋狂一點嘻哈一點地充斥嘲諷地可笑……

不免引發爭議種種跡象老是太可笑的太老的麻六甲……太過黏膩而逼身一如三寶廟那個廟裡住滿了古中國的神可是也住滿了古中國的鬼，那個老地方始終是一個老時代的鬼東西全部都還在的鬼地方……

可笑的人間不安的情緒煙火下求命運多舛的稀有幸福感賭注般的鬼東西都在。要求功名的就可以去拜文昌帝君；要去當差的就可以去拜關老爺；或是如果要生小孩就去拜那個註生娘娘；要出海的話或是要去外地就去拜媽祖保平安；或是說外婆本來小時候是帶著去拜三寶公一如拜釋迦牟尼或觀世音菩薩種種佛祖……

或許，對於小時候一起在三寶山下長大的T和M老覺得那鬼地方很完滿……那種老時代的秩序其實是有所有的看不見的力量在保護或是說在照顧的，那也不一定是去求什麼，可是那提醒了某種我們這個時代已經慢慢消失的鬼東西，尤其是在這麼熱這麼躁的人間條件都更深更糟的時候……

M說她從小跟著外婆在麻六甲長大的童年回憶的心事重重……始終感覺到自己不可能到那老城落地生根地落土一如所有印度人馬來人西洋人的種種外人根本無法體會的麻六甲人生狀態的複雜古中國老人們像

老繡莊冥紙佛具店青草茶降火賣餃子粽子老麵老攤甚至老街尾始終在港口末端舊倉庫一帶充斥著的流浪漢幫派罪犯娼妓流鶯拉客……走回來的路上看到路人在半夜的時候仍然人好多，鬼市般的熱鬧場面混亂失控，但是……始終沒辦法……M說，我仍然還更感覺我只是外人，騎樓有攤位前，很多流浪漢睡在騎樓，更多老人在三寶廟前面的廣場還充斥著很多人的吃清粥小菜小吃街頭攤販集中的夜市怪異混亂的光景。一如我最後離開前坐在夜半三寶廟廟門的鏽蝕老鐵門口還仍然看到好多來看《漢麗寶公主》看完還沒離開的觀眾人群揮之不去一如麻六甲海峽潮流浪頭……甚至就好像好多懷舊的鬼魂甚至只是充滿憂愁的困在那古城的老人們……M還看到坐著怪異電動輪椅的中國老太太看完《漢麗寶公主》戲完散場時正刻意路過的向三寶廟門口充斥非常忐忑不安的心情沉重地對人生感到遺憾的負擔不起……老中國儀式中的合掌虔誠拜拜。最後T安慰M……別想太多了……在三寶廟前排演荒謬劇的問題不斷的廣場越來越熱猛冒汗的T，本來還有點不好意思，後來那幾天預演晚上一、二點還上工排演的T說他打赤腳還打赤膊，沒人奇怪地看他……想去買毛巾沾水纏脖子比較涼，店員問他要哪一種毛巾，我說像去老時代中國人參加葬禮送出殯人家回禮會送的那種老時代白毛巾就可以，店員說沒有那種鬼東西了，現在架上只有又漂亮又可愛的西洋卡通小方巾上頭的米老鼠唐老鴨老笑哈哈……

最後，有一幕是官廠前終究放棄下西洋的鄭和只是更滿心悔恨地想贖罪地想要去寶船靠岸的海峽旁……更認真地尋找水兵們的屍體，一如戰時的無情的他們把壯烈或不壯烈犧牲死去的海員都在咒語黃巾包裹著誦經傷心地擲丟入麻六甲海峽的海水洶湧澎湃之中……另一幕是黑夜漫長到處危險時去麻六甲的妓院。T說，還在混亂對決中失手被鄭和寶船追殺的追兵從後頭追趕綁架，那個晚上他和妓女調情之後說他沒有辦法做那件事所以他跑到三寶井正往底下撒尿時失神……找尋仙姑們，找不到鄭和的T仍然在三寶山下的三寶井前用聳動迷惑的聲音大聲地對所有的荒謬劇觀眾咆哮：說清楚「漢麗寶公主」和她的神祇必然那麼地靈驗，可以拯救我們、拯救麻六甲、拯救天下……拯救人間可以想像更多更好的未來，因為她們可一個個都是會法術的妓女……T客串賣力猖狂演出的追殺鄭和的那個麻六甲自稱是賽神仙的道長殺手……

曾經被人跟蹤到妓院去嫖妓點了兩個妓女，被揭發的時候還辯稱她們是王母娘娘天庭的女侍下凡來渡我這種罪人……一個花名叫仙姑和另外一個花名叫菩薩。

❖

官廠遺址的這個鄭和博物館裡最後一個怪異的展覽老展館，竟然是莫名其妙的老館長所因為一大筆西洋捐款的人情而被逼迫邀請了其指定的某一個更怪異的西洋策展人的「鄭和當代藝術節」。M說她一看到這種更新的關於鄭和的藝術鬼展覽，始終沒有任何好感還老覺得更疲倦，或許就是不願意承認，其實所有西洋的狀態都還是和過去六百年一樣地對中國和對鄭和的誤解，甚至還比過去更用力過度地誤解……好像我這種二流鄭和學家最入門的門口出入切換試探瞬間，才突然想到，過去我擔心了多年來寫鄭和這件太過沉重的包袱的大事及其歷史……都好虛幻。一如多年來不知如何下手的我腦袋好像鈾元素用光了的炸彈不能炸了，擔心也沒用。把鄭和的神話當笑話說，但是後來才發現沒有什麼不能嘲諷或冒犯！那個西洋策展人彷彿刻意切換成這個時代另一種幻術和疏離來面對「鄭和」神話的神祕莫測……和他的怪異比起來的我們或許只是一如在數十年經營養兵屯田的老陣地苦將領小兵，一如在殯儀館旁開紮紙人老店的臉色永遠枯槁的老師傅，一如開拳館老拳師教了一輩子紮馬步般的辛酸攻略內功心法……打法和打的仗完全不同之中的我滿腦袋撞暈輸錯血型的血般地用力……大量流出的組織液亂哄哄亂流心中有數。太過緊張兮兮的我在麻六甲畢竟只是外人或客人。但是那個鄭和當代藝術節的自以為高明的西洋策展人卻不免太過不緊張甚至從容到近乎是極端惡意……可以將鄭和的過去偉大不朽史詩整骨變形成當代的更焦慮更不堪近乎不可能想像的歪斜過度打量的視野。老展覽廳也竟然動用了某個過去不可能的鄭和博物館另一端更末端的側廡老建築展館，而且展覽的那一帶過去就是老官廠，動員到過去從沒用這種怪異展覽展過的鬼地方。甚至是近來最大在裡頭和過去博物館藏完全不同風格的那更新更怪的所謂辭令強烈嶄新時代眼光展覽，關於：什麼才是更進步的鄭和？

但是某種令人擔心的太野太複雜的裡頭很多西洋鬼藝術家只是透過西洋策展人提及……很多疑問的莫名其妙：從「什麼是現代的鄭和？」到「什麼是不可能發生的古代的鄭和？」從「什麼是西洋？」到「什麼是鄭和下西洋後的西洋？」問題重重到老充斥西洋學者學術研究的自我嘲諷意味深長的垮台感到有點開玩笑式地逼近……但是也可能因此而比較不像二流鄭和學家的我那麼拘謹地沉悶沉重。即使M嘲笑我不得不承認我太過火的苦悶和苦衷的……始終對於鄭和只像對於鄭和博物館的擔心，或許只是老停留在這破爛不堪的老建築可能快崩潰也因為前幾晚又下了太久的雨危機的太過沮喪，或許其實只是因為擔心這鄭和博物館藏文物保護多年以後太過緊張兮兮可能會全毀的太大意或太天真。

那幾天和M去看了太多回的鄭和博物館，我老是因為內心深處某種更內在的不安而老想放棄又不捨地太累……尤其去看這個西洋人策展的更新更怪的鬼展覽。就是在這個鄭和下西洋的失敗遺址卻為何找來了所謂的某一個西洋的前衛犀利策展人，甚至他所想做的竟然不是過去「鄭和展覽」愚蠢的老時代美學的老路線，策展人說他想的鄭和是一種西洋人怎麼想像的古中國般的更怪的找尋外星語言方塊字圖騰象形文字形貌的某種「中文」、「漢字」如何地接近……太多穿鑿附會的對鄭和的想像……策展人邀請了太多個西洋藝術家來展覽他的西洋人想像的鄭和……那像是一種致意但是也更像是一種報復……文明進步又退步的六百年只是一剎那般的時間感所打開的某種更費解的端詳：

西洋策展人找到了一個中美混血兒藝術家做了一個作品：虛構一個假名就叫做「鄭和」的工人是一個偽工人史的口述歷史寫下的一本書，在台灣在深圳在新加坡在麻六甲做工一輩子一直換工種而始終徘徊於中國人各國都市邊緣，永遠貧窮失業的中年華人……故事非常怪異又莫名地迷人，但是最後竟然還就在藝廊展覽，而且就是一本手寫筆跡的書都是歪歪扭扭的漢字寫成的失業危機感日記。

甚至更有一個作品是怪家書式的信：展覽是展出一堆鄭和的後代子孫滿堂從新幾內亞的非洲寄回南京鄭和老家找尋族譜可否收入他們的信的追蹤。另有一個作品只有三頁A4中充斥著那愚蠢的民眾參與式的「假如我是鄭和？」的腦筋急轉彎式的塗鴉牆留言白紙……另外還有一個作品涉入鄭和送給麥加的古代中醫推背圖後來變成了阿拉伯一個著名的神祕醫療流派的考古發掘過程文獻史料特展。有一個怪作品涉入：鄭和的古中國史料在電腦上某先知費盡全力地解釋，一如用少數民族文字的解釋翻譯聖經那種古老宗教經典使其像地下球狀莖蔓延……有一個作品的題目是：「鄭和曾說……」彷彿：子曰……的開頭，鄭和始終流變的虛構語錄集……在背書般地被謄寫下來的怪書錄音檔播放……

太多涉入鄭和的怪作品的那源頭的中國所涉入老房子的廢墟的當年舊中文學校用了這個老麻六甲官廠……時間和空間的壓縮。一如鄭和下西洋容易導致流亡而忘記……或許是因為鄭和不知道自己已經死了而是夢見種種古代中國神話奇幻妖怪的流變才出現的怪藝術作品……

西洋策展人背書更多地參與其中討論許久如何說明一種「鄭和」的狀態？如何描述一個「鄭和」的房間？如何記憶「鄭和」？還有更多逼問鄭和的更當代的展覽作品。一如關於麻六甲，本來小時候長大住在那老房子是鄭和下西洋的計畫在未來應該出現文明盛況但是後來被遺棄變形而淪落成的廢墟。

鄭和就像是糾纏黏稠海藻淨化不了的深海那麼可怕地……從中國到西洋，像是從某一種強文化到另一個弱文化的宰制又反抗，有的留下有的流放的種種問題重重……

展覽廳入口桌上展覽資料檔的文件還有很多爭議：一如有北京藝術評論家指責這個怪異鄭和藝術節還是假西洋的鬼藝術節……提及甚至辯論起策展人引用鄭和所引入西洋的怪美學的視覺語言的深刻但是引起的自嘲嘲人觀點落差比較大，可能是白走一條路，花很多時間和空間但是一如六百年前只是白費心機地做一種對某種無法解釋的經驗的提問，也對一種西洋風格的擁抱和假反抗……用鄭和來找尋西洋對中國的崛起補丁修改遊戲般的存在就不過只是要傳達那種古中國在國際舞台現在狀態的差錯及其差異，本來沒有被發現的西洋在中國還變成種種批評和輸誠和認同什麼的交叉比對……

中間竟然有一個展中出現了一個現場麻六甲華裔老太太私下糾纏不休地來追問……手機相片中她畫的一幅鄭和肖像畫國畫，畫得好不好？那是最老派的畫法還請最新派的怪藝術家指導……但是，她還一直說：「你覺得表情可以嗎？構圖可以嗎？」其實那手機裡的肖像畫完全走樣地把鄭和畫得離譜地很老很醜……但是假裝有禮貌的西洋策展人還是老客套地說很好很好……一如那老肖像畫的手機畫面不知為何出事地一下子沒電就消失地荒謬……還有更多現場更離譜到近乎失控的愚蠢問題：涉及鄭和在六百年前到底有沒有壯烈地死在西洋？或是提及更多六百年後中國內地老拍鄭和的電影到底夠不夠壯烈？有人搶白地說五年前也有好萊塢的人也想要拍鄭和……但是可不能拍成像加勒比海盜的那種周潤發演的香港海賊頭子狼狽不堪怪版本！

有人最後關頭刻意隱瞞怒意而假裝認真地也問及鄭和這個爛展覽什麼時候會收場……但是，太過混亂的思緒不斷增加……M和我完全無法忍受的可笑卻是：最後展覽現場還竟然有一個受西洋策展人邀請的麻六甲當地的年輕女藝術家現場表演刻意穿著性感爆乳戲服的鄭和寶船女大副，佩劍戴鳳冠背插令旗京劇女將古裝扮相但是卻始終裝可愛地說話：「大家安安！我是『鄭和神祕組織』代表，在網路上我們的中文名稱是特別設計過的漢字圖騰……還變成了這種剛剛上市這組織是一種手機遊戲的Logo，滑鼠指標是入口的全部去寫那個文字就是那個很像小叮噹任意門式的卡通漫畫寶船圖形！點一下就可以進到鄭和的六百年華麗冒險喔！保證很可愛喔！」

❖

然而，在那個怪當代藝術節展覽中我和M印象最深的一個鬼地方……竟然是那一個一生畫非常多鄭和的老派畫家特展房間。還有一部拍攝他一生但是拍得很潦草滑稽的假裝是半劇情片半紀錄片的爛電影……非常地可笑。可笑一如那個一生畫鄭和的老派畫家其實非常無趣地充斥諷喻……而且，他老是在那爛電影裡喃喃自語：我看著鄭和下西洋的老歷史就像看著鏡子裡頭的自己，只看到一隻不知死活的害蟲或是怪物或是水鬼……

M說：太多典故都太過激烈卻令人無感，一如鄭和，或是畫鄭和的畫家……都可能是一部非常非常沉悶無趣但是充滿玄機地好有意思的電影故事，但是那或許也是最接近一個畫家的卑微苦悶費解的充斥自嘲嘲人的諷喻狀態。畫家一生沉浸於身世不堪負荷悲傷貧窮不道德的自己始終仍然找尋等待深入的畫鄭和或畫海是什麼？畫鄭和的未來是什麼？……

逼問起始終在畫的他……到底誰是鄭和？什麼是「畫鄭和」的倫理學或是形上學所意味著的猶豫懷疑……電影中提及了一如這個後來啟發未來理解鄭和或理解鄭和下西洋的偉大畫家那獨特而大膽的中國水墨畫風卻是擅以光線微妙變化瑰麗絕美的海洋奇景甚至後來其作品偷偷模仿西洋畫家透納〈被拖去解體的戰艦無畏號〉的〈被拖去解體的鄭和寶船〉更是被選為「懷古中國最偉大的畫作」的他一生只是仍然充斥對畫和自己的無限嘲諷的始終不安……一生老是和另一群老麻六甲老水手去坐船……甚至那部鄭和老畫家的紀錄片也同時就是大量抄襲透納那老畫家的傳記電影，某種時代的不合時宜感的激進及其憂鬱，尤其關於海洋和船難的主題的一再重複……一如爛電影一開始只是亂畫蒸汽船噴出的濃煙密佈，前方的那艘老時代的破船要拍賣了，變成了亡魂……鄭和老畫家最想畫的只是某種更隱隱約約的煙霧、鋼鐵、亡魂……來見證鄭和的西洋的未來。經過三寶山下老看到那一棟費解的還沒蓋好的鋼鐵鑲嵌玻璃刻意做成仿冒古典紫禁城宮殿風斜度高聳怪屋簷的怪大樓，那真的是……未來嗎？那一幅幅和海洋有關的畫所畫一個戰爭或畫一個災難發生時的水墨渲染感是自相矛盾的……他嘲弄地說他的畫想要讓所有的鄭和學家終究無法否認地發現後來六百年所有下西洋的不幸都和鄭和息息相關……

有人問他，你不會厭倦鄭和嗎？你不會厭倦海和寶船的以訛傳訛般的傳說嗎？為何要畫鄭和下西洋來過你悲慘的一生？太多中國藝術評論家卻相當推崇他的怪異混亂畫風，筆觸刻意模糊曖昧不明甚至形貌越來越曖昧不清楚……激怒了後代中國收藏家貴族世家的品味。他的越來越偏激的畫作引發各界憂心忡忡及其必然爭議不斷的見解，被視為過氣也戲稱他是前一個時代名畫家的世代已經完全過去由於他的影響都只是技術。他老畫的鄭和始終無法抗拒的有太多人想或不想收藏種種爭議的困擾，他畫下西洋的寶船上的鄭和始終壯觀……寂寞而孤獨……是不一樣的未來終於會來的……一如文明的被誤解。他畫的那幅充斥著低調恐怖感的寶船被無名風暴妖魔從天而降地襲擊事件發生的……模糊不清地描繪被船隻刻意丟下的一群寶船海員水兵所捲入海中的殘忍……一如被問及的：「你可以解釋一下你的作品嗎？你怎麼在陸地上畫海洋，在現代畫古代的西洋，在大自然之中的你只能看到沒有形狀的波浪？一如鄭和怎麼看到沒有形狀的西洋及其未來？」他害怕面對那個始終嘲笑的想逼近他而卻老誤解他的鄭和學家們……

鄭和老畫家晚年時常發生不幸，病重到後來病危過世，他神情落寞恍神……中國遠方的親人們死後太過無助但是仍然無法理解自己悲傷的他自己去釣魚，始終困在一個麻六甲海峽釣不到魚苦苦等候的餘光中，天色逐漸遠離變得暗黑……但是他只是發呆無言死寂地把雙手放在頭上感覺很絕望……他去麻六甲的妓院，竟然還對那個雛妓說：請妳躺在明代古董床上別動，她對他說「我有做特殊服務」，但是他仍然完全沒有表情，他畫了起來，甚至畫了一半，突然開始笨拙地大聲哭泣而嘔吐，彷彿想起了什麼……好心的妓女問他要不要一杯水喝，他哽咽地說……不用。最後要離去前卻死命抓住那雛妓在她告別時撩起她的中國老派性感開衩極高旗袍下襬無助地用力過度地想插入抽送但是仍然陽萎，然後依舊哭泣。他覺得自己被鄭和的古代宦官去勢後的幽靈鬼上身或許就是太過許身地必然被詛咒……變成像一生都被閹割了的狀態！他一生比大多畫家更窮更慘的憤怒情緒激動，老提及下半生的三十年來始終貧困，家人情人生病死亡一如被詛咒地太過可憐……但是，他還想過畫自己瀕死家人情人是個畫的好題材時，卻更傷心地提及下葬在一個三寶山上的墓塚的同一個鬼地方是為了省下墳地，甚至於後來貧窮而悲慘到只能挖掘出來前幾個家人的小棺木挖深一點再疊一個再葬下去……畫家的一生一路太過冒險也曾經上過船當過水手而且始終無法理解自己的人生為何老風浪太大，有一次出海的以前拯救了一艘船但是無法拯救自己，……他更早的一生還曾經是水手有太多太多過去不堪回首，以前在船上，不太提的種種香料船、老貨船、捕鯨船……不，甚至他還待過一艘麻六甲海峽走私中國奴隸到西洋的破船，太殘忍了……那改變了他的一生，也帶他去官廠旁的老街舊媽祖廟拜拜祈福許願求消累世業障，因為人生太殘酷了……畫家晚年終於找到一個破舊的麻六甲港口旅館住下，隻身在海峽邊的潮汐沙灘緩慢移動，他在找地方畫畫……把脈的老中醫諷刺地對他說：「有一道光的好天氣，下石階梯去你想看到鄭和的麻六甲海峽……睜大你的眼睛」，也諷刺地對他說：「太認真太用心用力畫著你那荒謬的鄭和寶船的鬼船難……太找死。」

那老畫家一生用水墨畫的老顏料想找尋如何畫出古怪的西洋顏色……鈷黃、猩紅、靛藍……那是一個水墨畫掛滿的斜屋頂房間，鄭和老畫家也有某些中國純粹水墨老卷軸參參差差在角落與其他的舊時代緊接地懸掛，他感覺被忽視，意氣消沉或是意氣風發……他感覺到來看他的鄭和下西洋的畫家們收藏家們觀眾們都不專心地嘲笑他，敵意充斥地敵視大多他畫的鄭和肖像畫都只是像在畫優雅的鼻孔……他看到整個展覽大廳別人的畫作而露出不屑一顧的輕蔑表情，肖像畫中眼睛雪亮但是愚蠢的人群攻擊嘲笑他的畫，他刻意對那幅自己的〈寶船上的鄭和〉亂加水墨筆觸，一如風暴正在逼近就要毀了自己的曠世之作。看完引發了強烈討論的畫評收藏家們在鬼址……他始終沒有說什麼……他老到了麻六甲海邊的山上看遠方的海洋，無知的收藏家客人始終笑鬧地逼問他西洋或是麻六甲海峽的日出和日落的畫法有什麼不一樣……

一如大多的畫家宣稱一生沒有人了解，直到他到了海岸遇到一個心動的時光荏苒……雖然他痛恨自己，宣稱自己照鏡子裡頭卻只看到一個越來越像鄭和的老妖怪……他住進那個麻六甲海邊的老房子充斥著日夜晨昏的種種海鳥叫聲，三寶山下老舊的古中國街屋破建築市場末端骯髒的石梯步道偶爾還出現破爛不堪欄杆和纜繩充滿了海邊的老人們……他為了畫下西洋遇風浪費解的謎樣……故意刺激自己而要求下水游泳浮潛甚至還請船長和水手們在船頭陷入海中快崩解逼近狂風暴雨席捲的波浪時，竟然刻意把自己綁在船頂的桿上，沉入黝暗的冰冷海底，或在大雨滂沱的海岸灘頭……感覺海水及冰冷刺骨的霜雪寒意片片襲來而拖延太久到後來變成的下半生重病纏身……諷喻的麻六甲民間有一部可笑的懸絲老傀儡戲鬧劇刻意演出他的故事來嘲笑他的水墨畫太多怪異的西洋畫顏色，嘲笑他的眼力大不如前，嘲笑他的用色太過激烈的混亂，嘲笑他的曾經出名過的畫鄭和下西洋的爛畫作越來越不行了……他老在海邊散步，有時候老撿到一塊破舊的漂流木老樹皮就算形貌弧形怪異骯髒亂，但是覺得那是六百年前鄭和寶船沉沒後天意難忘的打撈般意外出土文物般出奇地美麗……他的麻六甲破舊畫室旁邊展覽間的畫作旁邊還充滿了屋頂在滴水的水桶。

但是一生貧困的他卻竟然嘲笑地抱著悔恨地拒絕，他對那一個個中國的或西洋的收藏家富翁所開了一個個天價要買他的鄭和下西洋的畫提出拒絕……那也是對他自己一生孤注一擲地畫的鄭和下西洋近乎不可能的自詡又無奈無助的最後自嘲。

最後……鄭和老畫家的病情最後越來越嚴重……老在水墨畫室摔倒。他邊說邊喘氣，最後關頭他心臟病發，已然喘不過氣。中醫生把脈但是始終對病危的他說：「我每次坐船都不免想起你的麻六甲海峽畫作，你的病情很不樂觀，你再拚命畫鄭和或許就也該拚命準備後事……」但是最後一幕也是那個老畫家自以為壯烈但是無比可笑的一幕……畫面中的狼狽不堪入目的又衰老又病情惡化的他卻死命跑出房間，大喊他一生只想畫下那個投海溺死的自己。甚至更後來奄奄一息時他病懨懨地喃喃自語說：「我想畫下穿著鄭和明代官服在官廠前投海的自己的死狀……對天控訴：鄭和是個悲劇……一如我的悲劇，如果這世界有神的話，祂也太殘酷了……」

❖

M說她那天去看那部一生執迷不悟地畫鄭和神經兮兮老畫家的爛紀錄片怪電影卻還是偷偷地哭泣了好幾次，都在很細微的局部，不太重要的情節轉折的太多恍神的感傷的剎那，種種無奈又無法挽回的因為鄭和或因為畫家的野心勃勃卻失敗的個人過度找尋並試探文明最深最遠方必然遭天譴式的令人不忍心老沉浸的遺憾……一如電影一開始是老畫家用水墨畫筆卻竟然還把那純金的金箔貼上鄭和沉沒中寶船的壯烈畫幅最閃耀動人心魄的畫面，水墨畫中還緩慢移動而濃稠的燙金古怪拼花華麗到難以想像的畫風，M近乎哭泣地訴說……本來那幅畫掛在我老家客廳的這幅曠世名畫船上的漢麗寶公主那麼美麗又浪漫……但是我看到的是畫中的我外婆，她還替童年的我每天梳頭髮還永遠抱著我睡著。一如麻六甲……種種怪異三寶山下中國老街的古代斜屋頂斗栱雀替天兵天將站上屋簷伸入天空起翹燕尾建築一如神仙佛祖從天而降臨六百年來老徘徊觀望不去的痕跡，近乎瘋狂的胡琴梆笛琵琶演奏電影配樂改編的古老中國樂團音樂中的餘音迴旋……或許那畫家傳記電影中提及那畫老畫家熱戀她外婆的姦情被發現的不倫故事最後也最重要的一段，卻是外婆她回老畫家放滿畫鄭和古畫老家那棟已然變成一個完全不同的老建築，人事全非的時光。M想起她還是小女孩的時候在那個老中國歪歪斜斜流離出身的童年回憶中最深的完全無法抗拒地喚回，外婆沉浸於拉胡琴的演奏中的老畫家的專注，唱京劇的畫家在M童年還曾經去她外婆家幽會時緊張獻唱於麻六甲海峽窗景的窗口前太過浪漫的講究氣息……最疼愛小時候孤僻偏執的她的美麗薄命的外婆帶她窩心手牽手親密一如童年最衷心疼愛的冗長時光的每一天的走入老家最末端那時刻……所端詳那最引人注目的那幅沉沒中老寶船畫她外婆當漢麗寶公主的曠世名畫……所有的過去都已然過去。

一如M老會想起外婆跟小時候的她說過：「妳早晚要學會抵抗恐懼，這是我們老家族的宿命。來幫我戴那老青花瓷製寶船項鍊……」她老會閃神看到死去的外婆對小時候的她說。M的外婆對她太好一如那小時候的回憶太多在三寶山下的老房子……即使多年之後外婆已然變成了一個非常難纏的老女人還陷入永遠悲慘命運多舛而不免尖酸刻薄的過去。一如那老建築裡，他的太早過世的中國祖父在亂世的麻六甲的淪落的過去，一如外婆不能好好活下去的M從小倔強又好奇，外婆還將那老畫家送她的老青花瓷製寶船項鍊送M當最貴重珍惜的家族傳說般的永遠祝福的告別禮物。M說她外婆太過天真也還是跟以前一樣愛作夢，在麻六甲沒落許久之後……

太多餘緒發生在更晚一代的M身上，M說：「我離開麻六甲又回到麻六甲到底這鬼地方發生了什麼更多更深更老的怪事我不知道但是我已然放不掉。」一如她看到電影中那一個老畫家廣場旁的半中國華麗的古建築轉角的一個櫥窗的老店青花瓷藥瓶。想到當年要離開麻六甲的時候是從那老建築的那老中藥店離去。M說：「那是我家族的、外婆的……她曾經許久許久呆站在窗口看窗外。想起以前太過緊張兮兮的太痛苦了，逃離到現在太多年後以為會變好但是沒有。因為她哭泣地悔恨地懺悔說出當年是逃離的我丟下老家族的家人們。」

M的外婆還哭泣地送行……吩咐依依不捨的當年還充滿恐懼的她說：「妳要走，為了未來，這裡沒有未來。但是，不要忘記我們以我們在麻六甲的成就為榮，也以我們家族的過去和未來的子孫為榮……要永遠記得我們不要忘記，永遠把我們放在心裡。」因此就在那部一生狂熱地畫鄭和的老畫家怪電影中彷彿M回到當年她逃離的地方，她老家角落的沙發前外婆老叫她來幫忙她在縫衣服，那個老畫家老在客廳沉浸夕陽餘暉的角落用畫筆髒兮兮地在畫鄭和，一如過了好多年再回她的老家中她外婆仍然帶她走入走廊末端端詳的那幅關於鄭和寶船沉沒的曠世名畫。到了這個鄭和博物館中所懸著那幅最動人心魄她最愛的她外婆的曠世名畫。她想起小時候太天真的她被外婆問過妳喜歡鄭和的這幅畫嗎？始終狐疑的太小的她卻老還問外婆很多很多離題的怪問題……為什麼寶船的天空是金色？為什麼寶船破了一個大洞？而且為什麼鄭和站在寶船上看起來那麼不快樂……

外婆還回答她，一如外婆回答那老畫家：「寶船老快出事了……」M說，或許一如鄭和及其宿命……想著寶船或想著西洋瞬息萬變的未來必然是不可能快樂的……也一如在這個怪畫家怪畫展的電影看完之後恍神不已的更後來的我……聽到M說的那老畫家和他畫的鄭和種種的太多太多過去的就更好像保險絲燒斷了地昏頭暈眩，故事歪斜了，史觀錯亂了，太多歪歪斜斜的畫家畫風畫的種種理解及其誤解……或許只是太過刺激或是太過疲累地跟著M走了太多天或是看了打開三寶山下老街頭的我所想起鄭和最後的下西洋數十年來命運多舛一如琵琶骨被鎖住翅膀被拔掉的落草或更早一生太傾信太用力過度認真的時光荏苒悔恨，我太過可笑地想在那幽暗「當代鄭和藝術節」怪展覽的古蹟破舊鄭和博物館老屋裡的黝黑之中的炫目可以想像得到更「當代」的鄭和……但是卻更不清楚更不對勁地感覺到自己的天真或許因為怪展覽現場太歡樂太吵太鬧地忙……情緒放大之後的疲憊不堪的末端才感覺到自己始終沒有面對內心深處始終不甘心的鄭和更深的過去，甚至逼自己一路趕路倔強不服輸不收手不死心還相信可以逃離而重新變般地過度找尋更新的出路找尋更「當代」的或許只是更「末代」的鄭和的什麼……還是沮喪不堪地亂用力……甚至在麻六甲最後的幾天的某些餘緒反撲詛咒般喚回……身為一個不願甘心放棄又不願承認接受自己只不過是二流鄭和學家的我仍然沒有得到解脫而永遠好像被懸在某個困住荒謬時差的不存在縫隙看出在麻六甲那古城老街的起初無限入迷到後來無法不被遺棄感的始終拉長蔓延擴散的不快……。一如在那三寶山下林蔭參天怪異三寶廟旁那小木板凳前抽菸抽好凶躲雨看著大雨滂沱澆灌下廟前的《漢麗寶公主》荒謬劇現場餘光廟門緊閉依舊的晃動著太過冷清天色昏暗，一如好多好多我找尋太過緊張兮兮的麻六甲古蹟破屋殘巷老街老市場慌亂間的氛圍氤氳可能自憐又可憐兮兮的可怕的什麼……

鄭和下西洋終究是一趟歷史流亡的沉湎無奈又必然終於回到老中國的困難重重……一如被老畫家終究遺棄的M的外婆所面對的她所同時遺棄自己老家族逃離的自責終生，一如鄭和找尋文明的最難以形容的幽微憤怒情緒激動人心惶惶不安和必然遭遇困難重重的受詛咒般的宿命。

M說她好慚愧也覺得自己完全沒法勝任她外婆的過去……也沒法勝任關於鄭和種種更深入更誠意地打探文明的乖張苦不堪言的逼問及其必然感傷……或許這畫鄭和老畫家的怪電影讓M哭的是這種感傷……

M說：有一幕是麻六甲海峽岸邊忍著傷心落淚的鄭和……那個流浪的他因為種種顧慮而在某種太過緊張情勢持續惡化的狀態中化妝成尋常百姓的裝束想法子混入群眾之中想法子必須要逃走，害怕被監禁他的另一個敵方的可怕殺手認出來，所以必須把他逃離寶船時所唯一攜行隨身十分不捨的那柄永樂帝御賜寶劍丟掉，他在海岸前望向對岸巨大的廢墟前非常地痛苦猶豫，就痴痴隻身站在海潮前的岸邊痛苦地看見明廷御賜官服上和繁複麒麟形貌鑲巨大古玉的銅劍，完全不忍心丟入海中。最後丟棄了那同時攜行的用一塊厚暗紅絨布包裹的全身皮冑甲戰袍腰帶，只留下那柄銅劍，在巨石堆裡挖出一個極深的洞孔，個子高大的他緩慢艱難地低身仔細端詳後再小心翼翼地把劍身埋入時淚流滿面但是完全沒有哭聲。鄭和意識到……陷入無限危機四伏的麻六甲讓西洋突顯其未來的大航海時代來臨之後的幻想必然非常可怕，至少必然是一個冒險淪陷於種種陰謀想要推翻所有過去古中國所想像的未來。麻六甲其實死過太多人……這個海峽天險隘口的古城在每一次海的戰爭都會死了數萬人，甚至整個三寶山頭沿海幾乎全部都是屍體……甚至麻六甲本身就是一個龐大的墳場。鄭和甚至在最後是絕望的……出海打仗遇到暴風雨要閉上眼念才有用，念對這咒語，蓋上這姚廣孝上師作過法的咒術黃布巾，他對暴風中的水兵們說：「上師會帶我們離開這鬼地方……」一如他要帶水兵們下西洋，但是，到了麻六甲才知道那裡已然是西洋的盡頭……一如那官廠前那齣荒謬劇中太過強烈風暴持續擴大的末端……那裡預言了寶船始終沒有的未來，甚至古來的官廠那裡頭始終只有鬼……什麼都沒有。

鄭和演義。寶船老件考。十五。

三寶太監傳說為蝦蝶精轉世……鄭和演義始終充斥著太多鄭和的史料奉行的焦慮……正史與野史、官方與民間、人間與冥界、真實與虛構的永遠狐步般凝視彼此的狐疑……

演義中的鄭和到底是什麼妖精轉世？到底有什麼神通？預言了什麼神明的暗示？為人間的未來找尋了什麼或遺落了什麼？……一如神話傳說的通俗演義中老過度神明保佑般地出現書寫在民間傳說中：蟾蜍即蝶悟通禪理修成正果後法力倍增到可以大鱗怪翅。月中有蟾蜂，月宮又作蟾宮。劉海戲金蟾象徵吉慶。蝦蝶也可作中藥。棕纜的故事貫穿始終借物棲神。在木骨都束國，「到纜上取過一根棕來，那根棕哪裡是根棕，有頭有角有鱗有翼九色成文一躍而起原來是條龍……」用以表達了對遠航平安的衷心祈盼對老中國的眷戀也描寫了明代海外的祭祀的崇拜……

一如燒紙馬、祭江海、道教祭賽、佛教護佑、伊斯蘭教禮拜種種怪力亂神卻化身通俗演義不登大雅之堂，不為學士大夫所重視而流行於民間的《西洋記》保存了很多民間故事的輾轉抄襲互相模擬。明代袁於令說：「正史以傳信為指歸，遺史即小說以傳奇為目的，傳信者貴真，傳奇者貴幻。」書中語言巧妙運用漢語的諧音、多意和雙關語豐富的想像環環相扣引申博古通今的故事表現出老中國語言混亂生動。

明代的小說戲曲發達但正統文學極端狹窄到只限詩文，民間文學中的羅懋登撰《三寶太監西洋記通俗演義》小說二十卷一百回每回有插圖的萬曆刻本……

依據《瀛涯勝覽》描述鄭和下西洋故事直接或曲折地全方位寫出明代和海外諸多怪現象，表達了「皇風宣暢四夷，夷而慕華，莫大之益」提及更多鄭和的異國遭遇仍充滿著古中國的隱喻：在古里國番王設宴時演奏葫蘆籠以紅銅絲為弦彈番弦唱番歌音韻堪聽，或描述民間剪紙描述下海航行中的剪紙的種種紙瓶紙馬紙娃娃紙飛鴉飛鳳飛龍種種老圖形竟然有最著名的民間演義裡現身的十二生肖中的鼠……象徵多子多孫但是老鼠偷白菜也諧音「百財」，廣東潮州剪紙即興於明代紙老鼠剪紙身影隨寶船出海……一如古中國祈福符籙。

明代演義中的「鄭和」和「玄奘」不免都是小說中的兩位最著名美男子主角領銜主演充滿混亂隱喻的一海一陸東方往西方怪異歷史上（就想像成最不可能任務般的湯姆克魯斯最模糊模樣腔調的歷險……）最著名神人苦主。

演義的困難重重的辯論甚多甚奇……

鼓吹《西洋記》的史料價值無論如何是不符事實的一如幾乎任何以明代小說為論述範圍的書都會講及《西洋記》的性質及其如何套用《西遊記》的荒謬極端的魔幻混亂書寫模式……然而以稗證史是二十世紀中國史家的新嘗試其創獲不可謂少然而運用起來局限難免的援說部以闡明社會背景時代特徵確或可奏奇效，但若視稗家所言為一字不可易的原始史料則恐難遇到這種例子盈篇累頁盡是荒誕之事和不經之語，文筆又奇劣的《西洋記》絕非尋找這類夢寐難求佳例的去處。

演義引用的史料也可能是演義……一如既往的混亂魔幻書寫出的《西洋記》入戲地開講鄭和遠航沿途所歷諸地歷險倘非完全出於虛構即顯以馬歡的《瀛涯勝覽》為主要依據，次始以費信的《星槎勝覽》為輔，或沿襲節錄取《西洋番國志》。然而史料引用的怪異仍然，揭露了除了模稜兩可難於判斷添據《西洋番國志》的必要。也或許《西洋番國志》在明時已難得一見，除非有真憑實據今人不能假設羅懋登有用過這本書的機緣。更有較誤會羅懋登曾用過《西洋番國志》還要嚴重的毛病即以為《西洋記》史料價值較高。

晚清小說評論家黃振元早在一九〇七年已這樣替《西洋記》定位：「《西洋記》記鄭和出使海外事。國土方物尚不謬於史乘而仙佛鬼怪隨手扭捏，較《封神榜》、《西遊記》尤荒唐矣。近時碩儒有推崇此書而引以考據者，毋亦好奇之過歟！」字字珠璣語語中的直揭隨後數代史家和文評家過度熱心抬捧《西洋記》之弊。最誇張的戲劇化虛構情節重大到遇到大章大節之處更是極端荒謬……小說家引用部分史家提及羅書艦船總數和參役人數可以不採卻堅持納用艦船形制和尺度數據，以遂小說力謀證明艦船越多越巨越足顯鄭和的神人化神蹟的神奇而更顯著地屢犯考證大忌！一如《西洋記》中的戲劇化魔幻小說書寫比對不同文獻的記載仍然誇張混亂到令人匪夷所思：一如有一顯例中羅懋登講艦隊船隻的形制和尺度在第十五回是自上世紀三〇年代以來便屢被史家大引特引。羅懋登是寫混亂魔幻小說的戲曲家而絕對不是史家，甚至史料在演義中會傾向改動和湊合而苟有變易亦難保不與原文相左甚至部分鄭和史料誇張改動已然達到史上最可笑地荒謬……

演義中提及艦隊陣容其肆意放大竟會較史書所載高達千百倍，一如鄭和寶船艦船的一千四百五十六艘承載水兵人員近千萬人……瘋狂妖精肆虐般地鋪天蓋地血染汪洋……

鄭和墓（上）。馬三寶部。第八篇。

南京的鄭和，充滿著妖幻的暗示……一如老時代的帝都物語及其殘忍的妖幻……在那種離奇的明廷更老更費解時代的氣味，充斥著環繞在暴怒的帝國宮中的……用種種明朝古典章回小說、唐人傳奇、聊齋誌異式……所改寫成更當代怪誕語言的波赫士或卡夫卡或馬奎斯的古城怪譚碎片，甚至更像是日本古裝推理劇的詭譎，影集《冰與火之歌》般英國老貴族的凶險，甚至就是重新以法國懸疑小說版本改寫成的《通天神探狄仁傑》疑雲式……魔幻奇情怪電影式的《帝都物語》的妖幻。引用老帝國種種傳說中既荒誕又殘忍的肉刑、閹割、殺頭……始於威脅的層出不窮地誇張嘲諷感，一如詭異又自相矛盾的皇帝與太監、國師與千戶、皇朝與庶民、人與妖……對位關係裡相互敬愛又相互凌虐的種種奇趣。然而妖幻的老時代仍然依舊：南京沉溺於馬三寶不免迷上了一如骸骨坐在深海裡海草之中的純粹恐怖，人是水而鬼是舟來進入他幻想中的太老派又太新派的在元末明初的亂世找尋文明的真諦是……一如鄭和被下西洋使命感鎖鏈鎖身的對一生陷入絕境亡命的屈辱與順從。鄭和的老南京的動人……或許更是那妖幻的老歷史帝都場景及其隱喻，一如鄭和墓馬府老街古代寶船遺址靜海寺大報恩塔太多古老遺跡羊腸小路尾端的老人們也說不清那殘留牆體上畫滿的不明回教徒經文符籙，活珠子裂傷蛋殼中雞屍仍然蠕動……或是故事起源的明代宮中法術源自姚廣孝高僧的梵文舍利骨製串珠，引發的幻影消失前種種下西洋前的長江滔天江水河面上的，龐大古寶船廠殘骸的、牛首山路崎嶇難忘月光下的始終歌聲繚繞……的離奇又迷人。

「或許，鄭和只是一種假雞巴式的面對和找尋未來假預言般的寓言……」虫對馬三寶說：「沒有高潮迭起的可能高潮及其痕跡，一如傳說中的古鄭和儀也可能只是鄭和老隨身攜行的去勢後自己的寶貝袋……都可能只是太過荒腔走調的老謠言……假的老古董的不免也充斥自怨自艾的自詡，不存在的桃花源的甘心終生地瘋狂迷戀找尋，打探長生不老藥的術士童男童女團堅持不懈冒命冒險的天真爛漫，一如鄭和的寶船一生驚濤駭浪的下西洋老故事註定永遠是某種找尋烏托邦的必然失敗。」

那個南京的業餘鄭和學家㞢一路跟馬三寶老嘆氣地說：我老覺得我們一生太多找尋古鄭和儀一如找尋烏托邦般的怪異遭遇都太突然……一如在南京這幾天因為開會所以意外來了這鄭和神祕莫測神話現場必然會更發生點什麼的神經兮兮，有心無力地無心到處晃晃也一路充滿了意外。一如在看到了一個誇張極了的整點就有一回的弧形噴泉光影秀，非常多人圍觀的盛況使黑暗的湖邊變得熱鬧近乎難耐。最遠方的大報恩寺的高塔，近一點的古城牆體樹影沿湖邊打光的輪廓線深深淺淺，還有一艘發出紅黃藍綠不斷變色的老寶船扮妝的假畫舫在湖心緩緩移動……那像是一種遠方、一種背影，背景的拉遠凝視消點但終於發現沒有消點的矛盾與恍恍然，彷彿一凝神就必然失神。

業餘的㞢跟馬三寶抱怨他始終不太想參加的種種鄭和的專業學術研討會的太過激烈地不免好高騖遠。在太多冗長的糾纏不清的鄭和新時代研究計畫之中充斥壯烈的老時代下西洋打天下的餘緒……大國崛起的自許，必要做到世界一流的學術成就從國家到地方都出現研究鄭和下西洋的博士，必要出現鄭和學的大思想者深究品學義理都從更深的古今中外的語境展開分析研究……必要破解六百年來中世紀前的老歷史太過複雜但西洋已然成形集體出發的文藝復興和大航海時代和資本主義為何沒有在中國發生發光……種種困難重重的困惑？但是出現㞢提到的另一種老凝神就失神的怪鄭和研究，不免太大膽也太陌生，鄭和的南京只是一種古代的噩夢……㞢對馬三寶老是嘆息感傷地說著太多苦不堪言的苦水……業餘的他為一個鄭和研討會寫一篇論文寫壞了……寫鄭和的南京寫得那麼像在寫一個斑斑駁駁妖精妖嬈像蘭若寺的老廟或一個正在普渡的不明古村般地……政治歷史美學甚至人生觀統統不正確……鄭和的南京在這時代的曄變那麼繁複矛盾甚至荒謬絕倫……但是馬三寶太迷戀鄭和的老古董而變得盲目：把南京的鄭和遺址群都想像成某種全景攝影般的完美無瑕考古發掘寶地那麼天真爛漫：鄭和的南京被近乎虛構成某種觀落陰般前世重回的真跡現場的激動造訪……一如一個收藏太美太怪異的玄奧博物館，一個神明長相太出奇又太懸疑的老廟，一部蒙太奇太多色澤太飽滿動作胡亂快轉又慢轉的怪電影，或就是一個場景過度鋪張華麗的夢……都太不可能地迷人了，或許，在裡頭，一直在享受這種極端炫目的剎那，只是一種瞬息萬變的瞬間，幻起幻滅的幻象，那麼短暫一如一種隨時就消失的怦然心動……

面對鄭和的南京……對馬三寶這種一生在找尋種種再怪異再奇幻再絕美下西洋老件文物歷險滄桑體驗的極限運動般地極限的癮頭太大的怪古董商而言……就像面對暗戀而迷戀太深的女人，或面對身世恩恩仇仇糾纏太久又太離不開的世家老家……那般地不知如何是好地眷戀而躊躇不決。因此始終在一種矛盾的心情中擺盪，在鄭和的南京，去越深越多回就想多停留流連忘返更久到完全不離開，但，或許就賭性子完全放棄不去……就這樣，越來越迷戀也越遲疑了。馬三寶是在這種極度矛盾心情中進入鄭和的南京的，而且也幾乎時光近乎停歇了，甚至待太久都像只待一會兒。所有因為太接近完美體驗的忐忑不安在這下西洋發端的古帝都都太浪費了，但也因此而容易令人迷惑到彷彿太不解又太不捨了。

白晝長江風雨飄搖搖曳的天色或夜晚燈火如鬼魅般的光影時時變換，最輕盈樸拙或最迷離妖嬈的音域歷史時光的回音嬝繞，一個一個鄭和的遺址都必然是某種幻術搬演地無懈可擊……那些古老的或不再古老的六百年前典故舊建築，就一再一再如夢地吐露，所有裝潢妝扮都太精心地完美無缺華麗打點地登場，一如老王府一如古殿堂一如下西洋老時代已然迷失的迷宮種種幻想中最完美的鬼地方，令人髮指地著迷到永遠精疲力竭……一如靜海寺鄭和墓寶船遺址淨覺寺種種風雨可飄搖深入的贗品真品老混亂的林蔭中迂迴曲折怪異建築長廊騎樓涼亭……古不古今不今的每一個角落雷同地撫慰療癒過多觸感的太深深植入，其實，這種種昂貴極了的南京六百年後毀崩離析感所喚回的每一個細節充滿講究的微小地方所提引……所有的明廷永樂帝殘留下來的亡國太久以後老小群臣子民太監還都應對進退太得體講究到像崑曲京劇中最動人的演技，形容不了也描述不出那種更難以明說的陷溺，像被下完美咒術般而整個明代永樂年間遺老被迷惑地一如被入侵的極端寂寥靜謐卻又同時感人地如此怵目驚心。在南京待得更久或走得更慢，更不留情或更多留情也都只是對這個老地方更深陷地打量，只覺得打招呼般地打開了更少但或許卻也更多。但也因此某些南京殘忍又殘破的角落顯得更令人不禁想多待一會兒的心情沉湎，揮之不去地纏綿悱惻是那麼明顯……一如：那天空倒映如古玉古鏡般天光斑斕的長江倒影，那諸多鄭和典故古畫冊史籍書收藏規格出乎意料細膩的像博物館的收藏太多藝術品古董手工文物的氣派老店……都打點巧妙到令人難以置信的近乎苛求的完全幻境。南京的種種幻境……太像在六百年後鄭和仍然沒有離開過的下西洋滄桑某夜寶船上所做的一場夢，一開始是陷入夢見自己一生的國仇家恨很匆忙慌亂又很破敗可憐的情緒，一如很多下西洋波濤洶湧險惡又殘破不堪回首老舊的鬼島鬼國鬼地方裡窮苦的異國人們及其因為窮苦而變得扭曲的鄭和不太理解的人生的狀態。

而南京這個夢卻在月光中帶馬三寶一如鄭和到了一個老房子裝潢成的出奇氣派的昂貴怪地方是那麼不做作不炫耀地令人寬心，那是彷彿最講究的在時差中好不容易挽救的某《永樂大典》殘卷中的最後一頁破敗帝都祕密藏匿的老藏寶圖……

鄭和的南京……令人懷念的是那裡乍看那麼不起眼卻充滿隱隱約約的玄奧感，一如鄭和墓那老回教石棺墓場的那麼樸素拙枯地自甘苦寂修行地玄機漠然，一如最龐然帝國明孝陵最深的明代皇帝卻刻意那麼自恃的美學孤高眼光……或許，就一如到了其坐落的那最具高度老村落所等候到的傳說中古舞劇怪獸現身夜幕廣場前初始必然在古廟門正中心如被神明劈開的山牆縫隙中的石梯末端上的極窄狹極陡峭。

鄭和的南京太過低調……太過幽微地講究的古建築群融入霧靄中歷史朝代更迭無常苦空老派宿命那麼伏入林蔭的深處沉潛氤氳，整個古城像整個古寺古墓死角宛若蟲鳴低音環繞的空蕩蕩入口柱廊庭院大氣盎然，巨大神祕一如古廟神祇的猙獰臉龐爬滿苔蘚的石雕神道祥獸的從容寂寥，手工打造中國老建築始終陰霾密佈的舊斜簷列柱長廳的坦然氣派，老長江古護城河玄武湖種種水澤畔的波影婆娑。甚至精心打造的皆沿帝都古城牆坡築成每一老時代群院落舊建築完全隱匿感的小心翼翼……古城初入闌珊狹隘的路徑依山傍水但是迂迴曲折之後往後閱江樓鳥瞰出的長江般的竟然是令人出奇胸襟開闊的視野，可以在高塔般的樓層高度皆那麼寬敞古代仍然還在還帝國亭台樓閣式地斜倚氣派涼亭的望出……一如南京城即是明廷層層的老皇城及其所摺疊纏接了整座荒山星空的無限浩瀚……的種種幻境，太像鄭和在一種高難度逃離人生的狀態，也太像是陷入馬三寶往往匆忙慌亂情緒而變得扭曲的不太理解的人生狀態。南京卻在月光中帶他們到了一個老時代出奇氣派卻那麼不做作而不炫耀地令人極度寬心，那是彷佛最講究古裝片或古董店的過人風雅。

一如在下西洋的時差中好不容易挽救的某一個海中異國的古都或據傳說是某個老皇城，揭露了望向窗外遠方那一帶最大的老街老店家群，沿著極美極考究完全逼真古代的古橋河渠及其沿岸舊屋簷長巷地無限曲折，一路綿延到看不到盡頭……但是往後頭一回身卻就變換成另一種講究極了光景，一如大多古國的偏遠荒廢的小城沿途的一個個破房子裡好多人住，像是太多苦惱累積了活在這老城太多世太多代的老家族遺址，所有這時代不免都變快變膚淺的人的身世的困住了，屏息無法呼吸又陷入擁擠不堪而充滿庸俗緊張的氣息。繞行太多巷弄的迂迴曲折，後來迷路許久，找路的最後，在一個死巷的尾端，找到一個後門，某個廢墟般的破房子。馬三寶一如鄭和那麼小心翼翼地低聲走過時，還不經意看到老房間角落有散落的棉被單床褥，充滿了不可思議的畫面，現場那麼迷離，但是沒人張揚，假裝沒看見……但是，過了好一會兒的徜徉徐行在那老中國明代院落的斜亭間，呆呆端詳沿永樂老明代朝廷的宮中窗口廊柱下的蚊香中蟻群的行列漫漫長長……許久之後，汗流浹背慢慢清風徐來中化開潮解的心悶緩緩消逝了……一如那窗櫺外枯樹枝頭懸起明月幽微中的螢火蟲群飛，迷離氤氳的螢光和月光都如影隨形而揮之不去……旺雞蛋的雛雞屍死了還探出頭來探問人間的殘忍可以多殘忍……

❖

馬三寶始終懷疑鄭和蛋一如太多鄭和古董的贗品……老自稱以訛傳訛的過多濃烈惡臭地充滿隱瞞什麼的奧義……太過無情到無法理解的狀態下貪吃般地貪心。

一如吃榴槤這種鄭和果又惡臭又甜美的自相矛盾。虫說：有一種怪傳說……旺雞蛋就叫做……鄭和蛋。因為是鄭和下西洋時才意外出現的一種老時代吃法，因為出海太久，沒有風沒法子動太久，寶船沒東西吃，海員飢餓到有一回貪吃雞蛋沒孵化就生吃，卻發現極端美味……從此就愛上這種活珠子的怪吃法。

後來有更多繪聲繪影的怪傳說，提及了寶船出海的帝都因為下西洋而鄭和蛋乖異地傳回南京成為神祕恩物的美味，更深地影響到甚至也傳到南洋，麻六甲印尼泰國越南種種下西洋一路的老地方都有這種活珠子的殘忍吃法……吃的是雞仔蛋鴨仔蛋都有，有的不吃已孵到長毛的，那是一般坊間的傳說，只吃開始孵化的最多也只吃到出現部分以後不知是哪部位的小軟骨，虫說：他在越南吃過的老店，現在進化到長骨不長骨都可以指定因為老店東還可以用火光照射來看蛋殼裡的雞身形貌長骨狀態。吃的老法子是水煮就味道鮮而不腥，有的毛雞的傳說太過火好吃及其治病神效，太多太多鄭和蛋的老吃法有如充斥著鄭和神通廣大保佑始終都被傳得出神入化……

虫說，從小到大的童年，鄭和蛋就像鄭和的怪異傳說始終困難重重，南京活珠子的那老舊斑斑駁駁舊錫盆一盆一盆好像小時候看到路旁不起眼冒煙散發著爛茶葉混中藥調理怪味的滷茶葉蛋，黝黑而刺鼻的屢屢心生恐懼的每回經過那老攤的怪氣味太重太腥，而彷彿巫婆般的那老婆婆每回都死瞪著小時候老想靠近的他，還用一種極端不屑的嘲諷意味深長的老時代眼神……

馬三寶對虫說：那旺雞蛋的腥味老讓他懷念起某些老時代在老中國跑的以前吃過的怪小菜大菜料理，他常常會想起所有的古董店群的老市老有這種老時代的舌尖殘留的殘忍怪東西……古代戲劇上場前搬演生動地入戲太深的古道具有意無意之間地擅場，術士作法前上香焚冥紙召喚亡魂落魄潦倒鬼怪的法器薰香不免地煙霧瀰漫……彷彿在北京王府井夜市烤肉攤煙霧瀰漫中那一串串長相怪異又焦黑的節肢昆蟲蛇龜甲蟲爬蟲蠍子，西藏拉薩的大昭寺千年古寺後巷太多破破爛爛老藥店一罐一罐大大小小尺寸不同的硬屍冬蟲夏草，還是有一回在峇里島神廟浮雕死角深處那老市集深處看到的牛胎還溫溫濕濕的體熱摸起來糊糊黏著感……那種不知是比較嚇人還是比較動人的好吃。

㞢說：旺雞蛋如果說殘忍也不一定比得過把殺大隻活雞放血現吃或是猴腦活生生切開腦門生吃……更殘忍。不過，南京少女之所以喜歡吃這如此怪異的活珠子，更奇怪的緣故也更因為異常美味甚至滋補女人出奇古傳滋陰養顏的奇效，像著名香港那恐怖電影《三更》中的用懷了四五個月帶骨活胎剛墮胎的嬰屍做成的神品返老還童餃子……那種沒天良沒人性的恐怖感。㞢老回想過去他母親也帶他去看過老南京街頭圍坐一圈老少女人們吃旺雞蛋的情景。太過傳神地栩栩如生，老時代好像始終還是糾葛情感地糾纏不清……一如過去在城南三山街夫子廟或者城北三牌樓的許多街頭小巷裡還是經常會看到一些老婆婆彷彿算命攤術士或滿飛蒼蠅群的肉店屠夫老架著一兩個煤爐煮旺雞蛋，有全雞的或半雞半蛋的。老婆婆的面前通常會擺幾個小凳子讓一幫人蘸著椒鹽圍著吃。㞢說：「旺雞蛋」不是菜而只是雞蛋在孵化的前幾天因發育不全被淘汰的蛋，這種雞蛋裡沒有雞身，最多只能看到血絲。雞蛋存放時間長了的蛋黃已散開的散黃蛋就是旺雞蛋。更老時代的過去南京人有的刻意吃的是「毛蛋」，這種蛋是雞蛋孵化廿一天後雞不能出殼的蛋。這時的雞身已經完全成形滿身長毛才叫「毛蛋」。過去每年春天南京的老地方舊街巷都有賣，太味美到……沒人可以抵抗，沒吃過不能叫南京人。

有人傳說另一種鄭和蛋的這時代奇幻流亡……文革期間南京人被下放到外地使得吃毛蛋也就傳到了外地。實際毛蛋是不能吃的東西，它之所以沒有孵出活雞就是因為胚胎有病，即使沒病小雞死在蛋內也會變質。但是母親老說：有病才好吃……像蟲咬過的瓜果才甜，㞢說：或許就是像南京，一個短命的帝國帝都，所有曾經在南京定都成京兆皇城首都的朝代都很慘很短命……但是現在的「活珠子」已然是人工有意加工的還將健康的雞蛋孵化十四天到十五天之間的講究……老時代的老母親說，她百吃不厭地試過太多回，如果多一天或少一天就沒了那瘋狂美味，蛋裡是太過殘忍不健康胚胎的那種蛋，所謂「活珠子」是說蛋裡的小雞是活的，因此吃時把剛出孵化房的「活珠子」煮熟，把剛煮熟的「活珠子」在一頭剝開一小洞，先喝了裡面的湯汁然後把蛋裡的小雞所有雞身挑出蘸椒鹽吃……㞢說：他吃過的雛毛滿身的毛雞其實不好吃，因為老人都提醒過有羽毛口感不好，老時代的過去我在老巷口看過母親和老家人吃，沒看過吃有毛的。但有許多陌生的客人太心懷恐懼還會把煮熟後變黑色細線的微血管當作羽毛，其實真看到的比較像看孕婦拍的超音波那種模糊的鬼影像。ㄓ說：那麼殘忍的吃法……但是那麼極端的近乎瘋狂的口感美味，如果你問我，為什麼這麼殘忍，我的無奈就是答案，就是老時代的太過殘忍地奢侈過度無奈的絕世鮮美，其實所有來南京的外地人聽我說過，吃下肚去的人都會就此迷戀……那麼鮮美地感人的旺雞蛋不會剝開來像水煮蛋這樣吃，因為裡面還有湯汁，像羊水。所以是放在蛋杯先敲開上端，再放少許椒鹽提味然後緩緩把湯汁喝乾，最後才能用小湯匙把裡頭內殼模糊蛋白仔細端詳挖掘一匙一匙燕窩般成色的光澤再配九層塔與檸檬葉一齊生吃。這時蛋已然塌陷意外變小致使蛋白變得越來越硬到可吃可不吃。這種精密複雜的味蕾融解迷戀迷亂一如化學變化的絕世口感……滿配你這種食古不化的老古董商……太過敏感深入找尋鄭和無法理解為何古代寶船的不能不殘忍……

恍若隔世……馬三寶跟ㄓ說：首先必須先承認自己不知道自己在哪裡的無奈與無助。或許就是那天晚上我剛剛到南京第一天就倉促落腳的狹窄巷子裡近乎恐怖的破爛不堪老時代舊旅店……而那窄巷也就是巷口賣旺雞蛋的雞屍惡臭瀰漫的怪地方，令我感到ㄓ提及的妖幻現場的心有餘悸……充滿迷亂的倉促也就在那落腳的狹巷夜市……髒兮兮的攤販賣的髒兮兮的黝黑焦臭的硬邦邦乾燥永遠是冷的燒餅店、炸不明動物肉丸子的炸鍋油爐冒泡湯油不知多少年沒換過油的舊攤、炒蟹腳斑斑駁駁黝黑像蟑螂腳的爬蟲盆，太多散發酸腐果皮瓜仔滿地的瓜果已然快腐爛的死角破水果攤，腥味太濃太噁心嘔吐感糾纏的羊頭老有蒼蠅群飛揮之不去的大骨頭像人骨的羊肉爐，甚至彷彿有老時代流浪漢流亡陝西刀客藏匿的「面」一個字比門扇還大的老刀削麵店，只有兩張油膩膩缺角木桌的血塊浮出碗面的鴨血湯粉絲和破蒸籠煙霧瀰漫下的雞汁湯包流汁如膿液……馬三寶對ㄓ說：如果在那恐怖旅店裡醒來發現自己腎少了一顆……或在那窄巷中任何一個破店油炸刀削炒熱下手做成旺雞蛋般臟器血肉模糊帶骨帶肉的怪菜色，我大概也不會太過吃驚。

老寶船廠遺址本來也應該是龍骨帶肉帶骨式的血肉模糊才是講究的……但是業餘鄭和學家ㄓ對馬三寶說：最心痛的是誤解……一如南京最著名也最噁心的旺雞蛋，我的母親說是毛雞蛋、活珠子，那是老時代的眼淚，血肉模糊曖昧不明的恩賜……這時代完全誤解成另一種破爛傳統孵化失敗雞蛋清水煮熟剝殼蘸鹽吃的怪東西……已逐漸改用正常孵化十五天雞蛋未成形完全的雞的胚胎是一種殘忍的行為，但是我這種老南京人才知道這可是國寶，一如早已殘破不堪入目但是又始終不曾重新打造的那不世老寶船及其盛世的謝世。

ㄓ說：更仔細地端詳……旺雞蛋和活珠子還是極端不同：旺雞蛋是蛋，孵化不成功的雞蛋，而活珠子則是雞，蛋中已然快孵化出的雞。口感氣味也極端較不同……活珠子比旺雞蛋更補也更怪，味道更鮮也更腥……活的或半活的。死的半死的……美味太過強烈可口的入口即化。不敢吃的人害怕的關鍵到底是羽翅長毛了？還是看得到閉眼尖喙軟骨雛鳥雞形？還是太過激烈的腥味？還是更恐怖暗示的什麼？然而南京老城老巷弄永遠充斥狂熱的活珠子狂還更喜歡泡在街頭架一個小煤爐上擱一鋁製凹痕陷落的舊臉盆裡煮著如浮屍般漂浮的旺雞蛋，老人們圍坐在爐子旁邊憑自己的經驗挑選全身長毛的整雞到敲開剝殼蘸鹽開吃，少女還可以一口一個全然不顧什麼雞毛雞腸不怕內臟鬼東西到津津有味，還甚至都能連吃上五六個還卡滋卡滋咬軟骨永遠意猶未盡……南京的駭人旺雞蛋還更曾入選為全球最駭人十大菜……但是一生活在老南京的他母親卻認為旺雞蛋不過是街頭小菜……可完全不能算一道大菜。ㄓ說：不是大菜，但是旺雞蛋卻是我從小到大老南京人尤其是南京少女最瘋狂著迷的著名鬼小菜。她們對於旺雞蛋的狂熱完全難以理解。或許是鄭和蛋太過殘忍……到活吞完全沒有孵化死雞的雞蛋，蛋殼裡小雞已經成形還是不成形都太過意外，有時候甚至吃到殘存於殼中的雞蛋狀血糊……他母親老說：能不能吃到整隻活雞就全是命！就像中狀元或是鄭和下西洋那麼稀奇……

❖

一如古來就著稱的那麼稀奇怪誕曲折離奇的帝都南京……因其太多朝代更迭的皺摺壓縮到明代只是很小的一個切割的切片斷面，相對於之前的吳越春秋、三國的東吳、魏晉南北朝、南宋，和之後的太平天國，甚至最晚近中國的民國所定首都的種種歷代京城感……明朝顯得沒有那麼特殊地突出，鄭和也並不那麼起眼，寶船下西洋的這些歷史遺址甚至不會出現在太理所當然的重點旅遊勝地的觀光指南上頭的始終低調沒落。那幾天在那幾個鄭和博物館看到的其實史料都很單薄而且都很新很有限，一如一個香火不盛的小神祇的偏方歧出神話故事的側殿典故奉行，或是稗官野史中較冷門的小號歷史人物的想要重新喚回。但是一再來這帝都找鄭和的他也不是期待更多的挖掘到國家寶藏的更具代表性的古式奇幻，也不是考古遺址推斷考據撿死人骨頭式的逼真逼近歷史博物館式的田野調查……死命地逼身接近，反而只像是更疏離地一如祈雨式地上香敬酒作法，找尋稀世的高山雲端成精的絕等極品蟲草或人蔘必須在山尖虔誠等待祂的現身那種忐忑不安，等待鄭和來託夢般地死命朝山朝聖地巡禮走訪……即使大多的鄭和太久以前的古代變數太多六百年前的遺址已然都變質成另外一種這時代焦慮不安的怪異現場……畫一幅鄭和畫、刻一幅鄭和雕像、寫一首鄭和的詩、刻一個鄭和的石碑寫出種種的怪異故事……或是更為了更多紀念的動機而竟然還設計出一個鄭和館、一條寶船長廊，甚至一整個鄭和公園……都必然顯得那麼無濟於事，用篆書、行書、隸書、草書種種字體作詩還鑄成銅雕紀念更多鄭和去過的文明末端的諸多國家，那長牆體上的太多太多故事奉行的充滿教訓的異國情調的只剩一個名字，一如天方、一如麻六甲、一如錫蘭山、一如忽魯姆斯……陌生得那麼地遙遠又逼近……

鄭和巨大銅像有七幅石雕書法精心打扮得那麼像是民族英雄般的史詩長篇成列，心情沉重的他邊讀歷史文獻詩句般的七下西洋史料，但是卻更被旁邊的更新時代感的怪遊樂園所分心……在廣場那麼狹小卻那麼複雜充斥著這時代的變遷感：主景是華麗鮮豔顏色的頂棚旋轉木馬，環繞著更多遊戲機……有一個圓形水池旁邊的軌道車中間有一個佛塔上竟然在佛像的壁畫上出現了太多荒謬絕倫的卡通漫畫人物的充斥種種粉紅色的章魚和綠色的青蛙和塔頂鏽蝕廢鐵不明金屬做成的熱帶魚，但是可能因為操作的遊樂設施老舊機器有點問題所以就不能動了，也或許是因為下午這個時候小孩不多所以就沒有開放。最奇怪的是中間那個好像是一個佛龕上只是鑲嵌在旁邊的不是佛像變成某一尊尊著名卡通怪異人物角色米老鼠唐老鴨小飛俠白雪公主小叮噹小丸子等等都露出奇怪的微笑，馬三寶始終記得其中一尊最被喜愛而置中鑲嵌佛龕的是怪老闆叫囂強力推薦最切題這個鄭和老公園古代主人翁……就是人生喜歡出海還充滿冒險精神最接近的……「海賊王」。

那裡就是馬王府的遺址，㞢對馬三寶慚愧地近乎低聲嘆息地說：那是一個六百年來壓縮過的時光骸骨陣，被背叛的遺憾……黑洞裡的慢慢老去的腔內的擴張……搖搖晃的大宅院拆穿吞沒入本來的曲徑通幽的王府進落深深的老建築憧憬的迷離亭台樓閣那麼華麗的世家宅第歷史悠久的古老痛楚，突然完全消失殆盡……像是背叛的洗腦……劫回來的摺疊入太巨大的時間洞口的苦日子硬仗。

一如㞢提起老家那老馬王府的下場……那是多麼貼切這個時代那麼遠離老時代的隱喻，傳說中的老鄭和公園旁邊竟然有一個遊樂園出現了一大面下西洋的現代新派地球儀攤平的地圖……甚至以大理石光鮮亮麗新派地磚的鋪面做成怪異地圖，抽象的世界地圖中的幾何石塊的鄭和到訪過廝六甲非洲印度諸番國用楷書毛筆字的鑲嵌金邊字跡寫滿地名。諷刺的是那世界地圖大理石新派廣場的旁邊卻竟然出現了一個怪老人在旁邊用最老派抹布拖帚沾水寫大毛筆字心經，寫完就乾了字跡就消失不見了……但是仍然隻身專注於現場的經文邊念邊寫彷彿誦經早課晚課地虔誠許諾……無人理會時還是重複地一如藏廟法會曼陀羅砂畫完全即擣碎的無常感賣力到汗流浹背地老死命地寫。

之前是馬三寶自己摸黑般地隻身找到的這個老鄭和公園……並不像尋常的膚淺觀光地帶的浮誇，反而竟然那麼地昏昏沉沉到近乎就像市井人生的老派日常生活浸泡太深的尋常老公園一樣，有很多老人在裡頭下棋打牌打瞌睡，還有很多看護推著輪椅上的老人或是母親推著嬰兒車上的小孩地來回走動。甚至有幾個老太婆帶著孫子小孩在坐上投幣式的七彩繽紛遊戲機電動車，車子晃動放出歌聲那麼地炫光火熱地種種懷舊的民謠組曲有的是民族兒歌有的是黃梅調有的是鄧麗君唱的〈何日君再來〉……一路問了太久才找到鄭和博物館的時光太長的馬三寶徘徊在老公園太久還看到很多戴圓帽頭巾的回教徒太多太多雷同的裝扮一如異國的回教區，太多太多虔誠戴頭巾戴圓帽的老人小孩那麼專注認真地在禱告時讀著古蘭經，令人彷彿置身於外國的這個老回教區有太多太多的地域感召喚，難怪出現了更多阿拉伯文回文的字樣碑文的書籍衣袍甚至……出現了粉紅色鑲嵌金色的清真寺長相長滿圓頂建築形貌的可愛到太過怪異的兒童遊戲電動車……馬三寶看到一個年輕人還用手機自拍在那個老公園湖畔但仍然是驕傲地戴上回教徒圓帽但是卻是花色花俏的新潮樣式……

正有更多時空交錯複雜切換的現場狀態的令人難以忘懷……太多太多老人在老湖泊旁唱KTV，但是唱出來舊唱腔改編的時髦歌曲，仔細聽應該是一首哀傷的情歌，有的卻是很像老曲子但是卻是詭異崑曲或是江南小調的地方民歌，更後來好像也有回族方言的民謠，也還是鼻音扭來扭去的老時代唱腔……但是一路上還有太多太多拿著老工作梯的老人身上還也非常認真著提舊收音機唱著老八路軍歌。一如後來歌聲KTV老機器喇叭一剛開始香港電音舞曲一唱完馬上切換成雄壯威武的解放軍歌唱完不久又再度變成黃梅調的老吊嗓子唱腔，甚至一路也還老有人同時又哼哼唱唱回教民謠的老歌老覺得好好聽的鼻腔扭來扭去唱法的時光錯亂但是又互補熱鬧的荒謬近乎怪異的光景。其實太多太多老歌唱得太好只是更讓馬三寶卻聽得毛骨悚然……好像不小心走進了某種突然切換到幾十年前南京的老時代的時空之中，切換到現在還住在這一帶的老人們每天都會來這個老地方重溫舊夢的種種切換中的時代感。馬三寶繞了一整圈竟然又回到那個涼亭的走廊，那一整群的老人正在玩牌的地方那麼過火熱鬧甚至那個正在唱歌的大嬸旁邊有一個電腦小螢幕，上面的影片是很誇張的武俠片般人物過招中廝殺配歌詞出現古裝扮相楚留香的港劇老歌曲KTV畫面。

鬼公園的假山頂長出某個雷同於塔頂般的極端窄三角形斜簷起翹的紅涼亭，彷彿太過無人打理而年久失修地老舊骯髒。馬三寶在上頭抽菸但是不安……後來現身的女孩臉孔輪廓看起來是回教徒更像是外國人混血兒的美麗五官眼睛一如駐守此地的到異民族再投胎轉世的異國女神……那兩個回教徒小女孩始終在假山好像迷宮中的高高低低山路崎嶇小徑中跑來跑去，然而山下的老媽媽向山上的她們講話的聲音還是字正腔圓普通話叮嚀她們假山石頭小徑崎嶇……千萬小心。致使那太內急的馬三寶本來還正想或許在這個假山找角落小解時，突然才感覺到萬一被這兩個回教女孩看到他或許更淪為比抽菸更冒犯這個假山石洞中山神的失態……

一開始那時候的他找路時還正忙著找到一個Google Map的衛星圖連結到這鄭和公園的空照圖所鳥瞰六百年前的鄭和的馬王府的輪廓線縮尺放大的種種光影投射越來越複雜。彷彿科幻電影的片頭特殊效果的視覺衝擊未來感充斥的太過離奇的狀態……然而現場的意外更多更深也更荒謬……一如從假山上看下去那老公園正中心還有一個舊湖泊正在噴水花而且是用那種很像魚塭的打水機械所打出來的水花，但是仍然還是有著因活生生濺起湖面暗黑水景噴出水花的奇幻炫光……另一端路旁的枯梅花林在那季節交替沒有花只有枯枝，枝幹成形枯瘦有神的動人樹影的更深角落竟然真的有人穿著老唐裝在練功夫地打拳提腿舞劍而神情自若……最後公園的另外一邊竟然有唱著費玉清爛情歌的大嬸們手上拿著奇怪網球拍還放了一顆球在跳的某一種更奇怪的舞步。手上賣力地揮舞那把自以為是劍但是卻是閃亮耀眼像是一種奇怪的縮小版的網球棒又像捕蚊拍的怪道具武器……

一如那湖泊末端的最旁邊還出現了某一個老房子上頭招牌上寫著許多行「秦淮區老幹部活動中心」、「關心下一代工作委員會辦公室」、「南京市示範文化廣場」、「美化環境人人有責南京市人民政府」種種這個時代的焦慮及其關心示範美化的補救狀態……一如那鄭和紀念館的老管理員們老忙著把宣導彩牌一個一個拿出來上頭寫著：「祖國富強，文明五千載，社會主義好，中國道路，春色滿園……」一種種的太現代標語令找尋太久之後所有的太古代期待都變得抽象的馬三寶心裡有點急因為時間緊迫逼人附近還有一個鄭和的故居馬王府要去，但是當他問路時才那麼意外地發現懷疑自己真的那麼天真因為鄭和紀念館裡的那一個大嬸客氣地跟馬三寶說其實馬王府早就消失了。那一帶往下走現在已然完全走樣到只還有一個叫做馬府新村的小區……從老時代傳說鄭和王府的後花園上頭建起來的，還有一條紀念鄭和的名字叫做馬府街的路但是也只是一條往前不遠右轉的丁字小路。他跟後來遇到的ㄓ說起他竟然又找了好久才找到路名寫著馬府路的一路上都是小孩們在路旁那一個小學由著急等候許久的家人老人們接走自己小孩的小學生下課……路旁是馬府新村臨街一店家一路各樣的這時代的摺疊成子孫後代那麼膚淺入世成小店的小時代：廉價輸出看板沿街的種種髮型設計店文具店毛線店奶茶店萬國通訊店小熊牧場奶茶店時尚女服店動漫店髮型設計店還有一個口腔診所上頭寫著專治蟲牙或牙周病牙尖病口腔黏膜病……或是馬府街一路的南京市教育裝備與勤工儉學辦公室南京市中小學衛生保健所南京市小學教師培訓中心種種機關都在那個小學旁邊地址馬府街幾號幾號，旁邊還有更多這時代的焦慮的馬府街青少年宮城東分部南京市美僑幼兒園旁邊有米老鼠和小熊維尼的輸出招牌上熱線電話025-8645-0353小昇初高銜接大學大教育班一對一題有補差中高考衝刺……還有許多更零星的打鑰匙的修車的老闆都一副無精打采的攤子，王老吉的飲料店旁邊是一家賣蟹黃湯包還有修灰指甲的店旁邊還有一家斑斑駁駁的舊式美容店一家賣鴨血粉絲湯和黃燜雞米飯的老店一家很像有仿UNIQLO的假優衣庫的小間還有絹印國劇臉譜劉備關羽張飛還有孫中山毛澤東周恩來甚至不知為何連鄭和都有的種種偉人臉孔的粉青粉紅粉綠色T恤大特賣……馬三寶一路走異常疲憊不堪，好想要坐下來吃個東西喝個湯，後來喝了最左邊的那一家甘蔗汁的店旁邊還有某個破攤販好像是那老時代那叫做四象橋的遺址遺孤……更可怕的是剛剛喝了一碗鴨血粉絲湯塞在一個可怕的百年老店裡頭都是人……邊抽菸邊喝王老吉的疲憊不堪的馬三寶最後失神地還被一隻巨大的黑白蚊子叮咬時還竟然懷疑這隻蚊子的祖先是否也是從明朝六百年前就一直在這裡吸人血的蟲族，可能還吸過從寶船一回剛剛下西洋回來的同樣疲憊不堪的鄭和的血……

充斥太多典故的疲憊不堪，一如剃鄭和頭……出說：那鴨血粉絲湯百年老店旁的剃頭老太太她一生都剃她發明而命名為「鄭和頭」的老人頭古中國著名怪髮型，就像破了一角的舊鏡子泛黃水漬鏡面左下角貼的一張「鄭和」的古代畫像照片中那種髮絲分叉梳頭整齊收束在兩耳側的鬢角微微修成寶船首斜度的精心刀功，剃了一輩子，功夫太好到完全沒有閃失地一根根髮根的剃過修法都太精準到完全不會變的。

一生彷彿都活在馬府街這個已然走樣的怪鄭和博物太久太悶悶不樂的出說他更後來再找尋鄭和找太久……或許更是在找如何再度遭遇和鄭和更不同的有關的怪人們……他說從小就在那老店剃頭，只要頭髮太長天氣太熱而想找地方草草決定去剃頭，也老在老街末端的老店裡那剪頭髮的阿婆開的「三寶理髮廳」更多意外地遭遇鄭和的怪人怪事。

ㄓ老問太老的老太太怎麼可能她眼睛怎麼還那麼好甚至剃頭眉眉角角功夫很好，很多細節是他小時候才有的講究，老時代中國剃頭攤竹製攤架上懸掛著老派磨刀的那一塊舊式牛皮都磨到沒毛禿了，她的老剃刀還是刀柄雕刻龍頭的老派的仍然鋒利，甚至塗抹很濃的有中藥味的老刮鬍雪花霜式白膏，ㄓ還一直誇她是這個南京馬府街老城的一如三寶公鄭和般的老偶像，或許就是六百年來傳到現在二十幾代的明朝寶船上剃頭師傅手藝的頂尖御廚御醫等級的御用剃頭師傅老國寶……但是始終剃刀疾飛在頭上的刀影晃動但是手卻異常輕巧安靜近乎妙手生花的她卻不太理他甚至完全不在乎……應該還比過去對自己的人生更滿意，但是她說她八十歲了，一生看太多人也看太多人頭……從小剃到老，從有頭髮剃到沒頭髮……沒什麼滿意不滿意，這馬王府的人頭都是她來剃頭的，彷彿她是菩薩用這種剃度般的內心動念儀式而沒人知曉的加持祀典般地為麻六甲常出海心不安的水手漁人種種跑海的信眾一如媽祖般地佈施其神通廣大而為其安心加持的慈悲……

剃頭老太太最後還是憤怒地對ㄓ說：可是時代亂了，馬王府越來越少南京長大的人找而都是觀光的外國人找的現在越來越不同了，年輕的中國小孩和學生越來越少，現在常常都亂來，甚至就不來了，都去時髦不檢點的又新又醜的怪店去剪一些好萊塢電影明星那種西洋式怪裡怪氣的頭……

後來還有很多外國觀光客們都很喜歡找她剃鄭和頭，但是心虛的也是外國人的跟著ㄓ來的馬三寶還是同時點頭稱許她的洞見，還老一直安慰她這種古中國剃頭功夫才是真功夫。其實內心深處知道老太太也只是太過激烈地埋怨……根本沒有「鄭和頭」這種純噱頭的鬼扯一輩子的她貼在鏡旁的鄭和老畫像中是戴官帽的根本看不出髮型到底是什麼鬼樣子，但是客氣的他完全沒問……彷彿是種歷史懸案的懷疑的疑雲重重，但是他只是感覺到了好多老太太剃頭的專注神情既落寞也開心，依稀還感覺得到的那老時代過了的老派客氣又霸氣的最後的她笑了笑，剃刀揮過眉下瞳孔和相機鏡頭老緊張兮兮地偷拍老太太竟然在最後還客氣地問他……鼻毛要不要也修一修。

屮提起他突然想起了前一晚的噩夢中，彷彿是馬府街尾老夜市旁邊這段末端舊路只有幾家小店而且已經快要關門了，他心中一直覺得自己一生從來沒有到過這個鬼地方也不知道該怎麼走下去，有個老中國麵攤子好像是在賣很大的香腸、很大的噁心嘔吐物般的黃昏色怪冰、很大的骨肉怪異的海洋生物的不明燉湯、很大的發臭惡味尖銳易傷易刮手指頭的破爛草葉包的老年糕炸粿，但是，還有更多旁邊的舊攤販所賣的更大的鬼東西屮沒看過。那些馬府街頭一路上的人還有更多恍惚的流浪漢和覬覦的歹徒和摸魚混日子的馬來幫派和警察追殺砍伐聲響，還有更多老店家的夥計出來匆匆忙忙收拾店面的竹簍貨架藥草魚內臟器官流出的鮮血直流的蒼蠅群飛的怪光景，這晚雖然路人不多但還是一直在那邊走來走去，有人來鬧事然後不想離開，屮老擔心會出事而心事重重地在旁邊看得有點緊張，那時候太晚了而夜市在收拾到要休息了而所有的人已然慢慢地離開，幽暗的路上變成越來越荒涼。突然，在夜空的夜市入口充斥著濃濃黑煙的人群越來越擁擠不堪的老路口上空，太突然地出現了一個近乎不可能的奇觀，那是一團濃厚的霧氣雲端中的錯覺，或是某種科幻片來此拍片所搭起太誇張的場景的華麗炫目，就在鄭和博物館上蓋成了那一個古怪的三寶廟上空旁邊，所有人都仰望著天上，那是原來的老街頭老式勞作般花燈的寶船船身竟然嘩變成了的一台懸浮在半空中的船形幽浮般的不明飛行物，那外太空船般的金屬構造物卻完全看不到，只看到其怪異金屬寶船身外圍種滿了密密麻麻蔓藤的奇花異草，甚至圓周的船體弧身還環繞著烏雲，甚至有閃閃發光的閃電隱隱約約透露著風暴將至。

夢中的更後來，屮跟同行來這裡的那個鄭和博物館的剃頭老太婆說，其實她在這個老城的恐怖威脅太久之後卻越來越沒有恐懼，甚至現在沒有什麼感覺了，像活了太多世的妖怪或神仙或吸血鬼，對那失落的老時代的老世界已經沒有什麼太多的眷戀或好奇，有種得過且過的馬虎彷彿不管是什麼都好，山上或山下，城市或荒野，漂亮或醜陋，都好。最後，屮好不容易又回到現實來了，但是心情又覺得很奇怪，其實夢中的時間已經快要結束而且在三寶廟祭祀大典已經到了尾聲。由於想寫的鄭和學研究報告卻完全沒有更深聯繫的老時代痕跡的心虛……業餘的ㄓ太過天真爛漫的想法太多可是又完全沒有時間做。甚至他都一直要勸自己不要著急，要想辦法不用力，時間快轉太習慣的狀態持續太久，整個人都已經慢不下來太久而一直覺得要再多寫點什麼才不會覺得那麼不安，但是其實卻更不安。ㄓ在這馬府老街老有好多奇遇，一如路上看到太多貓好像都認得他一直對他微笑，他好像也聽得到牠們對他說話，一如他在三寶廟看到一個骯髒不堪入目的流浪漢自以為是老詩人，怕被認錯所以在他旁邊故意唱他寫詞的歌，ㄓ竟然真的還跟他一起唱起歌來，但是，那時候流浪漢和貓群就狂笑著逃走了。

一如ㄓ每次從三寶廟往下走的那種彎彎扭扭彎拐的山路的崎嶇中，他總是覺得風景的變換好美又好奇特，像一種特殊效果的電影畫面，有一種超現實的方式加速度與重力的轉變，下載著壓入心中的某種晃動。一如他彷彿已經忘記了自己剛開始來的心情，只像是一個妖怪因為山裡出事了而躲藏到一個老村子的人間，但是因為又發生一些時光荏苒的瑣事所以忘記了，天一黑，老房子一遠，天氣一不好所有的馬府街回憶就都回來了，這些舊建築山路邊的小房屋只有一層樓沿山往下走的種種陋巷和斜梯，路口連錯車都有困難的狹窄。這裡始終不只是尋常人或ㄓ剛來的時候想像的那種鄭和博物館式的懷舊古蹟，這裡更是活生生的一個太多前世冤魂作祟一如剃頭剃光還是一再又始終再長出來的冤孽般的窮山惡水。

最後的ㄓ又自己一個人回到馬府老夜市來吃一點更奇怪的鬼東西。在一個眺望光景很好的地方但是太過荒謬絕倫地已經有點晚了而且應該說是所以都沒有人。ㄓ看著遠方的長江邊，黑夜裡廣闊的沿公路開過的車燈，雲層太深也太沉，太黝暗的黑使燈火只像是螢火蟲閃閃爍爍的螢光。好像都還沒有結束不是應該說事情都還沒有開始，發生了太多來不及消化就又過去了的ㄓ並沒有那麼感傷但是又好像有點什麼餘緒沒有說出來。主要是時間暫留的狀態或停滯了在ㄓ找尋過的太多關於老祖宗鄭和的他一生都走不掉的地方或沒有來過的地方或不想走過的地方。因為種種原因困住了，或因為種種原因改變了一些他也不願意承認的東西，所有的狀態都好像已經很清楚但是又還沒有那麼清楚。ㄓ糾結而疏離在遠方的光景越看越覺得虛幻，尤其在這種人那麼少的黑夜裡，一如剃鄭和頭老太婆嘲笑的……他的鼻毛那麼少！

❖

一如詛咒，屮對馬三寶抱怨著更多怨念般的懸念……他的業餘鄭和學的，如深入挖祖墳般對失落太久老祖宗族譜式的找尋……那種種因為感覺到自己的衰老可能不久於世而更無奈也更肆無忌憚地想引爆這個人間更深刻困惑無解的更多……恐怖分子般義無反顧到不再有任何妥協一如啟示錄終極行動的發動……

找尋鄭和的南京引發的怪異的……衰老的時間感和時差……或許馬三寶你的古董癖即使是業餘考古癖癮犯和太過激烈入迷的我這種子孫是不可能雷同，也必然不太一樣到永遠有某種雷同的胃食道逆流式的恐慌感，邊吃邊吐邊衰老地矛盾著……屮說：我老覺得更深入「鄭和學」這幾年大概把因此更尖銳地被侵蝕的我的血……全部抽光又再用泵浦打回來般地動過手腳，但卻也只是動過極端低科技的貧窮手術般冒險換過了壞血，或挖空了腐敗的內臟但是腦袋仍然更費解地出了狀況……可能是反諷地自以為變金鋼狼其實是變無臉男那麼慘烈而可笑，沒有肉體所以沒有傷害而太天真了地操壞自己本來年輕時還沒太糟的身體，自以為是不會衰老的霍爾反而變成是那移動城堡裡一夕衰竭變老的少女……最近老在每個會引發舊傷疼痛的忐忑不安中，都會老想起來……

長年被「鄭和學」附魔的屮始終沒有放過自己。

因此，對失控的這種召喚祖先龕位祖靈而後一生起乩到不知如何退駕的老靈童的乩而言，衰老永遠是太弔詭地貿然現身……不是慢慢來的而是突然間發生，就好像隱喻「一夜白了頭」的那種驚嚇。一如碰撞的疾速失控的降落下煙霧瀰漫中的教忠教孝的皮影老戲的剪影搬演的最後一定會火燒收場，一如太虛幻迂遠的一部部花大錢拯救鬼神災難拯救世界末日卻拍得難看到難以置信的暑假人爛片看完的空虛感。關於自己的「衰老」，業餘的屮說除了看了太多令他疲憊不堪的怪論文之外還有更多更老是種種必然「衰老」的困難重重！屮說：「鄭和學」外的我的時間感始終錯亂或是時差始終沒有調回來。或許錯亂一直在，只是過去一直沒留神……一如一個死過人的老房子所留下來無解咒怨的一再重來。衰老往往使我發現這種我所不想面對的肉身極端沉重而困難重重……但是，我也沒有什麼話說，不是責怪也不是原諒，就是突然意識到自己即使在乎也沒力氣在乎了，一如感覺到某種窗外遠方天空烏雲密佈的無法理解的暗示，然而滂沱大雨始終沒下，氣溫始終沒降，燥熱始終繼續焚燒……如今我就假裝平靜而同情地看著自己衰老的混亂到底引發了什麼，使得更混亂的我變得不免更為什麼虛無……

ㄓ說：鄭和學的鄭和老祖宗的祖靈始終以衰老在清算業餘研究鄭和學的我……每個肉身局部都「整組壞了了」地不甘心，怎麼調音都已然不對的老鋼琴鍵走音般……壞了多年的自己腦袋裡裡外外的太多地方，始終發疼的腰椎肩背膏肓膝窩的種種痛楚、慢性胃炎腸炎支氣管炎種種發炎、膽囊胰臟腎臟膀胱種種臟器結石，或是脖頸胸腔脅下種種弧形肌理尾端更多出現的不明硬塊……最近有點擔心的痛法和不可能再恢復的狀態……已然不太對勁到要接受「病不會好了」的病態……是常態。也更因此想起他最害怕但是也冥冥中邁入的衰老也只能是一如憂容童子或溶解中霍爾的無限無解的憂愁，或一如日本電影《阿基拉》的那種為了恐怖實驗而一生全毀只剩下號碼的末長大就衰老的老超能力兒童們許身的無限無奈的恐慌……

或許，因為雷同逼近的衰老感，致使病態變成常態的他還是太失控地忙忙碌碌到疲憊不堪而不自覺，甚至還下注下更大……一如盲眼那般地無奈又無情地……一開始下手寫「鄭和」那一如找尋史上最受詛咒最龐然艦隊司令變成海賊王般古怪妖幻災難現場……那種冥冥中的找死。

一如ㄓ的叔公冥冥地詛咒找死般地衰老……太多太多怪事的問題重重……一如老看到了老祖宗鄭和在那種種涉入歷史的古蹟裡永遠是太過複雜的六百年前的泛黃陳舊一如神的老畫像。ㄓ說：外人不可能理解……被神人化的老祖宗彷彿更嘲諷著子孫不肖的我們對人生的理解都還是像對神的理解雷同的膚淺，或許人的精明駑鈍，凡事處事應對下手的手路粗細，在神的國度裡並不重要。往往要透過更費解的苦惱才能進入更高的領悟，一如要成仙一定要大病，而且要病很久很慘地甚至覺得沒救了到一定會死。一如那種最聰明慧黠功利傾向的高手，被毀了自己一生努力鑽營的成就。一如老祖宗鄭和即使他深信那帝國朝廷用心多年所經營提攜起來的寶船下西洋官廠艦隊都可能還會因為種種原因天譴般地解散毀棄。所有神對人更難理解的覺醒體悟的困擾都是在最深入每個人每件事每個關係裡的曲折失控才能有更深的發現。

因為最困難的還是要改變的是歷史的史觀……祖先留下來的後代子孫們自己對這些家世相信甚至依賴的種種，都可能是誤解，可能只是折磨的前兆。無常是那麼地逼近逼人，子孫們都假裝沒看見，也不承認，那更虛無，或進入試探，發生感動，太過動人或嚇人，背叛或被背叛，過度的熱愛或仇恨，都變得那麼地疏離，一旦理解，那都是全知全能全在神的有意無意透過種種挑釁的更深入的試探。但是，子孫們一如歷史學家們還是陷入這種詛咒般地永遠無法逃離。

一如認真地挖祖墳般撿骨地回去看老南京的鄭和古蹟群就不免老好像走進了六百年前混亂的歷史肅殺現場，但是卻更是封閉而沉澱在太過逼人的完全吸不到氣的湖底，死寂寥然的不知如何是好，老地方始終在痛，甚至沒法子坐起身來而只能躺在死角。所有的古蹟都已然失憶到像老人痴呆症般的某一種鬧劇，一直說話但是說過馬上忘記。連我是誰都要一再地提醒，但是也又不太知道停了一會兒又一再問起是怎麼了的疲憊不堪的一再重複。ㄓ對馬三寶說……小時候跟著跑了那一個個在老南京都關於鄭和的古蹟巡禮……他的好奇像是觀落陰，可以感應到六百年前以來的太多太多鄭和的……神通。

但是老神通太傷……一如老傷太痛了也痛太久了，一如ㄓ的小時候唯一曾帶他去找鄭和老祖先的南京城裡種種古蹟的老叔公已經完全不念經了，本來以為是因為他太老的身體無法支撐，但是，ㄓ說：「那太辛苦了，也是更艱難曲折的，因為，其實，我也正在經歷這種狀態，對所有過去最不曾懷疑過的種種都完全地放棄，甚至是自己的拜了一輩子的神明般的祖先。因為我們往往太懦弱而因之陷溺於對神或對信仰的理解。往事就停留在，只要認真地相信、付出、投入、勤勉祭拜誦經上香，就可以得到保佑、祝福、照顧。但是，並不是。仍然太痛了。」

ㄓ的叔公老露出充滿疑惑的眼神，說他最近常夢到老家族的祖先們，太祖或古代的更遠的祖先們的好幾個朝代更迭已然全部死去的他們都回來找他，笑他大家都上船了，要去西洋玩了，老是笑說他動作太慢，不夠認真用心沒跟上，只剩下他。叔公用快哭泣的口吻說，拜拜有什麼用，現在的他跟死了沒什麼兩樣了，卻又死不了，什麼事都沒法子做，近乎沒法子動，因為，每天都那麼痛……只有他還在受苦，只剩下他。

一如出說起他前一晚的一個夢。夢中老陷入某種極端黝黑侵入的籠罩南京的幽暗但是悶悶不樂的悶熱之中，彷彿要發生什麼，但是又始終不清楚發生了什麼那種曖昧不明，空氣凝結來汗流浹背又哭又鬧又動彈不得那種沉重極了的難堪又始終不能離開。夢的一開始是要去找一個龐大牛首山頭的主題不明的主題遊樂園，那是一個下大雨的漆黑深晚，一起開車來的馬王府子孫們本來是要去另外一個更遠的地方，但是在那裡也只是先想找地方落腳歇腳。但是，他老是想去別的地方，或許只是老想往山上的另外一條路走。後來，子孫們在車上卻什麼地方也沒去成，而只是在上山的路上就一直找路而迷路，後來路過了一個山上的小村，但是始終迂迴曲折而窄狹的小山路太偏遠，車常常錯車閃身都還是老開不過去，就這樣，在深夜的深山，不知為何還是一直開，路過了很多路、很多老人。老是在一種迷路的恐懼中找路。

後來卻是不明的搜索，他找到了地方，落腳，但是子孫後代的他們卻一進門就不見了。他在那裡走了一會兒，才回想起來，這裡是古代的馬王府老家。正在開心地想到他們說我們誤打誤撞地回到老家了的開心時。突然，有一陣非常吵鬧的巨響砰然地響起，在那完全沒有任何徵兆的狀態中，某一剎那，完全地變了樣。死寂被轟然地炸裂，那竟然是那麼多的陌生人武裝闖入，砰砰砰！驀然而近乎粗魯地撞進，而且深入那在山上老家的天井宅院花廳，那是太突然的變故，不知為何，家裡完全沒人，好像所有家人都躲開了，都已然撤退很久了。

後來，待了更久，卻發現，不知為何，只剩下他還沒走，還落單在那裡，感覺到出了事，但是不知是什麼事，只是有敵意的某種更龐大的敵方西洋軍方前來家裡要接收。過程中還有太多過程的互相試探爾虞我詐的種種陰霾。但是，他只好假裝不知道，在那更大肆地吼叫囂張的侵入掠奪所有廳堂中名貴珍藏古董古玩的種種青花瓷花器，藏傳老幅唐卡，老祖先古書房收藏多年的老名家字畫。連更沉重的永樂帝御賜的古宅第中珍藏華麗名貴的黃梨木太師古董椅和雕花繁複精密的老木櫺窗甚至是巨大而肅穆門神騎麒麟連眼神衣袍踩上雲彩霞光四處都栩栩如生的老畫師畫出的傳統古門扇都拆下來要搬走。都搜出來了當成某種證物般地理直氣壯，他們子孫們只是始終低頭鞠躬畏畏縮縮，但是在混亂之中，只有他還是想要爬上神明桌去想法子把那些他們不在意的老舊到斑斑駁駁的破爛不堪紙張的家譜老畫像和神明桌上老舊神主牌和祖先牌位偷偷裝入垃圾袋，準備小心翼翼地帶走。

　　但是，更後來才發現那馬王府老家的整棟古宅第要塌陷，從那古建築坐落的那深入雲中極端高聳的山崖。但是，他還是不敢跳。那像是一列火車車廂因故從山路出軌，正沿著單側險峻的崖壁往下歪歪斜斜地墜落而車裡所有的壁體都壓縮皺摺或是整座摩天樓塌陷到高樓被轟炸而混凝土梁柱都扭曲斷裂的崩然墜落，或甚至是一整艘木製古式寶船最龐大的船身殘骸散落滿地……而且更後來所有侵入的敵方西洋陌生敵人們也都紛紛地掉落到崖壁旁的深谷海溝底……始終傳來哀號不斷的慘叫聲的回音。但是他雖然是害怕極了，但是不是因為他會掉下去，而是怕會弄壞了那海難中的殘骸散落滿艙底裡搶救出來的老家歷代族譜。後來，還是掉落了，而垃圾袋裡的更多老東西，也不斷地掉出來。但是，卻是另一堆這時代的爛東西，老家族幼稚子孫後代的小孩的玩具公仔任天堂遊戲機，泛黃噁心黏稠的衛生紙團吃剩便當的發黃發臭菜飯米粒廚餘南京烤鴨的鴨骨鴨舌，甚至活珠子裡雛屍的骨骸和深色臭酸的……古傳最補的鄭和蛋湯汁液還仍然濕答答滿地滴落……

鄭和墓（下）。馬三寶部。第八篇。

鄭和墓……馬三寶跟乩說：那一回我自己去找尋鄭和墓的一路迷路的內心戲太過複雜……一如最荒謬的公路電影的隱喻，一路找路迷路的慌慌張張中內心深處質疑起種種：我到底是要去哪裡？到底要怎麼去？有那座山嗎？有那條路嗎？走那條路真的會到嗎？甚至，在太久找不到路的忐忑不安中不免更深地懷疑起：真的有那個傳說中鄭和墓的鬼地方嗎？以前有過的那鬼地方多年以後的現在還在嗎？

找路的過程一直想過要放棄，問題持續惡化的一開始就充滿了意外……上路去鄭和墓的一路上，勉強讓他上車的老師傅埋怨著那地方太荒涼，他開了一輩子都沒去過，始終慌亂，一直在打電話問人知不知道怎麼去，也沒人去過，只知道在牛首山，我的地圖沒郊區更遠的地方，他說他知道牛首山，XX公路一直走就是，他一路看公路的指標，找牛首山的入口到後來手機上網一直上不去，很焦急地一路車開得很快，天氣很好。路過好多指標好不清楚，後來終於用Google Map找到的地圖。但是牛首山很空，只有幾條路，還有一條叫做三寶路，始終還在放大找，還是很弄不清狀況給師傅看，他座位的塑膠隔板縫隙塞過去，他還拿出老花眼鏡，說他看得模糊不清，太不清楚。後來手機就快沒訊號了，往山的另一面走，更深山裡，司機還在找路……風聲鶴唳地開車窗風聲越來越大……終於公路旁出現了一個往杭州、往機場的路牌上才看到路牌出現好幾行字中，最下一行寫著斗大的「鄭和文化園區」字樣。又開了好久。一上車感覺引擎發動座位晃動震盪、窗外的風光旖旎流逝疾呼……

一路都在問路，車老靠邊，問到太多好心的陌生人……問了另一個牛首山公園管理處入口的公安，說他也不清楚，往下開好像有！問到一個穿著秣陵環境制服在掃街的工友大叔說：有的有的，但是胡言亂語，有時指前有時指後，大聲吆喝鄉音濃稠……問到路邊戴著草帽包花布巾正在割草的大嬸說：走高速公路往機場方向了，要回頭，記得第二個路口要小心一個山邊缺口右轉入山的路……

那師傅說，這牛首山一路好遠而且一路全是好陰的墓地……

終於找到路的一路上山竟然出現了好多觀光客，但是卻是要去旁邊一個名叫「世凹桃源」的農家樂觀光盛地……非常像是假日全家度假勝地的歡樂氣息，但是馬三寶卻更著急……老是留心那一路墳場墓地的更遠的遠山上出現了更怪異的異象……甚至有一整座後山上誇張蓋起來鋪天蓋地的斜坡山坳彷彿懸空的某座很大建築屋簷群的廟宇。路上問路的時候還問了一下那誇張的滿山遍野的懸空寺是什麼？有一個不耐煩的老警衛抱怨著：那是觀光客害的……全部都是新的也都是假的，但是應該都是賺大錢的……他指著後頭……那遠方山脊上出現刺眼的某一個更大更新的佛塔，還有一個長得像不鏽鋼貝殼長相的宮殿變形金剛什麼的……據說那弧形宮殿的地宮還挖出了什麼傳說中釋迦牟尼的舍利佛骨供奉。

最後，開了山路崎嶇的蜿蜒而上許久許久……才終於找到了鄭和墓的山路入口……本來都快放棄了。馬三寶老覺得這是天意。無論是一路找路又找不到路的迂迴曲折，還是註定找不到的詛咒般惡作劇式的厄運。但是鄭和墓真的有，也真的還在，只是更怪異地歧出惡耗。鄭和墓已經不對外開放許多年……天啊！心想，找了這麼久找到了還竟然關閉，他們說，這沒辦法，上頭的規定，而且整座牛首山封山，好幾年都在蓋這個新的入口，好像永遠蓋不完啊！馬三寶幾乎是半哭半跪般地對門口的老警衛哀求他說：我是從很遠的台灣來的，正在寫一本關於鄭和的書。那個入口的老警衛叫馬三寶去找派出所公安陳組長。或許可能……已然不敢期待更多的他和計程車司機開下山找派出所，但是繞了更久，仍然找不到……陷入絕境般的另一種卡夫卡式城堡般的迷途……問停車場旁邊更多的人群、觀光客、外地民工竟然都不知道。好不容易找到的這彷彿神話火焰山的牛首山內還是一路在施工。又繞了好久山路崎嶇的後來才終於找到派出所。咬緊牙根進去交涉之前，他想起一生太多雷同陷入莫名其妙的糾纏人事官方周旋的無窮無盡的糾葛昏迷狀態的時候。一如馬三寶以前在當兵老時代的氣息奄奄……那一個年輕的衛兵叫他在會客室的沙發上坐著枯等了好久，沒有消息。馬三寶又問了更久，才知曉……那怪派出所的可以做決定的那位陳長官沒回來，後來又央求許久的更後來終於另一個官階較低的公安長官出來，還是不行。馬三寶說：「寫鄭和，有一位南京大學的歷史學家推薦我一定要來看這個古墓……」他們說做研究要那麼多天不可能，他說就今天進去走走就可以，更後來不甘願的那老公安就說他派人跟進去。才終於又上了車，又開上山開入大門，從混亂的牛首山工地民工群眾之中開進去……

鄭和墓其實充滿了怪異的氣息……縱深不遠、墓地不大……但是仍然死寂肅殺。然而馬三寶央求可以進入那入口牌樓旁邊附設門旁的紀念堂中展覽館，但是卻發現裡頭也是和之前那南京種種去看過的別地方太多個鄭和紀念館或博物館很像輸出都是雷同的尋常照片中雷同的引用甜美教訓中國友好對外國邦交的世界觀及其相關感人肺腑的老故事，甚至老照片都雷同的泛黃……整個過程非常像是去參觀一個封印太久的古代禁地。近乎不可能的想辦法攻堅偽裝逼近交涉費盡千辛萬苦才潛入，可是現場卻都像是一些太多贗品的雷同紀念品……好像是已經被嚴重盜過墓的古墳裡充斥著謊言補救的掩護……幸好，只有鄭和那個明代留下的石頭棺材似的衣冠塚墓是唯一的那個老時代真跡的古老真實物證，但是旁邊也種起韓國草坪和混凝土重新蓋起來的洗石子像尋常公園一般的墳前紀念廣場。還有一個涼亭下的半毀石龜馱著的半毀石碑。那墓地的氣象萬千死寂的林中肅穆異常，彷彿是封入了一種看不見的神山祕境的神祕兮兮之中……即使天氣很好山上沒人始終令人不知如何面對……一如鄭和石槨上的花草葉刻紋上有一行唯一的阿拉伯文的句子不知是什麼意思……一如這個封入了滿山滿谷是墳墓又是禁地荒謬絕倫皺縮的鄭和墓到底是什麼意思？

或許也更是一種朝代更迭糾纏不清的老中國改朝換代之間打天下必然亦正亦邪的兩難隱喻……太監，宮中的反派往往是一種更深的邪惡和老時代的亂世的逆差擴散收縮間巧妙的融化結合，反派的必要性，從前朝到當朝，從建文帝到永樂帝，大內高手式對叛變墮落種種史觀充斥著濃濃敵意的變色龍，變成想要奪取權勢毀滅朝代的殘酷陰謀動物。鄭和一生陷入困境的或許就是老中國死穴膏肓般的必然要害……宮廷的反派在其他老朝代都太過搶眼，太監尤其是老歷史像老神話的傳說著名邪神。邪惡來自自己閹人身形的缺陷，來自宮中太深的帝國帝王伴君如伴虎的聖旨聖諭，從反派變成反臣，太多太多的宿命……ㄓ說：我的老祖宗更為複雜……一生顛沛流離的他始終太過火，下西洋前是太過敏感永樂靖難叔殺姪內亂謀反剛篡位的宮廷最強大的反派大內高手的想像。下西洋後變成是滿朝文武對永樂太橫行般地從修過大紫禁城到出使過多寶船種種太過好大喜功地奢侈的敵意……下西洋是那時代十去九死的自殺使命惡仗的神風特攻隊般的誰都不可能撐過的面對死亡的近乎瘋狂的艱難任務的反諷……老祖宗或許陷入瘋狂的反派的可怕到底可能到多深的敵意尺度，規模到底所能多深的更龐大的毀滅：他暗示了某種亡命到亡國到天下什麼都可能亡……的隱憂及其隱喻。

馬三寶跟ㄓ說了更多之前他自己去了南京找鄭和古蹟的亡命感及其永遠無法理解的始終荒謬……一如最後的塌陷感……所有南京和鄭和有關的古蹟群或許應該都是某種充滿隱喻的鄭和墓……就在那天靜海寺旁古城牆上高塔般的閱江樓底太高層的欄杆懸空感中眺望好美的長江和靜海寺鳥瞰院落風光旖旎的剎那，馬三寶被自己的始終太過害怕……困擾許久許久。那是他始終不願承認的肉身和心理偏差的高度末端限制，不能勉強，雖然仍然逼自己在那裡許久，感覺自己的勉強和不甘願，但是又始終想逃離。這種懸空的忍耐忍懼彷彿回到找尋鄭和的開端，缺乏更深刻的體會與期待，或許太過空洞的天真爛漫。他到底是來找到什麼？他真的準備好要找尋到他想像的鄭和的更後頭的什麼嗎？

一開始發現了太著名的古靜海寺的老廟埕都只是老人倚著木椅的老舊現場。路過了一個個古董地攤，老人非常老的鄉音非常濃稠到幾乎聽不懂，一地舊布巾打開就是一個皺縮打開的無名博物館，古玉、田黃石印章、老銀手鐲項鍊、石硯、藏教古佛像金剛怒目的佛臉叱人的老時代姿態斑斑駁駁的小形但陰霾籠罩的老鎏金佛像成列幾排就像一個神祕莫測的神壇起乩的現場，彷彿身後的路樹都落葉起風，更後頭還有銅鑄老廟宇寺院大大小小不同尺寸的中國老簷列柱三門傳統建築的澆灌如土屋俑的靜海寺、天妃宮、閱江樓古城門的城牆長廊老建築群羅列，甚至最後角落還有一個青花瓷九重高塔，老人說是六百年前永樂命鄭和監造的古代世界七大奇觀之一的古大報恩寺的明代原貌……

旁邊就已然是古蹟的當年鄭和六百年前下西洋每一回出海前都會來祭拜求保佑的天妃宮入口。太過閃亮的簇新金身的廟中太多佛像。仍然香火鼎盛，還有穿著舊僧服的老和尚從廣場走過。廟中是那古代最著名的石碑在正中間。還有一個體面講究有藻井的古式傳統涼亭罩著那著名的天妃碑。然而靜海寺和天妃宮之間的新修的一地廣場都鑲嵌了景觀設計的愚蠢圖案……地上圓圈很新。下西洋七次分別日期，不知所云。廣場中間依老制是不會出現一個碑亭。因為御賜那碑文也很怪地寫著皇帝謝天后救了鄭和第一次下西洋遇到的風浪。廟中林木參差，諸多鐵樹盆栽，香爐剝落柱身紅漆老舊。這裡仍然還是有人拜的廟。廟埕中的老石柱上有蓮花下有四君子中間八面，雕刻切割的諸多：南無離怖畏如來。南無阿彌陀佛。種種佛名佛號。廟身仍然有另外的神明保佑平安的側廡殿堂。有一側是地藏殿，拜金光閃閃的地藏菩薩。兩側對聯是：「眾生渡盡方證菩提，地獄未空誓不成佛。」佛光普照。南京三寶弟子。另一側是老觀音殿門旁還有絨毛大沙發上有老派竹墊，但是坐久就有惡毒的群蚊咬。另一端是拜藥師佛。藥有君臣千萬變，醫無貧富一般心。藥王殿。有個很怪的「緣」字。在佛桌前。藥王佛身是醜陋的血紅臉。拿一束草。雕工極草率粗糙。兩側還拜民間人神。依列有歷代名醫的：保生大帝、孫思邈、扁鵲、華佗。正殿是更大尊佛身的媽祖。兩側的肌肉賁張的千里眼順風耳的神話。佛桌前還有巨幅的吊幡佛經文。太多媽祖神像佛像雕刻切割所有的佛像都太怪，或許因為太新的媽祖廟中四牆數十幅半浮雕都是她歷代神蹟的老故事……他不太清楚也或許太清楚這些神通廣大的神話故事奉行……只是：連「神助鄭和」都是命名同樣四個字的成語般的標題。是其神蹟的一幅，在數十幅之間非常不起眼。老廟埕廣場還有人正在掛紅布要辦慶祝祀典活動。廟前的焦黑香爐是蘇州藥廠捐款的。混凝土澆築的欄杆是林建明捐款支持的……仍然在蓋更新的什麼……從天妃宮出來就沿城牆旁邊走。馬三寶想上閱江樓看長江……但是走了好久好久，其實他沒想到這一路人很多，做操、慢跑、下棋、老人家、小孩母親推嬰兒車的女嬰和父親談心聊天、穿著下關綠化制服掃地翻土的工人、在河道拱橋上花枝招展的大嬸、甩手的老人、河畔釣魚的民眾。牆腳有一個用薩克斯風吹崑曲老歌的留辮子怪男人戴鴨舌帽像瘋子。不遠方的高樓豪宅上有金色隸書大字：下關城开。沿護城河道。古牆磚上有古字。他老想起前兩天晚上電視上看到在修古長城的節目。討論艱難的古代燒老磚的老規矩這時代已然消失殆盡許久……

閱江樓上山前的入口廣場有一個鄭和雕像是假銅雕的塑膠灌模的極端怪異……樓門的售票員昏昏沉沉，守門人在打電動看韓劇打瞌睡……馬三寶再往上走山路上山，轉角遇到困難重重的曲折山路崎嶇，後來放棄，腳的舊傷發作，角落竟然有一個戶外的電動扶梯入口，直接上山，但是要收費十塊錢人民幣，而且是露天的，總電動的速度還滿奇特的，有點慢有點快，就像在科幻片裡，而且再上一點就可以看到長江大橋，他覺得中間有一點晃動的感覺，還是令人有點害怕，向上已經可以看到閱江樓的建築物中國古建築斜屋頂，整個感覺還是很奇特，馬三寶總是會因為在這些古蹟旁邊所出現的太現代的科技的東西而感覺到怪怪的，好像這個新時代對老時代的冒犯。還有太多小攤販，老賣老南京的怪東西，木梳、毛筆、摺扇……甚至還有玩具的假面具、雷射槍，攤販老闆自己和小兒子就在路邊大玩大笑起來，最後閱江樓爬上山，獅子山古城門城牆口一路走到了最上端，太高的一路長廊的明代故事和朱元璋的碑文，在入口廣場就可以看到遠方長江長船緩緩移動。閱江樓的正中間有一幅懸掛七樓間完全天井很大的鄭和下西洋瓷畫的大圖，彷彿是西斯汀教堂的米開朗基羅畫的〈最後的審判〉……所有下西洋的故事集大成的終端：甚至這回他所跑過南京的相關古代鄭和所有鬼地方都被畫在裡頭，寶船廠，靜海鐘鳴。雲馳星疾，朝覲天方，駕風馭浪。還有很多外國的種種麻六甲古里爪哇柬埔寨籍天方的遠方。三樓的紀念品攤位還有一艘木製玩具寶船，彷彿是縮影帆身渺小草率一如一觸即破……一如旁邊是各種各樣老神明三藏悟空八戒種種八仙公仔和小叮噹米老鼠的種種玩具。荒謬絕倫的並列出演……走上到四樓外的欄杆遠眺，宮燈，閱江樓字樣。斗栱彩繪旁木桌茶座的太師椅看出塔樓外磅礡雲端的一望無際的長江的全貌，很多摩天大樓蓋了起來在兩岸看長江大橋河口船廠怪手吊機械手臂緩慢移動的舞台感中另一個個觀光客的人群跟上來。江邊的太多太多工地的未完成高塔摩天通天感……。雲朵彩霞的日落前的餘暉中風越來越強。他想到在曼谷的老鄭和廟破曉寺的塔頂。

山下的牆體旁靜海寺天妃宮的眺望，懼高的馬三寶還是有幻覺。扶好的他仍然有危險四伏的那種快要崩潰邊緣的塌陷感。一如南京古城門的兵家必爭之地的這個獅子山頭蓋什麼都是威脅狀態的歷史痕跡凹陷恐懼感。所有的奔波都忍住不了的顫慄恐怖。一如最後發現最高樓外靜江寺半空中的閱江樓欄杆前……馬三寶的旁邊正有人開心大笑地拍照倒數一二三。「看我！笑一下！別眨眼！」那兩個互拍少女穿著迷你裙，假裝正用手捏著遠方的鏡頭畫面中的長江上的巨大但是因為遙遠而渺小的長船，假裝自己是巨身女妖可以用手抓鄭和下西洋巨大寶船還用舌頭舔一舔之後，嘴巴大口大口咬著吞下的拍法的極端妖氣沖天地無限開心……「這是寶船，我吃了，好吃！好吃！」

❖

荒謬……或許更是一如一個謎。馬三寶對ㄓ說……明孝陵。一如古代傳說的預言：一走久了頭就會昏……人亂走神道必然會被詛咒。明孝陵……有一個陵前的老導遊說，仍然是一個謎。馬三寶始終感覺到自己找鄭和下西洋最後悲慘曲折離奇的下場正一如這個老朝代的墓地的謎團永遠解不開那麼費解的必然失望，一如一路走了那麼久那麼遠的路都只是一種歷史陷入必然模糊曖昧差異感下的「我們註定永遠看不到最後的真相」的幌子。或許也呼應了明孝陵神道一路都是鬧劇的分心……一如一路走過的明孝陵始終充滿了明代最大的謎團，皇陵的最高規格的驚人……甚至比北京旁的明十三陵都還大。而且地下五十公尺底下的墓穴遺址都是六百年來始終仍然還沒有開挖過的地宮。那個下午在明孝陵有一種重重地完全被鬼壓身的感動而更深地感覺那個老時代的意氣橫厲殺氣騰騰，帝王的視野太高太可怕，所有的時代最高規格的將相人獸打出天下也都陪葬進去都仍然不夠，還要肅穆森然地待命一生引以為榮的甘心。或許，是那地宮入口甬道太過陰沉暗黑，神道的石頭祥獸官吏太過強烈地感受到某種高度講究的氣宇，那麼地龐然精心佈局的完全控制的封建老時代的最高規格。一如那個太過用心良苦的導遊老對著那一團始終分心的香港遊客們到處探頭探腦……卻仍然認真地解說：這種墳墓的做法是一座大山一座墓。因為朱元璋是老百姓出身的，知道盜墓都是農民因為沒飯吃才盜挖的……所以，用這種一山一墳的葬法，沒法子盜墓。因為滿山遍野的林木參天，都是軟石不曾被盜挖過，一挖掘就會完全塌陷。他跟著他們一路走到最後……才發現那皇陵仍然是未開挖過的……建築群的最末端望出的後山，陰霾密佈的森然。那古神道上，是歷史上皇陵最著名的參道，石象路是明孝陵神道第一段長六百一十五米，沿途依次排列獅獬駱駝象麒麟馬六種石獸每種兩對共十二對二十四隻每種兩跪兩立夾道迎侍。這些石獸用整塊巨石採用圓雕技法刻成線條流暢圓潤氣魄宏大風格粗獷的帝陵的崇高華麗的辟邪禮儀的象徵……馬三寶一路驚心地走過，然而到了另外一列文官武官的大臣將軍的石像老神道……感覺那老時代近乎可怕非常地巨大氣魄浩然又樸素的明代的力氣。最後在天色漸漸黑暗下來的明孝陵出口一路始終有不明排泄物般的惡臭中疾走，神道的祥獸慢慢在夜色消逝，所有人好像在逃難般地撤離……被趕出來的一路山路都是參道的參天古樹極端陰沉的始終忐忑中，老想起一路聽到太多路人的荒唐口白……這馬又長得不像，反而像駱駝……有一個小孩說我不喜歡這一隻石馬因為牠臉很臭……獅子頭刻意刻成豬鼻子是因為皇帝姓朱和豬一樣……一路有很多推嬰兒車走的父母，甚至還有坐殘障輪椅的病患近乎不可能地在神道中半走半晃地始終顛沛晃動……寶貝笑一下笑一下……有一個祖母對抱著的還睡著的孫子在大象祥獸前被兒子媳婦認真拍好久好久。還有一個戴海盜帽手上拿名牌MIUMIU包包的少女，一個吹泡泡的蘿莉塔妹用自拍神器棒自拍。還有一個用丹田唱歌劇般的唱腔用力過度大聲吆喝唱山歌的大叔。也還有更多的荒唐謎團……一如明初看風水時有大臣進言：鍾山這山太多人葬過……但是朱元璋當年霸氣地說：「我葬在這裡，孫權也算個英雄，就讓他幫我看門，沒問題。」一如那著名的朱元璋讓自己被長得很醜的怪異畫像懸在享殿的主牆上。一如那明孝陵博物館中有一部更怪異的《古墓奇兵》式的考古紀錄電影：現身的神祕的明孝陵「寶頂」下的地宮裡，提及了更多謠傳……明代開國皇帝朱元璋入土六百年，然而鏡頭透過時空穿越佈滿乳釘的厚重大門，金色華麗的巨大雕龍寶座放置在中間，周圍是藏滿珠寶的配殿，地上一排排白骨是當年陪葬殉身者也是犧牲的盜墓者。其中引用了高科技三維三百六十度環幕電影重現明孝陵地宮裡的種種神祕金色雕龍寶座神采奕奕的琉璃構件，穿著彩衣的仙人神祕地宮：

三層棺木裡裝滿華麗珠寶……充斥著太過虛妄的爛電影的特殊效果式的幻覺。

一如博物館死角羅列太多琉璃構件是穿著彩衣的仙人騎在怪獸身，仙人有的睜著眼睛有的怡然自得閉著眼睛……形態特殊神獸在明代帝陵上屋脊上的神獸琉璃構件體現了建築規格。超過中國古建築屋脊上的神獸其講究最高等級的十獸外加那一個跨鳳仙人按順序是仙人、龍、鳳、獅子、天馬、海馬、狻猊、押魚、獬豸、斗牛、行什……甚至明孝陵這些神獸都是傳說中的神祕莫測異獸：龍鳳的神威之外，天馬海馬能飛天入海，獅子狻猊勇猛威武可鎮妖辟邪；斗牛押魚有鱗有角有腳能飛會泳可興雲降雨滅火守護……六百年前至今半夜三更仍然還會從明孝陵享殿起翹飛脊斜簷上起飛在皇陵旁展露神祕莫測的神通廣大護法。一如馬三寶晚上看到了南京城中最昂貴百貨公司三樓尾有一個才成立一年的大陸時尚品牌現在已經有十個店的規模很潮又很牛，那女店員繪聲繪影地說起那些看起來很像中國古代長袍馬褂龍袍鳳裳的怪衣服……聽說我們老闆飛到米蘭千辛萬苦才終於挖了亞曼尼的設計師過來，這幾年還帶那義大利的名服裝設計師在設計前一路虔誠地朝聖般地去少林寺和兵馬俑……甚至還有上我們南京這臭頭洪武君的謎一般的明孝陵上頭去找靈感……

一如死角的朝天宮。馬三寶對ㄓ說：我始終很難想像朝天宮那個鄭和奇觀死角的怪異現場……一個鄭和老時代隱喻所隱瞞的死角始終令人難以想像的詭譎費解……一如謠傳的稗官野史中的史跡遺址出土的疑雲重重，一如考古學家挖掘帝王陵寢陪葬風水前多心推理的莫衷一是，一如古董店老頭炫耀其珍藏老件奇幻不世出的太過浮誇激烈……那一個高大俊美的鄭和戴著官帽穿著官服披著紅色披風的怪異蠟像正專注地站在船頭岸邊看著牆上的電腦螢幕幻影般的光芒奇幻瞬息萬變的寶船海上怪異投影。在海上用一種鏡頭透視感進入古帆船巨大風帆之間的怪異感。一如天象季候陰晴不定的曄變隱喻著歷史悲劇收場不免擔心永劫回歸的反諷感……有一幕是數千艘帆船完全開進去一個海峽旁邊巨大山嶺，有一幕是巨大的太陽照射在風帆之間透光出來的暈眩感，另一幕是開始變天烏雲密佈的下起大雨風浪越來越洶湧的狀態，最後一幕是黃昏夕陽無限而出現三百六十度的鏡頭鳥瞰眺望的數千艘寶船的風帆在太倉望向大洋的出海口……彷彿所有的海的變貌風險異常的狀態已然快轉完全難以忘懷又難以逃離的七回下西洋的可怕風光……永遠地重播。

就在打呵欠的博物館人員穿制服躲到那鄭和死角開始低頭打盹時出現的令人感到無限驚人的老時代古船遺址出土的影片，用3D高科技喚回的奇觀之奇幻……有一個旁邊的螢幕是仔細端詳介紹寶船廠的電腦動畫虛擬現實的船身，支解而重新拼回複雜繁瑣工法拼圖的龐大船身的分解圖樣：一塊塊的甲板如何沿著龍骨搭接卡榫上弧度的船身甲板不同屬性不同層樓走廊桅杆風帆，依序拉起纜繩的三百六十度旋轉懸空的盡頭的威風凜凜殺氣騰騰，最後是寶船首的龍頭鑲嵌入龍骨之末端……海水從木樁數百根的支撐船底的艙身往側灌入激流，浪潮波動晃動著艙身……疾速地浮起出船廠江路入海，無聲無息地僅有字幕上跑馬燈式地跑過「寶船為古代不世出的奇蹟……」或許更像是虛構的不存在線上遊戲場景設定的草案版本的草率，在一團一團的觀光客換一個一個的導遊講的不太一樣的故事及其細節種種，一再誇張地誇耀近乎虛構的下西洋……來了然後又走了。那是六百年禁海之前的最後中國的張望……但是太多年以後的張望在那個朝天宮裡所展覽的鄭和死角顯得那麼怪異。

在許多老寶船的龍骨斷裂殘塊中鏽蝕船艙鑄鐵長釘短釘鉋刀鋸片卡榫木製艙身旁種種打造寶船的艱難工事遺留珍貴古代破爛不堪碎片那麼多的遺憾壯烈感……然而另一種太過乾燥極度缺乏深度殘酷殘影的太倉出海口的鄭和的下西洋怪異縮影……竟然縮入四個小螢幕充斥著鄭和去過的外國的畫面的令人難以想像的狀態：麻六甲打鐵街頭的舊官廠。越南的三寶公的鎮國古寺。印尼有三寶公的三保洞。泰國、印度太多老國還有寶船的六百年前船員留下的混血子孫，在肯亞還用傳說鄭和工匠傳下的打鐵手藝的非洲村民正在打鐵……還有更多的拉穆博物館留下的明代青花瓷器的東非瓷器碎片裝飾大門口外正在群聚跳舞孩童們還用中文對鏡頭大聲吆喝笑鬧地叫喊問候。「中國，你好！」一如馬三寶和ㄓ嘗試解釋這下西洋太監的老故事給意外遇到的那一個也正在朝天宮路過看鄭和的黑人留學中國年輕大學生，因為太過遙遠的他充滿了陌生好奇，不解為何這個高官站在這艘龍頭高船……ㄓ最後老笑馬三寶費力地用了太過膚淺比喻的老時代西洋史觀和這時代更膚淺的電影加歌舞劇式的炫耀搬演來（向一個異國也可能是鄭和寶船後裔的混血兒返鄉探親的他）解釋……這個中國古代哥倫布的（用電影加勒比海海盜船長傳說再度現身的奇幻冒險家版本）種種大航海時代以後的征服國傳說……的荒謬感始終太過可笑。

離開朝天宮後太過疲憊不堪的馬三寶終於碰到了乩，但是他們對鄭和古蹟在這時代的不免始終可笑的荒謬感仍然爭議不斷……然而博物館出口那一帶林木參天的廟埕前還有很多老人在朝天宮外群聚吆喝，始終熱絡成群坐著聊天喝茶聽老歌還有的玩牌有的下注，甚至一路就老有一攤一攤的怪人拿了老時代的種種怪異老件贗品出來炫耀，一如在那朝天宮廟埕往怪異的古玩大樓死角始終聞到一種很像排泄物的異味惡臭。一路走到了朝天宮旁著名的古玩大樓。那入口大門上頭竟然懸掛著一塊斑斑駁駁有雨漬痕跡的紅布上寫著本大樓古董店本著一如政令宣導口號般的「七不准四公開」的方式收費。太多太多贗品濫竽充數的破古董充斥……一樓的人已經拿了一塊老布包裹起古玉越來越急著要收了。或許就是數百年來江湖的鬼地方摺疊皺縮入某個混凝土澆築破爛不堪舊大樓的底層，因為快要收攤所以好像都已經在收拾善後甚至有種流浪跑天涯的淒涼狀況……馬三寶好像闖入了一個盜墓的活的歹徒走私貨犯罪感充斥著濃濃復古懷舊風情畫卻只縮寫成一個怪符拍賣的怪現場……

帶馬三寶來的乩卻說：這只是幌子。內行的古玩行家可要往大樓後門走一路怪異的光暈黝黑的狹長祕道窄巷，才能走到另一端的老古玩聖地……其實那才是隱瞞著太多外人無法理解的一如朝天宮已然千年來的歷史聖地般的「天宮」遺事終究被高人指點迷津喚回才發現完全是不世的寶窟。然而那老大樓底層的古玩聖地仍然充斥著時光難以挽回的剝落感……還有舊時代裝潢較體面的怪店，但是有一半已然是廢墟多年灰燼密佈地空空蕩蕩，乩說：每一個老店家都是一個古老的家族所擁有，有的太久無人問津照應也不會有人敢頂下來，每一個始終太過冷清的老派古董店風格殊異的木製櫥窗所看到的東西都是怪怪的，有舊時代的漆器銅器，更多裱褙剝落的古卷幅字畫、形貌顏色殊異但是既鮮豔又陰沉的老珊瑚翡翠天珠瑪瑙、氣味又怪又香的焚香和熏黑的舊時代鳥籠香器……

乜帶馬三寶進一個老店。那是傳說中的一個不起眼的被戲稱為「大明王」的老店老頭，眼神迷濛始終怪怪的無法聚焦，但是老奸巨猾地吹噓其一生的出生入死……老頭說：這裡才是真正的「鄭和墓」啊！他收了一生，都是和明朝有關的古物，尤其是和鄭和有關……一如朝天宮南京博物館的古物流出的祕密繪聲繪影……最後，看到馬三寶和乜虛心傾聽許久，最後心一橫，終於才從老店最末端的暗藏玄機的暗櫃中緩緩地拿出兩件他收藏多年鎮店之寶的鑲金寶船形玉飾件，手工太過細膩的碧綠寶船式麒麟紋玉器，另一件是瓷底釉面光澤太過迷離的明永樂青花瓷盒的怪硯台，皆是祕密的傳世之作。始終露出太過複雜的情緒的乜和馬三寶始終猶豫不決要不要買老頭那一個永樂年間的怪硯台。那個眼神始終閃爍不定打量馬三寶的狐疑的老頭說是稀世老擺件，鄭和當年在寶船上寫奏摺的墨盒。馬三寶心裡想著太多太多可能的臆測：應該是假的，但是背面的刻字竟然是永樂年制印文地太過巧合。那青花瓷寶船鬼墨盒太過離奇，一如鄭和老故事隱喻的朝天宮死角種種的空氣和光線始終無法忍受地陰霾籠罩心頭般陰沉的那鬼地方……或許就一如某種老舊到年久失修無人問津打理的動物園旁非法偷出死去奇珍異獸屍體去亂料理的山產海產土產野味怪店的爛菜色上桌仍然的華麗滄桑感……那種更無限荒唐的荒謬感：糖醋鴛鴦、豆酥錦鯉魚、紅燒白鶴、宮保孔雀丁、三杯鱷魚、巨蟒蛇羹……或就是古今中外最著名的全麒麟宴。

❖

《麒麟人神域：鄭和南京之謎》一如找尋祖先家譜越深入越必然的失落感，一如鄭和學研究越用力越必然的心虛……一如入迷某種更費解迂迴的祖先卻竟然變成是某種遊戲，那是一種太意外的奇怪遭遇，突兀的汨汨流出的妄想始終那麼令人難以理解……

一開始是某一個遊戲軟體設計怪工程師來找乜幫忙設計一款名叫《麒麟人神域：鄭和南京之謎》的遊戲……引用魔幻視覺風格想要再度發生類似意外的南京帝都千年種種的「大」……對乜而言，竟是嘲諷似地不但抵不過歲月或記憶也裝不滿地崩毀沒落衰頹……《麒麟人神域：鄭和南京之謎》一如業餘書寫老祖先鄭和就是身為一個後代的找尋也為此懷舊產生太多的內心糾葛蛻變成遊戲般浮誇的設定回頭證明了祖先彷彿因之成仙的可能……更為無法理解與想像。

也許找尋祖先族譜一如業餘鄭和學歷史研究都只像是一種遊戲……《麒麟人神域：鄭和南京之謎》一種荒謬可笑的鄭和一如唐吉訶德般卻抽去反諷的連被嘲笑的資格也沒有的更為孤寂的不合時宜的全面冒險……蛛網交錯密佈的關於詭異陰森明代寶船機關般的探勘奇淫技巧發明的著迷、入魔的癖好收藏神祕的或失傳的儀式修煉下西洋尋找失落的異境，支撐潰散邊緣然而卻更加危險的夢境與死亡始終吞噬或潛伏……《麒麟人神域：鄭和南京之謎》使他想起太多往事歷歷的辛酸，一如詛咒，一如孤注一擲的宿命……軟弱無力地想放棄又同時近乎瘋狂地貪心下手……即使到了已經進入《麒麟人神域：鄭和南京之謎》破關攻略破不了般最高規格巨作的遊戲最後的階段，還是充滿了想要大修甚至放手的悔過。但是就懸在半空中，或是就像身體完全不能動彈的那種等待的心虛感。

近乎不可能的事也發生同樣地荒謬……最後現身的這一種完全新版的更怪誕的線上遊戲一如《魔獸世界》……但是卻以鄭和的南京為主題打造出各種殺伐攻略戰爭的場景……《麒麟人神域：鄭和南京之謎》是著名大型多人線上角色扮演遊戲一上市就宣佈銷量已達到上千萬套，從而推動的劇情，大災變所引起的翻天覆地的變化使得一座失落多年的鄭和時代的古南京逐漸顯山露水。新版遊戲將玩家等級從85提升至90，還將帶來新的神祕種族：人變成麒麟人和全新的武術職業上師武僧。即時戰略遊戲中嶄露頭角。在新的探險之旅中玩家可以體驗眾多全新的遊戲內容，包括新的任務南京城「挑戰」模式的麒麟對戰系統。

《麒麟人神域：鄭和南京之謎》毀滅領主重新開啟了通往外域的黑暗之港口，燃燒西洋的軍團掠奪成性的惡魔如潮水般吞沒了西洋大陸的部落和聯盟的遠征軍，獲得全新種族的增援，他們越過至其根源來阻止燃燒軍團的入侵。在《麒麟人神域》外域汪洋洶湧澎湃激昂的地獄印度洋海域，東方聯盟找到了多年前便已通過《鄭和南京之謎》重回中國明朝下西洋駐紮於此地的許多官廠，接觸一群不曾參加最初入侵西洋部族外域的遠征軍將《麒麟人神域》部落與聯盟的軍隊和把破碎疆土佔為己有扯入了更大的進入南京城的衝突之中。也有一種不安的心中充滿著《麒麟人神域：鄭和南京之謎》完全違反過去他以為的理所當然的那種……國界被模糊的不一樣的感覺。不是無法評論的困惑，而是他到底不在哪裡的恐慌。或是那神域遊戲場景彷彿是一種南京歷史場景的展覽，一種投影技術3D幻象的重新召喚玩家的過去某些他以為他從不在乎過或是太久以前早已遺忘了的戰略回憶裡的某個南京老地方的死角。但是《麒麟人神域：鄭和南京之謎》死角太多的現場的氣氛太過混亂……甚至內心的隱隱焦慮，這到底是什麼地方，所有他以為的狀態都不是他想的那樣。彷彿戴上麒麟眼強化墨鏡看出去的有色濾光的光景，或是所有東西都不知為何就罩上一層膜保護貼的什麼……不安極端的狀態，像摘除了腦葉切除的局部，保險絲燒壞的收尾善後，所有玩家都不在乎而只有自己在乎的什麼，或許更是難以理解的……所有的問題都不是問題，所有的面對自己的想法再怎麼辛苦怎麼小心翼翼……都不對……在那《麒麟人神域：鄭和南京之謎》遊戲入口大廳。一如夢中的那死角……充滿著煩躁……那遊戲的入口，華麗的某個他也不太記得的彷彿是多年前的為鄭和老家族重新啟動的一個在著名博物館裡的古老展覽，很多慕名而來的群眾排隊等著進場，場內卻充滿了非常接近真實的場景，空氣的不新不舊的不舒服氣味，拉危險請勿靠近的工地意外發生防衛塑膠材質繩子綁住。那古老展覽中的很多問題……南京的老市街地圖的鄭和家族歷史現場重現版本，朝天宮、鄭和墓、馬王府、寶船廠那種種跡象無比模糊曖昧不明的枯樹橋頭花海美景盡頭河邊堤外樓塔太多太多夢碎的什麼……那是某一排更早時代的髒髒舊舊的寶船……最後他終於停在一個《麒麟人神域》大廳的明代歷史精裝版本古籍的木製成牆書櫃。走不過去，走過去無法接近，到底是什麼地方，太真實又太不真實。他有種要解釋清楚這是怎麼回事的緊張情緒激動，但是彷彿又沒人想問想聽的可以完全不用解釋……之後還重新打造了遊戲裡的魔幻場景……

一如：明孝陵。黑暗神廟……在背叛者企圖統治整個外域的計畫中，他建造了一座名為黑暗神廟的巨大軍隊駐紮要塞，舊址為牛首山鄭和墓地道通往明孝陵大塚。在他最信任的心腹其中包括背信忘義的前血精靈逐日者戰敗後的勢力開始逐漸衰弱。這讓被眾人所知為破碎者的長者抓住了機會起身對抗自命的「西洋外域之王」。在明孝陵封印明代餓鬼們的前典獄官、堅忍的夜精靈和先知武僧的協助下一群海員們成功潛入了前帝國的權力寶座，徹底終結了前皇帝背叛者的統治。一如：馬王府。諸後裔之地……追隨鄭和寶船艦隊舊部屬下西洋征戰多年，尾隨來尋仇報復的印度洋食人妖督軍從食人妖首都出發在那準備召集神祕的黑暗力量來重建他的怪物海軍隊。當鄭和專注於對抗燃燒軍團和駐紮在外域的西洋遠征軍時，尋寶者入侵了麻六甲，點燃了怒火，尤其針對回教徒。被激怒的妖正式對馬王府部落和聯盟發起宣戰。《麒麟人神域：鄭和南京之謎》太多復仇怒火沖天的海戰到巷戰……一如慈恩塔、四夷館、寶船廠、朝天宮……在西洋海域的敗戰不久後，食人妖群逐日者潛入回到帝國的主城南京城。受辱的永樂帝寧可選擇放棄他們，也不願如承諾的那樣帶領帝國走向榮耀。妖精企圖利用傳說中的魔法能量的泉源，來召喚惡魔領主進入南京城。透過妖怪共同聯軍的力量——破碎之日進攻部隊部落和聯盟的寶船水兵們勉強地阻止了西洋餓鬼與食人妖的陰謀，並在姚廣孝高僧上人預言者的協助下淨化慈恩塔。

《麒麟人神域：鄭和南京之謎》此遊戲設計南京攻略的資料片的新副本與燃燒的遠征類似，「寶船長模式」也被引入。如上個資料片，所有五人副本都有寶船長模式供玩家挑戰，要進入寶船長模式只要等級到達80級即可，不再需要鑰匙。而所有團隊皆有多人模式。另外在寶船下西洋試煉上線後，開始供玩家自行選擇進行普通或「寶船長」模式。

《麒麟人神域：鄭和南京之謎》增加幾個虫所提出的切題怪異的新角色：

寶船長：寶船長是首個船長職業，玩家要有至少一個角色達到55級才能開通此職業。開通後，寶船長將從55級起始接受下西洋的任務、打擊血色領區的反制，並在最後擺脫巫妖王的控制。寶船長是穿戴明朝官服的輸出、海員複合職業（雖然無法使用盾牌），並使用新的攻擊循環。不同於其他職業的法力、怒氣、能量，寶船長擅長使用六個符文，三種形態各兩個符文發功並會在十秒後重置，也可以如怒氣般的方式使用符文力量。寶船長的聲音比一般玩家深沉並帶有回音。

青花瓷銘文師：銘文學……可以用青花瓷紋製造卷軸、皮紙、雕紋，與其他用具。卷軸與一般怪物掉落的卷軸用法大同小異；皮紙可當附魔用品，對裝備或武器附魔，也可以被放到拍賣場上。青花瓷雕紋有兩種主要與次要。主要雕紋可用來強化戰鬥能力如可增加傷害。次要雕紋為修飾效果如減少上增益時的法力消耗或加強特定情況的跑步速度。

法師和武僧：使用一種叫做「真氣」的能量來釋放諸如「鶴頂引項踢」和「翻滾」技能。武僧精通武術並可使用杖斧錘刀劍等等武器但他們的真正力量來自於他們的拳腳，法師則是來自念咒。該職業將擁有獨特的等級從第一級開始他們能在戰鬥中擔任種種攻略角色。武僧的主要護甲為皮甲，主要屬性為敏捷或智力。該職業需要消耗能量來做出動作，如刺拳和翻滾。刺拳會產生真氣，真氣也是許多絕技所需的資源。所有種族都可以選擇武僧作為職業。

《麒麟人神域：鄭和南京之謎》一如某個夢中的㞢帶著馬三寶去看那些古蹟巡禮，有另外一些奇遇近乎電影情節但是又覺得很牽強，更像是朝聖或是去觀落陰，或是以前小時候被帶去的時候有看到鄭和的鬼魂，或許像是《達文西密碼》在巴黎或是羅馬要解開謎團待解的密碼……就像是一種更怪異的攻略末端的弔詭，㞢對馬三寶說：這個遊戲我玩很久了，就是過不了這一關，你陪我玩。南京是要殺出去的死城的古城……破不了的迷宮般的每一場景華麗的冒險旅程隘口，3D設定的經緯度古地圖變換成的新地圖市街搜索引擎卻是用衛星導航系統定位，永遠都會在疑雲重重困難度極高的評價成就系統近乎不可能地想法子破關……（《麒麟人神域：鄭和南京之謎》一如加入了由遊戲種種的不同角色設定的怪物神獸人食人妖不死族和牛頭人種種所組成的部落，其對魔法十分痴迷並增加了對魔法的抗性也能從敵人吸取法力並使對方沉默）種種問題重重難關出生地位在南京的馬王府或是朝天宮或是明孝陵地宮內的玩家可用的職業有尋常牧師法師術士獵人盜賊與聖騎士之外……還有武僧上師。除了盜賊以外其他職業皆需要法力值代表他們對魔法的痴迷。

那個手機上的《麒麟人神域：鄭和南京之謎》狹窄螢幕中卻充斥著太多太多撲向他們的巨大怪獸，另一種龍頭蝎尾船身長相的面對攻略的玩家寶船長在更多細節問題還沒法想清楚……就必須接受現實挑戰的開始攻略顯現出來的最終形態領域中……㞢始終還沒有就緒就要離開，端詳另一端的雲端不知為何彷彿還有一個個飛行或航行於南京城天空或河道的船身上寶船長都和船員水兵同時拿著武器砍殺，往前衝撞毀。但是打了一關又一關的遊戲……越來越可怕的敵方，最後還是要面對最荒謬的狀態：那種無奈地……他發現了他打的對手敵人竟然就是長得很像自己的祖先們，穿著不太一樣的官服，不同官階文官武將插旗佩劍騎馬的朝服，但是也可能只有他自己，在破關的遊戲中的那種感覺詭異的另一個自己其實不知道發生了什麼事，他不知道為什麼會同樣出了問題。

有的甚至一開始《麒麟人神域：鄭和南京之謎》角色的遊戲設定為族人自稱咸陽世家的鄭和祖先們。（那個自己也可能是設定成鄭和的回族阿拉伯名為哈兒只馬哈茂德贍思丁的自己的先人祖先們……設定角色為鄭和的考證出六世先祖賽典赤．贍思丁，元朝初中亞的色目貴族，是布哈拉不花剌國王穆罕默德的後裔後追封為咸陽王。（長相那麼莊嚴肅穆的回教教派長老穿著雪白的教服騎著汗血寶馬的沙漠貴族世家講究衣著）設定為曾祖父伯顏、祖父哈只米的納、父親米里金，都歷代在元朝當官……襲封滇陽侯（已然受封地穿戴元朝的更華麗風格各異的金銀獸首螭頭官帽朝服甲冑）。挑選各種古代著名兵器的長矛盾牌彎刀蛇形劍方天畫戟刃口閃耀光芒照耀的炫光……遊戲可以選擇那種更致命武器而且還刻意隱瞞身分去弒父滅門般地不斷地和自己太過複雜高不可攀身世的祖先戰鬥的樂趣和苦惱……往往令人更亢奮但是也雷同更是導致精神崩潰的邊緣……這種《麒麟人神域：鄭和南京之謎》攻略遊戲都不免終將出現太多漏洞懷疑起更多會讓人感到意外地發生過什麼……間接傷害。一如副作用的風險太久太深訓練塌陷的腦細胞頭部受傷後四肢癱瘓會讓自己變得充滿幻象：天啊！那都只是暫時性練習。種種危機都必然是一種激烈衝突的美感倫理問題的怪物學習……遊戲的玩家們都只是暫時性地交出自我……一如用老祖先的化身如何去看待在遊戲裡完全瘋狂的子孫後代的死命殺伐……

ㄓ說，《麒麟人神域：鄭和南京之謎》使那段時日太疲倦的他常常在夢中遭遇也跟著去打怪的很多玩家一路攻略中殺伐……遭遇了很多奇怪的鬼東西，但是他有點心不在焉，南京太大太遠，走好久的他陪著打怪的玩家一路在幫他們解釋，但是他們越看越不耐煩或許說也看不太懂，ㄓ後來好像認錯了一個麒麟人，所以一心慌就講錯了某個破關的謎語，害他自己非常地心虛，副作用更多後遺症的不好意思後來開始下雨了，整個南京都是泡在水裡面，鄭和古蹟破關的古代建築物變得非常地危險，但是所有人都不在乎，繼續在打怪，最後淹水淹沒了明孝陵所有參道的石像大將大臣們，他要去找救兵，經過另一個馬王府的鄭姓長輩家正忙於準備儀式般地費力地在洗燒瓶中太多太多泡麒麟幼獸的屍體，那是寶船廠太遠太大的一片整條的走廊，㞢跟他說對不起，要走過去找救兵，變得很不好意思。有很多馬王府的後人在老寶船廠各個角落做奇怪的船身殘骸散落可以拼接起來再啟動緊急機制的機關，一整面牆怪異五金不明功能的船體零件，一個一個滾出來的黏稠出土的陶器瓷器碎片散落的時光儀模型，還有一個睡在稀有金屬板正中間歪斜桁架的船工老更費力地討論了幾塊鑄字黑鐵的角度怎麼焊在一起像煉丹一樣的某一個在做奇怪化學的實驗把金箔燒成灰燼反覆鍛燒冶礦的鬼玩意兒觀星用的「古鄭和儀」，有一個想聽他說些什麼的那船工跟他說他今天狀況不太好。為什麼講的話很少，他很分心，老眼昏花地也是好像在想事情，其實很心虛，因為看到太多老寶船沒救的零件一如南京老泡在大水沖毀的長江水患的可憐……其實心情不太好，但是還有更大的問題……

其實㞢一直最想去馬王府的遠房老人親戚們在草擬的一個他也聽不太懂的麒麟人神域法案，好像只有他在堅持一些所有人都覺得不太重要的攻略，好像所有的親戚長輩老人們都堅持要修改什麼麒麟人神域的謎樣咒文上千條的古代條文，其他人都看不太懂或是不在乎，最後反正只有他一個晚輩的後人在堅持，也只是說玩家們去商量一下，讓他非常地生氣，好像所有的事情都不重要，只有㞢在發神經，後來他就變得非常地沮喪，因為接著有去打怪，就變得非常恍神，跟他說奇怪的打怪之前的一堆陌生而搞不清狀況的玩家們，花了那麼長的時間在解釋些什麼，所有破關神域遊戲艱難關口都很像是一個玩笑或噩夢或就是惡作劇，太多玩家那麼認真而馬王府先人是那麼不認真，都變得有一點距離，這就是他開始懷疑自己怎麼會在那個地方，用那種角色在講那種的話，到底是在為了什麼堅持什麼，或是在討論什麼好像馬王府長輩們沒有人聽得懂的破關攻略……

❖

一如南京城千年惡運纏身的縮影，所有厄運也找上他的ㄓ說他得了某種怪異的同時的嗜睡症和失眠症。一如鄭和老祖先的噩夢找尋正要入睡的馬王府後代子孫的沉迷……那一個噩夢他好像醒不過來地始終心慌。ㄓ說：夢裡，我和那麒麟人神域中怪收藏家主人邀請了一群他的怪朋友到了一個非常華麗而精雕細琢地像老宮殿或老廟宇般的老房子，建築體後頭蓋在風景絕美而氣象萬千的山崖上而可以從某些側廡的廊柱曲徑通幽地連接到了一個深邃又優雅的山洞，洞裡是一間間彷彿古代留傳下來某朝代最奇幻的墓穴或石窟寺裡珍藏的寶物密室那種種更美更昂貴到近乎令人不安炫目的怪房間，尤其是多年來從西洋或南洋像國寶搶救般地苦心近乎賣命地收藏好幾代好幾世的鄭和的古董……埋身在地洞裡不知有多深多遠到一如迷宮般的長廊和曲曲折折的樓梯末端。ㄓ始終對一路跟著他們所參觀到一如遊戲中隱藏版祕徑的奇觀般風光感到非常地好奇而心動，但是不知為何裡頭始終有一種說不出的古怪，一如空氣中的光線仔細打量時就老是有不明風吹入般的怪異地閃爍不定，一如走廊一路走老是有種奇怪的腐敗蟲屍和花香混合迷亂的怪氣味，而且一路都沒有看到有僕人或家人或任何活的如盆栽或寵物的植物動物，就像是在一種太過死氣沉沉的死穴般的地窖或異地，然而，最奇怪的事情還是收藏家主人提及的那些洞。那老房子和斑斑駁駁的牆上有非常多的大大小小的洞，各式各樣形狀的深淺歪斜，像某種陶藝家精心捏陶捏出的破口，或可能原因所出現好像老時代被挖掘或地震裂開過或長時間的腐蝕成的怪異極了的洞，已然被毀棄甚至遺忘太久，但是仔細看仍然非常地美，或許也非常地危險，那個主人叫ㄓ去幫他打理更多他的老祖先鄭和的老家族古董或是找人來裝潢那些洞，可以做出引用寶船或麒麟種種傳說形貌的古燈或列柱或是雕刻或是奇奇怪怪的別的什麼都好，或甚至可以做成一個比較特別的好像洞裡面的洞，或從洞裡再長出別的什麼像更小但更精密的三寶公石刻佛龕或更繁複可以放珍貴珠寶或佛骨舍利或歡喜佛之類的七重迷你縮尺寶塔。但是ㄓ一直遲遲沒有答應，因為ㄓ在想的跟他在想的完全不一樣，ㄓ在想的是這些洞還是可能會使這個房子或整個山洞倒塌，或是這些大大小小的洞裡面還有別的什麼奇怪的蟲或獸或妖躲在裡頭，要做入那些洞就要和那些藏在裡頭的鬼東西周旋，可不是一件容易的事。而㞢始終覺得好累卻又還有別的事情在忙，老覺得會辜負了麒麟人神域玩家他們的託付，或許就是心中始終有一種說不出來或我也不了解的原因沒有辦法答應。或許我只是擔心有一天做到一半突然從那些洞裡面看到某隻恐怖的活的什麼探出頭來。

那一直安慰㞢別擔心的主人最後只帶他往最末端的密室走去，說要給㞢看一個更奇怪的洞。然而跟了他又走了好久才走到那暗黑的路的盡頭，有一個更巨大也更隱密的主人房間，巨大的老木門手把是用鏽蝕古鑄銅灌鑄成的一雙手指比出奇怪手印的上下顛倒的手掌在門縫兩側，充滿了各式各樣像是古代淫靡後宮般的色情暗示，或許這是一個譁眾取寵到近乎誇張的玩家隱藏版後宮汽車旅館房間，但是㞢始終搞不清楚為什麼他會到這個地方來。那怪房間有點氤氤氳氳地隱隱約約的裡頭有很多古代的長型細木圓筒型的雕花鳥籠，而且有大大小小不同形狀和顏色的變形鳥籠的裝飾變奏般地出現，甚至，還有很多成群的燕尾蝶飛起的身影用透視角的繪聲繪色地精巧地繪在長牆上，甚至蝶身變成燈具或變成花器或變成燭台上的圖形。不可思議的角落還有種種的令人吃驚。甚至更後頭還有一個露天小花園長出很多奇花異草，還有櫟樹，樹枝後的牆上都是很昂貴的大理石或花崗岩，甚至在牆旁一張非常誇張的鴉片床，用酸枝木雕刻成的吊衣的老木托架，光影投射而出現方式非常地複雜。有的是從牆邊的蝴蝶剪影的一如暮色的餘光，有的是從花園的某些不可能角落所漫射出的瘦長昏黃光芒，有的從浴缸般那葫蘆形水池的特殊弧度中投影，所浮現的遊戲中角色扮演的種種牧師法師術士獵人盜賊聖騎士武僧上師寶船長青花瓷銘文師幻影時而出現的閃爍光暈重重疊疊的迷離。但是在光影迷離的最死角，仔細端詳竟然盤踞了最荒謬的光景，那是許許多多從熱帶叢林找來的蛇木，老木幹身纏繞了蛇身般攀爬的蔓藤曲木，曲木正中心環繞著一個黝黑的洞口，有種非常難以描述的令人不安但又很想躍入的引力，充滿了暗示，非常地詭譎動人的暗示。尤其上頭卻有很多紫色細條狀的光纖所發光成一如流線形雲朵或就像銀河般波紋的奇幻光梭，就像一朵祥雲或邪雲般地正充滿誘惑地向㞢揮舞般地揮手。

那麒麟人收藏家主人露出某種奇特的淫邪微笑對ㄓ說，他最喜歡帶女人進到那洞口後頭的黑暗裡。為了不要被三寶公淨身的不幸身世所詛咒……那主人最後說，我老是喜歡帶女人（或許母狗母狼母羊母獸都好……那收藏家露出無限詭異的微笑地吹噓著）的最喜歡的體位是那個洞口外她趴在等身高的鳥籠上，我趴在她身後插入。一如在一個荒島的野外的野合，樹下，草叢的幽暗的光影從鳥籠的細桃木枝籬照入而投影在她身上，一如某種血絲參參差差地滲出。或是在那張很大的鴉片床上，我斜躺在暗紅絲質抱枕而那女人最好月經來的那幾天，叫她們坐在我臉上，我最喜歡舔她們的私處汩汩流出的血。

ㄓ一邊聽一直不太能專心，或許是他說了太多離奇的話，太多令人不安的故事，或許只是ㄓ因而有太多心事分心了，或許更因為床前還有一個液晶螢幕太大的電視，那時候的音響出奇地震撼而逼近，奔馳的蹄聲跑過險峻的長坡，最後還跑在大海的浪濤之下，那時候正在放一部遊戲改編成的特效電影，所有牧師法師術士獵人盜賊聖騎士武僧上師寶船長青花瓷銘文師玩家角色們同時3D現身的時空交錯複雜的中國古裝下西洋宮闈中千萬部隊衝鋒陷陣的塵埃滿天，所有殺氣騰騰的中國人或西洋人都猙獰著怒目滿臉殺氣地向前衝而且都騎著狂奔的戰馬。但是收藏家卻仍然怪異地還是對ㄓ炫耀：我的神獸般戰馬可是這一種，常常進房邊做愛邊看這種電影的我們就坐在這像馬鞍型的弧度古怪極了，電動按摩椅當八爪椅用的這種馬其實是一種遊戲中最頂級的麒麟神獸化身，最後那主人更笑著說，還是范冰冰代言的喔！

ㄓ說：那個噩夢太逼真地逼近……或許就像遊戲附身在沉迷攻略而完全不睡玩家們的熱烈，都是同時進行地極度神祕地被下咒般地可怕。一如《麒麟人神域：鄭和南京之謎》的玩家被懲罰其從任務中逃走說謊偷渡各種不同的刑罰：輕則仗打重則車裂，但是更扭曲噁心的只吃惡臭飄散榴槤或是旺雞蛋活屍甚至吃麒麟人肉……但是所有的玩家們，最害怕的是被逼著七天七夜鎖入在鄭和墓的地洞中傳聞有各種囚禁怪物的牢籠實驗研究的古怪密室……有時候一如《麒麟人神域：鄭和南京之謎》遊戲裡引用的傳說中最膾炙人口的典故是……牛首山鄭和墓至今月圓之夜所有的寶船六百年前捕獲帶回來豢養的種種西洋的怪物都會跑出來……同樣長滿獠牙的惡龍邪神妖精吸血鬼獨角獸……還有變成怪物首腦的那三頭張口可恐怖地噴焰的火麒麟！

鄭和鎖。寶船老件考。十六。

鄭和鎖是最傳奇的老式魯班鎖演化成的離奇又迷幻的變形鎖頭，姚廣孝在鄭和鎖上下了咒，打開「六子聯芳」指頭般的鎖榫之外還要虔心念對咒語才能開鎖，因為鄭和鎖有高僧鎖入的畢生救命神通，神通廣大到甚至可以鎖住空間也可以鎖住時間，鎖住過去與未來的流失，甚至救命剎那的可以鎖住下西洋永遠危機四伏的回憶中的晃動恍神與流離失所……鎖住那如何打開深海中邪惡祕塔的祕密。

夢中的鄭和感覺到好像另外一個鬼地方的什麼在流失，但是他不知道另一個鬼地方在哪裡，只是感覺得到……甚至那裡的時間也在流失，事實上他什麼也不能做，而只是在那個鬼地方感覺著那裡的人繼續開心地在做一些蠢事。並不知道他們的寶船風吹船帆的晃動震度顫抖讓他感覺到某種恍惚……一如沙漏中的沙已然快速但是解離流失的單位太細微到必須要遠到夠遠的距離仔細端詳才能真正體會到地打量那種流失感。

但是，另一種更逼近的真實是……鄭和彷彿已然正困在這一艘寶船上頭，但是他並不是艦隊司令而卻只是一個太過心虛的水兵，困在剛剛離開麻六甲官廠的寶船甲板上曝曬海中炫目長空烈日令人無限暈眩之中，他無法理解自己的困難重重的困境，始終好像因為某種非常微小但是卻仍然非常費事的事做不好而被懲戒處分抗告駁回地禁足而必須忍耐持續在上工，一如既往就費心費力清理船艙身還必須耐心擦亮甲板及其舊木頭扣環船艙種種繁複鑄鐵零件近乎不可能的鏽痕。就這麼無奈地上工到最後……終於有另一個形貌疲憊不堪到近乎衰弱的老水兵來甲板末端想法子幫忙，但是終究只是在旁說閒晃般的尖酸刻薄閒話還沒完沒了還始終重複，但是他卻仍然還是安慰鄭和說別害怕……他以前也是這樣疲倦久了以後就會變好，但是鄭和內心知道這種狀態的困惑是不會變好的，他會持續這樣的犯錯，相對這個地方在想的種種問題重重的死規矩。後來鄭和才又發現，那個老水兵就是姚廣孝，而且始終擔心地暗示他非常凶險的災難即將來臨之前必然要守護這個只有他們兩個人隱隱約約感覺到的終極祕密：打開這種流失感的破口將會為這艘寶船帶來全員近乎屠殺的瘟疫所導致的無可想像的死亡。

姚廣孝沉重地揭露了無法理解也無法抵抗的如影隨行的惡神非常殘忍，他理解這種唯有他們兩個人才感覺到的流失感的艱難，因為其他水兵們不可能像他們對惡神的依然心存敬畏，而且這種流失感的祕密應該要永遠保持祕密，甚至或許過去曾經有過感覺到這種流失感而想去找這個惡神遺留下故佈疑陣祕密的老水兵們都完全沒有回來過。姚廣孝對鄭和說：你這個流失感的祕密太古老……那可怕狀態是由一群活在海的陰影裡的惡神所豢養的妖怪所保護，寶船一旦航入那種狀態持續過久就會陷入那種危機，陷入無限流失感的海……在太混亂到更遠更深的那種海中的鬼地方近乎瘋狂……完全沒有晴雨沒有日夜晨昏沒有風沒有方向……一如一種死境……陷入就沒有可能逃離。鄭和始終無法理解為何他會陷入這種混亂……開始時只是一直覺得下西洋是一種淑世般的心願或許有可能有問題會意外陷入遠洋海中的種種鬼地方……但是他不知道是不是刻意的下西洋這一回一回都可怕得離奇……海的深入及其旅程的開端和收尾都太過離奇……情勢升高緊張關係到近乎可怕費解現象的種種影響……始終作祟。

為何鄭和自己需要死命而且只能單獨去承擔這個沉重的負擔，一如還就必然要偷偷地把一個永樂宮中攜出鎮邪古代的鄭和鎖丟入那古代深海中石塔尖……以其幻術鎖住逐漸消失的洞口移動，鎖住其速度減慢到那流失中的支撐西洋最深的祕塔身的裂痕擴散到已然快垮了的危機。鄭和曾經在某回掉落深海之後發現整個比深海更深的海底洞穴的重力失控而且墜落下更漆黑的鬼地方太過難以想像……那是傳說中的流失感最末端的死亡之洞口。攜入那個鄭和鎖用古代魯班鎖法祕密鎖住祕密塔身洞口裂痕的人都一定會犧牲。因為他不能把那個鄭和鎖所支撐的幻術及其打開的迷失感帶走，甚至他自己下手去挽救那種困難重重的絕境也仍然還是無法理解也無法脫離……自己所深入的海的更古老的詛咒。或許相對於那古老的詛咒……所有鄭和過去所堅信下西洋的信念和理想都可能不是真的，因為他不能為了這虛幻的鬼東西而犧牲他自己或是他所敬重的老水兵姚廣孝，即使他在夢中還不是修《永樂大典》的大內高僧而鄭和也還不是史上最大寶船艦隊司令……但是鄭和在不忍心最後仍然失手在塔尖墜落犧牲了他之後陷入恍惚狀態，最後還是沒有決定的他仍然還仔細端詳著那個鄭和鎖，一如姚廣孝堅稱：有些鬼東西還是不應該被鎖住或許是不應該被打開……一如另一個鄭和始終不理解的另一個鬼地方、另一個寶船陷入的時間無法抗拒的完全流失感，一如致使流失感非常明顯地化入黑洞般暗黑的惡神多年前對他們下西洋早有必然犧牲的預言……只是鄭和沒有辦法理解他們雷同的宿命。

鄭和在墜海的剎那中，彷彿陷入到某種泥濘到完全無法掙扎抗拒的液態的神祕沼澤底。他只是一分神就在海中長空烈日當空下出錯，被催眠般地失神從甲板上工的疲憊不堪中暈眩然後掉入水中，然而就在水底窒息感卻仍然暈眩的他卻同時清晰地看到了費解的光景，那是太多在水中死去的鬼魂變成蒼白又慘白的肉身及其掩泣悔恨的可憐低音殘影，那是那麼多非常悲傷絕望的下西洋歷險亡故寶船艦隊部伍屍首被投海的仍穿著泡爛斑駁明代兵服的海員們……亡靈們伸出不知是援手還是殺手般的一條一條彷彿是鄭和鎖那糾結桃木製木條的長手臂給落水的鄭和，一如那鄭和還依稀記得的鄭和鎖源自古代「魯班鎖」正是早年打造寶船的老木工師傅授徒時讓徒弟練習榫頭製作仍然代代相傳的工法。尋常「魯班鎖」是一種古代留下的工法中以三軸組合舊積木形式以六根一組的「六子聯芳」最為普遍但是也有七根八根九根十二根甚至多到二十七根甚至數十數百數千根一如千手觀音長出萬根手指般地繁殖繁複組合形式地充滿玄機……但是海中亡靈們卻又彷彿只是用死後不甘心闔眼的蒼白瞳孔死盯著鄭和，用鎖般成千上萬根手指拉著他讓他完全無法動彈也不能呼吸……

到了最後慢慢快要失去意識的鄭和才深深感覺到墜落海底的再細微隱約的悔恨都非常危險，因為淹沒鼻息的死亡那種痛苦充滿了憤怒……一個被詛咒的過往非常老的過往，全身都已經充滿因為憤怒而可怕扭曲變形臉上的皺紋，太多一生怨念的不明犧牲奉獻那種海中的莫名死亡一定非常地痛苦。沒有人知道亡靈們一如鄭和墜海在海的黑暗中受到沒有人知道其用心良苦多年近乎殉了這下西洋任務的那麼委屈……到了冷漠絕望的最後關頭已然放棄求生念頭掙扎而失去意識剎那間的鄭和才被救回海面……那是姚廣孝又再一回死命地救他，突然祭起最厲害的法術才能從甲板上拋繩再從海中拉回了已然陷入死亡幻覺中的他。

那個埋藏流失感的深海祕塔始終太過神祕……一如海的自身的隱喻……那死境般的鬼地方非常古老充滿的記憶也充滿了憤怒，那像是一個古老的海藻密林，在分歧的巨大黑暗藻類一如樹根般地糾葛纏繞之中，鄭和才深深感覺到那個古老的海中祕塔旁的海藻密林比墳場還要更沒有一絲絲的生氣……

他彷彿聽得到姚廣孝的悉心吩咐……千萬別跟那祭出祕塔的惡神講話，祂會對墜海的水兵們下符咒的咒語使他們回頭彷彿就看到炫目的海上日光般地獲救，但是其實那是幻術……只要在海中婆娑的炫目晶瑩白光投射之中動作夠快他們看到死去的自己肉身就可以復活，但是姚廣孝對鄭和說他不可能知道他被救出是在沉沒了多久之後，那個祕塔旁流失的時間感是一剎那就竟像一時辰也像一天都像一輩子那樣地既冗長又瞬逝地……不可能生還。

但是鄭和最後竟然還沒有死……或許是他下西洋的使命還沒有結束所以才又被救回來。雖然就算姚廣孝沒有出手……鄭和出宮以來攜行的有咒語守護的永樂帝宮中攜出的妖幻一如長出萬根手指可以鎖住也可以打開祕塔祕密的鄭和鎖最後終將會回來救了他……但是海中惡神祕塔邪術的流失感太過莫測高深地流失得更深……被救回的鄭和可能已然忘記過去自己的名字甚至也已然完全忘記自己是誰？

末篇。鄭和部。三寶山。

三寶山那麼陰霾充滿……問津近乎無人、無人稱、無時代、無時代感……的荒謬又荒蕪。一如滿山遍野的小字小幅嵌入石頭中的漢字樣：福神。后土。在滿山墳墓旁的字樣小突起丘陵。依例在墳地左方。充滿了老時代規矩……然而使充滿狐疑的他怎麼想像。

到底什麼是鄭和真的留下來的……

這是明代官廠留下來的在這時代的光景。沒有朝代沒有古蹟沒有遺址……所殘存的一整座墳山，三寶山，太多的以訛傳訛的謠傳，然而卻必然也仍然是肅穆極端的風水，最後寶地。充斥雲霞如廟宇屋脊的天兵天將神祇般地叱吒……西洋人無法理解也無法言喻的怪異官帽形的墳地。滿山遍野的墳丘，碑文都是精心寫就成詩句的漢字，或許明代開始至今以各種血緣遺棄地遺留成的光景……甚至，都是當年在麻六甲這個老港口留下來的後代，傳說中的更追尋其血緣如古董鑑定、把脈、辨識，絕非後代所謂的雜亂更替葡萄牙荷蘭英國日本種種殖民地半殖民混血又混種的種種子裔。

然而，埋藏在更深的地底或歷史底層。更多細節。一如入山的兩側就有雙墳墓在路兩邊。滿山遍野不對稱又彼此青龍邊白虎邊相鄰相扶的墓碑墳丘，碑文上的祖籍都在老中國，廣東、泉州、佛山、漳州……的花果飄零感。墳形也很像地官帽弧形的土丘陵雙扶手連接成一弧度前庭，左右有漢字對聯。中間墓碑的三行主碑文用老楷體老隸書老魏碑的燙金字……然而還有閃失、離異、殘缺不全如人間嘲諷那更多……一如沒有墓碑的墳墓的更加鬼魅荒涼，碑文模糊，碑石斷裂，縫隙誇張地裂開，甚至完全被挖空，剩下嵌入石碑兩側的矮石塊。斑斑駁駁而野草蔓生的墳地，間歇燒得焦黑的樹幹、香腳、冥紙餘燼無垠翻飛……蔓延到更深更荒蕪的林間。

一如無人問津的更久以前，已然沒有後代想得起來的過去，太遠的遠方。六百年前，寶船初臨的明朝初年……那些墓碑已經破掉的憤怒、流離失所、荒謬浪擲於大航海時代的孤島感……更抽象到只是像被外星人活體實驗失敗、被奧林匹亞山上神祇臨幸遺忘、被活佛轉世再投胎成的靈體落選，致使那消失太久到近乎不存在的祖先只留下了一種傳奇過度的傳說，沒有更多的說服的歪斜香火迷茫……或許只是等待太久……的孤兒被遺棄感。更無以名狀的被遺棄感……更迂迴曲折也更難以明說的謬論般……更像寶船和那個老時代下西洋的遺憾收場，或許也更像鄭和的始終被離散遺棄的一生的命。

M老說她太過模糊不清的身世裡只記得鄭和在麻六甲某個老地方留下了一個怪腳印，在某一個老廟、某一座老山、某一口老井前。

小時候在麻六甲的她所長大無奈的身世那麼怪異又那麼逼真……即使對她的一生始終是一個遺憾的遺址……一如她從小在麻六甲長大的中國人的可憐兮兮移民家庭暴力殘骸散落全身內心深處對早已習於癱瘓的太遙遠角色，小到還沒有意識到自己是中國人的精神狀態……涉入對那個老地方的某種故鄉切割入戲太深的流亡南洋的種種移民亡命感。

M老埋怨……鄭和不免是太過古老到充滿猜測遙遠的過去彷彿只有念歷史才會念到的那種古人……怎麼說或怎麼找尋都和現在的她沒關係的古代的遺憾……或許更深的歉意的狀態是一如小時候雖然從小外婆帶著她們去過但是不太記得的那一座很龐大的老三寶山墓地，那一帶可能跟去掃過墓但是拜的是母親還是父親那邊的老親戚從來不清楚，甚至也從來不記得是誰……

只記得山路很難走，野草很銳利會永遠割到身體地充滿危險。拜拜燒香永遠會完全失控到像失火地恐慌火很大到不行了就逃離……事實上那三寶山她長大之後就再也沒回去。

還不曾感覺過華人和馬來人和印度人和更多別種人種的差異是怎麼來的，充斥著語言不通的問題重重，長相怪異黑白黃色的區別，更深層次分明的不同拜拜的老觀音廟或舊天主教堂或清真寺或印度廟全然迥異的神及其神通……小時候同學的生活或玩耍的越界的什麼……華人那一區老城的狀態，在麻六甲童年裡太多太複雜充滿心事的大人們講到祕密就講福建方言。過年過節拜拜的都更是從中國流亡落地在這個鬼地方所充滿辛苦但是一生都必然是祕密的過去。因此在麻六甲只是去走得到的老地方甚至最熱鬧只去中國老廟會。

外婆千萬交代「清真寺絕對不能去」告誡童年的她「只要信了回教就完了」，不但自己要信一輩子連好幾輩子子孫也會變成是回教徒地完全離開家族身世的永遠叛逃……M說童年時光荏苒中依稀記得的印度人也很少往來是因為小時候老覺得他們很黑很臭，但是反而會故意學他們說話怪異的發音和姿勢扭曲變形的動作和太多太多更離奇的怪現象，一如他們老用手吃飯老說話搖頭晃腦微笑但是一交心地交流卻只有好吃的外婆包的餃子會吃……M說她從小所混的老街從來都不是尋常觀光客會想要去的鬼地方，落後破爛不堪的巷尾廢墟的他們自己去玩的更隱藏的更深的地方更怪的傳說故事的最後可能……那彎曲河道的古運河邊緣，麻六甲海峽的海岸線的更小時候玩法，在那古代三寶山頭上望下的歐洲老時代破爛教堂廢墟的廣場遺失的美好時光荏苒，或許還記得的娘惹怪異的混亂狀況更炫耀富貴榮華扭曲華人流變老嫁妝及其建築，其生意興隆頹敗的那條老街傳說的更深更怪的真實感……或許就是：鄭和，一如太過激烈的古代傳說中的大人，就不能再更深更無心逼視三寶廟、三寶山、三寶井……甚至鄭和博物館那些給觀光客看的鬼東西，她始終應該都很厭惡……她小時候的印象是什麼？她的老祖母或老家族怎麼看待這些鬼東西……從榴槤冰上的寶船噱頭廣告紙板DM，到甚至滿山遍野中國墳墓的三寶山頭上無窮無盡蔓延擴散的墳地……

M說：「麻六甲太老了……那是我的老家，從我有記憶以來，甚至還不會走路……就在麻六甲長大地陷落在那鬼地方的童年……」她說她還念書前一直到幼稚園才搬到吉隆坡，童年完全就住在麻六甲那最貧窮外婆家……外婆乾兒子太壞但是他們兄弟都太疼她。最充滿諷喻的隱喻是麻六甲最昂貴那家老街上榴槤冰太有名的老店是他們父母開冰店。所以一起在古運河畔玩了一整天之後老請她回他們家吃她最愛的最臭的榴槤冰，外婆老是害怕他們不小心就會帶壞或至少她一定會吃壞肚子……由於那老街不知道哪裡來的水做成的好吃的冰卻因為永遠太骯髒到一定會生病地不衛生。外婆的乾兒子他們很不愛念書但是她老是會跑去找他們玩，甚至還會跟著在老街去到處吃……大多數都很喜歡其實都只是中國進口的那大陸做的很糟糕的怪點心怪菜色的神祕兮兮，就一如那老街上有很多老會館太多太多種種中國南方下南洋的原鄉的那廣州漳州泉州會館……種種怪神明鎮守的怪廟身所充滿更深更驚人的神祕兮兮。

神祕兮兮……一如她和外婆乾兒子們常常一起去的另一個老地方……在麻六甲海洋博物館裡有一整排大航海史上的名人畫像。鄭和始終是其中之一甚至是比較不顯眼的唯一中國人。其他大多是歐洲的船長、大公、航海家、環遊世界過的水手，還有一個麻六甲的海上廖添丁之類的民族英雄所對抗種種暴政的穿土著衣服的土人，反抗當地政府，反抗葡萄牙荷蘭英國殖民地政權種種身世成謎，行蹤、飄浮，身穿的半土半洋，像加勒比海盜的強尼戴普那種髒兮兮的亦正亦邪感……相較於這段西洋著名船長們的歷史及其歷史觀……鄭和顯得那麼地不清不楚近乎退縮又老匆匆忙忙地來過又走了的輕率，沒有更緊張兮兮的心機及其物質基礎周旋屯田生意算計，比較像一種神祕莫測的祕教宣教，展示肌肉賁張但是不打架不搶劫搶親，自以為是狂妄宗師式的天真……在連基督教和回教都那麼積極地宣教近乎搶地盤地光怪陸離神祇的這老殖民地。

六百年之後的鄭和熱其實是另外一種完全不同的發現，甚至是一種發明、一種沒有發病的病……

M說她始終記得外婆帶小時候她去老三寶廟收驚的那回……那老廟裡頭太沉了的香火氤氳瀰漫，使得收驚完離開以後她那一整天都一直很浮躁，彷彿整廟外頭沒有什麼是重要的，太陽極大而空氣極悶熱就搗亂了太多太複雜的餘緒像是某種特殊效果的焚燒……她腦門後頭的更心虛而不安的什麼。或許，是因為M太久沒有來那老三寶廟了。這裡那麼地沉重那麼地神祕。那老三寶廟對麻六甲而言充滿了太古老的隱喻……像某最老的神話種族的起源有關的地方的太古老地沉湎而難以逃離難以辨識的更真實但卻更奇幻的什麼。

M的外婆永遠太老也太忙，一個老人養太多孫子，照顧不過來……因為太過可憐兮兮的外婆一個人帶六七個小孩，早年的跑海認真但是墜海的水手外公很早到三十幾歲就走，太多更過去的時光更苦，外婆的母親是近乎不可能地從大陸福建逃到馬來西亞。一路逃亡中死了太多孩子到每回一提起過去離開中國的任何一種破口的剎那地外婆一講到以前的事都會失聲落淚地痛哭。尤其在那老城麻六甲的某個死角的她們家，一開始那是一個照顧貧戶所蓋的老房子。她們的老家其實就是嵌入一棟老舊很多層樓很多房間的充斥鬼故事的凶宅……那種悲慘命運多舛的破爛不堪印度乞丐、跳船偷渡入境的中國漁民、接客私娼及其馬來幫派不時火拚的毒梟老巢穴的充斥不安的被時代遺棄角落的老房子。甚至因為樓高可以遠眺古城老街古運河和麻六甲海峽的彩霞海天一色的炫光美景，常有人到九樓去浪漫地死心徘徊約會，但是也有人到九樓去死心絕望跳樓。

M說，近乎瘋狂又近乎不可能的命運多舛的巧合，有一回小時候在陽台發呆的時光荏苒的她還真的看到過鬼魂……但是那時候還不知道那是自從有一次當場看到過一個私娼受不了幫派虐待接客而死心往下跳的悶熱午后的某一天……之後，就常常看到一個個往下跳的動作緩慢彷彿在跳水縱下般的男人女人……都是那老房子裡身世成謎團的流亡移民的可憐人……但是她還是始終沒有跟外婆說。但是就常常害怕到成天疑神疑鬼地擔心有一天她也會被跳樓的人找去跟著跳而鎮夜全身發抖而失眠……

後來被逼問下一說破就被外婆怒叱為什麼不早說還就想法子帶去最靈驗的老三寶廟收驚……

M說她老會想起那一回怪異現象層層疊疊的浮現，尤其在去老廟收驚前路過的一家舊城末端老街上的老佛具老店那些傀儡神明們巨大頭顱巨大佛衣金身仍然還是令人覺得很充滿神通地毛毛的……

尤其注視祂們的瞳孔時的M仍然還在等候收驚。廟裡的古中國神祕神像都很凶神惡煞般地凶狠但是又極肅穆地令人肅然起敬，前方神將大仙尪仔的七爺八爺，主祀的三寶公外還有太多中國老神明們的臉孔黝暗肅殺近乎可怕的種種城隍八司官大仙文武判官范謝將軍馬使爺諸多神祇。甚至還有老三寶廟的古蹟上的太多古董般的老字畫和種種梁柱上的天兵天將群像雕刻。但是祂們的臉孔都好恐怖而黝黑。

外婆說：三寶公最大先拜，之後再拜所有的神明。在廟裡最深的殿內神壇拜三寶公的黑香爐，M說她始終無法理解為何三寶公在廟內供奉的爐前最一尊形貌極端俊美高大弧形腰部雕刻華麗高戴官帽的官人……完全不像其他像妖魔鬼怪的神明那麼令人恐慌地陰陰沉沉。去收驚的那回的那天本來只是外婆有事路過三寶廟想順路進去辦一辦，本來以為只是要填一張度牒保平安符之類的什麼就好，沒想到他們按古例竟然為M在現場做了一趟最古老的法事，本來外婆只是想說M收驚，好像有收就會好一點卻完全沒想到怎麼變成捲入太詭譎到更令人髮指的怪細節。那法事極端冗長中有一個道士戴木刻編蔴舊時代的法帽拿法器念咒。一開始買冥紙時道士們給了外婆紅盤三炷長香冥紙儀式繁複演變出各種符咒牌位甚至神像。還有要直接燒一種繪有老中國鬼魂的紙錢。

奇怪的是還有紙製天兵天將站在那艘王船般的老式厚紙摺的寶船前，船身裡還甚至站了幾個也是紙樣的牛頭馬面鬼卒和判官但是一摺起來竟然變成某一個有風帆起翹的寶船紙樣在插香的一小疊冥紙上有一個個小紙人頭的臉看起來就是代表來拜的信眾苦主，那道士還就對著三寶廟裡眾神明們念完整張安太歲符上的字句，又念了很多消災解厄種種鄉音濃濁的福州還是廣東方言咒法祈句之後，最後回頭就叫M對他手上抱的那冥紙寶船疊上的那紙人的臉呼呵一口氣，她呼了一口，道士還叫她再大力點再呼一口……像是在召喚什麼卻又像是在驅逐什麼，下咒或是收咒她完全不清楚。那時候的她跪在老蒲團上老看著那道士穿的老道袍上的手工刺繡的袍身法冠上的綁麻線頂一艘深漆色木刻寶船形的頂端一如三寶公那種很古老到彷彿充滿神通。

M說，所有的神通不免都太過令人擔心……最後擲筊，前兩次都沒筊，外婆和她心想糟了不知出了什麼事，但是那道士只是把所有祈文再念一遍然後再擲筊彷彿有什麼一生乖張隘口過不了的始終不測……外婆也跪在我旁邊拜案前容貌莊嚴的三寶公好幾拜甚至開始啜泣時……老道士突然開始微微顫抖等候般地抽搐晃身震動，還手半發抖地再度就拿起一杯符水用手指比劍訣噴點幾滴在我前胸再繞我身體走了兩圈又噴點幾滴在背後最後噴點在頭上……後來再擲，才有正筊。

M說：「我嚇壞了，這冗長而我始終太進入或說完全沒有進入的過程，仍然太令人擔心，我心驚肉跳到不知會不會我這一世或前一世做錯了什麼。現在想起來那時候，我才突然意識到我以前對麻六甲或對這裡這老三寶廟的了解從來都太膚淺，太像天真無知的小孩……」像是更龐大的老三寶山下的這一個古廟旁的那些假的老店賣一些假的老東西、假中藥的冬蟲夏草假南北貨。沒有更真心過地更虔誠到充滿恐懼，更不曾許諾過而擔心或擔待些這裡更艱難的過去，自己始終太疏離，也從來都不夠更深入，深入拜拜到真正進入到那個三寶公一如老中國神明們所出沒的神祕地帶。最後買香和冥紙前更仔細看才發現那是一個身上穿有印著三寶廟背心的老太婆好像前一晚完全沒睡，眼神恍惚極了。最後那老道士交代要外婆年底還要回老三寶廟一趟還願……還要把那上頭印有「一心敬奉三寶公下西洋」，但是M留意到她的法事做完，道士就先把那冥紙做的寶船及其船上鬼卒拿到外頭跟著那張寫著她名字的收驚文黃紙就在烈日下燒了還燒得火勢極大極烈。但是，神案旁的另一個老太婆講廣東話又急又躁地和外婆敘舊還始終手摸著陳舊而髒兮兮的八仙桌旁滿臉愁眉不展始終碎碎念說了好久好久，始終在數落她一生跟外婆一樣悲慘從廣州逃來嫁了麻六甲的婆家人，太多太多厄運只有三寶公在保佑她，即使一家都是惡人般的婆婆太凶先生太花小孩太壞……還是勉強撐下去地顧家……

寶船燒完前的外婆和M在等候最後的交代還端詳著那火越燒越烈，M說……她看到整個暗黃紙製寶船上的牛鬼蛇神和她的臉都燒爛還熔化成一團又黑又髒兮兮的紙灰燼，飄在半空飛到老街的那些老三寶廟舊式飛簷起翹龍柱中國建築立面的老雕像前極為令人恍神而看起來疲憊不堪……

麻六甲就像那一條充斥中藥老店的老街的始終一家家太老的怪店倒了收了又開了一家家太新的怪店。悲慟是一回意外發現了一家老中藥店的廢墟，中藥的氣味古怪地喚回了為了測量時光荏苒散發從芬芳變惡臭的怪味的揮之不去的陰影淺淺深深，甚至是老街尾端連老中藥店後院堆滿泡完藥草殘剩潮濕葉草濃烈的殘留枯萎腐爛攤子，然後更深的那一家拜福德正神的不起眼老廟中有太多怪異神明花鳥蟲獸古老刻花的龍身扭曲變形纏繞的石刻梁柱……路旁入口門額仍然有龍鳳呈祥的剪黏兩側還是用毛筆寫著漢字的「福傳南洋望平安，德保六甲佑子民」到了幾年前竟然破爛不堪到變成了雜貨店骯髒囤貨倉庫後院充斥著老鼠跳蚤蟑螂爬行，然後到了去年更誇張地轉手被一個中國大陸金主花大錢把那老廟身進落合院的黝黑長廊山門加裝霓虹燈炫目轉身一變就化身變成了西洋觀光客風靡一時衝動的炫光夜店舞廳……

一如麻六甲舊街頭村裡的老建築被用電腦輸出式的廉價塑膠掛布上一下雨日曬就骯髒雨漬霉斑長滿的半裸酥胸辣妹舞者陪襯的歪扭曲肉身畫面……老扭曲地跑向老街的小時候的她太常被外婆叫去那家老中藥店買菊花茶回家泡。還買最好的追風油就好像萬靈丹甚至可以擦頭擦腳擦肚子都可以……什麼病都可以治癒的天真爛漫但是又始終無法理解……

那種多年後重新想起這種中藥店太過氣味濃濁費解又臭又苦的殘忍……一如某種爛港片快轉般地動用了古老的可怕鬼故事那種有個太小時所遭遇的太老法師在女主角腦中下了一道舊時代的妖符，封住她有關故鄉前世的所有回憶沉浸深藏不明感情的過去，在那貼符的破爛不堪寺廟永世不得投胎地服侍祂。她老是懷疑自己是否甘心地被大妖怪關入廟穴池底，直到不小心所引發的老時代水雷所誤炸了水池中那另一個怪法師留下的封印法器銅印所暗藏玄機的怎麼還有氣息救贖可能的逃離現場下山衝突……在那妖山中的天快黑了要跟那怪法師來不然會被吃了的危機四伏，永遠天黑那麼早即使他們費解地疾奔跑那麼快還是永遠困在妖山說變就變的中了妖術葉海無涯地就是無奈無法破的陣，最後就只好在廟底石塔陣之中用黑狗血潑大妖怪現形，但是怪法師自己一生這麼失敗就是因為他老是甘願都會跟妖在一起地弄得自己人不像人鬼不像鬼……全身戴滿咒術封入的充斥有鈴鐺的紅棉線佈陣銅錢糾纏在脖頸……才能將妖怪下咒讓他感到無奈的絕望失控的忘記畢生絕學法力想法子又回想起來，一如妖山中的可怕毒花草再長出身上的他欠妖怪的無法償還，一如人跟妖是什麼關係的糾纏是不會放過的那個老時代的始終曄變……

一如她的太茹苦含辛一生的外婆所渴望但是永遠絕望的仍然糾纏不清的困在那一棟麻六甲城心的鬼樓，一如她永遠被詛咒變成是無法忍受又無法逃離的手工縫製衣裳的可怕陷入絕境的一世還願透露自己業障無法理解的永遠非常辛苦的裁縫。外婆接單是接印度人的又花又怪的衣服生意永遠太過緊張又煩躁不安……「永遠在做衣服地從我睡醒做到我睡著，再從我睡著做到我睡醒……沒完沒了，始終像噩夢醒不過來……」

「三寶山其實沒有你這種驚嚇過度的鄭和學家想像的那麼恐怖陰森。」M對我充滿詭譎訕笑地說……甚至遠方還依稀聽得到山下呼嘯張狂緊急狀態的消防車嗚咽電動警戒狀態巨大聲響，也有山路末端一個小學操場舉行朝會傳來的錯落遠遠近近學童鼓號樂隊的老出錯的進行曲若有其事雄壯威武的音樂演奏充斥的可笑荒唐。雖然仍然充斥墳場的陰霾籠罩心頭的陰影，雜草叢生髒亂不堪的過去與未來的時光荏苒一如那龐然森林中的樹影晃動震度但是一路還是仍然滿佈挖空的墳頭打開墓地，斷裂石墓碑，出土腐朽棺材木製棺蓋一如過半毀壞燒焦的樹幹，路旁還有焚燒紙錢灰燼殘骸散落……

M說：「三寶山只是我們老家的後院般的後山，祖宗家廟祭祖掃墓會來，其實小時候還半夜和一群老街小孩混亂比膽子還常來玩的鬼地方……」甚至到了現在即使擁擠不堪但是還仍然出現了新的墳墓，令人失望但也看見比較放心明白這裡仍然還是一個活的墳地……有新的亡者的死亡在背書這個三寶山仍然傳下來了撿骨般的撿鄭和那舊時代到這新時代依舊的老中國亡魂……一如那山路崎嶇向山頭的一路上還有好像勉強汗流浹背氣喘不過一個個成群上來爬山的老人們，一如山頂還有家族祠堂般的偌大墓碑墓地，某福建廣東某村老闆海派的某老會館老商行的群葬墳地……一如林中仍然空氣陰沉鳥叫聲式微中依舊充斥遠方的車聲越來越近距離喧譁吵雜……在另一條路有斑斑駁駁的破爛不堪石製老時代歪斜樓梯……本來想抽菸後來還是沒抽了的M和我疲憊不堪地只是呆坐在樓梯上斜依著林中的陰影涼意徐風的忐忑不安中遠遠鳥瞰……彷彿整個麻六甲全貌仍然那麼渙散或許是那麼擴張，從雞場街頭老觀音廟和慘白興都廟及其不遠方的梵唱中清真寺……越來越渺小遙遠。相較於更深更新更怪的閃爍形貌洋鬼子外國觀光旅館摩天大樓張牙舞爪綺麗風光……太像是鄭和下的西洋的詛咒喚出惡獸群出的噩夢反撲逆襲。

在三寶山腳下的路旁充斥著時光折騰的氣息奄奄但是卻沒有恐怖鬼影重重或險惡陰霾籠罩的陰森，M

問一個路過的老人這太不可能也太不可思議的縮小萎縮三寶廟那麼破爛不堪又怪異詭譎的廟身是什麼？完全不像墓地，也不像玩笑……那老人他說他完全不懂這種蠢玩意……只好像是什麼旁邊小學美術老師帶領學生做的勞作藝術什麼的鬼東西。就在三寶山尾端的山下，山路崎嶇地形的最後路旁往下斜坡竟然出現了很多小形的怪異雕像成群的鬼東西……還有中國古建築，還有一艘珊瑚礁石怪異疊砌的扭曲變形上頭帆布覆蓋還有漢字「鄭」筆畫歪扭醜陋地浮現的怪異小號破寶船……甚至老船身旁還有零散晃動的假混凝土澆築弧形波浪漆上已然髒兮兮的深藍淺藍慘白假浪花……環繞更多用汽水瓶舊式鏽金屬瓶蓋拼拼湊湊成的更破爛不堪島嶼群島海域發生過什麼古老戰爭而殘存殘骸的雷同破爛不堪碎石碎玻璃拼湊出的更不成形的西洋樓教堂鐘塔。那麼地無心搭出鬼魅佈景般的偽小人國般歪斜模型的無限縮尺的歷代在麻六甲現身又消逝過的一如噩夢般建築群的鬼樣子。然而仔細端詳還甚至仍現身有歪歪斜斜鏽蝕不堪的鋼筋支撐的破爛骨骼鷹架所灌漿出現破洞蜂巢的防空洞洞口般的裸體碎石毀壞嚴重的錯誤工事廢墟的重重混凝土破塊，皺摺灰灰沉浸雨漬長出苔蘚攀爬痕跡的土丘砂粒碎石甚至碎玻璃揉成的縮小尺寸成某種老建築的縮尺模型，更怪異的恐懼症式被山妖所下詛咒而無限縮小中的原初華麗龐大充滿老中國廟宇神殿的剪黏……八仙過海各顯神通天兵天將成排站上的飛天斜屋簷尾燕尾屋脊，二進落的合院護龍攀升向前的前門牌坊樓高旗桿，甚至仍然充斥用破爛不堪貝殼拼湊勉強的漢字在廟前山門的牌樓門額上。下山在路邊看到更旁邊山下有另一不遠方的更怪異也更恐懼感的龐大區域的老回教墳地。墳墓大大小小充滿了墳頭完全不同風格樣式的另一種古老文明殖民地殘留下來艱難……M說：麻六甲的回教的喪葬更深信土葬因為他們認為神以泥土創造他們的祖先而人死後亦應儘快入土，但是回教徒墳地教義也更主張抽象化約簡葬到連墓碑完全不能刻上姓名年份還有墓碑只有一個圖騰般的怪號碼致使唯有親人才知道墓地屬於誰。大過無奈又無法理解的時光荏苒卻廢除到更甚至回教墳場的墓地分佈沒有時間性，古今墳墓不按時間地放在一起而墓地號碼亦不按次序，只有某些不同教派像什葉派教徒的墓地會與其他墓地分開放。但是M說以前有個鬼樓鄰家小孩帶她進入去找他的祖父墳地發現仍然還有極少數回教墳場出現少數中國姓氏及名字，為了在馬來人中仍然還能辨別族裔當中是老中國人……M告訴我，你的其實是回教徒的三寶公所留下來的三寶山已然完全是漢人死人骨頭的版圖……找尋過的西洋遠方的古老王國的亡者更神祕的召喚或更深刻的呼救……其實你這種鄭和學家迷信彷彿在麻六甲的最早出現的中國人名更應該是在明代下葬，然而死亡是令人費解的，一如墳場那麼令人費解……信奉回教一如鄭和所下西洋過曲折離奇活過的一生仍然困擾著的遠方舊時代的痕跡那麼令人費解……一如這個老回教墳場裡那種種古阿拉伯字模糊而渺小的古老的太過曲折離奇的死亡……

❖

外婆老是希望她一生寒酸但是死後埋的墳墓或家族的家墓總是要葬在三寶山這聖地……M對一聽到聖地就和她外婆雷同地充滿激動複雜的情緒的我說：「但是三寶山是聖地嗎？甚至這個山到底要死多少人才算神聖？從鄭和那老時代感的古時候到更後來幾個朝代更迭的老中國人在這麻六甲到底死了多少人，下西洋到底死了多少人。」

M說：「我需要為我的失控道歉嗎？對我而言的這個三寶山早就是廢墟般地充斥亡魂怨念……即使你這種爛鄭和學家迷信可以動用咒術般的學術在完全已然是廢土的山丘挖出一個個死人頭骨，那又如何？

一如我外婆，她花了一生努力地找到古老家族的古老名字，交代我們這些已然不太會看中文的後代，一如有一個老時代祖先竟然還活著，在麻六甲的這麼遙遠下西洋隘口海峽破爛不堪港口誤入的遠方……」但是，外婆仍然不懈地說有些老時代的事絕對不能遺忘……太過重要到呼吸困難也要始終堅持去打聽祖先一如挖過很多乾涸的井沒有找到水脈也沒有出現傳說中有地下水的地下水道仍然還是要靠感覺找尋那種迷信……一如她一生始終還依傳統服喪穿著中國古代女人服裝，或許只是迷信看面相、看手相、卜鳥卦，甚至只是看茶渣算命……她一生老在三寶山下的老市場的混亂追蹤也只是一如夢見她的祖先跟著僧侶在念經拜古老的神看到媽祖出巡遶境般的祀典的可怕乩童噴血街頭的起乩七星針亂刺乩身的血肉模糊……M說：當年的鄭和一如她的老中國祖先們的出海打仗出事充斥著傷害或迷失或死去，到底為了什麼？他們可能在寶船上遇到未知的邪惡帝國海船或許是海盜劫持的種種突擊下西洋航海往一個陌生的城找到另一個還活著的祖先，只留下來守墓般悲慘遭遇困難重重到最後只能困擾著地陪在破爛墳場裡為人修墳當假算命師……

M說，小時候跟外婆去掃墓下山之後充斥恐懼和疑慮的她老會做一種和三寶山有關的怪夢。太雷同那一部好萊塢式的爛恐怖片：在山上開挖出的遠古怪物的非常模糊不清的痛苦體驗但是卻又揮之不去。女主角始終困在第一晚最難熬在大雪之中的南極冰原開挖一如看過極光之後對於天空的理解完全改變的冰中有一隻怪物，獸身出奇猙獰。本來只有一隻爪子比較明顯燒死的殘骸解剖所剝開巨大甲殼中被吞沒的那個人臉還完整地像還活著。甚至還有新的肉身局部再長出來，好像在修好像在消化的器官解剖發現到一隻金屬的零件骨折受傷的零件。某種外太空殖民怪物的細胞再複製那個被他吃掉的人的細胞，而且還活著也還在轉變。在顯微鏡下看起來非常的恐怖因為那個外型細胞的形狀侵入了人的細胞而那個女主角在浴室發現的脫落的假牙，表示已然有人死掉還被複製了混在人群中傳染。戴耳環的有金牙的就是人類本來是想用隔離病毒的方式用檢疫的方式找出誰受感染……甚至，直到太多太多時間的流逝混亂中的那直升機墜毀不知道是發生了什麼事，但是暴風雪使更多飛機掉落在山脊後面無法去救援。他們仍然不知道自己正在面對什麼敵人也不知道在面對什麼怪物。然而最可怕的是那些怪物都是用他們的朋友的肉身團塊糾纏變形而成的長出了奇怪的觸手變成像蜘蛛那麼巨大怪物。最後他們逃出去但是逃回了他們的太空梭的那主角最後在迷宮般的走道中最核心的地方，看到了一根曲線的怪異變形軸心然後被一隻非常巨大的用他的最要好的朋友的臉變形出來的大妖怪所追殺……M說：那神祕的一如鄭和寶船的龐大外星太空船身牆體也是彎曲弧形的骨骼形體軸柱列一如那些怪物肉身的放大……仔細端詳，那怪物多鱗片多獠牙多銳爪的獸身明明就是外婆從小嚇她們用的可怕到始終無法無天的古中國的麒麟獸……

太多怪事分心的三寶山上始終有太多意外……一如M和我一路烈日炙身的汗流浹背，山路崎嶇難走得難過也始終在被不明蟲子追著死咬而肌膚癢痛難耐的問題，走上三寶山進入老墳區入口竟然有一個老舊骯髒告示牌用歪斜的漢字寫著：「進山有何不測請自行負責」。或許，三寶公的傳說太像是一種預言，但是不免也更像是一種詛咒，一如某種先知預言了一個老神話的怪異寓言，鄭和下西洋就像是某種僭越神明的冒犯，像太過自大狂妄的老人類問老神明說那個老帝國想要下西洋只是一種妄念般的完全填不滿的空洞……就像永遠吃不飽的飢餓必然使其內心永遠不平靜，使鄭和必然一直在尋找可是也一直找不到……甚至必然永遠找不到。

外婆甚至曾經跟M說過，太多年以後城裡有另一種馬來人的鬼故事提及了三寶山是一座妖山……充斥身上帶著人骨的古代妖怪。快跑往森林看著妖怪的眼睛別害怕要堅強不要害怕那山下有一個馬來老法師被割喉嚨時曾經對他徒弟平靜緩緩地說最後的一句話……太恐怖了……一如古老妖怪的神祕傳說中修煉老法師走火入魔時的他自己的右臂長出刺青般的活的詛咒傷痕累累警告野心勃勃的人類不要誤觸詛咒而像他過度變身中的血絲充滿的巨大傷害的山神到最後必然在最後終於找到也看到山神就只能安心死去地變成災難的受害……因為僭越神明是要付出代價的。因為神明是專司死亡的恐怖三寶山神終究會找他們的，在滿山遍野的大霧瀰漫一如山神變得緩緩升起的巨大符咒紋身的森林太過陰霾籠罩到開始枯萎腐爛發臭而巨大可怕流出霧氣一如液體黏液碰到人就會死所流過山路崎嶇不平的一如流沙。三寶山靈驗恐怖的這個妖山的山神終究吸了太多老中國的人的性命而變得越來越妖……妖山的山神聯合西洋船艦群的更晚的最後那深深地倒下來的時候壓垮了古代中國官廠的城寨，疾風暴雨襲擊毀滅而使完全倒塌下來毀壞的森林卻長出新的花芽……一如妖山的山神祂不會死。但是詛咒了古中國人及其後代子孫的亡魂……一如我們能活到現在只是祂給我們的命，祂不會原諒鄭和及其古代老帝國的愚行。

或許，還有更多愚行在這個時代……一如三寶山下另一端的山路出口竟然是一個小學校，充滿了當地成群移動的小學生放學的擁擠人潮而嘈雜難耐，但是下山終於看到活人還是不免覺得興奮的我們端詳了那條老街頭，充斥著半廢棄老舊建築的破爛不堪洋樓還看到有人在賣汽水的攤位，老人收垃圾堆的解體大半三輪車。有一家修古董破車行和另一家老派的理頭髮廳，之後還有一棟棟古老近乎廢墟的老建築長滿苔蘚裂痕的門扇上，有一家門口還出現兩行字，像匾額的漆金書法楷書破字樣：「居仁由義」、「國泰民安。生意興隆」。另一端還仍然有一家招牌很大的老式字樣「白宮」的怪異舊時代感殘破荒涼理髮院。寫著本店出品最強效的老追風油熱帶千里牌的老店中藥行。一棟上頭印有一九五三年興建字樣的老市場口群眾聚集賣魚賣肉的菜攤群聚甚至還充斥著印度人的雜貨店水果店，老招牌上寫著：大生蝦白俄羅斯王海魚、大三元河魚、砂勞越沙巴海魚……接著還有更多老市場口沿老街旁的舊時代感茶室冰菓室。那一整街頭門口還是很多窮酸樣子老人們在半打瞌睡半顧店地販售。但是，這些老人畢竟還是活人。比三寶山上的亡魂們還是仍然不免要令人感到心安點……

最後下山的M始終不耐煩但仍然一路陪著我往麻六甲海峽口旁走去參觀三寶山下的這一艘偽造古代寶船身形的主題樂園般譁眾取寵的怪異博物館……在這一艘打造成真實寶船身的博物館另一末端仰望，這麼逼真地龐然黝黑船體在河上，可怕的巨大砲口所伸出的洞口，在弧形的牆體引發更幽微黯淡的光影，現場意外地發現那麼真實的另一個時光隧道般的差錯，所有大航海時代感的沉重陰森卻因為某個馬來人小學老婆婆老師的教學而出現了很多回教徒小孩們的嬉鬧參觀。他們好奇的不是歷史學家式的推演沉悶史觀的不安，反而卻只是更廣泛關注在團體圍觀著那艙身尾端某個臨時演員般特價狂賣老時代海盜船的火熱現象充斥著濃濃復古懷舊風情帆船模型的店家。某種電影畫面擷取資料檔的逼真海盜故事傳說，一如各汪洋大海的翻騰喋血江洋大盜膾炙人口情節化險為夷永遠可怕也可以在危險邊緣的船身出沒的種種事蹟及其甚至是延伸到更繪聲繪影的古代海中祕密寶藏中的好幾箱永遠不可能打開深鎖的舊時代重鑄鐵箱，甚至引申的老時代感歷史時期所有弓弩火藥砲彈藥刀械打鬥痕跡的歷代武器。好幾門砲身在艙尾弧度狹窄的圓樓梯直通底層的艙門。然而所有太過逼真的蠟像水手船長們都太過逼近到彷彿在那裡待得夠久就可以聽到那個老時代的種種跫音般的雜音，斑斑駁駁老舊天花板可以聽見人聲雜遝的瑣碎腳步聲。仔細端詳的更多蜘蛛網糾纏的老金屬和木頭的聯接口種種釘痕以麻繩綁住的櫃架……頂梁柱弧形的好幾層樓的……艙底一如一座廢墟般殘破的舊時代破爛不堪入目的歪斜建築。

最底層的那一幅幅寶船底艙身旁懸掛的古代航海史中的近乎瘋狂的觀測的星相圖。甚至，更後頭博物館還更延伸舞台到更深的那種討論時差般的種種更複雜的近代大航海時代歷史中的難題涉入更多時間層次分明的各國交易市場的競爭壓力的問題貨幣關稅在港口靠岸的苦惱種種不是浪潮凶險而更是海關及其進出口囤貨市場漲跌幅。麻六甲靠岸的最好的季節是十一月到三月，但是那也正是麻六甲海峽潛伏著名的凶狠海盜們攻擊找到最好的時間出手。他們不只洗劫各國商船的船隊還甚至洗劫陸上海邊港口及其鄰海村落。

在老舊落漆木頭地板潮濕悶熱的船艙仍然很離奇地龐大黝黑的那一排排古代船長的古肖像怪異畫像下的我跟M說：從三寶山下山疲憊不堪地始終沒力到只想坐在這艘船身的最底層樓層的船底弧形曲木地板靠邊偷打盹，想到我多年前當兵時也是如此只要是能坐下來就可以馬上入睡，太熱的出操行軍始終汗臭的充斥一如人的惡行控制部隊的張力及其失控的恐懼，在軍方行動的程序及其可能失序種種船體弧形邊陲的暗處，在三寶山待太久或說在麻六甲待太久的我已然陷入太過緊張兮兮的老中國傾向腦袋衰退到缺乏更多的想像，到最後還是更無力到只分心於船身上的粗魯的馬來回教徒小學生的可怕尖叫……

船身最末端的某一幅怪異的洋人重新精心畫出鄭和的古代中國寶船船隊的著名那船難事件……在一五一三年的那一幅出土的古代西洋油畫的畫面中仍然看得出來的官廠龐然建築群官方成千上萬的營舍帳篷充斥了海洋望上岸的擁擠人潮，在麻六甲海邊山丘及其三寶山墓地更遠更深的一如通天塔般的巨型鬼魅山寨……埋沒於大霧瀰漫觀望的浪漫主義油畫筆觸精心繪製的文明奇幻的魔術光景壯闊華麗過度的東方古建築。從麻六甲海峽密密麻麻的寶船艦隊古代巨大帆船的帆影……海上過往太多美好想像之後其實還有更多鬼魂般的海戰及其引發的更多瘟疫海嘯災難飢荒……博物館底層還有歷史典故始終陰霾籠罩地骯髒同時用馬來文英文中文並列解釋著還有更多航海史的繁瑣繁殖出的更多細節仍然栩栩如生……古代船廠風帆進入蒸氣動力演化造船術的機關細節，從葡萄牙到荷蘭到日本的稅制壟斷式統治，從一五一一年之後王朝的麻六甲大象部隊被攻陷屠殺的慘痛，港口淤泥運河運輸古代機關祕密武器及其工業革命進步演變技術轉機，在最後收尾河口登陸始終季候變幻導致海流失控危機，誤植現身在老時代郵票上不同帝國戰艦攻擊事件船體的沉沒意外，始終出現麻六甲回教徒阿拉伯商人的老倉庫囤貨吞吐太平洋到印度洋的海洋生意興隆，和另一端最後是老派諸多海峽暖流出沒魚身長相髒兮兮的深海魚蝦海龜部門的生態習性監測……最後是現代化科技的演化歷程的老舊照片中充斥的老時代感……末端還故意做一艘假木船卡在牆上還有沉船打撈，甚至早期的航海機器設備老舊斑斑駁駁的早期機械時代感的更多古董游泳圈探照燈、破爛不堪收音無線電雷達掃描器……但是更詭異的博物館在古代寶船長滿鱗片的冗長龐然龍身底端櫥窗靛藍光景中最後竟然現身了一隻非常龐大的假抹香鯨身及其在不遠方三寶山下帶領一群海龜們從麻六甲海峽末端洶湧波濤仍然毫無恐懼地游入深海峽底疾行，一如海神般壯觀出奇地迷離……

我問M：怎麼會三寶山前的傳說最深的盡頭的神話般遺址……竟然會變成了一個不能拜鄭和的三寶廟。

內心同時也充滿狐疑和哀傷的M說，不知為何和她小時候常常和外婆來拜拜祈福儀式盛大慶祝靈驗神威的三寶廟好像完全不一樣了……彷佛在某種不明的狀態中祕密地被動過手腳，雖然是在同一個老地方的近乎神祕莫測的啟動下西洋神話傳說的最原初聖地……三寶山下的三寶廟不知為何竟然曄變得陌生地翻新色彩俗麗廟身卻異常觀光勝地般地怪誕詭譎而繽紛色彩斑斕，跟她小時候長年來祭拜祖先般沉浸古舊緬懷的某種極端清晰又極端模糊的老時代感回憶非常不同。不知為何鮮豔奪目斗栱雀替屋簷雕梁畫棟建築充斥著現在的主殿卻竟然拜起種種著名的神明：大仙小仙的天兵天將十八羅漢們環伺不知為何主祀的巨身大伯公和陪祀的側殿媽祖娘娘神像、觀音佛祖、關公聖像、福德正神……和安放於主殿神壇八仙桌下佛龕底的虎爺木雕穿著紅巾的怪異眾神明神位……

點巨大香燭安太歲、求功名金榜題名光明燈、神明保佑香油錢箱捐款滿滿的香火鼎盛的廟宇參拜供奉仍然盛大風行，甚至廟宇長牆體上刻意寫著已然像是謠言的太過遙遠的種種典故：「遺跡與傳說中在麻六甲有關鄭和下西洋的遺跡最重要的三寶山位於麻六甲的東北部，是馬來西亞歷史最悠久的華人墳山面積約有一百零三英畝是十七世紀中葉甲必丹李為經向政府購得獻給當地老中國社會充作公塚傳說遠在李為經購

地建墳山之前當鄭和船隊停泊在麻六甲如不幸去世海員都下葬這三寶山……在這三寶山的西南邊有座寶山亭本廟前身是甲必丹蔡士章於一七九五年所建的寶山亭內原供奉三尊神像，即鄭和和天妃和福德正神……後來也供奉蔡士章的神主。很可惜鄭和的金身神像早已被人偷去。現在所供奉的只是鄭和金身神像的相片。」然而廟身邊巨大櫥窗卻仍然刻意安放巨型的展覽燈光下還有中國領導人毛澤東周恩來至今歷任總理長官都曾經盛大登場來參拜這位六百年前明廷下西洋的民族英雄傳說的感念涖臨種種老時代剪報的裝框老舊木框依舊保存完好如初……甚至刻意鑲嵌其間的五星紅旗及其國徽都仍然閃閃發亮。繞很大圈又回去廟旁老街充斥的中國舊香行佛具老店甚至種種從民間到明清宮廷風格各異的收藏古玩店走了一大圈又回來的那個老導遊帶領那一團混亂吵雜的中國團……非常得意地令M和我永遠無法忘懷地吃驚地隨行其後。我始終感覺整座三寶山彷彿都還因之而異常悸動……因為三寶山群樹間墓地的死寂之中太過激烈地聆聽著用擴音喇叭極端吶喊大聲疾呼般的那老導遊用字正腔圓的北京腔仔細地誇張到像是在描述神蹟般地神祕神通廣大地說起那口三寶廟後的一口神井……一如廟身牆體上寫著：「古時候在寶山亭的左邊有一口井稱為三寶井相傳是鄭和所挖掘的三寶山下三寶井有另外一個更怪異的美麗傳說。根據馬來紀年的記載相傳在十五世紀下半葉的中國明朝皇帝命漢麗寶公主在五百名隨員陪同下到來麻六甲下嫁給滿剌加王蘇丹滿速沙。在漢麗寶改奉回教後和她結婚後的滿剌加王選擇三寶山一帶作為漢麗寶公主的官邸還特地挖掘一口井供漢麗寶公主使用的這口井就是三寶山亭旁的三寶井又稱漢麗寶井。」

但是M低聲地笑著說其實當年她外婆的乾兒子半夜還曾經有一回帶她來三寶廟玩時，刻意當她面脫褲掏出小雞雞來對著三寶井尿尿甚至還誇口對她炫耀這三寶古井水可是因為摻了他的童子尿……才可以如此一如傳說地不可思議四百年湧泉井水不斷而且喝了井水百病不侵地靈驗……

然而，太多老時代已然太難靈驗也太難挽救……那老導遊嘆了一口氣緩緩地對所有的中國團客感傷地幽幽說起……太過殘忍了，其實那三寶廟主殿裡的鄭和老時代傳說中的古雕像早就已經消失。只剩下一個太過古怪的雕刻切割穿著明廷官服的莊嚴肅穆但是出奇嶄新風貌的鄭和石雕竟然被安放於廟埕末端的斜屋頂起翹飛簷下的三寶井旁的天井末端……安金身於主殿外頭而不舉香一如神明朝拜充斥各方意見分歧近乎瘋狂種種傳說問題主要是因為鄭和大人本身是回教徒無法安放於道教廟宇寺院建築的廟身主殿之中被祭祀朝拜。但是更荒謬絕倫的囑咐是那麼雷同於佛教徒道教徒甚至藏教徒近乎瘋狂迷信激烈的古傳統風靡……導遊對充滿好奇心信眾爭相朝拜三寶公的人潮千萬叮嚀著更深更多的表示尊敬而只能摸三寶公金身上的兩個神聖到近乎不可理喻的最著名地方。老導遊閉眼合掌一如喃喃自語卻又無比威風凜凜地大聲對彷彿從明朝至今雷同迷信的虔誠中國成群團客們念白：「摸官帽會升官發財，摸寶劍會風調雨順。」

「去三寶山之前，千萬記得……要準備一片乾淨的葉子，去了怨念重的三寶山那鬼地方之後，下山之後要走回家之前，千萬記得，先不要回家，去夜市或就先去某個遠遠的第三個地方把葉子丟掉，再回家，遠遠跑開……去邪氣，一路念阿彌陀佛……這樣才可以保平安一點點。」一生都跑太遠回故鄉就只能萬般無奈一如做很久的夢很沉的過去完全消失殆盡的遺憾滿臉通紅的M說：小時候那個永遠很擔心的外婆老交代地小心翼翼而老不免近乎可笑又可怕地那麼緊張兮兮地清楚……一如某個清晨慌亂地醒來太過緊張著急到恍神地前一晚明明深深沉陷困難重重所做的夢卻竟然都記不起來了的那種感覺神經疲憊不堪地惶惶不安……去三寶山的那永遠的一天般那麼驚喜又那麼快地消逝……其實那一晚相對於山上墳地的陰森死寂，那山下夜市的狂歡燥熱或許更完全切題地荒腔走板地切換鄭和切換古老到未來或從出世到入世的種種痙攣……

M老逼問我為何來而後來我這種二流鄭和學家老是跟西洋人去找鄭和地充滿偏見……史料和史觀始終偷偷改變也沒說的我很不好意思仍然充斥緊張被對質。也還始終被困擾到底我什麼時候離開麻六甲卻因為太多顧慮而做不了決定的牽掛與心情始終放不下的M說她每晚又三點多才睡但是至少比前一晚天亮才睡好一點。因為實在太疲憊不堪地永遠荒謬絕倫……

一如後來M又陪我去逛三寶山下的著名老夜市，在看完三寶山一如陰霾籠罩心頭的陰森博物館的一整天更老覺得特別的對比種種更逼近俗世的幸福感，更反差真實的下西洋入不了土或移民過海落地生根生不了的殘破價值觀的切換對比……使我在麻六甲夜市的氤氳人潮中不免想起更多文明是什麼的遲疑。或許，一路的不同口味不同餡料不同手感的老派中國傳統鹹鹹甜甜點心種種長相怪異歪斜的舊式娘惹粽子香港砵仔糕、醬油濃稠粿身綿密口感的叨沙河粿、又臭又香的鵝黃滿溢榴槤甘露冰品……才是六百年前三寶山腳死人為活人所小心翼翼遺憾中所費心遺留下來在麻六甲的古蹟遺址。然而那晚上太多太多太複雜翻新更多遺憾……M說：其實這個假的老夜市已然走樣過度……我小時候跟我外婆來的丟掉那片上三寶山葉子的老媽祖廟的黝黑百年香爐都已經消失太久了……所有的保佑都變質了而完全不知曉那種可怕的死靈魂可能隨時生變被召喚起的陰霾籠罩心頭和山頭的可能……這個變質腐爛發臭過的光彩奪目卻是為觀光客到處亂流更特殊晚上才特別有的夜市，甚至經過了那家假苦茶的店面，旁邊有一家叫做discovery的仿古咖啡廳裡面彩繪成彩虹的七彩舊時代感玻璃老櫥窗裡放了很多舊時代的電話機……太多太多時間累死了老夜市的玩具攤位上卻不免有消逝無誤的時間感受到這時代過度依賴著另一種荒謬絕倫的始終一直廉價晃動震度炫目打鼓的米老鼠，骯髒脆弱顏色俗套的公仔塑膠小叮噹超人蝙蝠俠，玩具般的可愛盆栽冰淇淋，烤串花枝招展宣稱的台灣大海怪、四處轉跳的貓熊和白毛狗機械故障撞牆而走不出來那木製玩具的盒子……甚至夜市最怪異近乎瘋狂的猛男雕刻肌理賁張的著名光景……拿督威拉顏文龍壯士裸露奇怪炫耀一如舉重選手或甚至壯陽肌肉男銅像。

越來越失望的M憤怒地問我你到底在乎什麼？消逝無蹤太久的鄭和的什麼或老中國的什麼或古文明的什麼？她越來越不滿：一如那夜市中的某個老攤前號稱明末完全純金手工打造的近乎三寸金蓮的小型變態繡花鞋……和成群路人穿著中國製造粗糙塑膠袋裝俗爛大量製造的夾腳拖鞋……到底什麼是好的？闔家光臨的高爾夫球桿般自拍棒手機自拍和考究修圖反差構圖靜物死灰復燃廢墟自以為是的拍……有何不同？唱中文老情歌歌仔戲種種懷舊那卡西或ＫＴＶ或跳熱舞歐巴桑們熱烈的潮州福建會館的熱鬧嘈雜和唱Eagles, Beatles, Pink Floyd的老嬉皮老歌中頹廢感的咖啡廳現場ＪＡＭ的狂熱……差別是什麼？其實我沒有那麼在乎……夜市仍然擁擠不堪的記憶裡海洋退潮的痕跡……老派娘惹糕、怪異陰霾的骨頭手工刻花佛像現場嵌入項鍊中的佛牌，蠔煎配普洱菊花茶還是老梅桔汁……充斥更深的更入戲的種種古代歷史感……人好多的夜市還是很切題地熱鬧，我幾乎在叫賣的人潮跟食物跟各種怪腔調的中國人語言中忘記自己其實是在異國的麻六甲……或許那像是快轉的一場戲，而且相對於那麼驚嚇的那天早上去的那個荒涼的墳地三寶山，我好像應該要慶幸自己還活在這個倖存的時代用這種不成熟的自己找自己開心的方式或說是自己開自己玩笑……來面對那三寶山靈魂出竅的無限無奈及其遺憾。M說：或許這只是你的自欺……一如這個老夜市本來應該要更老……因為當年麻六甲的老鄭和官廠前頭就是這一個老地方長出來的完全雷同的悶熱氣候汗流浹背汗臭惡味充斥怪異攤位的古老市集囂張氣焰叫賣盤算走私那麼多西洋更遠更多奇怪的那老時代用龍涎香和古中國的絲綢瓷器中藥在那裡更多的更祕密交易。或許我對人的理解始終太過天真而簡單，我想明天還會在那三寶山老雞場街附近住一晚，所以今天就早一點回我那破爛不堪的旅館的最後一晚……一如我每天回旅館從三寶山下過老運河的古橋之後深深覺得夜半往回走的一路天黑的那條中國老街老有種每天重來一次重溫的領悟，感覺更深層狀地即使只是每天多一點點那家早上我問路買追風油的中藥店家還沒關，賣水果的小攤子也還開著，幾家熱炒的店仍然擠滿了人在排隊，黑暗的店仍然黑暗最後又回來吃魔鬼魚沒開的只好依然如故，那馬來人用口音怪異的普通話勉強地問我要吃半份還是一份或是要special的嗎？我本來想問什麼是special，後來太過疲憊不堪地仍然好奇但沒問，有個小女孩到處摸空椅子刻意玩遊戲地用力過度旋轉椅面極激動地穿著紅衣玩弄肩膀上的長捲髮，那黝黑眼圈的眼睛極大也充滿好奇心地開心的她身旁甚至有個回教徒胖媽媽還另外放大概只出生一兩個月的小孩在桌上，也在吃半份的老中國燒餅油條豆漿……一如更多荒謬的以訛傳訛……老攤旁的古董店珍藏多年以後拋頭現身首回的邪門邪路自稱三寶廟公內祀鄭和古神像加持過的種種鎮店之寶：老件出土的明代寶船貢品耳環玉鐲青花瓷瓶盤酒器如意……甚至到號稱全球首款限量發行珍貴的祖傳純金號稱「鄭和第八次下西洋」的古代紀念幣無限嶄新又虛偽地仍舊閃閃發亮……

M說，一如她外婆有一回帶她不小心路過走進去了麻六甲老街末端的那一家名字叫「龍與鳳」的號稱中國古董文物展龍袍老衣服店的怪地方，那是在三寶山下的古城河畔巷中的那一家收藏價值連城的古衣博物館，充斥著濃濃年味的老建築廳堂深處的祕密感，裡頭滿牆體拉開了某種意義和形式都極端抽象又突顯的老中國餘孽般的餘暉……所沿著好幾個老展示廳堂的老時代感……現身太多太稀奇太古怪的久遠以前的老鳳冠舊絲湘繡花袍、斑斕童子金鎖片老虎鞋帽，甚至是許許多多揪心極度的綁小腳的破爛不堪但是華麗的繡花鞋種種。那竟然是非常世故優雅的一對老ＧＡＹ情人經營的，用極端從容自若彷彿藝術史家提起了他們在全球中國古董衣市場研究多年才收藏到的太多太多的刺繡花紋圖案印花古老精密繁複華麗的老旗袍嫁裳龍袍種種典故……那個英國老ＧＡＹ用那腔濃稠沉浸的優雅學究風英文說：我最愛的最後這件是太過不可思議的僥倖才收藏到的意外，四十多年來甚至只看過這一件，那是一個長江沿岸無名小城的飢餓村落村民拿到大街上兜售他爺爺留下來當年他太祖父當義和團的團民起義反抗時穿著的兵團血衣，上頭印一個「勇」字在心口，收藏近百年的祖宗寶貝，最後太餓才捨不得地拿出來換錢買米給小孩老人糊口救命的先人遺憾的遺跡……因為那衣著上仔細端詳還看得到他哭泣不成聲提起當年爺爺還小孩時代在紫禁城午門外看被捕被砍頭時的行刑現場，血腥味還糾纏在帶血漬的那件義和團軍衣領口末端。

意外發現老件般的奇遇……我說我也好像路過看到了Ｍ提到的那個「龍與鳳」那奇怪的老地方，好像因此而想得比較清楚某種自己始終想不清楚的事……在那很多怪東西的神經兮兮的怪店，暈黃暗黑巷底……充斥著手工牛皮破爛工坊和舊銀飾配件的老店，甚至更慘更小的古董店群，那家叫做「龍與鳳」的古道具古董衣老店最可怕，就在那城底暗巷尾最髒亂不堪的老店群裡頭非常狹窄的走道，進去只怕自己太激動惹麻煩，甚至可能老會撞到鬼東西，更多老件的什麼刺繡破裙襬、泛黃棉襖、清朝末代八旗子弟軍袍舊制服，老店裡還有很多收藏品味極端優雅氣質出眾的老東西：三冊蠹蟲咬破精裝書的古寺巡禮、老測試眼力字母表的泛黃圖，枯枝當門額旁的破電表上的舊燈籠高掛，刺繡複雜龍頭鳥頭獸身的老朝服補丁很多很亂，走道只有肩寬的兩側都是很小仙的什麼沉重負擔不明歷代祖先殘留的骨瓷，臉頰破掉一半的木雕師傅手刻縫製傀儡老戲偶，不明獸骨刻成神像佛像雕刻的種種不明教派舊法器，太多太多的老件籐箱寶貝木雕佛像箱盒念珠法器布符咒文，甚至然還有的是民國初年舊時代針筒救護箱破爛防毒面具……一如小型的民族學博物館那種感覺怪異的恐懼症歧異差別的狀態，或就是更陰沉地以一個廟公願力或怨念支撐著搖搖晃晃的結界，只是摺皺縮入了一個老建築深處樓梯間旁邊的門洞……手工縫製龍鳳身紋像清代的舊繡囊，懸空於門柱房的祕密感，我本來也想買點老件，但是覺得自己好像被暗示應該要早點離開撤退的不滿，好像誤入歧途的童子遇到仙人指路般的玩笑，但是我看不懂為什麼自己會遇到這種怪病般的洞口，可能會招惹了什麼深山躲入市井的怪物妖精的巢穴……所有裡頭的老繡袍及其袍身旁錯落的諸多傀儡神佛雕像都神情落寞愁容滿面，老時代的變遷太久喜氣或霸氣失焦，變成一個老神明或老妖怪的落難收容所……

唯一活人的入口旁側的木製圍欄圍住小間的老ＧＡＹ情人們那麼沉著……頭完全沒有抬起過，但是他們好像曾經滄海難為水般卻煩躁地深知不用擔心，也不用理會我的小心翼翼……出來之後覺得自己好像剝了一層皮或是要去搜魂收驚般地……即使那老店只是一個落魄潦倒的小古董店，都好像回答了我的想了好久的問題……我的命沒那麼硬，也沒準備好去面對這種更深更底層的呼吸聲般的存在感虛脫……只是比較像是路過的意外，攔路打劫就付走路財，朝香朝山地巡禮祭拜就奉納，安分上路地別問太多神通的罣礙，沒有規矩地誤闖還能全身而退就已然是有業報的提醒，深深地入手自己的天機未卜來自不明先知的厄運糾纏……最後的一如買護身符般地……我只買了一個很怪很小的怪東西，蛇腹皮黑白相間箍成看起來卻像蠶身的環繞著老銅扣收尾的怪異手工手環老件，那個老人還甚至就用吃力的中文還拿出店後密密麻麻，那是以前老時代跑船的護身手環……舊木櫃身底層的種種大大小小的爪哇島老蛇皮還裹成蛇身狀，手指著蛇腹跟我低聲解釋清楚怪獸般那部位的特殊雜紋，異常激動最後那灰白痴迷老皮件工坊怪師傅還訕笑地對我招呼更多我聽不懂的話語……最後刻意還幫我左手肘扣上了獠牙狀的老銅扣，令越來越疲憊不堪的死命想逃又逃離不了，意外發生又像宿命，始終不想承認，更使我覺得自己好像被押解，該上路犯人地要甘願地認命……

M說，「龍與鳳」太多太多的鬼東西還是可能是偽造的……即使那麼濃稠懷舊鄉愁式的老件那麼令人著迷的遺棄感充斥……一如那最珍貴的鎮店之寶還據說是明代的寶船千戶的戰袍，即使胸口刺繡的永樂字樣金線繡花龍紋千戶御賜布邊領口衣袖都早已被衣魚蠹蟲咬得殘破不堪……因為多方謠傳甚至就是三寶公家傳衣冠塚盜墓流傳出來的傳奇老件……

末篇。馬三寶部。自寶船廠開船從龍江關出水直抵外國諸番圖。

太多以訛傳訛的謠言傳說提及……找到這幅古畫可以解開鄭和下西洋種種六百年著名的謎團。一如乜對馬三寶說，他花了數十年研究那幅〈自寶船廠開船從龍江關出水直抵外國諸番圖〉之後遇過太多怪事，到了最後，那幅無限蔓延拉長的毛筆畫出的奇長古畫彷彿有法術般地滲透入他的更失控的潛意識……

多年來的他始終記得有一個老出現的雷同怪夢，夢中的他竟然困在一長群永遠走不完的用毛筆畫出的墨線所勾勒出的老時代近乎〈自寶船廠開船從龍江關出水直抵外國諸番圖〉式界畫般的古樓群……一路失焦地迷路找路的乜老覺得自己在夢中的畫面一如Google Map疾速縱身，吸入身影過多而意外滑入放大尺寸地逼近建築的歪斜感透視法地深入……但是當機在某一剎那間，始終無法抗拒地出現亂碼而景深消失殆盡落入陷阱般的……斜視的誤差曲解導致的混亂狀態。

然而不知為何，乜發現夢中出現光景更奇怪的是……所有畫中的古樓裡種種人間最珍貴搜尋海外仙山所得來的花鳥蟲獸的羽翅鱗爪枝葉根莖花心蕊瓣竟然都完全是用沉重的近乎不透光的黝暗漆黑色墨汁所畫出的肌理輪廓形貌。那是一個〈自寶船廠開船從龍江關出水直抵外國諸番圖〉祕密傳說，謎樣的冗長走不到盡頭的毛筆畫出的木製的老建築群，三維空間卻被壓縮成二維空間的傾斜，更仔細看卻好像因為不明原因震盪而落得歪歪斜斜的長廊，或像縱身入〈清明上河圖〉沿著長街市集長出民宅到宮廷風格各異的奇花異草，切換玄關的大大小小多角形騎樓包圍的廣場旁三側的不斷蔓延著……無法理解為何會長出有點變形般的怪異，無限斜坡側簷的建築群疊疊層樓地長出迴廊充滿細節的部分都有著傾斜得不明顯但是刻意的斜度。

老畫中最令人心寒的那個眼神詭譎的西洋怪老頭，竟然是那陌生諸番外國中某位聲名狼藉詭譎陰險但是身體卻只是一個萎縮成一團肉的彷彿侏儒的老國王，心機極端深沉而回頭不耐煩卻仍然緩緩地端詳㞢，在某個〈自寶船廠開船從龍江關出水直抵外國諸番圖〉的孤島，走了許久的㞢還是遇到了他，彷彿一路海路的洶湧澎湃浪濤都是那番人老國王佈局施巫法的操控，充滿了亦正亦邪的訕笑。為了讓㞢陷入困境而始終無法抗拒地感覺四面埋伏地驚慌……

但是到最後㞢終於偽裝著從容自若而內心深處忐忑不安極了地說話，敬意中卻仍始終心虛，但是不懷好意地笑著的侏儒國王同時還御風般地懸浮在空中地閃入禁宮的最高院落，找到迷路的㞢，隱隱約約地炫耀自己的皇宮別院。充斥高度文明的建築中……不該同時出現的生態的梅花鹿、獼猴、玉兔、雉雞、孔雀、花豹、長毛象，但是卻沒有痕跡的為何馴養的宮廷動物甚至身形斑爛的……種種奇禽異獸的獸身卻都竟然是烏黑如墨色所畫出的肌膚皮毛的老時代水墨畫像。甚至充斥著濃濃黑煙下的雨中即景的昂貴盆花的不明花種的種種梔子、芍藥、杜鵑、菊花、風信子，番紅花、水仙、大葉秋海棠、文竹、龍舌蘭、朱蕉、綠蘿、垂榕、鵝掌藤、黃梔子、茉莉花、鳳仙、火鶴花、木槿……上萬株怪異盆景現身，太多蔓延的綠意長向於方位特殊院落池畔出現高度考究的宮中竟然繁殖出不同物種不同季候的花木參天……

㞢完全不相信自己所看見的祕境……那近乎不可能同時出現的奇花異草卻同時長出在同一個宮中，甚至花木扶疏身影動人……最奇怪的也是一如芥子園畫譜中四君子老畫法的考究以墨汁綻放深黑淺黑暗黑種種不同墨色般的渲染所精心畫出的炫目的祕密花園的怪異光景。

就在那個充滿典故的帝國的皇帝最著名但是也最隱密的後宮的。終究……㞢被邀請去那個侏儒國王的後宮中，始終狐疑的他仍然沒有痕跡地找尋逃離的退路，或許一開始太過緊張，因為那個畫中的陌生諸番外國到底是善意惡意並不確定。空曠的房間群那麼寂然冷清但是感覺是有侍衛多人暗中的大內守護，也聽得到宮女閹人侍候的某些公主后妃用陌生語言低聲地喃喃自語或攀談的細小瑣碎笑聲說話私語，但是卻不知為何走了好久的黑樓的長廊的㞢卻始終都完全看不到毛筆繪出的任何宮中古裝宮人的身影。彷彿〈自寶船廠開船從龍江關出水直抵外國諸番圖〉長出的用同樣老時代毛筆所畫出的某個白描勾勒成中國式的老時代山川壯麗，但是仔細端詳又不太雷同，或許是更歪歪斜斜混雜著的院落石砌參道、檜木斑駁陸離的列柱、苔蘚長滿的石階梯、尾端懸空的多角形塔樓……乚再往更裡頭走竟然看到了……所充斥長相怪異的所有侏儒國王宮中豢養的珍奇花鳥蟲獸雕像的古代鑄銅沉重門扇，不知為何竟然變成了一個瀰漫著最古代歷史充斥著一如〈自寶船廠開船從龍江關出水直抵外國諸番圖〉不明恐懼孤僻畏縮感的冷冷清清的老長卷軸永遠走不完的宮中萎縮的花園院落……

夢中的乚始終慌亂迷惑，因為他始終找不到〈自寶船廠開船從龍江關出水直抵外國諸番圖〉古長軸老畫中的那一艘他所跟著祭拜完靜海寺天妃宮媽祖婆才登上跟著下西洋的毛筆畫的寶船……

混亂的思緒糾纏不清的乚說：〈自寶船廠開船從龍江關出水直抵外國諸番圖〉可必然是古代有關針路最著名的鄭和老航海圖……「針路」又稱針經或針簿……一如古代術士施術作法般的下咒畫出符籙佈陣，一如唐卡畫出曼陀羅的藏教神明神祕加持的神通廣大……「針路」就是中國古代海圖對航線的祕方般的理解，更神祕莫測的老時代拓樸學，在羅盤指引從甲地到乙地的某一航線上有不同地點的航行方向再將這些航向連結成線並繪於紙的針路，從甲地到乙地不同航線上的針路各有不同；同一航線上之來回往返針路也不盡相同，但針路必然是下西洋出海遠航祕密的必要祕辛。

乚說：他的鄭和研討會論文就是引用道家陰陽家混合西洋的怪學說所出現的某種註定過度混亂的「針路同時摺曲域外域內的古代方術畫術」來討論〈自寶船廠開船從龍江關出水直抵外國諸番圖〉畫海之線總是經由摺曲給予中國和西洋兩者之間某種至今尚不存在的朝向一種前所未聞的「流變即越界」的地域流變……

其實馬三寶完全聽不懂，也看不懂那幅乚說的〈自寶船廠開船從龍江關出水直抵外國諸番圖〉……始終無法理解那幅老時代的怪異所謂下西洋的針路對海的理解。

〈自寶船廠開船從龍江關出水直抵外國諸番圖〉的畫中「針路」最早見於元代從南到北大量海運糧粟從劉家港出發抵天津。明代才刊刻的元代書籍《海道經》中述及「從南往北航行針路，有「依針正北望」、「正東帶北」、「用乙針」。元代周達觀奉命從溫州出發隨使真臘寫下《真臘風土記》記下的針路依次為「丁未針」、「坤申針」。古代史中的針路必須與航程相結合。古人以「丹針」、「縫針」記述航向。「丹針」即「單針」航向對準羅盤上某一字正中，「縫針」指航向對準兩字縫隙；航程以「更」來表述分一晝夜為十更，一更為六十里，受有風無風順風逆風影響，「更」數只參考尚需以天文地文潮流補充補正……」

㞢老是懷疑起自己所想像的〈自寶船廠開船從龍江關出水直抵外國諸番圖〉針路到底可能是什麼古代經驗？一種下西洋的活體解剖般怪經驗。如何首先在海中被給予然後從老時代轉化成這時代對畫的理解……誌異地理學式地找尋有別於過去或未來所認識的尋常海圖，一如發明沒人看得懂的某一種藏寶圖，一如說自己母語卻如同是外語的針路〈自寶船廠開船從龍江關出水直抵外國諸番圖〉古畫中發明新的畫法。一種由域外到域內、由內部到外部……促使某種逃離海的歷史激怒下西洋的種種流變。

〈自寶船廠開船從龍江關出水直抵外國諸番圖〉所定義中國藉由流變入異國的永遠弔詭，但這不是為了倍增與再摺曲老時代的拓樸學極端可能的試探……一如南京古寶船遺址那幅半浮雕可怕的銅製復刻的〈自寶船廠開船從龍江關出水直抵外國諸番圖〉以絕對術士般的可怕誌異古法透過這個由中國到異國的下西洋……其實在龍江關和外國諸番之間的出水的古寶船廠不曾離開……曲折複雜，近乎進入一種道家陰陽家混入鵝籠內縮折騰莊周夢蝶式的……被迫流變……不移動的逃跑、不位移的逃逸、不動作的流亡……

永遠混亂的㞢說：「一沙一世界，剎那即永恆。」種種老時代的怪異學說都相信〈自寶船廠開船從龍江關出水直抵外國諸番圖〉仍然混亂的彷彿古中國畫卷軸的第二維平面裱褙空間只是繁複更高維度裡的另一個子空間的隱喻。太多太多繁殖現身的子空間彷彿充斥著神明永遠神祕的詛咒和祝福，保佑和懲戒……從〈自寶船廠開船從龍江關出水直抵外國諸番圖〉中多維的每一維中的下西洋的某種狀態中的充斥暗示性的宿命中歧路亡羊般毛筆畫出的下西洋山水畫老派近乎寫意抒情地景，卻還更隱藏有神祕兮兮的內部結構一如碎形體的維度重新啟動完全不同微觀視覺，祕辛般的祕密系統混亂不堪入目的弧度怪異的海岸線、山脈輪廓、浮雲邊界、河流浪花、日月晨昏中繁星等等尋常的自然圖形風貌無限還原成最繁複原初的碎形體。越說越瘋狂近乎神經兮兮的乜對馬三寶說：令人好奇的是〈自寶船廠開船從龍江關出水直抵外國諸番圖〉隱藏維度內部是隱藏了什麼呢？乜對下西洋的針路古畫的研究發現隱藏維度內的狀態。一如《華嚴經》：「一花一世界，一葉一如來」，或是一如《周易》：「無極生太極，太極生兩儀，兩儀生四象，四象生八卦」，一如《楞嚴經》：「於一毫端，現十方剎；坐微塵裡，轉大法輪」。〈自寶船廠開船從龍江關出水直抵外國諸番圖〉體現了下西洋抽象概念的局部隱含著冥途般的完全鄭和冒險冒犯人間最遙遠的遠方最完美整體的痕跡……

乜的怪論文充斥鵝籠般的神經兮兮的神祕端倪：

「〈自寶船廠開船從龍江關出水直抵外國諸番圖〉中的山水古畫隱喻的「須彌藏芥子，芥子納須彌」高大如須彌山者仍可被縮小到能放入芥子，而須彌山的本質仍然不變。芥子內部所具有的隱藏維度巨觀世界所看到的山海完全一樣。〈自寶船廠開船從龍江關出水直抵外國諸番圖〉隱藏維度內的場景極端複雜極度濃縮性不只是禪師禪機，更深地探索發現其內部複雜性隱藏著某些看不到的新維度一如量子力學或廣義相對論超弦理論所預測額外更多新維度的存在。一如最怪最新的海洋學家的研究取得高維度空間存在的質疑：為什麼我們沒有辦法感受到〈自寶船廠開船從龍江關出水直抵外國諸番圖〉其他維度的存在呢？最尖端的拓樸學科學家認為因為這些繁複的更高維度「被捲起來了」還被捲得非常逼緊渺小細微近乎瘋狂完美……以致於過去研究鄭和古圖的學者從來沒辦法看到也沒有辦法進入。一如過去理解鄭和下西洋的海太過迷惑不解之謎的限制……低度空間的生命無法看到高度空間的情境，這本就是物質世界的先天限制，是無可奈何，一如電腦模擬沙中的世界發現不管放大幾倍精細結構的內部還存在著更精細的結構，對於隱藏維度的探究似乎遇到物理的瓶頸了。然而就在研究這〈自寶船廠開船從龍江關出水直抵外國諸番圖〉山窮水盡疑無路時。一如求解一個複數的疊代問題，以超級電腦將〈自寶船廠開船從龍江關出水直抵外國諸番圖〉複數平面的點集合描繪出來後發現電腦所呈現的圖形跟所有已知的幾何圖形不一樣，其表面極度曲折而且複雜。將此複雜圖形的某一小部分放大來看內部還隱藏著更精細複雜的結構。更深層次的電腦速度和記憶容量非常有限無法進一步揭露圖形中更細微的結構，已經可以確認電腦所畫出的幾何圖形既不屬於歐氏幾何稱之為碎形幾何式的〈自寶船廠開船從龍江關出水直抵外國諸番圖〉。彷彿是下西洋永遠不可能不混亂的隱喻……從放大數萬倍的掃描圖檔的〈自寶船廠開船從龍江關出水直抵外國諸番圖〉的仍然糾纏中進入了這時代的攝影技術全像攝影是全息理論的工程實現。全像攝影是一種記錄被攝物體反射或透射光波中全部信息振幅相位的照相技術。〈自寶船廠開船從龍江關出水直抵外國諸番圖〉畫中的山水島嶼海洋種種畫中物……竟然在高科技反射的光線可以通過記錄膠片而完全重建下西洋的航海狀態彷彿海洋地質學勘探通過不同的方位和角度觀察照片可以看到被拍攝物體的不同角度因此記錄得到的像可以產生立體視覺……

全像相片不僅具有局部與整體之間的相似性而且還兼具碎形的隱藏維度。碎形體的隱藏維度表現在內藏的無窮盡層狀結構的二維平面〈自寶船廠開船從龍江關出水直抵外國諸番圖〉混亂的全像相片內卻更隱藏著無窮層的結構。（以後就會發展成某種狀態持續擴大……一如清明上河圖的3D化電腦動畫中所有鬧市中的市井小民全部都像活的一樣地走動地栩栩如生……）〈自寶船廠開船從龍江關出水直抵外國諸番圖〉碎形空間的隱藏維度也浸透到碎形時間……時間的碎裂全息則是在論述於時間的洪流中，其內每一小段時間不管多小的演化過程都會重演並記憶整體時間的演化過程。如果將這一小段下西洋六百年來的冗長時間完全改變……可以完全縮小到無窮小變成瞬間也卻同時將整體時間擴大到無窮長變成永恆……

時間全息即是指瞬間的演化記憶了永恆的演化成「剎那即永恆」的更怪異禪機般的鵜籠式下西洋體驗。

一沙一世界，剎那即永恆，是〈自寶船廠開船從龍江關出水直抵外國諸番圖〉最後的最可怕演化，下西洋一如包含人類未來宇宙全體經歷長時間演化所產生的訊息。從鄭和所處的下西洋在碎形的時空結構開始變得凹凸不平，在此〈自寶船廠開船從龍江關出水直抵外國諸番圖〉顛簸時空已是這時代的所能觸及最細微時空皺摺起伏仍未停止。時空皺摺之內還有皺摺，起伏之內復有起伏如是重重不可窮盡，而其隱藏維度就是表現在這不可窮盡的層狀結構之中。

為什麼〈自寶船廠開船從龍江關出水直抵外國諸番圖〉海岸線皺摺內還有皺摺？為什麼浮雲山巒等等這麼多的大自然內都是皺摺內還有皺摺？如果是偶發事件不可能會導致這麼多的雷同。究其本源是因為它們所處的時空背景，本質上就是皺摺遍佈高低起伏的。時空的皺摺起伏是要在非常微細的尺度下才看得到也唯有非常微細的……古畫中的〈自寶船廠開船從龍江關出水直抵的外國諸番〉……才會受到時空上下起伏的影響。太過邪惡……那些番邦早在六百年前完全就被鄭和的寶船滅了！那是這幅古中國畫卷軸更深更繁複的隱喻。太多太多繁殖現身的子空間彷彿充斥著神明永遠神祕的詛咒和祝福、保佑和懲戒……其實都同時發生的神蹟。同時現身在平行時空的平行宇宙的隱喻的神經兮兮……

乩說：一如鵝籠中正邪不分層層疊疊時空的折騰皺縮永遠失控必然的隱喻……〈自寶船廠開船從龍江關出水直抵外國諸番圖〉巨觀的邊緣線會隱約呈現其內部時空皺摺的碎形碎片，所有的南京這遺址的古寶船廠開船從龍江關出水的諸番邦……是老時代碎形時空向後來這六百年演化成的這時代時空碎形……所殘留的遺跡碎片的無限神祕。

神祕的還有那神經兮兮番人水手的〈自寶船廠開船從龍江關出水直抵外國諸番圖〉……乩說，六百年後竟然找出了某本老時代的英格蘭裔老水手回憶錄……宣稱他曾經跟過幾回寶船下西洋，因為之前數十年的跑海對印度洋水路的理解過人，而還幫忙畫過那幅〈自寶船廠開船從龍江關出水直抵外國諸番圖〉，但是這也可能只是那個番人的西洋水手鬼扯的虛構故事……那老時代的西洋老不免一如海神般地提及了鄭和……乩節錄若干西洋水手那鬼回憶錄的怪段落如下：

「菩薩開始生氣了……」天氣少見的變得陰沉多雨，寶船上的中國人就會說：然後燒紙錢的儀式就會開始，整條河上或整個海上都冒起濃煙，每一艘寶船旁的大大小小海船舢舨，都得在寶船官吏的指示下，焚燒一定量的紙錢來取悅「菩薩」他們的神。大人得燒燙金的紙錢，海員則燒粗糙的紙錢。鄭和大人是唯一可以評斷紙錢數量與品質的人，而且毫無商量的餘地。回教徒的大人他自己不會燒任何紙錢，只負責看著所有海員最後每個人手上都拿著一根焚燒點火緩慢燃薰到煙霧瀰漫的小木棍。中國人叫做「香」的鬼東西……鄭大人永遠只會站在寶船末端最顯眼的地方，也像他們說的生氣的菩薩，還在想要不要保佑寶船信眾的怪雕像，或就像一尊海神般地一動也不動，直到所有紙錢燒完。但是，我最擔心的，不是菩薩的氣法太過怪異，卻是那幅畫的畫法太過怪異，因為，下西洋海上永遠天空海洋延伸到視野盡頭的數量驚人的山水美景那麼奇幻，但是卻跟他們怪異那幅名叫〈自寶船廠開船從龍江關出水直抵外國諸番圖〉畫出來的光景，完全不一樣。那幅老中國毛筆畫出的長卷軸畫中只有像水墨畫中怪異畫法一模一樣的樹木與花卉，更怪的是那新奇的一如藏寶圖都讓一個初來乍到的我這種西洋人目眩神迷，你會不得不注意到有如此多下西洋海路中的境遇那麼迷人，中國一如寶船在我心中形象令人感動又令人張口結舌到永遠都感到震驚。

一如寶船上的奇風異俗關於中國的古怪料理、迷信宗教、祭祀懲罰……都太過令我好奇！比當過水兵的我去過的別的西洋諸國看過任何東西的任何人都還要興奮，過了太多年，回想起來太不可能。但是，我真的來到了中國。在我跟著他們下西洋的寶船前進時，不但比我過去當水手出海多年的詭譎多變更令人羨慕地迷惑不解……我簡直不敢相信我如此幸運，我不斷地左顧右盼，想像還更加精彩建築物般的中國種種奇特形狀俗豔的顏色形狀服飾色彩蕩在水上的各式各樣寶船更勝過西洋的巨型帆船……

我是在一個忽魯姆斯的某一個小港口上船的，寶船一進外國設有中國官廠的港口，船隻就被港邊的老舢舨群團團包圍，到了我對鄭和大人和對下西洋的典故近乎神話的故事有了更進一步了解之後，也讓我對這奇特的中國民族有了更為複雜的感覺，一如這港口的生意興隆的瘋狂迷戀，原本每個人都各有請求：岸邊的老女人們都要求幫水手們洗衣服，老剃頭師要幫船員剃頭，老婆婆要賣鳥禽，老道士要算命，還有穿著暴露的印度或南洋或韃靼年輕女人想要拉客賣淫。幾乎寶船上的海員們想要的都有人賣。那像是一個鬼市近乎瘋狂也近乎不可能地在剎那間打開……老剃頭師答應在我們停泊這裡的幾個月內，以每個人五分錢的報酬，他可以每天早上搭著他的舢舨上船來剃頭。老女人們搭舢舨來幫我們洗衣服換取零碎的肉或我們吃剩的米飯。她們每天划著舢舨來拿走男人們的衣服第二天再送回來，但是從來不會把每個人的衣服搞混。我們的耳邊終日回響著舢舨上的乞丐的哀求聲，拜託施捨一點飯。我還見過這些乞丐勾起了水手們的惻隱之心，但是有時在要飯成功時寶船上大官吏們卻故意趕走他們，還搶走這些同情的施捨。為了不要讓他們接近寶船或官廠以免多事。穿著暴露的印度或南洋或韃靼年輕女人想要拉客賣淫的她們都多少會說一些中國話，而且跟船員親熱地問候寒暄拌嘴時，說話速度跟英格蘭同樣妓女階級的女人一樣快。更奇怪的是她們一生都好像活在上頭的破爛不堪舢舨前端有簡陋的房間提供接客的祕密地方，但是尾端還有小孩在玩耍，雜物雜陳，破舊衣服被單懸起晾乾，甚至船尾還竟然都釘著一個像籠子的箱子裡頭養了一頭豬，在那裡無憂無慮地進食增肥等著被宰殺賣給中國海員。

一路上的寶船海上鬼玩意兒極端複雜眾多，但是我最驚訝他們的怪異錢幣如此細分：一文錢是最小單位的錢幣，中間有個方形的孔，三文等於一分；六文是一錢；一錢等於英國的七便士。最小的一文錢出了中國以外就毫無用處了；因此若水手要兌換一英鎊，從狡猾的中國人手上換回來的，一定全都是這種銅錢。最令我好奇的是一種寶船專用的沉甸甸不明金屬鑄造怪異動物長相的鄭和錢……

寶船停泊在諸國港口邊中國官廠的城寨內或在下西洋的永遠陰晴不定的大海時，我很多時間都在岸上為鄭和大人在回程前製作那張海圖。〈自寶船廠開船從龍江關出水直抵外國諸番圖〉。除了我，大畫師的手底下除了我還有好幾個中國小畫師，而我最大的麻煩是要防止他們偷學我畫。他們是比西洋人更靈巧更厲害的小偷，而且我真心相信，懲罰偷竊的竹棍鞭打並不會讓他們感到羞恥。他們不允許任何外人進入寶船上的古畫卷軸的畫間。其實他們都不知道真正畫那個長海圖的是那個大畫師……我永遠不知道為什麼，也幫不上忙，因為那個大畫師非常神祕莫測地令人擔心，因為他每次在用毛筆開始畫之前，都要燒香拜佛好久，好像在作法一樣，甚至在計算每個島、每一個海灣、每一個國的不同地形和距離的時候，都還要用一種奇怪的他說有法術的尺，名字叫做文公尺的上頭充斥細小漢字尺寸標示的某一種橫尺形法器，先量過所有軟軟長紙上的毛毛紙邊然後才開始用毛筆懸空許久，最後還邊畫邊念著奇怪的咒語……

太過奇怪的事在寶船上太多……我真心相信中國人尤其在海上的中國人會吃任何活的動物。我養的一隻狗經常跟我一起待在寶船上的帳篷裡，每天晚上牠多少都會抓到幾隻老鼠。但牠從來不吃老鼠，只在牠們死掉後把牠們放在帳篷門口。到了早上，某些港口的可憐兮兮中國人就會拿蔬菜來交換老鼠，而且跟我一樣滿意這樣的交易。在蠟燭做完之後，我移到河岸旁的倉庫去畫海圖比對某些西洋島嶼的細節問題困難重重，我很頭痛。有一天，一個男孩子隨意玩弄我的東西時，被我的狗咬了。我對此很抱歉，並在打了狗之後還幫這男孩子包紮，幸好他的傷勢並不嚴重。我給了這男孩幾文錢，他就很開心地離開了。但不久後，我又看到他父親帶著他回來，我本來預料要起一場爭執，但這父親只是要我的狗前腿上靠近身體的幾根毛，其他部分的毛都不行。之後他把這些毛滿滿貼在男孩的傷口上，覺得病會好才離開。我過去就常聽說中國的老時代醫術，神祕莫測，如果一個人在前一晚步履蹣跚地拔一些咬他的狗的狗毛，真的可以醫好被狗咬傷的傷口。但是我從沒見過有人真的這樣做。直到這次在寶船上真正地看見這種鬼事情。但是因為有的中國人很會騙人，也不知道傷會不會好。

我也跟著海員們在下西洋的某一個島嶼上埋葬了意外惡疾過世的某一艘寶船的副船長，我也參加了他在島上的中國人怪葬禮的怪異祀典喪事。非常隆重登場盛大莊嚴的儀式中披麻戴孝的海員數萬人，令人感動的同情與敬重……一天一夜全島齋戒，一路在墓碑前還刻意做法事唱誦佛教經典的送別，最後還誇張地焚燒火化了好多冥紙做的牲畜料理紙錢，甚至用來塞滿也用冥紙摺成的另一艘送走亡魂的巨大寶船上，希望過世的他可以在陰間也當船長。有些下西洋的寶船送回國的異國大使貴族官吏有我所見過最長的指甲，其中許多貴族的指甲都跟手指一樣長，而且他們小心翼翼地照顧指甲，確保它們如此白亮清潔：我真的相信，他們寧可讓自己的喉嚨被割斷，也捨不得指甲被剪斷。因此，我們西洋的番人握手永遠不會在那些貴族或中國成為習俗。

在那寶船裡的某一段海難完失控的飢餓的狀態期間，我和其他幾個中國海員吃發臭的金槍魚與豚鼠吃到差點中毒。我們把牠們剖開來晾在索具上曬乾，但是月光使牠們產生毒物。他們和我的臉都又紅又腫，但還有其他人比我們更慘上吐下瀉，幸好後來鄭和大人找太醫幫我們放血開藥調養好久到後來才痊癒了。他們用很黑又很臭的草藥治療各種疾病。如果有任何水手或軍官如此欠缺考慮地去嫖妓而得到愚蠢的性病，有時我們寶船的太醫也無法醫治，但那個中國老剃頭師傅卻用祕方能祕密地把他們的腐臭下體偷偷治好。寶船的戒律森嚴，每回犯法、偷竊、打架、懦弱又殘酷的某幾個半醉的海員鬧事會被千戶下重手被鞭打到半死地太殘忍，或是走私藉著計謀偷偷把中國的絲綢青花瓷賣掉，出事還讓整個甲板陷入一片騷動，寶船的官吏就會命偷兒躺在地上以他認為適當的次數用雕刻龍頭的木棍打他的肚子打到皮開肉綻……如果殺人或叛亂種種犯罪更嚴重的犯人則會被流放到荒涼可怕的孤島去等死，幾乎很少人生還，有的被恐怖野獸吞噬或被殘忍土著殺害，據說有的有人接應逃離流亡成海盜或還偷偷地潛回到麻六甲再想法子更遠更祕密地偷渡回中國。

最後寶船到了我剛上寶船的忽魯姆斯，抵達時我這番人不知道自己已離開了太多年，彷彿跟著寶船已然下完太多回的西洋，那幅我跟著大畫家神祕兮兮祭起法術咒語般用文公尺祕密作法才能畫完的〈自寶船廠開船從龍江關出水直抵外國諸番圖〉的諸多諸番外國的西洋……

❖

〈自寶船廠開船從龍江關出水直抵外國諸番圖〉的古寶船廠遺址有點懷念但是又有點陌生……馬三寶對ㄓ說：我老感覺自己在這南京這幾天太過複雜地緊張兮兮……充斥著六百年一直絞痛症狀般地絞動著，太沉重又太壓縮地心痛著荒謬絕倫，恍恍惚惚地快速想找尋更深更接近真實的故事背後的什麼……

但是卻一波波地感覺到這古城陷入朝代更迭太過複雜的時間變遷的皺摺過度差異。ㄓ說：一如命的波折重重，他最受不了的……就是那個修成現在如此駭人地全新到那麼可怕的鬼公園，那個號稱是南京最著名最神祕到彷彿原力守護封印古代的鄭和遺址……那個坐落於六百年前的龍江寶船廠遺址……現在竟然曄變成那麼世俗平庸愚劣的寶船遺址鬼公園，怎麼會像被詛咒般地完全走樣……

曄變成這時代最軟弱疲乏無力的紀念什麼都誤解的紀念堂的鬼公園，一如沒有花的花園或許沒有水的河流，這個寶船廠遺址是空的懸念……後代的好幾朝代早就不造船的古代造船廠，這鬼公園還竟然是南京為鄭和下西洋六百年紀念但是完全蓋成了另一種完全變形走樣的大型遺址變成了可怕的鬼公園。寶船遺址公園就在江之濱……寶船遺址大門牌樓寬十六米高十一米的大廟玄關般的怪異門樓正門橫匾上有著全新的怪書法重書「寶船廠遺址」太新太亮眼的五個大字。竟然花了天價在十多年前把六百多年來我們的老神明神蹟的最深入神通廣大到神祕莫測煉金術般的祕境轉眼間蛻變成完全恍神的可笑歡樂氣息太過尋常遊樂園那麼庸俗地亮晶晶……老寶船廠遺址本來也應該是龍骨帶肉帶骨式的血肉模糊才是的老派講究終究被完全誤解……

那回造訪的寶船遺址公園還怕地方太大出發得有點晚天黑前會走不完……一路充斥意外……入口牌樓極高聳入雲華麗炫耀，但是卻充滿著小孩尖叫聲。

如果不是寫「鄭和寶船古公園」那麼大的牌樓，那麼這個有點荒涼的地方就更像是一個遊湖的老花園，有一條走廊木頭涼亭有很多老人坐在旁邊，有的聽現在流行歌有的聽崑曲的老唱腔，走廊旁邊有一幅極長的銅刻的鄭和航海圖做成半立體浮雕：還有幾個複製的石頭雕刻的碑文，中間還有一個最大的普濟天后宮之碑，還有一隻隻馱著石碑的石雕巨龜，一幅幅圖畫銅板雕刻的一首詩和每一個長幅航海圖上的國家名字的故事奉行的特徵浮雕，有駱駝有高塔有佛像，在那太多碑廊墓碑走廊的外國使節的牆面。馬三寶沿著水邊的木製步道走到更遠的水渠末端，走著走著，鳥叫聲一如哀號的回音如縷中的淒清氣息之中仍然還有很多老人和小孩路人在來回跑步。一路有小心落水小心花木小心觸電種種危險的字樣……就在之前是寶船四號作塘。更遠的水邊的天空可以看到很多蓋起來的高聳建築的高科技帷幕歪歪斜斜屋頂造型迷亂失控的超級新時代辦公大樓高層豪宅，太多天空線刺破的高樓層塔尖非常刺眼，但是可以想像這個鬼地方已經變成另一種更誇張的這個太過尖銳自以為時髦華麗但是不免卻庸俗不堪時代所包圍的始終消逝已久的古老失落遺址。號稱鄭和重達四噸高四點二公尺的銅像佇立在公園的最後廣場正中央，看這一個出船入海的木製假七號閘口。更奇怪的是這個巨大雕像紀念碑竟然有一個地下室的倉庫有一張桌子和床還放滿了書刊、熱水瓶、瓜子果仁、垃圾。像一個不該出現的這時代不堪入目註腳的怪異風光旖旎又破了老風水的地洞……往另外一邊水塘的最後出現了一個海上安瀾橫額的天妃古廟。廟裡供奉了除了媽祖以外還有千里眼順風耳巨尊的神通廣大的很多神像金身。迷信的他還進去點香祭拜虔心許願，如果找到傳說中的古鄭和儀再回來還願。但是那個廟裡的幾個老管理員卻完全不在乎地在廟門旁邊大樹下擺桌專心地打麻將，碰！吃！糊！笑聲極大極開心……雖然天妃廟旁邊的另一間房間電視裡仍然在演一齣八路軍的電視劇非常大聲的槍聲和哭聲。跛著腿仍然疾行奮力走過的老太太，練後空翻的怪老頭……夕陽餘暉越來越快下沉，天色快暗了，寶船更那麼地沉浸沉重的陰霾密佈的陰影。仔細看船的船身每一個接縫都裂開了，弧度曲形的地方特別嚴重，幾乎每一塊船艙的側身木頭表面都開始剝落，充斥著下過太多雨地充滿雨漬。有一個男的竟然在甲板上脫掉衣服打赤膊然後再換上另外一件衣服，腰上有一個霹靂包，還有一個穿緊身褲的運動褲的中年女人在溜滑板，還有一些情侶男女老少心不在焉地只是晃晃盪盪地路過上來參觀，有一個抱小孩的胖媽媽雙肩背包上有一個寶船手機吊飾晃動著……船身上的門扇都是櫺格窗式的，老中國的花樣仍然鑲嵌著。但是在最尾端離開之前才發現有一個小門，有一個阿姨開了門進去，裡面有她所有的窄小艙房般的破爛不堪房間家當，髒亂衣服，床頭的種種雜物的糾纏不清現場的寶船破洞感的破爛不堪……最後終究還是走出寶船。往另一端船塢走……旁邊吹著一種古笙改造的怪異樂器的演奏技巧奇高那個人其實要上在這一個電子配樂的發聲器。

寶船旁竟然還有另一邊的另一種風光的焦慮……一路前來的內心想像或許像西安兵馬俑的出土坑洞那種遺址仍然存在的古老感而充斥著始終殘破的土坑殘破廢棄的挖掘狀態……本來看資料顯示上的保存一次

古代地圖老照片，馬三寶本來以為他會到了一個比較接近老時代考古學的更破爛不堪的遺址出土廢墟的破現場，而不是現在如此重建過一如古裝戲劇場景的太過激烈打扮濃妝豔抹過的風光。甚至變成了更體面地太入世成某種這時代豪宅對岸鳥瞰太過精雕細琢的景觀怪異公園。使得另外一側的遺址水渠旁邊牆體上方還有樓層只有三四樓左右的獨棟別墅甚至別墅陽台就可以眺望整個保存遺址公園的水景……馬三寶甚至都有點懷疑這整個環繞水塘水景而蓋起來的那些仿中國古代建築的混凝土的斜屋頂房子假裝是某一種園林的老時代模樣的用力過度導致某種遺址感的不免太過悲觀地消逝……更後來他又回到入口廣場，這個地方更晚天黑前走了樣到竟然變幻成了某一群小孩子在溜滑板和踢毽子的熱門地點，充斥更多湧入的熱鬧場面的更多父母帶來小孩的跳繩表演散步開小玩具車的玩意遊戲……最後心中忐忑不安的他還是撤離了……從寶船廠公園那太荒涼的地方出來，本來很擔心會回不去……門口焦慮地等了好久好久終於攔到計程車，但是一開就塞車了，出門口時遇到兩個業務人員在賣房子，說寶船廠那一帶的房價好像有三寶公保佑……幾年漲了四倍，發的傳單上出現很多造型像ZAHA外國名建築師廣告中的歪歪斜斜的怪異船型超豪華摩天大樓建築，號稱是全球唯一高科技的美麗風光旖旎的未來建築還以寶船造型開發太空船般藝術生態環境理念打造主題商店街區的仿古歸真強調老派新派融合的鬼東西……一如冗長的塞車的旁邊公車上車廂廣告：未來的鄭和故里主題樂園酒店充斥著老花園古雕像飛簷牌樓廟宇行宮王國傳奇……

那怪異的未來風寶船建築令馬三寶充滿了那回去了那一趟寶船廠所想到太多遠離之後在遠方的心事。就在那個最著名的那一帶廣場最後落成的「寶船棧橋碼頭」最未來感的建築前，雖然以前聽過，但是這回現場仔細打量，仍深深覺得，這精心打造的地形地貌竟然完全歪歪斜斜的唐突長相，還是太瘋狂了。

乍看外貌就只是一如深海打撈不著多年的古老木製沉船甲板，完全沒有形狀，只有上頭的歪斜草坪和棧道，而且失序般地落陷，拉長極長的屋簷就是地表，屋身完全不見了，而且所有的斜長廊折梯歪曲廳室都奇幻地躲藏，摺疊入袖就像京劇的長袖充滿身段高明的神通但是卻又極隱匿地若隱若現。

好怪異的神通也因為這個怪建築令人最愛的部分剛好就是這種最隱瞞的部分，完全藏在半地下的長坡那麼地深刻又那麼地死寂。而且天一黑就完全看不見了，只剩下一段段木製棧道所拼湊的外地表模糊輪廓線，和間歇窄狹遠近排列的燈柱群，很不亮也很令人不安，就像細支仙女棒般的冷光忽遠忽近。坐在那裡等夕陽，心情就像坐在某艘不明的異星怪太空船上等降落，等到天黑，突然遠眺對岸的較容易辨識的令人開心種種：奇形怪狀摩天樓、半帆船型時髦地標旅館、不斷變幻光影摩天輪……之類的閃爍發亮的風光之前，和這太怪又太未來的歪歪斜斜「棧橋碼頭」比起來，那些炫目華麗的剪影卻只都變成上個世紀的老花樣。馬三寶始終沒有那麼緬懷或傷逝。一如魚眼鏡頭看出去的畫面的變形，所有的長相都變成弧線而拉長，拖一個尾巴向兩邊的遠方。依稀還可以辨識那原來是什麼，但是，所有看太深看太久的過去，都不免會已然就是因種種緣故而如此誇張變形地走樣了。馬三寶那回去南京，因為太多的差錯的始終意外遇到太多怪事而擔心所以耽擱，也由於這多年來了太多回到他都有點兒對切換找尋鄭和古董文物怪路徑種種陌生的太習慣或太不習慣，主要是他也完全沒有想要去南京更做什麼的不得不，就變得更為懸置、鬆散、荒腔走板的走音，但是，奇怪的是，卻也沒有真的打從更內心深入地在地放棄。後來馬三寶自己一個人的時光，在老寶船廠的空鏡頭裡，陌生的地方的窗遠遠地看到了又走不到的，或許只是那瞬間瞥見，大霧瀰漫前的最後林中路回首，或就像是最好吃的鄭和蛋般最入口即化的美味也都是只有一剎那。這些表情都像平均律或郭德堡變奏曲式的一再重複聽十年都一樣好，好像憂心忡忡但是又像調琴師在試每一根弦那般隱隱約約地精密地上緊地等待繃緊地彈撥彷彿無主題還沒有浪漫派以後的標題音樂地切題聳動……那種中國園林或枯山水下了雪正融化大半裸露石苔的令人謐靜。

更後來的馬三寶仍更久地坐在那歪歪斜斜一如地震扭傷的未來風格寶船建築「棧橋碼頭廣場」怪異甲板木製坡面上，發呆，回想這趟旅行太多的空洞及其不滿，太多太動人的一剎那都太快消逝了，一如那現場的暗黑得如此奇幻，他不知為何始終走不開，只是更被說服，更難以描述地被打動，所以就只能陷在那裡，一動也不動，彷彿就是和很多夜色中的情侶一樣，正一起眺望對岸的河畔著名燈火長岸倒映內老時代河水的迷離那種很迷人而有種老派的浪漫。但是，馬三寶太失神了，而且老回不來。更後來，下雨了，他想到當年寶船廠歷史變幻無常的太多，心情還是有點切換，覺得老派仍浪漫有時候在這種意外也出奇地好。尤其，那時候坐在暗黑斜坡抽菸太火恍神太深的馬三寶竟然突然想起來，一如一個玩笑或是另一個意外，臨時忘了又臨時想起了的荒唐……更不可思議的事發生了，死寂的夜色中，空氣開始更悶悶不樂之前，那建築的底層廣場大廳露天銀幕就在那時候竟然播放起回教梵唱，好窩心而溫暖一如那老年代的喚回。馬三寶更仔細看，還就是在重播演出那部前一陣子那下西洋典故所改拍成的鄭和歷史劇。因此，就在那未來感迷幻的淒淒慘慘冷光夜色裡，他走太離譜摺疊而造訪太多怪地方的不免過度空洞、疏離、流放感，或每一回來南京更意外找尋鄭和古董有時失望的時差的某種恍神與心虛，就被撫慰而療癒了，因為，在那一剎那，他竟然在那裡太過遙遠黑暗的銀幕中，就看到快死的鄭和還穿明朝官服所演出太老派的仍然忠心耿耿地忐忑，演得還勉強地動人。他那充滿皺紋的三寶公的笑容，也太意外地浪漫了！

一如前一晚的噩夢中的馬三寶曾經到了一個沒去過的南京城，不知道為什麼去，但還是走了好久，太疲憊不堪到想放棄了，後來走到了一個鬧區，大雨太大只好找地方躲雨，後來，走進去了一個沒去過的好像是寶船主題百貨公司的怪地方，很多層樓賣很多鬼東西，但是，都是他從來沒有看過的東西，上頭標示著他沒看過的文字，一個太奇幻的外星球來的太空艙般的太多層寶船特殊樓層一如太空船開發出來的古怪食品材料寢具材料防火材料高科技釋出民間所特殊應用在日常生活的像是外星球的器物，有一層是充滿各種四五個袖子七八個褲管的鑲滿珠花碎鑽的閃閃發光奇裝異服，有一層全部是他不知道怎麼使用破破爛爛的像刑具的古怪傢俱，另外幾層充斥著怪電器怪機器甚至怪武器據說是寶船專用的，最後一層甚至都是長相猙獰的飛禽猛獸，兩個頭的半虎半獅怪物、四十八隻手的瞠目叱視巨大猿猴、全身隱隱發光而頭角猙獰的古代祥獸麒麟……長廊末端像是一個太偏遠古文明的異常博物館或就是一個太神祕玄奧的藏廟，供奉和陳列展現的都是他看不太懂的神祇及其坐騎及其法器，都有其寓意和神通的極其動人，只是馬三寶看不出來，後來他不知如何是好，雖然太有意思了，但是，他實在精疲力竭到完全無法集中注意力了，最後，只就是，想要找一個地方停下來歇腳，但是，人太多，他太累，要等外頭的大雨停，但找不到地方可以坐，後來繞了好久，才找到了，好像有一個有很多椅子的空地，很多人坐在那裡看外頭窗外滂沱大雨仍然的風光，但是，好累的他還是沒待下來，想了一會兒就離開了，好像在擔心些什麼！但也想不起來，只是，就往外走進大雨中。

夢中，氣候曄變得忽冷忽熱又忽晴忽雨的天氣預報老失常失控的狀態太久，馬三寶始終無法釋懷地出門……一如過去地進入那怪寶船百貨公司的陰沉舊樓層，老聽到有悶雷地轟然而深沉的怪低音環繞混淆不明氣息的午后最後天光，他不知為何老胸悶而頭痛欲裂……最後還是決定先進去找尋到底那是什麼鬼地方，不要讓其他寶船廠的老師傅們等候太久……就在雷同的馬三寶找尋了六百年來的破寶船廠老建築舊時代彷佛鬧鬼的廢墟般的寶船廠暗黑角落破大樓，那群太過熟悉的幾乎認識了好幾輩子的老師傅們都來了，所有的白髮蒼蒼的老人們都心事重重，彷佛回到過去老時代又來臨的動心忍性，充斥著猜忌不安的情緒反應熱烈過度解讀憂心忡忡的難關還是無法解決，太多太多勉勉強強斡旋危機意識不足問題的法會要上工前的焦點失焦後除了爭議不斷的種種老問題的依舊沒有起色……只能太過敏感神經衰弱般地忍讓、妥協、種種辯護終究是勉強接受的心情餘緒太過強烈……

但是奇怪的是，有另一種莫名的祕密氣息感染……還有更重要的事在後頭，匆匆離去前的老師傅們還在商量更多背後的細節，不知為何，天氣開始轉變激烈起風……天色漸漸暗黑……就在那個怪寶船百貨公司上會議開完之後，外頭玄關出現了穿著制服的黑衣人馬列隊畢恭畢敬地待命，不知為何太過慎重地準備好全黑禮服的怪異寶船的船隊正積極趕工完成任務地分批前往，所有的神經兮兮的步驟完成使命都好像策畫很早就決定那時間動身……無論如何天黑以前就要到場的緊張兮兮，彷佛拚了命都要去寶船廠不遠的後山上的某一個名字奇怪的什麼殿還是什麼宮之類的鬼地方，感覺上老師傅們早就說好也約好地祕密進行很久，只有我不清楚，還問他們要去哪裡？一路上的跟著趕路上路之間的距離越來越逼近的恍惚疲倦的馬三寶還是斷斷續續聽到他們的交頭接耳：「晚上的法會下午就會先點香誦經……待會兒有人就會先去……快開始了……有上師（仁波切還是活佛還是法師還是上人馬三寶沒聽清楚）要來……今年規模比前幾年大……助念要三天三夜……要發願才能撐過去七十二小時不能睡……太法喜充滿了……一生難得遇到的……」老師傅們在彼此有意無意的暗示中，到底怎麼回事怎麼出事都完全失控的越來越緊張的馬三寶也才發現，他們好像都已完成過多年承諾的朝拜祭典儀式的每一年每一場禁忌法會都冒命前往的堅持信念太過激烈地虔誠信仰哪一個我不知道連聽都沒聽過的祕密宗教的祕密神祇……

但是馬三寶不好意思問在更早之前寶船上開會議的太多議事程序擱淺傾側的會議空檔時間，他低聲忍不住到最後問了還被所有老師傅怒叱嘲笑，彷彿破壞了默契或洩密天機必遭天譴的震怒……法會後的某個時間在老師傅長廊死角所遭遇的有個比較同情他的好心教授終於透露，還是偷偷地質問著馬三寶這陣子怎麼了，老在恍神狀態也老忘了事，老是不記得這種要緊的上頭的交代……都說這年以來他們有跟他說過好幾次了……這是生死攸關的多年最大的影響未來數百年數朝代的可怕盛事……完全沒有外人可能明白也沒有前人可能理解……多年來的孤注一擲般地拚命用心用力，其實這怪寶船百貨公司和這老寶船廠都只是藉口的掩護，那麼多年以來用心修煉的老師傅們都只為了在這一個一如古今中外最神祕也最龐大的寶船祕密教派。

每個教派的教徒都是千載難逢地要感激鄭和已然變成的神明保佑及其安排讓他們可以用這一世來償還前世和來世的業……或許，因此在這一世會異常辛苦到轟轟烈烈……犧牲奉獻一生，就像……多年以來的感人事蹟始終無法釋懷地動人……一如寶船在法會典禮後就也要上寶船廠的後山渡口，來寶船百貨公司的客人們好不容易才都已經準備好要捐出活體器官或是用肉身擋子彈地去打西洋的洋鬼子，或是捐出自己的肉身精血骨骸來打造寶船的祕密龍骨……其實，終究他們這些越來越入迷的老師傅們遲早也都準備好……要壯烈地殉教了……

後來到了另一個陌生但是盛大的寶船主題樂園的慶典現場，太多人太擠太髒的現場正在大亂，馬三寶因為太晚來而錯過了，他避開很多正式的場子只躲到一個角落，就在另一個地方私下地問他們有什麼有意思的慶祝儀式嗎？後來，不知為何，走出來一個穿得很講究的古裝扮像鄭和的花美男，他很自豪地開始說好久，大家在圍觀，外頭很吵很鬧，所有人還是沒聽清楚，彷彿是一個和什麼潮文化有關的煙火，不過他也不在乎那主題樂園慶典需要的需求或形象上的更專業的講究，只是彷彿在玩，拼湊積木或家家酒式的心情，和他心裡在想的寶船主題樂園或許可以蓋出某些太新或太怪異文明可能的玄奧相去太遠，甚至，他只是在玩，或許他就只是用了一個遊戲的想法去做了那個樂園，但是卻做成一個破敗的很多長相奇怪但人可以坐上去玩的歪歪扭扭溜滑梯或鞦韆般大型設施器具的破煙火秀場，但是做得太草率像是半小時用摺疊的有色紙片摺疊所糊出來的一些大大小小的匆匆忙忙割出來的五顏六色的小紙屑的紙紮屋群……，鄭和一直解釋但一直解釋不清楚，後來觀眾就不問他做了什麼而改問他這個想法怎麼來的，他又竟然說了更久更賣力，還拿出另一個更大更華麗的紙紮巨型寶船，說了又關於另一個他也解釋不清楚的遊戲，馬三寶聽鄭和又說了很久，大概是他小時候玩的一種遊戲……但是，怎麼玩，怎麼用，怎麼會在這裡出現，他還是聽不太懂，那是小時候的他，卻始終緩慢，太過木訥，被太尖銳犀利的夙慧老家族親戚小孩開玩笑，嘲弄地說他是少一根筋的長不大時，他會開始口吃傻笑，有點像變態殺人狂小說裡的那種太過安靜到人生悶痛到無法控制也無人知曉的男主角……

有一回他用心地拿著家裡老棉紙廠斑斕華麗的數百種老紙樣本，一大捲一大捲七彩霓虹般，色澤等高線地貌打開，孔雀的羽翅顏彩地，太過不可思議的弧度質料的老棉紙竟然過度皺摺地質勘探般的存在甚至一如動物肌理太過野生，像是《阿凡達》森林裡的物種標本那麼璀璨亮麗，到舊紙紮店大木桌借老師傅看，解釋他想用「老紙」重新找回蝴蝶效應般的過去，重做什麼的某一種的老家族的過去的光景，一如他提過的少年時代太悶燒沉默因此去看寶船廠旁的三寶廟那個古怪的乩身上了就像神經病的開光老法師路上老迷路種種跡象的離奇往事地太過緊張又擔心……

老乩童法師老勸他，一如三寶廟正殿斜屋頂坍塌前的那八卦藻井的種種那晝無生命靜物機械物件般的卡榫斗栱雀替木構件入迷的老木匠，只要夠入迷就可以找到出路的未來的破洞過的一生可能如何再度安靜可以用個性的害羞木訥不再逃離，而用手工做點什麼或引發什麼或縫補什麼，他因而感動地哭泣還老會想到他童年的老家老棉紙廠舊工坊始終無法忍受的汗流浹背一如紙張從無到有的滲泡的地心引力在紙紮屋簷也如同真實的八卦藻井建築內端暗藏玄機的文公尺尾端的曲度而更打開什麼的忐忑不安……

後來的馬三寶也不知為何就野生地想降落在那怪地方，每天一如京都老匠師幾代目式的舊時代工法，打造這一幢一幢的紙製寶船廠的他始終著迷手工的這星雲般華麗冒險雲彩的紙紮船身，找尋更抽象更概念的工筆畫般的渲染雲端彩霞色澤，在完全弧度的老棉紙接縫寶船形版身端詳出的看不見的城市或是不存在的建築種種揪心的關於紙製冥器的種種懸疑感……一如糊紙店的老規矩傳統龍頭竹紮骨架安置儘管內裡的複雜骨架結構常因為被表皮繃布紙糊後所覆蓋而在完成後消失紮綁輕易碰撞而毀壞原貌，喜事紙糊龍頭龍尾龍頭竹骨架紙紮寶船工事一如傳統紙紮老建築的歷史感極端陰森可怕……甚至因為旁邊圍了一大群人，太吵，而馬三寶無法專心，而且他在好不容易回神以後，才留意到那個鄭和花美男腰上好像佩帶了一把西洋火槍。雖然他心裡想那應該是把漆彈用的太逼真的玩具槍，或是他那古怪衣服搭配中較花俏離奇的配件。但是，才一恍神他就走過來，拿起那把左輪西洋火槍，瞄也不瞄準地就一如當場對馬三寶的腦門連開了好幾槍……

夢中龐大紙紮寶船工事的密室……沒人在乎，也沒人發現那工地是紙紮的寶船的怪狀態……完全不能接受這種宿命的馬三寶快死了還用心良苦地替別人看工事。一開始還因為太久以前的心情而在狀況很不好的病情越來越糟的時候忐忑不安地答應得勉勉強強，但還是去看工地的充滿意外的現場，不知為何，好像開工沒有拜土地公祈福儀式的沒人保佑的充斥著意外發生頻仍的不明不白之冤的詛咒，時間久了，所有人都越來越隨便亂來，只有過度強烈不滿的馬三寶還死命在看場子。很多天的工人懶散偷工減料下手亂漆牆壁亂漆到還沒漆完就掉漆，剛綁完的紙紮成的寶船身的船艙列柱就像鋼筋混凝土澆築的模板不小心撞上就崩壞而磁磚剛貼完就歪歪斜斜地剝落……近乎不可能的種種差錯到每一層紙紮寶船數層樓尾的弧度傾斜樓梯扶手都出奇地歪歪斜斜。工事做了很久還是好像沒做地空曠荒涼，工人越來越少來之後的始終不甘心的馬三寶仍然還是每天一早就去空工地等著。更久以來的等待嘶吼喬事情的且戰且走的始終沒辦法接受放棄的失望深處……懷疑著老也問自己為何還看得這麼用心。根本沒有人留意過工事的一再出事。每天馬三寶仍然不知道自己老在做什麼還拚命做。每天在爛尾樓般的工地現場的潮濕到近乎空氣都潮解的死角……等待太久之後老發呆地看苔蘚長出的建築角落發現蠕動的毛毛蟲蝸牛爬行過猖獗的蜘蛛絲盤繞糾纏著大群無頭緒的蟻群拖行著的被咬死半腐爛的蟑螂屍體，整個龐大的紙紮寶船工地的一如巴別塔一邊蓋一邊垮的每一個塔身局部樓層樓尾都那麼破爛不堪惡臭飄散地充斥著野狗尿，還沒完工就老像早已被廢棄的無人廢墟。而死守在廢墟的他老像快死的野狗……

夢中，馬三寶始終很懷疑到底是發生了什麼事，或是他怎麼會困在這裡頭，那鬼地方是怎麼回事，為什麼紙紮寶船船廂末端房間正中心竟然是一顆發光發亮的怪龍頭形球體，甚至彷彿是一顆活的星球，龍頭的腦門裡頭住著另一種古怪妖怪一如外星生物的生態的充斥著有機物種感染變化他看不出來是什麼的活生生的龍眼龍角之間的怪球體光影迷幻地懸浮在一個暗黑的怪房間裡……

但是那是一個房間嗎？馬三寶怎麼知道，或是怎麼可能想像，他的充滿懷疑的眼光盡頭仍然無法理解，除了那寶船的末端傳說是鄭和房間邊緣的線條四周有漆剝落蜘蛛絲盤繞的死白牆壁，圍成一個矩形的沒有窗口只有一個遠方門洞的甚至有點狹窄的封閉一如囚房的室內……而且不知為何充斥著妖怪星球的光環褪色模糊曖昧霧氣周圍放射狀的星雲……太過逼真地就像是天文望遠鏡觀測的宇宙爆炸星空，氣象萬千的祥雲起霧的彩虹倒影映射，甚至就像是慢動作的速度一節一節放緩的跡象不穩定的科幻電影特殊效果凝結時間地震央，龍頭一如恆星的恆心般仍然充滿著大大小小的十幾個漂浮著的太空船或是人造衛星……但是，怎麼端詳在那寶船密室般的房間裡都太過擁擠的始終不耐煩悶熱的馬三寶卻還是忍不住自言自語，或像是無意間地露出關心地對那彷彿通靈犀的星球說，或許也不是明說，只是抱怨……房間好擠，如果要這麼擠，可以換嗎？寶船可不可以是太空船或人造衛星，有沒有可能登陸……讓某種活的什麼可以長出來……馬三寶感覺自己快斷氣了……疾行得快要解體的那一艘紙紮寶船上的那一群汗流浹背痛苦臉部扭曲變形的工事中的大漢，不知道為什麼或做了什麼，竟然就整群人一起上工還就擠在一台破爛不堪的彷彿隨時會解體的工程車趕工的感覺迫切地恐慌，上工越來越疲憊不堪的越來越荒涼的工事，彷彿沒路再回頭找路，天黑後的時間拖太久，有人餓得叫苦連天一定要吃什麼，但是因為一路趕工下不了寶船，後來一寶船人就在船艙上尖酸刻薄地拌嘴一路吵。馬三寶也不知道為什麼會在裡面狹窄的車廂座位跟他們擠在一起，而且還好像真的跟他們一起上工太久……就像那種一群意外的工匠們太久上工之後狼狽地出意外，所有人都不知道怎麼辦還是只好一起歇息的無路可走的交情……後來紙紮龐大的寶船工事在停工，馬三寶去找吃的鬼東西，工地旁的那一個荒涼的小店開店的蒼蠅太多的攤位前，有個看起來很奇怪的髒兮兮的老人，吵得最凶的那個寶船上的大漢，吆喝著他要熱湯，要吃肉，甚至人肉也可以……

一如最後的馬三寶走進那一艘浮在水渠旁的寶船形貌的巨大木船裡。那木製棧道走入的底艙入口大廳非常狹小但是卻出現了很多隻小隻的模型栩栩如生的古代木船，據說那個木船師傅很有名，曾經做過很多模型船得過很多獎，但是放在這個寶船入口實在很奇怪，使這艘寶船變成不是寶船，而只好像是一個年久失修的倉庫，好像一個假的袖珍博物館，充斥著更多的十幾艘各式各樣的木船，寫著各種介紹，有鄭和的寶船、馬船和戰船各種縮小版的船身，甚至是木刻傳說中為寶船艦隊下西洋六百年前觀星導航的古鄭和儀……或許是他自己有錯覺以為好像可以找到一艘更逼真更接近古代現場甚至還有老時代流過血在海上漂流過的斑斑駁駁痕跡。即使這艘寶船仍然還是龐然巨大，比起他在其他國家鬼地方看過的寶船都相對大得多也逼真得多，甲板上的廣場也非常寬敞到船側還羅列著五六門老火砲和一艘小木船……頭尾船艙的甲板地坪其實是斜坡面的傾斜。樓梯極端陡峭。夕陽餘暉照在暗黑的砲管身投影到地上甲板倒影出陰霾籠罩心頭的陰影。高聳入雲的木頭桅杆，裹纏著繃帶般麻繩的前後兩柱，加上頭尾船艙上的另外三根小桅杆，太過緊張兮兮。有另外一家人也是父母帶著小孩來參觀。一如那個爸爸對那個好奇的小孩解釋，這艘寶船如果壞掉了不能動怎麼辦？想要修船但是修了六百年還修不好，只好擱淺在這個地方……一如所有的狀態都太過充滿隱喻的超現實……一如有一個父親拿著手機大聲對天空說話下外國英文難過的風險太高訂單的挹注獲利的斤斤計較，一如寶船旁竟然有一個穿白色汗流浹背的老頭正在疾步練功般地倒著走。老人兩手左右晃動，彷彿浸泡在某種老時代艱難曲折的時光荏苒，小孩們卻太過開心地跑來跑去……

馬三寶最後離開前坐在最高的寶船末端桅杆木製的斜梯上頭危險的位置，感覺好像到這裡的令人暈眩的高度已然是時光荏苒的終點，太多太多的歷史破爛不堪的幻覺般的風光……一艘浮在地上假裝是浮在水上的寶船，一如擱淺在那一個荒腔走板的荒涼水塘之中，或是擱淺在六百年至今已然失焦過度的時間皺摺末端，一如那一對年輕夫婦正在熱烈地對他們過動小孩解釋和拍照，提起這寶船六百年前太多太多太過老舊的故事……那麼久的嬉鬧而手扶著火砲的砲身還笑容滿面給爸爸拍的那小孩仍然過動還更好奇而陌生地大聲問著：「鄭和到底是誰呀？」

末篇。寶船老件考。顏鄭堂。

一如老祖宗鄭和被閹割還是因為種種緣故而傳說還有後代開花結果地繁衍後代的怪現象的無窮荒謬……其實自以為太多代以來子孫滿堂的顏鄭堂也早已絕子絕孫。

那個太過怪異靈光一現的是童年的我彷彿被託夢地做了一個怪夢……夢中的那個龐大的顏鄭堂變成了一個老中藥店，老店裡頭充斥著太多藥店掌櫃老藥師頭手學徒長工甚至擁擠不堪的前來批藥的客人們病人們……竟然所有人都不是尋常肉身，而是變體的弧度折光細膩精緻如蛋殼吹彈可破的某種青花瓷製的臉孔眼睫瞳孔鼻尖雙唇下巴脖頸到甚至那鄭和瓷式青花的頭顱連接的全身四肢肉身。

鄭和瓷白的夢中的那著名老藥店的中國建築彷彿蓬萊山頭庭院的合院四側雕梁畫棟龍柱斗栱雀替刻花繁複的傳統六進六落奢侈宅院的側廡迴廊充斥的舊房子的許許多多舊房間都接在那長廊的末端，裡頭的光暈那麼優雅但是又那麼慘澹……

那所有的夢境令我至今回憶起來還是充滿激烈的情感：那是一個太怪異的夢中有很多人在擺攤。中藥材擺入老房子裡，沉悶龐大的木製梁柱下的各種藥味芬芳腐臭。光線幽暗，老親戚都回來了的近乎廟會祀典的太多老家人群擁擠，地上有很多破爛的稻草、麻繩、廢棄物、乞丐、叫賣的攤販。老家人竟然還有更多更陌生的種種番人、藏人、夷人、印度人、阿拉伯人、穿長袍的黑人。太多來歷不明的種族怪人。甚至滿面風霜滄桑，獨眼，臉頰有長疤。甚至，所有的人臉都是青花瓷冰裂紋的肌膚的人頭。

太祖父充滿淚流滿面的淚水地說：我隱約還記得，一開始走近的時候並沒有那麼怪異，從外頭看，那只是一個純粹中國風的老房子，在某個鄉下林蔭曲徑的終端，我不知為何在那裡，也不知為何跟著很多人進去參觀，在當時的混亂之中，我始終也不知道發生了什麼，而且一直感覺不到逼近的群眾的逼真感，像是魂飛魄散的遊魂一縷飄浮在其中，或只是恍惚地彷彿是從另一個遠方用望遠鏡偷窺所拍到的現場一如視覺特效的人群大亂，感覺不到濡濕滲透衣著那汗流浹背的潮濕，肌肉賁張於摩肩擦踵的緊緊張張，甚至聞不到旁人的體味或任何現場的氣味。

只記得那過度優雅的老房子仍然充斥了某種難以描述的隱匿其中的古怪，一如所有花的花瓣都太美麗盛開到像假花，沒有瑕疵，所有的傢俱竟然都是像被雪覆蓋那般地白淨到晶瑩剔透，但是，仔細看才發現那些弧度美麗的小牛皮扶手長沙發、八仙桌、太師椅、老電視、老虎窗、葫蘆門、古董床，舊機械鐘，竟然都是用雪白的青花老瓷所做成的。

但是，就在這種近乎光澤透明雪白的完全用瓷磚和瓷器般的每一個角落，這最後一大間鄰接後花園的龐大花廳的正中間那繁複的用小馬賽克拼花拼成的一張神祇的臉孔的正圓形，卻被挖空了，所有的圓洞邊緣坑坑窪窪的殘缺弧度都滲水而露出了暗黑深邃不知通往地底多深的古怪空洞，而且好像已然施工很久而且還正在施工，我們所有來參觀這老房子的人也不知為何地全部集合到這花廳之中，每個人都被要求要扛住那圓洞的一個邊緣的角落，而且得屏息地一起用力一如拔河般要拉住或拉出什麼，就這樣，所有的狀態變得十分沉重而緊張，我們彷彿就困在那裡，變成奴隸般的苦力，但是卻沒有人死命埋怨或交頭接耳般地囉嗦碎嘴，只像一群工蟻般地埋頭施工，就在那段難以想像的冗長時光中，我越來越懷疑，雖然還是雷同地疏離而不真實，所有的人竟然也都很認真投入地用力，就這樣，竟然在最後從地上拉起某巨大圓柱體形貌的鬼東西，而且雖然弧形曲面周緣有著仍然是那麼地油膩闇黑的液體滴落，搪缸汽缸所充斥潤滑濃稠的黑油般地令人不快又不安，但是隱隱約約仍然可以感覺到那龐然圓柱竟然也是瓷做的，就在我心中充滿了疑問，正想詢問這到底是怎麼回事。但是，心中卻突然閃過一個念頭，這或許就是傳說中的那一口井，裝著某不明神祇的珍寶，失蹤多年到沒有人確定那是否是謠傳，或只是那不明異教信眾的以訛傳訛的徒然神話。像是獨角獸頭骨，土造附靈小傀儡身形的怪神明或破裂佛骨舍利般的顏鄭堂更老時代的遺址寶藏碎片。

就在那時候，我竟然真的回神，所有扛井的人的沉重呼吸聲，汗流浹背的潮濕黏液，沉悶的花廳空氣的停滯而混濁，就在這種種超現實古怪現場恢復了現實感的那一剎那，在我瞳孔末端的弧度中才感覺到了那更炙目的全部房間裡那古怪的古瓷所發光成強光的死白，也才同時全身不自主渾身抽搐地發抖，而且，從地底冒出了始終轟轟然的微震晃動中，我才突然聞到了一股顯著逼身的惡臭，那種彷彿是深埋太久無法見光的闇黑深處浮出的鼻息，神祇神通的揭露的剎那，我們都將殉身於那當下的威脅，令人髮指到完全無法描述的氣味，那種極端恐怖的惡神般復活過來卻找不到肉身的震怒，忐忑不安的太多過去的詛咒所封印而死寂太久，所因此散發出來的近乎令人窒息的屍臭。

在那一個顏鄭堂的怪夢裡頭充滿太多暗示，子孫滿堂卻又可能早已絕子絕孫的自相矛盾的餘緒……因為所有的老家人都是青花瓷裂紋的肌膚的人頭臉龐早就破碎不堪回首到一如破碎的拼花般的青花瓷古董，太祖父提及太多年前他逃亡的前一晚的準備想脫手的很多老時代寶物，一對唐朝的大內夜光杯，宋代古墓出土的古玉鐲，雕刻祥獸七隻在壺頂的銅酒壺，都出現了傳說鄭和用過的上頭有麒麟圖的御賜青花瓷紋，太多太多的過去收了一生的價值連城的古物，來不及拿了的遺憾。最後太多器物，只好決定要分兩袋裝，防撞的小心翼翼的避震裝置如何放入老檀木盒包裝的講究，最後關頭還老擔心好看大大小小木盒的挑剔，心想著「天啊！我有病啊！什麼時候了還在想這種事！」後來果然出事了，完全像是一種災難的前兆，其實完全沒有人在那天快亮的現場。

等了好久，門前有很多繡花鞋但是卻又髒又臭，排滿老殿木門口，天氣很冷的晚上，在那裡突然變得非常地焦慮，胡思亂想了好久，想放棄的時候，等的人終於來了，但是分了兩袋的一團混亂的青花瓷寶物要交時，才發現最重要的那袋忘了拿，他說：「來不及了。」只好放棄就走，不甘心地逃離。

一路上的夢中那巨身的青花瓷色般地怪異的很多地方都有非常鮮豔老布衣顏色，而且是老時代廣場上的怪慶典祭祀有一點點像廟會的怪東西，繽紛多彩炫目到可怕的藏教老布幡，刺繡八仙彩，舊時代的鑲金鏽字花邊錦旗台，巨大神明七爺八爺牛頭馬面華麗但是老舊斑駁長蟲的破爛不堪的道袍；卻都變成青花瓷花色斑斑駁駁拼花彷彿是曾經神通廣大的神祇們撤走了，每一個古城中的廟埕、街底幾乎每個長出青花過角落的鬼地方都再也看不到人影。

一路跑得感覺快出事的我好像是剛從服役太久到完全走樣的可怕軍隊退伍，慌亂的我不知是從什麼鬼地方出來地走了好久，後來勉強遇到了一個老朋友，他找我跟他去打天下，或是勉強去那他經營多年的老店去看看，後來走了更久，才到了一個很忙的破房子的地下怪店，勉強算是相當重要地幫忙，但是仍舊無法理解為何自己落到這種下場，也不知道是不是要待下來工作，後來上車要走，他在車上睡著了，我想起當年我跟他的關係很奇怪，最後關頭。老朋友下山騎馬，我給他載下山谷，一路都是極端陡斜坡凶險的狹路，他說他要一路騎回老家，本來要跟車，但是自己騎比較快。之前分派時有好幾台車載多人，一起擠在小小的車廂中的某種小發財貨車司機旁的座位幾乎爆滿不可能地坐在彼此身上，但是不知為何，充滿歡樂氣氛濃厚的情感懷舊，過去式的太多太多往事中的互相嘲笑別人和自己一樣尖酸刻薄，但是出奇地開心的大家都很愛那種感覺真的太過敏感……夢中最後的我去看一座古城，非常龐大古老的建築廢墟，走了好久走不完，到最後終於出來。卻在入口的橋上遇到一群穿著古代圍兜的童子，但是更仔細看，是青花瓷娃娃成群放學正要坐上一台怪車，青花瓷身的內部還因為其實是複雜的機械做成的四肢頭顱肉身，竟然可以像真的頑皮又天真的小孩到處亂跑，碰到一個老時代的市集市場一進去裡面看充斥著很多鬼東西，失蹤不見的我很著急，後來更往旁邊走，一路看，還有很多老中藥店、雜貨店。混亂的思緒不斷擴大的街頭，最後太祖父也祕密現身，提及早年先祖東渡台灣十去六死三留一回頭。到太祖父那幾代的靈骨四散在內山墓地路邊的墓位，還有一罐是跟土匪廝殺屍骨無存的衣冠塚。太祖父說以前掃墓要二三天深山裡四處奔波，後來才打造的撿骨放在同一個地方聚會祭拜的後人緬懷先祖的顏鄭堂。

我陪他去看一家老時代古董店，裡面有很多不知道是什麼的怪異到像佛具或是冥器的鬼東西，太祖父想拿起來問價，但是那個店東老太婆老闆娘卻目露凶光到充滿敵意。有一個半青花瓷半老機械怪金屬零件，本來以為是童子們的怪配件，但是拿出來一問卻不是。而且老闆娘不太理我們，老玻璃櫃裡面還有更多沒看過的鬼東西，所以我心想一路那麼多青花瓷杯盤瓶罐種種到機器零件也竟然是這怪店在賣的。逛遍所有其他的老地方就越來越窮開心地一路近乎拭淚崩潰邊緣的時候我還是無法理解為何我會在那裡，甚至最後的我和太祖父就走散了。

後來看到那些破碎不堪的青花瓷機械小孩身上的宣德字樣印章，近乎瘋狂的狀態的我才發現自己開始心慌……因為內心深處才發現其實所有殘存的後代都只是老時代重新組裝面目模糊肉身崩裂的舊瓷娃娃群，一如老祖宗鄭和被閹割還是因為種種緣故而傳說存有後代開花結果地繁衍後代的怪現象的無窮荒謬……其實自以為太多代以來子孫滿堂的顏鄭堂也早已絕子絕孫。

❖

太過悲觀的太祖父老說：神通可能是枉然的……轉世也可能是枉然的！顏鄭堂終究是一個死穴般的地煞太歲的凶險風水。

顏鄭堂的太過悲觀的祕密在於苦心修煉的肉身才能是祖先傳子孫的更神祕轉世神通的費解殿堂……因為太過艱辛的困難重重，只有太祖父修煉成的神祕神通才能傳給有承接神通的隔代子孫後代間已經成為顏鄭堂更龐然近乎偉大願力的可能……

做什麼風水都救不回的死穴口，只能……什麼都不做……三年完全閉關的死心修煉才是某種逆反地入世的更野心勃勃的可能……太過複雜的天譴般嘲諷，太廢的風水已然沒救，沒有什麼是百廢待興，不為後代顏姓子孫後代做什麼卻更集中心力在過去鄭姓祖先過去數代的老鬼自身來修煉這種轉世後代的神通……

或許那並非僅僅是隱喻的人和鬼之間的相互依存，必然的死亡致使肉身崩潰邊緣在敏銳過度近乎斷氣過程仍然小心翼翼……一如更多神的天啟使死去的人得出其終極關注不可避免的肉身可以更神祕地放棄，死去前的更離魂到用心神入的祕技近乎藏教活佛轉世……

逃離肉身的神通……一如那最突出太祖父自身修煉多年近乎祕術和暗藏的顏鄭堂神明廳風水中，轉世神通的無所不在一如鄭姓祖先歷代老鬼感悟的這最後的轉世死結必然要重來的艱難……要讓後人和其人間斷裂重新修煉肉身從另一種「大夢」般的「大覺醒」再解開另一生玄機所蘊涵，參透其另一個後代子孫肉身所活過負擔的另一種人生的「死結」。

太祖父在顏鄭堂為了鎮煞寫下符咒圖籙或許就像是開光的刺激……如果不只是操縱內部眾祖先鬼魂出沒之令人頓悟般的字符串，那在另一層必然會投影映射出蟲洞般地暗示出……某種更高深安神的地理穴口，通過其內部才能找尋到「從鄭入顏」的子孫後代的救贖。

顏鄭堂因而引出「祖先亡魂」轉世的兩端，過去鄭姓老鬼和未來顏姓囝仔仙，兩種對應死亡和復活的轉世神通的必然不穩定的跡象，充斥著困難重重的破洞，老風水的隘口，近乎不可能的神通才能轉世……深意的機制運行葬禮，令人不安的祖先儀式不穩定的跡象，如果進行控制亡魂激活祭祀的鬼東西那種神祕技藝的可能……稱為開光。轉世的神通太過玄奧……太祖父說：這種神祕的光太難被打開，執行顏鄭堂的開光，卻是必須講究到像一個落成的道觀寺廟被打開的法會，子孫的囝仔仙們就是祖先的老鬼轉世。因此顏鄭堂的未來子孫運勢取決於太祖父開光的轉世神通祭典過程……三天三夜中可能引發地煞星種種惡兆的調解風水破口的凶險多端。

顏鄭堂的轉世神通或許只是對老家族或老歷史的送行，一如祖先老鬼終究的離家出走或許可能轉化為一個未來的前奏。也必然是未來囝仔仙誕生的同步現身，一如那老祖先在老時代寶船預言的另一種神通，只是一種更迂迴也更溫柔地送鄭和那老祖先轉世前一生……朝那個無形的不可能到達終點的不知道距離不知道航線「下西洋」的轉世神通般的告別手勢。

一如在某一個太祖託夢般的怪夢中，空氣污染嚴重影響的陰影充滿的天空陰霾籠罩下的黃昏，我彷彿走錯了顏鄭堂旁的舊倉庫破爛不堪的老樓梯的出口，一走出去那樓梯口的門洞的那剎那就突然發現前方是個非常特殊的緊張情緒激動落淚的狀態，有一個迷路的陌生外國人，還甚至是極淺色系的金色短髮僵硬長出巨大的頭顱，還據說是法蘭西人或亞利安種的西洋人，兩頰肌肉萎縮緊咬不放的下顎好像要說什麼又說不出來地忐忑不安著……甚至臉上完全沒有表情嚴肅看待這場子的尷尬。打赤膊的身上太過精壯高大難以想像，甚至還有很多受傷送醫過深深淺淺的怪異疤痕，就像是一生都奉獻給極可能隨時生變的暴力衝突急遽惡化變卦的狀態，拳師式的格鬥天王，肆虐一生的極端分子的惡棍或殺手，但是他怎麼會落單而出現在這種地方……好像中埋伏地風聲鶴唳之中，但是為何我也在出現在那個現場的慌亂之中，在那一個顏鄭堂側的老倉庫長滿雜草的荒涼廢墟，一路充斥著很多不明的淋太久的雨的味道垃圾餿食和一團混亂的拆除氣缸排氣管種種更廢棄的生鏽機械。我不知為何會到這種地方，但是被要求要去招呼他，說他還是一個客人，也還是一個要人。但是夢中的我心中不知為何卻知道那個西洋怪人其實是我太祖父……

夢裡的光影很昏暗。我困在那裡，不知為何困在那裡，只發現那顏鄭堂旁的舊倉庫太龐大到近乎不可思議，在門口的不遠方的死角，那是一台極高極斑斑駁駁的貨車，甚至有五台在後頭。每一台車身都已然歪歪斜斜地半拆解而撐持沉重的舊機體勉強地站立，但是，不仔細看竟然就真像一座座祭拜些古怪神祇的祭壇，但卻是拼裝鏽蝕的金屬搭成的怪建築，某種整座已然廢棄許久廢墟般的小廟。或說，一隻隻被遺忘多年而毀壞如象屍的破爛變形金剛。

隱隱約約記得的那金髮碧眼的客人曾經是混黑道的西洋的江洋大盜，後來出事跑路，才躲藏起來，多年來守在那一個古怪破舊的龐大倉庫。過了太多年之後的已然滿頭白髮和滿臉皺紋的他仍然那麼地不在乎，囂張而灑脫依舊，但是他說他快發霉了，因為在裡頭住太久了。有個祕密。「這裡對我們老家太重要了……」最後那個西洋人的太祖告訴我，因為裡頭有一本老家譜。如果有人問我不要說。這些老貨車其實都是上個世紀的老機器人或機器獸的失敗版本，都是更早期的我們老家姓鄭的老祖先發明的，只是後來不知為何出事了而完全毀棄在這裡。嚇壞了的我心悸地害怕了起來，我說記得的不多。那些顏鄭堂歷代的更早以前的姓鄭祖先的名字和樣子。在童年的末端始終就是那麼古怪華麗但後來不免就破破爛爛。太祖父說：顏鄭堂是充斥著自相矛盾的詛咒，苦修多年終於感受到可以閉關修煉最後頓悟時卻彷彿是承認自己已然肉身死了，已然可以否認自己這一生活過的存在感。一如螳螂捕蟬黃雀在後的隱喻中，一個修煉得道最終的考驗是必須要在那艱難的時刻三者選其一的試煉，顏鄭堂逼問太祖父的苦修出關後到底要不要為前世祖先的過去和後世子孫的未來……開光，尋覓身中寶殿越完整……太祖父必須更艱難地在神明廳走內經圖越勤，每天日夜晨昏重複地念咒召喚惡魔倖存的鄭氏祖先來面對顏氏子孫後代的「業」殘留外在人間……一如如何把顏鄭堂的每個最陰暗的死角開光，才能把老家族的老鬼都藏放進去每個最深的角落，列柱中屋簷下斗栱雀替的梁間甚至藻井的雕花裝飾華麗的木雕弧度破裂的縫隙摺皺。「業」始終然而還在，因為初一十五要拜拜的老家族規矩是要死守的，一如要在顏鄭堂畫兩種怪物在同一個角落來召喚出也收納一個神。知道了最陰沉祕密般的一件事但是始終說不出來。花了數十年以後終於看懂但是千辛萬苦看懂反而覺得千萬不能說。彷彿是練就了某種武功絕學充滿怪異險招式的怪招，或是讀通佛學的某一個冷僻但是太過激烈衝突詭辯的怪章節。顏鄭堂或許只是某種前奏而不是某種宣言，某種太祖在太久以前就預言必然衰退的未來的老建築，某種找尋更內部的而不是外部的建築，在人間的無論是人的還是神的都是某種「業」的肉身……顏鄭堂或許更是某種不可能的反省身世的投射，不可能喚回的時代最早的樸素平靜的河流倒影般的幻影，肉眼變成不斷遺憾地離開，想望可能祭出祖先來見證子孫或是祭出神來見證人的身世必然會在一生飽受驚嚇試煉之後墮落淪入邪惡的疲憊不堪……見證後人的尷尬圍觀並轉移到宏偉的顏鄭堂這古怪的建築最後追隨神明鬼魂出沒的支撐……

顏鄭堂，也可能只是一部掩耳盜鈴的老家族史遺落……太過複雜的過去現在未來的選擇混亂的思緒不斷擴大……顏鄭堂或許更是一個我這種六百年後的後代子孫對過去太遙遠的祖先尋獲「業」的神祕體驗，通過太祖的耳朵和眼睛及其玄奧的語言和手勢，找尋更古代的由鄭入顏的老家族之間可能神祕關係的已然揪心糾纏……如果不只是狹義的找尋老家族史的好奇心擴散，或許我一生最古早的宗教體驗狀態就落於顏鄭堂……某種典型台灣老市場尾古厝合院內發生，在這個擁擠炎熱一如子宮肌瘤熱鬧登場但仍令人窒息的天井中仍然充滿了燒香的煙霧，姑婆給我的第一次老家族祭祀，一如太祖給姑婆的雷同祭祀……那是一種永遠低迴優雅安好往常般那樣黯淡的光，在我的雙手燒香舉香拜向一個殿身祖先像一個個黑臉神明雕像披著彩虹法衣穿著莊嚴的儀式神壇前跪下並開始祈福崇拜更高的庇佑。顏鄭堂的古老祭拜儀式的步驟涉入老家族的後裔辨識……明說出的「我是誰？」、「我出生在什麼時辰？」、「我出生在什麼地方？」儀式最後明說，「我要什麼？我可以回報什麼？」

任何老祖先的神聖必須更激動以占卜儀式考驗過程，由於老家族的現實隱性植入難以彌補的願望可以最終實現，老祖先教訓風雨飄搖地邁向未來可能進步的老家族儀式開始……顏姓子孫後代不曾暗示其不滿或不解的過去鄭姓祖先更早數十代老文明及其不可逆轉的痕跡，卻近乎突變地入贅而切換，史前史只源於後來轉姓顏的太祖的一個地理師風水師依其種種新的神明般傳統肯定其另一種教訓的神通充滿的自以為是……

一如顏鄭堂更後來發現也都因重複萎靡不振地據民間信仰人出生即由「太歲星君」這反時空神逆時針運行，並通過與我們的交織其「神性」的大流年，太歲煞星仍然任意而暴力地在不合理的小流年開口被釋放，並在特定編碼基因般的怪位點爆發平行時空的厄運雖然看不見但都敬畏的注視並事先抗拒凶兆更「轉折」的回頭。一如古老家族陷入某一種更可怕陰險的狀態：為了解開而必須更綑綁或是為了避免意外惰性而刻意像傳染性的細菌更擴散成長，顏鄭堂內在的某一種矛盾運行但無人知曉甚至關心的命格交替的令人崩潰嘆息的深刻體會什麼狀態……太祖的教訓始終洋溢但推遲……在顏鄭堂老木門前低聲說什麼而及時中斷子孫後代的鬼混褻瀆，終於誠摯地引領後裔偷偷摸摸地到老家譜沿著歷代所謂的老祖先定下老規矩的種種登大人儀典……祭拜祖先來自產生彷彿被注入幻覺的掩耳盜鈴般的子孫們仍然用心來進行混亂儀式，其中不得不攪拌噪聲而同時聆聽：誰開光？誰是幸或不幸？從顏鄭堂的一如古代神明降臨而神經兮兮地起乩，還在老神明聽肆無忌憚地燃燒冥紙煙霧茫茫中華麗登場……

顏鄭堂的可怕……一如小時候的我常做的一個噩夢：也一如太祖父當年對後世從姓鄭轉姓顏的宿命充滿了和占卜的籤詩一樣是一種業障對號入座後的堅信與誤會，深深地相信業障是來自於老家族，但到後來我卻沒有意識到老家族老人們似乎都比我更加篤定我雷同太祖父的神通，因為說來奇怪老家族的每一代少數幾個有神通的小孩也是，都經常會看到髒東西感覺到髒東西般的神祕兮兮……一如我那噩夢中，老時代留下來數百年的一如古藏廟的那顏鄭堂的老祠堂祖先牌位八仙桌前神明廳半樓上搭起一個法壇。祭拜儀式的一路所有老家族的老人們都往上走，後來更多人爬，老人帶小孩排隊等候上樓梯的他們都法喜充滿般地沒事。但是我不知道自己是怎麼上去，像刀梯或搶孤那般地詭異的要有法術才上得去的可怕法會現場，我為什麼會到了那麼危險的地方做那麼可笑的事情。樓梯越來越窄的近乎不可能走上去地勉強爬陡梯的我終究還是摔下，甚至必然會因之意外出事地撞破祖宗牌位……

最後被懲戒受詛咒我陷入的一個人在顏鄭堂死角的祖先牌位後頭的另一個更深入的非常可怕地黝黑的一個舊屋身破洞，但是走進去才發現每一個古中國斗栱雀替支撐起的部分都是木製的而且還是太破爛到暗黑淤泥疊積骯髒不堪的廢墟，像洞窟鐘乳石般的黑色洞壁半溶解中的歪斜柱，但是非常詭異的華麗。在半樓層中找不到路，傾斜旋轉的半環形樓梯，再往上走地踉踉蹌蹌，摸黑上樓斜彎坡，在完全無法理解的地方往下走跌倒，發現有顏鄭堂屋脊的交趾燒天兵天將的斜屋頂坍塌意外的屋簷起飛……再更往後看竟然出現了懸崖，最深的地方就竟然是西洋的漩渦吞噬的深沉海流……

顏鄭堂在我小時候太遙遠的回憶中太過強烈，始終可怕的狀態一如激烈的恐怖片，有太多暗示又沒有關係，太像真實的……傳說的懸疑感，洞口的暗黑一如沒有情節的不得不……不過是害怕空洞的故事的幻想恐怖的可能，但是始終沒有發生，電影的情節應該要發生的等待，一如老家的祠堂，一如死去的家族的太多老人小孩，一如老家人對我說古時候我們家族在南京，環繞祖墳著森林底有座南京古廟的那廟底生死的邊緣特別單薄，你可以帶你祖先的骨灰去廟中，反鎖在裡頭，可以見他們最後一次好好地說再見……

夢中的始終令我不寒而慄的老家族既悲傷又歡樂的葬禮般的現場，永遠是不斷地永劫回歸般地出現……

小時候的我去參加了顏鄭堂那一個出殯後回到老家的盛宴，非常多的長輩在祠堂敘舊地噓寒問暖但是又充滿陽奉陰違的陰影……吃的宴會極昂貴奢侈華麗但是人極多，老人們穿老時代的體面衣裳在盛宴一如酒席百桌的大廳舉行大典古禮般的怪地方，隱隱約約有著內在矛盾的人事糾紛，不倫戀、追債、家族惡鬥……種種，但是仍然場面充滿熱情禮面，但是小時候的我時時感覺到底下的混亂。最後要離開前，所有的人被要求要參加那個法事，沿著牆邊的隊伍，充滿感激的神情，我也在其中老無法扮演著稱職的晚輩地始終狐疑……顏鄭堂的老家族破爛不堪的舊族譜裡寫著的遷到台灣彰化，六世前姓鄭的祖先入贅姓顏的老家族供奉的祖宗牌位……還有斑駁破壞舊的太太祖父的老時代毛筆寫的黃曆家書舊照片種種古物，太祖父據說還回去找過更古老的鄭姓祖先在南京的老家，甚至竟然還跟鄭和老祖宗有關，曾經是風水師的太祖父過世非常傳統也非常傳奇，在這顏鄭堂老家族始終使後代子孫的我們有絕對的欽慕與敬畏，從小就自閉症般地不說話的我，現在也沒有比較好總像在跟自己打仗地放不過任何一點困惑，而且和這時代所謂反叛行為的相反，所以很驚人的我從小到大沒跟老家族吵過架，也自認為沒有忤逆他們的我覺得確確實實走向了老家族期許我走向的路，但他們並不明白自己的期許。那種期許的不明白與明白，至今都已然太過遙遠……

那天我去找還住在顏鄭堂的老姑婆要涉及鄭和家族的族譜時，剛好他們剛在忙拜拜，家裡氣氛好不容易和緩下來，姑婆就帶著我們說可以去顏鄭堂的祖宗牌位前老祠堂廳靜一靜，那個無以名狀的委屈一直到現在都還令我想哭，我也非常困惑。

但是，大逆不道的我好像不願意承認自己記得痛的感覺，總之，那時候姑婆應該是私底下聽說了我大病的事出自於好意想讓我定定心，教了我跪拜和結印的姿勢，在懸然若磬寬敞的佛堂裡，而且他們其實也都覺得那麼大病一場是有問題的，之前常在家看到髒東西，因為皈依之後終於能平靜以對的姑婆其實是出自於單純的善意也不想要小孩的我難過地大病下去，所以也就不勉強我，但我心裡面想的那個「痛」卻是：我知道我的大病會透露出心虛，不論看不看得出來我都會毀了她的善意，我只是不想在顏鄭堂那一個可以點老時代古燈的祠室老大廳，姑婆說之前帶我姊姊來過，她一進到這邊就不由自主哭了，離開後姑婆用一種相信我也有感應的心情跟我說，她剛進去時也一陣鼻酸問我是不是也有感覺，其實那時候在旁邊打轉一樣不想點燈的我確實有一陣想哭，但我卻冷冷地說沒有……我其實可以不用說謊的，但是因為我說得出任何一次自己想哭的藉口，我也知道家人們聚在一起的難得，因此痛得想哭如此真實而單純的事情反而令我瞬間失神，我沒有辦法感受這樣單純的事，沒有辦法坦誠接受來自任何人所給予的一點寬慰，但是，那天顏鄭堂老家族家人們聚在一起過清明在祠堂祖先牌位前祭典拜拜。

也許我對於顏鄭堂如此實在的存在真的有太過度的害怕，我不認為自己有能力掌控或保護這一切，似乎是從很小有記憶以來就不斷地為那時空錯置流轉的領悟感到清晰又困惑，尤其活在這樣混沌不明的時代，時代並不是多麼長遠或偉大的東西，生在任一時代的我們的生命卻更加不足道，但我們卻擁有廣大的野心，以為終其一生的努力便可以理解所有以前祖先的傳統，然而光是花一輩子的時間去理解顏鄭堂都不可能理解其家族的更古老的傳奇，現在的我們頂多是在持續躁動中觀測偶發性的停頓，也就已經很難得……一如只有死亡的沉默才能換得幾秒對這人間的清醒只是全然地墜入更深的玄幻，因為真實之中的死亡是沒有輕重的，因此也不需要任何啟示。

印象中最深的一次挫敗，是有一天晚上夢見了自己跟老家族死去太久的太祖父說話，雖然穿道袍說常常看到遇到還不是最怎樣的可怕，最悲慘的是，可以感受到老家的老親人們鬼魂的情緒；一生太瘋也已經不怕了，一如在顏鄭堂裡講鬼故事，覺得差不多該離開的時候卻突然陷入了自殺的悔恨之中，他一邊無法自拔地哭，還一邊跟太祖父說我沒事這是正常反應，那是多麼荒唐的一幕……太祖父說他小時候曾經有一段低迷的時光，因為從小每一個老家人離世時他都能看見他們回來告別，但唯獨那從小囑咐他八字太輕不要亂拜家人的姓鄭的父親，在意外過世之後，完全沒有出現過，所以他很氣很懊惱……一直到後來他一次一次地夢見奇怪的事，即便父親始終還是沒有出現，但他卻已經明白了那是父親要讓他看見的，最後一個夢好像是這樣：太祖父到了往生後的世界，那兒跟生者的世界沒有差別，一樣要賣力工作生活，只是人們的臉上都沒有表情沒有情緒，偶然眼角瞥見顏鄭堂老大廳後遠方的連到冥界的海岸邊有一堆老家死去的老人在排隊，領的好像是從另個世界燒到這個世界的包裹，太祖父在夢裡意識到了那是往生的世界，下意識地拍了拍身邊的父親問說：不是有一種什麼孟婆湯，那在哪兒呢？那鄭姓的父親面無表情地反問他：你真的覺得有這種東西嗎？沉默了一陣又說：沒有任何一個人會捨得忘記一生的記憶的，所以根本沒有人會想喝那鬼東西。於是太祖父醒了，也不再為父親的驟然離世感到埋怨，還大笑地對自己說，如果他有小孩的話就是要讓他們從小當個忘記前世的人。太祖父感到非常地激動，他其實也有過完全一樣的經歷，只是他試圖轉換成語言講給另一個子孫聽時，沒人理解，問題並不在於有沒有另一個世界，也不在於有沒有可能依存著一種連結，而是在那一剎那他終於能夠相信「業」……

但是，那天我跟太祖父細談到半夜，回顏鄭堂老家祠堂旁的太祖父舊房間睡覺之後，我卻又被壓地靈魂一樣逃竄過頭的感覺，一樣害怕無助到不行，我終於忍不住聲嘶力竭的失控的大叫一樣，感覺用盡了全力卻沒有發出任何聲響，意識得到整個世界依然如往常穩穩地運作著，卻沒人聽見我的求救，突然我感覺有一聲邪笑在胃裡翻騰在嘲諷我的無能為力，像是被什麼東西入侵，但剎那間我醒了也解脫了，我帶著雖然已經被嚇壞但是也只是一場夢的安然走到顏鄭堂祠堂旁的大飯廳，看見早晨中家人們媽媽跟姑姑們在做菜準備早點，他們果然也沒聽見我的大叫，我也裝沒事地坐下來吃早點說話，但我好難過，但忽然間我又醒了，這次我很確定躺在床上的是我身體的重量，原來被壓是更底層的夢中的太祖父又來了……

顏鄭堂到底是什麼？太祖父卻說，這不是問題！一如神通不僅是存在於老時代家譜才能真正定位清晰的顯示狀態的沒有辦法那麼從容面對，你的家族一如你自己隱疾症狀致使肉身很癢很痛，但是問題是你在焦慮什麼，太祖父說：我不想說，但是仍然有些什麼在看，都是充滿暗示的……我好奇到底怎麼看，時間過了的你的一生是你的用力的狀態……我在看，沒有關係：你的內心深處知道戰爭是你的肉身的病態，總是有什麼在裡頭，但是自己也不知道，好多老家族的好多怪東西，好多怪地方在顏鄭堂，但是老家族都只是太遙遠的觀眾。

顏鄭堂……一如充滿記憶的碎片散落的種種現場的氣氛凝重又恍恍散漫的（甚至是傳說寶船艦隊下西

洋六百年前的古鄭和儀……殘留輾轉流離太多年太多代太多意外）也只被當成怪東西廢棄物收藏著。一如老家族從歷史縱深的差錯逃出來流亡那麼遠到台灣的一家拾荒找出放到老家族的角落的到底是什麼？像逃生門的顏鄭堂太深死角的木製傢俱破爛的房子裡長滿蜘蛛絲的角落陰影中的臉孔……同樣陰沉的想找尋什麼又想放棄什麼的他到底是在召喚一個怪異到我們在現場看不清的更深更內在的什麼，一如太遙遠的過去的更老祖先的鄭和的老寶船體，不知載著什麼？從哪裡來？但是卻充滿暗示，逼問我們和疲倦的他：最後你要去那裡？

顏鄭堂……一如被意外擱淺的鯨魚屍體般巨大悲傷情緒失控的飛滿腐爛惡臭飄散肉身蒼蠅蛆蟲的某一個破舊不堪廢棄多年的歪斜鏽蝕老船身，可能是遠洋的老時代寶船中的遺憾所遺留下來不明原因，彷彿是一個祕密的破壞程度災後重建不了的古蹟死角的狹窄街道最末端房間的充斥著詭譎光影變化薄膜般的空氣包裹胎衣，鼻息尚存但已奄奄一息的某個更破落的角落骯髒地黝黑暗沉，一如老家族差錯流亡中不死不生病情惡化膿汁血流卻仍然滿面的笑聲猖狂……

❖

老鄭和墓，一如發問一個顏鄭堂的更老的問題，一個我們鄭和老家族的老問題……鄭和，這老祖宗，在遠方，在遠古，靜謐地也神祕地偷藏了什麼……我跟ㄓ老提到自己著迷鄭和學其實還有另一個更深更怪的原因是血緣關係的傳統卻近乎傳說……一如我和鄭和後代子孫的ㄓ仍然狂熱於其荒誕的同一個老祖宗、祖籍及其在這個老時代式微必然充斥著的另一種荒誕的疑惑……

即使這個老時代的衣冠塚是一個假墳墓，沒有老祖先的肉身下葬就沒有老風水牽累後代子孫諸房盛衰的罣礙。還有充滿種種荒誕的差錯延宕切換的誤植差池感，相對於繁衍子裔嫡系的系譜講究……老祖宗本來是姓馬不姓鄭，甚至老祖宗竟然還是太監的本來就應該是沒有後代子孫的宿命……更多這個古墓史前史的暗示必然逃離不了的荒誕感。那我們到底是誰的後代？傳承誰的香火？顯赫誰的家世？太多不能追問的差池感！老家族越大遺憾越大，但是老祖宗太久的遺忘有時被一問反而更就會想起得越多。但是必須又和所有老中國的太多歷史牽累有關，有時卻還甚至不能說出來，甚至因為太多歷史的複雜牽掛牽累而不能跟外人說，更不能跟自己老家族說……

我跟ㄓ說：老鄭和墓就像我小時候常常看到的顏鄭堂老祠堂死角的那四塊破爛不堪刻著家譜字樣的老木頭，一如你們古傳南京鄭和後人一共存有四本老時代《鄭和家譜》而鄭和後裔始終以家譜中定好的詩句排輩取名。其輩分為一首老時代古詩的二十個字：「大尚存忠孝，積厚流自寬，蕃衍更萬代，家道泰而昌。」

我的名字也是古詩中其中一個字的忠，但是我的姓已然因為我太祖父入贅顏家而改姓了顏……

鄭和後裔的他們老家族對老規矩很在乎……一如太過神祕莫測的遠古祖宗老牌位……只是，我們這個老祖宗，鄭和，始終一如一個謎和解謎的狀態……老祖宗的下西洋，那六百年前的老祖宗那一場一如逃向遠方的更遠離現場的怪異流亡，那一場怪異的神經失控的病情越來越慘越糟的歷史荒誕遭遇，到底發生過什麼……

一如鄭和墓為什麼要找出來，一開始可能還沒想出來或想清楚的問題的狀態，一定要找到或是看到更深的謎的什麼……

ㄓ還是充斥著解謎般好奇強辯般地嘲弄我去找鄭和墓的一路出事的更多古怪說法……一如《古墓奇兵》、《法櫃奇兵》、《國家寶藏》那種西洋電影找尋老時代寶藏的華麗冒險但不免始終太過喧譁現身的繪聲繪影傳說以訛傳訛……上世紀三〇年代，史學家們就始終在尋找鄭和墓。傳說曾早在五十多年前在南京牛首山找到過另一個鄭太監墓，但題名為鄭強，考古學家更久以後才發現那是另一個後代明廷宮中的老太監。另一個牛首山出土的卻是寶船副使的洪保之墓……明代太監洪保墓的前室墓門處還倒放著一裝長明燈油的大古缸。那是更晚才在牛首山南麓發現一座明朝貴族墓所鑑定出墓主人為七下西洋的老祖宗鄭和副使明都知監太監洪保，那是另一座氣勢恢宏的明代中早期大墓露出但是已被盜過，而且在南京酸性土壤的腐蝕下墓中已不見後代棺材和屍骨，然而考古的挖掘中仍然有對出土的墓誌的釋讀，為下西洋寶船留給的仍然更爭議的老時代墓誌。

在一九六四年所意外發現的這著名鐫刻著回文石製古衣冠塚鄭和墓，也充滿了怪誕的誤解過……出土過程也充滿爭端，「我們老家族鄭和後裔前往牛首山鄭和墓找尋古遺址時甚至突然發現老祖宗的墓槨內出現十幾座漢人墓，看來村民們也看上這塊風水寶地。更令人吃驚的是鄭和墓被盜挖一大洞。當時的牛首山幾乎成為礦坑無人管，當地村民搞起鐵礦挖山到甚至將鄭和墓的墳山挖開一大缺口還架起一台可怕破風水般的機械怪物式的礦山碎石機，那種惡行的現場甚至就在我們剛剛路過的那鄭和墓的停車場。」ㄓ憤怒地提起最著名的鄭和家譜遺事……「鄭和後裔從小接受家教深知老祖宗是名人但仍是太監，太多顧慮牽掛或許會引發更多的爭執不休名聲不好所以也從不外傳。尤其是在當年的『十年動亂的破四舊立四新』時的苦難的困難重重而更是守口如瓶。《抄鄭氏家譜首序》抄件變故太多，一九九〇年鄭和十八世孫大姑媽沉鄭氏的葬禮在其家偶然發現那一塊尺寸怪異的破爛不堪古書木製老時代書封，長五公分寬一公分厚一公分多，上刻『咸』字的古字樣的破舊木封四塊上頭充斥著字樣。經過仔細辨認認為這塊木板正是苦苦尋覓了近三十年的南京《咸陽世家宗譜》木刻老書封之一。如果再加上另外三塊，則宗譜的木刻封面當為四十公分，『咸陽世家』，四字從右向左橫書，『宗譜』兩字則豎書於正中。這種木質封面的木材後經鑒定其木質芳香耐水堅韌是傳家譜的絕好用料，鄭氏而且上用其製作宗譜老時代考究一如遺址般的老書封。南京《咸陽世家宗譜》木質封面的發現，現在已成為鄭氏宗譜現存的唯一孤證。而在南京鄭和後代來蘇州探訪之前，蘇州的這支南京鄭和後裔分支不但與南京鄭和後裔互不相知也不知道自己也是鄭和後裔，收到寄來的蘇州《鄭和家譜》查對，確定蘇州鄭和後裔為清朝乾隆年間遷往蘇州的南京『馬府鄭』的一支分支。後來，南京鄭和後裔又有部分遷往常州，因此，南京『馬府鄭』又多了兩個支系，即『蘇州分支』和『常州分支』和另一更遠的支系是到福建和台灣。至此，南京鄭祖後裔『馬府鄭』支系已多達數十支了。蘇州鄭和後裔支系排輩與南京鄭和後裔排輩有同也有不同，排輩上的不同主要是由於歷史上的戰亂造成的。南京的《鄭和家譜》在清朝咸豐三年太平天國軍隊打入南京時被毀，而後所修的家譜是族中故老們根據舊譜再找尋編出來的更南方的支系……」

ㄓ對我說：「我們六百年來傳承的鄭和後裔還慎重其每年兩件大事。一件大事是在每年的農曆正月初一舉行茶會續譜，屆時各支系後裔集中到南京淨覺寺邊進行迎春茶會邊續譜，這是因為老祖宗馬和當年在北京附近鄭村壩捨命救下永樂帝賜鄭姓於馬和，那一天正是農曆的正月初一。茶會當日鄭和後裔們各房將新出生的嬰兒抱至寺中請阿智取好經名後續在宗族族譜之中，也將當年去世的老人報知存譜。老家族長者在王府巷清真寺，將鄭和家譜掛上把鄭姓生的子孫後代孩子上譜開經……另一件大事就是更晚的每年春季到牛首山谷的這個鄭和墓的衣冠塚來掃墓祭祖。鄭氏家族的這一古例六百年來堅持直到可怕的流亡……抗日戰爭到「文化大革命」，鄭和後裔們各支系逐漸失去聯繫，只有少數後裔堅持每年清明偷偷到鄭和墓地看看。ㄓ說，他小時候還偷偷看過父親在破舊抽屜裡深藏了一本一九八五年老家族編寫油印的《南京鄭和遺事彙編》，破舊不堪的書冊頁中提及：「牛首山有鄭和墓，每年祭祖時用家譜，由守墳戶負責保管，當年的馬三寶墓在附近還有田地，每年還去收租……ㄓ提及他那一如死守多年常常偷偷回去找尋的祖父叔公們說：「小時候聽遠房長者講古，提及這個老祖宗的鄭和墓旁還葬有一位西洋跟回來報恩的黑臉外國大人的墓。但是鄭和墓其實沒有屍骨，只是衣冠塚，傳說墓裡藏有鄭和一團頭髮和永樂御賜的官服官靴。有老祖先謠傳甚多傳說……有人說看到墓前開棺出土當日黃昏天色還出現霞光異象吉兆，有人說看到頭髮六百年未曾腐朽而光滑細緻如絲綢般地迷離，甚至有人說官服官靴應該早已然破爛不堪但是還可以看到黃金華麗的鏽線上依稀偷藏老時代神祕神諭般的明代帝號年間永樂字樣……

ㄓ在那古怪的鄭和墓前始終內心糾葛還老是感嘆地說：我們的老祖宗其實是頂罪的反派……他的忠貞充斥著叛亂的兩難，那假反派的悻悻然彷彿是一種明史自身內在無解的隱憂及其隱喻……

或許也更是一種朝代更迭糾纏不清的老中國改朝換代之間打天下必然亦正亦邪的兩難隱喻……太監，宮中的反派往往是一種更深的邪惡和老時代的亂世的逆差擴散收縮間巧妙的融化結合，反派的必要性，從前朝到當朝，從建文帝到永樂帝，大內高手式對叛變墮落種種史觀充斥著濃濃敵意的變色龍，變成想要奪取權勢毀滅朝代的殘酷陰謀動物。老祖宗一生陷入困境的或許就是老中國死穴膏肓般的必然要害……宮廷的反派在其他老朝代都太過搶眼，太監尤其是老歷史像老神話的傳說著名邪神。邪惡來自自己閹人身形的缺陷，來自宮中太深的帝國帝王伴君如伴虎的聖旨聖諭，從反派變成反臣，太多太多的宿命……史說：我們的老祖宗更為複雜……一生顛沛流離的他始終太過火，下西洋前是太過敏感永樂靖難叔殺姪內亂謀反剛篡位的宮廷最強大的反派大內高手的想像。下西洋後變成是滿朝文武對永樂太橫行般地從修過大紫禁城到出使過多寶船種種太過好大喜功地奢侈的敵意……下西洋是那時代十去九死的自殺使命惡仗的神風特攻隊般的誰都不可能撐過的面對死亡的近乎瘋狂的艱難任務的反諷……

老祖宗或許陷入瘋狂的反派的可怕到底可能到多深的敵意尺度，規模到底所能多深的更龐大的毀滅：他暗示了某種亡命到亡國到天下什麼都可能亡……的隱憂及其隱喻。

一如顏鄭堂的太多鬼故事般的傳說，一如我始終對於我姑婆和我太祖父的某種荒謬而神祕的聯繫感到著迷，但是也感到恐懼。因為，對我而言這種聯繫太逼近又太遙遠，他們都是我理解自己人生的投影，但卻又都那麼遙遠甚至都因為某種不可抗拒的原因在顏鄭堂留下深刻的什麼……而且對他們遺棄的我們這後來一代一代式微的老家族留下了不可磨滅的傷痛……即使那不是他們願意的。

我一直覺得自己還沒有準備好去面對我的從鄭入贅轉姓顏的老祖先們或面對我們這一代一代在後來數百年來遺棄和被遺棄的種種線索。但是一直到我被老時代折騰太久才開始勉強地被召喚回那種荒謬而神祕的跟老祖先們的聯繫，那是如此地瘋狂而難以明說……

❖

我不知顏鄭堂的祖先是一種預感或預兆。祖先牌位的庇蔭家大業大的繪聲繪影，怎麼可能，我老是懷疑更多的錯誤實驗般的遺傳。隔不同代遺傳。不同房的子孫繼承了不同的智慧和能力甚至個性，但是主要還是遺傳到了某種缺陷。死亡並沒有想得那麼難……老祖宗也只是沒有帝國可殉國的失勢朝臣，在下西洋的最後想去天方想打天下想更老去更遠的西洋，想一直活下去卻找不到活下去的理由。而是這些情緒的既快轉又停格，在南京那裡頭都顯得入戲，那麼地相互衝突又相互融解地理所當然。這個太繁複的城及其內在無限大可能的裂縫，提供了所有最神經質的狀態，最難以描述的切割與切換中所充滿無以名狀的罪惡感，像是某種迷幻藥末端的最張牙舞爪的幻象放大，但是又哭又鬧中卻又那麼純粹冷漠地靜謐，一如最講究的古蹟古舞台支撐起的鄭和式寶船的不世下西洋舞步騰空，那種最尖端的唐突逆飛的姿勢，及其隨時沉淪隨時翻身的那剎那種種令人心驚的屏息。那正是活太久而失去的意志想望的變種子孫花果飄零的投影。

一如那顏鄭堂太祖父提及更老祖宗斑斑駁駁舊祠堂中那古畫中的千艘寶船萬名海員們血淚斑斑地在下西洋的戰事中一個一個猙獰地死去的絕美華麗畫幅畫面的隱喻，老祖宗鄭和那被那時代那永樂的帝國野心勃勃太像成群超能力族群們所誤會了的心情。或許那也是最貼切的被託孤的失心瘋帝王般的心有戚戚，永樂死亡後的鄭和老祖宗終究被遺棄了，進入了沒有信仰的聖戰，沒有帝國可以殉國……而顏鄭堂一如南京提供了這種幻覺的幻起幻滅。

姑婆老提起更多她小時候在顏鄭堂的怪事，一如只有姑婆記得太祖喜歡抽菸，香插完冥紙燒完菸也給他點幾根他就會比較開心，愛吃的怪料理蝦猴、蹄花湯、佛跳牆……姑婆還記得那種種太祖的怪癖來懷念的什麼，到了更後來發現已然沒人記得更老的時代拜拜要拜什麼，可是有些已經六代太多代以前的沒有老人還記得的唯一還活著的姑婆跟子孫後代們說太祖他是個名地理師，那顏鄭堂附近的老街大事千萬叮嚀都要重禮拜訪求他去現場深入端詳打理……不然老會出事。從結婚嫁娶擇日文定、請期裁衣合帳造床安床迎親、入宅擇日動土起基上梁安門安灶出火入宅安香移徙寄香修造動土。擇吉生子造命擇日……陽宅八宅方位、外陽宅沖煞化局佈局擺設宜忌神桌床位方位書房文昌定位……靈骨塔位火化進金入殮糊厝起基引魂入厝功德移柩火化進金化厝除靈百日祭祀新墓、土葬的入殮斬草破土立分金立牌糊厝起基引魂入厝功德移柩安葬化厝除靈完墳、啟攢破土仙命進金方位扦金吉時進金擇日風水祖塔修造規劃及擇日進金土葬福地祖塔塔位尋龍點地新墓祖墳風水鑑定……種種娶看生辰八字看紫微命盤都要找太祖帶文公尺羅盤定針還卜卦看甚至絕活是重大命理還可以祭壇請神明以太祖多年祕養那長壽過百的烏龜龜殼算命……

那種算命複雜到對子孫後代的一代一代的命的祝福與詛咒，那種老祖墳方位偏了一個角度對某一房很好對某一房很不好的糾紛，一如一種顏鄭堂的子孫後代們不斷地在看在想更深地紀念老祖先的什麼……卜卦算名祕養烏龜的太祖父有太多傳說，有人說他的神通太高但是做了太多法事救苦救難到終究會出事……沒有善終到必然會壯烈犧牲的烈士善人，顏鄭堂彷彿是這種充滿隱喻的無法解決……善念太深而一生沒有陰影在這個洞口的恐懼那麼慌慌張張的隨時可能會死去的那種善人，一生一世都在腦海有傷有疤痕的他是無辜的不幸，面對著彷彿顏鄭堂的老中國燕尾護龍斜背式屋簷下的廊底扣環一拉開就引動機關充滿的麻繩索木梯竹鷹架鐵鍊可以通天的玄機彷彿祕密陰謀的唯一破綻……可能惡兆的疑雲是為什麼發生的卜卦推算。

顏鄭堂終究是老時代的一種堂，一種老建築的紀念，紀念碑紀念塔紀念館式地用建築來紀念……還沒通往更老的更遠的鄭和那老祖先找尋西洋的更陌生的一種紀念碑式的紀念……

一如把時間拉長到某一種更老更怪異的狀況，姑婆老提起更多回顏鄭堂後山掃墓的怪事太多……小時候再想想墳地太多破墓碑的山路崎嶇地形複雜甚至不祥的預感那邊很不乾淨到始終不甘願在那邊聞那種很臭的冥紙線香的怪味道熏得滿頭汗流浹背全身彷彿被下咒般地都常燒金紙燒到手或是扛東西跌倒或是被怪蟲雜草咬傷扎痛噁心種種忐忑不安，甚至姑婆提起太祖死前交代過到後山掃墓謹記同時要記得去拜顏鄭堂後山那一家很靈驗的萬應大眾廟，亡魂死沒人收屍的枯骨放到一個怪怪的陰廟全廟身充斥著雨漬荒煙甚至亂草長不高接近會死掉的充滿蟲屍螞蟻髒髒的可怕暗示……一如老祖先的另一種紀念的充滿誤解，在後山墳墓旁邊右前方都有后土老規矩在墳墓前方拜埕旁……的顏鄭堂後山廟小妖風大的邪門土地公廟。一如一個城隍廟可怕凶惡長相黑臉長舌屈死的老時代七爺八爺的舊拜殿……那種種邪神現身的更深入一如陷入瘋狂狀態的紀念碑紀念，更抽象的是已經消失根本無法挽回點什麼的遺憾……

顏鄭堂一如清明始終就是一種紀念，對於一個已逝的老家族及其一代一代傷逝時間的召喚，掌握或是無法掌握的弔念感傷，跟老時代有更深瓜葛的老祖先各房們彼此之間過去的過節地隱隱約約提到可是沒有明講，過去生意出過問題現在幾房子孫敵視仇恨到老死不往來……姑婆提起太祖交代清楚的一代一代顏鄭堂後山清明掃墓是在把那種老祖先理解的更複雜的安葬墳墓拜法的深入法事。一如最奇怪的活人紀念死人充滿老規矩種種細節的拜法葬法墓碑墳地的傳說的極端到老祖先一得到佛骨舍利這種傳說一個塔下面放一個舍利子就拿到一個佛骨的舍利的神通而老家族變神祕莊嚴神聖的起風水……

顏鄭堂逼問的某種更深入的焦慮是充滿懷疑的種種超乎想像子孫後代的每一代的時代差異而完全不同的現身……顏鄭堂的難以擺脫的一代傳一代所謂歷史反覆並非意味著同代的重複。世代相傳本身不可能避免反覆，但是，一代一代像周期循環那樣的某種無法避免涉及的反覆是那種強迫症式的。顏鄭堂彷彿找出一種破壞的破洞但是卻又是蟲洞般的黑洞，代替回憶在我的這一代的反覆而能回憶起更早一代一代的發生的什麼……所以從顏鄭堂的找尋潛意識般的祖先來自不同姓氏的考古勘探式的追憶似水流年的流失人地事物的變化發生的太多層樓建築的厝骨塔骨灰罈層層疊疊的山巒般斷層中，比較太祖、姑婆、我的這一代就會失去其中活過的某部分的被壓抑著的什麼的喚回。一如永遠重複的顏鄭堂老派的清明掃墓。永遠太過緊張也太多遠房親戚，老規矩太過強烈要求金紙必然要燒一百二十斤燒到滿天黑煙如烏雲密佈蔽日……尤其是顏鄭堂後山的那太祖的墳特別慎重，龐大的墓槨半圓弧如太師椅式的老中國南方墳地傳統古形……墳地旁還有更多陪祭陪祀的種種伯公叔公的祖父查某祖……從太祖還可以追尋到什麼更古老的太祖前的已然姓鄭的太太祖老公墓更大的怪墓地。好像永遠邪門到山後老是風水不吉地穴位玄機迎向陰風邪雨的揮之不去，不祥之兆甚至每一回掃墓總會發現野生飛禽走獸麻雀松鼠兔子老撞到顏鄭堂墓地的那后土石頭牌位就暴斃而且曝屍墳地旁邊久到眾多螞蟻爬到死去動物死不瞑目眼睛血絲都乾涸的現場血腥的可怕。

顏鄭堂的清明一如所有的老家族古墓地，永遠的很多房來也很多房沒來，很多後代男丁到也很多沒到，太過陰沉的三月天以來綿延梅雨季的陰天霉味雨漬霉斑長滿的墓地弧形……永遠的老祖先來自更老的遠方召喚，燒冥紙燒到頭髮都是冥紙線香的陰霾籠罩心頭的氣味，點香點到香爐放不下的灰塵密佈如廢墟荒土地數百香炷香把插滿，九雙筷九杯酒九捧花九盤菜碗三牲大禮種種老派掃墓完的事要忙碌到更多更怪的回來吃大鍋菜的時候太多人要搶著難吃的麵線糊搶著用太祖教過的老符寫毛筆在紅紙上燒掉放入瓷杯的符水點在雙眉尾的眉宇之間……去陰氣的老規矩……

一如這時代只是一部冷門的過期的電影又都是午夜場有很多年輕的俊男美女時髦的刺激的這個關於那天的困獸之鬥的自毀……種種遺憾的遺緒太過奇怪的反差更大，這一代老以為應該要低頭度過的視野卑微，過去的老祖先世代相傳過的都已經是太過盛大的繁華雲煙到沒有人能夠回想也不會有人想起，子子孫孫們怎麼會都還是被困在這顏鄭堂之後在懷疑什麼之間的迷幻掩藏不住這樣的失落。我也沒想到自己會那麼激動到哭泣掉眼淚……因為太祖或許是我們這群從鄭轉顏的流離放逐怪物般的怪後代裡最純最後的一個純粹的孤獨感樣本，胚胎不可能的召喚出更究極完全的反諷……相對於太祖好像是守護者的老角色的也已然殘破不堪負荷過度的自嘲太多回救不回來又不承認的態度。那天掃墓的顏鄭堂的最後幾年的破落、撤退、荒謬絕倫地流行起一整代的大勢已去感……那種自怨自艾的探底，狀態極端的毀滅感，低頭承認也不期待的神通種種低度的遺憾也忘了太久又突然痙攣難受的突遭變故。姑婆提起了太祖在世時還講過一個莊子說的神木其實是完全沒有用沒有刻成桌刻成椅刻成門刻成柱刻成廟殘留淘汰太久的木的下場卻反而因為留得太久太多年之後才變成巨大卻廢棄……變神木的反諷神聖的可能……

但是太祖說……或許更反諷的更破碎……種種那被做成桌子椅子柱子的神木，時間久了也變成破桌破椅歪柱斜梁的破廟廢墟廢材的殘忍……也是一種更扭曲變形歪歪斜斜入世真實的殘存只剩殘影的花果飄零的碎片神木感……本來面目猙獰面目可憎的種種彷彿要更憎恨更孤單的感覺是惡魔惡鬼的魂斷才能對決真實激烈的壯烈感都消失，也還是可以接受的自嘲的活下去偷偷找尋什麼活路出口。其實也只是顏鄭堂那天下午到晚上太過久的時間內燃焚燒更多的同病相憐病患般後代子孫遺傳到的病情越來越近一代一代來的集體焦慮不安。但是姑婆或太祖還是太拘泥於當先知或當上師或當講者的姿態出現的死局死角太多……承認或不承認都錯誤的遺憾……或許尾聲應該就是無聲地……也就是完全撤離，甚至可能完全不要相遇地沒有開始地更沒有尾聲才更切題。但是更可能的……或許所有我們遇到的在顏鄭堂祖傳的瘋狂……在這種種併發症式的更可怕的所有的現狀不滿情緒激動都只是為了分心為了不去想自己這一代離太祖太遠的人生的更內在恐懼……

清明的顏鄭堂仍然充斥著荒唐的一代一代的未來的反諷……一如最大的古墓前已然入贅改姓的後代，一如斑駁古字寫就顏鄭堂的後山好多墳墓的墓碑上，甚至是數百年的斑駁裂傷殘破老花崗岩石墓碑上刻著太多代以前的祖先名字的清代的民國的日據時代的從當年……幾百年來大房還有很多房的一代一代子孫後代都一起來，但是已然認不得了祖先的困惑重重……甚至還有姑婆姨婆輩的更遠的遠房親戚也都有人出現。一天走上後山很遠的山路走到深山裡的太久沒人掃過的更老的好幾個顏鄭堂的彷彿是所有的山上的墳都是祖墳，所有後山墳地壓的墓紙滿天翻飛的風妖風雨生的氣息詭譎多變……即使是太多遠房親戚都不太認得仍然要堅持永遠的禮貌聽話老規矩一如遇到了有一個父親年紀的另一房的哥哥問我還記得他嗎？小時候老愛糾纏他帶我去玩還會拖個掃把到處亂跑弄壞東西老會惡搞成禍害式的子孫後代……

一如更後代堂弟的小孩竟然熱烈地炫耀收集太著名長得很像太祖照片的日本醜比頭。買全家的蕃薯送醜比頭貼圖代表太祖回來了。還老是提起他從小到大就喜歡忍者龜後來卻竟然瘋狂地豢養起（那從幼龜到成龜都怪異地天生嗜吃帶血下水的雞心雞肝豬肝豬心種種怪內臟）食蛇龜金龜柴棺龜斑龜紅耳龜種種怪烏龜……一如傳說老時代曾經是地理師的顏鄭堂最後一代的太祖所瘋狂著迷養烏龜來看龜殼紋卜卦也嗜吃下水內臟的太祖彷彿再投胎回來人間或許更已然被召喚回老家的祖靈召靈會的無限荒謬地顯靈。

尾聲（前篇）：死城……

一如我們不可能在這死城找尋到鄭和的死因……我始終想跟馬三寶說：我不可能寫出我想寫的這一本鄭和學的怪書，你不可能找到鄭和死前最後留下的遺物……

但是老分神的他嘲笑我說：你一直在講可是你又一直沒有講……

在死城找死般的你到底還在擔心什麼？還能擔心什麼？

我想，或許我的怪書也是這樣……我的怪人生也是這樣……充滿差錯感地重複而不自覺悲慘地可怕，關於鄭和或關於印度……或許反而我的怪書什麼也沒講但是也什麼都講了。在這傳說鄭和死亡的古城中迷路地想寫入追憶似水年華般的懷舊及其遺失在西洋的古中國文明模糊曖昧餘緒交織的遺物狀態……

來印度一路找死般地找尋這一個傳說鄭和死亡的古城，科欽……禁忌與傾信的印度的神祕的怪異形上學假設般的問題重重……其實馬三寶對我一路找尋的內心深處近乎瘋狂並不是像他講的那樣都不了解，發生了那麼多事的我對他說的種種我冥冥之中來印度見證這一切的……我知道或不知道的，相信或不相信的……見證陌生的什麼的費解而慌張地失控，一路迷路般地在混亂中被欺騙被背叛的滋味……太多太多怪事充斥著意外挫敗但是也充斥著神啟般的存在感超低之後的喚回，那麼不可思議的不可能……

一如古城中古濕婆廟的神牛三叉戟法器藍色肉身最帥最俊美的傳說神廟裡供奉的諸神典故的祭典歌舞花串符籙仍然瀰漫濃濃的殺氣，一如老舊不堪市場的太多太多老人力挑夫的狹窄巷中找到像人皮曬乾的荳蔻皮和如骷髏頭念珠佛珠的皺摺扭曲變形荳蔻種子殼依然妖幻的怪異，一如濕婆的神力超越的點眉心紅點開光儀式般給神廟小殿神門口巫師老人先知即使是祈福祝禱仍然始終充斥著詭譎難熬的神祕，一如信眾虔誠念咒許久大廳前的我老是分不清楚那是真人還是蠟像的活佛般的一個穿著法衣眼神詭異卻低頭打坐的怪老婦再慈悲卻感覺亦死亦生地令人迷亂。

一如走入鄭和死去的古城科欽最後的某個死角，走入的更後方的古猶太人老街區的古董店畫廊和種種咖啡廳餐廳旅館閃爍整條街意外地誇張炫目從狹窄的街頭天空拉起的泛銀色布旗翻飛，隨著微風徐徐的詭異氣息有種奇怪的斑駁又閃耀的老時光隧道的離奇感，所有接近尾聲的逼近都那麼離奇，前一天晚上去的時候已經全然暗黑的恐懼誤入歧途險境中內心忐忑走入又不敢再走更深時所打量到暗夜中模糊曖昧不清的眼前光景的迷亂困惑……其實每一個舊時代老木刻繁複的拱門門扇的門鎖，門上的裝飾太過華麗古老的痕跡太像是殖民時期留下來在每個古老遠東中東種種東方城市都雷同的巴洛克洛可可維多利亞時期的烙印殖民母國血液的血統純正建築立面，但是裡頭卻是一間一間更血純不純體液感染病毒般嘩變差異的古董店所打開的祕密，馬三寶和我始終無法理解或更入戲地想像這些古物是西洋《古墓奇兵》般的探險，我們太過複雜的情緒低落到其實並沒有太多耐心也沒有太多期待但是仍然恍神狀態地微薄好奇所走進去了幾個老店，有的老店賣的是古代工法銅製的銅鏽攀滿弧度彎曲變形破口的舊時代水壺水杯茶器，有些是印度教可怕著名神明各種姿勢各種典故的感覺恐怖森然的傳統神話雕像中猴頭的牛頭的象頭的鷹頭的甚至是那個最充斥殺氣凝重無比的印度神濕婆，種種的古董因為種種不同身世的怪異複雜而產生迷人的博物館般的想像……

甚至有巨大的木刻的神經兮兮的神廟拆下的神桌神龕的長像猙獰面孔模糊的不明獸身人身始終和印度教有關的但是我永遠看不懂典故的騰空旋轉神通附體的觸手翅膀或是肌肉賁張的前腿後腿太過複雜變形的永遠充斥著神明憤怒的空行母綠度母白度母太多典故混亂的現身法門炫光，但是我們最後停留的那個小古董店的怪印度老闆那麼地從容地彷彿說書人般地說起，英文說得有點模糊曖昧不清的他老說所有的古董都是他苦心收藏地花了一輩子在找尋的滴血認親結緣般的血親，即使只是在幽暗像是冷門窄小祕教法器博物館般的角落……

但是誤入陷阱般的更離奇的死角的我們竟然還也滴血認親般地發現了很多跟老中國有關的鬼東西，在太多印度教的舊派紋飾收邊陶器木器鐵器銅器及其櫃底各種老時代日常器皿茶碗瓢盆也充斥怪宗教圖騰之外，其實是破爛不堪狹窄通道尾的意外驚喜的我們竟然找到了一個個老中國的粗糙木刻彌勒佛，成列討喜的好多種變形的彌勒佛的慈眉善目但是臃腫發福肚腩明顯如山巒環抱的古中國著稱的怪異肉身，但是不知為何刻工卻不太一樣地怎麼看怎麼怪的令人難以忍受，馬三寶卻跟我說那是印度人刻的中國神明所以必然有誤差般地會有不太一樣就像中國人刻的印度神明也會不太一樣的出差錯……

差錯……一如馬三寶說印度人的怪老闆卻太著迷地收藏太多太多中國的鬼東西，有些甚至是東亞南亞華人老廟裡供奉陪祀多年煙霧繚繞不絕熏黑的偷偷在修廟拆下來的走私明代或清代的古式雕工精細的弧度交錯的舊門扇窗扇香爐神案老櫃甚至簷下斗栱雀替，但是他更著魔的是一個個木雕傳神猙獰可怖的龍頭，神色自若或神色凝重緩緩升起的異象般華麗登場大大小小皆然，有些斑駁破損有些削骨奇瘦如柴有些破洞底有彷彿可鑲嵌接頭規格的接榫結構缺口，不知道那是船的還是廟的或是宮殿的……但是對他而言都是那麼深具歷史珍藏的差錯感……

一如老時代的中國太多太多太怪異的比彌勒佛更離譜乖張荒誕神通的千里眼順風耳將軍七爺八爺亦正亦邪神仙惡靈鬼神像佛像雕刻的差錯感……最後怪老闆還吃力地搬拿出了一艘更離奇的破舊不堪卻神通奕奕的老寶船，船身周邊列柱都是龍柱而船頂斜簷起翹充斥繁複斗栱雀替也刻龍頭般的巧奪天工，龍頭上面坐著站著乍看其半毀殘存的官吏海兵船工海員看起來卻竟像一仙仙那一尊尊個性殊異神通殊異長相殊異的成形中的老神明，但是差錯永遠都是迷人的也永遠是來自古中國的傳說；他說，來到科欽，最早的古中國的老船本來就充滿了神話的隱喻，龍頭的船，龍頭的柱，龍頭的廟，龍代表了中國，來自一個怪獸甚至是怪帝國的西洋人完全無法理解老時代老文明更荒唐更殘忍的侵略方式或是死亡方式，那令人著迷但是也令人害怕，怪老闆卻說，他收了很多老中國的東西，這艘不知為何鐫刻太多龍頭的老寶船是他最珍貴也最差錯的中國收藏……

我注意到老龍頭寶船的暗黑死角末端還有一尊木刻的臉部模糊斷了一隻手的神明像，怪老闆跟我們偷偷地說，這就是最傳奇這寶船的名船長，太多太多傳說的他後來變成了海神，變成了印度洋之神，但是很少印度人知道這段怪歷史，可是他知道這種差錯……

我對怪老闆說，這斷手海神的太多差錯，就像他所迷戀的古中國其實是在整個科欽的大航海時代的更早的預言，更早在達伽馬所代表的西洋的艦隊來臨之前的更古代的更東方的神祕文明所帶來的神明艦隊……

一如一個科幻片般的想像或許就像怪老闆自己的古董店就像一個科幻場景的想像他蒐集了太多類似像這樣可能可以打開的祕密入口，甚至可以找到傳說中的為寶船艦隊下西洋六百年前觀星導航的古鄭和儀般地解開謎團中這艘寶船摺疊的古中國祕密或是這個神通太過傳奇的海神的離奇……面目模糊但是穿著官服的中國官吏一如神明般的木刻還斷了一隻手始終殘缺的差錯感……

但是，我心中仍然不免懷疑著……祂真的是鄭和嗎？

❖

千瘡百孔……一如宿命中的我常常在懷疑：為什麼我們會困在印度……印度的千瘡百孔對於我們自己一生找尋鄭和充滿意外的雷同的千瘡百孔到底是什麼樣共震還持續無限擴大的震盪更可怕地反覆波折……一如馬三寶和我仍然陷入困境的祕訣永遠都逃離現場不了震幅擴大的詛咒，像某種恐怖預言公路電影的主角們自恃人生艱難辛苦的頂尖高手的只能更充滿了虛情假意又深情款款的自相矛盾同時的許身旅行必無善終的更深的兩難，我老覺得我也不應該逼問什麼……那麼多印度教怪異神明的正邪不明的加持越多就越難過的什麼，那麼多梵文寫就的解脫或輪迴或業報種種充滿暗示到不可能活著回來的什麼，那麼多自己身在不可能的任務的深層或是全面啟動般的一層往下再更深一層的潛入找尋可能出口的什麼，即使老自欺般地永遠安慰自己出差錯是尋常的只要想法子再補救回來，老不免仍然陷入這種更自欺的情緒低落……

老覺得越走越深的印度是一個暗黑破舊的大窟窿，一個深不見底的深淵，或就是一個黑洞的時間空間切割質量逆轉變異的鬼地方⋯⋯越來越深入的自己就必然越對所有過去理解的印度開始懷疑，甚至會對過去理解的自己都開始懷疑，永遠在一路的出事一再陣痛頻率太過密集、恐懼的太難以想像中⋯⋯難以置信地在快忍耐不了的人地事物裂解乖異中被吞沒！

關於印度，始終無法自拔無法理解無法控制情緒地抵抗無力改變到好像是一種終極經驗分享的離奇消失殆盡前的焦慮⋯⋯極限運動般的最終極限版的打量自己陷入所有衰運的可能更衰的競爭激烈，一如《全員逃走中》的每個旅人都在比較在印度的時候所發生過的災難，從運氣不好的令人難以忍受的遭遇，到完全無法逃離的像詛咒一樣的感覺像是陷入泥淖不可能倖存的種種跡象傷勢過重的殘念，或許是我們理解印度的或是解釋印度的觀點太過敏感，或是我們活著的不可能深入印度的人生的太過膚淺的某種自嘲，嘲笑自己的印度煎熬，一如深入印度更多的時候只是一種更深不幸發生之後的勉勉強強的緬懷，以某種倖存者的感恩心情作祟，或是受傷害的不甘願的控訴，甚至是重大創傷症候群的重症病患的無奈但是卻又不想放棄治療的逼問哀傷⋯⋯

太多太多時間冗長但近乎找死的上路及一路找尋鄭和去世的這個古城科欽⋯⋯這個印度洋老港城海邊的太多太多曲折離奇的進入所充斥著我們老費解又無解的問題。一如早餐的游泳池邊角落的座位可以看到海邊的烏鴉和鴿子和白鷺鷥飛到旅館演員般甚至靠過來在遮陽傘旁的池畔喝游泳池邊水一如廟中供佛活水的怪誕。一如怪異的印度料理好吃又好傷的胃腸病痛的症狀擴散還一直咳嗽一直腰痛腿痛舊傷發作的種種不安⋯⋯一如想起鄭和的令我們想起太多過去而難過⋯⋯我們的六百年前下西洋的祖先都太像阿修羅般地強悍凶惡，面對他們苦海餘生殘留的惡習般的惡念，我們花了一輩子也逃不了，即使他們都已經死了。

這真是一個奇觀，我跟馬三寶說⋯⋯中國漁網竟然六百年後還殘存著⋯⋯或許這是令人費解高科技變成低科技的現在理解過去的最後殘遺的古蹟，但卻還是活生生的⋯⋯印度科欽老港太過著名的古代「鄭和網」⋯⋯據說是鄭和船隊來到科欽後才把這種捕魚工法傳授給了當地人的明代古式中國漁網。

鄭和寶船降臨一如外星艦隊的相對落後的國度為其引入了太過先進但或許是太過怪異的使得部落陷入太過敏感而神經兮兮的古代工法……致使在東南亞中亞南亞印度洋太平洋大西洋甚至地中海沿岸舊式民族古村開始懷疑起自己過去對魚對捕魚甚至對浪的幅度對潮汐的變幻，對海的古怪氣息從神祕通天沉浸到後來只會拖延拖累到只得奄奄一息的理解……鄭和網太過離奇的……這種捕魚方法是用四根木棍的一端綁住漁網沉入水中四根木棍的另一端收攏起來然後用怪長棍固定在舊式木架上而漁民用舊式槓桿古法來收網和放網……這種鄭和網捕魚法流傳至今在現代中國雲南水鄉或南海水域漁村捕魚艱難的地帶依然盛行。古代的籐編工藝據當地工匠們考證也是當年鄭和下西洋時傳授給當地。太多太多傳說的古村百歲老人說數十年前小時候還聽村裡的老人講古村以前曾經有過繅絲業和織布業也就是養蠶並用蠶繭繅絲種棉花並用棉絮織布或者用蠶絲織布編網在六百年前鄭和到此之前島上沒有這類古中國帶來的老手工藝。一如印度科欽的傳說太多……鄭和七下西洋在印度科欽停過六回的幾百艘中國船隊停留在科欽老港口的壯觀當時阿拉伯的西洋旅行家看過那種盛況後留下了文字紀錄堅稱古中國是全天下最進步的大國。科欽曾經是當時印度洋最重要的老港口，歐洲人中國人猶太人阿拉伯人都來過……不過鄭和更帶來了大量的絲綢、瓷器、茶葉來跟印度人交換黑胡椒香料，甚至，據說當時鄭和寶船隊中有許多海員在科欽留下來曾經有過龐大古中國城規模風貌的驚人祕密據說當時還在這裡建過古佛塔雖然已被毀，而鄭和網這種中國漁網就是那時候中國人教給印度人已經流傳六百年歷史的竹架支撐通天的轉用古傳和中國佛塔的老時代竹架數百尺高的鷹架，依其天圓地方的口訣定形撒網……魚無法逃離這種中國幻術……在印度人只會用魚叉釣魚方式捕魚的古代，鄭和網是一種太老派的以海為天的漁人技術！不過怪異的諷刺荒謬絕倫現場即是至今科欽沿岸仍然還有數十個鄭和網的古代中國漁網捕魚卻變成觀光名勝式的盛況……一如另一種佛塔。相對於現代高度黝黑骯髒污染沿岸海水倒灌泡沫斑斑駁駁的海灘……顏色鮮豔奪目的毒海水浪花……印度老漁人仍然孤身等候時間彷彿回到過去完全死寂靜無聲地站立在半空的竹製四方網及其木製老鷹架一如守護著古中國佛塔也守護著海……。

曾經的古代中國城現在竟然中國人消失殆盡。關於中國人為什麼在科欽消失的原因無人知曉……但是偶爾傳說有六百年前出土的古傳古鄭和網卻是古董商來此搜尋的寶船老件名物……鄭和網前頭有很多賣生猛海鮮攤販想營造給觀光熱鬧登場氣氛大概就是這些漁獲都是現場鄭和網捕撈起來……

我們最後到了成列近乎奇觀的甚至被戲稱謠傳為鄭和網的「中國漁網」的海邊。更逼近現場地端詳著那傳說是太過複雜太過巨大的老時代老中國人或許就是鄭和寶船時代留下來的……一整排麻繩綁住木頭長達十幾公尺的多根的木柱所斜撐咬合數個怪三角形疊起的怪佛塔輪廓天空線虛構的結構體，將一層一層不同斜面的網透過懸空的沙包逆轉變換重力狀態緩緩上升降落時所懸起的重量往前或往後拉，所有的入魔信徒般的老老小小漁人好像在操作一種太過複雜費解的像老宗教法會祭拜神明保佑但是外人完全看不懂在拜什麼的隆重登場現場的怪異現象，老時代過度巨大的老法事式的老工事已然成形到變成某種再怎麼辛苦瑣碎困難重重包圍也必然要上工的像搶孤或過火或遶境進香隊伍虔誠儀式，甚至在夜空的餘光中將網拋向空中再落入海底，種種網眼細目盤節摺皺出來的結界，裡頭所有的海族和人的拉扯衝突不斷般地肉搏到搏命的某種狀態，像是個註定要有犧牲的什麼的更殘忍的老儀式那般束手無策的人面對神的天啟前的無辜感……種種老時代恐怖文明的必然令人恐慌的註記，或就是像人類學想像玄學神祕學多年研究發現的以博物館式重現一種古代機械裝置多寶盒的拆卸像《天工開物》神祕面紗解開的古代中國科學一如火藥指南針印刷術般的傳說，那影響了西洋的後來六百年文藝復興到工業革命開始的一個古老的預感或是太古老的預言……像古先知從來沒有被說出來的警告人間會毀滅的解釋，或許中國漁網所解釋的就是類似這麼巨大的關於大海洋時代的一種輓歌般的理解甚至只是誤解但是最後終究只變成一種觀光奇觀，所有的西洋人看著六百年來永遠疲倦皮膚黝黑粗糙不堪的一輩子甚至好幾輩子的種族……這一代或是好幾代老家族所流傳的捕魚賣命的命脈古工法專注操練過度的某種理解世界的最末端的縮影，摺皺了所有活人面對海洋的恐懼夾雜的面對海洋的嚮往，死亡攻略版的捕捉一種怪異入海的族群像是死命冒著破壞龍宮的禁忌；在空中打量的海中，在陸上打量的水上，在岸邊懸起一個像是魔法的陣式陣仗所搭起一個搶孤台般孤魂野鬼其實看不到所有的活人卻賣命地找尋，跟捕捉水鬼水魔般的厄運環伺之下不安甚至是不自量力地較量……那內在的或是隱藏的神的應許入海像尋短般旨意已經不再被討論，只是留下了一個面對這個人間太過殘忍或是面對海洋太過殘忍的抵抗或是哀號，但是大多人卻覺得那是一種歡樂的謳歌……

一如我們到了科欽，我跟馬三寶說……我們這麼多天看到鄭和可能死亡的最後的古城，他所留下來的一個海洋的史前史，大航海時代的先知預言，最後只剩下他死去的這個海邊，這一群印度人黝黑骯髒艱難活下去的人類，侍候一群西洋人後來六百年大航海時代來臨所殘留下來的巨大的城堡教堂以及科欽後來被寫成的印度洋鑽石般的港口，不同的殖民政權英國荷蘭西班牙法國在這裡互相攻打互相傷害互相認識所建立的某種敵對的陣營，甚至在這裡養出了所有的木船機器船到更巨大船隻所跑出來的未來的歷史；但是鄭和已經不在場了，一如他的死亡，作為一個最後的告別式般地偷渡某一種太老太失傳的傳說……

馬三寶卻嘲笑地對我說：沒那麼多愁善感地懷舊的他只是老分心在一路上看到的怪異的活古董店般的活體紀念品店，像他們從中國網撈起的海魚蝦螃蟹烏賊新鮮的活體屍體充斥骯髒的跟華麗的海邊老市場太過敏感現象，看到還有很多小販在賣那種不斷旋轉發光霓虹燈玩具甚至還有很多那種米老鼠唐老鴨的西洋卡通人物跑來跑去轉來轉去的那種塑膠玩具發出巨大的叫聲或是微小的笑聲像是哀號然後在那邊後空翻……一如太過歡樂到近乎荒謬的新時代的現場或是遊戲場，反而才更是對鄭和死亡的最後嘲弄鬧劇般的舊時代輓歌。

更後來的馬三寶決心要更像鬧劇般地入戲……決心大吃一頓那中國漁網捕的活海魚……大吃一頓那麼活生生的古代，或是那幾乎是一種從古代流傳下來的讓還活著的後人還可以接近古代現場所進入的儀式，或許不是我進入這個儀式而是這個儀式進入我，捕到的活海魚所代表的大航海時代的恐懼或中國漁網的某種結界恐慌所打撈起來的活紀念碑，就在中國漁網那麼虛幻地在天空閃爍搖晃乍看或許更像幻影般地變成一艘寶船的輪廓或是一個佛塔神廟的輪廓或是一個博物館的輪廓……但是都只是輪廓般的虛線的天空線下大吃一頓活魚，一如大吃一種古蹟……入場古代妄想所繁殖出來更深入理解科欽老港口歷史但是卻更活生生的活體。

馬三寶近乎強迫有點擔心害怕的我一起去找尋那活體……一路我們太好奇地用陌生的語言用手半比劃半追問才找在旁邊的活魚攤……千辛萬苦才喊價硬買到兩個老漁人下手撈出的滿滿帶血的白蝦和活鯽魚掙扎扭身轉體亂竄地慌亂；然後讓另外一個怪漁人帶到旁邊更破爛不堪的老店家料理。甚至他們剝蝦殼跟處理魚的老派刀法料理法還仍然非常原始地怪異……一如老時代的時光荏苒中，六百年歷史重來一回地回神……

馬三寶對我說，那真是一種原始的古代活體實驗……好迷人又好迷惑，旁邊的老市集有很多印度老人穿著華麗的傳統衣服的光景夾雜著媽媽帶著小孩的老派漫步，印度教徒或是回教徒同時都仍然在巨大的樹蔭直徑長達十幾公尺的樹幹像神木一樣的老榕樹下徘徊，那老店魚料理店那麼破爛不堪一如草率拉起舊時代鷹架和木桌鋪上桌巾燒起薰香的小蠟燭所點燃的某一種怪氣味，口感及其期待過程的冗長緩慢，期待即使可能是非常難吃也非常骯髒種種魚的烹飪料理遭遇過程的困難，但是整個複雜的情緒激動最後仍然停留在天剛黑的人群剛聚集的幻影，燈火通明的環伺吵雜聲叫賣聲，聚集在遠方科欽堡古城下天黑之後海灘眾多的人群慢慢移動還穿著鑲金華麗顏色傳統印度衣服，從中國漁網慢慢撤離就像一個法會的儀式結束後留下來的聖殿廟宇祭壇的殘跡，但是聳立在夜空的海邊沙灘上，那一如寶船的透視線或是寶船的遺骸被勾勒出來的寶船像古佛旁的輪廓，天空線勾勒出半透明的網狀老舊的某種虛妄的中國漁網的想望……或許張望所找尋所期待的人找不到的種種理解科欽的最後一瞥。

一如更後來馬三寶和我幾次來中國漁網的感覺開始更沉更深地浸泡……跟第一次來吃活魚的活體實驗感始終差別非常大，第一次很慌張甚至是坐車找路找很久才到，後來幾次卻是很緩慢從旅館往市場散步之間意外就到了，那奇觀卻也只是印度老住民漁人們最尋常的一個夜市，旁邊也只是尋常渡口，還有很多人家族步行騎車要去對岸在等船。有一種奇特的反差矛盾……但是沿海所有吃活魚的群眾所有的舊時代市場海岸地景風光無限是真的但是卻像假的……一種幻覺的依然夢幻……一如所有漁人們賣的活海魚，剛打撈起來深海大海怪般的有刺青花紋的扭曲詭譎的花枝烏賊，一箱一箱一隻一隻全部被倒插在簍子裡，喊價的一整群老人好像將一群落地生根的種族屠殺之後要賣到一個好價錢的奴隸市場的殘忍但是又尋常的某種奇遇……

即使吃了活魚就腹瀉發燒症狀始終無法理解無法控制的像被詛咒的我和馬三寶……更後來就抱著一種想一再重來一回奇遇的故地重遊的心情每天來晃晃的好奇，中國漁網也更怪異地扭曲變形到最後只變得某種誤入歧途時光倒流隧道出錯殘廢了的殘體那種苟且偷生怕死的最後活體的什麼，散發瀕危狀態的活體器官衰竭前的腐敗氣味……一如歷史活體摘除器官衰竭中的破砲台或是紀念碑獻花只為了給尋常觀光客去找尋某種特殊記憶的潮解凝結前的黏液感，但是，我們顯然還是有點懷疑，太多不確定的關於中國漁網可能是鄭和大航海時代冒險的某種輓歌的懷念及其現場不免陷入困境的差異，本來預期而錯過，本來預期而遭遇，本來預期而緊張的……好像一次必須要見證所有的奇觀及其狀態的那種緊張，到了後來幾次，突然就忘了……

好像是所有的悲劇都變成了喜劇，所有的艱難都變得好像不艱難的什麼……鬧劇，某種宿命的嘲弄，但是或許也不是嘲弄，只是我們意外進入的永遠太過緊張，正如同印度的老女人帶著他們的小孩穿著傳統的衣著緩緩走入夜色中的科欽到這個夜市裡面老時代閃亮的燈火中叫賣的果汁雜貨鬧市般的市集，甚至就是那些龍蝦白鯧魚各種不同的大大小小沒看過的魚蝦貝類海鮮或是有刺青般肌理的烏賊種種都那麼的註記了這個老土地或是註記了這個老海岸邊的更內在的某種老肉身的湧動，或是內地活人活著的某種外人不容易理解可是永遠活下去在這個土地上緊緊抓著又像海放手開來的湧動，中國漁網好像就是類似像這樣的湧動的一種牽引或是張望的羨慕，風箏對於風的期盼，魚對於海的期盼，船對於海岸的期盼，人對於旅行到陌生國度的期盼……

或許就是寶船對於西洋的期盼，即使寶船的宿命可能只是一種自大的天朝安撫番邦安撫洋鬼子的招降示威的艦隊史詩般陣容展現的排場與使命感，華麗帝國最後的華麗到甚至使整個中國的大航海時代，本來可能的天威浩蕩，因為這個命運的巧合與不巧合而殞落……但是，馬三寶並不在乎這種殞落感地嘲諷地說……來這海邊還在這個中國漁網前被活生生的印度老漁人們狐疑張望打量的我們終究飛過鄭和也航過的大洋來到了這鬼地方，甚至我們也吃了中國漁網捕獲的鬼東西……六百年歷史活體般的活魚，一吃下必然就發生災難的某種詛咒般的氣息……

馬三寶完全不在乎我的擔心……太過敏感太過神經太過失調的被下咒般地活生生……因為不同差異的進入挖寶盜墳般地不祥，不該來的盜墳者被下咒慘死的還願不了的凶兆……某種人類學家田野調查土人被砍頭祭巫祝邪神的必然犧牲生命危險的下場那般無知的始終進來就必然殉身卻仍然始終離不開的某種更奇怪的餘緒心情……

一如我們吃了中國漁網捕獲的活體活魚……是中國漁網冥冥中下咒對我們的某種更費解的自以為是祝福但卻更難逃離的一種不祥預兆……一種像到了這死城也可能吃了活魚的六百年前鄭和必然會死而任務必然會隕落的可怕詛咒。

❖

一如更多意內或意外……老想起那天我們去找尋可能涉入的鄭和下西洋歷史的科欽老海洋博物館，但是卻是充斥著膚淺的海域六百年的時間變異病毒感染疫情像大航海時代宿命的繁殖擴散哀傷就是榮耀的文明破洞……一如博物館旁的龐大庭院深深的地景在軍艦魚雷砲身之間更多南印度奇幻的野生夾竹桃、黃槿、日日春、羊蹄甲，甚至龐大得近乎不可能的數樓高一株大葉雀榕及更巨大神木般的大葉欖仁，在仍然是軍事基地的防空洞碉堡古蹟甚至更旁邊的科欽殖民時代太多古樓豪宅長牆長到建築群種種長廊延伸出的庭園地景到種種高低起伏的建築形貌機能繁複的大廳正殿側翼斜鐘樓機械房溫室球場到好像裡頭的馬房養馬……還有太多太多路旁的維多利亞式老時代的建築古蹟改建成怪旅館充斥著浮誇氣息或是更多的印度海軍基地長出的大航海時代的老大學及其海軍的舊時代殿堂的太多的時間感……

也老想起出發之前找了太多鄭和死在印度的種種傳言不斷的史料記載古書冊的一團混亂之中意外還找到的另一本百年前某一個知名英國大旅行家寫的厚厚的怪書……他所寫的困在印度多年的旅行竟然就是為了千辛萬苦去找尋在某一個古聖地神殿法會傳說中的某一個著名祕密教派的怪上師，我老是想，那本老書跟我去印度找鄭和的狀況有種怪異的巧合……竟然也是去印度找尋一個傳說中奇幻冒險但是又可能不存在的古人，就像是一個虔誠的教徒的朝聖之旅，但是有種人類學家博物學家那種嚴肅面對一生下田野調查穿著手工西裝筆挺入世承諾只為發現博物館繁複學術研究那樣子的過度認真學者，某種古神木的神祕摺曲動物形貌凹痕陷落坑坑洞洞的弧形羽翅獠牙斷裂的山水柱身旁發呆又朝拜了很久，覺得好以為傲的但是又完全不能說的隱約的光景，那好像印度對我的召喚的隱喻。

但是這種怪異的巧合到底是怎麼回事……他是貴族世家出身的文人甚至思想家那種學者，我跟馬三寶說，近乎瘋狂的朝聖地自第一章序曲到尾聲始終無法理解地反覆提及史前史般的他童年對印度的印象，除了某些大航海時代的大吉嶺茶葉大象或東印度殖民時代的成見傳說謠言般的博物誌式的好奇，只提起後來他旅行中不斷出現的某一個奇怪的字：那怪上師是一個古傳統的YOGI瑜伽者，後來他就花了很多時間在印度的數十年的旅行下半生之中找尋一個個YOGI，整本書都在寫他怎麼費盡心力憔悴不堪的旅程為了去找尋那一個神人的神蹟，整本厚厚的老時代大旅行繁瑣古書記載著太多的情緒激動落淚的種種……引發我老因此也在腦袋裡面整理自己最早年的過去對印度的理解到底是怎麼回事，為什麼一直想去然後又一直沒去的一生很多奇怪的解釋或是不解釋……而且是關於瑜伽的幻術般的傳說，像假的也像不可能的……尤其怪異的眼光看待那書中的YOGI，不只是現在更狹義的理解瑜伽，不只是後來現代被縮減為單純快樂健康療癒效果的體操健身姿勢的練習，反而竟然更是一種稀有神奇的魔幻祕術。也因為書中提到有人曾經在歷史古籍中精密地描述某種魔幻光景：眾多信徒和訪客在昏暗光暈的一個密閉的老圓頂透入月光的印度舊時代門派修煉大廳焚香祭拜儀式的怪房間裡，最後找尋到現場而親身體驗目睹過那一個白髮白鬚老瑜伽上師，像是人間最不可能的不世魔法或特異功能的幻術神通……竟然可以動用的他的多年修煉出來的瑜伽動作摺疊扭曲變形的怪異十二回龜息般的呼吸漸次瀰漫濃濃梵香祝禱儀式之中而在最後近乎不可能的瞬間，全身……飄浮在半空中。

就一如去怪力亂神博物館那晚我們也去那更著名的古代南印度最著名怪異數百年傳統的古老卡塔卡利舞劇的演出，化妝前戲到神劇都那麼荒謬華麗的老舞台……老派的近乎天意起乩的乩身上身緩慢移動抽搐症狀般顫抖晃動內在狀態的戲劇感：充斥配角衣著登場的誇張雙頰女舞者扶著主角胖妖女用怪異的九種神情演出印度史詩神劇中對決的惡魔和胖妖……穿著笨重但是鮮豔亮麗登場古裝大裙襬一路歌舞還招架猴神祭起法器聖物傳承的黑長刀……最後被砍時吐出黑長絲的妖女大眼邪望但是動作遲緩手指受傷般地抽搐痙攣晃，持續擴大的震度不明的肢體暴力衝突都像舞蹈呆滯緩慢地注視又不安緊張的老印度神通地變幻無窮……或許，鄭和就是那古舞劇中那最著名的被入侵的老神話中乘妖船從外海降臨的巨大惡魔……始終無法理解的怪力亂神留下流傳六百年來這歷史老港在這古舞蹈下咒般……關於業的解脫至今依舊無法理解等待後人揭開神祕莫測的謎。

還有另一場更老的卡塔卡利舞竟然是在中國漁網旁的海邊古廣場前熱鬧登場之中意外發現……最怪異地時光折騰的摺皺感是在現場仍然可以看到鄭和網引發歷史幻覺般地當年中國人留下來的歷史痕跡，尤其邊吃活魚活體海邊同時演出，在天黑前後的海天一色之間……完全沒有台詞的舞劇依起乩般的舞者神祕的繁殖出神通的繁複肉身姿勢婆娑手指眼神裝扮詮釋故事不過風格完全不同，在海邊的卡塔卡利古舞劇的斑斑駁駁古代象神壁畫前的大多懸疑感的表演從演員化妝開始就已然是卡塔卡利的重頭戲……那必然是一種流傳已久的印度古舞蹈，甚至舞者化妝顏料都仍然是古法天然石頭磨出來的色澤……舞者也在海灘廣場自己畫好臉譜接著躺下來貼古傳紙譜甚至是現場手工剪出來的然後用米膠黏兩頰的怪異臉妝然後在後台著裝準備開演。還有一個印度教巫師會現身到現場詭譎多變地身影卻是孤身一個人先緩緩地來到舞台前的海灘還繞路從海岸線旁的鄭和網竹架上取下一根細竹枝開始喃喃自語地在沙地上畫畫祈福太過動人……畫沙畫中心印度教徒古花圖騰再圍一圈的大象大船圖騰……畫滿整個沙地舞台的迷離現場彷彿作法天色剛剛昏暗的天空光線有點迷亂……另一位遊唱老詩人跟古代鼓手先開場發聲唱的是梵文鼓手造成的空蕩氣氛粉墨登場的……現身的舞者俊美高大魁梧代表正義綠色是王子引用印度兩大史詩故事的正邪對決糾纏不清的怨恨情緒激動落淚的種種回憶……尤其是妖力橫厲可怕的代表邪惡紅色的殺人狂魔王……最後舞劇的高潮迭起甚至在海天一色的海灘舞場末端閃過金光閃閃動人心魄的中國古船一如從天而降的天上降臨的偽天船……船中竟然出現了一個穿著古代中國官服的神明保佑般的摘下天船纜繩帆布覆蓋著網狀支撐物的怪異神的贈與王子……仰賴那縮尺鄭和網當有神通的法器最後擊敗了妖怪魔王！

❖

馬三寶說，印度充滿了種種近乎完美的結合謊言或謠言般的不可能祕術的魔幻……也一如我們困難重重地困在在科欽的那幾天老坐在那個老旅館海邊的奇怪的空中飛禽滔天的狂熱嘶吼吶喊般的啼叫聲，雜色麻雀暗黑烏鴉灰面鷲鷹蒼白鷺鷥……就在異常幽微晨光中種種怪異海鳥包圍的陳舊漁船群聚海岸流向渠道更深入的潟湖運河……始終老舊骯髒的縮影像極了威尼斯的某種更難得的大航海時代殖民時期留下來的歷史的奢侈眷戀，浪潮非常緩慢的海上還有些漂浮海草海魚的死屍，像海岸邊充斥著既尋常又奇怪的凹痕斑駁瓶罐廢棄物清除不了的暗示……

海岸望向更遠一點的遠方，還有老港邊的舊機械龐大機身的起重機，貨運場無數巨大鯨魚擱淺傾斜般的解體場靠岸裝卸的破舊貨櫃參差錯落暗影末端越來越不清楚的細節……還有更多我不太理解的岸邊奇觀的無限蔓延擴張……一如破木製舊支架槓桿尾端拉向前端繁複的蜘蛛網般地錯落粗糙麻繩的懸吊拉扯古代港城奇觀中國漁網……的現代化身。在科欽……這古城從鄭和下西洋的老時代留下來的鑲嵌胸口最炫目鑽石珍寶的最龐大的印度洋老港口……其所延伸六百年後所留下來的某一個遺址，出現護身繁殖出來的模樣，在這種海浪越來越混濁……一如老在鴿群的咕咕低沉無聲哀號或是白鷺鷥從旁邊揮翅雪白疾飛的靜默……對於烏鴉沙啞暗黑的翅羽的嘲弄。或許也一如不斷地在老餐廳上菜奇慢口味奇重甚至香料複雜滲入越來越濃濁的料理湯汁，一如破房子屋身古蹟長牆石垣支撐傾斜屋脊神獸雕像旁的燈籠懸吊滿空的氣息詭異夾雜半空柱梁獸臉上頭的舊風扇轉動的低音……好像所有的老城鬼東西都早就腐朽發臭，但是又非常美好的以一種頹廢疏離和真實的人間保持距離的打量的歪歪斜斜……相對於科欽那段大航海歷史，燒殺擄掠全球地引用更大的國家搶地盤爭奪，宿主對於寄生的大陸的印度的中國的中南美洲的非洲的全貌的一種縮影……當低沉瑣碎雜音嘈雜不和諧地令我想起往前看另一種雜音是來自於旗幟隨風飄動的舊式漁船及船身上已經非常老舊的鏽蝕痕跡和那些老船工坐在船頭看著遠方看到那些船工的身後背影眼神的恍惚，我所想起的是那前一天晚上坐著夜車從機場太晚到的飛機，進入這個科欽古堡，在整個老港口海岸潟湖運河最末端海邊最著名最古老的科欽古堡旁的街區看到了太多古老的各個時期的教堂留下了老舊建築長巷，甚至有猶太人的老街墓園區變成博物館或者是變成時尚時髦的餐廳旅館精品店，這個時代的新的市場的暗街那些門口的十字架斑駁的神像聖母像漆了太多次之後又淋了太多次雨之後出現泛黃痕跡的教堂立面顯得更為明顯……

也一如我們更後來沉溺其中太多天的科欽那怪力亂神海洋博物館……始終無法理解地著迷太多太多怪力亂神的邪靈入侵祭拜性器儀式的老印度廟之後對於太道貌岸然的博物館不免充滿懷疑……不免對科欽的太破舊不堪海洋博物館裡所看到太多以前大航海時代所留下的怪異的故事遺址……充滿太多太傳奇老舊大航海時代的船的故事感覺到為什麼老是那麼錯亂荒唐。相對於印度這一個充斥太多太怪古老異端神祕的印度教神祇惡魔的古國……不免出現更混亂也更疏離的對船和海的逼身逼問的怪異理解，或許只能彷彿回到過去更自嘲的妄念紛飛的某一種太遙遠外太空的太空船般的失事隱喻，入侵者降臨的一個史前史時代開始的某一種對抗狀態；但是事實上每一個老角色或每一個老場景或每一艘老船都只是一種費解的傳說從大航海時代往前回溯過去太遠到三千年史前的古老廢墟出土的隱喻……有關古代船或是古港口的從阿拉伯到中國到歐洲英法殖民時代太多船長們一如鄭和的老時代各國無敵艦隊攻入的壯烈或殘忍雷同複雜矛盾歷史的見證變遷……及其中涉及的文明碎片散落的重新拼湊出始終無法完整的殘體……

一如圖騰石雕或動物形貌老貨幣的起源典故，印度廟凶殘海神保佑或是某種印度教傳說中海洋神祕怪物的征服跟重新啟動，但是只剩下最後的遺骸般安裝在破舊不堪的可笑偽造鑲金的簡陋剝落斑駁相框木櫃……收藏價值不菲但是卻不知哪裡出差錯的其中非常草率的種種古砲古錨古帆古旗的古物羅列千奇百怪的海域發現可疑漬痕浸泡過久的斑駁……一如失常海圖數位化電子地圖電腦輸出輸入的界面箭頭符號假科學般的解釋，重新再對這個古老的國家古老的海軍古老的海洋再理解的差錯，歷史時代的某一種越理解就越誤解的可能，反而那些舊版畫或是古地圖斑斑駁駁線條遺留下的痕跡或許更清楚解釋某種老神明的譴責或是觸怒海神及其必然招致海的更古老的不幸或更晚近的不幸……一如關於某種獨木舟划木船進化成風帆船的演變技術進步就只在幾百年之內產生一種可怕的蒸汽船機械時代重工業砲艇海船攻擊的瞬間一如煉金術士魔法玄機地轉變成更高階的種種進入到驅逐艦巡弋飛彈等級可能性的威脅甚至更接近現在的潛水艇出現或航空母艦出現的疇變……相對於更後來全球陰謀詭計多端佈局跨國版圖的打開歷史的對抗太多涉入跨國航海地盤的重整旗鼓般武器的野心興起及造船導航系統輔助回歸初衷及其技術的可怕演化，太多太多變卦的歷史恐慌……使得當年大航海時代帆船與風帆在季風影響暖流種種印度洋海域地理變遷產生的海洋氣候和海洋航路的切換困擾甚至是建立跨國航海古港城堡的更古老的佈局戰略……甚至關於史觀切割之後大航海歷史的解釋或是困境都完全改變；武器種族衝突決定性的關鍵擴張的帝國版圖擴大的葡萄牙英國荷蘭法國的對決，就像當年所有可憐國家的殖民地面對殖民者的歷史困境更後來就完全被解釋為全球大航海時代經驗的值得紀念的輓歌瀕危動物般的懷念過去單純美好的時光……就在科欽意外看到的這個可怕又可憐的博物館泛黃藍圖般的港口邊緣遺跡廢墟像是某海域依舊駐船岸邊的港灣的變遷所遺留下來的某一種既憤怒又哀傷的見證的可笑。在印度的博物館其實更破爛的就更逼真的……像蠟像取代真人的傳統觀念中的……古代陷入現代的可笑博物館理解。

一如太多太多在科欽發生海戰的另一種膾炙人口的傳說……一如全球落後被殖民地祕密集結火力人力

的船長們甚至還有一個印度民間海盜傳說成民族英雄可能產生的對於一個大航海時代的預言般的對抗，但在這邊它變成一個老畫像中的印度的廖添丁傳奇……甚至是海的更怪異的異人反抗軍領袖……海賊王。在那怪力亂神海事博物館中老令我們想起印度的更多混亂海洋歷史的詭譎多變……那種不遠的要命失誤連連發生的大航海時代來臨前的最後一瞥，一如某種好萊塢怪科幻電影的怪故事中喚醒了某個太恐怖的古代妖怪般的死去多年的傳奇異國船長。（可能就是太多太多怪船長的一如鄭和的雷同隱喻）一開始就根本不應該喚醒的他竟然是老世界裡最厲害的頭腦和殺手的數百歲身世祕密想偷渡了他被喚醒來幫助這個世界進步的變故卻是意外叛逃的他竟然變成想要篡位或是想當暴君地太過殘忍到會毫不猶豫地把敵方全船的船員全部都殺光的逼人威脅。那是星際爭霸戰式老派的隱喻，鄭和可能變身為那聲名狼藉的數百歲宇宙老戰犯船長角色極限放大版本的他仍舊沒有出路地叛變……是暗黑系的更可怕超人類的那可怕船長顯得永遠的陰霾充斥憂鬱的放大及其源於過人的敏銳夙慧犬儒或身世的悲傷的無法抗拒也無法挽回……傷害的源頭不只是怪船長他自己的怪身世也是星艦史是整個西方文明在進入帝國對抗最慘烈的劇痛象徵，用以進入黑暗另一個敵方帝國的最深處探險沒人去過那麼遠的地方那麼久的老時代的害怕懷疑，鄭和會變成這樣的時空錯亂之後變節的可怕船長的他如何選擇不去感覺也不知道控制……只是有種想殺人的衝動在永遠有人想傷害他只好喚醒那內心的邪惡去抵抗的某種科幻電影的船長必然悲劇收場的縮影宿命……

另一個怪力亂神海事博物館或許是那個更著名的奇觀被稱為荷蘭宮的其實更是古印度科欽王朝國王不同朝代更替的老王宮……我跟馬三寶在側廳等候意外看到了某個怪異的印度數百年數種不同的語言膚色宗教文明的老家族史展覽影片和錄音其不同種族如何到了印度落土生根的故事……一如正大廳的古物般的真實古長船身太像寶船廠的一艘古船………就一如我和馬三寶更後來浸泡多天在荷蘭宮這個老皇宮建築裡頭最驚人的四個角落的印度古代神話非常繁複華麗的壁畫原跡的考究，就像多年前在布達拉宮看到的老藏畫那種等級的神祕又法力神通仍然存在守護的狀態，一如科欽的地名的由來是神話中這克拉拉海邊被神祇一刀劃開的一道傷口形成的土地，一如更仔細的一個個神話典故之後的在海岸海港所出現的印度各個不同國王所流傳皇家朝代的驚人帝國傳說的收藏……那是在印度幾乎最高等級的博物館櫥窗內的皇家皇袍鑲金的世代皇冠及其皇后公主們穿著最頂級的絲綢還有裝卸香料精油酒水的銅器鎖頭，老轎子的木閒收頭連接種種老時代的器皿細節，一如更多大航海時代被英國人殖民地視為土著的那種種人類學史老部落遺留物或是更深地進入大航海時代的太多物體系的荒唐器物史……像是貨幣演變跟整個科欽作為一個跨國海洋歷史落腳所賦予的另一種像印度洋海域的鑲嵌在胸口硃砂痣或是一個寶石的祕密收藏史……也一如這個荷蘭宮後來被佔領後被荷蘭英國葡萄牙所改寫的……可能是六百年前鄭和本來應該去幫他們改寫而沒有發生的帝國戰記歷史的殘忍或慈悲同樣都會被寫就成的膾炙人口，那麼講究的老時代博物館寶藏種種更複雜的情緒激動落淚卻只能偷偷雕刻入皇家展覽的華麗登場……一如我後來就花了很長時間在看老壁畫上面的猴神在和惡魔戰鬥中的四個頭或是八個頭都是六隻腳的奇怪神明和惡魔的典故時，竟然意外發現地尋找到某個死角六百年前那個鄭和所帶來的那青花瓷最著名的中國象徵的皇家等級的御用瓷器，傳說是當年鄭和親手奉上給印度國王的永樂年製的古瓷……馬三寶對我說他好想半夜潛進來盜走這鄭和古瓷……

❖

在那最後的麒麟滑梯前……我老想起離開的最後一晚又回到了太晚無人之後成列廢墟般中國漁網旁的那一個破舊的老公園，裡頭仍然還有很多穿著傳統花衣服的印度家人老人帶著孩子孫子在旁邊開心玩耍或少許年輕男女角落纏綿約會，太多鳳凰木闊葉木熱帶叢林般的公園一地綠意中最惹眼的還是有很多破舊不堪金屬爛鞦韆還有甚至坐墊斷裂或者是毀壞的蹺蹺板，在歪了一邊板端的小孩們仍然玩得很開心，或是烏鴉叫聲吵雜混亂之中還有長著巨大等人身高的綠色大眼睛曲手臂的青蛙垃圾桶上面寫著請利用我，但是整個綠意黑暗的公園的，最中間卻是一隻用鏽鐵像是藝術家特意參與完成的長頸鹿或許就是中國的麒麟最後的落點，我爬到那個彎曲鐵架四隻腿一如神獸般的曲線鏽蝕的鐵製的背後往上爬在空洞的一條弧線的身軀內，像麒麟的肚腹具有神力神通般的神獸的軀幹最內部但是卻是一根一根枯瘦像是隨時會折斷的骨骸，所有的印度人都在看著我爬入那個神獸般麒麟長脖子的正上方然後到了最高的踏板破洞鏽蝕得更厲害的鐵件出口，小孩們都已經熟練地閃過在那邊玩耍的某些我害怕崇拜保持距離疏遠的某種神獸象徵物這奇怪動物身軀曲線的虛線感，但是卻仍然是一隻麒麟，就在中國漁網的虛線感的古老木柱空虛空蕩的紀念碑旁，這裡的老公園所有的印度人看著這隻彷彿六百年前鄭和所帶來的或是帶回的從非洲要帶回中國而在印度落腳的麒麟神獸，出事了而落腳在此般地坐落殉於此的某種犧牲，最後我還是不知道為什麼我手發抖腳也開始發抖，或許是因為太老舊也太危險的破爛不堪麒麟滑梯……

更晚的夜色暗黑沉浸中……那在中國漁網旁邊撤走的所有店家舊時的雙輪四輪橡膠鐵圈甚至攤位聰明地將所有玩具或是佛像或是賣品摺疊一如百寶箱，天色越來越暗人也越來越少攤位也越來越黑暗，只剩下幾個人影一邊在拉客一邊在等候西洋人或是我們外國東方臉孔可能會落在他們手上的奇怪的異國想像，或許這就是老舊中國漁網數百年來所支撐起的歷史的懸念或是不遠方在旁邊守候註明亦如亡魂般的守護者留下的神獸麒麟的殘骸……

跟著小孩們在那梯口斜坡前端的玩耍不小心冒犯到的土地神明而得到的嘲弄的我在那裡仍然兩腿發抖，無法滑下那個長頸鹿長脖子的溜滑梯末端已經破洞的那個黑洞裡頭，充滿不知道如何面對科欽的自欺。

一路的大航海時代的聖母舊教堂及其老醫院古蹟般的氣派華麗，或是始終暗黑登場的老香料市場和更暗黑的街口的更多舊貨車卻仍舊無法理解地神佛畫像畫滿閃亮車身的誇張炫目，太過疲倦的老司機在身後有印度神像的破小吃攤雜貨店的另一端，和太過緊張迷路的我雷同地張望……或許只是始終不在乎那麼輕蔑地打量某些自作多情過度膚淺的什麼當代藝術展的小小怪畫廊的戴上印度猴神牛神面具完全裸體自拍藝術家肉身……在那科欽城尾老市場街猶太古城區完全暗黑的無人的老街種種我們這個時代的自以為是的反叛但是在這個老街的六百年歷史的痕跡節骨眼卻又顯得格格不入的感覺沉重又輕盈地刺眼。一如我們最後要離開科欽的早上，五點半出門要去趕八點的飛機七點要到機場，所以天色還黑根本就還是晚上的感覺，車子就在晚上的夜路中開始開回離開這個港邊老城科欽整個潟湖般的城市，彎曲沿著海邊或是運河邊的夜路急速的前行，一開始還有一點昏暗但是可以辨識出跟我們來的時候走的那條公路一樣的地方，每個流動的顏色卻變成暗黑的光景奇觀，從我們的旅館路過老市場街首先進入猶太區那條老街，路過我們所買到那個鄭和斷手佛像般的小古董店，但是當然是關門的，還有旁邊那個荷蘭宮老香料市場甚至整個修道院聖母院和醫院那天我們走過的時候人非常多又非常擁擠的嘟嘟車群在等著觀光客或是放學的學生種種的地景，但是現在完全是暗黑……然後慢慢離開城裡那些熟悉的那幾天老陷在裡頭漫遊的科欽堡，那一塊老城市有著大航海時代華麗立面山牆巴洛克時石雕的建築風格的過去官邸或豪宅或是總督府改建現在的旅館也在海邊豪華氣派的某種老建築的氣味……然後就開始度過一條一條的老橋，那是潟湖邊河道所感覺到延伸的那個海邊瀰漫著鹹濕而有一點陳舊腐敗氣味的海水所攀爬進來夜行的車要往機場路上每一個流動的時間感跟速度感，然後就看到成排的空的貨櫃車就停在路邊或是看到有一個小區小鎮聖母像發光好像在早上做禮拜的聚會祈禱儀式，但是車過得太快都還沒看清楚馬上又陷入河道的一棟一棟印度廟或是老城的窩在科欽的那種破敗感建築群的最末端，這是我們要離開科欽離開鄭和死去的傳說城市的最後印象，那始終流動非常快速時間好像一直在被拉長拉長然後再拉長，然後不斷的流逝流逝什麼，天已經快要亮了，海水或是路邊的叢林咬合的某一些打不開的黑暗感……到底鄭和是不是死在這個城的傳說所不確定的種種誘惑或是迷惑：怎麼會來到這裡或是這幾天發生了太多離奇的怪事？從來沒辦法想像我們自己可以在那麼複雜糾結矛盾的情緒裡還待下了那麼多天始終在吵架始終在生病始終在迷路始終在找地方找不到的那種恍惚感裡……

太多太多畫面的不可預測不可思議的永遠不可能通過的種種試探的詐騙手法又翻新式的一再發生歡呼般的聲響就像是銅鑼響或是神的應許後的笑。一路看到的奇怪的人聽到奇怪的事吃到奇怪的餅種種困難重重的不解，一如一路迷路卻誤入歧途地竟然最後還是誤打誤撞地找到了的中國漁網所太過離奇地近乎虛構的某一個空洞到完全不可靠的歷史象徵，完全虛構的關於老中國偽紀念碑……一如老想起那個怪力亂神的老海洋博物館的古蹟建築更怪異蔓延成的遺體般卻繁花盛開的花園的死角……

最後，還奇遇更後頭的好奇地進入街尾的異常現象般路燈一開就突然太死白痴亮的那一個新公園，舊路燈太多顏色的詭異，旁邊是老舊雨漬的巨大長列充斥著諸多米老鼠和傑利鼠和唐老鴨和湯姆貓和加菲貓和跳跳虎所有不可能放在一起的美國卡通畫壞又可以辨識的著名景點般可愛又可憎動物人物的長壁畫但是中間卻是非常單薄醜陋兒童設施的溜滑梯或是盪鞦韆，那晚誤入的時候完全沒有人像一個廢墟一樣但是卻是那麼用力打理錯誤的現代的另一種庸俗不堪虧損擴大引發的膚淺美學的自嘲……但是竟然還都被畫成穿著印度教古代神魔的法衣法器三叉戟、長彎刀、銅鈴……長出怪物般的變形的全身臉孔四肢泛藍色一如濕婆肉身的無限炫目……

一如那斷手的鄭和神像在某一個最後誤入歧途般地意外造訪的老店，更古老藏教的海螺古銀法器上面刻滿了各種神獸般的十二生肖卻精密講究的刻花，一輩子都想獻給藏族神佛他的不幸所捲入的太考究古銀雕花那些神獸的眼神姿勢所拿捏守護的那個海螺可以吹出的沉重又怪異的螺聲那是最古老的藏廟才看過的最傳奇法會才會出現最高規格低沉如死神降臨人間嘶吼的迷幻感，後來那個店東老人教我要如何吹出那個海螺我就拿著那個數百年的從中國西藏流落出來的老藏廟法器手上按著那些古銀刻的中國古代十二生肖神獸的身體開始對著科欽的夜空吹出了奇怪的海螺聲……最後的我竟然真的吹出聲響，但是始終充斥著我也不知道我怎麼吹出但是就是吹出聲響的某種謎樣的恍惚感，一如中國漁網或一如科欽或一如我想解開這個鄭和過世的城之種種謎團的妄想，始終虛幻到永遠無法理解卻也始終閃爍著古銀雕花考究像古銀法器海螺的……古代必然有神明守護到底的我始終解謎不了的最終神祕。

在科欽始終是失控……甚至口耳相傳可以加大麻的著名special Lassi的那怪店裡意外發現的更怪的狀態，或許也因為那怪店就坐落在科欽火葬場旁，火化遺體的一路上、遇到屍體的人群就已然太怪異，而且還故意用那種怪異的手工陶壺杯像骨灰罈裝滿的Lassi，裝滿黏稠液體凝成固體前的膠狀質地太像奶酪也像冰淇淋的雪白杯口，卻還是令我狐疑的那氣味那麼怪那麼像嘔吐物，還同時更是混濁著泛黃沙粒般到底是否是大麻的什麼……可能也只是添加防腐劑般的一如印度時常唬人的過量的不明香料或是不明毒藥……更過量的意外是那怪店本來像科欽就只是大多是賣西洋人的幻覺，一種觀光客的奇蹟的奇幻奇觀的……那條老街又太窄太特殊到像那老城的種種都雷同地下藥了什麼，最奇怪的是到底加了special的什麼……

牆壁破爛不堪但還是粉刷油漆蒼白斑駁的破洞亂放了很多瑣碎的猴神象神牛神形貌華麗顏色斑斕的既像法器卻也又只像玩具的小神龕神祕器物，還有一個濕婆的藍色巨大神臉就浮在半空般地鑲嵌在老牆體巨屏中，致使那一個混亂場面歡樂氣氛像是追憶時光隧道所看到是看到貼小照片或手寫的紙條塗鴉種種留言，變得怪異的陰霾籠罩地詭譎，或許也因為現場太怪異的潮濕悶熱難耐，大多數都是草率的人像或甚至大頭照，但是，本來只是觀光客亂寫那種什麼到此一遊印度的眼光，卻始終引發近乎瘋狂悔恨般的那種回眸一生的荒唐式地令人心中老感染到毛毛的氣息陰沉到恍神的怪感覺到……更好像是那些來過的舊照片上的人們都已經死了。

我跟馬三寶說我老不免想起上輩子般的上次呼大麻是在多年前少年時代在老朋友的瘋狂頹廢的怪房間，那深沉如潛入深海的怪感覺是塵封在一個封閉的密室的回憶……多年前的我覺得那塵封的記憶深沉的怪感覺是一個非常恐怖的狀態，因為控制狂的我一生的打開用力過度的種種困難重重的狀態都要很精準的掌握才有辦法進入狀態，當大麻逼使意識消弭的模糊曖昧不明的狀態都在逐漸失控的恐慌必然就像密碼換了或密碼忘了地更不安緊張……一如所有的剛來印度開始的時候的感覺，可是那一開始只比較像是外在混亂的干擾，像是要等很久的所有插頭壞掉門閂斷了廁所完全沒有水或太多水的骯髒的困難重重，但是吸大麻之後卻更深入另一種困難重重的變化太深入也太迷惑到最後更內在個人的狀態的干擾所變得不一樣地更為複雜可怕……判斷很多事失去判斷力的改變老會慌張的我覺得逐漸消失的無影無蹤的對自己的理解……

後來發現那怪店坐下來了之後就靠牆之後我就突然安心的發酵，因為之前還有些分心，更重要因為我開始懷疑自己出事，感覺到我身體出問題的是靠著牆坐因為其實那個怪店就是在一個斜坡上有點小或是走樓梯進去好像在一個山洞的坑有點像深入窄窄的石窟，然後就是坐在最裡頭一開始有一點傾斜，可是那一坐下來大麻的效力放大到覺得就很斜很斜到整個人在往後傾倒到好像整座山在開始往後垮壞崩塌到⋯⋯肉身的重心失重墜落意外突然往後倒然後快要沉入變成液態的石牆的慌亂⋯⋯

甚至沒有時間感⋯⋯突然就會完全到了另一種等級的麻煩，大麻讓時間突然發酵成好像沒有時間的狀況，沒有時間不是永恆卻反而是時間感更錯亂而忽快忽慢，變化到無法理解時間的流逝感去判斷或是控制，一如時間感的更遠的懷疑，小孩死跟老人死的差別，多活這麼多年的差別，我已經這麼老才來這古城的差別，也一如吃一種陌生的印度料理然後完全不知道自己吃到什麼的冒險費解⋯⋯幾乎所有狀態都是冒險的在出事又不知出了什麼事般⋯⋯存在感變稀薄的時候更加惡化地深入懷疑起太多太多疑點重重的我過去的經驗會限制我所理解印度的可能，限制我過去對時間的理解，種種老時代太龐大太古老的⋯⋯都不免在這個新時代被誤解⋯⋯一如捲大麻菸葉的緩慢，然後也抽很緩慢那打開過程的情緒斷裂。但是大麻是讓這種情緒斷裂更緩慢更完整到感覺可以輕飄飄到不想動到突然有點開心，一如那晚上我做了一個夢但是記不太得的種種狀態也受影響到夢裡的時間感，我遇到人和事的快樂和不快樂都放大到突然比較清晰可見的水晶玻璃折射光線的變幻⋯⋯

不過這些變幻的鬼東西都不是一開始我所預期的荒謬⋯⋯我也不知道喝了Lassi會變成這樣地迷亂困惑，彷彿在一個全部外國人都死了而貼死者照片的爛Lassi的怪店邊喝邊看奇觀的意外頻仍⋯⋯那麼哀傷又那麼尋常⋯⋯困在那麼狹窄近乎無距離的送葬隊伍太多太多人將屍體一具具扛著唱誦哀歌咒文往火葬場的路上那種不可思議的光景⋯⋯闖過眼煙雲迷漫著無眼神的枯萎臉龐已經長滿屍斑的那種死亡的男人女人老人們被蒙起來的全身還披著怪金色法衣所有大體被扛著路過⋯⋯一個接一個地走過太久之後的我老分心地不禁懷疑起⋯⋯或許我早就死了，我也是一路被抬來的，那麼死寂莫名地路過，只是太過失控的我從來沒有意識到自己早就死了⋯⋯

始終無法理解的是我喝的那一杯Lassi的作祟⋯⋯或是我去的火葬場的作祟⋯⋯太多太多這個一如鬼城般的special的什麼在作祟⋯⋯某一種空間上的變化而傾斜重心的關聯，可是另外一種是因為時間也會傾斜而變化。拉長了的時間太過火的著力於很快又很慢又竟然同時就會感覺到……一如我老是吃驚剛才我不是起身扭了腳就跌身倒下去了但是閃神一回神我卻怎麼還會站著，還仍然站在那正要離開的怪Lassi店門旁，而且最明顯是覺得已經大麻發酵擴散迷亂開的special Lassi已然喝了那麼長的時間彷彿過了五、六小時但是看時間卻才過了五、六分鐘而已，而且那天在店身末端的濕婆神龐大藍臉的注視眼前的才等待一會兒但是詭異地就覺得已然等待了一輩子……

另外一部分是同時已經累到很想睡，可是那個感覺又不是想睡地異常清醒，所有的參考點都仍然晃動一如就我跟馬三寶講話講一句話就要停很久或是我跟他講然後我就忘了我是不是有講過那句話的恍惚……那天我們就坐在那邊卻好像兩個人都有點lag地時間跳針般地永遠無法是比較確切地切入……時間感變得很怪到我們好像剛到這死城不久可是又就覺得我們已經來很久很久，在那裡講了一會兒就好像已經講過很久，重複說了什麼也不記得說的什麼……始終恍神地也可能因為那話語的跳換太快或只是老混亂上句不接下句地跳換像我講一句話他就接下一句話……但是那一句話和下一句話沒關聯，或我講一件事他就接下一件事，但是事也都沒關係地閃過腦海的差錯，也不是差錯，就是事的被素描的細節場景人地事物線條單薄的話語突然都變得模模糊糊地移動又同時跳換……我們吸到了一些不該吸的鬼東西所以腦袋開始在發酵或是出事，這或許是最明顯也最直接的一種解釋及其反映另外一部分的意外，更複雜地投影出很多像我年輕時代剛開始吸大麻老吸不進去或一吸入就老咳起來的困擾，既害羞又逞強，那時候我老感覺胸腔那深凹口有吸入一點可是老進不到腦袋，或像一開始之前幾次那樣或是抽過幾次狀況好可以好到什麼程度的藥效，想像進到多深還可以感覺進到多混亂多複雜……

然後在那怪Lassi店的死角的我還就老聽到隔壁的號稱老派日本料理攤子有兩個日本人在那邊說日本話，但是他跟我說那是一個印度人跟一個日本人在說日本話，然後印度人料理出的那種日本菜的道地醬料有一點像日本味的醬料加入印度咖哩到日本那種炸豬排那種拉麵的口感，印度人其實人還滿好滿客氣的但是Lassi做太久太古怪……種種差錯……那種就覺得好像被帶到某一個地方去然後一個夾縫出現了尋常看不到的鬼東西，但是意外發生的種種差錯越久才越發現，或許這種種傷勢的作祟冗長的浸泡沉沒的時間感……對因為一路找尋鄭和下西洋太過複雜死因始終無法理解而不免厭倦太久的我們的人生而言，不是受傷而卻是療傷的意外……

在迷路的一路，整個科欽凹陷到越來越暗黑，窄巷的摺皺越走就越難過到無法理解地歪斜而迷亂了……然後整個古城更像鬼影幢幢的鬼城……在歪歪斜斜地內凹陷落到到底怎麼走才回得去旅館的焦慮越來越焦慮……越來越不知道怎麼走還是走……一如我們離開那special Lassi的怪店之後，在科欽太深的夜半找路的怪事……馬三寶說special Lassi的發作就像所有special的什麼的發作……應該要自己一個人面對……然後才更可以專注地隻身深入絕地般地更深入……才可以更深入地感覺到自己在迷亂困惑之中充滿期望也充滿失望的變幻同時發生的怪現象可能有多複雜詭異。

但是我是跟著馬三寶深入的……

一如更後來陷落困境到深入絕地般的本來每天都走的尋常不過的回旅館那一段路卻變成完全不同的歪歪斜斜狀態的可怕……一開始並沒有發現，只是像在科欽那麼久的每一個夜晚，晚了累了，就只是想走了，一開始走但是走了一段路才發現自己出事了……完全無法想像的那麼難受的恍神狀態中所有的移動的判斷最細微變化的距離感和方向感失效或就只是開始改變到太像衛星導航系統定位出問題混淆不清的困難重重……然後我只能在內心中告訴自己或許不要想太多也不要逞強，就跟著馬三寶走。我們本來應該是沿以前的老走法……就從海邊最末端火葬場往下走往回走一段距離不遠的老路，經過舉行每晚盛大登場老神廟法會或中國漁網長梯末端沿著海岸邊擱淺般的最著名古城光景的一路有印度教先知的祭壇奇觀，再路過一路另外更破更舊渡口的大大小小舊廣場旁某幾個古蹟某幾個舊城門某幾棵老榕樹某幾攤馬薩拉印度熱茶攤……看到了某幾隻野狗野猴子盤踞的長梯旁破舊不堪的某漆成深藍色的小怪印度廟，然後再往側邊看就隱約可見那小廟旁的舊時代樓梯，如果往上爬樹般地爬樓梯，就可以再找到一路破建築的怪屋頂旁塗鴉手寫的一行英文一行梵文咒語般的怪名字再往走上去就會找到末端的我們住了太久的破旅館，那是我們在科欽每一天回家般地回旅館在辨識方向感最好辨識的偏方般的方法……但是那晚因為暈眩中的我們卻走另外一邊的路，沒有沿著中國漁網海岸走，反而選了另一種走法，從太狹窄又太混亂的最著名巷弄一如迷宮般的走法……在古城遺址的半夜暗巷的無窮無盡的曲折蜿蜒山路崎嶇地形地貌中轉來轉去，然後又都沒有路標地在又黑又暗的路走了好久走到沒路，越來越昏昏沉沉的我就跟著他走，馬三寶跟我說他記得路，沒問題他有把握……我沒有意識到他也已經開始昏沉……迷亂……

更後來老是在走但是又不知在走向哪裡的我就一直覺得在走路的時候像要被帶去什麼鬼地方……充滿了擔心懷疑為什麼我們會走不出去但是又沒有力去找路或僅僅辨識路的可能方向，找尋路的開頭或盡頭，一路走的迷亂始終無法理解地像盲人被帶著走，可是那每一個路的轉角往前走向另一個路口的……老城市比老建築的迷亂困惑更深只要有一點模糊就很令人難以忍受地擔心，因為一路找路迷路的始終可以辨識的邊界只要一開始模糊就很可怕。崩塌的冰川破裂土石流災變的震盪加劇……完全不只是像之前只在一個房間的邊界模糊曖昧不明到門旁牆體凹陷到有點歪斜而迷亂……

因為一開始我很相信他就跟著馬三寶走，走了好幾小時，也可能好幾天或好幾年或好幾世……太過擔心到最後才感覺到可能他也走錯路，迷路般地迷亂困惑只是他逞強沒有說，走向的路是回旅館的反方向，完全反方向，但是我也沒有把握……我只是覺得那迷路的時間感更為複雜地混入慌張失控回不了旅館般地恐懼的情緒低落又迷亂地忽快忽慢又突然發現不知有多長地無限拉長……我們應該轉了哪一個路口就應該要到了怎麼沒有到？我們應該會路過一個炸物油很骯髒的舊攤子就接近了但還是沒有接近，我們應該走上哪一段樓梯看到哪一個老理髮廳哪一個菸草店哪一個古董鋪哪一個濕婆神廟就會看到門但是怎麼沒看到？最後我們只好就問路，我只記得光他停下來找人問路的時候我就已經覺得時間過了好久好久，後來我們不好意思就假裝要買一瓶水跟那個破爛不堪的雜貨店老闆問路，可是我們又走了好久好久……更後來，我甚至也記不得我們有去問過路嗎？但是為什麼我手上多了好幾瓶水，是不是我們已經問了好幾個雜貨店……

迷路本來就是一種恐慌……我覺得馬三寶的意識清醒的種種找路的狀況比我好但是後來發現也沒有比

較好……找不到太久的我老覺得我們會不會走進去一個地方然後就回不來了……

太迷亂困惑到令我不禁老想起或許這才是來科欽找鄭和死城的內在更深的恐慌……其實那邊界消逝最後變成是內在的一個我對於我自己理解的邊界的消失，群魔亂舞也天女散花般的迷亂一如三寶公可能在六百年前也來了印度也遇到另一個印度祕教神祇般的怪巫師意外地吸入了special奇怪如大麻某種迷幻藥的什麼……一如我們迷路在鬼城般的古城般地……鄭和也迷航在洋鬼子的西洋……

❖

迷航太久在科欽更深入的潟湖中的太過深入六百年前太多身世不明的神祕光景……我跟馬三寶說我老是有種妄想，在潟湖中光暈消逝無蹤前的老時代斑斑駁駁破舊不堪木船都是鄭和下西洋遺留下遺腹子般的大大小小古代木製寶船子子孫孫花開並蒂的繁殖出的後裔奇幻近乎神祕的光景……在那麼多古船緩慢移動中，誤入的我也坐入其中某一艘身世更不明的尾船，為了更隱密地追逐探索自己有時還自嘲鄭和怎麼可能活在這潟湖或死在這潟湖的越來越覺得荒唐的動機……

太多太多的意外而深入潟湖的湖心的我仍然還是一路心中充滿忐忑不安，即使沒有任何更深的發現但是太久的登上木船又沉沒其中的刻舟求劍感作祟……使我在六百年歷史的洪流滾滾濃煙密佈的湖光水色中也同時那麼恍惚地由腦子更深入肉身的晃動而引發近乎暈船的暈眩感，在陷入昏迷狀態的潮濕悶熱難耐的湖水氣息越來越深地彌補了什麼又失落了什麼，一路上船打量湖面波光粼粼閃爍不停的曲折起伏波紋疾走交錯矛盾之中深入湖心越來越近但是內心中那六百年前鄭和亡命於斯的潟湖妄想就越來越遠……

一如永遠無法彌補的遺憾般的嘩變無常歷史訕笑連連的什麼下西洋化身印度洋再化身潟湖可能躲藏棲身的縮影光景，在這種緩慢打開的蔓延擴散在光影變化中拉長中國古卷軸山水畫式〈清明上河圖〉般的越來越長到完全不可能看完的水景，那麼深的潟湖的湖水所支撐起太多天空線下的木製古船群……

神祕一如科欽更深入的潟湖……更彷彿某種寓意不明或是寓意歧異屢出差錯的寓言。一如活在整個這個潟湖水域還活得栩栩如生的印度人們怎麼可能都是鄭和的後代子孫……

一如某一種公路電影中陷入瘋狂狀態的起源的解釋……或許是找尋中的旅人們本來要去某種祖先的老地方但是始終到不了的恐慌……悔恨永遠困在一艘破船或一艘破太空船那種破敗不堪的木製的或是金屬製的船內狹窄恐慌的可怕艙底窒息空間的擔心。所有困在裡頭的旅行的可憐旅人們自嘲我們為什麼永遠是可以去一個地方但是必然會死在路上的充滿矛盾的狀態的低級玩笑。為什麼來的你始終沒想清楚上路的到底是為了想了解什麼或逃離什麼，沒法拯救的旅人早就忘了自己的人生毀了的只是過客的他們是不可能也不應該相遇的……

終於到了潟湖坐船要出發前的這個小城更邊緣的破舊小鎮橋邊河道的同樣破舊不堪的木製老船前的忐忑不安……但我老還是分心想著冗長車程路過經過老鎮的剛開始更不起眼的角落窄小的蔬菜水果茶葉香料舊時代殘留的破雜貨店，很多當地的老婦老婆婆帶兒孫在那邊買菜的古怪氣息光景中深入木製門扇長列成排懸起泛淚光般的……裡頭的各種節瓜花菜茄子甚至是屁股形狀的南瓜種種當地蔬菜都長得出奇妖嬈的奇花異草甚至充斥著斑駁又斑斕的長串鞭砲般的澄黃泛黃斑病變式香蕉串吊起來仍然像老派美術吊燈般的盛況空前，華麗色彩鮮豔奪目耀眼得像是一路老出現的天主教的聖母教堂種種十字架聖物圖騰還仍然夾雜佛教或印度教神祇妖怪惡魔形狀的老燈籠店……

更誇張的不遠處的某個巨大像太空船的混凝土澆築完成的怪異建築物，其前頭破舊不堪畫像海報畫面還是一個孔武炫光臉黑怒目的肌肉男穿著傳統武士衣服背著一把古劍像施展渾身解數的古代英雄正迎風躍身向火海跳入地極度誇張濃妝……那終究是一個電影院，印度神話傳說歷史拍成電影的續集，所有上場決鬥國王皇家武士們甚至還揹著古劍彎刀弓箭或是背著種種法器聖物傳承的武器，彷彿回到過去正要離開人間或是跟不明異國侵入者甚至跟惡魔打仗的古代英雄，其皮膚黝黑頭髮濃密眼睛凸起銅鈴般怒視著對方的某神話史詩中的男主角所應該有的那種高難度的姿勢彷彿神通廣大到可以抵禦惡魔的狀態的勇猛善戰……但是那個破電影院看起來還是越假裝炫目勇猛越落魄可笑，由於清晰可見的高彩度人像英雄畫面後出奇明顯破爛的混凝土結構梁柱歪歪斜斜疊起來勉強撐出來的像粗獷野生仍然還沒有完工的傾斜角度危險倒塌過半歪掉的弧線誇張的廢墟巨型太空船墜毀前發光混亂霓虹閃爍不停的電影院建築危樓……

一如那晚在旅館裡半夜再看到的那部好早以前看過的美國恐怖片的《鬼開門》那部電影也竟然巧遇般地就是在印度。好像逃不了的更多的被詛咒的什麼因為自己人生的悲慘一如女主角的亡兒的不忍而到了更遠更古老更陰森恐怖的老廟去找尋慰藉心靈深處的掙扎……太多的心事重重就像是電影裡的太多喚回的死神古廟的糾纏。後來越來越可怕地死亡威脅到他們所意外入住的那舊殖民時代老建築的花園竟然一夜之間就完全枯萎掉落的果實樹葉枝幹紛紛死去的更多花鳥蟲獸。電影後半段那知情的老印度女傭勸她要離開因為被她喚回的亡兒亡靈回來想輪迴轉世但是因為她一時開了死神廟的門而破壞生死的內在平衡的神祕介面。放棄燒毀所有亡兒的衣物老東西她又不忍，而不知情的她的忙碌於工作的先生一直在買印度的老有點恐怖怪異的古董銅器木雕印度教神像或是不明祕教的法器佛像佛雕銅器種種回來，使看來陰沉的舊建築本來就沒有辦法控制的死氣沉沉的家裡變成博物館般的收藏癖，但是更像是夜半的陰霾籠罩的古死神印度廟的另一種不幸蔓延的投影。甚至她和她女兒在繁忙的群眾擁擠不堪的有人車禍意外死掉的街頭的人滿地血跡斑斑的傷痕累累的人頭突然轉身過來瞪她的恐慌……太多太多印度苦行僧或流浪而怪先知老人白漆塗滿全身跟蹤她和死去的小孩亡靈而變得更困難……央求要去河邊祭壇禱告海葬小鳥的那太幼小女兒一直不知情地玩耍而始終無法理解地仍然跟玩具講話的不知為何覺得自己很開心，竟然後來也老還在跟死去好像陰魂不散的哥哥講話的什麼……但是我所更感覺到的是在印度發生的種種雷同可怕但是我又不知可怕的遭遇困難及其至今仍然下落不明而副作用隱隱作痛的什麼……揪心碎骨也亂葬於某種內心的枯萎花園死角……

在瀉湖，一如一種恐慌，馬三寶有時老是就不見了，後來老是花了太久的時間怎麼找都找不到他，一如一路同行的旅行的人失蹤了，彷彿一瞬間就找不到人，本來還在一路的種種一起前往造訪印度的鬼地方，或許就在那瀉湖前，在那恆河畔、在那石窟寺或濕婆廟裡……還有更多鬼地方，但是一找路一上路一迷路的剎那一回頭就消失了，到快放棄尋找他才又出現……的那種恐慌。

潟湖中我們意外被招待的那艘舊木船上還仍然華麗地裝飾成一個中國老皇宮般的怪大廳，長簷篷頂如斜屋簷弧度彎曲鑲嵌龍頭的怪異龐大廳堂中列柱長梁的中庭之中竟然是純屬純金色絲綢的臥榻，榻側還更貴氣鑲金閃著金黃光澤的綠床單和鮮紅色的枕頭，這個皇宮木船比我想像的要氣派很多地命名為Lake Palace就一如著名景點推薦般的橫列在湖邊的更多船身還特殊地就是傳統的竹編長船……或是更怪異的光景蔓延湖畔一路上更多旁邊的tradition of fine jewelry的龐大廣告牌匾出現了珠寶戴在身上像本來應該是濃妝豔麗戴鼻環的誇張炫目的那種印度教女神或公主或女皇般但是臉孔局部和胸部和手臂的地方往往都卻因為多年風雨摧殘而往往有破洞到荒誕離奇地同時還可以看到華麗看板後頭的破房子，女神們妖嬌美麗性感的嘴唇往往也有破掉好像髒髒的看起來好像流口水或兔唇般的異狀……甚至仍然還看得到水上宮殿的最豪華頂級的看板夾雜著高壓電的電線蔓延到參差錯落的老的鬼東西還是放入這個新的鬼地方，這潟湖的迷離始終無法想像地好像都還活著到會變成一個時光隧道的老聖地，潟湖引入了某種幻覺引發船客的越來越浸泡深入就更支撐起某種好像仍然活在古時候一樣的幻覺。

但是幻覺般迷離的潟湖是一種越深入就越令人恍惚的光景……深入這個潟湖就是深入一種謎樣的從外海的水到內陸的水之間的揪心，一如西洋的海洋流入東方大陸的無限深邃關係想像的必然互相傷害糾纏，打量潟湖這老印度南邊科欽老港邊古城更往下走的這個傳說中的大海流入印度的傷痕累累的過去，甚至就是打量一個老東方帝國的鄭和或之後西洋大航海時代留下來的一個奇觀式的遺跡，太多太多永遠無法忘記也無法望盡的老派木船群不免正像一種隱喻的暗示著這湖就像子宮內膜異位症般地子宮外孕式地生下了古老的鄭和下西洋六百年前的艦隊海船駐紮的花開並蒂般繁殖出來的子孫滿堂的後裔，深入這個印度洋最有名的一個海岸古城所可能給予的這趟找尋鄭和死亡的恐懼與不安充斥的怪異旅行的暗示永遠太過複雜的神祕。

或許更是印度洋流入印度內陸的更深又更老的另外一個更大的運河或是內陸的潟湖區的殘念般卻又乖異地繁殖成另一種著名南印度的名勝光景的充滿預言未來不可能來的死氣沉沉感，一如一路經過的必然彷佛浸泡越來越深的鬼地方始終無法理解為何坐了很久很久的船身傾斜角度看出的湖泊倒映的天光仍然好像還在原地等待時間流逝的一動也不動，水路兩邊的樹木林相稀疏或濃密的隱藏其中的印度古老傳統房子低矮但是非常特殊，有的還從圍牆用高彩度的粉紅色橘色蘋果綠鵝黃粉紅色的粉粉的偽裝成現代色系的華麗感甚至還更鮮豔一點到尤其炫光一如太陽還照映其中的奧妙無窮光彩卻仍然老氣橫秋地像老印度廟重漆塗佈嶄新全白全黃全紅全藍鮮豔色彩油漆卻永遠仍然的感覺陰沉的神祕面紗籠罩，永遠在破舊不堪的壁體參差錯落聳峙夾雜古梵文字母排列如咒語般的最新派怪塗鴉都還是像最老派宗教圖騰的荒唐感，甚至是斑駁破爛的淋雨太久的牆壁所出現的上完漆又舊了然後再上漆然後又舊了的牆壁，仍然還有雨漬還有攀爬的爬牆虎藤蔓攀生甚至是椰子樹榕樹日日春茂密的熱帶植栽湧現的生命力強悍繁殖出來的建築感，窗框有些草率的裝飾或是鐵網鐵架柱頭撐起有某些斜屋頂的頂端有印度教象神猴神蛇神眾神祇木雕守護著的舊屋頂弧度……

或許一如更多的只是日常生活的尋常瑣碎拼花時間拼圖的碎片散落的光景……坐船經過這些水道旁邊的老房子村落裡面住的所有的穿印度教的傳統衣服的或許可能全部都是鄭和子孫，都是鄭和留下的遺產般的鄭和子孫活在這個子宮內膜般的潟湖六百年歷史的痕跡……有人過活一世或好幾世的子子孫孫長出來的老家族村落般的存在……一如那湖畔天空下的蔓延出的一望無盡天光的稻田，看起來是老時代農作的不是荒煙蔓草而是在種植的彷彿老中國人的後代在種的什麼……

更往外看出去潟湖旁的整條陽光燦爛的小路有些賣甜點或是果汁的皮膚黝黑疲倦的老人攤販或是已經放學的小學生兩兩散步蔓延幾百公尺長的放學小學生隊伍；他們黝黑的皮膚和雪白的制服那麼難得地所有童子一如童話故事裡的畫面中竟然都背著雷同的奇怪書包還天真無邪地笑和走路玩耍，更多湖畔的古代殘留的光景……有些市場小販叫賣怪聲流竄討生活或是當地穿著傳統衣服的臉孔的印度男人們穿著一種把裙子撩起來當短褲的老印度燈籠褲之前，還有放學的另一個附近天主教女子高中學生們穿著很像修女制服整排走過去，還有蘇維埃懸起怪異的鐮刀與斧頭的紅星旗掛在牆上，還有黃金柱法器聖物傳承的印度教的

Garuda鳥神駐守……暗示著奇怪的那種用法力駐守最頂端神明在上頭點火為守護古代而犧牲自己神體死在這種地方的壯烈。

但是不免還有更多新時代光景的錯亂感中少年少女們緩慢走路回家前路過的圍牆上面有種種新時代政治人物的肖像競選海報或是賣特殊家電的廣告看板，上面寫著「我們家族的人生會很幸福」的某種印度文的口號，再後面一點是潟湖分歧華麗炫光倒映河道水面反光的風景，或是椰子樹越來越多越來越密，在某個廣場經過的時候會看到的一些賣店前面的嘟嘟車依舊等候空蕩不到的客人的賣水果的小販在打瞌睡，有些木材行躺在地上密密麻麻樹幹，有些騎著摩托車趕工到另一個地方去的疲倦工人……

還有的只是雜貨市集擺攤老賣店的手上食物印度文的怪書法甚至有的只是簡單的一個小庭院包入的單棟破房子，有的甚至只是混凝土澆築完成還未完工或是蓋好什麼裝修都沒有的工地旁邊還就會出現有些密密麻麻的小磁磚花開並蒂般七彩色黏貼的裝飾帶，有的僅剩少許破舊不堪帆布塑膠布深藍色蓋住防漏水或是已經漏水也永遠在漏水的舊建築體，而老門板上已經有一點破爛的把手和門下的踢腳板非常的寬闊上坐著喝印度拉茶的不安小孩大人老人們仍然穿著傳統印度衣服和拖鞋的玩耍路旁樹蔭底下的猴群羊群牛群坐在那邊抓蚤子打瞌睡出神的景象……一如古代的時光沒有任何改變的光陰荏苒意外發現的出土感……一如這條河道上的緩慢感的異常重要的幻覺中充斥著布袋蓮沿岸很多很多的船很慢很慢地開經過更多別人家的人在那邊走來走去始終無法理解地太過複雜的放大緩慢到太像慢動作特效中的……水的感覺和水上人家一生的感覺浸泡，或是某艘引擎故障還勉強划行的小船載一船蔓生野草的是可能是要回去蓋房子或燒火或餵牛的老時代混合新時代的進步又退步，另一艘小船上的媽媽穿著傳統衣服抱小孩而爸爸幫他們撐著一把像陽傘的雨傘，還有更多更多的浮動在潟湖如花綻放的美麗光景的老木船前還是充斥著更多老時代時間感……

一如專心潟湖詭異水光瀲灩的光景之外……卻意外分心發現我所搭上那艘破爛不堪的老木船窗有一隻老虎絨毛玩偶可愛的長相特徵但是眼神仍然凶惡和後照鏡上吊著印度教神祉圖騰的神明保佑的符咒吊飾，

虎眼永遠無法理解地望向雷同的潟湖墜毀時光飛逝無法想像的湖光倒影的無限迷離……

使我們老分心迷戀著湖光中更迷離的那麼深入種種風光末端太多太多古帆船在湖上想留住一如大大小小複製出的一艘艘古代木製寶船及其在時光倒流皺摺凹陷疤痕般地被從沉沒的黑洞喚出般地永遠刺眼到那麼充斥鬼火磷光般閃亮亮的燈火輝煌的光景……一如東方明珠般澳門的那種一艘艘船就打造成是一個個大大小小海龍王海龍宮的那種排場的奢侈消費幻象中的頂級餐廳飯店賭場及其幻象，老可能充斥著更特殊雕花裝飾成猙獰面貌出現的龍頭龍身鱗片倒映出更粼粼波光地閃閃發亮……用古代鄭和下西洋傳說中無限龐大的幻影中的那種寶船形象近乎瘋狂地裝潢空間裝潢時間的野心太深無法理解地太過複眼折射出的雕梁畫棟建築細節充斥著龐大船身的那種可能全都是霓虹燈閃爍耀眼奪目的中國寶船橫空再度出現的複雜……種種潟湖上投影出下西洋歷史的海上數百年來的另一種古代投影出現代的不免充斥妄想的怪光景……

馬三寶說……這怪光景有點完全像是某一種發生海難可怕電影中出現太多海盜或是海戰的電腦特效鋪天蓋地而打開擴散到長空下的最誇張海面全部排開幾千艘幾萬艘像希臘波斯艦隊或是三國赤壁古船或是第二次世界大戰某沉默的艦隊群出可怕攻略顯露的那種怪異海戰電影的炫目……或是更荒謬的幻想……也不是只能理解潟湖的光景變幻無窮成更著名的奇觀……這鬼地方的深入幻象般的水和船的幻覺太動人到竟然變成觀光景點的主題樂園式的浪漫情懷，或許也更深入一如香港維多利亞港、麻六甲海域、日本瀨戶內海、南歐地中海……或是岸邊所有的大橋小橋上面種種老海洋的老時代感，其實甚至深入河渠曲折蜿蜒入城心還有點像中國蘇州或西洋威尼斯那種古代水城的龐然大水道或是運河……然後就是到了很多橋出現的河邊一如繁殖出的感動時間封入潟湖及其慌亂的入迷運河船行的迷亂……

❖

那潟湖中倒影幻象太冗長的時光迷亂老令我想起一個前一天晚上的夢，夢中的我還始終困在印度，太多年太多年疲倦不堪去旅行，困在一個印度的潟湖中的某個死角的島嶼，湖水的潮汐變化很潮濕鹹味濃烈的氣味，骯髒的苔蘚植物攀滿的湖岸岩坡黝黑的暗角延伸出的感覺頹毀的湖畔路旁，想到自己困在裡頭的困擾太久沒有這麼清晰可見的困難……雖然就只要找一個渡口離開，陌生的地方，也不像是要逃離，只是想去度假般地過一個週末，心情不好的太悶太久，但是找不到路，在潟湖的岸邊，想去的潟湖更深入的附近另幾個小島的岸邊末端，不知為何，太多太多人在排隊要排很久的船，我跟他說，你先排在行列裡，我去問問看有沒有另外的渡口往另外的港口，不用等這麼久的船班，但是人永遠太多，不容易找到的人群前頭，更往前走更久，還是好長的隊伍，只有一個碼頭，只有一個某個名字的地方，彷彿是他們的祖墳所在的島嶼的神祕兮兮，手寫在一塊破舊不堪的木牌上，印度文還是中文還好像是更怪異的不明西洋文的歪歪扭扭的塗鴉字樣。但是英文翻譯出的潟湖中的島名卻是我完全沒聽過的地方……

仔細想想，不知為何我會困在那個老港的老城廣場前群眾聚集的老市場太多的時光都擱淺意外發現的所有人都困在那裡，急著想走又走不了，我充滿懷疑地看著排隊的行列往前找行列的最前頭，那是人潮擁擠的本來以為是要出島唯一的船岸，但是又不是。一路問了人，彷彿是鄭和老家族同一家族的成千上萬都認得彼此是近親遠親的親人成群出現的他們也說不出那裡有什麼。

那是從那一個島的某個渡口像老時的岸邊擱淺的鯨魚屍體般的破船隻擠滿，我沿著冗長蜿蜒伸向彷彿無窮無盡遠方的鏽蝕嚴重的金屬欄杆和竹撐破舊不堪頂棚坍塌現場的舊攤子賣的太多熱騰騰的湯火鬼東西，一路上的吃和等的人還是好多好多，再往前看潟湖旁岸邊永遠無法理解地充滿更多船和更多人，不知道會發生什麼，甚至再往前走也永遠走不完地心中充滿懷疑……

最後在船上無意中睡著的夢中醒來，我跟馬三寶說我分不出來……夢中的我的眼神恍惚狀態……只記得背景太過動人的暗黑又微光彷彿有神明保佑守護著神通變幻的絕美水景，到底我究竟是在瓦拉納西恆河還是在科欽的潟湖上……那入住死賴不走的硬租多年的一艘破船像硬租一間破房子的困難重重，住了好多年或許好多世但是後來出事過就太久沒有回來的老地方，但是不記得出了什麼事……只記得那出的事太大太離奇，沒人想再提……多年後的後來那好久不見的怪船東重新整修破船的房間，打通變成一個陌生的完全不認得的復古懷舊風情畫博覽會般地建築風格很難想像的……老船身變成了老建築的奇幻……甚至建築工法現身都是明式營造法式古代工匠打造完美到近乎絕品地極端考究的舊木列柱精密繁複支架所撐起結構原木建築的花廳挑高極高的斜屋頂起翹屋脊還看得到三層樓高氣派非凡的近乎不可能規格紫禁城太和殿正門牌樓等級的歇山重簷式的斗栱雀替木架結構……甚至多重木雕神奇繁複的工序層層堆疊出榫口精密的老時代藻井居中的最炫耀的瘋狂大廳的鬼地方……但是不知為何我之前住過的船身最邊間那位於一樓最不重要但是又有點奇怪的船邊尾間房間突然就完全變了樣……夢中的我住了多年也彷彿放在那裡多年我的某一塊孤魂縹緲般的老東西完全不見了。尤其有一張老照片，彷彿在瀉湖多年前拍的，每一世都會合拍的舊時代留念的但是舊相框卻是空的，已經被拿走了，但是更奇怪的是不太傷心的我竟然也不太記得那老照片拍的是什麼人，在到底是科欽的瀉湖還是瓦拉納西的恆河的水景絕美之前，已然不記得，甚至找不到也沒有那麼傷心，只是有一點空蕩蕩的懸念，好像想起自己也是太費解的鄭和後代子孫怪身世裡的線索不明的懸疑感……

最後始終無法理解為何我那時會上船或過去會下船的種種問題不明的狀態……但是還是叫老船東帶我去看其他木船上的房間，雖然我不常回來但是內心深處的我想或許還可能有一天回來退隱水邊風光無限的晚年可以就繼續住在這個神奇的鬼地方。或許可以從我原來住的入口那船隻尾間換到前頭窗景望出更好風光的別的木船中的其他房間。就這樣跟著船東參觀了一個個木船長走廊盡頭前的怪房間。不知為何，每個怪房間住滿了老人們，有的在泡茶有的在遛鳥有的甚至在打麻將或打太極拳……房間出奇地龐大像是一個摺疊皺曲隨時可以打開的四合院護龍側廡都懸浮折入一如一個多寶格漆器寶盒開啟的機關重重……只要找到精雕細琢麒麟木門框邊的祕密鑲嵌暗藏玄機的按鍵開關，就可以走入了那木船合院進落園林內陷曲折離奇九十九個門天井中庭合院完全可以摺疊的怪異房間群的祕密光景……

甚至有魚眼鏡頭凹凸特效三百六十度旋轉投影入的船身外水景的窗外風景都異常華麗的奇幻空間感……致使我太激動地更好奇，那一個個船身底層房間的更後來越走越還會持續看到什麼奇蹟般的奇觀。

攀爬上光影變幻無窮的螺旋體扶身雕刻成蟠龍身的旋轉樟木樓梯，那個口吻口白都越來越怪異費解的老船東最後帶我進去看最末端甲板上的房間，甚至充斥著更多更狂熱的種種船身就是中國風主題樂園的無比炫目的玩意兒……有騎十二匹長相顏色雷同但是又殊異的木製麒麟獸身的旋轉木馬，有番人獠牙閻羅殿惡鬼年獸山海經妖怪群盤踞西洋番邦巨島烏雲籠罩車道弧度彎曲變形彩繪的雲霄飛車，有御花園版盆景風水都變成迷宮怪物的後花園機關樓……種種遊戲都非常地復古民族風式地……好像是在船上的每個老人們都可以玩也可以像玩家般地被教會攻略分得一種武器或法器來冒險破關……

越看越奇怪的我完全無法抗拒誘惑地入迷……老船東最後最炫耀的意味深長的說：我心中的這一身家世顯赫一生一世地叱吒最後還是選擇將老船重新打造出一艘科幻版的古代寶船……一如一款終極體驗般的項目，竟然是在船尾甲板最末端還暗藏玄機地打開船腹才緩緩浮現的某種半梭形半水母漂浮狀的變形體一個彷彿是汪洋縮尺的弧形游泳池，但是那是全船中最終版的玩家版享受……甚至梭狀池身就是最奇幻的新型遊戲機，穿上一種雷同緊身梭形太空裝的裝備一下水就是上機，液態的半催眠半入戲的某一種可以角色扮演武士海員先知番人獸人海妖水怪互相廝殺遊戲的場景，一如太多太多下西洋歷史被扭曲變形成的科幻遊戲種種最受歡迎的角色扮演上癮怪異現象般的玩家人物……當然是史上最俊美最神祕最傳奇的寶船艦隊司令鄭和的金身上身。

尾聲（後篇）：全麒麟宴。

全麒麟宴……一如對神明的既冒犯又敬畏。或許，更難的是在吃麒麟必有會導致孔子《春秋》絕筆於「西狩獲麟」的歷史悲憤近乎荒謬的殘念……種種瘋狂吃鬼東西的時候應該是更瘋狂講究或更逆轉地尖酸刻薄、挑剔過火或是自嘲嘲人，或許這就是我們這時代對那時代的敵意，或是那種古代完全超乎現代所能夠過的文明最曲折離奇人生及其不自覺的驕傲，或許，人永遠也還沒有準備好要去面對這些過去我們所以沒有面對過不知要付出什麼代價的可能的人生，全麒麟宴……一如三寶公下西洋，就是一種必然會遭天譴的太過狂妄的妄念。

那個怪老闆對馬三寶嘆了一口氣說：一如刻意貪吃稀有品種的可怕獠牙尖爪有害蛇蠍爬蟲類，或是貪吃河豚那種有毒到不小心料理舌尖甚至心臟會麻痺的料理……或許就像是某種更變態的極限概念，即使是自欺欺人的說服，賽車手的失速前又猛加速，海濱逐最臭之夫，斷手指還是又回賭桌上最終豪賭之徒，像攀岩攻頂珠峰或是會死人的最高峰……甚至，就是為了體驗某種鄭和那種不知敬畏神明而流離失所貧窮貴公子的一生什麼都沒有地「孤」，妻離子散家破人亡只為了體驗古文明種種最怪的奢華花樣的瘋狂……在六百年前全世界最強帝國的史上最大艦隊司令可以吃到什麼頂級的料理。

最誇張的那桌那晚招待馬三寶的和鄭和息息相關的老時代著名菜色，用六百年前被永樂皇帝在紫禁城接受寶船回朝皇心大悅而視為麒麟祥獸的非洲進貢首見的活生生長頸鹿……精心現殺的驚人料理，全麒麟宴……

那古怪的老闆還用心地在青花瓷盤上的每一種生肉旁邊都用中文西洋文多種語言標示其部位和吃哪部

位的麒麟肉可以補身養生的奇效……非常講究地近乎誇張。更多更深入認識到更特殊料理古法的種種麒麟舌、麒麟尾、麒麟腿還有甚至麒麟鞭……特製鍋火頭特別厲害的全麒麟宴變形到十二或十八或三十六或七十二甚至一百零八道的更奢華菜色都有可能訂席。

有點開心到有點醉了的怪老闆仍然不甘心地招呼客人……入門款的盛大宴席……全麒麟宴，古來講究的吃法最複雜的是在火候如何料理各個不同麒麟肉身的部位，一如麒麟的下巴臉頰耳朵舌頭種種頭部的某一個部位，然後肉質鮮美的還可以是胸腔還是腹腔，然後是那個油花非常多的那一種就是很多老客人喜歡的那個部位很油，有些年輕女客人喜歡另一種比較瘦的瘦肉。還有更多花樣的奇特……一如，如果太油膩也可以要求點寶船龍王配套麒麟鍋……寶船雕形貌的老石鍋旁的青花瓷盤的溫度還剛好把配蘭花配香菇還有配香菜去腥。然後生摘深山的粽葉墊到底下還有現撈當天的生猛海鮮蟹肉牡丹蝦干貝海膽當配菜，襯托這種最昂貴的麒麟肉可能就只有四片，每一片料理完只能入口即化到一口吃掉。

寶船龍王鍋的醬料很討喜……有一種是酸醋跟檸檬特製醬汁加岩鹽摻入搗碎長串深山採集的老蔥或是老蒜的特調醬料更令人捨不得太快吃完的心動。有的還配烤熱太湖石鍋拌飯，老石鍋拌飯醬的口感黏稠可是又不會乾掉，吃鍋巴那種傳統吃法客人喜歡就這樣蛋剛融化下去那個剎那麒麟肉都黏在一起的口感。客人先吃幾口試口感，到最後會用剩下鍋巴外加龍井茶就變成泡飯的古代中國茶泡飯的奇香……更令人意外的另一道收尾。

「全麒麟宴」古傳說甚多……又稱「三寶全麒麟宴」的傳統名宴已有六百多年歷史，是明代名貴大宴甚至謠傳是宮廷盛宴，古來與滿漢全席齊名，揚名九州甚至遠傳西洋。古傳刀工精細調味考究，炸、溜、爆、燒、燉、燜、煨、炒，醇而不膩，具有軟料清淡口味脆嫩爽鮮依全麒麟肉身部位而用不同的烹調古法做出色形味香各異的各種菜肴並冠之以吉祥如意的古名：全麒麟宴。

全麒麟宴口味脆嫩爽鮮醇而不膩雖菜全為麒麟肉，一開始有入門款的麒麟十二吃版本：糖醋活麒麟、蒜泥麒麟片、清蒸鮮麒麟肋排、宮保麒麟腿、紅燒油炸麒麟下巴、香煎麒麟里肌、豆腐乳麒麟、五香麒麟香肩、南非松子麒麟大骨、九層塔三杯麒麟肉、熬三天三夜的混色麒麟血和麒麟膽汁的老湯頭……有時卻無麒麟名，更取特殊如兆頭文采極華麗菜名為一如全牛宴全羊宴美名的龍門角、采靈芝、雙鳳翠、明開夜合、迎風扇、迎香草、五福玲瓏、八仙過海……菜肴質脆而嫩味美形奇各具特色。……甚至一隻麒麟做菜一百零八道。古麒麟肉最具盛名的全麒麟宴由白切麒麟肉、麒麟心、麒麟肝、麒麟腎、麒麟爪、麒麟舌、麒麟眼、麒麟睪丸、「古書全麒麟宴」可以把麒麟肉身的每個部位的鬼東西全部吃到，最後還可以把整隻麒麟帶肉的骨骸完全都放大桌最用小刀一塊一塊地割著吃……。還有更多變化菜色用麒麟肚、麒麟肝、麒麟心、麒麟眼睛、麒麟蹄子做成的，紅燒麒麟肉、魚麒麟雙鮮、傳統木桶麒麟肉等；還有點心麒麟肉粽子、麒麟肉蒸餃，紅燒麒麟肉、脆皮麒麟肉、爆炒麒麟肉片、烤麒麟排、麒麟肉鹹菜、麒麟肉粽、麒麟肉湯、麒麟肺湯、麒麟血湯、麒麟腦鯽魚湯熱菜組成全麒麟宴在更加精緻但不失傳統風味，近年來又推出的創新菜的一如極品鮮滋補麒麟腦子虫。真可謂一隻麒麟一桌菜。

刀工精細調味考究，具有軟料清淡口味適中脆嫩爽鮮。選用麒麟身各個部分做成的「全麒麟湯」，酸辣麻香清素不羶。還善用肉身的種種眼耳舌心等做成的全麒麟宴的特點是素有羶食之可口風味獨特，上菜程序上先涼後熱，先麒麟頭後麒麟蹄。由明朝御廚創制。全麒麟宴自「明朝古書麒麟肉」有數百年的歷史。「全麒麟宴」繼承了傳統古書麒麟肉的烹制方法創新，形成了獨具特色的「古書全麒麟宴」。

整麒麟席極多的涼盤熱菜。整麒麟席吃法是：上席時將整麒麟平臥於一大木盤中，麒麟脖上繫一紅綢帶以示隆重。端入餐桌讓賓客觀看後回廚房改刀，按麒麟體結構順序擺好，主人先用刀將麒麟頭皮劃成風小塊，首先獻給席上最尊貴的客人或長者，然後將麒麟頭撤走；再把麒麟的背脊完整地割下來，在麒麟背上劃一刀再從兩邊割下一塊一塊的肉逐位送給貴客。最後再請客人用刀隨便割著吃。吃時蘸兌好的適口調味汁。

烹調古書麒麟肉方法獨特整隻放鹽而不添加任何輔料。烹製時間以兩個半小時最佳。若時間不夠或過長，則滋味操作還有相應火功要求，何時用大火、何時用中火、小火要恰到好處，否則麒麟肉的色澤、酥爛程度都會大受影響。這些麒麟肴烹製制得法不僅肉質細嫩毫無羶味而且酥而不爛，似有油而無膘水味，嚼之一股鮮味從舌尖湧滿口腔。特別是那湯菜的湯色乳白，撒上一把青蒜葉色澤更誘人還一隻比一隻鮮美，在初冬時節寒風陣陣舀上一小碗湯喝下身上已是熱烘烘，喝下數小碗後大多數人微汗沁出了。

如今，全麒麟宴甚至已入選《中國名菜大典》獲更大規模《舌尖上的中國》紀錄片式節目的考究研究。全麒麟宴在徐淮一帶以麒麟肉名聞遐邇的最當數三寶縣。據《古三寶縣志》載：清朝同治年間有人學有成套烹調絕技後經人引薦進入清宮御膳房，以一道道汁濃味厚的「全麒麟宴」菜色絕活而受到皇宮的青睞而成名。三寶縣飲食特色的「全麒麟宴」甚至追溯至明代永樂年間，已有六百多年歷史，全縣麒麟肉館有「老字號名震徐淮三百里、麒麟肉湯味壓江南十二樓」之說，全縣麒麟飯店達五千餘家，日銷量達萬餘隻，已形成「江南四大麒麟美食集群」。三寶縣歷來養麒麟較多，此地山川秀美飼草豐茂。農民養麒麟採用純自然放牧，讓麒麟野地覓草尋食，每到夏日經過一個冬春的催肥，麒麟兒膘肥體壯。三寶縣麒麟肉飯店多選用三到六個月的三寶縣白山麒麟，肉質鮮嫩異常。傳統名菜也多以麒麟肉為主有「無麒麟不成席」之說。選麒麟一隻下刀放血用水燙去麒麟毛，掏去內臟器官後用白開水煮熟蘸上配好的佐料，再將佐料放入麒麟腹腔內，將整隻麒麟放在烤火爐烤熟。一如過去蒙古族「火烤羊肉」與「南京北京烤鴨」的出爐時香味滿室色澤好看皮酥脆肉特香。

三寶縣山坡水草適宜山麒麟生長。當地人養麒麟吃麒麟習俗已有數百年，麒麟肉開始走進南京城到現在已擴張到江浙兩省周邊幾十個城市發足麒麟財。古書麒麟肉應市時間傳說每年從深秋開始到春節前後。懂行的老喫客過去一般是「喫兩頭不喫中間」，也就是說每年必然在麒麟肉剛上市的那幾天或即將收市的前幾天趕到那裡飽啖由當地人用本土的水草從小飼養大的山麒麟肉。而中間時段，由於食者眾，麒麟肉供不應求，就可能端上由外來麒麟加工的肉，這對十分計較非正宗麒麟不食的老喫客來說是寧可不吃……為了使老吃客能每天喫上正宗的古書麒麟肉，一種肉質比土麒麟更勝一籌、適應當地生長的傳說是鄭和六百年前從南非千辛萬苦用寶船運回引入的純種西洋山麒麟新品種也已在六百年後的當地被廣泛飼養。

全麒麟宴最後補償性地附加另一種更怪異流行起的「全龜宴」式的烏龜從龜殼到龜肉做成一道道料理的更加滋補養生奇效的龜殼燉湯加入辛香料炒成各式料理龜也屬陰利於陽氣沉降沉潛以中醫用龜板來補充全麒麟宴中放在其實是哺乳類（可能是長頸鹿還是梅花鹿還是什麼鹿的山產都可能的……）料理的偽裝麒麟鱗片爬蟲類甲殼部分……作為「全麒麟宴」終端混種神獸扮妝上場的最高潮戲……

那家傳說中全麒麟宴的還甚至會將有一整隻麒麟的部位切割得很清楚到大概分成四五十個部位，頭部肩部腹部腿部尾部舌部還有種種內臟心肝脾肺臟……甚至仔細到小腸大腸胃袋還有橫膈膜，全麒麟宴除了特殊的麒麟下巴，麒麟的第一個胃，麒麟的大腸小腸，麒麟的橫膈膜，麒麟的尾巴，老闆吹噓地說：這是獨門生意，牛有二個胃，駱駝有四個胃，但是麒麟可有八個胃。喔！要補氣虛老人胃口那可不能只吃第一個胃，至少要吃到第二個胃，最好要八個胃全吃才能補足胃口的種種怪癖……他還得意他的紫禁城風格中國宮殿風室內奢華裝潢，金碧輝煌如大內的建築營造法式講究，就在殿身最末端的長牆鑲嵌的正中心……

還巧思充滿地著力用心過火到……將麒麟當聖獸般的獸身全身畫面卻一如動物學研究的解剖遺體繪製古代剖面圖。甚至還每種獸身五官肢體器官部位都刻意用考究的毛筆字書法寫的明體楷書……畫幅最上緣，就是名書法家題字的七個橫幅字龍飛鳳舞的墨跡……「三寶公全麒麟宴」。

全幅裱褙成奢華古畫風格的畫框中的麒麟身畫像竟然是邀請著名老畫家刻意畫成一幅藝術山水畫風格的講究……麒麟全身翻騰如法術發功展露神通閃閃動人的茸角、長頸、花身、長腿就更是用精密山水畫般的小毛筆工筆畫成……那麼華麗地一如御風而起騰雲駕霧地疾行飛奔……

那怪老闆還提及了一個當年關於「三寶公全麒麟宴」這幅古畫的怪夢，夢中他竟然變成了是那個老畫家，但是畫就的時間卻是到了古代：「太過疲倦的最後的大畫的完成之前，身陷其中的奧妙不解為何……那是一個太龐大空曠的鬼地方，趴在地上太久腰痛症狀發作很慘的我還正想更深入地渲染潑墨上色收尾地一如過去下手畫拉長更多的手工訂製特殊尺寸的宣紙，畫幅正中央的華麗登場那雙眼怒視猙獰到不斷地噴火的全身翻騰如法術發功展露神通閃閃動人的茸角、長頸、花身、長腿就更是用精密山水畫般的小毛筆工筆畫成……的古代麒麟，旁邊不知為何充滿數千名全身刺青圖騰是薔薇帶刺花朵綻放異彩的少女們，半飛天半撒花轉圈時紛紛環繞在畫幅的背景的景深也那麼華麗地一如御風而起騰雲駕霧地疾行飛奔……但是我已經不記得我畫了這麼多的以前永遠無法理解為何要畫出這麼多這麼工筆繁複的神怪虛幻神祕的怪畫像，其實在現場是另一種焦慮不安的煎熬……已然快來不及了，我陷入僵局般地緊急狀態的用力，覺得一定會出事……但是一看出那地方的遠方，竟然是極大極遠的看不到邊的大廳，甚至四方長廊延伸出更長的地帶都是同樣在畫的畫師們，但是更仔細端詳，他們卻更用力地下手，每個人旁邊還有很多助手門徒在幫忙……仍然還是沒有準備收手的收尾氣息，甚至更吃驚地看到旁邊非常多的工匠般的師傅們還更用各式各樣的工法在做更奇怪的炫目畫幅，有的人用拼接的老時代碎花縫裁裁補令人感動的眼花撩亂的七彩繽紛款式，有人用半立體的弧形花布纏繞獸身花身，甚至有人完全用手工刺繡的千絲萬縷繡花那麒麟的鱗身鱗片弧度……那時候我才發現滿頭長髮斑白的自己不知已然在那鬼地方畫了多少年，一如所有的畫師匠人師傅都非常地投入多年到已然年老體弱甚至多病纏身但是仍然完全沒有發現任何異狀……那龐大的畫場的更怪異氣息是，所有著魔般地一如畫砂畫曼陀羅的喇嘛們地專注入迷地……所有畫師們深入畫的是同一種典故的麒麟薔薇少女們飛天巡遊天下的怪畫幅……甚至，最後的那一剎那，我才發現原來我完全誤解了自己的狀態……那不是我原來以為的畫師狀元考場，而是一個麒麟神明降世法會，千年古代藏廟或印度廟般的神明保佑慶典儀式的現場那麼盛大登場，數萬民眾信徒正在等待麒麟神明從空降臨主持法會的開光……」

怪老闆眼神閃閃發亮地說：就是因為這個怪夢開光般地啟發……使得發願的我更是深深地以內心深處像是在修菩薩神廟的虔誠在慘這個麒麟園的怪庭園……

一如麒麟古董充滿的太多太多古老的什麼……全麒麟宴的麒麟園和麒麟廳老令害怕失去元神的馬三寶充滿了無奈……麒麟廳太多太多的古董是時光長河倒流引發的海嘯預警浮標，漂流木凹口堆積腐朽蟲屍，崩塌木質壞毀棺槨碎片……散落的神經兮兮隱喻，對峙的消逝太久的哀傷麒麟歷史只剩海市蜃樓的蠱惑。

那全麒麟宴怪老闆竟然還宣稱，全麒麟宴就像這種種麒麟相關的古董：麒麟杯麒麟燈麒麟桌麒麟椅麒麟櫃麒麟壺麒麟如意麒麟珠寶種種都是補品……補心補身補神……古傳就很難想像地靈驗，有的有神通的神人吃古董當成吃補，為了增法力，一如古醫人追求的古藥材，茅山法師尋找的法器。每個人要找到的不一樣。收集的不一樣，要找什麼，在等什麼，都不清不楚。卻還是保護了什麼或傷害了什麼……犯沖。甚至收麒麟古董的人古傳就都是妖怪。什麼都吃，吃什麼變什麼，吃什麼是為了要變什麼。古董怎麼吃，吃古老靈魂魄妖，吃古董裡的鬼魂，甚至可以吃到有修行的舍利。

全麒麟宴料理始終充滿著意外，一如馬三寶的這個吃全麒麟宴料理的怪房間剛好在麒麟廳走往冗長走廊的末端，兩邊有落地開窗的玻璃遠眺出去是一個在山下的麒麟園的怪庭園，馬三寶從來沒有接近山水石頭河流苔蘚密佈花園長出複雜奇花異草的一個老房間，一如在古代中國園林宮殿後花園看過這種接近皇族最細膩而複雜的講究，可以聽河水的聲音入睡，聽河水的聲音醒來。聽鳥叫蟲鳴風聲雨聲極端深入……

落地近乎整面全空的木製紫禁城般大內的殿身櫺門窗口看出去三四公尺處有一根古老長滿石頭水漬痕跡的燈柱雕花非常華麗複雜的古代仙人騎麒麟神獸群臣接官，甚至，更深入山尾的庭院旁是一個窄小的老神廟，前頭有一個木質黝暗的門前古參道華表，吊滿奇幻雲彩色澤布帆旗幟寫著土地神的很多樸素又華麗的像要做法事的法器，沿著小神殿石頭做的小廟建築物長出的扶手列柱石頭地面旁邊的小神像，沿著長滿青苔的樹木和枯枝在竹林和梅花梅林的末端，一直往前延伸到馬三寶被極端禮遇招待的這個全麒麟宴料理氣派房間，旁邊最後在河流裡非常巨大到甚至像妖怪的顏色非常華麗鮮豔到不像真的紫色橘紅墨黑的巨大妖幻的錦鯉魚游過的這湖前河流中，在他們吃全麒麟宴用饍冗長料理的種種回憶裡……花很長的時間在發呆的涼亭邊緣幾階往下的抽菸的木桌和木椅，說話的時間裡閃閃的發光又完全的寧靜，這座山和這座他看出去小河變成湖泊的旅館邊緣最大的水景……竟然怪老闆號稱是從中國運來六百年前明代留下的古崑曲京劇舞台，入夜後的老時代建築奇觀般的狀態極端動人，尤其遠遠近近湖畔的深夜餘光非常迷離幽暗，木製古中國的斜屋頂上雕刻了非常多古代傳說的神明和坐騎，舞台的背面木製屏風斑駁畫像彷彿是古代傳說中京劇的神龕，旁邊有走廊可以連接到水上蜿蜒的欄杆眺台，怪老闆陪馬三寶在那邊抽菸抽非常久，全麒麟宴之間的空隙……他們老看著天空逐漸暗下來從白天到晚上的過渡時間，水的聲音，鳥的聲音，風的聲音，中間會有遠方傳來的每時辰的奇怪廟宇的鐘聲和梵唱，在那裡待了兩天之中有一個完整的日夜晨昏二十四小時的時間，彷彿在完全流動的日光月光水聲像苔蘚每一葉痕跡都不一樣，深深淺淺綠色的繁複摺皺之中，風吹進來的冷冽感使抽的菸飄在空中陷入不斷晃動的恍惚之中，時間竟然好像就無聲地停止甚至完全消失……

一如這個全麒麟宴料理房間的古中國建築內部中間木門切割日夜打開摺疊，在門上兩個和尚騎著一隻很像麒麟的怪獸在柳樹梢風吹過的地方打坐，下方有一個青花瓷的花盆插著兩朵蘭花和幾根枯木的瓷仿琉盆栽，最奇怪的是屋頂斜面上有些抽象的木雕延續到屋頂的一側在兩個房間之間高過木門的兩片明式古董門扇重新拼接的老屏風，一如印象派的那種模糊地景的木刻透空手法，將古代有廟有橋有山有水有僧人有一隻麒麟神獸的風景中國古畫般半立體浮雕壓扁成一種非常抽象的模模糊糊畫面，可是山的褶皺痕跡，橋的弧線，開花窗，弧形橋面上的拱狀結構支架，廟身上的屋簷和兩柱之間都還是有不規則的一些皺紋，使得抽象壓扁的木刻風景畫變得像是鬼魂把山水吞沒後的遺址，口水沾染、模糊掉、鏽蝕掉，變成廢墟很久的某種曖昧不明的畫面……尤其在這吃全麒麟宴的一天無限拉長的影子般的時光，紙燈下那泛黃暈開的光暈投影中鋪成的床單臥鋪，舊木桌席坐的護墊，藍色太深太沉地太過奇怪青色的布畫座椅坐墊、講究的編織紋路複雜到令人難以想像的老竹籐椅。

在吃全麒麟宴料理的過程太過漫長……整個房子整個房間都像那個模糊被壓扁的屏風一樣，好像為了麒麟料理的這麼多道名菜，甚至就是全麒麟宴的古老的近乎不可能繁複菜色的準備……裡頭不斷被褶皺進入層次太多環環扣接，打開又永遠打開不完的一個漆器的老時代內裝四十八盒大大小小木盒的怪多寶格盒身，一如那是最繁複的隱喻，把時間拉長到現在、把山光水色拉近到眼前……一如把麒麟承擔鄭和六百年的怪歷史，把西洋從中國借過來的關於神祕、關於吃、關於人、關於人間如何和自然互相打量互相端詳互相敵視……的揪心，一如最後吞進嘴裡的那樣的神話怪獸的獸身變成的一種奇怪的被吞沒的怪儀式。尤其怪房間看出去的那更怪的麒麟園……

這個始終近乎妖幻地無法無天到如此激烈的麒麟園太過火地敏感……那麼感人又那麼唬人，那麼古代又那麼現代，那麼前衛又那麼落伍，極端神祕又極端庸俗的現場太多細節彷彿一場夢魘禁忌法會變成意外的焚琴煮鶴、絕世武功神龍教主變成鬧劇的周星馳胡鬧扮演韋小寶的成群妻妾之一、霹靂布袋戲版本的或是寶萊塢版本的史詩魔幻電影的荒腔走板的始終納悶，使人不斷懷疑起自己的瞳孔瞬間放大縮小腦葉深度死角中崩塌意外的過多對麒麟過去太神聖想像的邊緣感……一如鄭和對這時代對這人間的種種成見的邊緣感其實從來就是一場瞞天過海騙局地自以為可怕但是終究那麼可笑又可憐。用麒麟當成主題像是在老廟裡面的一種最神祕的神明出來保佑人間苦難隱隱約約的隱喻，可是卻又好像新潮少年快報漫畫跟動畫公仔的方式處理極端放大版本到最俗氣到極端炫目的炫技。甚至像麒麟園入口正中央最惹眼的那座最龐然到近乎瘋狂數十米高的鎏金巨大半神半魔般的人獸合體瘋狂雕像，倒影著金身的所有旁邊的人群越來越多的人影，像是被吸入的妖獸之身的充滿眾生人形扭曲變形的重重隱憂……

仔細端詳會發現卻因為是某位中邪般的怪匠師彷彿神經兮兮當代藝術家刻意揭露什麼卻又同時隱瞞什麼的……怪異抽象超現實魔幻風格，變成是三寶公鄭和大人騎在十隻麒麟神獸身上一如奔騰飛入了一團祥雲之中但是卻變身合體成……某種更像融化人獸胚胎混種式樣的怪物變形過程中所有的觸手獠牙半人半獸的高聳祕術金身，但是不仔細辨識，還以為那弧形更激烈扭曲變形的彎彎摺疊雲團長出十頭埋入祥雲團中浮現小小麒麟獸頭獸手獸腳的龐然弧體……只是一團螺絲狀爬出蛆蟲探頭探腦扭身的巨型黃金糞屎大便。

鄭和還也被打造成一如某位門神站在門口……太過離奇地，為了麒麟園還竟然安放了一個完全逼真寫實精心打造的怪神像的怪蠟像，還等人身連頭髮鬍鬚眉毛都太過栩栩如生……像妖怪般的頭部從內部爆開卻凝結在露出馬腳鬼影妖身式地剝開了臉皮還是鄭和的臉，但是出現了八個眼睛還帶著的雙瞳孔的怪眼珠，身上穿的刻意找來古董衣裳老件亂針刺繡極端精緻華麗卻已然殘破的古老明代官服戰袍。但是，卻有特效效果的妖術般地一段時間就會啟動作法般地南無阿彌陀佛模糊喃喃自語般地念咒，四個眼珠上下左右晃動……那種花燈式老機關人偶傀儡神通感的神經兮兮。

更怪異的在某角落還有將麒麟園的風水做成左青龍右白虎北朱雀南玄武的方位還刻意打造成四小神獸身的噱頭甚至做成小孩可以乘坐嬉鬧在上頭的媚俗玩具車披上華麗的虎皮龍鱗雀毛龜甲形狀絨毛巨大偶身遊戲做成的近乎主題樂園的可笑，紀念品充滿限量稀有種的怪扭蛋的公仔，毛茸茸玩具，甚至除了印花明信片T恤還有特殊盒裝的餅乾糖果的怪異現象味道……或許這裡本來就是一個更宗教神經失調症狀的入世主題樂園。只是馬三寶始終不願意承認。

馬三寶跟怪老闆說他這種半吊子的古董商也曾經一如某種最感興趣的就像很老派的考古學家或是古文物古藝術評論家的壞習慣，提到他來這麒麟園的文獻館太過感動到就像他多年前去看羅馬看米開朗基羅在西斯汀教堂畫古壁畫〈創世紀〉和〈最後的審判〉太過複雜的狀態過程中留下的種種文獻記載檔案室的珍貴收藏的稀有生物般存在跡象。一如在麒麟園末端合院附設的某個怪異展覽現場有一個小間是檔案間，有很多文件展覽的最陌生近乎不可能的洩密的狀態。那是全麒麟宴的料理狀態和麒麟園打造多年過程的所有書面檔案資料夾密密麻麻標注了怪老闆所有傾一生心血的問題重重困難的工作狀態……

太多引用明代鄭和典故的麒麟園的怪雕像，全麒麟宴的料理菜色展覽，每一道料理的麒麟肉身的種種透視圖解剖圖、模型、工法、刀功、火候、肉質嫩化……太多太多時間討論古法烹調的庖丁解牛般的講究……其實麒麟園本來只是全麒麟宴那華麗宴席中國料理怪餐廳的噱頭多的海派……沒想到竟然如此瘋狂地……打造到還竟然就像博物館又像實驗室的太多隻祥獸變成怪獸的霸氣的形象都失控……麒麟屍體一如人的屍體的展覽，都那麼考究，打造全園的草稿筆記曾經臨摹過的妖怪古畫百鬼夜巡種種非常入迷的狀態的用功，或許也像怪老闆找到修古中國廟工班的老畫師老工匠太過認真工作之後突然完全失控的可怕困擾，流露出自詡其已然是這個時代最有名的景觀神祕光景之一所做過最受矚目最受爭議的太多太多鬼神廟神園太過傳奇落成開光要見血光種種傳說神獸要祭人血的遺憾。

麒麟園及其怪展覽的熱烈嘲弄這個時代的裝可愛有空洞的昂貴又巨大的雕塑，金銀身的巨大近乎瘋狂的公仔，仔細看都好像在開玩笑但是又好像非常的認真。那一幅幅長幅最巨大的故作神祕古老的麒麟神獸長畫，多次展覽卻竟然是應邀在北非印度阿拉伯最大的一個完全沙漠荒涼的現代摩天大樓城市最怪又最大的麒麟古藝術生意手筆的荒謬……本身就像一個科幻片般引用歷史幻覺反諷的最終祕密隱喻。或許可以引用更多當代藝術當代園林當代建築評論的成見來辯護麒麟圖麒麟園的怪收藏，都有太多的下手的原因，讓客人可以想像很多過去的當代藝術家作品關於神聖的媚俗嘲弄，老派藝術類型引用和誤用，高科技媒體材料技術的露一手，明代中國的國寶級老國畫的感情用事又感情破裂的矛盾狀態。

馬三寶老在那些閃閃發光的麒麟長畫幅中的種種麒麟變身古圖古雕藝術展場……就彷彿是從古時候一個廟裡最角落走出來的麒麟神獸降世為了替人間贖罪的犧牲自己的古老怨念，率領其他引入的青龍白虎玄武朱雀太多老時代的畫法妖怪鬼神奇珍異獸，古老的典故，卻化成好像漫畫卡通圖案印花般的人形圖像姿態出現，骷髏頭變成始終可笑的印花，殘穢感走樣的問題是不是……即使使用毛筆或是書法的筆觸寫了很多古佛經上空洞又驚悚的警世名句，尤其是長幅麒麟身後的影子般的龐大背景卻又無法理解地刻意隱瞞真實和虛幻的邊緣模糊好像電腦特效鑲嵌碎鑽網點但是又是油畫和古老絹印畫的引用。

但是馬三寶那麼衰弱地發現有很多人其實是要去看主題樂園般的塔台高樓的觀景台觀光勝地，甚至有很多客人攜家帶眷小孩在尖叫哭泣為了排隊太久而感到不耐煩，甚至就躺在地上滾來滾去父母和祖父母都不管任其撒野的萬般無奈。馬三寶常常覺得自己去錯地方或是問錯問題，甚至是完全不了解自己所擔心的死角，他其實本來也一直抗拒不想去看這個麒麟園，一如在抗拒自己是二流古董商的身分危機，或是在抗拒他找尋鄭和古文物太久了對於所有的文明的可能都不再相信，太過驕傲地充滿希望或是絕望，或是太過自卑或是太過自豪，或是充滿過的過火危機感和低限度存在感，好像困在火星的植物學家要種植新的小植物當食物才能夠吃才能夠活下去的那種悲劇，所有最科學最複雜最高科技的裝備，在最艱難的任務困在外太空遙遠星星的荒漠絕景之中，卻只是在種田做最古老的農夫做得最乾燥最終的種菜，最終竟然還要依靠自己的糞便排泄物來當營養的最荒謬的極端可憐又可笑。

彷彿一種更入戲的狀態……末端大廳放映著幫麒麟園拍了一部廣告片一如假紀錄片整理怪老闆從年輕到現在的對麒麟歷史傳說神話故事種種過去舊看法的陳腔濫調，他所講的那些所謂明朝涉及鄭和，甚至如何回應西洋肆虐的這個時代甚至是人禍猖獗國際恐怖主義金融危機種種爆發一如天災地震海嘯發生過多苦難的無力感……因此而畫出這樣子的解釋成空洞的黑暗死亡佛祖保佑人們美學實在太過牽強附會到，始終令他納悶為何始終越深入其理念關懷就越來越像是一場無限巨大到沒有邊緣也沒有破綻的終極騙局。

但是這或許不是怪老闆陰謀狡猾花招險招用盡可能發生不免自毀的問題，或許麒麟園更深層次地逼問卻更弔詭的問題，涉入太過複雜的情緒之後慌亂逃離……一如人們多麼需要這種膚淺得要命的麒麟神獸藝術，但是又必須努力地引用更多深奧的解釋來為自己的無知辯護。但是美學的膚淺或深奧不免也都是太古老的成見，好像一直在邊緣徘徊到更久之後也不知道到底是怎麼回事……

麒麟園就像每個人小時候無知地跟大人一起害怕失禮又充滿好奇地意外死亡般地步入衰退過度的人間地獄地走進去一個古代歷史最著名或最佚名的陰霾籠罩的老廟宇，意外路過，卻不小心跟著人家走進了最古老的合院殿堂寶塔末端，完全不知道看到了什麼或發生了什麼，卻是最古老的宗教經驗充滿的可能……還竟然看到很多幾千年前最充滿玄機的六丁六甲八仙過海十二生肖神祇十八尊者三十六天罡七十二地煞一百零八仙菩薩甚至一如曼陀羅唐卡的藏密滿天神佛的法力無邊奇幻冒險神通古佛像最神祕的什麼，一如，麒麟園……

❖

「在這鬼地方看到鬼東西不能說。不能讓祂知道你知道祂的存在。不然就會出事。」一如一種神祕的內在行規法門……老時代最入門的內修戒律像不能說的祕密般的存在狀態！麒麟廳怪老闆對馬三寶露出某種意味不明的訕笑地說：「至少必須小心翼翼地忐忑不安……鬼東西……拿出來就要收回去。」

那是麒麟廳走向後山長廊尾端的別院……乍看只是山上山路盡頭的某一間怪溫室般的破爛不堪房間，以鏽鐵骨架支撐勉勉強強扶搖的蘭花網撐起半個臉充滿傷痕纍纍的苔蘚攀生的破房子般的雖然狹窄偏僻但是馬三寶仍然感覺到那可是令他全身近乎抽搐癱瘓般妖氣很重的孤山隱密鬼域聖殿……一路走來的山腰崎嶇山路旁邊還有參參差差太多歪斜塌圮裂石樓梯縫隙滲進雨水沖刷侵蝕所長滿的蒼鬱盎然奇花異草，像種種碎裂串連貝殼和動物頭骨手骨碎骨般的骨頭手環珠鍊吊飾，還有角落硓砧石牆梯側懸身的某一個突頭窄身怪土人形貌泥塑傀儡木雕小鬼，在很多舊陶身油燈的火光顯得更為隱身迷離狀態。還有一個古銀托盤上的人指大小尺寸的成排死白獠牙般的「麒麟牙」，其實不知是大象還是犀牛的牙齒，也不知多久以前的化石，或許是更古老的恐龍的遺骸。但是可能只是卑微地被當成吉祥物或藝術品……或是另一種歪斜地被當成某種異教神品的稀世收藏。一如托盤側更多用竹籤刺身串燒肉串般的號稱是「麒麟串」的彷彿爪哇島野生的大隻小隻蜥蜴的做成的四肢晾乾肉身……還在四肢癱瘓半活半死的大體貼上金箔更像陰廟小神像佛身早已支解破壞再拚命拼回全身的神獸犧牲……「但是或許也都只是可以泡酒壯陽的中藥配方。」那個麒麟廳怪老闆自嘲地說小時候自己永遠無法理解為何害怕？失去了什麼最深沉傾信的他因為宿命中註定的老家以前就是最老派的中藥店，所以覺得從小看死去的神獸牠們很可憐，肉身只是補品，或許有一天他自己往生的屍體也會被發現是用來做另一種中藥的補品……那種荒謬到可笑的可怕。

別院中最怪異的祭壇前是妖氣最可怕龐大的蛇木糾纏古燭台……那是麻六甲三寶廟分香出來的結合回教佛教道教印度教的起乩麒麟神舞的老廟山中廣場祭壇前的光景閃現……古燭台頂端是活火山爆發的熔岩怪寶石琉璃是絕世珍寶的傳說古件。甚至麒麟多獸腳多臂多斗栱扶起木身的像千手觀音托起的那古燭臺身世複雜的令人感動落淚甚至情緒沉重，近乎不可能地竟然是麻六甲三寶廟祭典廣場中過火儀式的古代留下來為人消災解厄的老法器，點火之後可以召喚奇怪的什麼（甚至謠傳如果念對古咒語老法器可以變身為傳說中的為寶船艦隊下西洋六百年前觀星導航的古鄭和儀……）在古代的神祕宗教儀式過火帶麒麟獸頭的乩童，怪老闆說他多年前意外地造訪在現場看到真的噴血的過火儀式，託人尋問多年，才請回來的老件神品。天色越來越暗，其實馬三寶也越來越複雜地疲倦，剛從麒麟廳走上山來到這怪別院天已經快要黑了，有一種奇怪的天空光影變化薄冷氣息切割轉換的什麼？怎麼這樣的稀世神品老件可能那麼怪異地被放到這怪別院被馬三寶用這樣的意外遇到……一如路過的山腰一路大樹根莖如蔓生藤蔓糾纏巨大的老廟廟身礎地怪大石更是神聖不可侵犯地費解。

麒麟廳別院中的怪畫特展……一如太過敏感的時光封入的結界。那是一個精通巫學植物藥學的麻六甲薩滿的他所起乩時入神出神之間的狀態下才狂野畫成的他在夢裡看到的麒麟化身為人的靈魂時的眼神充滿魅力無法理解的陰森冷清卻又溫柔婉約的飽滿氣息……那是極少數薩滿通靈時所畫出麒麟投胎轉世入人間的人的也是鬼的依稀仍然還能辨識五官亦人亦獸的怪臉孔。

在那別院的麒麟古董前馬三寶越來越困惑不解為何這麼逼身的太多太多懸疑……古物老件怪異的美學玄學到後來竟然就更一如形上學的逼問？「什麼是對你一生最重要的事？」那是某一幅麒麟人畫的畫名。或許每一幅畫的名字都是噩夢。那是那怪老闆傾心敬重的那一個老薩滿畫的很多幅怪病般的舊油畫的怪癖……或許是敬重通靈的他太過迷戀他的夢，他入迷的無奈又無法自拔的幻想，找尋又找不到的畫的麒麟神獸化身為人或為鬼的陰間陽間歧路遍佈的平行宇宙，渴望得難以言喻，在麒麟神獸身邊總必然揪身一如揪心有無法觸及的一種靈魂成分，畫中祕密的模糊黑身體獸身以某種飽含隱喻的象徵感存在他的每一幅怪畫中對於古代也對於神通的渴望，無法在文字之中表達的靈魂成分，一個一生追求的謎般的薩滿在接受外來西洋文化的刺激，因為和古老島的神明信仰地緣牽絆產生的無限誤解人間的怪誕的異想，在那麻六甲旁海中小島上活了一生的那個薩滿連他畫的兒子沉迷電視上演出溫馨感人的海綿寶寶也仍然還是被畫得就像一個亦人亦獸的鬼魂……

始終天黑的可怕陰森時光，卻那麼荒謬地又癢又痛，回神，那是很多蚊子在叮馬三寶，咬他吸他的血。但是也可能是他看不到的什麼鬼東西在咬他。一如別院中太多陰森麒麟古董羅列如陰廟的另一個害怕的客人緊張兮兮地以發抖口吻說道：他們過年期間不甘心而朝山時意外去拜了另一間老陰廟沒有燒香點燈添香火錢，回到破旅館房間的床前每個晚上就都有人在咬他的腳，甚至他回去就一直生病，後來去收驚的怪法師跟他說：後來有鬼東西跟著他回來了，那一個客人說道……那回在意外朝山的路上，不記得是在武當山在峨眉山還是五台山上的某一個充滿玄機的老廟，買一塊麒麟形貌的老玉，但是一路回家後發現只要老玉戴上會做噩夢。噩夢中太過激烈衝突的種種小時候撞邪靈附身過出血昏迷出過事的種種可怕回憶都找回來……但是麒麟老玉卻可以擋災。戴老玉在脖子上意外發現不明原因地擋災，他說他的玉珮斷了五次但是斷法都不同。那是更怪異的恐懼症發作般的存在感低落的他一生最可怕的災難發生太頻繁的一年，狀況最多的時候去找的他從小時候拜大的怪法師救命，還提起了幾世前都是的怪法師是鬼谷子派的派系。請人打玉送人結緣如果斷了是救了戴的人的一條命。尤其是那老法師交代，要他封口，不能提鬼神之事，不能提那麒麟老玉戴上時做的夢，甚至如果不能不說，也是只說不寫。或許更是提及的另一種報應。不知死活。一生都無法理解的失算。一如太多通靈的更意外……某一個太多信徒的名人老炫耀自己神通的驕傲過度廣播名人的天賦……太過傳神恐怖可怕地動聽！永遠都只在午夜十二點之後說鬼故事。說了好多年好多信徒們般的聽眾群……但是，報應，他的盛名太過激烈，出事是更怪異的……突然就沒有了。消失。有一天就不再講了。太多說法。謠傳他失聲、出事、中邪、封口……

「晚上一講就會不舒服。」那怪老闆死瞪著離題的客人們地揮揮手：「別說這些鬼話……連武當山峨眉山五台山都分不清楚，唉！也不要浪費時間跟我講話，天快要全黑了去感覺一下這麒麟廳別院山上入夜最好的時光……」麒麟廳後山還有滿山遍野的怪聲音呼天搶地的可怕……客人們問怪老闆這是活的獸吼的聲音嗎？這是麒麟還是什麼野獸啊？在這個鬼地方怪聲滿山遍野地越來越誇張地吼叫……怪老闆惡意訕笑地再講一次：「這是很多神獸在叫的季節，但是卻是叫春，青蛙松鼠貓猴子狗大冠鷲狼熊虎豹甚至麒麟都會在後山橫行出沒……但是交配繁殖季節時不免都是像某種狐狸精般地叫春……」

天色越來越黑，那個怪別院的光影變化薄膜般老屋身斜簷弧形輪廓變得越來越明顯也越來越複雜，或許也因為在油燈餘光外其他的地方全暗，蚊子也越來越可怕，有的地方越來越深入暗黑地森林中的樹根看不到。更後來其他的人走了，只剩下馬三寶一個人，所有怪聲變得越來越多越深越入迷明顯動人……忍不住的馬三寶深深陷入混亂地胸口悶痛始終無法釋懷地迫身感覺得到好像有一些更大的鬼東西在等著他，雖然祂們也沒有說話……但是越來越疲憊不堪的他老想逃離又逃不了。

也想起之前怪老闆老提醒他說可別逃別亂下山，其他的客人們上山路過的一路的鬼地方就很陰……一如下山的那狹窄冗長暗黑隧道所有的客人可就不願意走，尤其在晚上走太可怕。可笑的意外救贖……怪老闆自嘲地說：幸好有一個亮晶晶的現代機械巨大摩天輪那隧道出口旁邊那個路口，山鬼會被太亮眼的螢光人群喧鬧嚇回深山般地……消災解厄。

最後的消災解厄其實是冥想……一如怪老闆跟馬三寶說的他最後從別院下山回來這一個最幽暗死寂的大麒麟廳，一如活過太多世再回到這一世所必然再會遇到的冥想入定收心斷念儀式充斥著太多暗示，但是馬三寶始終覺得太累。

怪老闆說：「麒麟的靈介於人獸之間，獸的靈比人的靈好，靈有好有壞，有善意有敵意。我不知道為什麼感覺得到。我弟弟八字輕，進廟會聽到菩薩跟他說話。我八字重，但是更慘，應該當廟公，但是沒當成就因為種種原因變卦而逃離了。後來因此報應一生多病纏身的漂泊西洋……當年我去西洋的時候那時候體質還很不好，看過太多鬼地方鬼東西，後來才發願回來修這麒麟廳……尤其這麒麟廳別院是有靈的洞口，萬千稀世的龍脈穴口，但是地靈是請高人神算指點過的，甚至，如果道行夠深……從別院古油燈後的洞口走入可以走回六百年前的寶船下西洋前的古代……但是沒有人有這麼深的道行……」

那個道行極深的怪老闆最後對馬三寶緩緩地說：「關於在麒麟廳的打坐入定冥想的種種，一如某種深入玄奧禪修或古代拙火瑜伽或老派苦練功夫的啟發……關於修行的終端逼視自身可能就只殘留在吐吸的鼻息之間的瞬間或就是永恆的時間消失的剎那做最極端的對自己的逼問……吸氣的時候想：「我是什麼？」，吐氣的時候想：「我不知道」，冥想就這樣死命地深入麒麟廳古董結界地逼問自己地想「我不知道」的這種怪異的最尋常又最不尋常的狀態……怪老闆一如一個又慈悲又嚴厲的怪上師說：「同時的一生始終在打坐冥想……竟然變成是在人生的那段時間的最深刻又最不著痕跡的提醒：我自己是破碎的狀態，雖然是破碎的但是還是有些殘餘的少許的完好的部分。充滿缺點但是仍然還可以接受自己人生故障和做壞和無法控制的部分……一如古老佛學的教導裡有一種提醒是：不要嘗試去了解別人在想什麼，因為我們連自己在想什麼都不了解，怎麼可能了解別人在想什麼。」露出難得笑容的自嘲而顯得忐忑不安又從容地端詳著更困惑的怪老闆說：「那一種佛學理解很淺但是也很深地玄奧……每個人的一生都是玄奧到……自己就是自己的上師。」那段時光也陷入低潮的怪老闆說他始終無法抗拒誘惑而也開始讓自己更逼問自己的內在摺曲暗部蔓延到更多更深的破碎狀態……「在麒麟廳的結界中冥想……切換人生的狀態，封入更深的祕境，不要聽，不要看，甚至就閉關修煉般地切割，不要去接受外在逼身種種困惑不解為何這樣對我的困難重重……種種逃離不了的外在的聲音和味道，好像回到小時候天真無邪的無知，更大部分的時間就只是回到自己、回到內在的冥想，冥想什麼？或許就只是看著滿廳的老麒麟，冥想自己的……『不知道』。」

馬三寶永遠在冥想太久太深之後近乎恐慌地跟怪老闆說：快要窒息的太過入定的破碎的他老那麼害怕麒麟古董，老那麼覺得晚上的近乎死寂的安靜是異常威脅的喧譁吵鬧。他必須讓自己用種種切割掩護的法子誦經打坐地入定……主要是要讓自己變得疏離分心，太多時光的困難怪異始終無法抗拒一如快入睡前永遠會慌亂不堪。

那麼多找上門的麒麟古董老靈魂的魂身，還沒有什麼更明顯一點的形體化身，也還不是鬼神。不解釋也沒形狀。只有鮮豔亮麗又同時模糊曖昧不明的顏色的煙霧瀰漫。睡不著的太常陷入衰弱恐慌的他一開始老是無法理解為何麒麟古董的神通不能外露。每一種夠老的麒麟古董一如每一種妖的妖身形象姿勢肌理種種神韻其實連乍聞到深聞的入裡的氣味都不可能一樣，他也是很久以後才發現原來自己或許是曾經那麼用心想用麒麟古董來引來妖幻的什麼，有的點破什麼……有的預知什麼……

仍然記得那時候自己彷彿內在的什麼的狀態全開的神通。

麒麟古董讓馬三寶老有困在裡頭的意外發生的怪事。意外遇到了就在那怪老闆某回大廳盛宴中的一個怪道士來，馬三寶客氣跟他禮貌拜會般地點頭微笑招呼但他卻竟然完全假裝沒看到地不回應。之後就開始在全麒麟宴的麒麟廳人群聚集的角落變換角度有意無意之間都故意地冷眼看他，或許那個怪道士自己也不安，心虛自己修煉多年仍然還只是妖怪混在人間，忐忑不安度日，道行不高但是也不淺，足以影響狀態……一如某種乩童、術士、妖僧、降頭師……那種感覺無法匹敵的莫名敵意……

更後來，才發現來找他的那一個怪道士，竟然是出名的電視頻道中會出現說法的法師。但是馬三寶所看到的他卻是一隻怪物般的邪門動物，只是披著人皮，那是一種妖怪。或許，在人間沒有正邪。為了混日子，也還是會做人的事。又遇到那個妖，他看著馬三寶的樣子非常奇怪，他記得那怪道士，因為他的記憶力太好到就像照片看過的一定就會記得。那一回的盛宴遇到打量的道士多方端詳。一如他下了什麼在他身上。應該是他。因為後來出事了……馬三寶說：他下的是老時代的符咒……漆黑色紙人紙馬式的紙麒麟，撒豆成兵式的召喚，下手呼請出的滿山遍野的窣窣作響的聚眾擾亂的人影獸影重重……像是古代的邪神攏眾多兵器兵馬祭出圍著馬三寶下手使他不能動太久地過火，最後必然自亂陣腳地太過可怕……

那怪道士那回下手太重使馬三寶太慘到近乎崩潰邊緣。他受不了窒息感到最後還只能向三寶公求救念咒，那是過去一個老時代的法師教他如何念咒在太過緊急狀態就趴低肉身下地求地氣。那回凶險到近乎暈眩地倒爬下地昏迷狀態到像是一種恐慌症……馬三寶說：他說那些妖人外顯有形狀的奇門遁甲召喚來的，或許不是人間的但是卻是另一種鬼界冥界神界調度過來的，甚至是西洋想像出來的某種外星穿過蟲洞過來。

但是始終不知為何那妖人過來還終於要找他的馬三寶說他小時候就對煙霧瀰漫那麼害怕，現在仍然充滿疑問和戒心……那全麒麟宴的麒麟廳全樓都是麒麟古董，更令他深深感受到邪門的什麼正在作祟般地某種打從心底發毛地感覺那地方起霧……像是古代歷代麒麟受難地或是妖怪被佈陣收妖下手刑求挖眼珠卸鱗爪剝皮拔頭髮的鬼地方，充斥著劇痛到肉身和魂身都無法忍受的可能……

有一串古傳明代老麒麟念珠聖物，有人感覺不到但是馬三寶卻不能碰，一碰就暈眩到快昏倒。妖人在那一回更後來是丟更黏膩厚重噁爛泡泡的鬼東西，彷彿在某一種弧度賁張的黏膜裡長出大大小小香菇身刺刺的慘綠色黏液往馬三寶身上丟，一開始他只以為好像是有人佈下一個陣地般收妖的陷阱，但是不小心的他意外遇到某種更外顯的有清晰形狀的像是暗黑紙麒麟唾液液體發酵的菌絲體……太過離奇……或許是馬三寶收了太多麒麟古董遭忌或是太久老跑西洋跑太多鬼地方而得罪了另一種界的不是人間穿過蟲洞過來的老妖。多年來的不知為何但是更不知如何過來還終於要找他的恩恩怨怨。一如某種神隱的化身紙麒麟形貌覆蓋其妖身騰空拋起墜落的令他意外發生內心始終害怕的奇怪妖人老來找他，但是找法和找的妖異緣故卻永遠無法理解。

然後不知不覺有幾回的噩夢也就妖人來找的那前陣子真的有越來越誇張，馬三寶感覺到有時變成可以用力掙脫，吃了麒麟宴的麒麟料理讓他的肉身恢復力氣也變大了，可是掙脫之後全身都是阻力的一次是他在房間被一堆刺眼到不行的強光攻擊照射，好像就算轉身背對光源也沒用，他用盡全力想動動不了他才知道他是正在被妖人上身鬼壓，好像只有閉眼繼續睡才能不被那光攻擊刺傷，但妖人鬼壓的問題就在那裡！他已經認為自己是醒著的了，因為眼前的所有景物跟醒著的時候一樣，就是因為不信邪所以才會想要掙脫，那次他掙脫，每一步每一個動作都充滿了阻力的難以往前，他想逃去麒麟廳有三寶公神像的神通庇佑的大廳但就算躲到了門後他卻還是依舊同樣老被光刺著地出事地很可怕，因為那股哀求太逼真了他好像就醒了，但馬三寶再次睡著之後就又被妖人鬼壓，但他變得很憤怒，抓了床邊想使力把自己推動離開那個被壓的自己，身體沒動但是馬三寶動了，可是他卻感覺到身體什麼東西被拔掉，要是他真的整個人都離開了的話身體就死了（感覺很像所有體內胃心腸肝腎種種內臟器官都正疾速衰竭滴血疼痛不堪但是他仍然努力想抓在一起如果用力就會徹底的斷開脫離自己肉身）……最後他再次閉眼，夢見三寶公，他大聲疾呼般地跪拜呼請求救近乎什麼都求了地困窘不堪到他似乎是被妖人上身鬼壓而完全赤裸身子。極端困難重重的困惑之中，馬三寶還記得他問了三寶公一個他沒講出來的問題，彷彿刻意是問關於太遙遠的西洋還是明代六百年前的那邊（指著死後昇天的天上好像他們在的夢裡是在人間一樣），三寶公卻瞬間露出迴異的微笑而什麼都不回答，他仍然困惑那個怪笑是什麼意思，而且可能會困惑他一輩子……可是他覺得自己應該再也不會夢到三寶公了……雖然妖人對上身鬼壓中的他的各種糾纏仍然……

不知道為什麼馬三寶收麒麟古董老是召喚了這種狀態持續的無奈又永遠無法理解。一如麒麟古董留下的痕跡，更一如三寶公六百年前的下西洋一路所陷入瘋狂狀態的種種或許已然不只是……真實的人間異怪一如脫離西洋甚至脫離人間的怪事奇蹟發生災難戰爭，那麼離奇的怪異遭遇……怪異尖銳龐大到各種古文明交錯的神話史詩傳說寓言先知書聖經種種神祇滅世異象橫陳亂世災難發生古號角吹響……那麼牽涉太廣一如六百年後的更多更顯學的這種種是信仰是狂熱是著魔都無法解釋到一如妖孽轉世的離奇解釋。麒麟古董被封入了這些妖界的邊界……因為人間不同的界。不確定的界的妖怪施妖術，奇門遁甲的巫術法門奇想道術的種種可能及其更離奇的種種解釋。

魂體內凹塌陷中於肉身裡的麒麟古董……一如完全沒有時間狀態的不明鬼地方充斥著鬼東西的某種的更怪異的古董摺皺縮入每一層陰影籠罩縫隙滲進的人骨教堂般地底隧道骯髒斑駁的痕跡……一如某種抽象圖騰的祭壇聖殿寶藏守護的古老傳說博物館，只有入睡的時候才能進入，才能接近人和古董的原神狀態。才能在刻意的原神更深一層的凹陷潛意識裡埋入另一個更陰暗的角落變化莫測的迷宮。麒麟廳一如結界或像迷宮或像一種恐怖電影的太過怪異的場景中的鬼屋死角的陷阱狀態。原神的應許之地但是充滿陷入困境的測驗……馬三寶感覺得到更深入難過地步入之後的長廊延伸出有三道凶險麒麟門，每道門之後又各有三道更凶險到極度可怕揪心的麒麟門，就這樣地無限延伸到多遠令人懷疑起到底麒麟廳有多龐大深邃都不知道……那像是一種被下咒術最厲害的沒有結沒有界的極端恐怖結界。但是他始終知道，更厲害的原神陷阱是可怕的怪道士守護神靈那化身成的四個妖人，不知道為什麼其中最殺氣騰騰又最終才會現身那個最神祕的妖人始終都雙手插口袋假裝無事地從容路過斜眼瞄馬三寶還隱隱約約地暗示著更底層更危險……某種古董的更邪門和麒麟或是和鄭和的危險關係。

麒麟古董一如古代建築的隱喻有時會出現在所有魔幻炫人電影場景中變成了一種過度炫耀的視覺效

果，意外創造出某種鏡面現實空間投射和折射的光影變化薄膜般出神入化的切割和切換……一如古代神殿神祕的柱列長廊中不斷旋轉出現的拱廊古馬賽克嵌磁拼花玫瑰窗希臘柱頭樓梯塔樓列柱的始終旋轉扭曲變形……太令人擔心地竟然都長滿麒麟雕刻甚至從麒麟雕花的古建築每扇窗門破口看出不同的光景的出口和打開不同的地方出入……在那種炫目的幻覺中不斷反覆地繁殖麒麟古董成麒麟廳建築，一如活體實驗的麒麟肉身蛻變成麒麟古董收藏過程牽引出陷入瘋狂狀態像齒輪旋轉多向度多次元空間的無限蔓延迷宮般的麒麟廳活體博物館。從某一個古老城市的麒麟廳打開了一個祕道隧道洞口移動切入後意外發現走進去是另一個終端切換到南京麻六甲曼谷印度非洲古城的古老神殿般的另一個麒麟廳……那種更離奇的入口出口的隱藏性切換神通的妖幻隱喻。

只有馬三寶感覺到他內心深處的召喚惡魔倖存般地仙人指路，插口袋的那個妖人始終令馬三寶無法逃離。有一回他被附身之後地乩身抽搐地胡言亂語般地拿起毛筆鬼畫符好久好久，甚至閉眼和睜眼一樣地畫麒麟符。那種狀態持續邪門地可怕的他不是人，不但可以激烈地畫出怪異的麒麟符妖圖，甚至還更深入地啟動儀式般地打開某種狀態，他肉身彷彿深藏的某種牽引麒麟古董的內在靈體的吱吱作響晃動震幅越來越誇張……逼他感覺到自己肉身體裡的那深埋入太久的某種鬼東西，而且多年後的那時候才發現越來越清楚也越來越有攻擊性。那像是一種水晶體般的麒麟形態複雜的獸身放射狀。甚至他的麒麟古董靈體更深的魂魄那麼地陰暗深沉到近乎瘋狂到浮現出切割水晶斜面數百面體完美地拼接成的完整麒麟形貌輪廓弧形獸體……

一如開始起乩鬼畫符的他畫的尖尖的麒麟古董靈體完全不尋常……像是來自別的靈體次元的人的馬三寶始終無法理解或更深地對自己過去更清楚地端詳。對自己的某一世的前世曾是寶船的海員那種海難殉船宿命的點破看穿。當年的某一位上師說他那時還只是把找尋麒麟古董當成「事」而不是更深的點破一生的「心事」……雖然一生仍然沒法子處理那找尋宿命的害怕。馬三寶為了找尋靈體投射自己的他一開始抄麒麟經，就打開了彷彿召喚出更深的什麼都來了。那種感覺過度的內部空間的怪神通及其恐慌會出現，令他害怕也同時感動到全身發抖起雞皮疙瘩心跳加速神通啟動……

一如收麒麟古董以前的馬三寶是盲目的……一生還沒有打開過的靈體埋沒太深太久的他的充滿猶豫困難重重的困惑……內心深處太過激烈的什麼他自己也不清楚更講不出來。更怪的是他無心地畫的麒麟符就只像一個多年都沒有人理解野史取代歷史的過去太久的不安。不是相信或不相信歷史而卻更是超過歷史的真偽，宿命般的他的這一世記憶不見了但是更前幾世記憶卻從他的麒麟鬼畫符靈體召喚出來，像是想講什麼卻又講不太出來只是想起某種幾世以前的古代回憶中的怪身分及其更怪的遭遇，那一世，馬三寶始終深深感應著自己是寶船上的海員殉身的沉入深海滅頂的潮濕窒息感。跟著三寶公數回下西洋但是人生逆轉於永樂過世之後的悲哀太多年後的海難，在寶船上太過激烈的那一世或那幾世到他自己也不太清楚的某種很奇怪的存在於現在和過去的懸念餘緒……

但是三寶公的歷史遭遇更多鄭和學變卦多年以後太多史觀的差錯，太多誤解的充斥著懷疑的態度及其被理解描述的種種永遠不太一樣又不專心的歷史其實只不過是歪歪扭扭的黏膩地蟲洞般地存在的鬼東西。

馬三寶一生都不解地一路冒險……用心良苦找尋他的古董，或許是古董用心良苦找到他，尤其是麒麟古董……因為他的麒麟古董就是通往古代祭祀的祕術封印入的老法器甚至就是老武器的靈體……為了解釋滅頂的那一世亡命寶船洪水淹沒的上路出海是祕密地為了保護明代三寶公的寶船上最神祕最不能被侵犯的古董靈體……甚至為何來又為何現在來的一如諾亞方舟上的為了末世準備活下去的生命標本採集檢體般任務的寶船上的古物出土……

也一如某種不存在的三寶公的古代博物館，太像被誤下符咒的宿命……被妖下的一個幻術中恐懼流浪知道限制要重病躺很久的傷害副作用。目的是找尋神通為了下幾世的某一世轉世來守護的麒麟古董是這一世的路，看到太多世的他的要不要提起他更多更老派地理解……

麒麟古董必然是詛咒，難以理解的馬三寶始終過度著迷古董的奇異……或許只是一種博物館學就是神祕學就是神學的過度瘋癲的憧憬及其懷疑……像是種種對參加祕密邪教式的太著急，或是對古老文明古老城市古老建築太過離譜的迷戀，甚至是對鬼魂巫師涉入練功過度必然的毀滅與重生，對偏執狂的自我懸念，對高風險祕術強迫症的威脅，對邪惡本質深入黑暗的詛咒，對異物異國異文明的更乖異解釋及其引發種種的近乎著迷。但是麒麟古董裡有一個特殊對於時間或死亡的解釋使得整個狀態變得更為複雜甚至是高難度的自毀的困難重重。奇異的古董一如一種奇異的召喚……對馬三寶而言，更像某種太狂妄的科學家迷戀控制物質和肉身的精準度，太過自傲或自戀或自欺的面對肉身的毀壞所意外開始的一段放逐找尋療癒的奇幻冒險覺醒的對馬三寶的內心深處更深地發問：「麒麟逼我放下過去種種對人間的理解，放下種種自我，甚至放下幾世的自我……。」麒麟古董到底有多老？到底要啟發馬三寶什麼？種種的費解一開始只是涉入某種古老疑惑：「古董對於古代的理解……太過神祕費解一如在古書上看過某種肉身的迷信偏方祕方的解釋。但是如何打開神祕學對於靈魂藏在肉身的神通的找尋和修煉」……一如古老的經典裡用古老的梵文咒語封入「有些不知道的鬼東西最好永遠不要被知道」那種禁忌的術的深入及其必然著魔的苦楚……

一如被激怒的麒麟古董可以更深地找尋出馬三寶的靈體的那一剎那。因為控制和逆轉時間而產生副作用的風險一如時間的裂痕一如時間倒流引發錯亂的崩潰邊緣……只是馬三寶在麒麟廳還不知如何找尋另一件古董明代三寶公穿過的永樂皇帝御賜的繡麒麟的血紅絲緞繫帶彷彿通靈有姚廣孝下過道術咒文神通護體的老官服就在死角的某一個舊時代斑駁老玻璃櫃裡，一如某一種古代聖物神通擁有其變幻自身的法術，最後終究意外找尋到馬三寶不自知愚昧而被困住好幾世的缺陷靈體。

非常凶險的最後馬三寶將麒麟古董小心翼翼地放回原處充滿敬意的歸還，一如為了拯救古董深藏而開始逆轉時間像是糾纏陷入困境般的所有麒麟廳的現場不斷地墜落好幾百年來古老麒麟刻石磚牆梁柱的碎片散落滿地的可怕狀態。一如倒轉時間但是沒有超越時間地發現無限循環的這一刻是永遠可以重複地悖論……一如某種找尋麒麟古董靈體出神緩慢地延長時間到可以放心漫步去麒麟園深處去邊賞花邊赴全麒麟宴的既期望又絕望。

一如前一晚的那個夢。馬三寶竟然也想起了夢中的那一個故意穿著誇張但是也是手插口袋的妖人……

在另一個陌生的鬼地方，意外發現的那個妖人，戴眼鏡金項鍊還穿得花襯衫到有點誇張，開始的時候只是開玩笑胡謅的過氣的老丑角般的中年大叔嘲諷自己的人生太無趣的喜劇演員的演技退步很多但是還是很不堪的猥瑣感。馬三寶不想接近他地遠遠打量，偷聽他對滿桌混了一輩子的老人們吹噓，他吃過的多離奇的動物料理蛇籠養現殺的緊緊糾纏著的蛇肉串前菜的全蛇宴全龜宴全鱷魚宴最後才是這場全麒麟宴。一如他所上過的多妖豔的美人公主酒店名花酒國名妓，所去過的多遠多可怕的還有恐怖攻擊威脅的異國，後來他提所收過的一尊尊令人太好奇的沒聽過的無名老神像，很激動然後又說更多，提起祭拜儀式的老時代規矩的走樣但是仍然折射投影出這時代太離譜喧譁的種種牽涉到跟那尊尊老神像有關的所有怪事和怪東西，某種野花滿地豬籠草前的剛上完漆的怪神壇裡妖怪般的神像群，冗長的信眾爭相跪拜的歪斜建築走入長列神柱上還有很多群眾悄悄告訴跟拜旁人「拜這神很靈」或是「有拜有保佑」那種始終是某種怪異但是不神祕甚至有點世俗參拜供奉的靈驗感所打量的眼光的壓力就退縮不了的好奇，太多的唱腔聳動歌頌的甚至詆毀的早就壞掉了的鬼故事般的存在感……像不起眼的雕花裝飾太花俏的本來還閃閃發亮到惹人注目的鄉間廟口后土牌位上後來乏人問津而斑斑駁駁的神雕只像印度廟裡的動物頭人身的亦正亦邪的怪物般邪神的猙獰臉孔的尊尊無名神明，但是不知為何那舊列柱的最末端卻是異常莊嚴肅穆暗影流動……那是一尊明代留傳近六百年的古代三寶公騎麒麟的古木雕神像最後狀態的離奇……

❖

「麇身馬蹄，肉角黝黜，文采焜耀，紅雲紫霧，趾不踐物，遊必擇土，舒舒徐徐，動循矩度。」那種對麒麟的誤解或許一如朝中對西洋的誤解，把長頸鹿誤認為神話中的麒麟的欣喜若狂，說牠「聆其和鳴，音協鐘呂。」甚至朝臣相信麒麟現身象徵天恩浩蕩，天下太平……這種不世的吉兆被當年名畫師沉度畫下還作詩記下宮中大喜的奇景：「臣民聚觀，欣慶倍萬。臣聞聖人有至仁之德，通乎山明，則麒麟出，斯皆皇帝陛下與天同德，恩澤廣被……故和氣融結，降生麒麟……」或許，麒麟原本是中國古代傳說中的極端祥瑞之獸，甚至麒麟出現是太平盛世的祥兆。使得所有的猜測想像再離譜也被視為意外的祝福，即使朝中大臣誤解長頸鹿即麒麟也使永樂皇帝龍顏大悅，命令畫師作麒麟圖，寫出〈瑞應麒麟頌並序〉一文來表示祝賀。或許這種誤解其實是對中土對異國情調的西洋過度浪漫到令人費解的好奇，或更可能是永樂皇帝更深沉的歪打正著內心盤算……即以此祥獸奇觀隱隱約約平息那朝中另一股反鄭和下西洋的士大夫進諫……其遠洋攻而不掠的不免策徒然地只為其好大喜功的缺陷而使國庫空亡民不聊生的暴君暴行……在那朝中的璀璨進貢現場儀典上，仍然是前所未有地華麗……朝臣都從未見過這種動物，但因長頸鹿的形態習性與古籍的麒麟「身如鹿、尾如牛、圓頭一角而五蹄、體黃、角末端有肉、五彩腹下」或許吻合。縱使這種一如獨角獸的祥獸仍然那麼充滿猜測，然而仍然有更多國家向明廷朝貢的更多珍禽異獸：鬃毛茸茸的猛獅、斑爛如繁花盛開的花豹、雙峰或三峰的駝峰更怪異形貌的駱駝、鳥類卻巨大如走獸的魁梧神禽鴕鳥、獨角獸的皮革堅如盔甲的犀牛、雙角螺旋如神器的羚羊，種種形貌中土未見過的殊異奇特動物。甚至被稱為「花福祿」的黑白斑紋華麗如書法潑墨的……斑馬。甚至還有某種動物形似長了黑斑點的白老虎的「義獸：不履生草，不食肉，有至信之德，則應之而來……奇獸……眾皆引聾而望，頻頻跺腳，又驚又喜。確實諸福之物，莫不畢至。」

當年，在尚未回朝的寶船的旗艦甲板前……鄭和心情複雜地一一端視這種種貢品奇獸，或許某種神祇的珍奇收藏的贈與，為了啟發神祕莫測的博物學一如神學的蒐藏……擴充種種大明宮廷古動物園百年來所收羅的萬般珍禽異獸。鄭和是如此憂心忡忡地端詳過久寶船上種種的神獸……太多更費解的誤解……對朝廷的多事之秋……是更吉祥或更不祥？

致使心中被深深感動的某猶太教長老對鄭和說：貴國陛下尊崇珍惜各個甚至像祕教異教的古老宗教到了近乎令人難以置信地寬容，一如珍藏這群長相甚至有點猙獰的古代神獸為祥獸……年老的他對著寶船上隨行的古伊斯蘭教、印度教和佛教學者們時而祈禱時而進言時而辯論的早禱聚會……提出了祥獸之現身乃其神祇所以其神蹟暗示的種種趨吉避凶的指引。不只是勸眾生慈悲、更不只是俗世的道德自責自省，而更是末世的自毀與重新返程……這艦隊成群巨帆船隻為祥獸麒麟引領的稀有動物航向汪洋天際彩霞奇觀之磅礴，使得貴寶船竟然就彷彿擻教神諭舊約中的最著名神話寓言中洪水末世中重新艱難拯救人間眾生重生的……方舟。那不免是某種古代傳說中的無常感……往往充滿了救贖也充滿了嘲諷。

麒麟是一種神獸，但是更可能也是一種神對人的試探……

麒麟在仁德之世才現身，或許也在不仁之世也現身，然而就必然被當成怪物誅殺。古書中屢屢提及麒麟活錯時代的下場往往十分悲慘：「正統中，在朝每燕享，廷中陳獸，近陛之東西二獸，身似麒麟，身似鹿，灰色微有文，頸特長，殆將二丈，望之如植竿，其首亦大概如羊，頗醜怪，絕非所謂鹿身牛尾，有多紋彩也，乃永樂中外國所獻……又成化甲辰，泗州民家牛生麟，黃毛中肉鱗隱起，如半錢，以為怪，殺之。弘治初，蒙陰羊滋秀才家駿生駒，馬首牛尾，圓蹄，遍體花紋，閃爍如電，時或以麟，滋家亦謂之怪，杖殺之。」更誇張的一如漢武帝太始二年珍惜一見麒麟「郊見上帝，西登隴首，獲白麟以饋宗廟，渥洼，水出天馬，泰山見黃金，宜改故名，今更黃金為麟趾褭」或一如王嘉《拾遺記》記載孔子快要降生時天上突然降下麒麟口吐玉書於孔家：「水精之子孫，繼衰周而素王。」然而孔子七十一歲因為麒麟被誤殺而更萬千感慨：「麟出而死，吾道窮矣。」而將其滿懷褒貶天下最終史觀的《春秋》終於「西狩獲麟」。太多神獸命繫國祚的傳說始終是史觀的悖論彷彿護短或強辯的焦慮症或是盛世變成亂世的藉口託辭正史野史演義始終無法釋懷……

鄭和進貢的最著名的「麒麟」始終太多疑點……在台北故宮的〈明人畫麒麟沉度頌〉，清陳璋墓〈榜葛剌進麒麟圖〉曾在西洋展覽流傳……明成祖遷都北京後還貪心眷念奢望著為裝飾宮殿尋遍天下畫士藝匠通過流傳種種神獸形貌或許更能窺見古代名家的繪畫面貌和臨摹者畫的還仍然無法無天荒誕出奇的怪異頸部長長短短不一的種種毛筆畫出的怪長頸鹿……

一如《西洋記》中關於鄭和貢品的戲劇化魔幻小說書寫比對不同文獻的記載仍然誇張混亂到令人匪夷所思：貢品麒麟……六百年來仍然充滿疑問及其喋喋不休的後世爭議：麒麟四隻（前兩足高九尺餘，後兩足高六尺餘，高可一丈六尺。首昂後低，人莫能騎。頭耳邊生二短內角）始終太過複雜奇幻……一如充滿穿鑿附會感的種種關於麒麟的怪異想像的長頸鹿怎麼會是祥獸的莫衷一是……仍然混亂異常，其實所有古代的沒看過長頸鹿的明代朝臣們始終都是亂畫亂說。

或許更多傳說中神獸只不過令六百年前的鄭和老想起他童年在雲南市井看過的更民間的老時代「麒麟舞」，每逢年節廟前廣場舞弄的麒麟有的太過粗糙簡陋卻只是用各種著繪鮮豔顏色的廟中金紙做成的，猙獰炫目怪獸頭部後方卻寫著「麒麟」二字。那聳動而妖幻的身影狂亂旋飛舞蹈在喧譁的爆竹銅鑼太鼓笛聲伴隨下的麒麟舞就一如更古老舞龍舞獅般以誇張舞步地賀年……然而童年的鄭和心中仍然充滿不解……為何這醜惡形貌之怪獸會那麼受到擁戴而器重，為何要以那麼猙獰的獸的傳說來對抗年獸吃人度劫的傳說……那彷彿是一個再怎麼粗糙簡陋或再怎麼古老遙遠都無法逃離的苦難充滿的對祈福感的無限等待。一如他多年後即使身為史上最龐大艦隊司令仍然意外落難的那一回……就在那進貢麒麟的非洲之國，養病數月。這是他一生第一次深入了某個陌生的部落感覺到那個深山黝黑肌膚如炭的古老民族活在陰影「惡臭濁熱、疾病叢生」之後，他以一個異教使節偶然進入了這個遠古野蠻的視野。仍然以敵人頭顱祭神崇拜、仍然以割禮為男孩成人禮、仍然像野獸號呼哨叫的沒有文字的原始語言、仍然沒人在乎的古代稀有寶石寶藏，仍然將死去長老族人做成木乃伊安放家宅院的荒誕……仍然在充滿了祕密危險蟲獸威脅的熱帶叢林中度過黑色大陸永遠的乾旱和無情。仍然在覆轍茅草的泥屋下等待的惡疾及迎面撞牆撲翅掉在臉上的熱帶巨大昆蟲甚至蝙蝠……

甚至，鄭和在大病之中時而感覺到某種更深的無常感，因為不知道什麼藥是對病情有用什麼是沒用？也不知道下次再來時這天涯海角的麒麟國是不是將被被敵國消滅或被海嘯吞噬或被火山爆發掩埋……一如他的下西洋始於是那麼地充滿無常感地冒犯什麼而陷落於宿命的嘲諷之中。但是，最詭異莫測的遭遇卻是某一回淫雨多日，病情未好轉的鄭和竟然因又接踵而至的患有腳趾縫裡跳蚤產下蟲卵的奇癢無比到寸步難行，那部落巫醫的古老治療是要以針精心挑出而不致刺破卵囊，由於擔心留下蟲卵只有挖下大塊足肉才能根治。最後巫醫餵他喝了一碗美味至極令他落淚的湯汁補元氣的感動時光之中，鄭和完全不敢相信等他暈眩令睡前聽到的那竟然是長頸鹿心臟熬了三天三夜的補藥……使鄭和心中忐忑不安到了極端的困惑，彷彿是神對他試煉的無限嘲諷，或說是神對他下西洋的野心勃勃的無限嘲諷……最後醫好他惡疾的竟然是「全麒麟宴」前身古老菜色的這碗麒麟國古方熬成的「麒麟湯」。

一如多年後的童話比神話更像怪譚的怪誕……天真無邪地更傾信或更依賴什麼……

聖獸和瑞獸的麒麟在太多的老時代的神話種種歷史始終卻太像老派的傳說甚至只是謠傳……但是又那麼深刻地逼真……一如麻林的長頸鹿就是中國古代認為的神獸「麒麟」……在另一個最荒謬平行的存在最怪異的語源學式的典故古老的傳說，竟然在索馬里語中長頸鹿girin與中國的麒麟卻竟然同音。然而更曲折離奇的版本……在《馬林迪歷史》書中提及鄭和不遠找尋馬林迪就是為了尋找「麒麟」。在《肯尼亞的過去與現在》書中收錄引用歷史的老童話：「麟麟，神聖的長頸鹿。」

麒麟更神祕卻更荒謬地蛻變成某種溫馨童趣盎然感人肺腑的腔調奇想幻化的怪異感傷（曄變成《美女與野獸》或《獅子王》般華德迪士尼樂園版本的華麗登場的更「近代」更「西洋」某種煙花亂噴夜空的花腔女高音混音假音鬼吼鬼叫腔調歌舞劇式的荒謬絕倫：

> 全身佈滿格紋的長頸鹿拉賈向自己的母親問道：「獅子憑什麼成為百獸之王？我們最大，我們的外衣上有漂亮的格子，這才神奇哩。還有，我們是世界上最高的動物，為什麼不能統治動物世界？」「我們曾經輝煌一時，」牠的母親回答說：「現在是你應該知道我們的祖先麒麟的故事的時候。人類認為麒麟來自天國。……麒麟就是乘坐帆船去中國的。……一個巨大的長頸鹿高聳在眼前。我的名字叫麒麟，我向你告訴自己的故事。」

……我於是決定保持安靜，不失尊嚴地俯視著我的捕捉者們。「牠是個美麗的動物。」一個捕捉者說，「獻給皇帝的最合適的禮物。」作為孝敬的禮物，中國皇帝！

……我們將去中國，中國人製造了世界上最大的帆船，偉大的航海家鄭和與他的船隊將全程陪同你去中國。你應該為此感到榮幸……鄭和向我鞠躬，稱我是「尊貴者」、「禮儀之士」、「神獸」、「聖物」、「國王獻給皇帝最珍貴的禮物」。

……當我來到皇宮時，一大群人集合在大院內，我長得很高，一眼就從人群中發現皇帝坐在寶座上，他的身旁站滿了文武百官。人群向兩邊後退，我與皇帝之間出現了一條通道。當我朝皇帝走過去時，人們下跪磕頭。中國人從來沒有見過像我這樣的動物，以為我是個神獸。我站在皇帝身旁，俯視著人群。「我叫麒麟。」

……麒麟給我講了一個多麼好的故事啊！「我想成為麒麟，」拉賈渴望地說，「我想高大、強壯和出名。」「你會的，」牠母親說，「你是麒麟的曾祖孫、曾曾祖孫、曾祖孫的曾祖孫……」

麒麟的荒謬下場……終究蛻變成馬三寶始終憤怒而懷疑的這時代的愚蠢高度放大的效果極端版本一如華德迪士尼那種《獅子王》甚至《馬達加斯加》所有野生動物都會講人話還更會講笑話的荒唐爭議不斷的卡通音樂演奏伴唱著的太過華麗冒險插曲般的笑容可掬的歌舞劇全新改編劇本的老時代神話……的太過感人肺腑地更令人神經兮兮……

❖

一如馬三寶對怪老闆說，那一回在非洲吃到的全麒麟宴最令人不解……那回意外到了南非找尋某些古鄭和六百年前曾到過非洲的海邊聚落古代遺址的冗長奇遇……讓馬三寶想起他的這些不解。比直覺式的熱情迷戀來得迂迴猶豫，比招魂式的前世重溫來得苦惱冷漠。

過去太多其他老中國提及鄭和老時代去過的非洲始終使得馬三寶更不解……那回意外被招待去的那一

個南非的老古董商故人莊園極端氣派的家。但是他仍然太過客氣地老帶馬三寶到處跑去找和鄭和曾經到過東非或南非海邊遺留太多青花瓷般的種種傳說明代稀有老件……甚至以訛傳訛又無限逼真的近年來黑市流出打撈好望角附近深海永樂年代寶船遺骸出土文物的古董。

那個古董商故人的命是殺破狼的命。我那小名跟你一樣也叫三寶的小兒子也是殺破狼的命……從小沒話講，天生相剋地不投機……小時候他很倔強……給他吃轉骨的登大人的老中藥補品但他都不吃，只吃完全沒藥味的雞腿……主要是因為幾年前他和他太太堅持要來煮東西要照顧那好不容易出生的孫子……沒辦法……現在南非所有的小孩都不知道是吃什麼長大的……有的女孩七八歲就月經來了，男孩子國中就長到一米八，每天都吃速食店，像是吃打激素的雞，或是就像中國或台灣那種雞隨便養到只要四十五天就可以殺了。以前跑山的雞要養一年的……還沒那麼大隻。他那小名也叫三寶的小兒子小時候最喜歡吃三寶飯的叉燒、燒鴨、燒雞，現在都不太敢吃了。這裡的肉除了野生自己打獵打來的野味，什麼肉其實都不能吃啊……

最後一天南非古董商故人們招待馬三寶去吃晚餐，那是在一個約翰尼斯堡郊區的著名全麒麟宴的老中國餐廳。吃晚餐的故人那古董商的心情沉重……幾年前在妻子去世的葬禮心情很不好。那天故人還對馬三寶說了一個關於出生的故事。那一回還去了接近那非洲鄭和古村的太陽城國家公園看到滿山的種種野獸現身的大象和斑馬和梅花鹿……非常地美。空氣非常好到令人感動是真正的大自然，還可以打獵，但是馬三寶沒有打。但是眼睜睜地看看他們父子在那裡亂射一隻一隻疾跑的長頸鹿就硬生生地倒下來了，血噴出那漂亮的皮毛鮮紅的液在昏黃的夕陽下極為鮮豔，尤其在牠們那倒下來仍然腿還在一拐一拐想爬起來的掙扎之中，很難以想像那種殘酷變得那麼華麗那麼動人……但是他們就這樣玩。他們兩個父子平日是一直吵的或完全冷戰不說話，脾氣都一樣大一樣硬……只有在打獵時突然好像變得很投機……他那才三四歲的殺破狼命格的小名叫三寶的野孩子般的兒子，還跟他們一起坐在吉普車上。一直學著各種動物的叫聲，尤其是狼的吼聲，張開小孩的可愛的嘴形故意露出牙齒的唇，眼神凝結而皺起學得好像好像彷彿竟然有神……有點可愛但又有點凶悍……他那陪我們在車上的太太聽了看了反而笑得很開心地說那孫子當年也出生得很險，其實是早產。才九個多月生下來很小一隻都不知道是不是養得大，出生的那一天還下大雨來不及送醫院，是在家裡接生的……他媳婦說三寶生下來的時候好怪，不知道是不是聽錯，在那麼大的雨聲裡她還是一直聽到窗外有好像狼的野獸吼聲……

馬三寶老記得的最後來，整個奢侈老餐廳的行宮般地域太過漂亮奢華風格甚至就已然很像一個中國老皇宮般華麗的紫禁城縮影的古代宮殿建築。但是，馬三寶印象最深的卻是那個厚一尺寬的大門很大很重還通電。裡面一層雕花的防彈銅門……那一區有這種等級最高的六七家餐廳。整個圍牆圍起來像好萊塢電影一樣誇張……有穿防彈衣的十幾個保全和三四個武裝警察。如果晚上要去下午就要先打電話預約。甚至進去之前要確認身分。他始終記得那銅門開的時候上頭最外圈雕刻一整圈龐然巨型長身大隻金光閃閃的蟠龍之間……竟然出現了種種南非國寶的野生野獸突然逼近到異常生動寫實：張牙舞爪的斑紋的老虎、咆哮的蒼狼、身形騰飛的花豹都顯得好猙獰……因為太厚太重老有一種很沉好機械的聲音吱吱作響……馬三寶一直有一種錯覺，那是那些野獸所發出來的低聲而仍近乎吶喊的嘶吼……那一家最昂貴的老派中國菜館吃太多中國老時代怪異名菜從佛跳牆貓蛇龍虎湯、魚翅燕窩牛胎猴腦熊爪虎心大菜、冬蟲夏草十全大補品蟲……到滿漢大餐的全席盛宴只要說得出名字的都可以精心策劃打理。尤其是最著名的觀光人潮洶湧必點名勝古蹟般的盛宴：全麒麟宴。最近還更添了兩種應中國老饕顧客們央求更受歡迎的盛傳壯陽極品菜色而變成麒麟絕世祕方二吃：麒麟佛和麒麟鞭……

一如前往赴宴全麒麟宴前半夜的兩個噩夢……馬三寶老是擔心太多像他的夢中太多個歡樂的那種白痴無知的年輕西洋吸血鬼要進那個全麒麟宴盛宴老店般的地下室淹水災情慘重的怪俱樂部，現場是全部黑白的畫面，彷彿正陷入困境的在某種地下組織或不明祕密聚會的麒麟宴老主人他們問馬三寶考慮好了嗎？到底，要不要讓他們跟進來用饍？拖了很久的猶豫與遲疑地擔心，氣氛非常不安昏暗的光線有點難堪，馬三寶沒有說話，沒有不同意也沒有同意……但是他煩惱的不是被吸血的危險，而是他們實在太愚蠢到不知道自己到底有多愚蠢的自我感覺良好……快出事的所有現場的感覺神經也異常衰弱的全麒麟宴盛宴老人們要花很多力氣招呼他們或應付他們。

更後來的馬三寶發現了昏暗的光線有點難想像的那麼複雜地陰沉近乎瘋狂地死寂然後消失中的整個全麒麟宴的盛宴現場好像更沉沒入深海底隧道的錯覺，或就只是在放一部黑白的默片。出現滋滋的工業機械故障的怪異聲響地不斷擴大到……出現了老時代那種奇怪的字句……在隱隱發光的內牆壁體末端的現場死角，那是我回憶中播放的老電影院放映的怪字幕打法，用玻璃片寫字放進去舊時代的放映機旁，可以接受顧客提供免費叫人那種怪異的恐懼症般的旁白廣告某種保肝丸壯陽藥的誇張字句、或是某人某同學某女士你的家人正在電影院門口外找……甚至是卓別林時代的那種搞笑畫面都會有一個分割的標題：摩登時代、大獨裁者……種種跡象顯示的片名也像標語的標題的暗示更老時代的無比重大但又無比荒謬的什麼……

夢的後來，馬三寶發現那個全麒麟宴的老店竟然是附屬在荒涼的彷彿是非洲某個野生動物園旁的爛餐廳，一個像永樂死後繼任的新皇帝那種恐懼平庸怕事的感覺愚蠢地用力的穿著龍袍的年輕中國人在那邊當負責人控制出菜的混亂大廳全場，他太過緊張而上菜的時候用太過尖銳的聲音又快又急地碎嘴挑剔地一直在講一種特殊的功能奇怪過火一如神物的古鄭和儀改裝成類似一種單位或電器周邊意外發現的怪產品：古鄭和儀，他說，那是關鍵的菜色怪東西，務必嵌在電路板做成的每一個餐盤上，千萬小心謹慎處理的狀況非常複雜，出問題就處死。

夢中的馬三寶剛從一個更破爛的叢林回來帶了一大群麒麟獸要回那爛餐廳要打理，但是擁擠不堪的破廚房都太多人都在忙古鄭和儀要出現問題的解決不了的繁瑣流程冗長討論的怪事。馬三寶老心想那就是一個小處理器，但是外行的老闆卻一直都不說那是什麼，只說他們都靠這個厲害的鬼東西在上菜，馬三寶最後在忙碌的大廚房長桌上反駁這到底是什麼為什麼都不說清楚一點……到底是一個原子彈還是一顆電池，或就只是一個爛處理器。那古鄭和儀裝上的某種特別老舊的燉麒麟老銅鍋爐身咔啦咔啦起火焚燒的出事最後的時候，所有的麒麟盛宴的廚師們躲開，因為速度太慢所以大家都快哭了地災難現場，但是盛宴中仍然在等待全麒麟宴上菜的老主顧客人們即使受傷也還仍然怪異地懶懶散散的，仍然好像只還是來亂跑地發呆、散步、玩遊戲……但是禿鷹在高的天空飛，低空滿天飛的成群蒼蠅非常多，死去的現場太多太多腐爛的老人和園中虎狼象兔種種馴良動物的身上一如所有老店後院的麒麟獸身肢解的屍體……早就腐敗太久到發出惡臭飄散而爬滿了蛆蟲……馬三寶看了實在非常不忍心但是又無法理解到底發生了什麼怪事？其實不知道馬三寶為什麼會去那個破爛不堪的怪店也不知道為什麼全麒麟宴盛宴怎麼會跟那個破地方有關……但是只是他心中充滿了某種宗教神諭般的悸動，一動也不動地看著麒麟園血流滿園的大地延伸到更遠方的長空……因為他感覺到某種領悟：他等待的天機已然被洩露，一如鄭和下西洋的更疏離的更遙遠的意外的怒犯天條般的……災難已然如「黃禍」的再度發生卻蛻變為三位東方國王前來祝福或救世軍般地東方神起……既像天譴般又像天啟般激烈而神祕地開始無度蔓延。

最後怪老闆跟馬三寶半炫耀半嘆惋地提起太多怪誕的往事……多年來這全麒麟宴的裝上古鄭和儀怪餐盤鬼料理太詭異，每個最世故也最熱愛一起每月碰頭吃全麒麟宴的幾個世交故人們竟然最後都變某種宗教狂熱者，即使很奇怪的怪老闆的他們做的種種生意是那麼大那麼現實，又都是涉及西洋大起大落全球金融市場動盪不安的龐然企業事業體，每個人都是狠角色沉浮風浪驚人的一生……但是不知是否因為後來這多年來在這麒麟園意外吃了太多麒麟神獸肉身的天譴，或是更怪異地得到神諭般的啟蒙……到了晚年卻彷彿動了神明的保佑不安的更深的什麼，反而都變成崇拜三寶公鄭和神的狂熱者。

怎麼可能……怪老闆老想到那多年來吃全麒麟宴的幾個老故人都變成怪人，呼風喚雨縱橫天下但是卻因為太過曲折的種種原因離奇地變成種種更瘋狂入迷……其實一生找尋鄭和的失蹤古文物老是充斥挫敗而始終多年來心中餘緒太過強烈的馬三寶對怪老闆說……不只你們，還有更多的流傳像是所有古廟旁必然長年祕方名菜養成的供養神明保佑的老時代種種知名羹湯料理古城最老店家的道地……

彷彿荒腔走板地謠傳起全麒麟宴或許是鄭和留下來唯一還道地的六百年前文明遺產，繪聲繪影地提及種種盛宴的打理細節從菜色食譜到烹調手法上菜行頭器物裝置裝潢考究到幾乎是某種明代稀世大內御廚手藝的料理真傳……

甚至還流傳全麒麟宴盛宴席是為了悼念三寶公而起的盛事……最早的傳說是從當年鄭和故鄉的南京延伸到下西洋寶船到過的老城蘇州杭州福州泉州廈門寧波廣州都有……據說最可怕的總壇般的最古老店……還發生過很多怪事，甚至傳說數百年來都是出亂子的鬼地方，從明初的祆教到東西廠暗樁江湖分舵，到明末清初諸多幫派反清復明或是更晚的白蓮教祕密成立了一個像祕密宗教班團體的麒麟會，或是像中世紀教會派系鬥爭的光明會異教徒式的祕密組織的可能……最晚近的近乎完美的瘋狂傳說，就是之前到更南方的廣東深山中最著名全麒麟宴的三寶老店，甚至就是出現SARS病毒感染併發的地方……一如謠傳當年鄭和及其後來啟動的大航海時代所傳染到全球的梅毒病毒……都是更激烈而更神祕的對西洋一如終端天譴般的「黃禍」。一如過了更久以後，就是由野心勃勃像是傳教般的他們把怪異的全麒麟宴帶到西洋甚至最後全球都有……

全麒麟宴的名震海外……知名到四海只要有中國人的鬼地方都有這鬼料理，種種驚人的傳說提及吃過的西洋人一如中國人就像神明上身甚至就是鄭和上身……通體被開光般也不知道自己到底發生了什麼地充滿神通。

附錄

寶船老件考：一個二流鄭和學家的研究筆記補遺。

鄭和學：鄭和是如何變成一種學？

一個二流鄭和學家的研究筆記補遺。一。

鄭和學到底想要找尋什麼？一段太過激烈的古老記憶、一個心眼太深的敵意充斥的祕密、一種解脫不了的神經兮兮的神學的神，一如在一個老中藥鋪調出的飽含冬蟲夏草祕方的恐懼藥水和歡樂藥水……涉入只要喝下就會看到整個房間開始下雨下雪還可以回到六百年前在寶船太師椅上但是隨時還是可以遁逃的法力，甚至隨時可能可以從任何牆體穿過可以全身摺皺變形地飛天逃離飛回紫禁城。

鄭和學老像是用永生詛咒的高僧或老道士被殺時還可以施法力無邊的魔咒，搗亂了現場為了隱瞞生前要找的真正一種罕見的禁忌品死蒼蠅的下咒那般地祭出某一種異臭味酸蘋果砒霜隱藏屍體氣味而施了變形咒。像是為了找出同謀押入大牢永不見天日的悲憤化為烏有殘存怨念祕密流出的那枚老咒在蠟燭上刻上密碼在祕教經典咒文為了撐下去回想自己是怎麼死。

對我這種二流的鄭和學家，找尋罹難的鄭和湮滅太久的老故事，似乎是必然會出事地心事重重過度愚蠢。鄭和學老不免像是有太精彩的太多世的夢遊多年練就某種特殊能力的另一個盲眼墨鏡老人自稱是種族的恥辱卻享受闇黑的影子刺客擅長進入夢中把人的夢變成夢魘。像是鄭和神的降世神通……不用藥水就不會想起如何做法的後來只好先想一個和自己有關咒文的字放空腦子只想那個字來隱藏起來。鄭和變成鄭和學的永生是一種懲罰，只是存在鄭和的不死身上……一如瘟疫樹被下瘟疫咒的寶船海員屍體們連接起來進入那古中國夢的念咒中。一如在某一株錯亂繁複藤蔓糾纏蔓生的一口井底的咒誦停止但是鄭和遭遇的妖怪邪神蜘蛛獸祂們不是被消滅而是被關起來隨時可能復活。一如害怕的鄭和擔心過度人間會淪亡因為他可以看到未來像以前他老以為會一樣重複被挽救但最後卻竟然只會完全消失殆盡地死滅。

二流鄭和學者的我既不是仰賴鄭和文獻勾勒出某一個無法理解無法窮盡的史上最繁複研究分類目錄（一如《永樂大典》自詡那種栩栩如生史觀的壯觀……），當然也不是仰賴再弄出另一套鄭和學典律的更深層次分明的怪學派理念（翻案成漢學家式的考古勘探般地史料歧出的跨知識論氣血逆轉變幻多端的歧見多頭史觀派）而更卻刻意逆轉地打造另一種不同的鄭和神話炫目如火雲邪神式的庸俗方法論……其主幹在歷史推演分析更繁瑣逼真充滿細節的討論。一如科幻片古怪地將老時代的胡人番人的入侵邊塞大動的干戈切換成未來外星對手的反派聯手祕密原因，為了正邪對抗像摩訶婆羅多伊里亞德封神演義末日軍團聯盟的炫耀對抗，威脅更深地潛伏像是攻略戰局慢動作拉長時間箭簇射出的劃破霧煞煞彎曲光線投影在霧面如鏡面的種種超能力充滿細節的炫光殘影……

然而，更深更多的老派西洋學者對鄭和學的涉入卻有可觀差異。當論及鄭和學時其實涉入更多不同火藥味更重的領域……一如更涉入印度與南洋與非洲與東地中海沿海國度混亂的局面，一如老派海軍史海盜史過度神經兮兮涉入的舊殖民傳統……種種鄭和學像一整套複雜殘暴教派哲學怪異現象般地被長年誤解。

一如下西洋中的殘留皺縮種種寶船永劫回歸的恐懼……鄭和學像是拍過太多續集的英雄事蹟電影系列，費盡心機地想像大膽發明新的心機新的陰謀來升級，引用舊角色再度引入新角色……分心要讓舊英雄面對內心更多黑暗面千辛萬苦地探索極限，一如古老的神話故事遠古神祕不明生物老認為感情非常危險，老時代守護者必須抽離感情地想要改變自己才能改變宇宙……但是最後卻必然失敗而告終。

多年來怪異鬼扯般研究顯示……西洋逼宮中國的鄭和學研究不免充滿理解也充滿誤解。鄭和學的內在歷史有其土生土長的雜學雜種般一組組繁複帝國主義侵略歷史的預言……暗示充斥著痕跡般的引發啟動大航海時代的更多細節及其種種困難重重……然而鄭和學涉入的種種雜種觀念老如此天真到彷彿更不會存在過，怪異的雜種觀念史中所特別強調鄭和學的種種複雜度及其混亂……影響二流鄭和學家的我的分析只剩下空洞的彷彿置身危險的某一種廣泛而非正統歷史學所偽裝人類學觀點的一如引申亦正亦邪生食熟食土人藥草即毒藥自相矛盾般地混合介入必然引發更深更古怪的涉入……雜種交配般地從引用某種文類到另一種文類、從某種歷史時期到另一種歷史時期而來大膽危言聳聽推測也必然充滿了想當然荒唐的野心勃勃。

彷彿惡棍特工和民族英雄和叛教者和叛國賊自相矛盾的錯亂史詩級混亂不堪的主題或主體上身……鄭和卻必然仍是相對於西洋文明中的胸口最炫目珠花般地引人注目。而鄭和學即是在東方神起式地返回西方極樂的種種更神經兮兮的模式……即使過去研究傳統模式受到嚴厲制裁般的字彙意象符號種種宛若經文教義引用甚至是涉入近六百年殖民學派學說內在反動或死忠的支撐。相反地儘管新派的更怪誕更冒險的研究應該已刺激老派鄭和學態度理解的大幅擴張，也體認到對鄭和學更擴大加深……不是被動地反映某一種以古喻今的研究領域，也不是一大套廣泛的關於鄭和故事全集源自於某個邪惡的帝國入侵的老派情節重新啟動……鄭和學不可能只是一種放火焚燒紙錢般的地緣政治意識的分佈與流入到冥界般的種種美學的經濟學的社會學的歷史學的哲學的其中某一種更致命的基本地理學區分：世界被分成不均等的二半般東方西方東洋西洋……老派研究再度借屍還魂式地召喚詭異現身發生。

鄭和學或許可能激進地藉由更新更怪的前衛學術再發現、跨領域比較文學及其語源學重建、病態又變態的怪心理學分析、左派右派激進恐怖主義西洋地景社會學演化……種種的離奇逼身的一系列建構。或許更像是陰謀般一如更激烈末世論者想要去控制去操縱統合那一個明顯不同或更另類新奇的末日的成套佚名理論……二流鄭和學者不願意依舊相信既有的鄭和大全集之決定性影響力，而期待更多革命性的……佚名的研究者、佚名的研究書、佚名的鄭和子裔系譜……也就是那一大套失控蔓延一如鄭和神話重新構成了更像歧出鄭和學的某種怪異形貌。甚至那一大套鄭和寶船老故事集更也因此嘩變蔓延擴散地揮發成更多氣味傳染病毒般的新版本……更多佚名的鄭和學家可能翻案關於六百年前的帝國主義雛形與大航海時代前帝國之間的複雜情緒失控關係探討……佚名研究則亦可深入地打造更前衛激進學術如何涉入更詭譎地著手去探索完全不同於著名老派鄭和學的佚名當代另類研究，再去探詢如何能獲致一種非壓制性非操縱性的佚名觀點……或是動用一種近代過度混亂角度再度研究鄭和所涉入更多更深更繁複異端理論的佚名感。或許鄭和學本身就只是一種佚名戲劇的近乎自欺欺人概念……甚至就是把整個西洋投影中國的種種幻想再折射成更曲折離奇地逆身投影一回的另一種杜撰出新派疏離劇場式的怪舞台。鄭和學最初只被緊張兮兮地當作一個嚴肅研究的舊時代學術領域，但是在新時代平行輸入密碼式的窺探之中，卻可能也充斥某種意義分歧的更新軟體開發出來的荒謬亂碼而不時化身出現某一種狂歡紛亂節慶的不再封閉場景，不時蛻變成另一種不再附屬於西洋也不再附屬於中國的縱深無限深入的歧異又嶄新的怪舞台。

一如鄭和下西洋之旅更後來不免就變形成某種必然壯烈犧牲的壯觀愚行到甚至只是作為一種想像中的一如銀河系遠端外太空之旅或百慕達三角洲之旅或宇宙大爆炸黑洞之旅……種種假設性的擴充人類文明進步的蔓延般的最誇張形式。

飽學但是恐懼被感染的鄭和學家們過去不免就只是一貫地秉持老學究態度，引用歷代出土的古傳鄭和殘卷……或許只是一種太過陳腔濫調的愚行地在博物館密室中瀏覽珍藏殘卷，以古代輪廓修復還原學者身分去纂修編排這些殘卷，想使其中隱約推斷出涉入極限運動般的極限文明知識得以彙整問世。然而密室研究的不良影響結果就是「鄭和學」學者之間不免僅僅陷入彼此互相引用同行的越來越密室化的乾燥極度研究。雖然不免也有研究鄭和學家引用前人論文理論觀點觀照的種種螳臂擋車的過度大膽挑戰其實也不免賦予前人研究者更大的學術權威，然而或許鄭和學的滋長主要只是建立在後代研究者不斷襲用前輩學者的著作到一旦有更新更大膽離開密室的文獻出現，一如有人真的在數百年後依鄭和路線再下西洋的歷險考古遺址考掘學有像死海古卷出土對聖經研究的致命威脅的種種更險也更冒犯的大膽試探……大多尋常老派鄭和學家也不敢貿然引用，而只能仍然研究前輩的著作中去找尋前人較為保守理論加以研判，或許老派鄭和研究在某些明代古學者之後就只是不斷重寫古學者們的古代著作……

因此在這鄭和學的知識體系的窠臼死角……鄭和下西洋已不是一個個冒險攻堅探索未知的歷史性真實試探，而往往徒然只淪落為互相掩護的種種陳腔濫調……關於鄭和的或關於西洋的一個題旨、一堆特徵、一篇某學者有關鄭和著作的引文、一些古人更古老對鄭和的想像……指涉其對鄭和的直接觀察或是環繞鄭和的研究都不免只成為對假想鄭和重複循環而不自覺的虛構。

老派鄭和學家對於西洋的端詳……一如一位老派戲劇家把他們對西洋特殊理解或誤解的歷史背景有技巧地寫入劇本來迎合老派觀眾的反應。然而新派鄭和學家所搭起來異國舞台的佈景卻企圖引入無限繁複華麗地充滿層層疊疊的消點景深層次，甚至他們手中有一大套鄭和涉入古代西洋的諸多揣測的異國風情萬種感覺神經病變般的劇目，只要有其中某一孤本就必然會帶鄭和進入奇詭豐饒的更新幻想國度，一如……埃及的人面獅身像、希臘特洛伊城、中東的古港古城，還有精靈、妖怪、惡魔、神祇、先知及更多更多的稀奇形象變形。或許這種種鄭和舞台的荒謬絕倫劇目只是一半想像一半現實的拼裝成的虛構情節曲折離奇失蹤的英雄必然遭遇困難重重的恐怖、慾望、威脅、試探……西洋尤其對鄭和學想像從這種劇場舞台化的試探開始更深入研究地延伸滋生。從中世紀到十八世紀之間主要劇作家……都曾經引用鄭和下西洋式的種種非常時期蔓延擴散的東方危險華麗冒險插曲的想像作為其劇作的引用。而他們的劇作又翻轉復古懷舊風情萬種般地異化也強化了西洋對鄭和的歪歪斜斜想像種種……鄭和學中的鄭和是一種畢生懸念般的理念……儘管這個鄭和可能是與現實中的真正鄭和巧合地相合或不相合。一如薩依德祭旗反妖魔化的東方主義般小心翼翼那「鄭和」不免會化身為最顯著標幟的神明……被打造的鄭和史不能脫離其西洋被加以理解其血戰般地更新像《魔誡》、《冰與火之歌》式的王朝衰敗神族鬼族魔咒般的納入。

最後的焦慮仍不免感到種種困擾：一如鄭和的繁複與學術研究的繁殖致使鄭和學家「你越專注就越抓不到鄭和整體」。充其量鄭和學只是構成下西洋奇觀的古代劇場般的幻想形式，但是現代的西洋人甚至中國人已然完全錯過而不可能再度參與。一如在某個老舊學術研究摺皺混亂理論般的永遠弔詭諷刺意味濃厚的自嘲……這就是所有鄭和學家們個人和集體無法逃離必然的困境，即使他們用各種研究的學術思想解放理論去克服逼近的更廣泛的弔詭難關的始終被質疑的問題重重……

一如某一種流浪鄭和學家竟然依循六百年前鄭和下西洋路線重新冒險再度前往找尋南洋印度東非種種

鄭和遺址之旅過程中一再感受到的挑戰。沒有過去研究不免「迷失在舊有考古學泥淖」的主流考古作風的困擾……因為所有異國情調奇風異俗引發的人類學式最繁複矛盾的文明在其流浪鄭和學家歷險記中翻案成更新的一手研究。發現可能的鄭和學完全意外栩栩如生的想像而更進一步地再身臨其境的真實。然而較之大多數的研究試探所有太冒險近乎冒犯學說的一如達爾文的研究學家所深知舊有模式啟動不了前衛知識系統的內在矛盾……被保守舊鄭和學家嘲諷為神經兮兮過動兒般好笑人物的這位流浪鄭和學家所提出的全新怪異發現……卻竟然也顯然變成鄭和研究領域的滑稽代表，因為他的治學態度是不再完全沿用習見觀念而不被認同甚至視為學術研究的異端。因此，後代鄭和學可以說有兩種矛盾相互為難的理解鄭和的研究方式：一種是以異端的才氣與風格的流浪考證般地去冒險組構怪異全新的鄭和及其下西洋的視野所揭櫫的文明想像格局的可能國度，另一種才是按照非人性的舊有學院規矩程序不斷抄襲自我繁殖。然而在任何一種情況下，現代的鄭和學家們都必須承認：「鄭和」已然是個異人也是個異地……鄭和下古代西洋的與現代西洋的（中國人和西洋人雷同的重重困擾）的文明領悟體驗生死疲勞已然不完全差異隔絕。

一如鄭和學出土殘卷中找尋過的一段近乎瘋狂的筆記的匪夷所思：「放在南印度岬口或麻六甲海峽擱淺冗長海灘太久的充斥黑暗祕密房間的那寶船體最後還是被燒掉。追蹤過去的那密室裡太過恍神到身影殘存到只像蘑菇、像水母、像舌頭……鄭和的那艘古代寶船彷彿變成了一部有關記憶的人類最根本又最難以捉摸之能力的幻術……一如傳說中養成被那公認展露無遺的古代神祕記憶術的鄭和……「竟然可以在一次寶船大廳突然被海盜劫持攻擊坍塌後罹難的水兵無從認屍而只是他按記憶說出數百名死亡水兵所有鉅細靡遺的水兵作戰任務與名字的排序……完全沒有誤差」始終充滿爭議不斷無從判斷其史料真偽……

鄭和神話：鄭和是如何變成一種神？

一個二流鄭和學家的研究筆記補遺。二。

鄭和神話絕不只是一種想像老時代的虯髯俠客、欽差大人、民族英雄後來被悼念入廟像孔廟地祭拜冊封……其不世的神通更應該霞光閃閃發亮地滿天飛舞充斥珠花繁複八仙彩護身的天兵天將環繞著的神佛金身般地華麗炫目。

鄭和神話太過複雜地充斥著兩難局面的困難重重……太正派又面臨太反派的困境的像目連救母或薛西佛斯般地犧牲小我完成大我的妄想……最後只能淪為悲劇重演的像是終究會被大水沖垮龍王廟的龍王，兩難之間無常的神諭。……亦正亦邪老像是古代守護海中的海怪找尋更深更邪門的惡但是卻仍然會崩潰失手……想把永恆的正義全部毀滅夷平殺光但仍然會猶豫卻步。

鄭和神話中必然歷經滄桑的鄭和涉入人間的更深層次不明內在性格的黑暗戰鬥，有智慧但是仍然充斥著黑暗糾結的命運等待，無法放棄彼此依舊尖叫的笑聲和哭聲地充滿某種瑕疵。那種瑕疵可能會害那鬼地方出事……甚至那個出事的鬼地方對鄭和神話必然是一種怪異的歡樂卻也是一種怪異的懲罰……

鄭和神話。一如長滿花的盆栽全部爆裂而沉入樓層變成蔓藤而想起六百年前的死亡……溶解血液裡有法力致使寶船死角艙底的巢穴有紅土壤種滿綠色植栽的老家族老法術非常危險，而每個人都為了不對的事享受天堂一下下使得法事中卻仍然非常可怕地開心……所有怪事都有更好的解釋那種未來可能脫離險境的匆匆收場藉口。

鄭和神話……一如怨恨元凶的悲傷中鄭和神看到太多干戈中的歷史對決兩端祖國的必然式微導致的滅

亡。緩慢或疾速、悲傷或戲謔、善意或惡意、同情或殘忍地……被迫銷毀的不自願而卻都仍然聽命於更巨大殘殺雙方暴君的命令，他們都像苦行酷刑折磨最後還是忍痛放棄閹割，之後卻仍然無法學會傷心在動手的那一刻必須讓人感覺到自己內在的心靈和衝突。也要學會向神懺悔改過。鄭和神話滲透的是戰端陷入必然的內心深處某一個殘暴的矛盾的種種狀態的反派，自我已經被矯正治療殘留反派的感覺不確定地持續改變心意地充斥著困難。鄭和神話是鄭和被引誘被發現被害慘導致被啟蒙來重新設定其過去的人生觀天下觀，啟蒙這個天下還需要什麼恐懼，神性離真實太近地感覺自己的內在矛盾會更黑暗而且更恐怖，戰鬥突然發生的但是那老時代更恐怖地反映熱烈內心的渴望。鄭和神話一如既往地神學的無奈與遺憾的最後必然淪為惡鬥，極端的邪神把深入的感情還給人的生命無常中還體驗那種荒謬的指控人的感覺太過悲觀：充斥著什麼是罪惡感和羞恥感懷疑的鄭和神話偏離了古老正統經典但必然因而意外可以發現或發明尚有更多文獻資料必然被遺漏……「鄭和僅僅是在那裡，但卻也發現好像不僅僅在那裡」那種意外。鄭和神話出現那麼多懷疑的辯護或質問般的研究洞見……彷彿嘲諷意味深遠影響地對老時代帝王將相古老史料中寫就偉人們的歷史，古老的謠言傳說般的他們所能得知的便是他們已經製造出的欺騙感情般地作為偽歷史的痕跡，但是也永遠被無限質疑指責的……彷彿鄭和神話甚至可以收納引用西洋的種種「神」的太過爭議性觀念。甚至討論廣義的鄭和學的引用神話與神學方法論必然混亂的種種問題。

「鄭和神話」的歷史與地理更是一個活生生血淋淋的真實及其現實。鄭和神話派的鄭和學家始終相信鄭和神話必然是被發明出來的……鄭和學所涉入西洋多變複雜學術絕不是一個孤立的例子，影射六百年來東西方對決及其消長所能啟動深層次分明的研究，或許真相被揭發遠比謊言的集成還要更複雜難纏的鄭和學不只是中國人和西洋人空幻虛浮的鄭和幻想，而更是好幾代好幾百年以來的研究持續不斷的試探造就發明另一套關於鄭和如何變成一種神的怪理論。一如鄭和神話是從老中國不斷增殖繁衍成另一種六百年來西洋奇幻感的不世奇觀。

鄭和公主：漢麗寶是如何變成一種謎？

一個二流鄭和學家的研究筆記補遺。三。

漢麗寶公主，平行於鄭和七下西洋的種種史上最大艦隊司令屢屢喋血悲歡遭遇的曲折離奇，美絕傳說的她，或許就只像一朵美麗誇張嬌豔欲滴的假胸花，慶典滿天炫目也炫人的虛榮一度的夜半璀璨開到荼蘼的煙花，甚至更切題地只不過是一部歌舞劇的誇張歷史悲劇的花瓶女名伶……

或許未曾一如封神演義中的妲己或希臘神話中的海倫那種禍水的甚至傾國傾城……然而陷入六百年前海國消長權勢的無限變幻中……相對於最狡猾也最凶險的異國侵略和反侵略的斡旋折衝種種抵抗亡命霸權分割合縱連橫的小心翼翼……

即使太多以訛傳訛的謠傳中，漢麗寶公主或稱韓麗寶公主杭麗寶公主皇麗寶公主都是根據馬來語音譯的某位傳說中嫁到東南亞馬來王國的中國公主，所不免是歷史悠久怪異的樣板戲般最著名女主角而現身的誇張，一如後世引用典故所現身改編成華麗漢麗寶公主歌舞劇炫耀登場的更為誇張……

不確定幾十年甚至兩三百年的故事是從一本充滿鄉野小說《馬來紀年》據說是最早記錄麻六甲王朝的一本書後來變成了歷史課中國和滿剌加的親善邦交的某章：「中國的王很景仰麻六甲的王而希望麻六甲的王可以來中國探訪，中國的王要將女兒漢麗寶嫁給他。但麻六甲的使者說麻六甲的王不能隨便離開麻六甲，因為他們的四周圍都是仇敵。如果中國的王要嫁公主，就把公主交給麻六甲使者帶回去。於是中國的王吩咐準備百艘船，挑選五百名極美麗官家小姐為公主侍婢，由中國官員統領這支送嫁大隊。當他們抵達麻六甲時滿速沙蘇丹準備了一千樣儀仗來迎接護送到王宮，漢麗寶公主乘坐豪華寶船來到麻六甲，她帶來了太多隨從宮女們膚色皎潔如玉，打扮漂亮到麻六甲民眾傾城觀看這史無前例的場面到連懷孕的婦女也跟著人群擁擠到別人勸說她回家去免得肚子裡的孩子出事但是母親卻說：『輝煌的日子不常有而孩子是年年都可有。』終於看到英俊的蘇丹滿速沙迎娶美麗公主覺得沾喜氣和福氣還更高興地說：『生兒當如蘇丹賢，生女當如漢麗寶。』蘇丹高度讚嘆漢麗寶公主的美麗隨即令漢麗寶公主皈依伊斯蘭然後娶她，王便指定一座山給他們得名為中國山，中國人在那山下造了一口三寶井。」根據《馬來紀年》這井是中國人挖的還也傳說喝三寶井的水可治百病，而且還據說喝了三寶井的水就一定會再回來麻六甲。

然而蘇丹曼速沙統治的時期也是馬來王國最強盛的時期，漢麗寶公主給他生了兩個兒子也皈依了伊斯蘭教但是不料野心家沙穆爾既垂涎公主的美貌也垂涎曼速沙權杖而突然襲擊了王宮，漢麗寶為了保護蘇丹曼速沙以身擋劍而光榮犧牲死於宮廷政變……如今很多馬來西亞華人都仍然以訛傳訛地自稱漢麗寶後代。

然而以訛傳訛的更著名平行歪斜歷史時差是……竟然《馬來紀年》沒有鄭和進麻六甲王朝的史料，中國史料說鄭和保護了麻六甲免受暹羅的威脅但也竟然沒有漢麗寶公主嫁給麻六甲的文獻。官方史料《明實錄》諸多詳盡紀錄完全沒有漢麗寶公主……《馬來紀年》所述的船隊據說是數百艘船遮天蔽日的壯觀古代航海史上蔚為奇觀。儘管是公主但百艘船的送嫁船隊也很誇張奇怪，除了這本《馬來紀年》怎麼可能沒別的史料出現過這樣奇觀古代場景。

更如今的考古遺址出現太多可能疑問：六百年前人煙不多，離麻六甲河口更遠之外的三寶山恐怕更是荒山叢林。然而典籍考量還有疑點是中國典籍和《馬來紀年》顯然誤差時間：鄭和一四〇五至一四三三年間七次大規模航海而漢麗寶公主是在一四五九年嫁到麻六甲那時鄭和已然去世二十四年不可能送她出嫁？而且鄭和去世後不久明朝嚴厲閉關因此漢麗寶公主如何能在皇室主持華麗鋪張地遠嫁重洋是不能解釋的謎。

馬來王國守著那著名扼狹窄天險的海峽麻六甲海峽而鄭和率領他的龐大船隊下西洋使馬來人第一次見識到從天朝來的龐大寶船隊。在馬來傳說的中國船隊艙裡到處插滿了金針的「船長」給漢麗寶公主嫁的好強老想角力的蘇丹王帶來中國天子御筆信中提及：「每一根金針代表我的一個臣民要是你能數得清有多少根你就會知道我的權有多大。」這使得蘇丹對中國的龐大和富庶產生無限想像而對中國天子非常崇拜。但是蘇丹王也不示弱地在鄭和的船上裝滿了米讓他帶給中國皇帝並在信中說「要是你能數得清船上的穀米就能準確地猜出我有多少臣民也就會知道我有多大的權。」

漢麗寶公主，一如這以訛傳訛的鄭和學……怪誕史蹟謠傳的可笑差錯現身……提醒了鄭和學那時代感異國如此以訛傳訛六百年來仍然充斥著勉勉強強自詡的可笑角力……

鄭和病毒：鄭和如何發現了美洲？

一個二流鄭和學家的研究筆記補遺。四。

那近乎是一個充斥無限爭議的謎……像是所有的傷害災難的起源傳說的陰影蔽天般的前奏隱喻，病毒被變形被感染被擴散地疑雲重重……然而其流亡離散瘋魔地濃稠降臨前仍然充斥著太多太多謠言般的預言……米倫基恩人的病毒基因可能來自鄭和這個老祖宗的故鄉的古中國雲南，由於有個龐大的古代中國寶船艦隊沉沒於美洲北卡羅來納的南港至維吉尼亞的北部一帶。對米倫基恩人進行研究住在阿帕拉契山脈的那傳說中的一個鄭和學家J研究他們的原因是認為自己有米倫基恩人的血統，而怪異被詛咒般地為何米倫基恩人中馬查多約瑟夫氏症患病率極端奇高。那一個瘋狂鄭和學家J的妄想太過複雜……或許一開始還相信那史上最著名病毒是由葡萄牙人從亞速群島傳染，然而噩夢般的回溯滅絕時光搖曳模糊卻更進一步的研究顯示馬查多約瑟夫氏症疾病史的史前史竟然發源於鄭和故鄉中國的雲南……其後傳到亞速群島以後又被傳到北卡羅來納州。粼粼發光邪說般入世無限寬廣華麗登場的怪胎J因此發現種種確鑿的證據推論其證明可能是六百年前的鄭和寶船隊將這著名病毒帶到北美洲，甚至更因為那病毒感染地域不遠處也曾發現第一批到達該地區的歐洲人找到了出土的文物中（某種探險電影的曠野寂靜但是內心深處內心戲考古遺址的夢幻預言般地……）竟然充斥著明代的碎片如珠花碎鑽解謎烙上胸口古代刺青般感人肺腑的滿佈出土光景中的……神祕北京狗骨骸和古中國青花瓷。

那近乎是另一個充斥無限爭議的謎……鄭和發現了美洲？

充斥火藥味的無限爭端……在最著名的謎的風暴核心謎題是彷彿某種持續蔓延擴散的猙獰煞氣的引用邪說演義成《１４２１年──中國發現世界》厚達數百頁數百年的這本太過涉入鄭和學天險混亂激進異教神典的神經兮兮怪書中……始終宣稱葡萄牙和西班牙人是依循鄭和古航海圖而發現美洲。但是更多鄭和學家對質指控一個充斥瘋狂野史學家妄想的孟席斯……偽造想入非非的寶船歷史充斥錯誤。其過火地意欲宣揚早在葡萄牙之前鄭和已經航行到非洲和歐洲並早於哥倫布八十年發現麥哲倫海峽抵達美洲。孟席斯這位前英國海軍軍官的古怪鄭和學的歷史發現……雖然震驚西洋也令中國史學家譁然，但不過更多引發爭議的問題是證據既不充分又乏力地遭遇謬論般地漠視摒棄。更多鄭和學家認為那一張鄭和率領數百艘船隻的古航海圖顯示全球的狀態太過複雜致使寶船不可能在其描寫的航線及氣候條件下航行至美洲，也對於「經度」這是幾世紀後才發現的地圖計算法論述過度化約……太多爭端發端震動未獲回應地餘震不休。然而他還是充滿自詡地認為他的主要研究缺陷其實是對鄭和過度超越六百年前宏觀歷史視野的冒險仍然太過緊張兮兮。鄭和可能探索人類文明更驚人的歷史規模必然要比《１４２１》描寫的要更為可怕地龐大。

然而最驚惶誤入歧途荒蕪的光景閃現入史上最難擁抱的神主牌虔誠朝拜的陰影逆襲般地萌生殺機般地出事：《１４２１》的太過激進鄭和學史觀太受擁護同時也太過樹敵地可怕……東方學院主席科索羅認為孟席斯《１４２１》還會在全世界大賣，但是其讚揚的中國也不一定相信他的那一套鬼學說……《１４２１》那怪書一如鄭和的那怪寶船遭遇史上最大風暴的西洋迷津，有太多鬼學說般的理解和誤解……太多歷史及其史觀的崛起或滅亡皆僅是漫天紛飛的數萬如細雨葉片般的推測，由於更多狐疑中一如「一個瘋狂鄭和學家的妄想」創造了另一個超越我們所理解的歷史……被封閉在過去大航海時代起源的神話般的巨大領域真空當中可能還存在著其他的解釋。糾纏不休帝國侵略反差的淑世或滅世史觀強光暈眩症狀終究深入危機四伏的一如狂想落陷的憂心忡忡異教祭司孟席斯……一生此後充斥著太多太多理解差錯拼花般拼湊不出原貌的焦慮症候，仍然無法想像其疲倦不堪多年在多回鄭和學研討會曾經接受他的怪異學說存在某部分事實推論的可能錯誤解讀……依舊死命專注於捕捉輪廓最細微的感覺在這本怪書中用來描述下西洋的文明遭遇中的鄭和「寶船極限大航海冒險」背後牽涉的遺憾。

一如孟席斯研究劉鋼的一七六三年古地圖即一四一八年古地圖的摹本的問題重重推理近乎魔幻入迷的種種線索……怎麼可能那麼繁複詭譎充滿細節深深暗示著更古老更深邃的神祕的什麼？在《1421》提出：「在鄭和寶船艦隊於一四二一到一四三二年下西洋的繪製出的古地圖。更多的證據是源自那一張著名的一七六三年古地圖推論大膽推測可能是由鄭和繪製的一四一八古地圖的摹本，而一四一八古地圖比哥倫布向美洲航行還早七十四年，地圖繪出交疊的兩個半球在右半球可以清楚看見南北美洲。其論據是多方面的地圖上的內容也出現於一四二〇年代至一四三〇年代的其他古中國地圖。」一如疲勞轟炸般地疲勞流離失所地迷津飄忽感……「因此有眾多的古地圖文獻顯示鄭和六百年前就已經完成過環球航行。論據也依據有幾張歐洲出版的古地圖在歐洲航海家開始探險以前就繪出了全球古地圖……卡布拉爾、迪亞斯、達伽馬繞過好望角前就有那一張一四一九年古地圖繪出從格陵蘭到澳大利亞的全球全貌。」一如在忍不住猜測可能疑雲密佈的另一個雷同的證據是由另一個著名的李兆良博士也充斥著瘋狂鄭和學家式的浪漫妄想：「……在北卡羅來納州找尋到一塊稀有斑駁老銅牌上刻著宣德皇帝的委任狀任命在北美的特使。這個老銅牌的發現地點在羅安諾與周安省交匯處上游羅安諾克河的源頭……大明宣德的老銅印章在加州出土能證明中國人存在於這一老地帶更逼真的證據，還有另一個古青花瓷御用花瓶被發現地點離老銅牌發現處不遠，古瓷瓶底標示其製作於明朝宣德年間的一四三二年。」

號稱充斥著「最瘋狂鄭和學家近乎鄭和的西洋後代」妄想血統的孟席斯……宣稱其一生審視鄭和太多太多出土文物古建築文獻歷史老古民族學動植物學基因研究的最老到最新的流離失所歧路亡羊般種種線索……還堅稱其不僅致力在近千年最古老博物館地窖封印古圖書館密室深入尋找證據還引用最終端先進網路衛星圖像聲納雷達碳定年和基因研究神乎其技的鬼技術近乎魔術的祕密文件考古冒險。一如孟席斯考察尋找鄭和寶船及其後代已然定居北美的基因證據，還公佈了阿帕拉契地區印第安人的血統基因化驗結果證據顯示鄭和艦隊到訪過北美洲的東海岸：「在阿帕拉契山脈定居的第二個證據涉及到一四一八地圖繪出了北美洲的東海岸。在地圖的右側有一條河的另一個證據是首批到達羅安諾克河的歐洲人馬莫杜克帕金森海軍上尉領導維吉尼亞公司到達羅安諾克河以南的亨瑞科……文獻記載他們遇見一位印第安老酋長有個古代中國華麗雕刻麒麟的老漆器盒。他說這個老漆器盒是住在西邊一百五十英里處深山中的某位中國老貴族王室送給他的，如果他們去拜訪就可以為其指明如何航海前往母國中國的海路……因此文獻記載推測著勘探該地區的第一批歐洲人發現那裡已經有一個中國古代殖民地……另一個更深更遠的妄念充斥的怪異證據是羅安諾克河與周安省交匯處的大沼澤的研究發現在過去的二百五十年中的當地人們曾三回記載發現過雷同的某一艘巨大的古代中國寶船。在第一回的喬治華盛頓公司開運河來排乾沼澤後他們驚奇地發現古寶船浮現，第二回是當美國工兵部隊決定購買喬治華盛頓公司以開鑿運河連接契薩比克灣和阿比馬勒桑德時他們見到了古寶船，還在拓寬運河時他們碰到了古中國寶船體於是將其切割開以清理遇河水道。第三回是一九四三年一架戰鬥轟炸機從諾福克海軍基地起飛，但是引擎故障墜落在沼澤。搜救人員在尋找飛機殘骸和倖存者時又再一次發現這艘巨大的古中國寶船……有一個證據是多年來河床疏濬始終發現了許多青花瓷色的藍白的陶瓷碎片在諾托維河上游，河口靠近雅瑞特還就在橋頭的當地歷史曾經提到某種奇怪的黃種人混種散居在印第安人中。這些古人還住在斜屋頂雕刻龍頭起翹兩端的怪木屋還過著講究的不同文明的人生，其怪木屋的斜屋頂就像北美洲發現的古老岩畫貌似是一艘可能是明代寶船……」

一如更多帝國流言蜚語地混亂暴風沙般咆哮的怪現象的流傳、一如隱身異國荒島暗黑的變幻莫測陰影……甚至更多山寨版的考古論據也列出的如山鐵證確鑿的證據有：古代的中國玉和中國陶瓷和中國動植物以及在世界各地發現的中國破船骸等都可能源自明代古寶船隊的遺憂橫陳未了的殘影依舊作祟……

最後一個相關研究的怪異聳動嗡嗡轟轟悶雷般的荒涼曠野祖墳般的令人極端費解的考古文獻記載：

「優奇人土著們被稱為喬治亞州的白種或黃種印第安人竟然信仰老中國的佛教。因此從這些證據可以推論鄭和艦隊人員確實深入內地而後代就定居於阿帕拉契山脈。除了老祖宗故鄉的雲南古老病毒……還有研究重點更在基因圖染色體公司對印第安人的基因分析報告顯示了北美印第安人的東亞和歐洲基因成分。報告結果明顯不同於人們原先以為的情況。他們的東亞基因混合成分達到統計學顯著乃至可觀的程度到其比重達到百分之二三十甚至四十。孟席斯要求基因圖染色體公司對住在阿帕拉契山脈的四個原住民土著民族進行基因檢驗，優奇人卡托巴人切諾基人和明霍人。切諾基人還會製作先進的陶器雷同古中國陶器。在卡托巴人和切諾基人的語言都用同一個詞來表達製作陶器的白色陶土甚至切諾基人有一種傳統老時代流傳下來的民族旗幟老圖騰和中國明代老旗幟竟然刺繡北斗七星和北極星，竟然完全雷同於鄭和古代寶船上的某種旗幟的圖騰般地無限飄揚……」

一如帝國流落海外的更多繪聲繪影的文明及其文明病症候群副作用……史詩背影的難以理解卻依舊橫行的更深入異國的死角幻象流竄的種種離奇感染失控的疾病症候群般地吞噬流離……一如傳染到遙遠國度美洲的古老傳說那麼栩栩如生的故鄉雲南發病的鄭和病毒。

鄭和傀儡戲：鄭和是如何找尋到未來？

一個二流鄭和學家的研究筆記補遺。五。

一如古代歷史學家們一開始研究一種歷史的洞口，一種老時代下西洋的洞口……充斥著不可能的一如神話缺口的六百年前的傳說中龍宮妖精怪物蝦兵蟹將的姚廣孝高僧法師道行所想暗示鄭和寶船的九死一生中……近乎不可能的找尋大航海時代還沒有降臨的史前史老太過敏感太過緊張太過複雜險惡隱隱約約分歧遺留下來的傀儡戲般荒誕不堪入目的……未來。

明代雜劇《內府本奉天命三保下西洋》將鄭和種種怪異的寶船歷險傳說演出成膾炙人口的名傀儡戲劇碼，傀儡戲搬演鄭和古代流傳著通俗演義中還百般細膩描繪種種寶船上的華麗樂舞雜劇太過著名……近乎傳奇。太過龐大的寶船隨行有太過眾多的傀儡身數百尊道士道童樂舞生群在海途中在篷席中外禮儀活動中有樂舞雜劇……近乎神劇般魔幻妖異地登場。

甚至在明代流傳甚廣的趙琦美脈望館抄校本《古今雜劇》提及古代宮廷雜劇《奉天命三保下西洋》明朝故事為內府本並附劇中人物的服裝扮相異常考究地栩栩如生……部分源於明代文人宦紳養家庭戲班演出戲曲劇本的繁榮甚至竟然出現種種更怪異的後代《鄭和下西洋》傀儡戲……種種傀儡戲偶登場以老時代將相公侯扮相生旦淨末丑角皆花臉粉墨演出……

種種繁複故事開頭充滿著華麗歌舞劇般的排場：舞台永遠發光發亮的炫目場景中演出眾多傀儡們賣力激烈地在寶船廠燒天地紙馬後破工鑄鐵錦時祭祖師獻豬羊奠茶酒燒天地甲馬開爐起工前殺豬宰羊千張甲馬如儀祭。在三叉河口寶船起行時皇帝傀儡也登場祭江在帥府船上設壇祭賽。寶船航行將進入大海時在海口設壇燒祭海文，大海汪洋永遠迷航般的遠航中傀儡姚廣孝高僧天師在寶船上寫飛符呼請天兵天將並備香燭紙馬祭水神。

有太多場景繁複的戰役過場……下西洋的種種艱辛歷程的困難重重：在剌撒國番王信神燒會紙馬。寶船將啟程和回程雷同陰影籠罩心頭的國師建水陸兩壇超渡行禮祭海神海妖。一路的懸念為護佑航行由彩畫匠把姚廣孝呼請眾神庇佑的法術圖籙符咒竟然畫在寶船頭上，航行到祖法兒國時鄭和在禮拜寺行香種種傳說……

武藝嫻熟傀儡戰爭廝殺的種種海員水兵們舞劍舞刀舞槍滾鞭……種種雜劇傀儡千般巧製伴俳優百套新編。番竿走索打空拳。鄭和以穿朝服現身寶船上傀儡身形高大魁梧威武在最傳說中的鄭和傀儡戲高潮收尾。

最著名的鄭和傀儡戲更為神祕莫測……就在一個鄭和廟前演出，一如老劇院的老舊廟埕斑斑駁駁的老樓梯旁，那是一種太隱隱約約的狀態，近乎沒有光，數百根半夜燃燒的勾魂般蠟燭點火使得暗也更迷離，傀儡戲的寶船上演員的怪動作和怪朝服太過緩慢……太過冗長的演出太過動人，反而像一種古老的傳說儀式，祭神般地充滿虔誠，只有火點亮了的甲板歪歪斜斜燭台很怪很厲害，使得緩慢拉麻繩的過程彷彿一種祕密宗教祭司的祭祀，甲板上頭有某段明代漢番鬥爭海上喋血隱喻種種困難重重的火光的投影，地面有隨機亂畫出的水漬草書漢字一如符咒下咒種種的有意無意的參差。隱喻下西洋歷史中間一定出了很多不刻意的什麼神祕莫測，但是那是一如戲名「鄭和下西洋」充斥最後關頭的必然也偶然的某種神聖狀態，在那暗黑中浮現地那麼迷亂而詩意盎然。好像是過去傀儡戲劇始終缺乏的某種不用力但是切入要害的問法，某種放得很從容但又很高明地動人，最後關頭的那一場戲，那一場太過奇怪的戲完全沒有劇情沒有對白沒有配樂，甚至更像請神作法的傀儡戲的端詳神祕面紗，那種午夜演出所有的傀儡戲必然都在黑暗中窸窸窣窣沒頭沒尾但是令內心深處太過複雜被庇佑而無限感動的狀態。

一如六百年前坐在寶船上的老傀儡戲團所有海員一起下西洋飛上天空月亮太陽雲彩甚至遇到妖怪大戰回朝的古代歷險種種不可能的夢想的傀儡戲的劇院表演幻術，打造會動的寶船傀儡戲，一如某種那個老時代還沒準備好面對的奇幻冒險戲劇表演太過怪異的嶄新的魔術，準備好演出一種海上的西洋恐怖妖怪，一隻巨大的荒島怪異蟠龍噴火，印度的或阿拉伯的武士進場一如骷髏狂亂地揮舞武器但是卻只像歌舞劇地動作整齊數百名騎士共同參與難度奇高的吐火翻身跳舞出場退場，這世界沒有留時間給這場傀儡戲的戰爭，一如唯一不捨得丟棄那個鄭和傀儡沒有領悟完美無瑕近乎瘋狂的結局只發生在傀儡戲裡，他那太過強烈恐慌廝殺下西洋的一生教他的只是……下西洋必然犧牲的恐怖使命感。

鄭和的老傀儡偶身看著他的義肢，彷彿慶祝那個演出寶船太過複雜的華麗冒險出場現身下西洋出海前的祀典前……始終焦慮不安地賣命找尋那群扮演其他海員水兵千戶穿著朝服下全身上下無限破爛的傀儡戲偶身……最著名的鄭和傀儡戲的老時代怪異傀儡偶身，彷彿是一個靈童一個妖精一個神祕莫測的怪物，一如變成另外一個活人的不可能，一如侏儒般的乩童乩身。曾經住在一個寶船破爛不堪祕密船艙底古代庫房祕藏的巨大歷史感古鄭和儀的機械齒輪裡太多祕密……一如不能說那下西洋的來歷涉及一個祕密，傀儡戲師傅最喜歡的祕密在寶船艙底的破爛不堪倉庫存在一個被丟棄的機器傀儡。火災過世的老師傅傳下來的這人間從來沒有人看過這麼精密複雜的機械裝置。這種老傀儡一定是元代傳下來古中國來的。不但可以動，有的會跳舞，唱歌。甚至還竟然會寫漢字。關鍵在齒輪的心臟般的打開朝服裡的機芯充滿著怪異機械構件支架的祕密龍形的鑰匙洞。老師傅很激動一如當年他去看那一個壞掉的永樂帝御賜的怪異銅製舊龍頭寶船。但是老師傅還是修不好那個破爛不堪的傀儡偶身。一開始看鄭和傀儡戲是非常嚴厲地禁止，冒險偷偷開鎖進傀儡戲台的後台看，一如大白天做清明夢……寶船直接飛入天空，飛入太陽和雲彩和月亮的臉孔眼珠之中的妖幻場景……沒有人可以看到的祕密巢穴的老師傅在去世之前就老在修那機器傀儡。在等待傀儡戲團的演出，彷彿等待做他該做的事……那龍狀的鑰匙插入鑰匙孔之後開始啟動傀儡竟然真的開始拿起毛筆寫書法。太多怪異零件組合晃動震度最後關頭停住了，他以為可以看到他師傅留下來的痕跡的傀儡畫的畫有古代的那傀儡涉及了的一個下西洋的老時代祕密……

寶船艙底木頭衣櫃上頭一個祕密夾層裡暗藏過去夢魘般的壞掉的傀儡戲偶，貧窮的老師傅充滿著絕望一如那老頭看到散落一地的符紙非常傷心。那是很多妖怪符咒鎮懾邪神惡鬼的那老師傅教他最早了解傀儡戲的古代的魔法，一如夢。他出身於傀儡戲的後台，舞台一如法師下咒的魔法道場搬演出過去人間最繁華的整座紫禁城的琉璃宮殿異國大使節國王將軍官吏大臣侍衛宮廷士兵們列隊向永樂皇帝下跪朝拜的朝廷上朝的場景，一如夢的製造地般驚喜到應該是像幻覺般的幻術妖法，那個老喝茫了的老傀儡師對他喃喃自語地說：所有人都有使命……想知道自己使命的他做噩夢，發現寶船落海後的他醒來看到那鄭和老傀儡。老傀儡師傅發現自己的身體也變成那個老傀儡身體般還充滿了蛆蟲爬滿的破洞……小時候看過所有的鄭和下西洋的傳奇故事說書老人所啟發的那個老時代，但是時代過了也許時代不同了的曾經很開心回想過去讓老傀儡師永遠沮喪的一生後來很難過……一如一發現了一個壞掉的傀儡想法子修好就是傀儡師一生最動人的魔法……鄭和在那老傀儡戲中只是一個遺忘自己過去一生七下西洋的過去回憶的華麗冒險犯難輝煌功勛恍惚一身是病的老人……忐忑不安的無奈及其限制。那個受傷的鄭和扮相的傀儡偶身貼上那個姚廣孝下咒的古怪符咒之後，開始找到別的破爛不堪舊傀儡偶身的四肢癱瘓零件來修補自己受傷的大腿和小腿，只花了一個時辰，以前一生做傀儡的老傀儡師傅說即使他自己也要花一整天的時間的工夫……他說：或許傀儡戲的傀儡才是未來，必須為人類的未來奮鬥，沒有那麼堅強的人類需要找到出路。那一個鄭和老傀儡比別的傀儡更了解人類的人性。甚至偶身受損但是還可以自己補救。或許傀儡可以找到自我修復到以為自我意識的存在，一如人類從一隻猴子從樹上下來花了數萬年，身體的極限智慧的極限，沒有人動過傀儡自身的符咒，如果改變了咒語被解除的可能。鄭和曾經帶他的老傀儡偶身去海邊，在寶船上看著夢中被困在太過艱難曲折離奇的一生失敗戰場，海洋的最遙遠的荒島，走了三天三夜，近乎瘋狂地昏迷醒來，卻只是困在一個荒涼殘破的廢棄已久的海邊甚至海岸線長達數公里但是已經只剩下沙礫在太過炙熱的太陽下曝曬沙地，那裡甚至沒有海水只是一個荒涼的鬼地方的沙地遠離塵囂城市鄉鎮田野甚至遠離海……老傀儡對鄭和說：我們不能讓你死去，你是這個人間唯一曾經看過海還看過未來的人類，唯一最後的近乎奇蹟的活人……

鄭和錢：鄭和是如何和怪物擁吻？

一個二流鄭和學家的研究筆記補遺。六。

那是鄭和第一次看到「鄭和錢」。

就在那個介於中土與天竺之間的一個古怪島嶼……就在那一個太遠太陌生的老地方，鄭和意外地迷路，沿著太美麗的風光看到了太離奇的花鳥蟲獸……就不知不覺越走越遠地走過了頭，竟然就因此到了那個怪島心的老山村。在滿山遍野攀爬巨大藤蔓籠罩成村口的那整個老山村，一如某個荒置於時間破洞的破爛山寨，所有的村民鬼鬼祟祟慌慌張張也彷彿還仍然停滯在另一個老時代，氤氳的香火與牲禮的惡臭氣息同樣逼人……還有太多的意外一路發生，在那麼深的舊市井街頭上還有古怪張揚古天竺教凶惡神祇大黑天濕婆神猙獰巨身陣頭全然正在古代祭典的遊行之中，那遊行的陣列上都是穿著某種舊時代慶典中法衣法器滿身動物神一如猴神象神種種奇裝異服的怪人用粗麻繩繫綁全身也帶來一起遊行的怪動物群……長相怎麼看都有點畸形變種的種種怪鱷、怪雞、怪魚、怪龜、怪蟹……

那麼意外地……就在那一個陌生島嶼上古怪的鬼地方遇上了「畸形變種怪動物」，他甚至不知道後來這種同樣詭異的獸的長相會被鑄造成錫錢形貌……還被放在後來的許多陳舊失修的歷史博物館角落陰霾充滿的櫃位潮濕發霉爛蝕木玻璃櫃死角，會出現在那珍藏一如宋代官窯明代青花瓷或漢白玉蟬形古珮或唐三彩華麗斑爛陶馬旁的某一個木櫃，連櫃身底層都還會有著紙質陳舊的說明牌標示著以他為名的這一批批類似的錫製古孔幣：「鄭和錢」。

鄭和納悶地打量著市井裡流通的這種「鄭和錢」。心中充滿疑惑也百感交集……其實多心的他並不在乎多年之後的未來在朝廷或後代的紫禁城皇家舊庫房或民間精心蒐藏的博物館裡還會找到這種種以他名為名還被嚴格考證而確認的古錫鑄錢幣，或是在乎是否有某種動物形貌獨特打造講究長相更神似更栩栩如生的「動物錫錢」會更為值錢……鄭和當時擔心的是另一種（這六百年前索羅斯般操控全球國際金融的幕後黑手高手的野心勃勃）那般猜測著更多海上一如海賊般商賈最投機生意心眼的無比狡黠……這些意外現身的更碎的碎銀子……怪異長相的動物錫錢均以最廉價的錫為原料鑄造，以這種種以訛傳訛的某種天朝寶船司令名諱來當其依賴信用的藉口……表面上解釋成這些動物錫錢是著想其遠在海外的天朝商賈為了流通而就地取材所鑄造的……（天啊！這不就像是自己偷印鈔票）或就是像姚廣孝曾憂心忡忡地跟他提過的陰霾充滿的陰謀……他們甚至擔心到更多……到底是否會有更多更深地下生意的陰謀？發行假錢莊票號或偽幣製造者們正找尋鄭和的艦隊司令之名來當成某種天朝跨國權威的無額度上限的偽信用……但是，或許「鄭和錢」也只不過是一種對那海上絲路的想像末端的保身符式的廉價紀念品……為了紀念些人們也不知曉的什麼？或許也只是海上多方凶險中祈福辟邪的什麼？

一如那鑄錫幣上頭所硬刻討喜的古代歪歪扭扭的古篆文漢字形：旺、財、寶、福、吉、福、緣……或許鄭和的名字就也只是變成了另一種同樣歪歪扭扭的討喜的字的想像。而鄭和也只不過是一如那種種怪動物……長相怎麼看都有點畸形變種的怪人及其紀念的怪異的什麼……但是，就像一場意外噩夢的召喚……為何他就在那個古怪島嶼上的老市場深處竟然完全意外地看到了相仿的種種「鄭和錢」上古怪動物的現身……那些長相怎麼看都有點畸形變種的種種怪鱷、怪雞、怪魚、怪龜、怪蟹……後來卻都被陣頭行伍天竺凶神們現場割裂宰殺來當成祭典的犧牲的血淋淋牲禮……而召喚了更多嗜血的蒼蠅團團環飛尾隨。但是，不知為何，在那裡越看越入迷的鄭和老是覺得越動人就令人越不安到近乎喘不過氣。那血淋淋的動物犧牲是一種什麼樣的惡兆？

更後來，就在那一個祭典遊行陣列後的背後……巨大的磚砌的古老廢棄廠房前舊市集旁的空地上，出現了很多奇怪的匆匆忙忙走過的舊式店家，老肉店老布衣店老法器店……還有走唱賣藝的老派場子，湯熱冒煙的種種甜點鹹點攤頭，竟然都可以是用「鄭和錢」來買……，最後因為陣頭行列太過擁擠而和太醫走散而落單的他想法子混入熙熙攘攘地充滿了莫名的繁忙而混亂的人煙，在雲靄沉落而陰霾的雨勢方歇之中，有種無以名狀的離奇狀態在醞釀而逐漸蔓延，彷彿有什麼事要出事了但是始終還沒有發生。

就在那老廣場的最深處，還有許多彷彿在打坐或祈禱或做拙火瑜伽的怪異姿勢的人們，極其專注之後的他們不知為何身上都著火了，但是，卻沒有人發現，或許是那裡的人都習以為常，只有吃驚極了的鄭和沒法子分辨到底是出了什麼事，那火是他們自焚或被縱火，是刻意還是無意引燃，為何沒有人呼救也沒有人來救，只有他在那現場納悶，也越來越覺得怪異，因為彷彿始終沒有危險的感覺出現，可以感覺到熱氣和餘溫，但是卻沒有火燒到肉身的可怕焦味那種恐怖感。皮開肉綻或血肉模糊的焦屍惡臭，蒼蠅或野狗或胡狼或禿鷹的前來吃食腐敗人肉狼吞虎嚥後的狼藉。而且，更意外的是那些著火的他們臉上也沒有任何不安或焦慮，只是身上怪異地冒出火來，火光有的是橘紅，有的是粉紅，有的是灰紫，還有許多難以描述的怪誕極了的顏色，但是卻都雷同地充滿了奇幻的幸福感，鄭和在那裡，駐足張望到浸泡沉迷，遲遲無法離去。

後來那老市井的舊廣場角落又出現了很多古老賣唱雜耍種種光怪陸離的怪客，但是有某個全身破衣髒兮兮到像乞丐的印度人還是最搶眼，由於他的右肩膀上卻站著一隻眼神極咄咄逼人的怪物，仔細端詳竟然長得彷彿是哥德教堂屋頂那種小隻爬蟲的凶狠怪獸，一點也不在乎的印度乞丐走向所有人群，後來就坐到廣場死角的某個牆頭的潮濕方乾的歪歪斜斜的石塊上，然後邊唱起印度語的古老歌謠邊彈奏一把極其老舊但充滿神韻的西塔琴。

琴弦一彈，琴音一出，就有一隻從西塔琴老盒身底爬出的古怪動物更可怕，就像蛇般的蠕動關節長形爬蟲一樣，但是牠頭上卻是一個有五官的冷漠人臉，牠那略帶蔑視不屑的表情，顯得非常狡獪勝過動物性的猙獰，那像是一個古老市井裡弄蛇人帶牠過來向所有的圍觀好奇的觀眾炫耀的某種江湖場子，但是那天竺老乞丐卻始終在入神地彈他的越來越蕩氣迴腸的西塔琴弦及其餘音，所有滿不在乎又跟著起鬨的熱絡而輕忽的氣息太動人了，本來是使鄭和覺得有意思的老時代感，但是，不知為何那人頭蛇竟然就緩緩爬到他的腳底，在鄭和還來不及呼救的某一瞬間，就以牠那巨蟒般的蛇身死命纏繞過他那完全不能動的肉身，在他還未回神的剎那就近乎要扭爆了他的內胸腔淌血臟器甚至絞斷了四肢肌肉到近乎肢解。但是，西塔琴音一變調音階轉高轉急地撥弄時，牠就彷彿受驚到突然放棄了對他的逼身纏鬥攻擊，隨即退後，躲藏回那古琴盒的弧身裡頭，完全消逝。

然而就在鄭和投了一枚鄭和錢給那乞丐之後，那老乞丐肩上那隻小怪獸卻反而動了起來，而且，就跟著老琴師的既優雅又神祕的西塔琴音緩緩地漫步繞圈子地張望所有的聆聽演奏到如痴如狂的觀眾們，但是，他也被那彷彿懾心的渺茫音域混沌所迷惑到近乎魂飛魄散時，牠竟然從地上一蹤就瞬時跳上來他完全沒有心理準備的身上，甚至更迅速地攀爬到他臉上，鄭和本來以為牠要攻擊他，但是牠卻只是輕輕地用利牙咬噬他的嘴唇，這使他更嚇壞了，但是，在他還來不及回神掙脫時，牠卻用某種古怪又深邃的眼神死盯著他……

那時候的廣場的氣息和光暈正彷彿是雨後潮濕到近乎潮解的迷離，鄭和完全在某種恍神的邊緣，不知如何是好地呆立失措著，然而那怪物卻隨即用牠那不知有多長的捲噬昆蟲的長舌在滑舔他的嘴唇後伸入他的咽喉中，伸得那麼地專注而深入，使得驚心動魄的鄭和完全忘了「鄭和錢」盤算的憂心忡忡，而完全沉浸失落於他那身陷現場的荒謬絕倫……

他突然覺得自己或許真的會命絕於此……而非常地害怕緊張地擔心……這是一種跟隨他許久最凶狠刺客的暗算或是凶狠當地最險惡巫師的下咒，但是旁人不仔細端詳卻只是以為這是多麼浪漫親熱的示愛，對寵物般的怪物……一如完全一動也不動的牠和他正激烈地在擁吻。

鄭和瓷：鄭和是如何風靡西洋？

一個二流鄭和學家的研究筆記補遺。七。

鄭和瓷的絕世考究瓷色……一如淚眼汪汪的淚溝雨露的殘影潮解，泗水的搖晃蜉蝣生物的繁衍擴散，腐爛變質的肉身化身為曇花盛開花蕊的玉體橫陳……雪白花白月白慘白死白中繁殖出青花的種種困難重重但都可能發生地無限神通般打造出完美透露出釉藥光澤的晶瑩剔透瓷色……近乎奇幻的奇蹟般的絕世考究。

明代古鄭和瓷的傳說一如釋迦牟尼涅槃佛骨舍利一如王羲之〈蘭亭集序〉書法帖般地充滿太多繪聲繪影甚至引發爭議到引發殺機的流言……或許就像某種極端奢侈華麗絕世天機神祕收藏，在最終端考究文物考古學家古董通人深入研究古行文獻考證出最古款識青花器物竟然就是永樂帝御賜鄭和的冰薄寶船圖騰彩繪精心繁複巧奪天工的青花瓷壓手古杯……一如至今那諸多古鄭和瓷老件仍然存世而近乎國寶祕藏涉入宮廷命脈國祚的隱喻神通。

還有更多奇聞軼事流傳……包含喜歡鬥蟋蟀的皇帝吩咐臣子每年還特地訂製青花瓷籠供愛蟲涼爽消暑度夏可以加持其野性而在鬥賽中神勇出色地出奇鬥勝。甚至明代開始的古中國竟然風靡以青花瓷陪葬，謠傳可以讓亡者來生投胎轉世可以有比較好的宿命……尤其是鄭和瓷傳說可以保佑許願承諾極端應驗到有古諺盛傳：「鄭和青花古瓷加持……鬥賽必鬥成勝局、投胎必投成世家……」

鄭和瓷……一種更怪異更深更神祕的青花瓷，源於中國傳世的一種白地藍花的高溫釉下彩瓷器又稱青花素胚勾勒出青花……

傳說卻更是以其下西洋千辛萬苦尋獲怪異青色料……某種稀世珍寶般的「蘇勃泥」最離奇的令人感動的青料傳說攜回明廷以祕術火候更深層更流暢地燒淡轉濃而將其青花色澤近乎瘋狂的誇張樣貌形象盡顯……而才得以完成不世出的更神祕的鄭和瓷……像是意外植入改變甚因組織編碼而竟然變異出頭角崢嶸肌肉賁張進化的花鳥蟲獸怪物的演化論歧說……某種更奇幻的怪胎白地藍花的至今始終仍還是瓷器史前史流傳數百年的極品，西洋最迷的古中國名器……其刻意營造層流色澤分離的叨叨絮絮的藍與白栩栩如生爭執不休的雙簧重唱賦格變形炫光般地繁殖成一世孤高的青花。

即使盛稱「永樂宣德，青花之王」為中國青花瓷的頂尖研究最終端的華麗時期……賞古世間可見最古之帶款青花出於永樂宣德前後兩明帝年間時期……其中宣德瓷仍然常見而永樂瓷則極為罕見，甚至永樂青花瓷用料上乘製坯所用古瓷土的鄭和瓷更深層次地高明到後世無法超越……還引入一如曠野中無限黑暗的冥火閃閃動人地繪入非凡紋飾豐富為秀麗典雅中的植物紋或是更慎重地繪入召喚瑞獸的龍紋鳳紋，甚至古代繪畫技巧之高超窯藝出眾到以純粹青花發色而論可以出現錫斑與純藍色兩種難度奇高爐火溫度控制已然至傳說中的……爐火純青。古畫青花技法增多到新增鏤花而描繪成為主流其所繪圖樣佈局層次多畫面滿主次分明渾然一體的青花紋像是變形蟲形貌地永遠變幻無常、變貌像是變妝變臉的易容術炫目……永樂青花瓷在瓶罐的腹部和盤碗的中心主要紋飾，搖頭晃腦的其他弧形糾纏著的鵝頸蛇腰豐臀種種部分恍如深海藻類攀上身般紋飾的植物紋飾的松竹梅牡丹蓮花西番蓮菊花牽牛花芭蕉靈芝山茶海棠瓜果葡萄……的太多太多御花園般的「花」的明示暗示。然而鄭和青花瓷還更可能太過敏感也太過激烈到即使只是畫符籙討吉祥般地孕生分娩出種種其他紋飾嘩變成即興混種洋味舞步舞動的像西洋悄悄潛入明代古宮廷裡皇家御獸苑般地豢養古獸及瑞獸「獸」的咆哮現身成洋派隱藏畫風中的龍鳳凰鶴鹿鴛鴦鷺鷥麒麟獅子海馬魚螳螂蟋蟀，甚至僅僅晃動般的環景紋錢紋或是水草晃動的珠竹捲草錦地浪濤蕉葉蓮瓣雲肩變形蓮瓣纏枝花卉……仍然仔細端詳還是誇張到花鳥蟲獸皆起乩像洋鬼子般地迷幻地群魔亂舞百鬼夜巡般迷魂亂舞！

明代青花瓷老被收藏古瓷的古董行家認定其頂級收藏發端於永樂……然而有眾說紛紜的發端推論可能

考究，演化論般演化史的疑雲重重或許因為眾多歷史與爭端無解影響的波折引發……一如古代宋元罕有青花記載一如明初鄙薄其流俗一如因憎恨外族入主而不提元人青花……謠傳般的青花身世不明而其始製年代久遠始終無法理解地存疑……然而永樂青花瓷的胎體開始演化史上最細膩潔白釉層晶瑩肥厚釉層溫潤，骨料發色濃豔減少藍色澤的紫紅色調，甚至可在最厲害巧手宮廷匠師調理最細膩講究的火候下燒成寶石藍般的最綺麗風光鮮豔色澤……最終高溫冷卻剎那部分往往會在藍色極端隱密閉鎖般的末端區域出現黑色結晶斑點史稱「錫斑」甚至會局部下陷但是卻因而成為此永樂青花瓷器的封印古董鑑定祕密印記。然而鄭和瓷卻還因錫斑工序工法更困難重重而更奇幻地成為是萬中選一的永樂瓷祕辛……永樂瓷的古器物外型趨於清新流麗藍色可以細分為更複雜的多層層疊疊的繁複層次，近乎完美地浮現中國畫的水墨渲染分水技法廣泛於藍色澤渲染之外，竟然還甚至仍然也依稀浮現工匠的指紋痕跡中暗地下手印隱瞞般使其青花胎體厚重發色發灰釉色閃青……只有最內行的古文物行家才能辨識的特徵，然而鄭和瓷還更刻意隱藏祕密繪入死角中小型符籙般的古伊斯蘭回教書法經文字跡飾紋或寶船形貌或麒麟神獸的種種鬼花樣，甚至極稀奇的鄭和瓷更大件器物罕見其西洋怪異中世紀宗教圖騰再婉轉深入地完全轉化為明廷的永樂帝國華麗氣派到寶船圖騰引入瓷身弧形絕世畫面……始終無法理解為何還有古傳說如果是虔誠的回教徒還可以在月光下聽到神獸會從瓷身底隱隱發出嘶嘶吼聲。

雖然鄭和瓷於現存古瓷器物始終無法抗拒地身為頂級收藏家的不世奇貨。然而明初新王朝本來不支持青花瓷直到永樂宣德皇帝方才改觀，那時離青花問世已有一個世紀……蒙古外族政權終結許久而洪武和永樂狂風暴雨後的明朝回歸悠久的傳統舊制效法漢人古聖先例美學法統。尤其也因為宣德帝以宋徽宗為師本身也成為造詣極高畫家的他……下令為太廟鑄造銅器包括數百件仿古風格均依宋代圖錄樣式參考同類圖錄還模仿青銅器鑄銘先例的青花繪飾瓷器過去完全違反老派學者與仕紳熱切推崇的極度宋代文人講究的低沉樸素……白身青花瓷不同於在收藏家另一派死忠風靡其珍藏的宋代古青瓷或青白瓷飾藏入的單色瓷含蓄內斂的裝飾在釉層或胎體輕剔刻花技法稱作「暗紋」其最纖微質地必須青瓷器對光或水才能看出上面的花紋地玄奧講究！但是某種更超現實的現實感化身的怪現象瞱變得「化暗為明」般地宣德轉化了十五世紀初甚至之後數世紀的人間風靡：青花瓷的彩繪裝飾比其器形釉色更重視。官窯新樣大受推崇為後世樹立了難以超越的宣德青花受到珍視，甚至宣德瓷昂貴一如玉器。風靡的青花瓷新風格也甚至涉入的繪畫編織木雕繡件絲帛書刊漆器都出現青花瓷形貌入器畫的紋飾母題。宣德甚至是首位皇帝將年號燒入御瓷器底為款也因之竟然成為後世辨識其工藝高度講究的不世手勢……皇帝還把宮中畫作交御窯廠燒入青花瓷器也在數年間甚至欽定御製的數十萬件青花瓷器入宮……古傳頂級稀世的宣德時期的正宗鄭和瓷還將青花的青祕密渲染成是未知未來星象藍圖的天空藍，或是倒映在河海倒影的水藍……那麼虛幻但是又那麼深刻，一如講究其青花畫像可以更深沉神入地入戲如入夢。尤其畫寶船下西洋船身入海的畫面栩栩如生的深邃神祕……一如種種新穎特殊效果般繪畫怪異風格化西洋人物器物動物種種畫法，尤其是弧形瓷面畫幅刻意以古典場景圖繪刻意鑲嵌入吉祥寓意紋飾的船艙窗洞畫框式華麗框景卻變成是某種抽象地在二度空間上展現畫出的三度空間的寶船海景的無限夢幻透視感地閃閃發亮。

然而六百年後的鄭和瓷花色在近年轉幻為西洋另種更怪異的風靡……眼花撩亂、爭奇鬥豔的更離奇地進化……就竟然彷彿活佛轉世神通般地靈驗又怪異邪門地膾炙人口……鄭和青花瓷色在最頂級時尚秀場上這青春欲滴的藍白花紋也被絲線勾勒在了霓裳華服褶皺之間盡顯西洋設計師們對東方素雅之美的追捧。

深入西洋完全不同象限的狀態的投影幻象的奇觀……那種西洋復刻鄭和青花瓷的古怪時尚變成今日的怪異現象的時髦令人費解……即使尋常青花瓷連身裙花色極具中國風從始於元明代的青花瓷變幻成西洋現代過度解讀的神經兮兮時尚圈捉摸不定青花瓷才能在近年的秀場上深受矚目……另外一種藍白相間的溫潤淡雅在鄭和六百年前曾經下過的西洋……竟然重新煥發演繹著另一種更深更詭譎多變的古中國曲折離奇消失殆盡又轟然降臨的怪時尚風潮。暈染著浪潮餘緒的海濤光影變幻無常，神祕又迷離狀態的兀自浮現洶湧……太多青花開到荼蘼的妖幻奇觀。一如早在一九八四年的最著名妖姬Chanel就以青花為靈感設計那一季春夏當季款式的弧形怪異現象的影響後來極端恐怖的一如古物出土天價成交比重的傳奇青花瓷色華麗晚禮服。之後像是瘟疫般地開始極端民族風式地怪異流行至最遠方的西洋……同樣在一九八六年的另一個著名花俏絢爛炫目的Valentino的另一條花蕾更深也更誇張青花瓷長裙由令人世人驚豔超模美人身著走秀而喧譁驚人地蔚為奇觀之令人感動落淚……以性感火辣風的怪才Roberto Cavalli在二〇〇五秋冬系列中也大膽地融入極具古中國風的青花那種牽強嫁接禮服本身渾然一體雪花般冰白色絲綢質地的緊身裙裝上繡滿天青色中式青花瓷花紋的時尚……最古怪的青花野放之服裝秀……一如迷幻藥般地炫目又炫人其更新穎更前衛藝術的發生，John Galliano在二〇〇九迪奧高級訂製服春夏系列禮服更將青花瓷色出神入化地滿鑲藍色花紋在領口至腰間花樣深入裙襬與內襯中揮灑著行雲流水的飄逸感的嬌翠欲滴青花刺繡繁複細緻華麗的驚鴻一瞥。數位印花取代老刺繡工藝的另一種更為抽象人工的色調或以藍蕾絲與白底裙層疊或是化作潑墨印花抑或是飄逸輕紗長裙更能感覺到的另一種怪異版型的靈秀與柔和。

一如夜燭點燈暗室的模糊深影底層的反光夜色，也一如過多西洋過度對青花瓷花紋光影有種由內而外的華貴色調單純卻有種無可描繪的絢麗地種種身穿青花瓷連衣裙或身穿青花瓷刺繡外套或演繹青花印花背帶外……最著稱的那款技術質料都最巧奪天工的壓軸登場的更竟然是身穿V領胸口乳峰兩端即是鄭和寶船的船首船尾弧度交織成的曲線才可能的刺繡花紋青花連身衣裙上那青花鄭和瓷特殊弧形曲折離奇……

另一種更誇張奇異地搭配鄭和瓷禮服的寶船眼妝……在怪服裝秀的太過迷幻，一如鄭和瓷上精密畫成寶船弧度優雅的船身縮影的走秀模特兒們閉目眼皮上，那怪異眼妝的瓷白在青花瓷色之間的慘白那麼離奇地……最後卻竟然變幻成像是墜落凡間的殘留幻象的種種煞星或妖氣或月環蝕或櫻吹雪般奇觀地奇幻無限閃爍……仍然還是充滿激烈的情感的這場破天荒的秀……引用了西洋過去的鄭和熱也引用了中國現在的鄭和熱……

那是鄭和瓷主題當季高級訂製禮服最奢侈品牌形象華麗服裝秀的一套一套令人陰影籠罩心頭般地有點

沉悶地陰沉，像雪白蕾絲、像白蟻羽翅、像乾冰雪霧的迷幻感令所有太過激動的期待已久觀眾們仍然專注到近乎流連忘返地徘徊在意外路過的仍然氣派優雅的貓道上，坐在枝葉都已然塗裝成青花瓷色的枝葉茂密的巨大百年老樹蔭下，分崩離析的幻象被召喚回家般地……偌大的秀場則引用了那個太過怪異的導演的提及他靈光一現童年那一個怪夢，夢中那個龐大的老花廳充斥著太多那鄭和瓷式青花的頭顱連接的全身四肢肉身的模特兒們而行走在那裝置藝術般的燈火太過變幻詭譎夢中場景……貓道兩側出現了一連串的老中國園林庭院月門洞看出的鄭和瓷白的那著名中國建築彷彿蓬萊山四合院四側雕梁畫棟……甚至所有的瓷白的花廳龍柱斗栱雀替刻花繁複的側廡迴廊接在那十二個月門洞一如十二道浪花般串接長廊的末端裡頭的青花瓷色光暈永遠那麼優雅但是又那麼洶湧……太過緊張兮兮的想圓自己的夢或盜自己的夢的那秀場怪導演最後竟然說服了設計師而更擴大了鄭和瓷主題而將所有的青花瓷的夢境場景也做入了他的更怪異服裝秀……令所有當場太過複雜餘緒的尖酸刻薄的時尚評論家們吃驚地……看到了太多太有意思的黑暗衣袍裹著全身的奴隸或幽靈般的下人們攙扶起嬌弱嫵媚激瘦肉身的模特兒們一個個路過，但是最意外的最後，卻是看到了起身那一個個完全閉眼睛的美麗年輕女模特兒，薄翼飛過拉扯空中夢境追憶逝水悲哀什麼的她們激烈扭身舞動地顫抖一如都命在旦夕般地出沒現身，然後很緩慢地走在狹窄而艱難的貓道路面上，在也完全用鄭和瓷花色投影的冗長彷彿怎麼走都走不完的青花瓷色貓道漫步沉浸時光飛逝，承受痛苦狡詐多疑卻死寂莫名的那群之前走秀的模特兒們最後最怪異現身，她們那麼妖幻地極講究時尚女身群……穿梭如貓步秀場青花飄過的炫目的狀態中顯得有點緊張但是又更深地想支撐起單薄自信地逞強。

那時候的所有觀眾更深地入戲般地注視著空氣彷彿封凍的現場氤氳中那更因為她們的小心翼翼卻仍然輕微不自覺歪歪斜斜的步伐，而更仔細打量她們的行蹤，但是，最奇怪的卻是她們的怪異的臉龐近乎奇幻的光景，那是某種花臉之中更深也更怪的近來極為時髦的眼妝一如繁星般閃爍的眼影，極用心畫出的夾雜極粉紅到完全bling bling的弧形眼窩，彷彿某種最昂貴玉器或銀飾的散發光澤地在其完全畫滿青花瓷紋的臉龐……而更顯得那麼怪異又那麼動人。但是觀眾們卻因此太混亂又太好奇地心想，她們的雙眼闔上連眼皮都畫滿青花瓷紋的一如女瞎子的模特兒們怎麼會小心翼翼地在乎這種妝的動人……極端前衛的近乎藝術家的怪異造型師為她們怎麼上妝或怎麼看得到妝或怎麼修飾那眼窩旁種種曲折繁複的充滿細節的妝如何使青花瓷紋妝一如國劇臉譜那般繁複的變化是如何變得奇幻。就將船身線條曲折離奇地畫入眼窩旁的眼妝，就一如月環蝕般地還隱隱約約看得到環形光而在圓周混濁光影中還更折射出意外反光及其餘光，曲折暗影含笑，一如青花瓷白也一如櫻吹雪般，死寂寥然，充滿冰清玉潔在永遠暗黑那人間的條件的無奈氣息裡，但眼影上仍然還精心描繪鄭和瓷式的一艘艘寶船圖騰光影變化色澤，依然像是一套套華麗晚禮服上閃爍迷迷濛濛地bling bling青花瓷色地太過迷離。最後關頭的那群絕美名模特兒們一路擔心地走秀中雖然眼睛閉著但是偶然還會偷偷打開，然而在那打開的某種極短促的剎那，還是可以在她們那繁星光澤眼窩中看到那落陷的眼珠瞳孔卻仍是彷彿慘白無神地圓弧死白陰霾的塌陷般遮蔽住瞳仁的亮黑，就像魚死去太久的魚眼白或就像被挖掉了的眼洞深海上所神祕浮出了（一如鄭和迷離地召喚出西洋對古中國的所有妄念般的六百年來的種種文明奇幻隱喻）令人更始終無法忘懷的仍是她們那小小嵌入寶船主題的眼影中太過奇幻縮影的閃閃動人。

絕美動人的全身都穿著一套一套不尋常鄭和瓷青花色的古代中國絕美華麗朝裝般的晚禮服，但是打理得彷若月牙般細膩的修長脖子上還有一條條麒麟祥獸形貌鑲嵌金絲繡花的血紅圍巾。妖幻、蠱惑、神祕面紗裹身地……她們半哭半笑的怪異神情中的那禮服上亂針刺繡那麼驚人……腰身弧度美絕末端竟然在一如狂風暴雨中的青花浪花上出現一艘一艘帆張破浪疾飛疾航的怪刺繡圖騰中的古寶船……

鄭和村：鄭和是如何變成我們的祖先？

一個二流鄭和學家的研究筆記補遺。八。

一如某種錯誤的隱喻……沒有人知道鄭和村在哪裡？在多遠的西洋的遠方？在多老的帝國的滅亡遺址？一如太過悲觀的氣勢如虹漫天飛舞飄落的史前史花絮般的排場……混亂卻華麗的冒險插曲，暗影揪心卻永遠無法理解為何不能逃離地上路……歷史的死角，西洋的盡頭，魔幻詛咒的神祕咒語卻只像通關密語般尋常失效的沮喪……惶惶然娓娓細數族譜大歷史的不為人知的某失怙的時光隱喻……

一路迷路的我老想用切割非常多像老時代西洋人類學家被誤解而混亂的土人分屍下場般著名的恐慌症碎片折射般的方式來進入那回找尋鄭和村的始終怪異的恐慌旅行狀態，對時差或別種差錯所潛伏深入的縫隙介面就像對本來沒有路看不見的入口彎道洞穴下水道混亂隱匿的風管的種種引用……都是上路找祖厝風水卻充滿錯誤可能的隱喻。

因為，這找尋鄭和村的混亂旅行從頭到尾的條件可能都是假的、被誤解的。甚至，連切入六百年後的再出發的入口時間都是偷來的太多時光或太多畫面都太容易被誤解。一如我的動機，以為非洲的鄭和村可能就是顏鄭堂的另一種更大更遠的隱喻……我完全不敢想像更多的熱情，甚至想完全閃躲。但是意外的始終進入緊急狀態般的一路在火車上就看到老是斷斷續續地看到那未成形或許是太快的一簇太閃現的野生動物也還太不容易辨識，但是對一直昏睡的我卻只像是一抹太模糊的幻象。

一如我覺得我老是缺乏一種認真的要去找尋更深的什麼，或是把什麼說得很動人或感人的那種理所當然，我想更調度一種縫隙的引用，一種更為不容易描述的狀態，沒有太過強烈的必然行程條件對於從來都不夠好的人間的條件，一如上了路就是投了胎那般地自我安慰。或許我也只是覺得不想這樣想去某地方遠行就是找到重要的事那種模樣一再像歷史巡禮般的某種旅遊行程必然的要證明什麼或兌現什麼。

以前如果要找祖先留下來的痕跡總是會有罪惡感，心中老覺得要做點事來補償，越遠，越奢侈，就越想補償。但是多年以來，就覺得真是反諷，因為逼迫自己尋根般地找尋更深的什麼到了更後來就會露餡般地出事，因為這種狀態畢竟是自欺的一個大破洞，最激烈的一次就是當年去危險的鄭和村發現認真地找祖先可能會是要找死的。所以就質疑到自欺補償的最深底線，因為要逃離的卻變成要擁抱的，要擁抱的反而變成是要逃離的……

去找鄭和村彷彿是一種註定錯誤的隱喻，或許本來只是找祖先的旅行上路但是終究會發現每一個鄭和村都可能只是某種偽裝的或杜撰的或穿鑿附會的典故藉口，在中國在外國，在東南亞的馬來西亞印尼新加坡泰國種種鄭和曾經到訪過的異國，或是更遠的印度或是在最遠的非洲……種種跡象顯示線索太亂到竟然後來變成反差的最極致遇到現場的死亡太逼近到很諷刺，很像一種走樣的人類學家或是外星人要去遠方找不可能找到的寓言式電影，變成了某種完全不好看的《古墓奇兵》或《普羅米修斯》般的最後失敗收場的絕望只有困在某個古人祖先遺留死人骨頭的黑暗洞窟行星裡出不來走不掉的絕望。

或是像去找鄭和村這一回不免就是把過去的人生最大的賭注都壓上去但是其實才發現自己完全搞不懂那個賭局的規則，像困在一個星球以為自己從天文學所讀到的就夠用了其實每一個角落全部都是怪物無所不用其極地想吃人而且還互相殘殺。那鄭和村或許更接近實現不了的人間的條件，太多死角到以為自己已經逃離的其實是完全顛倒的錯誤地陷入，其實更後來我就放棄了，不再在鄭和村裡找尋到那麼逼近地近乎凶險，不再找尋真正遠方太過複雜又太過激烈的陌生難堪……

但是或許我已然退化到不同層次。完全顛倒地退化到變成了真正的人類學式逼問不存在的祖先的旅行的虛幻……因為畢竟這些找尋鄭和老祖先的愚行可能都只是隱喻，而且還更只是錯誤的隱喻。

其實始終不願想起的問題重重的那回去找鄭和村的遭遇永遠無法理解地太過複雜，像一種科幻電影的開頭的悲傷情緒激動落淚從古老的傳說村落找尋更古老的傳說故事中的祖先。也完全不願意承認自己彷彿陷入混亂的思緒不斷擴大到始終懷疑風險太過悲觀旅途的漂浮大海或深入孤島，找尋有關鄭和船隊當年在東非沿海沉船的鄭和後裔現居孤島的故事……

一如某種歷史演化的必然悲慘命運的叛逃者。對知道自己命運的終極看法的無法充分地準備，掌握自己的生命但是登陸必死無疑的現場，逼近危機狀態的莫名混亂和恐懼。一如墜落海灘搶灘的可怕……神祕失蹤的古老當地神祇早已知道我要過去像是曾經被殖民時代太多外來殖民母國侵略屠殺過的下場最後悲慘可怕收場前老會始終出現幻覺……一如一開始只不過老是在旅行中失去聯繫自己的母國般地懷疑那六百年的斷代……怎麼可能還有時間完美無瑕進化而承襲鄭和般的某種怪異的能力……可以預感看到奇怪的東西，可以預感未來甚至是沒有發生的未來……尤其是找尋罹難般的最遙遠的非洲部落的不存在祖先所留下的「鄭和村」……一如太過荒謬的某種人類學的冒險近乎瘋狂的恐懼感始終無法忍受的可怕故事卻意外地變成泰山式或是阿凡達式的過度解讀不同成浪漫情懷的傳奇太多太多的謠傳……

太過冒險的一路……比對的還有另一位自詡鄭和學家的中國記者李新峰在他的非洲多年探訪的怪書《探訪非洲尋鄭和》中提及其深入像是更瘋狂激進地深入的「尋根之旅」或是「人類起源」的民族學家發展出獨特的好奇心「我們的祖先對於我們的子孫的未來如何面對？」的不忍……所開始的奧德賽的神話學式逼問……一如他還提及了其動機起因於 *WHEN CHINA RULED THE SEAS: The Treasure Fleet of the Dragon Throne, 1405-1433* 那本深入六百年前傳奇寶船艦隊航海史的奇書由那一個更傳奇的鄭和學家 Louise Levathes 費心深入非洲探險找尋過許多自稱是數百年前帕泰島上中國海難倖存者的後裔。提起古老的鄭和祖先牌位遙遠到近乎傳奇神話的人類起源說的無限爭議不斷……種種跡象中的推測可能六百年前鄭和寶船在那個島附近沉沒海員掙扎著登陸海岸獲救與當地土著結婚活下來還生下來後代……種種被塵封數百年往事引起更多西洋記者學者群前往肯亞冒險登上叢林密佈的帕泰島在島上發現人們的小眼睛黑頭髮黃皮膚帶有明顯的中國人特徵……仍然充滿太多史前史遺憾考古發掘充斥著懷舊鄉愁眷戀但是也可能只是以訛傳訛的彷彿謠言的寓言。熠熠生輝的帝國文明昂貴時光隧道重新喚回的遺體遺憾如夢境拓本拓下的無限威儀感染……

一如找尋碎片散落的神話遺址般的遺憾……太多人聽過索馬利亞首都摩加迪沙的某一家破旅館裡所遇到過某位老人講在摩加迪沙和索馬利亞部落群至今仍可找到冠以讀音彷彿是「林」、「黃」等中國姓的當地後代子孫。甚至提到在首都以南的海濱城市基斯馬尤竟然傳說有一個村叫做「鄭和村」，村民多為中國人後裔。有關鄭和部屬後裔的某個「鄭和村」或是肯亞海島上太過古老的傳說傳下如仙人指路的居住著中國人的後代……

一如元朝《島夷志略》也提過的蒙巴薩像是老神話入口的十五世紀繁榮成為亞非阿拉伯最大的濱海古城遺留不世出土文物不僅是奇異香料黃金象牙還有更遙遠古中國陶瓷絲綢……其博物館裡斑駁牆畫的一艘艘老時代中國古帆船的古董文物，入口的老瓷壇上卻用中文寫著「盛橋」二字，蒙巴薩出土的中國十七世紀的瓷器展廳櫥窗各種中國瓷器極多妖怪纏身的蟠龍圖青瓷帶釉花盤。該展廳展覽厚重的書中的序言提及十五世紀的蒙巴薩的古中國青花瓷比伊斯蘭玻璃器皿風靡。一如鄭和船隊遺跡也在這座古城邦的廢墟前考古發掘大量十五世紀的中國青花瓷和橄欖綠色的碗碟罈罐僅大清真寺遺址中就出土數百件中國古瓷部分出土甚至皇宮中還有古燈室剪刀室和貝殼室的老時代鐵器和絲綢和瓷器也更可能是鄭和下西洋時到訪的明代稀世古董……然而憧憬輪迴漫長古老時光古董傳奇，在非洲太遙遠的紋路虛幻追蹤太久就像是某種史前史的考證太困難重重而出現的更多細節問題不同的角度出發解釋為何史觀無從判斷錯誤與否的史料研究史蹟遺物那麼多那麼複雜的令人感動又感傷，某個神祇的虔誠信徒和另一個神祇的孝順後裔共同打造的文明但是又因為某種原因造成衝突而崩潰的邊緣掙扎要不要支撐下去的勇氣或信念堅定不移其實無濟於事的無常感：成住壞空的必然現象……到最後什麼都會出現什麼也都會消失的危機是不可能逃離的現實一如補丁歷史碎片散落地……

但是我始終迷迷糊糊地逞強不懂裝懂又勉強持續忍下更多離奇的種種怪事延伸像是惡疾留下的痕跡疤

面或是奇癢難耐……最後在旅行終端的我也找到了他書中也半信半疑造訪過最可能是中國人子孫後代稀稀薄薄徵兆殘留下的「鄭和村」……荒謬至極的嘲弄引發的風波持續擴大嘲弄的惡意……太過緊張兮兮的老村長強調儘管今天的上加村已然沒有「中國人」，但是作為「中國村」，中國的影響比另兩個鄰近村落的帕泰村和西遊村都大最明顯的差異近乎神蹟延續的遺跡存在……莫過於村中的古老按摩與拔罐著稱到附近諸島可憐病痛纏身老村民常慕名前來接受的完全依循古法經脈整骨的老派中國治療。某種太玄奧荒唐卻依舊一如神話傳說的古代奇門遁甲般的存在，他們也不知道為什麼神蹟用這種法術遺留下來的神效……某一種更古老但是更神祕的傳奇神明保佑的祖傳巫術魔法般的存在……一如老時代的傷害是為了療癒的某種肉身的折騰扭曲變形，充滿神奇魔力的祕密手法……那到底是什麼意思或是什麼原因……祖傳太多代已然無法理解的祖先高明的遺產遺愛：但是荒誕的更深現場又髒又臭混亂老宅死角是：「老村長指著他那破爛自己家斜對面的錄像放映室，全村完全沒電但是看電影就成為村民知道今天的中國是從觀看武打片的李小龍、成龍、李連杰的應歸功於這個破放映室。」他接著講述了當地人對中國（一如古老祖先的療癒神奇祕術的重新搜索族譜祖產開啟太過離奇的理解探問），對於遙遠的中國，老年人說中國人醫術高明個個都是中醫治病神奇；年輕人講中國功夫個個都是武藝高手便能擊倒任何一個外國壯漢的傳說……影影幢幢迷離狀態的迷信般地電影本事式的浪漫神祕光隙摺皺的古代承傳至現代的怪譚一如神話的無限蔓生情節細節承載的典故碎片……然而，近乎恍神狀態的自己感到疲憊不堪地始終無法釋懷……在書中提到太多不可能的他完全沒有把握能找尋到什麼更真實的故事深深迷信中國的祕辛般的過去，他說他們找到一戶兼營草率的打尖飯館的窮人家其吃飯的木製破爛不堪方桌和客廳牆壁老雕刻裝飾圖案深具中國風。主人雨水泡茶的水質不好但是糖茶水可以掩飾水的味道和顏色；等待半天後端來的餐是椰子烙餅其做法與中國的烙餅幾乎雷同。（但是也充滿可笑或可疑的線索分心……那麼多隨行擴散希望絕望層層剝離打開的引誘或誤解、直接或間接的獲得及其失去的種種傷害）一如老村長從房間深深死角取出舊瓷罈，提及近年來不斷有人來島上找中國古董，問他是否需要價格可以談。他走近仔細端詳卻是是英國製造的年代很近的贗品。一如最後我也找到了一如他提到了那個老村落末端的森林底的遺址，解釋發掘遺址時的考古專家在挖出墳墓時告訴他，墳墓裡的死者，面向北是伊斯蘭教徒墓葬時面朝麥加聖地，有很多很開心的古物出土可以脫手……

還有更多的可能影響種種深信其說也由此推斷出中國的尚未發現面朝北的眾多古墳前立有墓柱的大多都有半圓形墓槨的土丘一如中國的墓葬風，甚至在一座最古老華麗的墳墓前的另一個老村長指著墓柱上凹圓形在的印記講解說：「這是一個中國的古墳墓，墓柱鑲嵌著瓷盤外還同時鑲有青花瓷碎片拼花成還隱隱約約看得到彷彿是無限模糊曖昧的「奠」邊「阝」邊碎裂拼接歪歪斜斜腔體近乎五體不全認不太出「鄭」字的書法漢字……

我老是無法理解種種可能是錯誤的隱喻……一如太古老祖先可能只是像巨大的神明太過複雜的殘忍到完全沒有任何牽掛卻意外遺憾其遺留下來不明的鬼東西……祂完全不認誰，只認神的遺址般的惡意……一如墜落的外星生物船種種遺骸測試。也就彷彿是遠方的帝國下西洋的遠洋海岸邊打撈不明沉沒的怪物般的龐大近乎瘋狂的畸形有機生物死亡太久之後的死物體腔曲線……一如種種沒落遺憾的後世孤兒的幻想僅僅想像可以留下祖先的帝國老時代房間的太過奢侈的豪宅裡頭的典故中最膾炙人口的古畫中寶船沉沒只是傳奇故事奉行太久沒有痕跡的史前史幻象，中國老水鬼始終無法理解的妖幻傳出日夜交替天光中的奇幻眾鬼哭鬧巨響怪聲甚至太過巨大到空中和海中同時都太過強烈到好像破了一個洞……那是某種惡意或善意依舊邊緣徘徊觀望模糊的狀態……一如每個宗教都有古代神祇的角色但是卻可能同時是惡魔，變成他們的祖先傳說的老帝國神話中太過艱難時刻殉命的老時代水鬼們的使命使徒，他們的神祇卻始終沒有痕跡的自嘲也自認不虧欠子孫們……一如即使老祖先是惡魔「只要能拯救子孫們就是好祖先」的妄想……

我老是睡不著……種種那半夜下榻在臨海的房間的海風疾呼海浪潮聲作響彷彿寶船六百年前雷同陷入困境的夜雨，一如最凶險的岬口海岸名為「好望角」這字眼完全是種自嘲的恐慌與尖叫般的絕望。中國村裡的人個個知道他們祖先與古中國有淵源，但是或許只是太過悲觀的鬼故事，一如這個久遠的老故事與帕泰島附近的他從小常常還潛水去玩的那一艘老中國古船觸礁沉海有關，至今那些船難龍骨卡入珊瑚怪礁石現在還能清楚地看到，他們的漁船到附近都要小心傳說有穿著官服的中國水鬼……

最後……遇到的某個老船長老提到他一生老想著如何打撈這艘沉入海底六百年前的古中國寶船。始終妄想打撈那古沉船的寶物的他太過激烈的討論起細節還甚至袖子一挽激動得笑出聲來接著將頭伸向他，「詭祕地訕笑的帕泰島阿巴斯馬科科船長就提到他難得的竟然真的是從遙遠的中國來的而不是從帕泰島上的『中國村』來的。他說自己跑海到老這一生混在這一帶混亂種種中國老水鬼傳奇鬼故事的可怕海域，小時候就生長在拉木島常年往來於拉木群島之間的帕泰島上的幾個村落幾乎全與中國有關，有一個上加村裡的按摩大夫著稱到拉木島扭胳膊傷腿都還乘船去治病，他說他常載病人過去島上看病過。」體態肥胖的阿巴斯自己因常年腿痛走路顯得吃力左搖右晃步履維艱。有一回傷腿扭痛難忍就自己開船到島上找老大夫按摩見效很快配某種治療跌打損傷的中藥老說不出的奇蹟般地……痊癒。

陷入無限多的老中國水鬼，妖怪海域的恐怖威脅太深太老舊時代的歷史……阿巴斯船長提及六百年前的鄭和寶船必然就是在這一帶危險群觸礁下沉的附近暗礁密佈……那使人想起更多疑雲，一如我始終在看那幾本找尋非洲的鄭和下西洋種種痕跡越來越模糊的怪書中太多的意外……近乎瘋狂的狀態……

一路找不到的鄭和紀念碑卻成為一個謎。……一如最後他也又回到了那個鄭和村的謎樣現場的怪異……幾個最認真最懷舊的兒子們跑船，可不知道為什麼地巧合到最後都是跑那中國老水鬼海域……也談起鄭和老船隊。但是時間太久到帕泰島上目前沒人能講清楚這個中國故事……像是一個太過複雜又糾纏作祟的古代鬼故事，沒有人知道全貌或記得厲鬼的可怕……但是卻又無法忘懷那難以理解的傳說中靈驗的鬼魅奇幻細節的問題重重包圍……太過可怕又太過可惜的荒誕逼真感，一如可笑的誤解的最後，老人只從後門旁邊的牆腳死角取出一把黃色鐵鎖子說，那是他家目前僅存的唯一與中國有關的老東西。那是破爛不堪的鏽蝕舊時代鎖，鎖面仍然還隱隱約約可以端詳其刻寫著「中國製造」。

令人不解的還有更多怪事……但是我更想尋訪的卻更多是鄭和去過的非洲在靠印度洋海岸的老時代有

巫師的古村落……關於鄭和的非洲種種濱海和密林雷同嘶吼般的怪異神祕的傳說始終太多，或許巫師可以承載無垠擴張過老時代的記憶揉碎吸入巫身漩渦吞噬的神祕夢境密室之中……也提起了我後來堅持去了的差點沒命的據說鄭和寶船曾經造訪過的東非海邊的老漁村，那被稱為非洲鄭和古村的老時代村落殘存很多出土的寶船遺物遺骸鏽蝕艙身長釘青花瓷古瓷碎片的破爛不堪小文物間之外……我還苦心央求地拜託知曉老時代鄭和典故的老人帶去找一個村落靠深山的傳說是擅長通靈巫術當地的老巫師，或許可以喚回數百年前的祖靈的回憶留下來中國人來過晃動驚動的什麼！然而那回的遭遇太過離奇……

其實那巫師和那老人一路都有點可疑，或許他們都是欺騙我的或是安慰我的猶豫，他們其實根本不知道鄭和是誰？而只是陪伴我一如圓謊般地說老時代傳說中的某個陌生船難般的怪異船隊船隻、陌生國度的怪異暗黃膚色人種、陌生遭遇中的某個太古老到數百年前典故中某個離奇失蹤的怪異船長……

但是，非洲密林中一路發生了太多意外的怪異現象的氤氳混亂……使我始終覺得我離開之後就已經是一個完全不同的人了。那個森林的老巫師一如森林太多太可怕的動物們的逼近，象群、花豹、梅花鹿、猴子們的熱烈跟蹤，彷彿是電影中偷偷拍攝特寫的逼近畫面，尤其竟然意外看到了栩栩如生的蛇皮花紋圖騰般的巨身大蛇吞噬一隻殘喘的猴身那種殘忍地令人心悸……

巫師跟我和幫他翻譯的吞吞吐吐的那村中老人說：「你一生都在找尋一種當地村民稱之為馬塔拉草或是某些你們中國老人稱之為三寶草的怪異藥草，或許你也不知是否存在……你喜歡非洲古老的藥草嗎？或許你要找的鄭和古物需要入夢去找……你的毛病是在這非洲叢林裡沒做過夢，所以沒法真正地入睡也沒法真正地清醒。也找不到遺留在非洲的你的老祖先鄭和……」巫師說，「我曾經在某一回太深的夢中彷彿感覺到有一個太古老的暗黃色的靈魂來找我，他說他病了，還想去太遙遠的找一個不可能找到的人或許是一個不可能找到的地方……但是自己並不清楚，就在這暗黑的密林中不斷地徘徊不去地煩惱……或許你的煩惱也很像那個你的祖先那古老的暗黃色靈魂……或許你也會困在這密林裡找不到也出不去……或許你只有學會作夢才能想法子先找到那個太古老的他。在非洲叢林中做的夢極端珍貴……可以讓你找到你想找到的什麼！或是夢見來幫你找的人或兆頭……那種三寶草據說是一種可以讓人入夢的藥草……」太久沒有用過那藥效太強烈的他已然不太記得那藥草也不太記得怎麼處理那藥草……過了太多年。後來巫師勉強地用那一種三寶草的藥草燒出來的煙來噴我的鼻孔。每次煙一進入我的鼻洞，我就馬上抽搐倒抽一口氣般地刺激到完全站不住倒下，才又慢慢醒來。喝那種藥草又濃又臭彷彿中藥老時代的汁液。巫師對我說，「那藥草太靈驗到知道太過古老的過去你想找的一切……」但是我喝一口就吐了。老巫師笑了，「你體內已被清乾淨，再喝一口，跟我唱歌到天亮了起來。」

我告訴巫師，「我嘗試過太多次，但是無論多努力，我無法感應。我必然失敗。」只是萬般昏迷混亂想嘔吐又嘔吐不出的難過狀態的我完全感覺不到三寶草的藥效。巫師後來想法子在我的夢中對我說：「或許和你要找又找不到的老祖先鄭和一樣……其實你也早就死了，早就剩下靈魂了。」但是，最後還是拯救我的巫師在我背上用三寶草藥汁畫出符咒，「這是三寶草最珍貴的一種。極端強大。它的藥煙會帶你到另一個密林更深的鬼地方，那地方沒有生命，沒有胚胎。只有你要找的鄭和留下來的太多中國古文字碑文一如我們非洲老村落族人刺青紋般的咒語符籙。」

巫師安慰我……或許，六百年前他遇到過老祖先鄭和，一如他也曾遇到過我，幾年前，幾世前，但是你又回來了。重生後再回來。巫師朝我的眼睛鼻孔吹進藥草的濃煙。我在煙霧瀰漫之中起飛，疾飛，一如神祇俯視土地，濃密森林的深處的翠巒。空照中的疾風變快，河上空。叢林，充斥著光。太多非洲密林的蜿蜒漫長的長河彎道。我好像看到一艘船頭站著被稱為麒麟的老長頸鹿全身發光發亮閃耀如星辰的神獸的那古代巨大起帆如祂長出八雙翅膀硬撐開巨大翼身而讓龐然的古式中國老時代寶船半漂浮半滑翔於長河而最後還是忍不住炫耀地騰空飛舞向長空疾飛而去，越來越高，越來越遠……最後，聲音越來越強烈，模糊不清，時間消失了。

水母群般的寶船群在黑暗的黑暗液體漂浮流動極端隱密的神龕打開所有古代中國大神大仙們保佑不了自己而變成落難神明木刻老雕像斑斑駁駁滿臉通紅長滿苔蘚驚恐痛哭般的生命最後餘光閃爍不停不明的吞

納……致使黑洞般的神祕液體介質浸泡太深地完全無法呼吸的同時過度痛苦又激爽的我昏迷狀態的太久太久。老祖宗們一如老神明們始終在某個時光渡口般地兀立變形的一尊一尊一仙一仙的扭曲炫目迷惘慌亂光影變化無限拉遠消點的盡頭……炫目的雲霧茫茫像是彩霞倒映的天光無窮盡投射的神祕幻象墜落又擴散的危險邊緣掙扎著的氣象炫光……吸引更多的華麗的無法理解為何這麼疾風厲雨彷彿是剎那瞬間卻又彷彿是永恆不變的承諾什麼的怪異狀態……

醒來後發現只有我和老人在荒山上，那個老巫師消失了，但是我手拿巫師送的那串古老的鄭和留給他的明代古青花瓷製花色的老法器珠子（或許就是那失傳古鄭和儀的局部零件），一瓣一瓣的曇花剝落般地……老祖先鄭和靈魂的哀傷恐懼停格於明廷遙遠失語卻依舊忐忑不安隱身入金鑾殿底塌陷卻依舊無限華麗感的炫光……彷彿永遠還在寶船上空失速地或許是失神地飛行……

當代名家・顏忠賢作品集1

三寶西洋鑑

2017年7月初版 定價：新臺幣490元

著者	顏忠賢
總編輯	胡金倫
總經理	羅國俊
發行人	林載爵

出版者	聯經出版事業股份有限公司	叢書主編	陳逸華
地址	台北市基隆路一段180號4樓	叢書編輯	張彤華
編輯部地址	台北市基隆路一段180號4樓	封面視覺	顏忠賢
叢書主編電話	(02)87876242轉224		聶置傲
台北聯經書房	台北市新生南路三段94號	校對	施舜文
電話	(02)23620308		陳佩伶
台中分公司	台中市北區崇德路一段198號		鄧觀傑
暨門市電話	(04)22312023		
台中電子信箱	e-mail：linking2@ms42.hinet.net		
郵政劃撥	帳戶第0100559-3號		
郵撥電話	(02)23620308		
印刷者	世和印製企業有限公司		
總經銷	聯合發行股份有限公司		
發行所	新北市新店區寶橋路235巷6弄6號2樓		
電話	(02)29178022		

行政院新聞局出版事業登記證局版臺業字第0130號

本書如有缺頁，破損，倒裝請寄回台北聯經書房更換。 ISBN 978-957-08-4971-4 (平裝)
聯經網址：www.linkingbooks.com.tw
電子信箱：linking@udngroup.com

國家圖書館出版品預行編目資料

三寶西洋鑑/顏忠賢著．初版．臺北市．聯經．
2017年7月（民106年）．632面．14.8×21公分
（當代名家・顏忠賢作品集1）

ISBN 978-957-08-4971-4（平裝）

857.7 106010270